O MUNDO DE GELO & FOGO

A HISTÓRIA NÃO CONTADA DE WESTEROS E DE AS CRÔNICAS DE GELO E FOGO

GEORGE R. R. MARTIN
ELIO M. GARCÍA JR. E LINDA ANTONSSON

O MUNDO DE GELO & FOGO

A HISTÓRIA NÃO CONTADA DE WESTEROS E DE AS CRÔNICAS DE GELO E FOGO

GEORGE R. R. MARTIN

ELIO M. GARCÍA JR. E LINDA ANTONSSON

LeYa

Esta edição foi publicada em acordo com Bamtam Books, um selo de Random House, uma divisão de Random House LLC.

Título original: The World of Ice and Fire: *The Untold History of Westeros and The Game of Thrones*

Preparação de texto: Patricia Bernardo de Almeida
Revisão: Adriana Ayami Takimoto
Diagramação de miolo e capa: Vivian Oliveira
Projeto gráfico: Rosebud Eustace

Dados Internacionais de Catalogação na Publicação (CIP)
Angélica Ilacqua CRB-8/7057

Martin, George R. R.
O mundo de gelo e fogo : a história não contada de Westeros e de As Crônicas de Gelo e Fogo / George R.R. Martin, Elio M. García Junior, Lidna Antonsson; tradução de Márcia Blasques. – São Paulo : LeYa, 2014.
336 p. : il., color.

ISBN 978-85-441-0111-7
Título original: *The World of Ice and Fire: The untold history of Westeros and A Game of Thrones*

1. Game of Thrones (programa de televisão) 2. Televisão – Seriados 3. Ficção fantástica americana I. García Junior, Elio M. II. Antonsson, Lidna III. Blasques, Márcia

14-0666 CDD 813.6

Índices para catálogo sistemático:
1. Game of Thrones (programa de televisão)
2. Ficção fantástica americana

Texto Editores Ltda.
Uma editora do Grupo LeYa
Rua Desembargador Paulo Passaláqua, 86
01248-010 – Pacaembu – São Paulo – SP
www.leya.com.br

GUARDA | *Pedra do Dragão.* DIREITA | *Ponta Tempestade.*

Sumário

Para o Senhor mais estimado e
gracioso, Tommen
Primeiro de Seu Nome, Rei dos
Ândalos, dos Roinares e dos Primeiros Homens,
Senhor dos Sete Reinos e
Protetor do Território, Yandel,
humilde Meistre da Cidadela,
deseja prosperidade mil vezes,
agora e sempre, e sabedoria sem igual.

Prefácio

DIZEM, COM RAZÃO, que todo edifício é construído pedra por pedra, e o mesmo pode ser dito sobre o conhecimento, extraído e compilado por muitos homens eruditos, cada um dos quais se baseando no trabalho daqueles que o precederam. O que um não sabe é sabido por outro e, na verdade, pouco permanece verdadeiramente desconhecido para quem procura longe o bastante. Agora eu, Meistre Yandel, assumo o posto de pedreiro, entalhando o que sei para colocar mais uma pedra no grande baluarte do conhecimento que vem sendo construído ao longo dos séculos dentro e fora dos limites da Cidadela – um baluarte erguido por incontáveis mãos que vieram antes e que, sem dúvida, continuará a crescer com a ajuda de incontáveis mãos que ainda virão.

Fui abandonado ao nascer, no décimo ano do reinado do último rei Targaryen, deixado uma manhã em uma cocheira vazia no Lar do Escriba, onde acólitos praticavam a arte de escrever cartas para aqueles que precisavam. O curso da minha vida foi definido naquele dia, quando fui encontrado por um acólito que me levou até o Senescal daquele ano, o Arquimeistre Edgerran. Edgerran, cujos anel, bastão e máscara eram de prata, olhou para meu rosto aos berros e anunciou que eu poderia me revelar útil. Quando me disseram isso pela primeira vez, ainda menino, achei que significasse que ele previra meu destino como meistre; só muito mais tarde vim a saber pelo Arquimeistre Ebrose que Edgerran estava escrevendo um tratado sobre fraldas de bebês e desejava testar certas teorias.

Por menos auspicioso que isso possa parecer, o resultado foi que me deixaram aos cuidados dos criados, e eu recebia atenção ocasional dos meistres. Cresci como um criado entre os salões, câmeras e bibliotecas, mas recebi o dom das letras do Arquimeistre Walgrave. Assim, vim a conhecer e amar a Cidadela e os cavaleiros da mente que guardavam sua preciosa sabedoria. Não desejava nada além de me tornar um deles – ler sobre lugares distantes e homens mortos há muito tempo, olhar as estrelas e medir a passagem das estações.

E assim fiz. Forjei o primeiro elo da minha corrente aos treze anos, e outros elos se seguiram. Completei minha corrente e fiz meus votos no nono ano do reinado do rei Robert, o Primeiro de Seu Nome, e achei-me abençoado por continuar na Cidadela, por servir os arquimeistres e ajudá-los em tudo o que faziam. Era uma grande honra, mas meu maior desejo era criar uma obra de minha autoria, uma obra que homens humildes, mas letrados, pudessem ler – e ler para suas esposas e seus filhos –, para que aprendessem sobre as coisas boas e perversas, justas e injustas, grandes e pequenas, e se tornassem mais sábios, assim como eu me tornei mais sábio com o aprendizado na Cidadela. Então me pus a trabalhar mais uma vez na minha forja, para fazer algo novo e notável a partir das obras-primas de meistres mortos há muito tempo, que vieram antes de mim. O que se segue aqui surgiu deste desejo: uma história de feitos corajosos e cruéis, de pessoas familiares e estranhas, e de terras próximas e distantes.

ACIMA | *Aegon, o Conquistador, sobre Balerion, o Terror Negro.*

O MUNDO DE GELO & FOGO

A HISTÓRIA NÃO CONTADA DE WESTEROS E DE AS CRÔNICAS DE GELO E FOGO

História Antiga

O
MUNDO
CONHECIDO
WESTEROS
ESSOS
SOTHOROS

A Era da Aurora

NINGUÉM PODE DIZER com certeza quando o mundo começou, mas isso não impediu muitos meistres e homens eruditos de procurar a resposta. Há quarenta mil anos, como alguns sustentam, ou talvez um número tão grande quanto quinhentos mil – ou mesmo mais? Não está escrito em nenhum livro que conhecemos, pois, na primeira era do mundo, a Era da Aurora, os homens não eram letrados.

Podemos ter certeza de que o mundo era muito mais primitivo, no entanto – um lugar bárbaro, com tribos vivendo diretamente da terra, com nenhum conhecimento sobre metalurgia ou domesticação de animais. O pouco que sabemos daqueles dias está contido nos mais antigos dos textos: os contos escritos pelos ândalos, pelos valirianos e pelos ghiscari, e até mesmo por aquele povo distante da lendária Asshai. Mas, por mais antigas que sejam essas etnias letradas, elas não estavam nem na infância de sua história durante a Era da Aurora. Então, é tão difícil saber que verdades esses contos apresentam, tanto quanto separar joio do trigo.

O que pode ser dito mais precisamente sobre a Era da Aurora? As terras orientais estavam repletas de vários povos – não civilizados, assim como todo o mundo não era civilizado, mas numerosos. Mas em Westeros, das Terras de Sempre Inverno até a costa do Mar do Verão, apenas dois povos existiam: os filhos da floresta e a raça de criaturas conhecida como gigantes.

Sobre os gigantes na Era da Aurora, pouco e ainda menos pode ser dito, pois ninguém reuniu seus contos, lendas e histórias. Homens da Patrulha da Noite dizem que os selvagens contam histórias de gigantes que viviam inquietos ao lado dos filhos da floresta, vagando por onde queriam e tomando o que desejavam. Todos os relatos afirmam que eram criaturas imensas e poderosas, mas simples. Relatos confiáveis dos homens da Patrulha da Noite, que foram os últimos a ver gigantes ainda vivos, declaram que as criaturas se cobriam com grossas peles, em vez de simplesmente serem homens muito grandes como os contos infantis asseguram.

Há evidências consideráveis de sepultamentos de gigantes, como registrado em *Passagens da Morte*, de Meistre Kennet – um estudo dos cemitérios, sepulturas e túmulos do Norte feito na época em que serviu em Winterfell, durante o longo reinado de Cregan Stark. A partir de ossos encontrados no Norte e enviados para a Cidadela, alguns meistres estimam que o maior dos gigantes chegou a mais de quatro metros de altura, embora outros digam que três metros e meio está mais perto da verdade. Todos os relatos de patrulheiros mortos há muito tempo e registrados por meistres da Patrulha corroboram que os gigantes não faziam casas ou vestuários, e são sabiam de ferramentas ou armas melhores do que galhos arrancados de árvores.

Os gigantes não tinham reis ou senhores. Não tinham casas, exceto em cavernas ou sob as árvores, e não conheciam metalurgia ou agricultura. Permaneceram como criaturas da Era da Aurora mesmo quando a era passou, os homens ficaram ainda mais numerosos, e as florestas foram domesticadas e diminuíram. Agora os gigantes desapareceram até mesmo nas terras além da Muralha, e os últimos relatos sobre eles têm mais de cem anos. E mesmo esses são dúbios – histórias que os homens da Patrulha contam ao redor da fogueira.

Os filhos da floresta eram, de muitas maneiras, o oposto dos gigantes. Tão pequenos quanto crianças, mas escuros e bonitos, viviam de maneira que poderíamos considerar bruta hoje em dia, mesmo assim eram menos bárbaros do que os gigantes. Não trabalhavam com metal, mas desenvolveram uma grande arte no uso da obsidiana (aquilo que o povo chama de vidro de dragão e que os valirianos conheciam por uma palavra que significa "fogo congelado"), e com ela faziam ferramentas e armas para caça. Não teciam, mas eram habilidosos em fazer vestimentas com folhas e cascas de árvores. Aprenderam a fazer arcos de represeiro e a construir armadilhas com capim, e ambos os sexos caçavam com esses instrumentos.

Dizem que suas músicas e canções eram tão belas quanto eles, mas o que cantavam não é lembrado exceto por pequenos fragmentos proferidos desde a Antiguidade. *Os Reis do Inverno*, ou *As Lendas e a Linhagem dos Stark de Winterfell*, de Meistre Childer, contém uma parte de uma balada que supostamente fala da época em que Brandon, o Construtor, buscou a ajuda dos filhos da floresta enquanto erguia a Muralha. Ele foi levado

---

Os arquivos da Cidadela contêm uma carta de Meistre Aemon, enviada nos primeiros anos do reinado de Aegon V, que relata a história de um patrulheiro chamado Redwyn, escrita nos dias do rei Dorren Stark. Ela narra uma jornada até o Cabo Desolado e a Costa Gelada, e afirma que o patrulheiro e seus companheiros lutaram com gigantes e negociaram com os filhos da floresta. A carta de Aemon diz que ele encontrou vários relatos desse tipo em seus exames nos arquivos da Patrulha da Noite, em Castelo Negro, e os considerava verossímeis.

PÁGINAS ANTERIORES | *Construção da Muralha.*

a um lugar secreto para se encontrar com eles, mas, no início, não entendeu seu idioma, descrito como algo parecido com a canção das pedras em um riacho, do vento através das folhas ou da chuva sobre a água. O modo como Brandon aprendeu a linguagem dos filhos é um relato à parte, e não vale a pena ser repetido aqui. Mas parece claro que o idioma deles se originava, ou ao menos se inspirava, nos sons que ouviam em seu dia a dia.

Os deuses que os filhos da floresta adoravam eram aqueles sem nome, que, um dia, se tornariam os deuses dos Primeiros Homens – as divindades incontáveis dos riachos, das florestas e das pedras. Foram os filhos da floresta que esculpiram rostos nos represeiros, talvez para dar olhos aos seus deuses, para que pudessem observar seus adoradores em devoção. Outros, com pouca evidência, afirmam que os videntes verdes – os sábios dos filhos da floresta – eram capazes de ver através dos olhos dos represeiros esculpidos. A suposta prova é o fato de que os Primeiros Homens acreditavam nisso; foi o medo de que os represeiros os espionassem que fez com que cortassem muitas das árvores esculpidas e dos bosques de represeiros, para negar aos filhos esse tipo de vantagem. Mesmo assim, os Primeiros Homens eram menos esclarecidos do que somos agora, e acreditavam em coisas que, hoje, seus descendentes não acreditam; um exemplo está em *Casamento com o Mar, um relato da história de Porto Branco desde os primeiros tempos*, de Meistre Yorrick, que narra a prática de sacrifício de sangue aos velhos deuses. Tais sacrifícios persistiram até cinco séculos atrás, segundo relatos dos predecessores de Meistre Yorrick em Porto Branco.

Isso não quer dizer que os videntes verdes não conhecessem as artes perdidas que pertenciam aos altos mistérios, como ver acontecimentos a longa distância ou se comunicar através de metade de um reino (como os valirianos, que vieram muito depois deles, faziam). Mas talvez alguns dos talentos dos videntes verdes tenham mais a ver com contos tolos do que com a verdade. Eles não podiam mudar suas formas para as de animais, como alguns dizem, mas parece verdade que eram capazes de se comunicar com animais de um jeito que não conseguimos atualmente; é daí que surgiram as lendas dos "troca-peles" ou "transmorfos".

Na verdade, as lendas sobre os troca-peles são muitas, mas a mais comum – trazida de além da Muralha pelos homens da Patrulha da Noite e registrada por septões e meistres da Muralha em séculos passados – afirma que os troca-peles não só se comunicavam com os animais, mas podiam controlá-los ao misturarem seus espíritos com os deles. Mesmo entre os selvagens, esses troca-peles eram temidos como homens não naturais que podiam convocar animais como aliados. Alguns contos falam de troca-peles se perdendo em seus animais, e outros dizem que os animais podiam falar com voz humana quando um troca-peles os controlava. Mas todas as histórias concordam que os troca-peles mais comuns eram homens que controlavam lobos – e até lobos-gigantes –, os quais tinham um nome especial entre os selvagens: wargs.

As lendas ainda dizem que os videntes verdes também podiam mergulhar no passado e ver longe no futuro. Mas, como todo nosso aprendizado nos mostra, os mais altos mistérios que reivindicam este poder também afirmam que suas visões das coisas que estão por vir são pouco claras e, com frequência, enganosas – uma coisa útil de dizer quando se pretende enganar os incautos com adivinhações. Embora os filhos da floresta

Embora considerado desonroso nos dias atuais, um fragmento de História Antinatural do Septão Barth provou ser uma fonte de controvérsia nos salões da Cidadela. Alegando ter consultado textos preservados no Castelo Negro, o Septão Barth diz que os filhos da floresta podiam falar com corvos e fazê-los repetir suas palavras. Segundo Barth, este alto mistério foi ensinado aos Primeiros Homens pelos filhos da floresta, para que os corpos pudessem levar mensagens a longas distâncias. Isso foi passado, de forma "degradada", aos meistres de hoje, que não sabem mais como falar com as aves. É verdade que nossa ordem entende o discurso dos corvos... mas isso se refere aos propósitos básicos de seus grasnados e gritos, seus sinais de medo e raiva, e os meios pelos quais eles demonstram sua prontidão para acasalar ou sua falta de saúde.

Corvos estão entre as aves mais inteligentes, mas não são mais espertas do que um bebê, e consideravelmente menos capazes de um discurso verdadeiro, independentemente do que o Septão Barth possa ter acreditado. Alguns meistres, devotados ao elo de aço valiriano, argumentaram que Barth estava certo, mas nenhum foi capaz de provar suas afirmações conseguindo uma conversa entre homens e corvos.

tivessem suas artes, a verdade sempre deve ser separada da superstição, e o conhecimento deve ser testado e assegurado. Os altos mistérios, as artes da magia, estiveram e estão além dos limites da nossa habilidade mortal em examiná-los.

Independentemente da verdade de suas artes, os filhos da floresta eram guiados pelos videntes verdes, e não há dúvida de que, antes, podiam ser encontrados das Terras de Sempre Inverno até as praias do Mar do Verão. Faziam suas casas com simplicidade, sem construir fortalezas, castelos ou cidades. Em vez disso, moravam nos bosques, em crannógs, em pântanos e brejos, e até mesmo em cavernas e em vãos nas colinas. Dizem que, nos bosques, faziam abrigos de folhas e juncos pendurados nos galhos das árvores – "cidades" secretas nas árvores.

Há muito se acredita que agiam assim para se proteger de predadores como lobos gigantes ou gatos-das-sombras, contra os quais suas armas de pedra simples – e mesmo seus alardeados videntes verdes – não eram páreos. Mas outras fontes questionam isso, dizendo que os maiores inimigos dos filhos da floresta eram os gigantes, como sugeriam os contos que circulavam no Norte e como possivelmente foi provado por Meistre Kennet em seu estudo sobre um túmulo perto do Lago Longo – um sepultamento de gigante com pontas de flecha de obsidiana encontrado entre as costelas restantes. Isso lembra a transcrição de uma canção selvagem em *História dos Reis-para-Lá-da-Muralha*, de Meistre Herryk, que fala dos irmãos Gendel e Gorne. Eles foram chamados para mediar uma disputa entre um clã de filhos da floresta e uma família de gigantes a respeito da posse de uma caverna. Gendel e Gorne, a canção diz, no fim resolveram o assunto por meio de uma trapaça, fazendo com que os dois lados negassem qualquer desejo pela caverna, depois que os irmãos descobriram que aquela era parte de uma grande cadeia de cavernas que em certo ponto passava sob a Muralha. Mas considerando que os selvagens não são letrados, as tradições deles devem ser olhadas com desconfiança.

Com o tempo, contudo, os animais das floresta e os gigantes acabaram se unindo a outros perigos maiores.

Existe a possibilidade de uma terceira raça ter habitado os Sete Reinos na Era da Aurora, mas é tão especulativa que só precisa ser tratada brevemente.

Os nascidos no ferro dizem que os primeiros dos Primeiros Homens a chegarem às Ilhas de Ferro encontraram a famosa Cadeira de Pedra do Mar em Velha Wyk, mas que as ilhas não eram habitadas. Se isso for verdade, a natureza e as origens dos construtores da cadeira são um mistério. Meistre Kirth, em sua coleção de lendas dos nascidos no ferro, *Canções que os Homens Afogados Cantam*, sugere que a cadeira foi deixada por visitantes vindos do outro lado do Mar do Poente, mas não há evidências disso, apenas especulações.

À ESQUERDA | *Um gigante.* ACIMA | *Um filho da floresta.*

A Chegada dos Primeiros Homens

SEGUNDO OS RELATOS mais conceituados na Cidadela, em algum momento entre oito e doze mil anos atrás, no extremo sul de Westeros, um novo povo cruzou a faixa de terra que atravessava o mar estreito e conectava as terras orientais com a terra na qual viviam os filhos da floresta e os gigantes. Foi por ali que os Primeiros Homens chegaram a Dorne, pelo Braço Partido, que ainda não era partido. Por que essas pessoas deixaram sua terra natal é um conhecimento perdido, mas quando chegaram, chegaram em força. Milhares entraram e começaram a se estabelecer nas terras, e conforme as décadas passavam, avançavam cada vez mais para o norte. Os relatos que temos desses dias migratórios não são confiáveis, pois sugerem que, em poucos anos, os Primeiros Homens tinham ido além do Gargalo e até o Norte. Na verdade, devem ter sido necessárias décadas, até séculos, para que isso ocorresse.

O que parece ser preciso nesses contos, no entanto, é que os Primeiros Homens logo entraram em guerra com os filhos da floresta. Ao contrário dos filhos, os Primeiros Homens aravam a terra e construíam fortes circulares e aldeias. Ao fazer isso, derrubavam os represeiros, incluindo os que tinham os rostos esculpidos, e por este motivo os filhos os atacaram, levando a centenas de anos de guerra. Os Primeiros Homens – que haviam trazido com eles estranhos deuses, cavalos, gados e armas de bronze – eram maiores e mais fortes do que os filhos, que eram uma ameaça insignificante.

Aqueles entre os filhos que eram caçadores – os dançarinos das florestas – também se tornaram guerreiros, mas, apesar de todas as artes secretas da árvore e da folha, eles só conseguiam atrasar os Primeiros Homens em seu avanço. Os videntes verdes empregaram suas artes, e os contos dizem que podiam convocar os animais do pântano, da floresta e do ar para lutar em seu nome: lobos gigantes e monstruosos ursos das neves, leões das cavernas e águias, mamutes e serpentes, e muito mais. Mas os Primeiros Homens provaram ser poderosos demais, e dizem que os filhos da floresta foram levados a cometer um ato desesperado.

Conta a lenda que o grande dilúvio que rompeu a faixa de terra que agora é o Braço Partido foi obra dos videntes verdes, que se reuniram no lugar que hoje é Fosso Cailin para fazer magia negra. Alguns contestam isso, no entanto: os Primeiros Homens já estavam em Westeros quando esse fato aconteceu, e deter o fluxo do Leste faria pouco mais do que deter o progresso deles. Mais do que isso, tal poder está além até mesmo do que tradicionalmente dizem que os videntes verdes eram capazes de fazer... e até esses relatos parecem exagerados. É mais provável que o rompimento do Braço tenha sido um evento natural, possivelmente causado por um grande tremor na terra ou um afundamento natural da região. O que aconteceu com Valíria é bem conhecido, e, nas Ilhas de Ferro, o castelo de Pyke está sobre uma pilha de rochas que certa vez foi parte de uma ilha maior antes que pedaços dela desmoronassem no mar.

Independentemente disso, os filhos da floresta lutaram com tanta ferocidade quanto os Primeiros Homens para defender suas vidas. Inexoravelmente, a guerra atravessou gerações, até que, por fim, os filhos entenderam que não conseguiriam vencer. Os Primeiros Homens, talvez cansados da batalha, também desejavam o final da disputa. Os mais sábios entre as duas raças prevaleceram, e os principais heróis e governantes de ambos os lados se reuniram na ilha no Olho de Deus para fazer o Pacto. Desistindo de todas as terras de Westeros, exceto

ACIMA | *Um represeiro esculpido.* À DIREITA | *Os filhos da floresta e os Primeiros Homens formam o Pacto.*

as florestas profundas, os filhos conseguiram que os Primeiros Homens prometessem que não mais cortariam represeiros. Todos os represeiros na ilha onde o acordo foi forjado foram esculpidos com rostos para que os deuses pudessem testemunhar o Pacto, e a Ordem dos Homens Verdes foi criada, posteriormente, para cuidar dos represeiros e proteger a ilha.

Com o Pacto, a Era da Aurora do mundo chegou ao fim, e a Era dos Heróis começou.

Se os homens verdes ainda sobrevivem na ilha não é claro, embora de tempos em tempos apareça o relato de algum jovem senhor do rio imprudente que pega um barco até a ilha e tem um vislumbre deles antes que ventos fortes ou um bando de corvos o levem embora. Os contos infantis que afirmam que eles têm chifres e pele verde escura são uma corrupção de uma provável verdade: a de que os homens verdes usam vestimentas verdes e adereços de cabeça com chifres.

A Era dos Heróis

A ERA DOS Heróis durou milhares de anos, durante os quais reinos se ergueram e caíram, casas nobres foram fundadas e desapareceram, e grandes feitos foram realizados. Mesmo assim, o que realmente sabemos sobre esses dias antigos é pouco mais do que conhecemos sobre a Era da Aurora. As narrativas que temos agora são obras de septões e meistres escritas milhares de anos depois do fato – mesmo assim, ao contrário dos filhos da floresta e dos gigantes, os Primeiros Homens da Era dos Heróis deixaram algumas ruínas e antigos castelos que corroboram partes das antigas lendas, e há monumentos de pedra nos locais de sepultamento e em outros lugares marcados com suas runas. É por meio desses resquícios que podemos começar a desvendar a verdade por trás dos contos.

O que é normalmente aceito é que a Era dos Heróis começou com o Pacto e se estendeu por milhares de anos, nos quais os Primeiros Homens e os filhos da floresta viveram em paz uns com os outros. Com tanta terra cedida para eles, os Primeiros Homens finalmente tinham espaço para prosperar. Desde as Terras de Sempre Inverno até as praias do Mar de Verão, os Primeiros Homens governavam em suas fortificações anelares. Reis de menor importância e senhores poderosos se multiplicaram, mas, com o tempo, alguns poucos provaram ser mais fortes do que o resto, forjando as sementes dos reinos, que são os ancestrais dos Sete Reinos que conhecemos hoje. Os nomes dos reis desses reinos primordiais estão cercados de lendas, e os relatos que afirmam que seus governos individuais duraram centenas de anos devem ser entendidos como erros e fantasias introduzidas por outras pessoas posteriormente.

Nomes como Brandon, o Construtor, Garth Greenhand, Lann, o Esperto e Durran Desgosto-Divino são nomes famosos. Mas é provável que as lendas que os envolvem tenham menos verdade do que fantasia. Em outro ponto, esforçar-me-ei para peneirar o trigo que pode ser encontrado no joio, mas, por enquanto, é suficiente conhecer os relatos.

E além de reis lendários e centenas de reinos dos quais os Sete Reinos nasceram, histórias como as de Symeon Olhos-de--Estrela, Serwyn do Escudo Espelhado e outros heróis tornaram--se inspiração tanto para septões quanto para cantores. Esses heróis, algum dia, existiram? Pode ser que sim. Mas quando os cantores enumeram Serwyn do Escudo Espelhado como um membro da Guarda Real – instituição que só foi formada durante o reino de Aegon, o Conquistador –, podemos ver por que poucos desses contos podem ser de confiança. Os septões que os escreveram pela primeira vez colocaram os detalhes que lhes convinham e acrescentaram outros, e os cantores mudaram as narrativas – algumas vezes tornando--as irreconhecíveis – para garantir um lugar quente no salão de algum senhor. De tal modo que algum Primeiro Homem morto há muito tempo se tornou um cavaleiro que venera os Sete e protege os reis Targaryen milhares de anos depois que viveu (se é que viveu). E a legião de meninos e rapazes que permaneceram ignorantes da história passada de Westeros por causa desses contos tolos é inumerável.

É bom lembrar que, quando falamos desses fundadores lendários dos reinos, falamos meramente de alguns domínios primordiais – em geral centrados em um trono, como Rochedo Casterly ou Winterfell – que, com o tempo, incorporaram mais e mais terras e poder sob seu domínio. Se Garth Greenhand alguma vez governou o que afirmava ser o Reino da Campina, é de se duvidar que seu território tenha sido algo mais do que uma viagem de quinze dias partindo de seus salões. Mas desses pequenos domínios surgiram reinos mais poderosos que vieram a governar Westeros no milênio seguinte.

A Longa Noite

QUANDO OS PRIMEIROS Homens estabeleceram seus reinos, na sequência do Pacto, pouca coisa os incomodou além de seus próprios feudos e guerras, ou pelo menos é o que as histórias nos dizem. Também são esses relatos que nos falam sobre a Longa Noite, quando veio um inverno que durou uma geração – na qual crianças nasceram, cresceram até se tornaram adultas e, em muitos casos, morreram sem jamais ver a primavera. De fato, alguns dos antigos contos populares dizem que eles nunca viram a luz do dia, tão intenso foi o inverno que se abateu sobre o mundo. Embora isso possa muito bem não passar de fantasia, de fato parece certo que algum cataclismo ocorreu há milhares de anos. Lomas Longstrider, em seu *Maravilhas Feitas pelo Homem*, relata ter encontrado descendentes dos roinares em Chroyane, a cidade do festival, que têm contos a respeito de uma escuridão que fez o Roine diminuir e desaparecer, suas águas se congelarem até o extremo sul, onde se juntam ao Selhoru. Segundo essas histórias, o sol só retornou quando um herói convenceu os muitos filhos da Mãe Roine – deuses menores como o Rei Caranguejo e o Velho do Rio – a deixarem de lado suas disputas e se unirem para cantar a canção secreta que trouxe o dia de volta.

Também está escrito que há anais em Asshai sobre tal escuridão, e sobre um herói que lutou contra ela com uma espada vermelha. Dizem que seus feitos se deram antes da ascensão de Valíria, nos tempos primordiais quando a Velha Ghis começava a formar seu império. Essa lenda se espalhou a oeste de Asshai, e os seguidores de R'hllor afirmam que esse herói se chamava Azor Ahai, e profetizaram seu retorno. No *Compêndio de Jade*, Colloquo Votar relata uma lenda curiosa de Yi Ti, que afirma que o sol escondeu seu rosto da terra por toda a vida, envergonhado de algo que ninguém jamais descobriu, e que este desastre foi revertido graças aos feitos de uma mulher com uma cauda de macaco.

Contudo, se este inverno aconteceu, como as histórias dizem, a privação seria terrível de ver. Durante os invernos mais rigorosos, é costume que os mais velhos e os mais fracos entre os nortenhos digam que vão sair para caçar – sabendo muito bem que jamais voltarão e, deste modo, deixando um pouco mais de comida para aqueles que tem maior probabilidade de sobreviver. Sem dúvida, essa prática era comum durante a Longa Noite.

Mesmo assim, há outras histórias – mais difíceis de se acreditar, mas mais centradas nos relatos antigos – sobre criaturas conhecidas como os Outros. Segundo esses contos, eles vieram das congeladas Terras de Sempre Inverno, trazendo o frio e a escuridão com eles enquanto tentavam extinguir toda luz e calor. Os contos prosseguem dizendo que essas criaturas cavalgavam em monstruosas aranhas de gelo e em cavalos dos mortos, ressuscitados para servi-los, assim como ressuscitavam homens mortos para lutar em seu nome.

Embora a Cidadela tenha buscado por muito tempo aprender uma maneira de prever a duração e a mudança das estações, todos os esforços foram frustrados. O Septão Barth parece argumentar, em um tratado fragmentado, que a inconsistência das estações é um assunto para as artes mágicas, em vez de conhecimento confiável. *A Medida dos Dias*, de Meistre Nicol – fora isso uma obra louvável, de muita utilidade –, parece influenciada por esta afirmação. Baseado em seu trabalho sobre o movimento das estrelas no firmamento, Nicol argumenta de modo pouco convincente que as estações antigamente podem ter tido uma medida regular, determinada unicamente pelo modo como o globo encara o sol em seu curso celeste. A noção por trás disso parece verdadeira o bastante – que o alongamento e o encurtamento dos dias, se mais regulares, teriam levado a estações mais lineares –, mas ele não conseguiu encontrar evidências de que este tivesse sido o caso em algum momento anterior aos contos mais antigos.

À ESQUERDA | *Um forte circular em ruínas dos Primeiros Homens.*

ACIMA | *Os Outros montados em aranhas de gelo e cavalos mortos, como dizem as lendas.*

De que maneira a Longa Noite chegou ao fim é assunto para as lendas, tal como aconteceu com todas essas questões do passado distante. No Norte, falam sobre um último herói que buscou a ajuda dos filhos da floresta, seus companheiros o abandonaram ou morreram um a um enquanto enfrentavam gigantes vorazes, servos gelados e os próprios Outros. Sozinho, ele finalmente encontrou os filhos, apesar dos esforços dos caminhantes brancos, e todos os contos comprovam que este foi um momento de virada. Graças aos filhos da floresta, os primeiros homens da Patrulha da Noite se uniram e foram capazes de lutar – e vencer – a Batalha da Aurora: a batalha final que acabou com o inverno sem fim e mandou os Outros de volta ao norte congelado. Agora, seis mil anos depois (ou oito mil como a *História Verdadeira* afirma), a Muralha feita para defender os reinos dos homens ainda é ocupada pelos irmãos juramentados da Patrulha da Noite, e os Outros ou os filhos da floresta não são vistos há muitos séculos.

O texto *As Mentiras dos Antigos*, do Arquimeistre Fomas – embora pouco considerado nos dias atuais por afirmações errôneas a respeito da fundação de Valíria e certas alegações sobre as linhagens na Campina e nas terras ocidentais –, especula que os Outros da lenda eram nada mais do que uma tribo dos Primeiros Homens, e ancestral dos selvagens, que se estabeleceu no extremo Norte. Por causa da Longa Noite, esses selvagens dos primórdios foram pressionados a começar uma onda de conquistas ao sul. O fato de eles terem se tornado monstruosos nos relatos contados posteriormente, segundo Fomas, reflete o desejo da Patrulha da Noite e dos Stark de dar a si mesmos uma identidade mais heroica como salvadores da humanidade, e não o de serem meramente os beneficiários de uma luta pela dominação.

A Ascensão de Valíria

ENQUANTO WESTEROS SE recuperava da Longa Noite, uma nova força ascendia em Essos. O vasto continente, que se estende do mar estreito até o fabuloso Mar de Jade e o distante Ulthos, parece ser o lugar em que a civilização, como a conhecemos, se desenvolveu. A primeira delas (não obstante as alegações duvidosas de Qarth, as lendas YiTish sobre o Grande Império da Aurora, e as dificuldades em encontrar qualquer verdade nas histórias sobre a lendária Asshai) estava enraizada na Velha Ghis: uma cidade construída sobre a escravidão. O lendário fundador da cidade, Grazdan, o Grande, ainda é tão reverenciado que homens das famílias escravagistas com frequência recebem seu nome. Foi ele quem, segundo as histórias mais antigas dos ghiscari, fundou as legiões marchantes com seus escudos altos e três lanças, que foram os primeiros a lutar como grupos disciplinados. A Velha Ghis e seu exército começaram a colonizar seu entorno e, então, pressionando, passaram a subjugar seus vizinhos. Dessa forma, foi o primeiro império a surgir e, por séculos, reinou supremo.

Foi na grande península na Baía dos Escravos que se originaram aqueles que deram um fim ao império da Velha Ghis – embora não em todos os aspectos. Abrigados entre as grandes montanhas vulcânicas conhecidas como Catorze Chamas, estavam os valirianos, que aprenderam a domar dragões e a fazer desses animais a arma de guerra mais temível que o mundo já viu. Os contos que os valirianos reproduziam sobre si mesmos afirmavam que eram descendentes dos dragões e parentes daqueles animais que agora controlavam.

A grande beleza dos valirianos – com o cabelo loiro-prateado ou dourado pálido e olhos em tons de violeta não encontrados em outras pessoas do mundo – é bem conhecida e, em geral, usada como prova de que este povo não era inteiramente do mesmo sangue dos outros homens. Mesmo assim, há meistres que apontam que, através do cruzamento cuidadoso de animais, é possível obter um resultado desejável, e que populações isoladas com frequência podem mostrar variações bastante notáveis do que poderia ser considerado comum. Esta pode ser uma resposta mais provável ao mistério da origem valiriana, embora não explique a afinidade com dragões que aqueles com o sangue de Valíria claramente possuíam.

Os valirianos não tinham reis. Em vez disso, denominavam-se Cidade Franca de Valíria, porque todos os cidadãos que possuíam terra tinham voz. Arcontes podiam ser escolhidos para ajudar na tomada de decisões, mas eram eleitos pelos senhores da Cidade Franca entre seus pares, e só por tempo limitado. Era raro que Valíria fosse influenciada por uma única família, embora isso não seja inteiramente desconhecido.

As cinco grandes guerras entre a Cidade Franca e a Velha Ghis, quando o mundo era jovem, são matérias-primas para lendas – conflagrações que terminaram todas as vezes com a vitória dos valirianos sobre os ghiscari. Foi durante a quinta e última guerra que a Cidade Franca resolveu ter certeza de que não haveria um sexto conflito. As antigas muralhas da Velha Ghis, erguidas por Grazdan, o Grande, em tempos remotos, foram arrasadas.

Nos fragmentos que restaram de *Uma História Antinatural*, de Barth, o septão parece ter levado em conta várias lendas que examinam as origens dos dragões e como eles acabaram sendo controlados pelos valirianos. Os próprios valirianos afirmavam que os dragões brotavam como filhos das Catorze Chamas, enquanto em Qarth os contos declaram que antigamente havia uma segunda lua no céu. Um dia, essa lua foi escaldada pelo sol e rachou como um ovo, e um milhão de dragões saíram de dentro dela. Em Asshai, os relatos são muitos e confusos, mas certos textos – todos impossivelmente antigos – dizem que os dragões vieram da Sombra, um lugar em que todo nosso conhecimento nos falha. Essas histórias Assai'i afirmam que um povo tão antigo que não tinha nome domou os dragões pela primeira vez na Sombra e os trouxe até Valíria, ensinando suas artes aos valirianos antes de partir dos anais.

No entanto, se os homens da Sombra domaram os dragões primeiro, por que não partiram para a conquista, como os valirianos? Parece mais provável que o relato dos valirianos seja o mais verdadeiro. Mas já existira dragões em Westeros antigamente, muito antes da chegada dos Targaryen, como nossas próprias lendas e histórias nos contam. Se os dragões saíram das Catorze Chamas, eles devem ter se espalhado pela maior parte do mundo conhecido antes de serem domados. E, de fato, há evidências disso, como ossos de dragões encontrados tão ao norte quanto Ibben, e mesmo nas florestas de Sothoros. Mas os valirianos os subjugaram e colocaram arreios nele como ninguém mais foi capaz de fazer.

À ESQUERDA | *Os senhores de dragões de Valíria.*

O que resta agora do antes orgulhoso império da Velha Ghis é uma coisa insignificante – algumas cidades agarradas como chagas à Baía dos Escravos, e outras que fingem que a Velha Ghis retornou. Depois que a Perdição se abateu sobre Valíria, as cidades da Baía dos Escravos foram capazes de se livrar dos últimos grilhões valirianos, governando a si mesmas de verdade, em vez de fazer de conta. E o que restou dos ghiscari rapidamente restabeleceu o comércio de escravos – mas se, antes, eles os ganhavam pela conquista, agora os compravam e os reproduziam.

"Tijolos e sangue construíram Astapor, e tijolos e sangue fizeram seu povo", diz um antigo ditado, referindo-se às muralhas de tijolos vermelho da cidade e ao sangue derramado pelos milhares de escravos que viveram, trabalharam e morreram construindo-as. Governada por homens que se autointitulam Bons Mestres, Astapor é mais conhecida pela criação dos escravos-soldados eunucos, chamados Imaculados – homens criados desde a infância para serem guerreiros destemidos que não sentem dor. Os astapori fingem que são as legiões marchantes do Antigo Império que voltaram, mas aqueles homens eram livres, e os Imaculados não são.

Sobre Yunkai, a cidade amarela, pouco precisa ser dito, pois é um lugar vergonhoso. Os homens que a governam, autointitulados Sábios Mestres, estão mergulhados em corrupção, vendendo escravos de cama, meninos michês e coisa pior.

A mais formidável entre as cidades da Baía dos Escravos é a antiga Meereen, mas, como as outras, é um lugar em ruínas e sua população agora é uma fração do que era no auge do Antigo Império. Suas muralhas de tijolos multicoloridos contêm um sofrimento infinito, pois os Grandes Mestres de Meereen treinam escravos para lutar e morrer para sua diversão, em arenas de luta encharcadas de sangue.

As três cidades são conhecidas por pagar tributos aos khalasares que passam por elas, em vez de enfrentá-los em batalha aberta, mas os dothraki fornecem muitos dos escravos que os ghiscari treinam e vendem – escravos obtidos em suas conquistas e vendidos nos mercados de carne de Meereen, Yunkai e Astapor.

A mais vital das cidades ghiscari é também a menor e a mais nova, e não menos impostora na grandeza: Nova Ghis, deixada à própria sorte em sua ilha. Lá, os mestres formaram legiões de ferro imitando as legiões do Antigo Império, mas, ao contrários dos Imaculados, esses homens são livres, como os soldados da Velha Ghis.

As pirâmides colossais, templos e lares foram devastados pelo fogo de dragão. Os campos foram semeados com sal, limão e crânios. Muitos dos ghiscari foram assassinados, e outros foram escravizados e morreram trabalhando para seus conquistadores. Então, os ghiscari se tornaram nada além do que uma nova parte do império valiriano, e com o tempo esqueceram o idioma que Grazdan falava, aprendendo, em vez disso, o alto valiriano. E assim impérios terminam e outros surgem.

OS FILHOS DE VALÍRIA

OS VALIRIANOS APRENDERAM uma coisa deplorável com os ghiscaris: a escravidão. Os ghiscaris conquistados foram os primeiros a serem escravizados, mas não os últimos. As montanhas ardentes das Catorze Chamas eram ricas em minério, e os valirianos ansiavam por ele: cobre e estanho para o bronze de suas armas e monumentos; mais tarde, ferro para o aço de suas lâminas lendárias; e sempre ouro e prata para pagar por tudo isso.

migrantes da Cidade Franca ou de casamentos políticos usados para criar laços mais fortes com Valíria. Mesmo assim, a maior parte das histórias que relatam isso citam como fonte *Antes dos Dragões*, de Gessio Hataris. O próprio Hataris era de Pentos, e, naquela época, Volantis ameaçava restaurar o império valiriano sob seu controle, de modo que a noção de uma Pentos independente, com origens distintas de Valíria, era uma grande conveniência política.

As propriedades do aço valiriano são bem conhecidas, e são resultado tanto do fato de que o ferro era dobrado muitas vezes para equilíbrio e remoção de impurezas, quanto do uso de feitiços – ou, pelo menos, de artes que não conhecemos – para dar força sobrenatural ao aço resultante. Essas artes estão perdidas nos dias de hoje, embora ferreiros de Qohor afirmem que ainda conhecem as mágicas para retrabalhar o aço valiriano sem perder sua força ou capacidade insuperável de se manter afiada. As lâminas de aço valiriano que restam no mundo podem chegar a milhares, mas, nos Sete Reinos, há apenas 227 armas, segundo os *Inventários* do Arquimeistre Thurgood, algumas das quais estão perdidas ou desapareceram dos anais da história.

Ninguém sabe dizer quantos pereceram labutando nas minas valirianas, mas o número era tão grande que quase desafiava a compreensão. Conforme Valíria crescia, a necessidade de minério aumentava, o que levava a mais conquistas para manter as minas abastecidas de escravos. Os valirianos expandiram em todas as direções, estendendo-se para leste além das cidades ghiscaris, para oeste até o litoral de Essos, onde nem mesmos os ghiscaris haviam feito incursões.

Essa foi a primeira irrupção do novo império que seria de suma importância para Westeros e os futuros Sete Reinos. Enquanto Valíria conquistava cada vez mais terras e povos, alguns fugiam em busca de segurança, retirando-se antes da maré valiriana. No litoral de Essos, os valirianos ergueram cidades que hoje conhecemos como Cidades Livres. Suas origens foram diversas.

Qohor e Norvos foram fundadas a partir de cismas religiosos. Outras, como a Antiga Volantis e Lys, eram mais colônias mercantis do que qualquer outra coisa, fundadas por comerciantes ricos e nobres que compraram o direito de governar a si mesmos como parceiros da Cidade Franca, em vez de serem subordinados a ela. Essas cidades escolhiam seus próprios líderes, no lugar de receber arcontes enviados por Valíria (frequentemente montados em dragões) para supervisioná-los. Algumas histórias afirmam que Pentos e Lorath eram de um terceiro tipo – cidades que já existiam antes da chegada dos valirianos e cujos líderes pagavam tributos a Valíria e assim mantinham o direito de ter um governo nativo. Nessas cidades, o afluxo de sangue valiriano veio através dos

Contudo, é claro que Bravos é única entre todas as Cidades Livres, já que foi fundada não pelo desejo da Cidade Franca de Valíria nem por seus cidadãos, mas por seus escravos. Segundo relatos bravosi, uma imensa frota escravagista que saíra para coletar tributos em carne humana desde as Terras de Verão e o Mar de Jade foi, em vez disso, vítima de um levante de escravos; sem dúvida, o sucesso da revolta se deveu ao fato de que os valirianos estavam acostumados a usar escravos como remadores e até mesmo marinheiros, e esses homens se juntaram ao levante. Depois de assumir o controle da frota e perceber que não havia lugar próximo para se esconder da Cidade Franca, os escravos resolveram procurar uma terra distante de Valíria e seus súditos, e fundaram sua própria cidade em segredo. Diz a lenda que os cantores da lua profetizaram que a frota devia viajar bem ao norte, até um canto abandonado de Essos – um lugar de lodaçais, água salobra e nevoeiros. Ali os escravos lançaram as bases de sua cidade.

Durante séculos, os bravosianos permaneceram escondidos do mundo em sua laguna remota. E mesmo depois de se revelar, Bravos continuou a ser conhecida como a Cidade Secreta. Os bravosianos eram um povo que não era povo algum: dezenas de raças, uma centena de idiomas, centenas de deuses. Tudo o que tinham em comum era o valiriano que formava a língua comercial geral em Essos – e o fato de que então eram livres e que, antes, haviam sido escravos. Os cantores da lua eram honrados por levá-los à cidade, mas o mais sábio entre os escravos libertos determinou que, para que pudessem se unificar, deveriam aceitar

À ESQUERDA | *A queda da Velha Ghis.*

todos os deuses que os escravos trouxeram consigo, e nenhuma divindade seria mais importante do que outra.

Em resumo, os nomes e quantidades de povos que caíram sob domínio de Valíria nos são desconhecidos hoje em dia. Os registros que os valirianos mantinham de suas conquistas foram em grande parte destruídos pela Perdição, e poucos desses povos documentavam a própria história de modo que sobrevivesse à soberania de Valíria.

Alguns poucos, como os roinares, resistiram à maré por séculos ou mesmo milênios. Dizem que os roinares, que fundaram grandes cidades ao longo do Roine, foram os primeiros a aprender a arte da metalurgia. Além deles, a confederação das cidades, mais tarde chamada Reino de Sarnor, sobreviveu à expansão valiriana graças à grande planície que separava um do outro... apenas para que essa planície e o povo que a ocupava – os senhores dos cavalos dothraki – fossem a fonte da derrocada de Sarnor após a Perdição.

E aqueles que não queriam ser escravos, mas eram incapazes de resistir ao poder de Valíria, fugiram. Muitos falharam e foram esquecidos. Mas um povo, alto e de cabelos ruivos, corajoso e indomável por sua fé, conseguiu escapar de Valíria. E esses homens são os ândalos.

Da história de Valíria como conhecida hoje, muitos volumes foram escritos ao longo dos séculos, e os detalhes de suas conquistas, de suas colonizações, dos feudos dos senhores dos dragões, dos deuses que veneravam, e muito mais, podiam encher bibliotecas e ainda não estariam completos. *Os Fogos da Cidade Franca*, de Galendro, é amplamente considerada a história mais definitiva, e mesmo na Cidadela faltam vinte e sete pergaminhos.

A Chegada dos Ândalos

OS ÂNDALOS SÃO originários das terras do Machado, a nordeste de onde, atualmente, fica Pentos, embora por muitos séculos tenham sido um povo migratório que não permanecia no mesmo lugar por muito tempo. Das terras centrais do Machado – uma grande península banhada pelo Mar Tremente –, viajaram para sudoeste, para conquistar Ândalos: o antigo reino que governaram antes de cruzarem o mar estreito.

Ândalos é uma região que se estende do Machado até o que hoje é a costa bravosiana, e segue para o sul até as Terras Planas e as Colinas de Veludo. Os ândalos trouxeram armas de ferro com eles e trajes de placas de ferro, contra as quais as tribos que habitavam aquelas terras pouco podiam fazer. Uma dessas tribos era de homens peludos; o nome deles se perdeu, mas ainda são lembrados em certas histórias pentoshis. (Os pentoshis acreditam que esse povo era parente dos homens de Ibben, e as histórias da Cidadela em geral concordam com isso, embora alguns argumentem que os homens peludos se estabeleceram em Ibben, e outros que os homens peludos vieram de Ibben.)

O fato de que os ândalos forjavam ferro é considerado um tipo de prova de que os Sete os guiavam – que o próprio Ferreiro os ensinou esta arte – e assim ensinam os textos sagrados. Mas os roinares já eram uma civilização avançada nessa época, e também conheciam o ferro, então só é preciso estudar um mapa para perceber que os primeiros ândalos provavelmente tiveram contato com os roinares. O Aguanegra e o Noine seguem direto para o caminho da migração dos ândalos, e há restos de postos avançados roinares em Ândalos, segundo o historiador norvoshi Doro Golathis. E não seria a primeira vez que homens aprenderam a trabalhar com ferro com os roinares; dizem que os valirianos também aprenderam essa arte deles, embora, depois de um tempo, tenham superado os mestres.

Por milhares de anos, os ândalos permaneceram na região de mesmo nome, crescendo em número. No mais antigo dos livros sagrados, *Estrela de Sete Pontas*, dizem que os Sete andavam pessoalmente entre seu povo nas colinas de Ândalos, e foram eles que coroaram Hugor da Colina e prometeram a ele e a seus descendentes grandes reinos em terra estrangeira. É o que septão e septãs dão como motivo para que os ândalos deixassem Essos e avançassem para oeste, para Westeros, mas a história que a Cidadela descobriu ao longo dos séculos pode proporcionar uma razão melhor.

Por alguns séculos, enquanto os ândalos prosperavam nas Colinas de Ândalos, ficaram mais ou menos por conta própria.

À ESQUERDA | *Os fogos das Catorze Chamas correndo através de Valíria, combustível para a mágica dos piromantes.*

Uma antiga lenda contada em Pentos afirma que os ândalos mataram as donzelas cisnes que atraíam viajantes para a morte nas Colinas de Veludo, a leste da Cidade Livre. Um herói que os cantores pentoshi chamam de Hukko liderava os ândalos naquela época, e dizem que matou sete donzelas, não por seus crimes, mas como sacrifício aos deuses. Há alguns meistres que observam que Hukko pode muito bem ser uma versão do nome Hugor. Mas, mais do que nos Sete Reinos, as lendas antigas do leste devem ser olhadas com desconfiança. Muitas pessoas viajaram de um lado para o outro, e muitas lendas e contos se misturaram. Mesmo se for isso, no entanto, as lendas pentoshi podem simplesmente ter incorporado relatos ândalos para atender a seus próprios fins.

Mas, com a queda da Velha Ghis, veio o grande ímpeto de conquista e colonização da Cidade Franca de Valíria, que expandia suas terras e buscava mais escravos. Primeiro, Roine e os roinares serviram como uma proteção. Mas quando os valirianos chegaram ao grande rio, acharam difícil atravessar à força. Os senhores dos dragões podiam não ter problemas, mas os homens a pé e à cavalo acharam difícil encarar a resistência roinar, dado que esse povo era, nessa época, tão poderoso quanto Ghis em seu apogeu. Durante anos, houve uma trégua entre os valirianos e os roinares, mas isso só protegeu os ândalos por um tempo.

Os valirianos fundaram suas primeiras colônias na foz do Roine. Ali, Volantis foi erguida por alguns dos homens mais ricos da Cidade Franca, a fim de reunir a riqueza que fluía pelo rio, e a partir deste ponto reuniram forças para cruzar o Roine com poder total. Os ândalos podiam ter lutado contra eles no início, e os roinares poderiam até ter ajudado, mas a onda não podia ser detida. Então, é provável que os ândalos preferiram fugir em vez de encarar a escravidão inevitável que viria com a conquista valiriana. Deixaram o Machado – as terras a partir das quais tinham se espalhado – e, quando isso não os protegeu, retiraram-se mais para o noroeste, até chegarem ao mar. Alguns podem ter desistido nesse ponto e se rendido ao destino, e outros ainda podem ter tentado resistir pela última vez, mas muitos mais fizeram navios e navegaram em grande número através do mar estreito até as terras dos Primeiros Homens, em Westeros.

Os valirianos haviam negado aos ândalos a promessa dos Sete em Essos, mas em Westeros eram livres. O conflito e a fuga os deixaram fervorosos, e os guerreiros dos ândalos entalharam a estrela de sete pontas em seus corpos e juraram pelo seu sangue e dos Sete não descansar até conquistarem seus reinos nas Terras do Poente. O sucesso deles deu a Westeros um novo nome: *Rhaesh Andahli* – A Terra dos Ândalos, como os dothraki agora chamam o continente.

Os septões, os cantores e os meistres concordam que o primeiro lugar em que os ândalos desembarcaram foi nos Dedos do Vale de Arryn. Entalhes da estrela de sete pontas estão espalhados pelas rochas e pedras por toda a área – uma prática que, com o tempo, caiu em desuso, conforme as conquistas dos ândalos progrediam.

Varrendo o Vale com fogo e espada, os ândalos começaram a conquista de Westeros. Suas armaduras e armas de ferro

ACIMA | *Aventureiros ândalos no Vale, com as Montanhas da Lua ao longe.*

superavam o bronze com o qual os Primeiros Homens ainda lutavam, e muitos Primeiros Homens pereceram nessa guerra. Foi uma guerra – ou uma série delas – que provavelmente durou décadas. Depois de um tempo, alguns dos Primeiros Homens se renderam e, como observei anteriormente, ainda há Casas no Vale que orgulhosamente proclamam serem descendentes dos Primeiros Homens, tais como os Redfort e os Royce.

Os cantores dizem que o herói ândalo Sor Artys Arryn voou no dorso de um falcão para matar o Rei Grifo na Lança do Gigante, fundando assim a linhagem real da Casa Arryn. Isso é uma tolice, no entanto, uma corrupção da história verdadeira dos Arryn unida a lendas da Era dos Heróis. Na verdade, os reis Arryn suplantaram os Reis Supremos da Casa Royce.

Quando o Vale estava garantido, os ândalos voltaram sua atenção para o restante de Westeros e se espalharam a partir do Portão Sangrento. Nas guerras que se seguiram, aventureiros ândalos formaram pequenos reinos a partir dos antigos domínios dos Primeiros Homens e lutaram uns contra os outros com tanta frequência quanto lutavam contra seus inimigos.

Nas guerras pelo Tridente, dizem que sete reis ândalos juntaram forças contra o último Rei dos Rios e dos Montes, Tristifer, o Quarto, descendente dos Primeiros Homens, e o derrotaram no que os cantores afirmam ter sido sua centésima batalha. Seu herdeiro, Tristifer, o Quinto, provou ser incapaz de defender o legado do pai, e o reino foi tomado pelos ândalos.

Foi nessa época que um ândalo, recordado nas lendas como Erreg, o Assassino de Parentes, se deparou com o grande monte chamado Coração Alto. Lá, ainda sob proteção dos reis dos Primeiros Homens, os Filhos da Floresta cuidavam dos majestosos represeiros entalhados que existiam no topo (trinta e um, segundo o Arquimeistre Laurent, em seu manuscrito *Lugares Antigos do Tridente*). Dizem que quando os guerreiros de Erreg começaram a cortar as árvores, os Primeiros Homens lutaram ao lado dos filhos, mas o poder dos ândalos era grande demais. Ainda que tenham feito um valente esforço para defender seu bosque, os Primeiros Homens e seus filhos foram todos assassinados. Os contadores de histórias agora afirmam que os fantasmas dos filhos da floresta ainda assombram o monte à noite. Até os dias de hoje, os homens do rio evitam o lugar.

Assim como os Primeiros Homens antes deles, os ândalos provaram ser inimigos amargos dos filhos da floresta remanescentes. Aos olhos dos ândalos, os filhos veneravam deuses estranhos e tinham costumes esquisitos, então expulsaram todos para as florestas profundas que o Pacto garantira aos filhos no passado. Enfraquecidos e cada vez menos sábios com os anos, os filhos da floresta não tinham mais as vantagens que certa vez tiveram para enfrentar os Primeiros Homens. E o que os Primeiros Homens nunca conseguiram fazer – erradicar os filhos da floresta completamente –, os ândalos fizeram em pouco tempo. Alguns filhos podem ter fugido para o Gargalo, onde havia segurança entre os moradores dos pântanos e os cranogmanos, mas se fizeram isso já não há sinal. É possível que alguns tenham sobrevivido na Ilha das Caras, como já foi escrito, sob a proteção dos homens verdes, que os ândalos nunca conseguiram destruir. Mas, novamente, nenhuma prova definitiva foi encontrada.

Independente disso, os poucos filhos da floresta que restaram fugiram ou morreram, enquanto os Primeiros Homens perdiam guerra após guerra, reino após reino para os invasores ândalos. As batalhas e guerras foram infinitas, mas, com o tempo, todos os reinos do sul caíram. Assim como acontecera com os homens do Vale, alguns se submeteram aos ândalos, chegando até mesmo a adotar a fé nos Sete. Em muitos casos,

Os clãs das Montanhas da Lua são claramente descendentes dos Primeiros Homens que não dobraram os joelhos aos ândalos e então foram expulsos para as montanhas. Mais do que isso, há similaridades entre seus costumes e os costumes dos selvagens para lá da Muralha – tais como o roubo de mulheres, um desejo teimoso de governarem a si mesmos e assim por diante. E os selvagens indiscutivelmente descendem dos Primeiros Homens.

ACIMA | *O massacre dos filhos da floresta pelo guerreiro ândalo, Erreg, o Assassino de Parentes.*

os ândalos pegavam as mulheres e filhas dos reis derrotados como esposas, como meio de solidificar seu direito de governar. Mesmo os nascidos no ferro – os ferozes guerreiros que vagavam pelo mar e que, inicialmente, devem ter achado que estavam seguros em suas ilhas – caíram diante da onda da conquista ândala. Embora tenha levado mil anos para que os ândalos voltassem sua atenção para as Ilhas de Ferro, quando o fizeram foi com entusiasmo renovado. Os ândalos varreram as ilhas, extinguindo a linhagem de Urron Redhand, que governara com o machado e a espada por mil anos.

Haereg escreve que, no início, os novos reis ândalos quiseram forçar a adoção da fé nos Sete, mas os nascidos no ferro não aceitaram. Então permitiram a coexistência com a adoração ao Deus Afogado. Assim como no continente, os ândalos se casaram com as esposas e filhas dos nascidos no ferro e tiveram filhos com elas. Mas, ao contrário do que aconteceu no continente, a Fé nunca criou raízes nas ilhas; mais do que isso: não se firmou nem mesmo entre famílias de sangue ândalo. Com o tempo, apenas o Deus Afogado passou a controlar as Ilhas de Ferro, com poucas casas se lembrando dos Sete.

Foi o Norte, e apenas o Norte, que foi capaz de manter os ândalos a distância, graças aos pântanos impenetráveis no Gargalo e à antiga fortaleza de Fosso Cailin. O número de exércitos ândalos destruído no Gargalo não pode ser contado com facilidade, e assim os Reis do Inverno preservaram seu governo independente por muitos séculos seguintes.

Dez Mil Navios

A ÚLTIMA DAS grandes migrações para Westeros aconteceu muito depois da chegada dos Primeiros Homens e dos ândalos. Assim que as guerras ghiscari acabaram, os senhores de dragões de Valíria voltaram os olhos para oeste, onde o poder crescente dos valirianos e de suas colônias levou ao conflito com os povos do Roine.

O mais poderoso rio do mundo, o Roine, e seus muitos afluentes se espalhavam por grande parte da Essos ocidental. Ao longo de suas margens ergueram-se uma civilização e uma cultura tão célebres e antigas quanto o Antigo Império de Ghis. Os roinares haviam enriquecido graças à generosidade de seu rio; Mãe Roine, eles o chamavam.

Pescadores, comerciantes, professores, estudiosos, artesãos em madeira, pedra e metal, os roinares ergueram suas vilas e cidades elegantes da cabeceira à foz do Roine, cada uma mais adorável do que a última. Havia Ghoyan Drohe nas Colinas de Veludo, com seus bosques e cachoeiras; Ny Sar, a cidade das fontes, animada com músicas; Ar Noy, no Qhoyne, com seus salões de mármore verde; a clara Sar Mell das flores; Sarhoy, cingida pelo mar, com seus canais e jardins de água salgada; e Chroyane, a maior de todas, a Cidade do Festival, com seu grande Palácio do Amor.

Arte e música floresceram nas cidades do Roine, e dizem que seus povos tinham sua própria mágica – uma magia de água muito diferente das feitiçarias de Valíria, tecidas com sangue e fogo. Embora unidas por sangue, pela cultura e pelo rio que lhes dera à luz, as cidades roinares eram ferozmente independentes, cada uma com seu próprio príncipe... ou princesa, pois entre esse povo do rio, as mulheres eram consideradas iguais aos homens.

Um povo pacífico de modo geral, os roinares podiam ser formidáveis quando despertados para a ira, como muitos candidatos a conquistadores ândalos aprenderam com pesar. O guerreiro roinar, com sua armadura de escamas prateadas, elmo no formato de cabeça de peixe, lança alta e escudo de casco de tartaruga, era honrado e temido por todos aqueles que o encaravam em batalha. Dizem que a própria Mãe Roine sussurrava cada ameaça para seus filhos, que os príncipes roinares exerciam poderes estranhos e misteriosos, que as mulheres roinares lutavam tão ferozmente quanto os homens e que suas cidades eram protegidas por "muralhas de água" que se erguiam para afogar qualquer inimigo.

Por muitos séculos, os roinares viveram em paz. Embora muitos povos selvagens vivessem nas colinas e florestas ao redor da Mãe Roine, todos sabiam muito bem que era melhor não molestar o povo do rio. E os próprios roinares mostravam pouco interesse em expansão; o rio era o lar deles, sua mãe e seu deus, e poucos desejavam viver além do som de seu canto eterno.

Quando aventureiros, exilados e comerciantes da Cidade Franca de Valíria começaram a se expandir para além das Terras do Longo Verão nos séculos após a queda do Antigo Império de Ghis; os príncipes roinares os aceitaram no início, e seus sacerdotes declararam que todos os homens eram bem-vindos para compartilhar a generosidade da Mãe Roine.

Mas, quando esses primeiros postos avançados valirianos se transformaram em vilas, e essas vilas em cidades, alguns roinares começaram a lamentar a indulgência de seus pais. A amizade deu lugar à inimizade, em especial na parte mais ao sul do rio, onde a antiga cidade de Sar Mell e a cidade murada valiriana de Volon Therys encaravam uma à outra através das águas, e na costa do Mar de Verão, onde a Cidade Livre de Volantis logo rivalizou com o célebre porto de Sarhoy, cada um deles comandando uma das quatro fozes da Mãe Roine.

Disputas entre os cidadãos das cidades rivais tornaram-se cada vez mais comuns e rancorosas, por fim dando origem a uma série de guerras curtas, mas sangrentas. Sar Mell e Volon Therys foram as primeiras cidades a se enfrentarem em batalha. As lendas afirmam que o confronto começou quando os valirianos prenderam e mataram uma das tartarugas gigantescas conhecidas como Velho do Rio e consideradas sagradas, consortes da própria Mãe Roine. A Primeira Guerra da Tartaruga durou menos do que um turno da lua. Sar Mell foi invadida e queimada, mas, mesmo assim, emergiu vitoriosa quando os feiticeiros das águas roinares convocaram o poder do rio e inundaram Volon Therys. Metade da cidade foi varrida pelas águas, se acreditarmos nos contos.

Mas outras guerras se seguiram: a Guerra dos Três Príncipes, a Segunda Guerra da Tartaruga, a Guerra dos Pescadores, a Guerra do Sal, a Terceira Guerra da Tartaruga, a Guerra no Lago Adaga, a Guerra das Especiarias e muitas mais, numerosas demais para serem relembradas aqui. Cidades e vilas foram queimadas, afogadas e reconstruídas. Milhares foram mortos ou escravizados. Nesses conflitos, os valirianos com frequência saíram vitoriosos. Os príncipes do Roine, ferozmente orgulhosos de sua independência, lutavam sozinhos, enquanto as colônias valirianas ajudavam umas às outras e, quando muito pressionadas, convocavam o poder da própria Cidade Franca. A *História das Guerras Roinares*, de Beldecar, é inigualável em descrever esses conflitos que se estenderam por grande parte de dois séculos e meio.

Essa série de conflitos alcançou um ápice sangrento há mil anos, na Segunda Guerra das Especiarias, quando três senhores dos dragões valirianos se juntaram a seus parentes e primos em Volantis para subjugar, saquear e destruir Sarhoy, a grande cidade portuária roinar no Mar de Verão. Os guerreiros de Sarhoy foram abatidos brutalmente, seus filhos arrastados para a escravidão e sua orgulhosa cidade rosada foi entregue à tocha. Depois, os volantinos semearam as ruínas fumegantes com sal, para que Sarhoy jamais se erguesse novamente.

A destruição completa de uma das mais ricas e belas cidades do Roine e a escravidão do seu povo chocaram e consternaram os demais príncipes roinares. "Seremos todos escravos a menos que nos unamos para acabar com tal ameaça", declarou o maior deles, Garin de Chroyane. Este príncipe guerreiro convocou seus companheiros para que se unissem a ele em uma grande aliança, para acabar com cada cidade valiriana no rio.

Apenas a princesa Nymeria de Ny Sar foi contra ele. "Esta é uma guerra que não podemos esperar vencer", ela advertiu, mas os outros príncipes falaram mais alto e comprometeram suas espadas a Garin. Até os guerreiros de Ny Sar estavam ansiosos para lutar, e Nymeria não teve outra escolha a não ser se juntar à grande aliança.

O maior exército que Essos jamais vira logo se reuniu em Chroyane, sob o comando do príncipe Garin. Segundo Beldecar, eram duzentos e cinquenta mil soldados. Da cabeceira do Roine até suas muitas fozes, cada homem em idade de lutar pegou uma espada e um escudo e seguiu até a Cidade do Festival para se juntar à grande campanha. Enquanto o exército permanecesse ao lado da Mãe Roine, o príncipe declarou, eles não precisavam temer os dragões de Valíria; seus feiticeiros da água os protegeriam contra do fogos da Cidade Franca.

Garin dividiu seu exército enorme em três partes: uma marcharia pela margem leste do Roine, outra seguiria pela oeste, enquanto uma imensa frota de galés de guerra seguiria no mesmo ritmo pelas águas, mantendo o rio livre de navios inimigos. De Chroyane, o príncipe Garin liderou suas forças

PÁGINAS ANTERIORES | *Os roinares encarando o poder da Cidade Franca.* À DIREITA | *Uma pilha de mortos ao longo do Roine.*

reunidas rio abaixo, destruindo cada aldeia, cidade e posto avançado no caminho e esmagando toda oposição.

Em Selhorys, ele venceu a primeira batalha, derrotando um exército valiriano de trinta mil soldados e tomando a cidade. Valysar teve o mesmo destino. Em Volon Therys, Garin se encontrou diante de cem mil inimigos, uma centena de elefantes de guerra e três senhores dos dragões. Aqui ele também prevaleceu, mas com grande custo. Milhares queimaram, mas outros milhares se abrigaram nos baixios do rio, enquanto os feiticeiros erguiam imensas trombas d'água contra os dragões do inimigo. Os arqueiros roinares derrubaram dois dragões, enquanto o terceiro fugia, ferido. No rescaldo, a Mãe Roine se ergueu em fúria e engoliu Volon Therys. A partir daí, os homens começaram a chamar o príncipe vitorioso de Garin, o Grande, e dizem que, em Volantis, os grandes senhores tremiam de terror enquanto suas tropas avançavam. Em vez de encará-lo em campo, os volantinos recuaram para trás das Muralhas Negras e apelaram à Cidade Franca para que os ajudasse.

E os dragões vieram. Não três, como o príncipe Garin encarara em Volon Therys, mas trezentos ou mais, se é possível confiar nos contos que chegaram até nós. Os roinares não podiam se manter contra os fogos deles. Dezenas de milhares queimaram enquanto outros corriam para o rio, esperando que o abraço da Mãe Roine oferecesse proteção contra fogo de dragão... só para se afogarem nos braços de sua mãe. Alguns cronistas insistem que o fogo queimava tão ardente que até as águas do rio ferveram e se transformaram em vapor. Garin, o Grande, foi capturado vivo e obrigado a ver seu povo sofrer por seu desafio. A mesma misericórdia não foi dada aos seus guerreiros. Os volantinos e seus parentes valirianos os passaram na espada – foram tantos que dizem que o sangue tingiu o grande porto de Volantis de vermelho tão longe quanto o olho podia ver. Depois, os vitoriosos reuniram suas forças e seguiram o rio ao norte, saqueando Sar Mell brutalmente antes de avançar até Chroyane, cidade do príncipe Garin. Trancado em uma gaiola dourada sob comando dos senhores dos dragões, Garin foi levado de volta à cidade do festival para testemunhar sua destruição.

Em Chroyane, a gaiola foi pendurada nas muralhas, para que o príncipe pudesse testemunhar a escravidão das mulheres e crianças cujos pais e irmãos haviam morrido em sua galante guerra sem esperança... mas o príncipe, dizem, lançou uma maldição sobre seus conquistadores, pedindo à Mãe Roine que vingasse seus filhos. E, então, naquela mesma noite, o Roine teve uma inundação fora de época, com força maior do que conhecido em memória viva. Um nevoeiro grosso, cheio de substâncias malignas desceu sobre a cidade, e os conquistadores valirianos começaram a morrer de escamagris. (Há, pelo menos, um tanto de verdade no relato: em séculos posteriores, Lomas Longstrider escreveu sobre as ruínas afogadas de Chroyane, suas névoas e águas nauseabundas e o fato de que viajantes indóceis, infectados com escamagris agora assombram as ruínas – um perigo para aqueles que viajam pelo rio sob a extensão quebrada da Ponte dos Sonhos.)

Na parte mais alta do Roine, em Ny Sar, a princesa Nymeria logo recebeu a notícia da derrota acachapante de Garin e da escravidão do povo de Chroyane e Sar Mell. O mesmo destino aguardava sua cidade, ela percebeu. Assim, reuniu cada navio que sobrava sobre o Roine, grande ou pequeno, e os encheu com quantas mulheres e crianças podiam carregar (pois quase todos os homens em idade de batalha haviam marchado com Garin e morrido). Rio abaixo, Nymeria liderou sua frota esfarrapada, passando por cidades em ruínas e fumegantes e campos de cadáveres, através de águas cheias de corpos inchados e boiando. Para evitar Volantis e suas tropas, ela escolheu os canais mais antigos e emergiu no Mar de Verão, onde antigamente ficava Sarhoy.

As lendas nos contam que Nymeria levou dez mil navios para o mar, na busca de um novo lar para seu povo, fora do longo alcance de Valíria e seus senhores dos dragões. Beldecar argumenta que esse número estava muito inflado, talvez cerca de dez vezes. Outros cronistas oferecem outros números, mas, na verdade, nenhuma contagem real jamais foi feita. Podemos dizer com segurança que havia uma grande quantidade de navios. A maioria eram balsas, esquifes, veleiros, galés comerciais, barcos de pesca, barcaças de passeio, até mesmo botes, os deques e porões lotados de mulheres, crianças e velhos. Apenas um em cada dez estava remotamente em condições de navegar, Beldecar insiste.

A viagem de Nymeria foi longa e terrível. Mais de uma centena de navios naufragou e afundou na primeira tempestade que a frota encontrou. Tantos quantos ou mais voltaram por onde

tinham vindo, de medo, e foram capturados por traficantes de escravos de Volantis. Outros ficaram para trás ou se perderam, e nunca mais foram vistos.

A frota remanescente cambaleou pelo Mar de Verão até as Ilhas Basilisco, onde pararam para abastecer com água potável e provisões, só para entrar em conflito com os reis corsários da Ilha Machado, da Garra e da Montanha que Urra, que deixaram de lado suas próprias disputas tempo suficiente para cair sobre os roinares com fogo e espada, passando quarenta navios na tocha e capturando centenas como escravos. Depois disso, os corsários permitiram que os roinares se estabelecessem na Ilha dos Sapos, desde que desistissem de seus barcos e mandassem para cada rei trinta garotas virgens e meninos bonitos por ano como tributo.

Nymeria não aceitou e mais uma vez levou sua frota para o mar, esperando encontrar refúgio nas selvas úmidas de Sothoros. Alguns se estabeleceram na Ponta Basilisco, outros ao lado das águas verdes brilhantes de Zamoyos, entre areias movediças, crocodilos e árvores meio afundadas e apodrecidas. A princesa Nymeria permaneceu com os navios em Zamettar, uma colônia ghiscari abandonada há mil anos, enquanto outros fizeram seu caminho rio acima até as ruínas ciclópicas de Yeen, refúgio de vampiros e aranhas.

Havia riquezas a serem descobertas em Sothoros – ouro, pedras preciosas, madeiras raras, peles exóticas, frutas esquisitas, especiarias estranhas –, mas os roinares não prosperaram por lá. O calor úmido e soturno oprimia seus espíritos, os enxames de insetos que picavam espalhavam uma doença após a outra: febre verde, praga dançante, sangue fervido, feridas purulentas, podridão doce. Os jovens e os muito velhos se mostraram especialmente vulneráveis a tais contágios. Mesmo um mergulho no rio significava um cortejo com a morte, pois Zamoyos estava infestada de cardumes de peixes carnívoros e minúsculos vermes que depositavam seus ovos na carne dos nadadores. Duas das novas cidades em Ponta Basilisco foram saqueadas por traficantes de escravos, com toda a população passada na espada ou arrastada em correntes, enquanto Yeen teve que conter ataques dos vampiros listrados das profundezas das selvas.

Por mais de um ano, os roinares lutaram para sobreviver em Sothoros, até o dia em que um barco de Zamettar chegou em Yeen e descobriu que cada homem, mulher e criança naquela cidade assombrada e em ruínas havia desaparecido da noite para o dia. Então Nymeria reuniu seu povo novamente nos navios e levantaram velas mais uma vez.

Pelos três anos seguintes, os roinares vagaram pelos mares do sul, em busca de um novo lar. Em Naath, a Ilha das Borboletas, o pacífico povo lhes deu as boas-vindas, mas o deus que protege aquela estranha terra começou a abater os recém-chegados aos montes com uma doença mortal sem nome, fazendo que voltassem aos seus navios. Nas Ilhas do Verão, estabeleceram-se em uma rocha desabitada na costa oriental de Walano, que logo ficou conhecida como a Ilha das Mulheres, mas o fino solo pedregoso rendia pouca comida, e muitos morreram de fome. Quando as velas foram erguidas novamente, alguns dos roinares abandonaram Nymeria para seguir uma sacerdotisa chamada Druselka, que afirmava ter ouvido a Mãe Roine chamar seus filhos de volta para casa... mas, quando Druselka e seus seguidores retornaram para suas antigas cidades, encontraram os inimigos esperando, e a maior parte deles logo foi perseguida, morta ou escravizada.

O restante desgastado, maltrapilho, dos dez mil navios navegou para oeste com a princesa Nymeria. Dessa vez, ela seguiu para Westeros. Depois de vagar por tanto tempo, os navios estavam ainda em piores condições do que quando partiram da Mãe Roine. A frota não chegou em Dorne com-

ACIMA | *Princesa Nymeria liderando os dez mil navios.*

pleta. Ainda hoje há grupos isolados de roinares nos Degraus, que afirmam serem descendentes daqueles que naufragaram. Outros navios, tirados do curso pelas tempestades, foram para Lys ou Tyrosh, entregando-se à escravidão em detrimento de uma sepultura no mar. Os navios que sobraram atracaram na costa de Dorne, perto da foz do rio Sangueverde, não muito distante das antigas muralhas de pedra e areia de Lançassolar, sede da Casa Martell.

Seco, desolado e pouco povoado, Dorne, nessa época, era uma terra pobre, onde um grupo de senhores briguentos e reis menores guerreavam infinitamente por cada rio, riacho, poço e pedaço de terra fértil. A maior parte desses senhores dorneses viu os roinares como intrusos indesejáveis, invasores com estranhos costumes estrangeiros e estranhos deuses que deviam ser mandados de volta para o mar por onde chegaram. Mas Mors Martell, Senhor de Lançassolar, viu nos recém-chegados uma oportunidade... e se é possível acreditar nos cantores, sua senhoria também perdeu o coração para Nymeria, a feroz e bela rainha guerreira que liderara seu povo mundo afora para mantê-los livres.

Dizem que, entre os roinares que chegaram a Dorne com Nymeria, oito em cada dez eram mulheres... mas um quarto delas eram guerreiras, segundo a tradição roinar, e mesmo as que não lutavam haviam endurecido durante as viagens e angústias que enfrentaram. Além disso, milhares de meninos na época da fuga do Roine haviam se tornado adultos e aprendido a usar a lança durante os anos de peregrinação. Ao se unir aos recém-chegados, os Martell aumentaram em dez vezes o tamanho de suas tropas.

Quando Mors Martell tomou Nymeria como esposa, centenas de seus cavaleiros, escudeiros e senhores vassalos fizeram o mesmo, e muitos daqueles que já eram casados tomaram mulheres roinares como amantes. Dessa maneira, os dois povos se uniram pelo sangue. Essas uniões enriqueceram e fortaleceram a Casa Martell e seus aliados dorneses. Os roinares traziam considerável riqueza consigo: artesãos, serralheiros e pedreiros trouxeram técnicas muito mais avançadas do que aquelas usadas pelos colegas de Westeros, e seus armeiros logo estavam produzindo espadas, lanças e trajes de escamas e prata que nenhum ferreiro westerosi podia fazer igual. E, ainda mais crucial, dizem que as feiticeiras de água roinares conheciam feitiços secretos que faziam riachos secos fluírem novamente e flores brotarem no deserto.

Para celebrar essas uniões e ter certeza de que seu povo não poderia ir embora pelo mar, Nymeria queimou os navios roinares. "Nossas peregrinações tiveram fim", ela declarou. "Encontramos um novo lar, e aqui viveremos e morreremos."

(Alguns roinares lamentaram a perda dos navios e, em vez de adotar a nova terra, resolveram viver nas águas do Sangueverde, achando que o rio era uma sombra pálida da Mãe Roine, a quem continuavam venerando. Eles ainda existem nos dias de hoje, e são conhecidos como os órfãos do Sangueverde).

As chamas iluminaram a costa por quase trezentos quilômetros, enquanto centenas de cascos rachados e enfileirados eram passados na tocha e transformados em cinzas; à luz daquele cenário ardente, a princesa Nymeria nomeou Mors Martell príncipe de Dorne, no estilo roinar, assegurando seu domínio sobre "as areias vermelhas e brancas, e todas as terras e rios das montanhas até o grande mar de sal".

Tal supremacia era mais fácil de declarar do que de conseguir, no entanto. Anos de guerra se seguiram, e os Martell e seus parceiros roinares encontraram e subjugaram um rei menor após o outro. Não menos do que seis reis conquistados foram mandados para a Muralha em grilhões dourados por Nymeria e seu príncipe, até que restou apenas o maior de seus inimigos: Yorick Yronwood, o Sanguerreal, Quinto de Seu Nome, Senhor de Paloferro, Protetor do Caminho de Pedra, Cavaleiro dos Poços, Rei da Marca Vermelha, Rei do Cinturão Verde e rei dos Dorneses.

Por nove anos, Mors Martell e seus aliados (entre eles a Casa Fowler de Alcanceleste, a Casa Toland de Monte Espírito, a Casa Dayne de Tombastela e a Casa Uller de Toca do Inferno) lutaram contra Yronwood e seus vassalos (os Jordayne da Penha, os Wyl de Caminho de Pedra, juntamente com os Blackmont, os Qorgyle e muitos mais), em batalhas numerosas demais para serem mencionadas. Quando Mors Martell caiu pela espada de Yorick Yronwood, na Terceira Batalha do Caminho do Espinhaço, a princesa Nymeria assumiu sozinha o comando dos exércitos. Mais dois anos de batalhas foram necessários, mas, no fim, foi para Nymeria que Yorick Yronwood dobrou o joelho, e foi ela quem governou depois disso, em Lançassolar.

Ainda que tenha se casado mais duas vezes (primeiro com o idoso Lorde Uller de Toca do Inferno e, mais tarde, com o arrojado Sor Davos Dayne de Tombastela, a Espada da Manhã), Nymeria continuou a ser a governante inquestionável de Dorne por quase vinte e sete anos, com os maridos servindo apenas como conselheiros e consortes. Ela sobreviveu a doze tentativas contra sua vida, acabou com duas rebeliões e impediu duas invasões do Rei da Tempestade, Durran, o Terceiro, e uma do Rei Greydon da Campina.

Quando Nymeria finalmente morreu, foi a mais velha de suas quatro filhas com Mors Martell quem a sucedeu, não seu filho com Davos Dayne, pois os dorneses já haviam adotado muitas das leis e costumes dos roinares, ainda que as lembranças da Mãe Roine e dos dez mil navios fossem desaparecendo nas lendas.

A Perdição de Valíria

COM A DESTRUIÇÃO dos roinares, Valíria logo conseguiu domínio total sobre a metade ocidental de Essos, desde o mar estreito até a Baía dos Escravos, e do Mar de Verão até o Mar Tremente. Escravos chegavam aos montes na Cidade Franca e eram rapidamente despachados para baixo das Catorze Chamas, para minerar os preciosos ouro e prata que os valirianos tanto amavam. Talvez como preparação para a travessia do mar estreito, os valirianos também estabeleceram seu posto avançado mais ocidental, em uma ilha que ficaria conhecida como Pedra do Dragão, duzentos anos antes da Perdição. Nenhum rei se opôs a eles – e embora os senhores locais, na costa do mar estreito, tenham feito algum esforço para resistir, a força de Valíria era grande demais. Com suas artes secretas, o valirianos ergueram uma cidadela em Pedra do Dragão.

Dois séculos se passaram – séculos nos quais o cobiçado aço valiriano começou a chegar aos Sete Reinos com mais velocidade do que antes, embora não rápido o bastante para todos os senhores e reis que o desejavam. E, embora a visão de um senhor dos dragões voando sobre a Baía da Água Negra não fosse desconhecida, ela passou a ocorrer com mais frequência conforme o tempo passava. Valíria sentia que seu posto avançado estava garantido, e os senhores dos dragões continuaram suas maquinações e intrigas no continente nativo.

Então, sem que ninguém esperasse (exceto talvez Aenar Targaryen e sua filha donzela Daenys, a Sonhadora), a Perdição veio sobre Valíria.

Até hoje, ninguém sabe o que causou a Perdição. A maioria diz que foi um cataclismo natural – uma explosão catastrófica causada pela erupção de todas as Catorze Chamas juntas. Alguns septões, menos sábios, afirmam que os valirianos trouxeram o desastre sobre si mesmos, por causa de suas crenças promíscuas em mais de uma centena de deuses e por sua impiedade, que os fez cavar fundo demais e soltar os fogos dos sete infernos sobre a Cidade Franca. Um punhado de meistres, influenciados por fragmentos do trabalho do Septão Barth, asseguram que Valíria usou feitiços para domar as Catorze Chamas por mil anos, que seu apetite incessante por escravos e riquezas era tanto para sustentar esses feitiços quanto para expandir seu poder e que, quando finalmente os feitiços falharam, o cataclismo se tornou inevitável.

Além disso, alguns argumentam que foi a maldição de Garin, o Grande, que finalmente deu frutos. Outros falam dos sacerdotes de R'hllor convocando o fogo de seus deuses em estranhos rituais. Alguns, unindo a fantasiosa noção da mágica valiriana à realidade da ambição das grandes casas de Valíria, argumentaram que o turbilhão constante de conflito e enganos entre as grandes casas podiam ter levado ao assassinato de muitos dos magos reputados que renovavam e mantinham os rituais que continham o fogo das Catorze Chamas.

A única coisa que pode ser dita com certeza é que foi um cataclismo como o mundo jamais viu. A antiga e poderosa Cidade Franca – lar de dragões e de feiticeiros de habilidade sem igual – foi despedaçada e destruída em questão de horas. Escritos relatam que cada colina em um raio de oitocentos quilômetros se abriu e encheu o ar com cinzas e fumaça, e fogo tão quente e ávido que até os dragões no céu foram engolidos e consumidos. Grandes brechas se abriram na terra, engolindo palácios, templos e cidades inteiras. Lagos ferveram ou ficaram ácidos, montanhas explodiram, fontes ardentes vomitaram rochas derretidas a quinhentos metros de altura, e nuvens vermelhas choveram vidro de dragão e sangue negro de demônios. Ao norte, o chão rachou, colapsou e caiu sobre si mesmo, e um mar bravio entrou fervendo.

A cidade mais orgulhosa do mundo desapareceu em um instante, o fabuloso império esvaneceu em um dia. As Terras do Longo Verão – antes as mais férteis do mundo – foram queimadas, afogadas e arruinadas, e o custo em sangue não seria completamente percebido durante todo o século seguinte.

O que se seguiu ao vácuo repentino foi o caos. Os senhores dos dragões estavam reunidos em Valíria, como era costume... exceto Aenar Targaryen, seus filhões e seus dragões, que fugiram para Pedra do Dragão e, dessa forma, escaparam da Perdição. Alguns relatos afirmam que outros poucos sobreviveram... por um tempo. Dizem que alguns senhores de dragões valirianos em Tyrosh e Lys foram poupados, mas que, na agitação política que se seguiu à Perdição, eles e seus dragões foram mortos pelos cidadãos dessas Cidades Livres. As histórias de Qohor também afirmam que um senhor de dragão visitante, Aurion, reuniu forças entre os colonos qohorik e se autoproclamou primeiro Imperador de Valíria. Ele voou de volta para Valíria nas costas de seu grande dragão, seguido por trinta mil homens a pé, para reivindicar o que sobrava da Cidade Franca e restabelecer o império. Mas nem o imperador Aurion nem suas tropas foram vistos novamente.

A época dos dragões em Essos chegara ao fim.

Volantis, a mais poderosa das Cidades Livres, rapidamente reivindicou a posição de Valíria. Homens e mulheres de sangue nobre valiriano, ainda que não senhores dos dragões, exigiam guerra contra as outras cidades. Os tigres, como aqueles que

Na esteira de todos os conflitos e lutas que continuam até os dias de hoje por causa das Terras Disputadas, a praga das Companhias Livres nasceu e criou raízes. Primeiro, esses bandos de mercenários simplesmente lutavam por quem os pagava. Mas há quem diga que, sempre que a paz ameaça, os capitães dessas Companhias Livres atuam para instigar novas guerras para se sustentarem, e enriquecerem com os espólios.

defendiam a conquista ficaram conhecidos, levaram Volantis a um grande conflito com as outras Cidades Livres. Tiveram grande sucesso no início, suas frotas e exércitos controlando Lys e Myr e comandando a região sul do Roine. Foi só quando exageraram e tentaram tomar Tyrosh também que seu império em expansão entrou em colapso. Nervosa com a agressão volantina, a cidade livre de Pentos se juntou à Tyrosh na resistência, Myr e Lys se rebelaram, e o Senhor do Mar de Bravos providenciou uma frota de cem navios para ajudar Lys. Além disso, o Rei da Tempestade westerosi, Argilac, o Arrogante, liderou uma tropa até as Terras Disputadas – em troca da promessa de ouro e glória – e derrotou o exército volantino que tentava retomar Myr.

Perto do fim, até o futuro Conquistador, o ainda jovem Aegon Targaryen acabou se envolvendo na luta. Seus ancestrais tinham olhado por muito tempo para leste, mas a atenção de Aegon desde cedo se voltou para oeste. Mesmo assim, quando Pentos e Tyrosh se aproximaram dele, convidando-o a se juntar à grande aliança contra Volantis, ele ouviu. E por motivos desconhecidos nos dias de hoje, resolveu atender ao chamado... até certo ponto. Dizem que Aegon voou para leste, montando o Terror Negro, onde encontrou o príncipe de Pentos e os magísteres da Cidade Livre, e de lá voou em Balerion até Lys, a tempo de queimar a frota volantina que se preparava para invadir aquela Cidade Livre.

Volantis sofreu mais derrotas – no Lago Adaga, onde as galés de guerra de Qohor e Norvos destruíram grande parte da frota volantina que controlava o Roine; e no leste, quando os dothraki começaram a sair aos montes do Mar Dothraki, deixando vilas e cidades arruinadas em seu rastro, enquanto caíam sobre a enfraquecida Volantis. Por fim, os elefantes – a facção volantina que preferia a paz e era em grande parte formada pelos comerciantes e mercadores ricos que mais sofreram com a guerra – tomaram o poder dos tigres e colocaram um fim na luta.

Quanto a Aegon Targaryen, logo depois de seu papel na defesa de Volantis, os textos dizem que ele perdeu todo o interesse nos assuntos do leste. Acreditando que a questão em Volantis estava acabada, voou de volta para Pedra do Dragão. E, agora, sem ser distraído pelas guerras em Essos, Aegon voltou os olhos para oeste.

A Cidade Franca de Valíria e seu império foi destruído pela Perdição, mas a península despedaçada permanece. Histórias estranhas são contadas sobre ela hoje em dia, e sobre os demônios que assombram o Mar Fumegante onde antigamente ficavam as Catorze Chamas. De fato, a estrada que une Volantis à Baía dos Escravos ficou conhecida como "caminho do demônio", e é evitada por todos os viajantes sensíveis. E aqueles que ousaram navegar pelo Mar Fumegante não retornaram, como Volantis aprendeu durante o Século do Sangue, quando uma frota foi enviada para reivindicar a península que desapareceu. Há estranhos rumores de homens que ainda vivem entre as ruínas de Valíria e nas cidades vizinhas de Oros e Tyria. Outros contestam isso, no entanto, dizendo que a Perdição ainda mantém controle sobre Valíria.

Algumas das cidades distantes do coração de Valíria permanecem habitadas, no entanto – lugares fundados pela Cidade Franca ou submetidos a ela. A mais sinistra delas é Mantarys, um lugar em que, segundo alguns dizem, os homens nascem retorcidos e monstruosos; alguns atribuem isso à presença da cidade no caminho do demônio. As reputações de Tolos, onde são encontrados os melhores fundeiros do mundo, e da cidade de Elyria, na ilha de mesmo nome, são menos sinistras e menos dignas de nota também, pois criaram laços com as cidades ghiscari na Baía dos Escravos e, de outro modo, evitaram envolvimento em qualquer esforço para reclamar o coração queimado de Valíria.

ACIMA | *Um dragão ardendo durante a Perdição.*

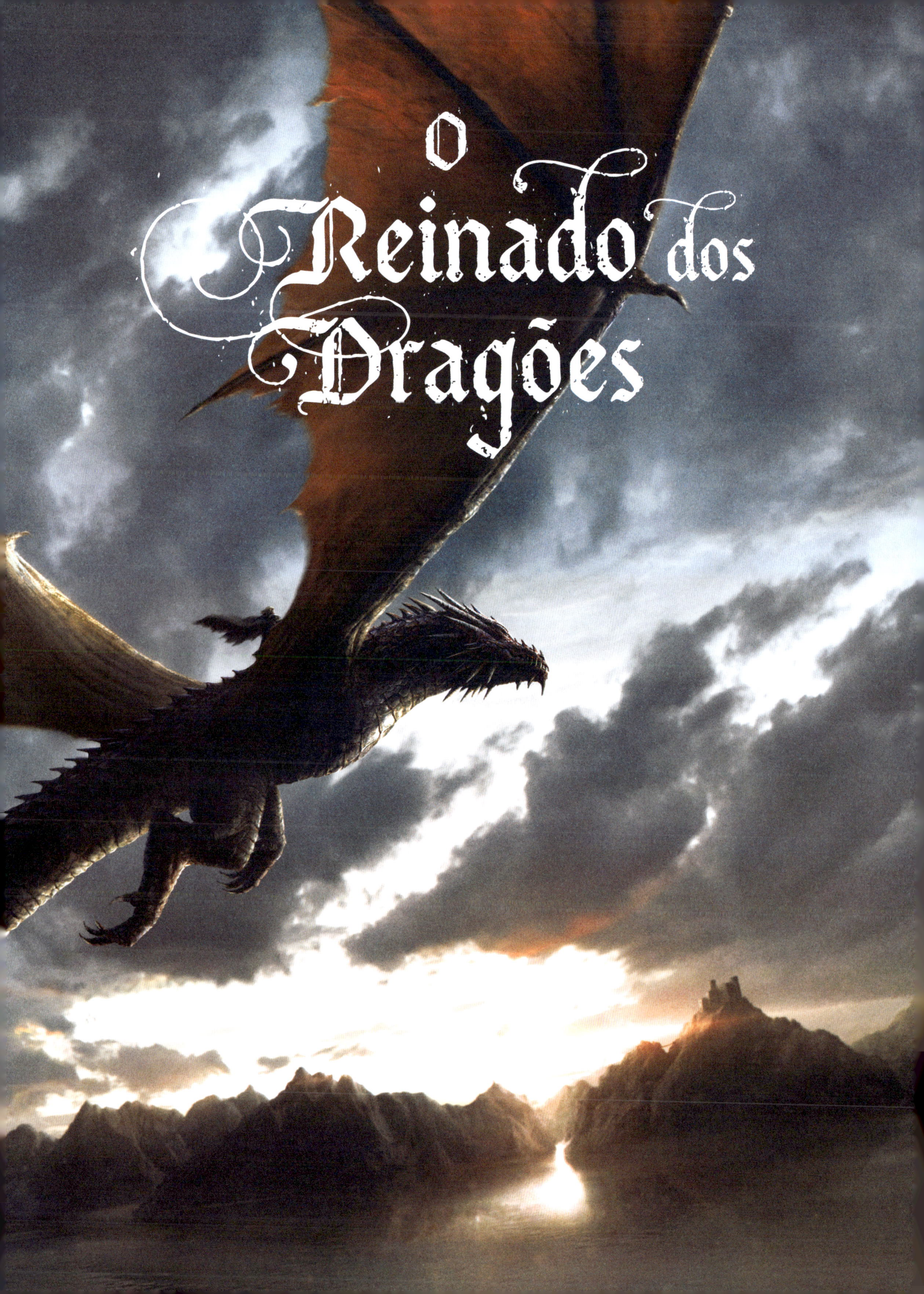
O
Reinado dos
Dragões

AQUI SEGUE UM relato sobre o reinado da Casa Targaryen, de Aegon, o Conquistador, até Aerys, o Rei Louco. Muitos são os meistres que escreveram sobre esse assunto, e o conhecimento que formaram é base de muito do que se segue. Mas em uma coisa eu tomei uma liberdade: a narrativa da Conquista de Aegon não é trabalho de minha autoria, mas algo descoberto recentemente nos arquivos da Cidadela, esquecido desde o triste fim de Aegon, o Quinto de Seu Nome. Este fragmento – parte de um trabalho maior que parecia destinado a ser uma história dos reis Targaryen – foi encontrado juntando poeira entre papéis que pertenciam ao Arquimeistre Gerold, historiador cujos escritos sobre a história de Vilavelha foram bem recebidos em sua época. Mas isso não foi escrito por ele. O estilo sozinho já denuncia, mas certas notas encontradas nesses papéis indicam que foram escritos pelo Arquimeistre Gyldayn, último meistre a servir em Solarestival antes da destruição do lugar no reinado de Aegon, o Afortunado, o Quinto de Seu Nome, que deve ter enviado o manuscrito para Gerold para comentários e aprovação.

A história da Conquista é tão completa quanto qualquer outra, e é por isso que eu a coloquei aqui, para que – por fim – outros olhos além dos meus e os do falecido Arquimeistre Gerold possam apreciá-la e aprender com ela. Há outros manuscritos de mesma autoria que descobri, mas muitas páginas foram perdidas ou destruídas, e ainda outras foram danificadas por negligência e pelo fogo. Pode ser que, algum dia, mais textos sejam encontrados, e essa obra-prima perdida esteja pronta para ser copiada e encadernada, pois o que encontrei causou grande animação na Cidadela.

Até lá, contudo, os fragmentos servem como uma entre várias fontes sobre os reinados dos reis Targaryen, desde o Conquistador até o falecido Aerys II – o último rei Targaryen a sentar no Trono de Ferro.

A Conquista

Os meistres da Cidadela que guardam as histórias de Westeros usam a Conquista de Aegon como a pedra de toque para os últimos trezentos anos. Nascimentos, mortes, batalhas e outros acontecimentos são datados como d.C. (Depois da Conquista) ou a.C. (Antes da Conquista).

Verdadeiros eruditos sabem que esta datação está longe de ser precisa. A conquista dos Sete Reinos por Aegon Targaryen não aconteceu em um único dia. Mais de dois anos se passaram entre a chegada de Aegon e sua coroação em Vilavelha... e a Conquista ainda permaneceu incompleta, já que Dorne continuou insubmisso. Tentativas esporádicas de trazer os dorneses para o reino prosseguiram durante todo o reinado do rei Aegon e também nos reinados de seus filhos, tornando impossível fixar uma data final precisa para as Guerras da Conquista.

Até a data de início é tema de algum equívoco. Alguns presumem, erroneamente, que o reinado do rei Aegon I Targaryen começou no dia em que ele chegou na foz da Torrente da Água Negra, abaixo das três colinas, onde, posteriormente, ficaria a cidade de Porto Real. Não é assim. O dia do Desembarque de Aegon era celebrado pelo rei e seus descendentes, mas o Conquistador, na verdade, datava o início de seu reinado no dia em que foi coroado e ungido no Septo Estrelado pelo Alto Septão da Fé. A coroação ocorreu dois anos depois do Desembarque de Aegon, bem depois que todas as três maiores batalhas das Guerras da Conquista foram lutadas e vencidas. Assim, percebe-se que a maior parte da conquista real de Aegon ocorreu entre os anos 2-1 a.C.

Os Targaryen tinham sangue valiriano puro, eram senhores de dragões de linhagem antiga. Doze anos antes da Perdição de Valíria (114 a.C.), Aenar Targaryen vendeu suas propriedades na Cidade Franca e nas Terras do Longo Verão e se mudou com todas as esposas, riquezas, escravos, dragões, irmãos, parentes e filhos para Pedra do Dragão, uma cidadela em uma ilha sombria sob uma montanha fumegante no mar estreito.

PÁGINA ANTERIOR | *Aegon, o Conquistador, sobre Balerion, o Terror Negro.* À ESQUERDA | *Pedra do Dragão.*

No auge, Valíria foi a maior cidade do mundo conhecido, o centro da civilização. Dentro das muralhas brilhantes, quarenta casas rivais disputavam poder e glória na corte e no conselho, ascendendo e caindo em uma disputa sutil, infinita e, muitas vezes, selvagem pelo domínio. Os Targaryen estavam longe de ser os mais poderosos entre os senhores dos dragões, e seus rivais viram sua fuga para Pedra do Dragão como um ato de rendição, uma covardia. Mas a filha donzela de Lorde Aenar, Daenys – depois disso conhecida para sempre como Daenys, a Sonhadora –, previra a destruição de Valíria pelo fogo. E quando a Perdição chegou, doze anos mais tarde, os Targaryen foram os únicos senhores de dragões a sobreviver.

Pedra do Dragão fora o posto avançado mais ocidental do poder valiriano por dois séculos. Sua localização, no extremo da Goela, deu aos seus senhores poder sobre a Baía da Água Negra, e permitiu que os Targaryen e seus aliados mais próximos, os Velaryon de Derivamarca (uma casa menor de descendência valiriana), enchessem os cofres com o comércio na passagem. Os navios Velaryon, juntamente com os de outra casa valiriana aliada, os Celtigar da Ilha da Garra, dominavam o curso médio do mar estreito, enquanto os Targaryen governavam os céus com seus dragões.

Mesmo assim, durante grande parte dos cem anos após a Perdição de Valíria (o que foi corretamente chamado de Século de Sangue), a Casa Targaryen olhou para leste, não para oeste, e demonstrou pouco interesse nos assuntos de Westeros. Gaemon Targaryen, irmão e marido de Daenys, a Sonhadora, sucedeu Aenar, o Exilado, como Senhor de Pedra do Dragão, e se tornou conhecido como Gaemon, o Glorioso. O filho de Gaemon, Aegon, e sua

ACIMA | *Aegon, o Conquistador, em batalha.*

filha Elaena governaram juntos após sua morte. Depois deles, o domínio passou para o filho Maegon e seu irmão Aerys, e para os filhos de Aerys, Aelyx, Baelon e Daemion. O último dos três irmãos era Daemion, cujo filho, Aerion, os sucedeu em Pedra do Dragão.

O Aegon que entrou para a história como Aegon, o Conquistador, ou Aegon, o Dragão, nasceu em Pedra do Dragão em 27 a.C. Era o único herdeiro homem, e segundo filho de Aerion, Senhor de Pedra do Dragão, e da Senhora Valaena da Casa Velaryon, ela também meio Targaryen pelo lado materno. Aegon teve duas irmãs legítimas; uma mais velha, Visenya, e uma mais jovem, Rhaenys. Era um costume de longa data entre os senhores dos dragões de Valíria casar irmão e irmã, para manter as linhagens puras, mas Aegon tomou as duas irmãs como noivas. Pela tradição, esperava-se que ele se casasse apenas com a irmã mais velha, Visenya; a inclusão de Rhaenys como uma segunda esposa era incomum, ainda que não sem precedentes. Alguns dizem que Aegon se casou com Visenya por dever e com Rhaenys por desejo.

Os três irmãos tinham mostrado serem senhores de dragões antes de se casarem. Dos cinco dragões que voaram de Valíria com Aenar, o Exilado, apenas um sobreviveu até os dias de Aegon: o grande animal chamado Balerion, o Terror Negro. Os outros dois dragões restantes – Vhagar e Meraxes – eram mais jovens, nascidos em Pedra do Dragão.

Um mito comum, com frequência ouvido entre os ignorantes, afirma que Aegon Targaryen nunca colocou os pés no solo de Westeros até o dia em que partiu para conquistar o continente, mas isso não é verdade. Anos antes dessa viagem, a Mesa Pintada fora esculpida e decorada sob ordem de Lorde Aegon: uma prancha de madeira maciça, com mais de quinze metros de comprimento, esculpida no formato de Westeros e pintada para mostrar todas as florestas, rios, cidades e castelos dos Sete Reinos. Claramente, o interesse de Aegon em Westeros era muito anterior aos acontecimentos que o levaram à guerra. Além disso, há relatos confiáveis de Aegon e sua irmã, Visenya, visitando a Cidadela de Vilavelha na juventude, e caçando com falcões na Árvore, como convidados de Lorde Redwyne. Ele também pode ter visitado Lannisporto; os relatos divergem.

A Westeros da juventude de Aegon era dividida em sete reinos briguentos, e dificilmente havia um período em que dois ou três desses reinos não estavam em guerra uns com os outros. O Norte, vasto, frio e pedregoso, era governado pelos Stark de Winterfell. Nos desertos de Dorne, os príncipes Martell dominavam. As terras ocidentais, ricas em ouro, eram governadas pelos Lannister de Rochedo Casterly, a fértil Campina pelos Gardener de Jardim de Cima. O Vale, os Dedos e as Montanhas da Lua pertenciam à Casa Arryn... mas os reis mais beligerantes da época de Aegon eram os dois cujos reinos ficavam mais próximos de Pedra do Dragão, Harren, o Negro, e Argilac, o Arrogante.

De sua grande cidadela em Ponta Tempestade, os Reis da Tempestade da Casa Durrandon chegaram a governar a metade oriental de Westeros, desde Cabo da Fúria até a Baía dos Caranguejos, mas seus poderes foram diminuindo ao longo dos séculos. Os Reis da Campina tinham mordiscado seus domínios a oeste, os dorneses assediaram as regiões ao sul, e Harren, o Negro, e seus homens de ferro tinham tomado para si o Tridente e as terras ao norte da Torrente da Água Negra. O rei Argilac, o último Durrandon, deteu esse declínio por um tempo, impedindo uma invasão dornesa quando ainda era menino, cruzando o mar estreito para se juntar à grande aliança contra os "tigres" imperialistas de Volantis, e assassinando Garse VII Gardener, rei da Campina, na Batalha do Campo de Verão, vinte anos mais tarde. Mas Argilac envelheceu; sua famosa cabeleira negra ficou grisalha, e suas proezas nas armas se esvaneceram.

Ao norte da Água Negra, as terras fluviais eram governadas pela mão ensanguentada de Harren, o Negro, da Casa Hoare, Rei das Ilhas e dos Rios. O avô nascido no ferro de Harren, Harwyn Mão-Dura, tomou o Tridente do avô de Argilac, Arrec, cujos antepassados haviam derrubado o último dos reis do rio séculos antes. O pai de Harren estendeu seus domínios para leste, até Valdocaso e Rosby. O próprio Harren devotou grande parte de seu longo reinado – de quase quarenta anos – à construção de um castelo gigantesco ao lado do Olho de Deus, mas com Harrenhal finalmente perto de ser concluído, os nascidos no ferro logo estavam livres para irem atrás de novas conquistas.

Nenhum rei em Westeros foi mais temido do que Negro Harren, cuja crueldade se tornou lendária por todos os Sete Reinos. E nenhum rei em Westeros se sentiu mais ameaçado do que Argilac, o Rei da Tempestade, último dos Durrandon – um guerreiro envelhecido cuja única herdeira era uma filha donzela. E assim que o rei Argilac foi atrás dos Targaryen de Pedra do Dragão, oferecendo a Lorde Aegon sua filha em casamento, com todas as terras a leste do Olho de Deus, no Tridente, até a Torrente de Água Negra como dote.

Aegon Targaryen rejeitou a proposta do Rei da Tempestade. Já tinha duas esposas, destacou; não precisava de uma terceira. E as terras oferecidas em dote pertenciam a Harrenhal por mais de uma geração. Não eram de Argilac, para que as cedesse. Claramente, o envelhecido Rei da Tempestade pretendia colocar os Targaryen ao longo da Água Negra como uma proteção entre suas próprias terras e as que pertenciam a Harren, o Negro.

O Senhor de Pedra do Dragão rebateu com uma contraoferta. Ele aceitaria as terras do dote oferecido se Argilac também cedesse o Gancho de Massey e os bosques e planícies do sul da Água Negra até o rio Guaquevai e a cabeceira do Vago. O pacto seria selado com o casamento da filha do rei Argilac com Orys Baratheon, amigo de infância e campeão de Lorde Aegon.

Argilac, o Arrogante, rejeitou esses termos com raiva. Orys Baratheon era um meio irmão ilegítimo de Lorde Aegon, sussurrava-se, e o Rei da Tempestade não desonraria a filha dando sua mão para um bastardo. A simples sugestão o enfureceu. Argilac cortou as mãos do enviado de Aegon e as devolveu para ele em uma caixa. "Essas são as únicas mãos que seu bastardo terá de mim", escreveu.

Aegon não respondeu. Em vez disso, convocou seus amigos, vassalos e principais aliados para que se encontrassem com ele em Pedra do Dragão. Eram poucos. Os Velaryon de Derivamarca eram juramentados à Casa Targaryen, assim como os Celtigar de Ilha da Garra. Do Gancho do Massey, vieram Lorde Bar Emmon de Ponta Aguda, e Lorde Massey de Bailepedra, ambos juramentados a Ponta Tempestade, mas com laços mais estreitos com Pedra do Dragão. Lorde Aegon e suas irmãs se aconselharam com eles e visitaram o septo do castelo para rezar aos Sete de Westeros, ainda que Aegon nunca tenha sido considerado um homem piedoso.

No sétimo dia, uma nuvem de corvos irrompeu das torres de Pedra do Dragão para levar a mensagem de Lorde Aegon aos Sete Reinos de Westeros. Eles voaram até os sete reis, a Cidadela de Vilavelha e senhores tanto grandes quanto pequenos. Todos levavam a mesma mensagem: daquele dia em diante só haveria um rei em Westeros. Aqueles que dobrassem o joelho para Aegon da Casa Targaryen poderiam manter suas terras e títulos. Aqueles que levantassem armas contra ele seriam derrotados, humilhados e destruídos.

Os relatos diferem sobre quantas espadas partiram de Pedra do Dragão com Aegon e suas irmãs. Alguns dizem três mil; outros enumeram apenas centenas. Esse modesto exército Targaryen desembarcou na foz da Torrente da Água Negra, na margem norte, onde três colinas arborizadas se erguiam sobre uma pequena vila de pescadores.

Nos dias dos Cem Reinos, vários reis menores reivindicaram domínio sobre a foz do rio, entre eles os reis Darklyn de Valdocaso, os Massey de Bailepedra, e os reis do rio de antigamente, fossem Mudd, Fisher, Bracken, Blackwood ou Hook. Torres e fortes haviam coroado as três colinas em vários momentos, só para serem derrubados em uma guerra ou outra. Agora, só pedras quebradas e ruínas permaneciam sobre o solo para recepcionar os Targaryen. Embora reivindicada tanto por Ponta Tempestade quanto por Harrenhal, a foz do rio era indefesa, e os castelos mais próximos eram de senhores menores sem grande poder ou capacidade militar, e, além disso, senhores que tinham poucos motivos para amar seu suserano nominal, Harren, o Negro.

Aegon Targaryen rapidamente levantou uma paliçada de toras e terra ao redor da mais alta das três colinas, e despachou suas irmãs para garantir a submissão dos castelos mais próximos. Rosby se rendeu a Rhaenys e ao dragão de olhos dourados, Meraxes, sem lutar. Em Stokeworth, alguns besteiros dispararam dardos em Visenya, até que o fogo de Vhagar deixou os telhados do castelo em chamas. Então, eles se submeteram também.

O primeiro teste real dos conquistadores veio com Lorde Darklyn de Valdocaso e Lorde Mooton de Lagoa da Donzela, que juntaram forças e marcharam para o sul com três mil homens para mandar os invasores de volta

ACIMA | *A resposta de Argilac, o Arrogante, à oferta de Aegon.*

ao mar. Aegon enviou Orys Baratheon para atacá-los no caminho, enquanto ele mesmo descia sobre os soldados com o Terror Negro. Os dois senhores foram mortos na batalha unilateral que se seguiu; depois disso, o filho de Darklyn e o irmão de Mooton entregaram seus castelos e juraram suas espadas à Casa Targaryen. Naquela época, Valdocaso era o principal porto westerosi no mar estreito e ficara corpulento e rico pelo comércio que passava por seu ancoradouro. Visenya Targaryen não permitiu que a cidade fosse saqueada, mas não hesitou em reivindicar suas riquezas, inchando muito os cofres dos conquistadores.

Este, talvez, seja o momento adequado para falar sobre as diferenças de personalidades de Aegon Targaryen e suas irmãs e rainhas.

Visenya, a mais velha dos três irmãos, era tão guerreira quanto o próprio Aegon, e ficava tão confortável em uma cota de malha quanto em seda. Carregava a espada longa valiriana Irmã Negra e era habilidosa em seu uso, tendo treinado ao lado do irmão desde a infância. Embora tivesse os cabelos loiro-prateados e os olhos púrpura de Valíria, sua beleza era dura, austera. Mesmo aqueles que mais a amavam achavam Visenya severa, séria, implacável, e alguns diziam que ela brincava com venenos e mexia com magia negra.

Rhaenys, a mais jovem dos três Targaryen, era tudo o que a irmã não era: brincalhona, curiosa, impulsiva, dada a arroubos de fantasia. Longe de ser uma guerreira, Rhaenys amava música, dança e poesia, e apoiava muitos cantores, atores e titereiros. Mesmo assim, dizem que Rhaenys passava mais tempo no dorso do dragão do que seu irmão e irmã juntos, pois acima de tudo amava voar. Uma vez ouviram-na dizer que, antes de morrer, pretendia voar em Meraxes através do Mar do Poente, para ver o que havia mais a oeste. Embora ninguém jamais tenha questionado a fidelidade de Visenya ao irmão/marido, Rhaenys cercava-se de homens jovens graciosos e (sussurrava-se) até mesmo entretinha alguns em seus aposentos nas noites em que Aegon estava com a irmã mais velha. Apesar desses rumores, observadores da corte não podiam deixar de notar que o rei passava dez noites com Rhaenys para cada noite com Visenya.

O próprio Aegon Targaryen, estranhamente, era um enigma tanto para seus contemporâneos quanto para nós. Armado com a lâmina de aço valiriano Blackfyre, era considerado um dos maiores guerreiros de sua época, mas não tinha prazer nas façanhas de guerra e nunca participou de um torneio ou de uma disputa corpo a corpo. Sua montaria era Balerion, o Terror Negro, mas ele só voava em batalha ou para viajar rapidamente através do continente e do mar. Sua presença imponente atraía os homens para suas fileiras, mesmo assim não tinha amigos próximos, exceto Orys Baratheon, seu companheiro de juventude. As mulheres eram atraídas por ele, mas Aegon sempre permaneceu fiel a suas irmãs. Como rei, depositou grande confiança em seu pequeno conselho e em suas irmãs, deixando grande parte da governança cotidiana do reino para eles. Mesmo assim, não hesitava em assumir o comando quando achava necessário. Embora tratasse com dureza rebeldes e traidores, era generoso com ex-inimigos que dobravam o joelho.

Ele demonstrou isso pela primeira vez no Forte de Aegon, o rude castelo de madeira e barro que ergueu no topo do que dali em diante seria conhecido como Grande Colina de Aegon. Tendo tomado uma dúzia de castelos e garantido a foz da Torrente da Água Negra em ambos os lados do rio, Aegon ordenou que os senhores derrotados se apresentassem diante dele. Eles depositaram as espadas aos seus pés, e Aegon os levantou e os confirmou em suas terras e títulos. Para os apoiadores mais antigos, concedeu novas honras. Daemon Velaryon, Senhor das Marés, foi feito mestre dos navios, comandante da frota real. Triston Massey, Senhor de Bailepedra, foi nomeado mestre das leis, e Crispian Celtigar, mestre da moeda. Orys Baratheon foi proclamado "meu escudo, meu leal, minha

ACIMA | *Corvos levam a proclamação de Aegon para todos os cantos de Westeros.*

mão direita forte". Assim, Baratheon é considerado pelos meistres a primeira Mão do Rei.

Estandartes heráldicos eram uma longa tradição entre os senhores de Westeros, mas nunca foram usados pelos senhores dos dragões da antiga Valíria. Quando os cavaleiros de Aegon desfraldaram seu grande estandarte de batalha de seda, com um dragão de três cabeças vermelho soltando fogo sobre um campo negro, os senhores consideraram aquilo um sinal de que Aegon era, então, verdadeiramente um deles, um rei supremo digno de Westeros. Quando a rainha Visenya colocou um aro de aço valiriano cravejado de rubis, e a rainha Rhaenys o saudou como "Aegon, Primeiro de Seu Nome, Rei de toda Westeros, e Protetor de seu Povo", os dragões rugiram e os senhores e cavaleiros comemoraram... mas os plebeus, pescadores, camponeses e suas respectivas mulheres gritaram mais alto do que todos.

Mas os sete reis que Aegon, o Dragão, pretendia destronar não estavam celebrando. Em Harrenhal e em Ponta Tempestade, Harren, o Negro, e Argilac, o Arrogante, já haviam convocado seus vassalos. No oeste, o rei Mern da Campina cavalgou pela Estrada do Mar para norte, até Rochedo Casterly, para se encontrar com o rei Loren da Casa Lannister. A princesa de Dorne despachou um corvo para Pedra do Dragão, oferecendo se juntar a Aegon contra Argilac, o Rei da Tempestade... mas como igual e aliada, não como súdita. Outra oferta de aliança veio do rei menino do Ninho da Águia, Ronnel Arryn, cuja mãe pedia todas as terras a leste do Ramo Verde do Tridente em troca do apoio do Vale contra o Negro Harren. Mesmo no Norte, o rei Torrhen Stark de Winterfell se sentou com seus vassalos e conselheiros até tarde da noite, para discutir o que seria feito a respeito desse pretenso conquistador. Todo o reino esperava ansiosamente para ver qual seria o próximo movimento de Aegon.

Poucos dias depois da coroação, os exércitos de Aegon estavam em marcha mais uma vez. A maior parte de suas tropas cruzou a Torrente da Água Negra, dirigindo-se ao sul para Ponta Tempestade, sob comando de Orys Baratheon. A rainha Rhaenys o acompanhou, montada em Meraxes, de olhos dourados e escamas prateadas. A frota Targaryen, sob comando de Daemon Velaryon, deixou a Baía da Água Negra e virou para o norte, para Vila Gaivota e o Vale. Com eles estavam a rainha Visenya e Vhagar. O próprio rei marchou para o noroeste, para o Olho de Deus e Harrenhal, a gigantesca fortaleza que era o orgulho e a obsessão do rei Harren, o Negro, e que ele terminara e ocupara no mesmo dia em que Aegon desembarcou no que um dia se tornaria Porto Real.

Todos os três Targaryen enfrentaram feroz oposição. Os senhores Errol, Fell e Buckler, vassalos de Ponta Tempestade, surpreenderam os grupos avançados das tropas de Orys Baratheon enquanto cruzavam o Guaquevai, matando mais de mil homens antes de desaparecer entre as árvores. Uma frota Arryn, reunida às pressas e aumentada por uma dúzia de navios de guerra bravosi, encontrou e derrotou a frota Targaryen nas águas costeiras de Vila Gaivota. Entre os mortos estava o almirante de Aegon, Daemon Velaryon. O próprio Aegon foi atacado pela costa sul do Olho de Deus, não apenas uma vez, mas duas. A Batalha dos Juncos foi uma vitória Targaryen, mas Aegon sofreu pesadas perdas nos Salgueiros Lamuriantes, quando dois dos filhos do rei Harren atravessaram o lago em botes com remos abafados e caíram sobre sua retaguarda.

Tais derrotas se provaram não mais do que contratempos, e, no fim, os inimigos de Aegon não tinham resposta para seus dragões. Os homens do Vale afundaram um terço dos navios Targaryen e capturaram quase a mesma quantidade, mas, quando a rainha Visenya desceu sobre eles do céu, seus próprios navios queimaram. Os senhores Errol, Fell e Buckler se esconderam nas florestas familiares até que a rainha Rhaenys soltou Meraxes, e uma muralha de fogo varreu os bosques, transformando árvores em tochas. E os vitoriosos nos Salgueiros Lamuriantes, voltando pelo lago até Harrenhal, estavam despreparados quando Balerion caiu sobre eles no céu da manhã. Os barcos de Harren queimaram. Os filhos de Harren também.

Os adversários de Aegon também eram atormentados por outros inimigos. Enquanto Argilac, o Arrogante, reunia suas espadas em Ponta Tempestade, piratas dos Degraus desceram pela costa do Cabo da Fúria para se aproveitar da ausência dos senhores, e grupos invasores dorneses vieram fervendo das Montanhas Vermelhas para varrer as Marcas. No Vale, o jovem rei Ronnel teve de conter uma rebelião nas Três Irmãs, quando os homens das irmãs renunciaram a todas as alianças com o Ninho da Águia e proclamaram a Senhora Marla Sunderland sua rainha.

No entanto, essas eram contrariedades menores se comparadas à que se abateu sobre Harren, o Negro. Ainda que a Casa Hoare governasse as terras fluviais há três gerações, os homens do Tridente não tinham amor por seus senhorios nascidos no ferro. Harren, o Negro, levara milhares à morte na construção de seu grande castelo de Harrenhal, saqueando

À DIREITA | *Visenya e Vhagar queimam a frota Arryn.*

as terras fluviais em busca de materiais e empobrecendo tanto senhores quanto plebeus em seu apetite por ouro. Agora as terras fluviais se erguiam contra ele, lideradas por Lorde Edmyn Tully de Correrrio. Convocado para defender Harrenhal, Tully se declarou como aliado da Casa Targaryen, erguendo o estandarte do dragão sobre seu castelo e cavalgando com seus cavaleiros e arqueiros para juntar forças com Aegon. Sua rebeldia deu ânimo para outros senhores do rio. Um a um, os senhores do Tridente renunciaram a Harren e se declararam por Aegon, o Dragão. Blackwood, Mallister, Vance, Bracken, Piper, Frey, Strong... reuniram seus soldados e desceram sobre Harrenhal.

Repentinamente em menor número, o rei Harren, o Negro, se refugiou em sua fortaleza supostamente inexpugnável. O maior castelo já erguido em Westeros, Harrenhal ostentava cinco torres gigantescas, uma fonte inesgotável de água doce, imensos porões subterrâneos bem estocados com provisões, e muralhas maciças de pedra negra mais altas do que qualquer escada e grossas demais para serem quebradas por qualquer aríete ou estilhaçadas por um trabuco. Harren trancou os portões e se estabeleceu com os filhos restantes e os apoiadores para resistir a um cerco.

Aegon de Pedra do Dragão pensava diferente. Uma vez que juntou forças com Edmyn Tully e os outros senhores do rio para circundar o castelo, ele mandou um meistre para os portões sob um estandarte da paz, para negociar. Harren saiu para encontrá-lo – um homem velho e grisalho, mas ainda feroz em sua armadura negra. Cada rei tinha um porta-estandarte e um meistre em sua companhia, então as palavras que trocaram ainda são lembradas.

– Renda-se agora – Aegon começou – e poderá permanecer como Senhor das Ilhas de Ferro. Renda-se agora, e seus filhos viverão para governar depois de você. Tenho oito mil homens do lado de fora das suas muralhas.

– O que está fora das minhas muralhas não me preocupa – Harren respondeu. – Essas muralhas são fortes e grossas.

– Não altas o bastante para conter dragões. Dragões voam.

– Eu as construí de pedra – Harren replicou. – Pedras não queimam.

Ao que Aegon disse:

– Quando o sol se pôr, sua linhagem chegará ao fim.

Dizem que Harren cuspiu ao ouvir isso e voltou para seu castelo. Uma vez lá dentro, mandou cada um de seus homens para os parapeitos, armados com lanças, arcos e bestas, prometendo terras e riquezas para qualquer um deles que derrubasse o dragão.

– Se eu tivesse uma filha, o matador de dragão poderia reivindicar sua mão também – Harren, o Negro, proclamou. – Em vez disso, eu darei uma das filhas de Tully, ou as três se ele quiser. Ou pode escolher uma das crias de Blackwood, ou de Strong, ou qualquer garota nascida desses traidores do Tridente, desses senhores da lama amarela. – Então Harren, o Negro, se retirou para sua torre, cercado por sua guarda pessoal, para jantar com os filhos restantes.

Quando a última luz do sol desapareceu, os homens de Harren, o Negro, encararam a escuridão crescente, agarrados às lanças e bestas. Quando nenhum dragão apareceu, alguns devem ter pensado que as ameaças de Aegon eram vazias. Mas Aegon Targaryen levou Balerion bem para o alto, por entre as nuvens, cada vez mais para cima, até que o dragão não era maior do que uma mosca sobre a lua. Só então ele desceu, bem dentro das muralhas do castelo. Com as asas escuras como piche, Balerion mergulhou pela noite e, quando as grandes torres de Harrenhal apareceram sob ele, urrou sua fúria e as banhou em fogo negro atravessado com redemoinhos vermelhos.

Pedras não queimam, Harren se gabara, mas seu castelo não era feito apenas de pedra. Madeira e lã, cânhamo e palha, pão, carne salgada e grãos, tudo pegou fogo. Tampouco os homens de ferro de Harren eram feitos de pedra. Ardendo, gritando, tomados por chamas, eles corriam pelos pátios e tombavam dos adarves para morrer no chão embaixo. E até mesmo pedra racha e derrete se o fogo for quente o bastante. Os senhores do rio do lado de fora das muralhas do castelo disseram, mais tarde, que as torres de Harrenhal brilhavam vermelhas contra a noite, como cinco grandes velas... e como velas, começaram a se retorcer e a derreter, enquanto filetes de pedra derretida escorriam pelas laterais.

Harren e seus últimos filhos morreram nas chamas que engoliram a monstruosa fortaleza naquela noite. A Casa Hoare morreu com eles, assim como o domínio das Ilhas de Ferro sobre as terras fluviais. No dia seguinte, do lado de fora das ruínas ardentes de Harrenhal, o rei Aegon aceitou o juramento de fidelidade de Edmyn Tully, Senhor de Correrrio, e o nomeou Senhor Supremo do Tridente. Os outros senhores do rio prestaram honras também – para Aegon como rei e para Edmyn Tully como seu senhor suserano. Quando as cinzas esfriaram o suficiente para que os homens pudessem entrar no castelo em segurança, as espadas dos caídos, muitas quebradas, derretidas ou retorcidas em tiras de aço pelo fogo de dragão, foram reunidas e enviadas para o Forte de Aegon em carroças.

Ao sul e a leste, os vassalos de Ponta Tempestade se provaram consideravelmente mais leais do que os do rei Harren. Argilac, o Arrogante, reuniu um grande exército em Ponta Tempestade. A sede dos Durrandon era uma fortaleza poderosa, a muralha que a cercava era ainda mais espessa do que a de Harrenhal. Fora pensada para ser impenetrável ao assalto. Apesar disso, a notícia do fim do rei Harren logo alcançou os ouvidos de seu velho inimigo, o rei Argilac. Os lordes Fell e Buckler, que haviam caído diante do exército que se aproximava (Lorde Errol fora morto), enviaram ao rei Argilac notícias da rainha Rhaenys e seu dragão. O velho rei guerreiro urrou que não pretendia morrer como Harren, cozido dentro de seu próprio castelo como um leitão com uma maçã na boca. Não estranho à batalha, ele decidiria seu próprio destino de espada na mão. Então Argilac, o Arrogante, partiu de Ponta Tempestade pela última vez, para encontrar seus inimigos em campo aberto.

A abordagem do Rei da Tempestade não foi surpresa para Orys Baratheon e seus homens; a rainha Rhaenys, voando com Meraxes, testemunhara a partida de Argilac de Ponta Tempestade, e foi capaz de dar à Mão um relato completo dos números e disposições do inimigo. Orys assumiu uma posição fortificada nas colinas ao sul de Portabrônzea, e permaneceu em terras altas para esperar a chegada dos homens da tempestade.

Quando os exércitos se reuniram, as terras da tempestade se provaram fiéis ao nome. Uma chuva constante começou a cair naquela manhã, e lá pelo meio-dia se transformou em uma tempestade furiosa. Os senhores vassalos do rei Argilac insistiram para que ele postergasse o ataque até o dia seguinte, na esperança de que a chuva passasse, mas o Rei da Tempestade excedia os conquistadores em número em quase dois para um e tinha quase quatro vezes mais cavaleiros e cavalos pesados. A visão dos estandartes Targaryen se agitando encharcados sobre sua colina enraiveceu o rei, e o velho guerreiro experiente em batalhas não deixou de notar que a chuva soprava do sul, nos rostos dos homens Targaryen em sua colina. Então Argilac, o Arrogante, deu ordem de ataque, e a batalha que entrou para a história como a Última Tempestade começou.

A luta durou até a noite, um negócio sangrento, e bem menos unilateral do que a conquista de Harrenhal por Aegon. Três vezes Argilac, o Arrogante, liderou seus cavaleiros contra as posições de Baratheon, mas as encostas eram íngremes e a chuva transformara o chão macio em lama, então os cavalos de guerra lutavam e fracassavam, e os ataques perdiam toda a coesão e força. Os homens da tempestade se saíram melhor quando mandaram seus lanceiros pelas colinas a pé. Cegos pela chuva, os invasores não os viram subindo até que era tarde demais, e as cordas molhadas tornavam as armas dos arqueiros inúteis. Uma colina caiu, depois a outra, e o quarto e último ataque do Rei da Tempestade e seus cavaleiros irrompeu até o centro das tropas de Baratheon... só para se encontrar com a rainha Rhaenys e Meraxes. Mesmo no chão, o dragão provou ser formidável. Dickon Morrigen e o Bastardo de Portonegro comandavam a vanguarda e foram engolidos pelo fogo de dragão, juntamente com os cavaleiros da guarda pessoal do rei Argilac. Os cavalos de guerra entraram em pânico e fugiram de terror, colidindo com os cavaleiros que vinham atrás e transformando o ataque em caos. O próprio Rei da Tempestade foi derrubado de sua sela.

Mesmo assim, Argilac continuou a lutar. Quando Orys Baratheon desceu a colina lamacenta com seus homens, encontrou o velho rei enfrentando meia dúzia de homens, com quase tantos cadáveres aos seus pés.

– Afastem-se – Baratheon ordenou.

Ele desmontou para poder encarar o rei em pé de igualdade, e ofereceu ao Rei da Tempestade uma última chance de se render. Argilac o amaldiçoou. Então eles lutaram, o velho rei guerreiro, com os cabelos brancos caindo pelo ombro, e a feroz Mão de Aegon, de barba escura. Dizem que cada homem causou um ferimento no outro, mas, no fim, o último Durrandon cumpriu seu desejo e morreu com uma espada na mão e uma maldição nos lábios. A morte do rei tirou todo o ímpeto dos homens da tempestade, e, conforme a notícia da queda de Argilac se espalhava, seus senhores e cavaleiros largavam as espadas e fugiam.

À ESQUERDA | *Destruição de Harrenhal.*

Por alguns dias, temeu-se que Ponta Tempestade pudesse ter o mesmo destino de Harrenhal, pois a filha de Argilac, Argella, trancou os portões diante da aproximação de Orys Baratheon e das tropas Targaryen, e se declarou Rainha da Tempestade. Em vez de dobrar o joelho, os defensores de Ponta Tempestade morreriam até o último homem, ela prometeu quando a rainha Rhaenys voou com Meraxes até o castelo para negociar.

– Você pode tomar meu castelo, mas só ganhará ossos, sangue e cinzas – Argella anunciou... mas os soldados da guarnição se provaram menos ansiosos para morrer. Naquela noite, eles ergueram um estandarte da paz, abriram os portões do castelo e entregaram a Senhora Argella amordaçada, acorrentada e nua no acampamento de Orys Baratheon.

Dizem que Baratheon a soltou das correntes com as próprias mãos, enrolou seu manto ao redor dela, serviu-lhe vinho e conversou com ela gentilmente, falando sobre a coragem de seu pai e a maneira como ele morrera. Depois disso, em honra ao rei caído, ele assumiu para si as armas e o lema de Durrandon. O veado coroado se tornou seu símbolo, Ponta Tempestade tornou-se sua sede, e a Senhora Argella, sua esposa.

Com as terras fluviais e as terras da tempestade sob controle de Aegon, o Dragão e seus aliados, os reis restantes de Westeros viram claramente que o momento de cada um deles estava chegando. Em Winterferll, o rei Torrhen chamou seus vassalos; dadas as vastas distâncias no Norte, ele sabia que reunir um exército levaria tempo. A rainha Sharra, do Vale, regente do filho Ronnel, se refugiou no Ninho da Águia, examinou suas defesas e mandou um exército para o Portão Sangrento, entrada do Vale de Arryn. Na juventude, a rainha Sharra fora celebrada como "a Flor da Montanha", a mais bela donzela de todos os Sete Reinos. Talvez na esperança de influenciar Aegon com sua beleza, ela lhe mandou um retrato de si mesma e se ofereceu a ele em casamento, desde que ele nomeasse Ronnel seu herdeiro. Ainda que o retrato finalmente tenha alcançado seu destino, não se sabe se Aegon Targaryen chegou a responder à proposta dela; ele já tinha duas rainhas, e Sharra Arryn era, então, uma flor murcha, dez anos mais velha do que ele.

Enquanto isso, os dois grandes reis do oeste se uniram em causa comum e reuniram seus próprios exércitos na intenção de colocar um fim em Aegon de uma vez por todas. De Jardim de Cima marchou Mern IX da Casa Gardener, rei da Campina, com um exército poderoso. Sob as muralhas do Castelo de Bosquedouro, sede da Casa Rowan, ele se encontrou com Loren I Lannister, rei do Rochedo, liderando seu próprio exército desde as terras ocidentais. Juntos, os dois reis comandavam o mais poderoso exército já visto em Westeros: uma força de cinquenta e cinco mil homens, incluindo uns seiscentos senhores grandes e pequenos, e mais de cinco mil cavaleiros montados. "Nosso punho de ferro", vangloriou-se o rei Mern. Seus quatro filhos cavalgavam ao seu lado, e seus dois netos serviam como escudeiros.

Os dois reis não ficaram muito tempo em Bosquedouro; um exército desse tamanho precisa se manter em marcha para não transformar a paisagem ao redor em terra arrasada. Os aliados partiram imediatamente, marchando para o norte pelo nordeste, através de altas relvas e campos dourados de trigo.

Advertido da chegada deles em seu acampamento ao lado do Olho de Deus, Aegon reuniu seu próprio exército e avançou para encontrar os novos inimigos. Ele comandava apenas um quinto da quantidade de homens dos dois reis, e muito de sua força era formada por homens juramentados aos senhores dos rios, cuja lealdade à Casa Targaryen era de safra recente e ainda não testada. Com o exército menor, no entanto, Aegon era capaz de se mover muito mais rapidamente do que os inimigos. Na vila de Septo de Pedra, suas duas rainhas se juntaram a ele com seus dragões – Rhaenys vinda de Ponta Tempestade e Visenya de Ponta da Garra Rachada, onde aceitara muitas promessas fervorosas de lealdade dos senhores locais. Juntos, os três Targaryen observavam

ACIMA | *Orys Baratheon, o primeiro senhor de Ponta Tempestade.*

do céu enquanto o exército de Aegon cruzava a cabeceira da Torrente da Água Negra e seguia para sul.

Os dois exércitos se encontraram nas amplas e abertas planícies ao sul da Água Negra, perto de onde a estrada do ouro passaria um dia. Os dois reis se alegraram quando seus batedores voltaram para relatar os números e as disposições dos Targaryen. Eles tinham cinco homens para cada soldado de Aegon, parecia, e a disparidade de senhores e cavaleiros era ainda maior. E o terreno era amplo e aberto, todo coberto de relva e trigo até onde os olhos podiam ver, ideal para cavalos pesados. Aegon Targaryen não ordenara uma posição no alto, como Orys Baratheon fizera na Última Tempestade; o solo estava firme, não enlameado. Nem seriam atrapalhados pela chuva. O dia estava sem nuvens, ainda que ventasse. Não chovia há mais de uma quinzena.

O rei Mern trouxera quase cinquenta por cento mais homens para batalha do que o rei Loren, então exigiu a honra de comandar o centro. Seu filho e herdeiro, Edmund, recebeu a vanguarda. O rei Loren e seus cavaleiros formaram a direita, Lorde Oakheart a esquerda. Sem barreiras naturais para ancorar a linha Targaryen, os dois reis pretendiam cercar Aegon pelos dois flancos, e então o levar para a retaguarda, enquanto o "punho de ferro", uma grande cunha de cavaleiros e altos senhores com armaduras, esmagava o centro de Aegon.

Aegon Targaryen reuniu seus homens em uma formação crescente eriçada rústica, com lanças e dardos, arqueiros e besteiros logo atrás, e a cavalaria leve nos dois flancos. Deu o comando das tropas para Jon Mooton, Senhor de Lagoa da Donzela, um dos primeiros inimigos a se juntar à sua causa. O rei pretendia lutar do céu, ao lado de suas rainhas. Aegon também notara a ausência de chuvas; a relva e o trigo que cercavam os exércitos estavam altos e maduros para a colheita... e muito secos.

Os Targaryen esperaram até que os dois reis soaram as trombetas e começaram a avançar sob um mar de estandartes. O próprio rei Mern liderava o ataque contra o centro em seu garanhão dourado, seu filho Gawen ao seu lado com o estandarte, uma grande mão verde sobre um campo branco. Urrando e gritando, instigados por cornetas e tambores, os Gardener e os Lannister atacaram através de uma tempestade de flechas atiradas em seus inimigos, varrendo os lanceiros Targaryen, rompendo suas fileiras. Mas então Aegon e suas irmãs já estavam no ar.

Aegon voou em Balerion sobre as fileiras de seus adversários, através de uma tempestade de lanças, pedras e flechas, descendo várias vezes para banhar os inimigos em chamas. Rhaenys e Visenya lançavam chamas contra o vento, por detrás dos inimigos. A relva seca e as hastes de trigo sumiram de uma vez só. O vento espalhava as chamas e soprava fumaça nos rostos dos soldados nas fileiras dos dois reis que avançavam. O cheiro de fogo fez que as montarias entrassem em pânico e, conforme a fumaça engrossava, cavalos e cavaleiros ficavam cegos. As fileiras começaram a romper enquanto muralhas de fogo se erguiam por todos os lados. Os homens de Lorde Mooton, posicionados em segurança contra o vento, esperavam com arcos e lanças e tiveram pouco trabalho com os soldados queimados e ardendo que cambaleavam para fora do inferno.

Campo de Fogo foi o nome que a batalha recebeu mais tarde.

Mais de quatro mil homens morreram nas chamas. Outros mil pereceram sob as espadas, lanças e flechas. Dezenas de milhares sofreram queimaduras, algumas tão sérias que permaneceram marcados por toda a vida. O rei Mern IX estava entre os mortos, junto com os filhos, netos, irmãos, primos e outros parentes. Um sobrinho sobreviveu por três dias. Quando ele morreu em decorrência das queimaduras, a Casa Gardener morreu com ele. O rei Loren da Rocha sobreviveu, cavalgando através de uma parede de chamas e fumaça até estar em segurança, quando viu que a batalha estava perdida.

Os Targaryen perderam menos de cem homens. A rainha Visenya levou uma flechada no ombro, mas logo se recuperou. Enquanto os dragões devoravam os mortos, Aegon ordenou que as espadas dos assassinados fossem reunidas e enviadas rio abaixo.

Loren Lannister foi capturado no dia seguinte. O rei do Rochedo depositou a espada e a coroa aos pés de Aegon, dobrou o joelho e lhe prestou homenagens. E Aegon, fiel às suas promessas, colocou o inimigo derrotado em pé e o confirmou em suas terras e domínios, nomeando-o Senhor de Rochedo Casterly e Protetor do Oeste. Os vassalos de Lorde Loren seguiram seu exemplo, assim como muitos senhores da Campina que haviam sobrevivido ao fogo de dragão.

Mas a conquista do oeste ainda estava incompleta, então o rei Aegon se separou de suas irmãs e marchou imediatamente para Jardim de Cima, na esperança de garantir sua rendição antes que outro pudesse reivindicá-la. Encontrou o castelo nas mãos do intendente Harlan Tyrell, cujos ancestrais serviam os Gardener há séculos. Tyrell entregou as chaves do castelo sem lutar e jurou apoio ao rei conquistador. Como recompensa, Aegon lhe garantiu o Jardim de Cima e todos os seus domínios, nomeando-o Protetor do Sul e Senhor Supremo do Vago e dando-lhe autoridade sobre todos os antigos vassalos da Casa Gardener.

A intenção do rei Aegon era continuar sua marcha ao sul e impor a submissão à Vilavelha, à Árvore e a Dorne, mas, enquanto estava no Jardim de Cima, a notícia de um novo desafio chegou aos seus ouvidos. Torrhen Stark, rei do Norte, cruzara o Gargalo e entrara nas terras fluviais, liderando um exército de trinta mil nortenhos selvagens. Aegon imediatamente seguiu para o norte, para encontrá-lo, seguindo na frente de seu exército nas asas de Balerion, o Terror Negro. Enviou mensagens para suas duas rainhas também, e para todos os senhores e cavaleiros que haviam dobrado os joelhos para ele após Harrenhal e o Campo de Fogo.

Quando Torrhen Stark chegou às margens do Tridente, encontrou um exército quase cinquenta por cento maior do que o seu aguardando ao sul do rio. Senhores dos rios, homens do oeste, homens da tempestade, homens da Campina... todos vieram. Sobre o acampamento, Balerion, Meraxes e Vhagar rondavam o céu em círculos cada vez maiores.

Os batedores de Torrhen tinham visto as ruínas de Harrenhal, onde chamas lentas e vermelhas ainda queimavam sob os escombros. O rei do Norte também ouvira muitos relatos do Campo de Fogo. Sabia que o mesmo destino esperava por ele se tentasse forçar a travessia do rio. Alguns de seus senhores vassalos o incentivaram a atacar de qualquer jeito, insistindo que o valor dos nortenhos ganharia o dia. Outros insistiram que deviam voltar a Fosso Cailin e marcar posição em solo nortenho. O irmão bastardo do rei, Brandon Snow, se ofereceu para cruzar o Tridente sozinho, oculto pela escuridão, para assassinar os dragões enquanto dormiam.

O rei Torrhen enviou Brandon Snow para o outro lado do Tridente. Mas ele cruzou com três meistres ao seu

lado, não para matar, mas para negociar. Durante toda a noite, as mensagens foram e voltaram. Na manhã seguinte, Torrhen Stark cruzou o Tridente. Na margem sul do rio, ele se ajoelhou, colocou a antiga coroa dos Reis do Inverno aos pés de Aegon, e jurou ser seu homem. Levantou-se como Senhor de Winterfell e Protetor do Norte, não mais um rei. Daquele dia até hoje, Torrhen Stark é lembrado como o Rei que Ajoelhou... mas nenhum nortenho deixou seus ossos queimados ao lado do Tridente, e as espadas que Aegon coletou de Lorde Stark e seus vassalos não estavam retorcidas, derretidas ou dobradas.

Agora, mais uma vez, Aegon Targaryen e suas rainhas se separaram. Aegon voltou novamente para o sul, marchando na direção de Vilavelha, enquanto suas duas irmãs montavam em seus dragões – Visenya para uma segunda tentativa no Vale de Arryn, e Rhaenys para Lançassolar e os desertos de Dorne.

Sharra Arryn fortalecera as defesas de Vila Gaivota, mandara uma tropa grande para o Portão Sangrento e triplicara o tamanho das guarnições em Pedra, Neve e Céu, os castelos intermediários que impediam a aproximação do Ninho da Águia. Todas essas defesas se mostraram inúteis contra Visenya Targaryen, que seguiu nas asas de couro de Vhagar sobre tudo isso e pousou no pátio interno do Ninho da Águia. Quando a regente do Vale saiu para confrontá-la com uma dúzia de guardas atrás de si, encontrou Visenya com Ronnel Arryn sentado em seu colo, encarando o dragão, maravilhado. – Mamãe, posso voar com esta senhora? – O menino perguntou. Nenhuma ameaça foi feita, nenhuma palavra zangada foi dita. As duas rainhas sorriram uma para a outra e, em vez disso, trocaram cortesias. Então a Senhora Sharra buscou três coroas (sua própria coroa de regente, a pequena coroa do filho e a Coroa do Falcão da Montanha e do Vale que os reis Arryn usaram por mil anos), e as entregou à rainha Visenya, juntamente com as espadas de sua guarnição. E dizem que, depois de tudo isso, o pequeno rei voou três vezes sobre o cume da Lança do Gigante e pousou já como

um pequeno senhor. Assim, Visenya Targaryen trouxe o Vale de Arryn até o reino de seu irmão.

Rhaenys Targaryen não teve uma conquista fácil assim. Uma tropa de lanceiros dorneses guardava o Passo do Príncipe, a passagem através das Montanhas Vermelhas, mas Rhaenys não se ocupou com eles. Voou por sobre o Passo, sobre as areias vermelhas e brancas, e desceu no Vaith para exigir submissão, só para encontrar o castelo vazio e abandonado. Na cidade sob suas muralhas, só restavam mulheres, crianças e velhos. Quando lhes foi perguntado aonde seus senhores tinham ido, eles só responderam "embora". Rhaenys seguiu a jusante do rio até Graçadivina, sede da Casa Allyrion, mas o local também estava deserto. E ela voou. Quando o Sangueverde encontrou o mar, Rhaenys sobrevoou a Vila Tabueira, onde centenas de veleiros, botes de pesca, balsas, casas flutuantes e navios velhos assavam sob o sol, unidos por cordas, correntes e tábuas para formar uma cidade flutuante. Mesmo assim, só algumas mulheres velhas e crianças pequenas pareciam espiá-la enquanto Meraxes circundava sobre suas cabeças.

PÁGINA ANTERIOR | *A submissão de Torrhen Stark, o Rei que Ajoelhou.*
ACIMA | *O encontro entre Meria Martell e Rhaenys Targaryen.*

Por fim, o voo da rainha a levou a Lançassolar, a antiga sede da Casa Martell, onde encontrou a princesa de Dorne a esperando no castelo abandonado. Meria Martell tinha oitenta anos, dizem os meistres, e governava os dorneses há sessenta. Era muito gorda, cega e quase careca, a pele pálida e flácida. Argilac, o Arrogante, a apelidara de "Sapo Amarelo de Dorne", mas nem a idade nem a cegueira entorpeceram seu juízo.

– Não lutarei com você – a princesa Meria disse a Rhaenys – nem me ajoelharei para você. Dorne não tem rei. Diga isso ao seu irmão.

– Direi – Rhaenys respondeu. – Mas voltaremos, princesa, e da próxima vez viremos com fogo e sangue.

– Seu lema – disse a princesa Meria. – O nosso é "Insubmissos, não curvados, não quebrados". Você pode nos queimar, minha senhora... mas não nos curvará, não nos quebrará e não nos fará submeter. Isto é Dorne. Vocês não são bem-vindos aqui. Voltem por conta e risco.

Assim a rainha e a princesa se separaram, e Dorne permaneceu sem ser conquistado.

No oeste, Aegon Targaryen encontrou uma acolhida mais calorosa. A maior cidade de toda Westeros, Vilavelha era circundada por muralhas maciças e governada pelos Hightower de Torralta, a mais antiga, mais rica e mais poderosa das casas nobres da Campina. Vilavelha também era o centro da Fé. Ali vivia o Alto Septão, Pai dos Fiéis, voz dos novos deuses na terra, que comandava a obediência de milhões de devotos pelos reinos (exceto no Norte, onde os velhos deuses ainda dominavam), e as lâminas da Fé Militante, ordens de guerreiros que os plebeus chamavam de Estrelas e Espadas.

Mesmo assim, quando Aegon Targaryen e suas tropas se aproximaram de Vilavelha, encontraram os portões da cidade abertos, e Lorde Hightower esperando para prestar submissão. Acontece que, quando as notícias do primeiro desembarque de Aegon chegaram a Vilavelha, o Alto Septão se trancou no Septo Estrelado por sete dias e sete noites, buscando orientação dos deuses. Dizem que ele se alimentou apenas de pão e água e passou todo o tempo acordado em oração, indo de um altar para o seguinte. No sétimo dia, a Velha ergueu a lanterna dourada para lhe mostrar o caminho adiante. Se Vilavelha pegasse em armas contra Aegon, o Dragão, Sua Alta Santidade viu, a cidade certamente queimaria, e Terralta, a Cidadela e o Septo Estrelado seriam derrubados e destruídos.

Manfred Hightower, Senhor de Vilavelha, era um senhor cauteloso e devoto. Um de seus filhos mais jovens servia com os Filhos do Guerreiro, e outro recentemente fizera os votos como septão. Quando o Alto Septão lhe contou sobre a visão concedida a ele pela Velha, Lorde Hightower determinou que não se oporia ao Conquistador pela força das armas. Assim, nenhum homem de Vilavelha queimou no Campo de Fogo, embora os Hightower fossem vassalos dos Gardener de Jardim de Cima. E foi assim que Lorde Manfred cavalgou para receber Aegon, o Dragão, quando este se aproximou, e lhe ofereceu sua espada, sua cidade e seu juramento. (Alguns dizem que Lorde Hightower também ofereceu a mão de sua filha mais jovem, que Aegon recusou educadamente, sob pena de ofender suas duas rainhas.)

Três dias mais tarde, no Septo Estrelado, Sua Alta Santidade em pessoa ungiu Aegon com os sete óleos, colocou uma coroa em sua cabeça e o proclamou Aegon da Casa Targaryen, Primeiro de Seu Nome, Rei dos Ândalos, dos Roinares e dos Primeiros Homens, Senhor dos Sete Reinos e Protetor do Reino. ("Sete Reinos" foi o estilo utilizado, embora Dorne não tivesse se submetido. Nem o faria por mais de um século seguinte.)

Só um punhado de senhores estivera presente na primeira coroação de Aegon na foz da Água Negra, mas centenas estavam a postos para testemunhar a segunda, e dezenas de milhares o aplaudiram depois, nas ruas de Vilavelha, enquanto ele seguia pela cidade montado em Balerion. Entre os presentes na segunda coroação de Aegon estavam os meistres e arquimeistres da Cidadela. Talvez por isso tenha sido essa coroação, mais do que a coroação no Forte de Aegon no dia do Desembarque, que se tornou conhecida como início do reinado do Conquistador.

Assim os Sete Reinos de Westeros foram transformados em um grande reino, pela vontade de Aegon, o Conquistador, e suas irmãs.

Muitos pensavam que o rei Aegon faria de Vilavelha sua sede real depois que as guerras acabaram, enquanto outros imaginavam que ele governaria de Pedra do Dragão, a antiga cidadela na ilha da Casa Targaryen. O rei surpreendeu a todos ao proclamar sua intenção de fazer sua corte na nova cidade que já se erguia entre as três colinas na foz da Torrente da Água Negra, no lugar em que ele e suas irmãs desembarcaram pela primeira vez no solo de Westeros. A nova cidade se chamou Porto Real. De lá Aegon, o Dragão, governou seu reino, atendendo a corte de um grande trono de metal feito com as lâminas derretidas, retorcidas, castigadas e quebradas de todos os seus inimigos caídos, um trono perigoso que logo seria conhecido no mundo inteiro como o Trono de Ferro de Westeros.

Os Reis Targaryen

Aegon I

O REI AEGON, Primeiro de Seu Nome, podia ter conquistado os Sete Reinos aos vinte e sete anos, mas agora encarava o formidável desafio de governar o reino recém-forjado. Os sete reinos beligerantes raramente tinham paz dentro de suas fronteiras, muito menos sem elas, e uni-los sob um único governo exigia um homem realmente notável. Então era uma sorte que Aegon fosse tal homem – alguém de visão e determinação em grande quantidade. E ainda que a visão de uma Westeros unida tenha se provado mais difícil de concretizar do que Aegon pudesse crer – sem mencionar muito mais custosa –, foi essa visão que moldou o curso da história por centenas de anos.

Foi Aegon quem imaginou uma grande cidade real brotando ao redor de seu rústico forte, capaz de rivalizar e ultrapassar Lannisporto e Vilavelha. E ainda que, no início, Porto Real pudesse ser um lugar cheio de gente, enlameado e malcheiroso, sempre foi repleto de atividade. Um septo improvisado, construído a partir do casco de um barco de pesca da Água Negra servia às pessoas comuns, e, em pouco tempo, um septo muito mais grandioso foi erguido na Colina de Visenya, com dinheiro enviado pelo Alto Septão. (Este primeiro septo logo teria a companhia do Septo da Memória, na Colina de Rhaenys, feito como memorial para a rainha.) Onde antigamente eram vistos apenas botes dos pescadores, agora barcos de pescas e galés de Vilavelha, de Lannisporto, das Cidades Livres, e até das Ilhas do Verão começavam a aparecer, conforme o fluxo de comércio migrava de Valdocaso e Lagoa da Donzela para Porto Real. O próprio Forte de Aegon ficou cada vez maior, irrompendo as paliçadas iniciais para abranger mais da Grande Colina de Aegon, e uma nova fortaleza de madeira foi erguida, com muralhas de quinze metros de altura. Ela permaneceu até 35 d.C., quando Aegon a derrubou para que a Fortaleza Vermelha pudesse ser erguida como um castelo adequado para os Targaryen e seus herdeiros.

Em 10 d.C., Porto Real tinha se tornado uma cidade de verdade e, em 25 d.C., já ultrapassara Porto Branco e Vila Gaivota para se tornar a terceira maior cidade do reino. Mesmo assim, durante grande parte desse tempo, era uma cidade sem muralhas. Pode ser que Aegon e suas irmãs pensassem que ninguém ousaria atacar a cidade que tinha dragões, mas em 19 d.C., chegou a notícia de uma frota de piratas que saqueara a Vila das Árvores Altas, nas Ilhas do Verão, levando milhares como escravos e uma fortuna em bens. Perturbado com isso – e percebendo que ele e Visenya não estavam sempre em Porto Real –, Aegon finalmente ordenou que muralhas fossem erguidas. O Grande Meistre Gawen e a Mão, Sor Osmund Strong, estiveram a cargo do projeto. Aegon decretou que deveria haver espaço suficiente para a cidade se expandir dentro daquelas muralhas, e que sete grandes guaritas defenderiam sete portões, em honra aos Sete. A construção começou no ano seguinte e em 26 d.C. estava completa.

Conforme a cidade e sua prosperidade cresciam, o mesmo acontecia com o reino. Isso em parte deveu-se aos esforços do Conquistador para ganhar o respeito de seus vassalos e dos plebeus. Nisso foi ajudado com frequência pela rainha Rhaenys (enquanto ela viveu), que tinha preocupação especial com os plebeus. Ela era como uma patrona para cantores e bardos – algo que sua irmã, a rainha Visenya, achava um desperdício, mas esses cantores faziam canções de louvor para os Targaryen e as levavam consigo por todo o reino. E se essas canções também continham mentiras ousadas que faziam Aegon e suas irmãs parecerem mais gloriosos, a rainha não lamentava... embora os meistres sim.

A rainha também fez muito para unir o reino por meio de casamentos que arranjou entre casas distantes. Com isso, a morte de Rhaenys em Dorne, em 10 d.C., e a ira que se seguiu foram muito sentidas pelo reino, que amara a bela e bondosa rainha. Apesar do reinado coberto de glória, a Primeira Guerra Dornesa foi a única grande derrota de Aegon. A guerra começou audaciosamente em 4 d.C. e terminou em 13 d.C., depois de anos de tragédias e sangue derramado. Muitas foram as calamidades dessa guerra. A morte de Rhaenys, os anos da Ira do Dragão, os senhores mortos, os pretensos assassinos em Porto Real e na própria Fortaleza Vermelha; foi um período negro.

Apesar de toda a tragédia, uma coisa gloriosa surgiu: a Irmandade Juramentada da Guarda Real. Quando Aegon e Visenya colocaram preços nas cabeças dos senhores dorneses,

---

Segundo a história do Arquimeistre Gyldayn, era sugerido na corte que Aegon deixara a rainha Visenya responsável pela construção da Fortaleza Vermelha para não ter de suportar sua presença em Pedra do Dragão. Nos últimos anos, seu relacionamento – nunca muito caloroso desde o início – se tornou cada vez mais distante.

PÁGINAS ANTERIORES | *O Trono de Ferro.* À ESQUERDA | *Aegon, o Conquistador, coroado pelo Alto Septão.*

muitos foram mortos e, em retaliação, os dorneses contrataram mercenários e matadores. Em uma ocasião, em 10 d.C., Aegon e Visenya foram atacados nas ruas de Porto Real, e, se não fosse por Visenya e a Irmã Negra, o rei poderia não ter sobrevivido. Apesar disso, o rei ainda acreditava que seus guardas eram o suficiente para sua defesa; Visenya o convenceu do contrário. (Os registros dizem que, quando Aegon citou seus guardas, Visenya desembainhou a Irmã Negra e cortou a bochecha do irmão antes que os guardas pudessem reagir. "Seus guardas são lentos e preguiçosos", dizem que Visenya comentou, e o rei foi obrigado a concordar.)

Foi Visenya, não Aegon, quem decidiu a natureza da Guarda Real. Sete campeões para o Senhor dos Sete Reinos, e todos seriam cavaleiros. Ela modelou os votos deles baseados nos da Patrulha da Noite, de modo que deixariam tudo de lado, exceto o dever com seu rei. E quando Aegon sugeriu um grande torneio para escolher os primeiros membros da Guarda Real, Visenya o dissuadiu, dizendo que ele precisava de mais do que habilidade nas armas para protegê-lo; também precisava de lealdade incontestável. O rei confiou a Visenya a tarefa de selecionar os primeiros membros da ordem, e a história mostra que foi sábio ao fazer isso: dois morreram defendendo-o, e todos

A "regra dos seis", agora parte da lei comum, foi estabelecida por Rhaenys quando ela ocupava o Trono de Ferro, enquanto o rei estava em uma de suas viagens. Uma petição foi feita pelos irmãos de uma mulher que fora espancada até a morte pelo marido, depois que ele a pegou com outro. Ele se defendeu, com razão, observando que era legítimo que um homem castigasse uma esposa adúltera (o que era verdade, embora, em Dorne, as coisas fossem diferentes), desde que usasse uma vara cuja espessura não fosse maior do que um polegar. Contudo, batera nela uma centena de vezes, segundo os irmãos da mulher, e isso ele não negava. Depois de deliberar com os meistres e septões, Rhaenys declarou que, embora os deuses tivessem feito as mulheres para serem obedientes aos maridos, podendo, portanto, ser legalmente espancadas, apenas seis golpes deviam ser dados – um para cada um dos Sete, exceto o Estranho, que era a morte. Por esse motivo, ela declarou que noventa e quatro golpes do marido tinham sido ilegais e concordou que os irmãos da mulher morta podiam descontar esses golpes no marido.

serviram até o fim de seus dias com honra. O Livro Branco registra seus nomes, assim como registrou os nomes e feitos de cada cavaleiro que jurou os votos: Sor Corlys Velaryon, o Primeiro Senhor Comandante; Sor Richard Roote; Sor Addison Hill, o Bastardo de Campodemilho; Sor Gregor Goode e Sor Griffith Goode, irmãos; Sor Humfrey, o Ator, um cavaleiro andante; e Sor Robin Darklyn, conhecido como Robin Negro, o primeiro de muitos Darklyn a usar o manto branco.

Ao definir conselheiros desde o início – que, na época de Jaehaerys I, formariam o pequeno conselho que aconselharia o rei a partir daí –, Aegon, o Conquistador, com frequência deixava a administração cotidiana do reino para suas irmãs e esses conselheiros de confiança. Enquanto isso, trabalhava para unir o reino com sua presença – para impressionar seus súditos e (quando necessário) assustá-los. Durante metade do ano, o rei voava entre Porto Real e Pedra do Dragão, dividindo seu tempo: enquanto a cidade era sua sede real, a ilha que cheirava a enxofre e sal marítimo era o lugar que ele mais amava. Mas a outra metade do ano, ele dedicava à sua promoção real. Ele viajou pelo reino pelo resto da vida, até sua última viagem, em 33 d.C. – fazendo questão de prestar seus respeitos ao Alto Septão no Septo Estrelado cada vez que visitava Vilavelha, hospedando-se sob o teto dos senhores das Grandes casas (até mesmo em Winterfell, em sua última visita), e sob o teto de muitos senhores menores, cavaleiros e estalajadeiros comuns. Aonde quer que fosse, o rei levava uma comitiva reluzente consigo; em uma viagem, mais de mil cavaleiros o acompanhavam, além de muitos senhores e senhoras da corte.

Nessas viagens, o rei era acompanhado não só pelos cortesãos, mas também por meistres e septões. Seis meistres estavam com frequência em sua companhia, para adverti-lo sobre as leis e tradições locais dos antigos reinos, para que ele pudesse governar com justiça nas cortes que presidia. Em vez de tentar unificar o reino sob um conjunto de leis, ele respeitava os diferentes costumes de cada região e procurava julgar como os antigos reis teriam feito. (Ficaria para um rei posterior a tarefa de fazer as leis do reino entrarem em acordo.) Desde o fim da Primeira Guerra Dornesa até a morte de Aegon, em 37 d.C., o reino ficou em paz, e Aegon governou com sabedoria e tolerância. Deixou para o reino "um herdeiro e um sobressalente", com suas duas esposas: o mais velho, príncipe Aenys, com Rhaenys (há muito morta), e o mais jovem, príncipe Maegor, com Visenya.

Aegon morreu onde nascera, em sua amada Pedra do Dragão. Os relatos concordam que foi na Sala da Mesa Pintada: contava as histórias de suas conquistas para os netos Aegon e Viserys, quando tropeçou nas palavras e desmaiou. Foi um derrame, os meistres disseram, e o Dragão morreu rápido e em paz. Seu corpo foi queimado no pátio da cidadela de Pedra do Dragão, como era costume entre os Targaryen e os valirianos antes deles. Aenys, o príncipe de Pedra do Dragão e herdeiro do Trono de Ferro, estava em Jardim de Cima quando soube da morte do pai e, rapidamente, voou em seu dragão para receber a coroa. Mas todos os que vieram após Aegon, o Conquistador, no Trono de Ferro, acharam o reino muito menos dócil para ser governado.

À ESQUERDA | *O início de Porto Real e o Forte de Aegon.* ACIMA | *A coroa de Aegon, o Conquistador.*

AENYS I

QUANDO O DRAGÃO morreu aos sessenta e quatro anos, seu reinado era incontestável para todos, exceto para os dorneses. Aegon I governara sabiamente: mostrava-se bem durante as viagens reais, prestava o devido respeito aos Altos Septões, recompensava quem o servia adequadamente, ajudava quem precisava. Mesmo assim, sob a superfície desse governo em grande parte pacífico, havia um caldeirão agitado da dissidência. Em seus corações, muitos dos súditos de Aegon ainda acalentavam os velhos tempos, quando as Grandes Casas governavam sobre seus domínios com soberania inquestionável. Outros desejavam vingança, pelos entes queridos mortos nas guerras. E outros ainda viam os Targaryen como abominações: irmãos casados com irmãs, com seus relacionamentos incestuosos produzindo herdeiros ilegítimos. A força de Aegon e suas irmãs – e de seus dragões – fora o bastante para subjugar os que se opuseram a eles, mas o mesmo não podia ser dito de seus herdeiros.

Foi Aenys, o primogênito de Aegon com sua amada Rhaenys, quem assumiu o trono em 37 d.C., aos trinta anos de idade. Ele foi coroado em uma grande cerimônia na Fortaleza Vermelha, ainda em construção, usando uma coroa de ouro ornamentada em vez da coroa de aço valiriano de seu pai.

Apesar de o pai e o irmão Maegor (filho de Visenya) terem nascido guerreiros, Aenys era diferente. Começara a vida como uma criança frágil e doentia e permaneceu assim durante os primeiros anos. Vários rumores diziam que ele não podia ser filho legítimo de Aegon, o Conquistador, que fora um guerreiro sem igual. De fato, era bem conhecido o fato de que a rainha Rhaenys gostava de cantores bonitos e atores espertos; talvez um desses pudesse ter gerado a criança. Mas os rumores se atenuaram e com o tempo morreram, em especial quando a criança doentia ganhou um filhote de dragão chamado Quicksilver. E, conforme o dragão crescia, o mesmo acontecia com Aenys.

Mesmo assim, Aenys permaneceu um sonhador, um diletante da alquimia, patrono de cantores, atores e mímicos. Mais do que isso, era ansioso demais por aprovação, e isso o levava a titubear e hesitar em suas decisões, por medo de desapontar um lado ou o outro. Foi essa falha que mais marcou seu reinado e o levou a um fim precoce e vergonhoso.

Depois da morte do Conquistador, não demorou muito antes que os desafios ao governo Targaryen emergissem. O primeiro deles foi o bandido e fora-da-lei chamado Harren, o Vermelho, que afirmava ser neto de Harren, o Negro. Com a ajuda de um criado do castelo, Harren, o Vermelho, capturou tanto Harrenhal quanto seu atual proprietário, o infame Lorde Gargon (lembrado como Gargon, o Convidado, pelo costume de participar de cada casamento em seus domínios para exercer o direito da primeira noite). Lorde Gargon foi castrado no bosque sagrado do castelo e deixado para sangrar até a morte enquanto o Vermelho Harren se autoproclamava Senhor de Harrenhal e Rei dos Rios.

Tudo isso aconteceu enquanto o rei se hospedava em Correrrio, sede dos Tully. Mas, quando Aenys e Lorde Tully partiram para lidar com essa ameaça, encontraram Harrenhal vazio, os homens leais a Gargon passados pela espada, e Harren, o Vermelho, e seus seguidores de volta ao banditismo.

Mais rebeldes logo apareceram no Vale e nas Ilhas de Ferro. Um dornês que se autointitulava Rei Abutre reuniu milhares de seguidores para enfrentar os Targaryen. O Grande Meistre Gawen escreveu que o Aenys ficou chocado com essa notícia, pois imaginava que era amado pelo povo. E, mais uma vez, o rei agiu de modo indeciso: primeiro ordenou que uma tropa seguisse de barco até o Vale para lidar com o usurpador Jonos Arryn, que aprisionara o próprio irmão, Lorde Ronnel. De repente, mudou de ideia, por medo de que Harren, o Vermelho, e seus homens pudessem se infiltrar em Porto Real. O rei ainda mandou convocar um Grande Conselho para discutir como lidar com esses assuntos. Felizmente para o reino, outros agiram com mais rapidez.

Lorde Royce de Pedrarruna reuniu forças para expulsar os rebeldes de Jonos Arryn, encurralando-os no Ninho da Águia – embora isso tenha causado diretamente a morte do

À ESQUERDA | *Rei Aenys I no Trono de Ferro.*

prisioneiro Lorde Ronnel, pois Jonos fez o irmão voar pelos Portões da Lua para a morte. Mas o Ninho da Águia provou não ser nenhum porto seguro quando o príncipe Maegor chegou no dorso de Balerion, o Terror Negro – o dragão que ele sempre desejara, e que finalmente pudera reivindicar após a morte do pai. Jonos e seus seguidores morreram na forca, pelas mãos de Maegor.

Enquanto isso, nas Ilhas de Ferro, o homem que afirmava ser o Rei Lodos renascido foi rapidamente despachado por Lorde Goren Greyjoy, que mandou sua cabeça decepada para o rei Aenys. Em troca, Aenys garantiu um favor a Goren – um favor que Lorde Goren usou para expulsar a Fé das Ilhas de Ferro, para consternação do resto do reino.

Quanto ao Rei Abutre, por muito tempo os Martell ignoraram essa pequena insurreição dentro de suas fronteiras. E embora a princesa Deria assegurasse a Aerys que os Martell só desejavam paz e que estavam fazendo o possível para acabar com a rebelião, isso foi em grande parte deixado para os senhores das Marcas resolverem. No início, o então chamado Rei Abutre parecia diferente de outros como ele. Suas primeiras vitórias levaram a um apoio crescente, até que seus seguidores somaram mais de trinta mil soldados. Foi só quando ele dividiu seu grande exército – tanto por falta de suprimentos para alimentá-los quanto pela confiança de que cada parte poderia derrotar qualquer inimigo que viesse contra eles – que seus problemas começaram. Agora eles podiam ser derrotados parte por parte pela antiga Mão, Orys Baratheon, e pelo poder dos senhores das Marcas – em especial o Selvagem Sam Tarly, cuja espada, Veneno de Coração, dizem ter ficado vermelha do cabo até a ponta depois das dúzias de dorneses mortos durante a Caçada ao Abutre, como a perseguição ao Rei Abutre ficou conhecida.

O primeiro rebelde também foi o último. Harren, o Vermelho, que ainda estava em liberdade, por fim foi encurralado pela Mão de Aenys, Lorde Alyn Stokeworth. Na luta que se seguiu, Harren matou Lorde Alyn, só para ser morto pelo escudeiro da Mão na sequência.

Com a paz restabelecida, o rei agradeceu aos principais senhores e campeões que haviam derrotado os rebeldes e inimigos do trono – e a principal recompensa foi para seu irmão, o príncipe Maegor, a quem Aenys nomeou nova Mão do Rei. Parecia, na época, a escolha mais sábia. E, mesmo assim, plantou as sementes que selaram a condenação de Aenys.

Era um antigo costume entre os valirianos realizar casamentos dentro da família, de modo a preservar as linhagens reais. Mas isso não era um costume nativo em Westeros, e era visto como uma abominação pela Fé. O Dragão e suas irmãs tinham sido aceitos sem comentários, e o problema não tinha surgido quando o príncipe Aenys se casou em 22 d.C. com Alyssa Velaryon, filha do mestre dos navios do rei e senhor almirante; embora ela fosse Targaryen pelo lado materno, isso a tornava apenas uma prima. Mas, quando a tradição pareceu continuar mais uma vez, o assunto subitamente veio à tona.

A rainha Visenya propôs que Maegor se casasse com a filha mais velha de Aenys, Rhaena, mas o Alto Septão organizou um protesto vigoroso. Em vez disso, Maegor se casou com a sobrinha do próprio Alto Septão, a Senhora Ceryse da Casa Hightower. Mas esse casamento provou ser estéril, enquanto Aenys colhia mais frutos, quando Rhaena foi seguida pelo irmão e herdeiro, Aegon, e, mais tarde, por Viserys, Jaehaerys e Alysanne. Talvez com inveja, depois de dois anos como Mão – e do nascimento de outra filha de seu irmão, Vaella, que morreu ainda bebê –, Maegor chocou o reino em 39 d.C., ao anunciar que tinha tomado uma segunda esposa – Alys da Casa Harroway – em segredo. Ele se casara com ela em uma cerimônia valiriana oficializada pela rainha Visenya por falta de um septão disposto a casá-los. O clamor público foi tal que Aenys foi finalmente forçado a exilar o irmão.

Aenys parecia contente em deixar o assunto morrer com o exílio de Maegor, mas o Alto Septão ainda não estava satisfeito. Nem mesmo a nomeação do reputado fazedor de milagres, Septão Murmison, como nova Mão de Aenys pôde reparar totalmente a ruptura com a Fé. Em 41 d.C., Aenys

DA HISTÓRIA DO ARQUIMEISTRE GYLDAYN

A tradição entre os Targaryen sempre fora casar parente com parente. O casamento de irmão com irmã era considerado o ideal. Se não fosse possível, uma garota deveria se casar com um tio, um primo ou um sobrinho, um garoto com uma prima, tia ou sobrinha. Esta prática remontava à velha Valíria, onde era comum entre muitas famílias antigas, particularmente aquelas que criavam e cavalgavam em dragões. "O sangue do dragão deve permanecer puro", dizia a sabedoria. Alguns dos príncipes feiticeiros também tomavam mais de uma esposa quando era do seu agrado, embora isso fosse menos comum do que o casamento incestuoso. Em Valíria antes da Perdição, sábios escreveram, mil deuses eram honrados, mas nenhum era temido, então poucos ousavam falar contra esses costumes.

Isso não era verdade em Westeros, onde o poder da Fé era inquestionável. O incesto era denunciado como um pecado vil, fosse entre pai e filha, mãe e filho ou irmão e irmã, e os frutos de tais uniões eram considerados abominações aos olhos dos deuses e dos homens. Em retrospectiva, vê-se que o conflito entre a Fé e a Casa Targaryen era inevitável.

piorou a questão quando resolveu casar sua filha mais velha, Rhaena, com seu filho e herdeiro, Aegon, a quem nomeara príncipe de Pedra do Dragão no lugar de Maegor. Do Septo Estrelado veio uma repreensão pública, como nenhum rei recebera antes, endereçada ao "Rei Abominação" – e, de repente, senhores piedosos e até os plebeus que antes amavam Aenys se viraram contra ele.

O Septão Murmison foi expulso da Fé por realizar a cerimônia, e os zelosos Pobres Companheiros pegaram em armas, fazendo Murmison em pedaços quinze dias mais tarde, enquanto ele era levado em uma liteira pela cidade. Os Filhos do Guerreiro começaram a fortificar a Colina de Rhaenys, transformando o Septo da Memória em uma cidadela que podia se opor ao rei. Além disso, alguns Pobres Companheiros tentaram matar o rei e sua família no próprio castelo, escalando as muralhas e se esgueirando até os aposentos reais. Foi graças a um cavaleiro da Guarda Real que a família real sobreviveu.

Diante de tudo isso, Aenys abandonou a cidade com a família, e fugiu para a segurança de Pedra do Dragão. Lá, Visenya o aconselhou a pegar seus dragões e levar fogo e sangue tanto ao Septo Estrelado quanto ao Septo da Memória. Incapaz de tomar uma decisão firme, o rei adoeceu, com dores fortes no estômago e o intestino solto. No fim de 41 d.C., grande parte do reino se voltara contra ele. Milhares de Pobres Companheiros rondavam as estradas, ameaçando os apoiadores do rei, e dezenas de senhores pegaram em armas contra o Trono de Ferro. Embora Aenys tivesse apenas trinta e cinco anos, dizem que parecia mais um homem de sessenta, e o Grande Meistre Gawen desistiu de melhorar suas condições.

A rainha viúva Visenya assumiu os cuidados dele, e por um tempo Aenys melhorou. Então, de repente, sofreu um desmaio quando soube que seu filho e sua filha estavam sitiados em Paço de Codorniz, onde se refugiaram quando a viagem anual foi interrompida pela revolta contra o trono. Aenys morreu três dias depois e, como o pai antes dele, foi queimado em Pedra do Dragão, seguindo o costume dos valirianos de antigamente.

Anos depois, após a morte de Visenya, foi sugerido que o falecimento súbito do rei Aenys foi obra da rainha viúva, e alguns se referem a ela como assassina de parente e regicida. Ela não preferia Maegor no lugar de Aenys em tudo? Ela não tinha a ambição de que o filho governasse? Por que, então, cuidou do enteado e sobrinho quando parecia desgostosa dele? Visenya podia ser muitas coisas, mas nunca uma mulher capaz de piedade. Trata-se de uma questão que não pode ser facilmente descartada... nem facilmente respondida.

MAEGOR I

MAEGOR, PRIMEIRO DE Seu Nome, subiu ao trono após a súbita morte de seu irmão, o rei Aenys, no ano de 42 d.C. Ele é mais lembrado como Maegor, o Cruel, e é um epíteto bem merecido, pois nenhum rei mais cruel jamais sentou no Trono de Ferro. Seu reinado começou com sangue e terminou com sangue. As histórias nos contam que ele gostava da guerra e das batalhas, mas está claro que era violência o que mais desejava – violência e morte, e domínio absoluto sobre tudo o que considerava seu. Que demônio o possuía ninguém sabia dizer. Mesmo hoje, alguns dão graças que sua tirania tenha sido curta, pois quem sabe quantas casas nobres teriam desaparecido para sempre simplesmente para saciar seu desejo?

Visenya então desafiou qualquer um que negasse o direito de Maegor governar que provasse estar certo. O capitão dos Filhos do Guerreiro aceitou o desafio. Sor Damon Morrigen, chamado Damon, o Devoto, concordou com um julgamento de sete seguindo a moda antiga: Sor Damon e seis Filhos do Guerreiro contra o rei e seis de seus campeões. Era uma disputa na qual o próprio reino estava em risco, e os relatos e contos são muitos – e, muitas vezes, contraditórios. O que sabemos é que o rei Maegor foi o último homem a permanecer em pé, mas que levou um golpe sério na cabeça bem no fim, e caiu inconsciente no chão momentos depois que o último dos Filhos do Guerreiro morreu.

Dizem que Aenys era capaz com a espada e a lança – capaz o bastante para não se desgraçar, mas pouco mais do que isso. Maegor, por outro lado, derrotara cavaleiros experientes no corpo a corpo quando tinha treze anos, e rapidamente ganhou renome no torneio real de 28 d.C., quando derrotou três cavaleiros da Guarda Real nas listas, um após o outro, e ainda conseguiu vencer o corpo a corpo. Foi ordenado cavaleiro pelo rei Aegon aos dezesseis anos, o mais jovem cavaleiro do reino na época.

Nem bem Aenys foi queimado, Visenya montou em Vhagar e voou para leste, até Pentos, para chamar Maegor de volta aos Sete Reinos, após seu exílio. Maegor atravessou o mar estreito com Balerion, ficando em Pedra do Dragão tempo o bastante para ser coroado com a coroa de aço valiriano do pai, em vez da mais ornamentada que o irmão usava.

O Grande Meistre Gawen protestou, notando que, pelas leis da herança, o príncipe Aegon, filho mais velho de Aenys, seria rei. A resposta de Maegor foi declarar o meistre um traidor, sentenciá-lo à morte e cortar sua cabeça com um único golpe da Blackfyre. Depois disso, poucos ousaram apoiar a reivindicação de Aegon. Corvos voaram, declarando que um novo rei fora coroado – um que trataria seus partidários leais com justiça e levaria à morte os traidores que se opusessem a ele.

Entre os principais inimigos de Maegor estava a Fé Militante – as ordens dos Filhos do Guerreiro e dos Pobres Companheiros –, e a guerra do rei contra eles foi um cenário constante em seu reinado. Em Porto Real, as ordens militantes tinham tomado o Septo da Memória e a meia-construída Fortaleza Vermelha. Mas Maegor voou direto até a cidade, destemido sobre Balerion, e hasteou o dragão vermelho da Casa Targaryen na Colina de Visenya para reunir seus homens. Milhares se juntaram a ele.

Durante vinte e sete dias, Maegor esteve morto para o mundo. No vigésimo oitavo, a rainha Alys chegou de Pentos (Maegor ainda estava sem descendência) e, com ela, veio uma bela pentoshi chamada Tyanna da Torre. Ela se tornara amante de Maegor durante seu exílio, era claro, e alguns sussurravam que da rainha Alys também. A rainha viúva, depois de se encontrar com Tyanna, deixou o rei sozinho sob seus cuidados – fato que perturbou os partidários de Maegor.

No trigésimo dia após o julgamento de sete, o rei despertou com o nascer do sol e saiu para as muralhas. Milhares comemoraram – embora não no Septo da Memória, onde centenas de Filhos do Guerreiro se reuniam para as orações matinais. Então Maegor montou em Balerion e voou da Colina de Aegon até a Colina de Rhaenys e, sem aviso, liberou o fogo do Terror Negro. Enquanto o Septo da Memória era incendiado, alguns tentaram fugir, só para serem abatidos pelos arqueiros e lanceiros que Maegor deixara a postos. Dizem que os gritos dos homens queimando e morrendo ecoaram pela cidade, e os eruditos afirmam que uma cortina de fumaça pairou sobre Porto Real durante sete dias.

Mas isso foi apenas o início da guerra de Maegor contra a Fé Militante. O Alto Septão seguiu fazendo uma firme oposição ao seu governo, e Maegor continuou a reunir mais e

À ESQUERDA | *O incêndio do Septo da Memória.*

mais senhores ao seu lado. Na Batalha da Ponte de Pedra, os Pobres Companheiros caíram em massa, e dizem que o Vago correu vermelho de sangue por mais de cem quilômetros. Depois disso, a ponte e o castelo que a comandavam ficaram conhecidos como Ponteamarga.

Uma batalha ainda maior foi travada na grande bifurcação da Água Negra, onde treze mil Pobres Companheiros – assim como centenas de cavaleiros do grupo dos Filhos do Guerreiro no Septo de Pedra, e centenas mais de senhores rebeldes das terras fluviais e das terras ocidentais que se juntaram a eles – lutaram contra o rei. Foi uma batalha selvagem que durou até a noite, mas foi uma vitória decisiva do rei Maegor. O rei voou nas costas de Balerion na batalha e, apesar da chuva atenuar as chamas do Terror Negro, o dragão ainda deixou morte em seu rastro.

A Fé Militante continuou a ser o mais amargo inimigo de Maegor durante todo o seu reinado, e ele continuou a ser seu pior inimigo. Mesmo a morte misteriosa do Alto Septão, em 44 d.C., seguida por um Alto Septão muito mais afável e submisso, que tentou desmantelar as Espadas e as Estrelas, fez pouco para reduzir a violência constante. As guerras de Maegor contra eles eram agravadas por seus muitos casamentos, enquanto o rei se esforçava para produzir um herdeiro. Mesmo assim, não importava com quantas mulheres se casasse – ou com quantas deitasse –, ele continuava sem filhos. Transformou em esposas mulheres que haviam enviuvado – mulheres de fertilidade comprovada –, mas as únicas crianças nascidas de sua semente provaram ser monstruosidades: deformados, sem olhos, sem membros, ou com partes tanto de homem quanto de mulher. A descida de Maegor até a loucura de verdade, alguns dizem, começou com a primeira dessas abominações.

Maegor conseguiu fazer a diferença em seu reinado: o término da construção da Fortaleza Vermelha, em 45 d.C. Era um projeto iniciado pelo rei Aegon e continuado pelo rei Aenys, mas foi Maegor quem o viu terminado. E foi além dos planos tanto de seu pai quanto de seu irmão, erguendo um castelo com fosso dentro do castelo maior, que, posteriormente, ficou conhecido como Fortaleza de Maegor. Mais notável ainda, ele foi o primeiro a ordenar que túneis e passagens secretas fossem feitas. Paredes falsas e alçapões foram introduzidos – e espalhados por toda a Grande Colina de Aegon estavam mais e mais túneis. A ausência de herdeiros de Maegor pareceu uma questão pequena quando ele se lançou na supervisão da construção. Indicou seu sogro, Lorde Harroway, como nova Mão, e o deixou governando o reino por um tempo, enquanto via o castelo ser terminado.

Mas, como era típico no reinado de Maegor, até mesmo uma grande realização como essa se transformou em horror. Quando a fortaleza finalmente ficou pronta, o rei ofereceu uma festa turbulenta para pedreiros, escultores e outros artesãos que ajudaram a construir o castelo. Depois de três dias de festança à custa do rei, foram todos passados pela espada, para que os segredos da Fortaleza Vermelha fossem apenas de Maegor.

No fim, foi uma confluência da Fé com sua própria família que provou ser a ruína de Maegor. Em 43 d.C., seu sobrinho, o príncipe Aegon, tentou retomar o trono que por lei devia

DA HISTÓRIA DO ARQUIMEISTRE GYLDAYN

Nem bem a última pedra fora assentada na Fortaleza Vermelha, e Maegor ordenou que as ruínas do Septo da Memória fossem retiradas do alto da colina da Rhaenys e, com elas, os ossos e cinzas dos Filhos do Guerreiro que ali pereceram. No lugar, ele decretou, um grande "estábulo para dragões" de pedra seria erigido, um covil digno de Balerion, Vhagar e sua prole. Assim começou a construção do Fosso dos Dragões. Como era de se esperar, provou ser difícil encontrar construtores, escultores e operários para trabalhar no projeto. Tantos homens fugiram, que o rei, por fim, foi obrigado a usar prisioneiros dos calabouços da cidade como força de trabalho, sob supervisão de construtores trazidos de Myr e Volantis.

ser seu, no que ficou conhecido como a Grande Batalha sob o Olho de Deus. Aegon morreu nessa batalha, deixando para trás a esposa e irmã Rhaena, e as duas filhas gêmeas; seu dragão, Quicksilver, foi perdido também.

Então, no final de 45 d.C., o rei Maegor iniciou uma nova campanha contra os rebeldes da Fé Militante que não tinham largado as espadas como ordenara o novo Alto Septão. Segundo um inventário da época, no ano seguinte o rei trouxe dois mil crânios como troféus de sua campanha, que afirmava serem de Filhos do Guerreiro e Pobres Companheiros foras-da-lei, embora muitos achassem mais provável que fossem cabeças de plebeus que estavam no lugar errado na hora errada. Dia após dia, o reino se virava contra o rei.

A morte da rainha viúva Visenya em 44 d.C. foi um acontecimento notável, embora Maegor parecesse encarar como algo normal. Ela fora sua maior aliada e apoiadora desde o nascimento, buscando seu progresso em relação ao irmão mais velho, Aenys, e fazendo o possível para garantir seu legado. Na confusão após sua morte, a viúva de Aenys, a rainha Alyssa, escapuliu de Pedra do Dragão com seus filhos e com a Irmã Negra, a espada de aço valiriano de Visenya. Mas o filho mais de velho de Alyssa e Aenys após Aegon, o príncipe Viserys, fora mantido na Fortaleza Vermelha como escudeiro do rei, e sofreu por causa da fuga da mãe. Ele morreu depois de nove dias de interrogatório nas mãos de Tyanna da Torre. O rei deixou o corpo do sobrinho no pátio do castelo durante uma quinzena, junto a tantas outras carnes putrefatas, esperando que a notícia obrigasse a rainha Alyssa a reivindicar o corpo do filho, mas ela não retornou. Viserys tinha quinze anos quando morreu.

ABAIXO | *A Batalha da Ponte de Pedra.*

Em 48 d.C., o septão Moon e Sor Joffrey Doggett – também conhecido como o Cão Vermelho das Colinas – lideraram os Pobres Companheiros contra o rei, e Correrrio os apoiou. Quando Lorde Daemon Velaryon, almirante da frota real, também se voltou contra Maegor, muitas das grandes casas se juntaram a ele. O reinado tirânico de Maegor não podia mais ser suportado, e o reino se ergueu para colocar um fim nele. Unificando todos estava a reivindicação colocada pelo jovem príncipe Jaehaerys – o filho restante de Aenys e Alyssa, agora com catorze anos de idade – e apoiada pelo Senhor de Ponta Tempestade a quem Jaehaerys nomeara Protetor do Reino e Mão do Rei. Quando a rainha Rhaena – com quem Maegor se casara após a morte de Aegon – soube da proclamação do irmão, fugiu em seu dragão Dreamfyre, roubando Blackfyre enquanto seu rei e marido dormia. Até mesmo dois membros da Guarda Real abandonaram Maegor, juntando-se a Jaehaerys.

A resposta de Maegor a tudo isso foi lenta e confusa, e parece que essa série de traições – e talvez até a perda da orientação materna – o deixara, ao seu modo, tão arrasado quanto Aenys. Ele convocou os senhores leais a Porto Real, mas todos os que vieram eram senhores menores das terras da coroa, que tinham pouco a oferecer contra os muitos inimigos do rei. Era tarde da noite, durante a hora do lobo, quando os senhores remanescentes partiram da câmara do conselho, deixando Maegor meditando sozinho. Na manhã seguinte, bem cedo, ele foi encontrado morto no trono, a túnica encharcada de sangue, os braços com cortes abertos pelas farpas do Trono de Ferro.

Assim terminou Maegor, o Cruel. Como ele morreu é assunto de muita especulação. Embora os cantores façam as pessoas acreditarem que o próprio Trono de Ferro o matou, alguns suspeitam da Guarda Real, e outros de algum pedreiro que o rei não conseguiu matar e que conhecia os segredos da Fortaleza Vermelha. Mas talvez seja mais provável a sugestão de que o rei se matou em vez de sofrer uma derrota. Qualquer que seja a verdade, foi um reinado que terminou do único jeito possível, depois de seis anos de terror que Maegor imputara ao reino. Mas o reinado de seu sobrinho ajudaria muito a curar as feridas profundas que ele deixara nos Sete Reinos.

ACIMA | *Maegor I, morto no Trono de Ferro.* À DIREITA | *As esposas de Maegor, o Cruel (esquerda de cima para baixo: Ceryse Hightower, Tyanna da Torre, Alys Harroway; direita de cima para baixo: Elinor Costayne, Jeyne Westerling, Rhaena Targaryen).*

As esposas de Maegor, o Cruel

CERYSE DA CASA HIGHTOWER

Ceryse era filha de Martyn Hightower, Senhor de Vilavelha. Foi oferecida em casamento pelo tio, o Alto Septão, depois que ele protestou pelo noivado do príncipe Maegor, então com treze anos, com a sobrinha recém-nascida, a princesa Rhaena. Ceryse e Maegor se casaram em 25 d.C. O príncipe afirmou ter consumado o casamento uma dúzia de vezes na noite de núpcias, mas nenhum filho veio. Ele logo se cansou do fracasso de Ceryse em gerar um herdeiro e começou a tomar outras esposas. Ceryse morreu em 45 d.C., tomada por uma doença súbita, embora existam rumores de que tenha sido morta por ordem do rei.

ALYS DA CASA HARROWAY

Alys era filha de Lucas Harroway, o novo Senhor de Harrenhal. Um casamento secreto aconteceu em 39 d.C., enquanto Maegor era Mão, o que levou ao exílio de Maegor para Pentos. Alys se tornou rainha depois que Maegor a trouxe de Pentos. Foi a primeira mulher a ficar grávida do rei, no ano de 48 d.C., mas perdeu o bebê logo depois. O que foi expelido de seu útero era uma monstruosidade, sem olhos e retorcido. Em fúria, Maegor culpou e executou as parteiras, septãs e o Grande Meistre Desmond. Mas Tyanna da Torre convenceu o rei de que a criança era produto dos casos secretos de Alys, levando à morte da rainha, de suas acompanhantes, seu pai e Mão do Rei, Lorde Lucas, e cada Harroway ou parente de Harroway que o rei Maegor conseguiu descobrir entre Porto Real e Harrenhal. Lorde Edwell Celtigar foi nomeado Mão depois disso.

TYANNA DA TORRE

Tyanna foi a mais temida das esposas do rei Maegor. Os boatos diziam que era a filha ilegítima de um magister pentoshi. Foi uma dançarina de taverna que ascendeu e se tornou cortesã. Dizem que praticava feitiçaria e alquimia. Casou-se com o rei em 42 d.C., mas o leito nupcial deles foi tão estéril quanto os demais. Chamada de corvo do rei por alguns, Tyanna era temida pela habilidade em desmascarar segredos, e serviu como mestre dos sussurros. Finalmente confessou sua responsabilidade pelas abominações que nasceram da semente de Maegor, afirmando que envenenara as outras esposas. Foi morta pela mão do próprio Maegor, em 48 d.C., seu coração foi arrancado com a Blackfyre e jogado aos cães.

AS NOIVAS NEGRAS

Em 47 d.C., Maegor tomou três mulheres como esposas em uma única cerimônia – todas mulheres de fertilidade comprovada, e todas viúvas que perderam os maridos nas guerras de Maegor ou sob comando dele. Eram:

ELINOR DA CASA COSTAYNE

Elinor era a mais jovem das Noivas Negras, mas, embora tivesse dezenove anos quando se casou com o rei, já dera três filhos ao primeiro marido, Sor Theo Bolling. Sor Theo foi preso pelos cavaleiros da Guarda Real, acusado de conspirar com a rainha Alyssa para colocar seu filho, o príncipe Jaehaerys, no trono, e foi executado – tudo no mesmo dia. Depois de sete dias de luto, Elinor foi convocada para se casar com Maegor. A moça ficou grávida e, como Alys antes dela, deu à luz a uma abominação natimorta, que dizem ter nascido sem olhos e com pequenas asas. Ela sobreviveu ao trabalho de parto monstruoso, no entanto, e foi uma das duas esposas que sobreviveu ao rei.

RHAENA DA CASA TARGARYEN

Quando o príncipe Aegon foi morto por Maegor na Batalha sob o Olho de Deus, Rhaena se refugiou na Ilha Bela, sob proteção de Lorde Farman, que a escondeu, juntamente com suas filhas gêmeas. Mas Tyanna encontrou as gêmeas, e Rhaena foi obrigada a se casar com Maegor. Maegor nomeou a filha dela, Aerea, sua herdeira, ao mesmo tempo em que deserdou o filho sobrevivente da rainha Alyssa, Jaehaerys. Juntamente com Elinor, Rhaena foi a única outra rainha a sobreviver a Maegor.

JEYNE DA CASA WESTERLING

Alta e esguia, a Senhora Jeyne fora casada com Lorde Alyn Tarbeck, que morreu com os rebeldes na Batalha sob o Olho de Deus. Por ter dado um filho a ele postumamente, sua fecundidade era comprovada, e ela estava sendo cortejada pelo filho do Senhor do Rochedo Casterly quando o rei mandou buscá-la. Em 47 d.C., ela ficou grávida, mas o trabalho de parto começou três luas antes da data prevista para o nascimento, e de seu útero saiu outro monstro natimorto. Ela não sobreviveu à criança por muito tempo.

JAEHAERYS I

JAEHAERYS SUBIU AO trono em 48 d.C., época em que o reino fora dilacerado pelas ambições dos senhores rebeldes, pela fúria do Alto Septão e pela crueldade de seu tio, Maegor I. Coroado aos catorze anos pelo Alto Septão com a coroa de seu pai, Jaehaerys começou o reinado sob regência de sua mãe, a rainha viúva Alyssa, e orientação de Lorde Robar da Casa Baratheon, Senhor Protetor do Reino e Mão do Rei naqueles primeiros anos. Assim que completou a maioridade, o rei se casou com sua irmã Alysanne, e tiveram um casamento frutífero.

Embora jovem para o trono, Jaehaerys revelou desde cedo ser um verdadeiro rei. Era um belo guerreiro, habilidoso com a lança e o arco, e um cavaleiro dotado. Também montava em dragões, voando em Vermithor – um grande animal bronze e marrom que era o maior dos dragões vivos depois de Balerion e Vhagar. Decidido em pensamento e ações, Jaehaerys era mais sábio do que a idade que tinha, sempre buscando os fins mais pacíficos.

Sua rainha, Alysanne, também era amada por todo o reino, e era bonita e destemida, assim como encantadora e profundamente inteligente. Alguns dizem que ela governava o reino tanto quanto o rei, e há alguma verdade nisso. Foi por sua ordem que o rei Jaehaerys finalmente proibiu o direito da Primeira Noite, apesar de muitos senhores manterem zelosamente o costume. E a Patrulha da Noite chegou a renomear o castelo de Portão da Neve em sua homenagem, apelidando-o de Portão da Rainha. Os irmãos juramentados fizeram isso em agradecimento ao tesouro em joias que ela lhes deu para pagar a construção de um novo castelo, Lago Profundo, para substituir o imenso e desastrosamente custoso Fortenoite, e por sua participação na conquista da Nova Dádiva, que conteve o declínio da Patrulha.

Por quarenta e seis anos, o Velho Rei e a Boa Rainha Alysanne estiveram casados, e na maior parte do tempo foi um casamento feliz, com muitos filhos e netos.

Dois estranhamentos foram registrados, mas não duraram mais do que um ou dois anos antes que o casal retomasse sua amizade costumeira. A Segunda Briga, no entanto, é digna de nota, já que se deveu à decisão de Jaehaerys de passar por cima de sua neta Rhaena – filha de seu filho mais velho e herdeiro, príncipe Aemon –, a fim de conferir Pedra do Dragão e o lugar de herdeiro aparente a seu filho mais velho seguinte, Baelon, o Bravo. Alysanne não via motivo para que um homem fosse favorecido em relação a uma mulher... e se Jaehaerys pensava que as mulheres eram de menos utilidade, então não precisava dela. Eles se reconciliaram com o tempo, mas o Velho Rei sobreviveu à sua amada rainha, e dizem que, durante seus últimos anos, a dor de sua separação pairava sobre a corte como uma mortalha.

Se Alysanne era o grande amor de Jaehaerys, seu maior amigo era o Septão Barth. Nenhum homem de nascimento humilde subiu tanto quanto o septão sincero, mas brilhante. Era filho de um ferreiro do povo, e fora dado à Fé ainda jovem. Mas sua genialidade o fez conhecido, e com o tempo acabou servindo na biblioteca da Fortaleza Vermelha, cuidando dos livros e registros do rei. Ali Jaehaerys I o conheceu, e logo o nomeou Mão do Rei. Muitos senhores de grandes linhagens olharam de soslaio para essa decisão – e dizem que o Alto Septão e os Mais Devotos ficaram ainda mais preocupados a respeito de questões da sua ortodoxia –, mas Barth provou ser mais do que capaz.

Com a ajuda e os conselhos de Barth, o rei Jaehaerys fez mais para reformar o reino do que qualquer outro rei que viveu antes dele. Se seu avô, o rei Aegon, deixara que as leis dos Sete

DA HISTÓRIA DO ARQUIMEISTRE GYLDAYN

O grande torneio organizado em Porto Real em 98 d.C., para celebrar o 50º ano do reinado do rei Jaehaerys certamente alegrou o coração da rainha também, pois todos os seus filhos, netos e bisnetos vivos voltaram para participar dos banquetes e celebrações.

Desde a Perdição de Valíria que tantos dragões não eram vistos em um mesmo lugar ao mesmo tempo, dizia-se com razão. Conta-se que a disputa final, na qual os cavaleiros da Guarda Real, Sor Ryam Redwyne e Sor Clement Crabb, quebraram trinta lanças um contra o outro antes que o rei Jaehaerys proclamasse ambos campeões, foi a melhor apresentação de uma justa jamais vista em Westeros.

À DIREITA | *O grande torneio de 98 d.C.*

Reinos ficassem ao capricho das tradições e costumes locais, Jaehaerys criou o primeiro códice unificado, de modo que do Norte até as Marcas dornesas, o reino partilhasse uma única lei. Grandes obras para melhorar Porto Real também foram implementadas – fossas, esgotos e poços, em especial, pois Barth acreditava que água potável e a retirada dos dejetos e lixos eram importantes para a saúde da cidade. Além disso, o Conciliador começou a construção de uma grande rede de estradas que um dia uniria Porto Real à Campina, às terras da tempestade, às terras ocidentais, às terras fluviais e até ao Norte – entendendo que, para unir o reino, devia ser mais fácil viajar entre as regiões. A estrada do rei era a maior de todas essas estradas, avançando por milhares de quilômetros, até Castelo Negro e a Muralha.

Mesmo assim, alguns dizem que a realização mais importante do governo de Jaehaerys e do Septão Barth foi a reconciliação com a Fé. Os Pobres Companheiros e os Filhos do Guerreiro, não mais caçados como nos dias de Maegor, estavam muito reduzidos e eram oficialmente foras-da-lei, graças a Maegor, mas ainda estavam presentes. E ainda inquietos, na ânsia de restabelecer suas ordens. Mais premente, o direito tradicional da Fé de julgar seus próprios membros começou a se provar incômodo, e muitos senhores reclamavam de septãs e septões sem escrúpulos se aproveitando das riquezas e das propriedades de seus vizinhos e daqueles para quem pregavam.

Alguns conselheiros insistiram para que o Velho Rei lidasse com os remanescentes da Fé Militante com dureza – para eliminá-los de uma vez por todas antes que seu fanatismo trouxesse o caos de volta ao reino. Outros se preocupavam mais em garantir que os septões respondessem para a mesma justiça que o resto do reino. Em vez disso, Jaehaerys mandou

o Septão Barth para Vilavelha, para falar com o Alto Septão, e os dois começaram a forjar um acordo duradouro. Em troca das últimas Estrelas e Espadas baixarem de vez as armas, e por concordar em aceitar a justiça externa, o Alto Septão receberia um juramento do rei Jaehaerys de que o Trono de Ferro sempre protegeria e defenderia a Fé. Dessa maneira, o grande cisma entre a coroa e a Fé foi resolvido para sempre.

Assim, o maior problema dos últimos anos do reinado de Jaehaerys foi o fato de que havia Targaryens demais, e muitos possíveis sucessores. A má sorte deixara Jaehaerys sem um herdeiro claro não uma, mas duas vezes, após a morte de Baelon, o Bravo, em 101 d.C. Para resolver o assunto de seu herdeiro de uma vez por todas, Jaehaerys convocou o primeiro Grande Conselho, no ano de 101 d.C., para colocar a questão para os senhores do reino. E de todos os cantos do reino os senhores vieram. Nenhum castelo daria conta de tanta gente, exceto Harrenhal, então foi lá que se reuniram. Senhores grandes e pequenos vieram com suas comitivas de porta-estandartes, cavaleiros, escudeiros, cavalariços e criados. E atrás deles vinham ainda mais – as seguidoras de acampamento e lavadeiras, os falcoeiros, ferreiros e carreteiros. Milhares de tendas brotaram com o passar do tempo, até que a cidade de Harreton, aos pés do castelo, foi considerada a quarta maior cidade do reino.

Nesse conselho, nove requerentes menores foram ouvidos e indeferidos, deixando apenas dois principais candidatos ao trono: Laenor Velaryon, filho da princesa Rhaenys – que era a filha mais velha do filho mais velho de Jaehaerys, Aemon –, e o príncipe Viserys, filho mais velho de Baelon, o Bravo, e da princesa Alyssa. Cada um tinha seus méritos, pois a primogenitura favorecia Laenor, enquanto a proximidade favorecia Viserys, que também fora o último príncipe Targaryen a voar em Balerion, antes da morte do dragão, em 94 d.C.

Os filhos de Jaehaerys I, o Conciliador, e da Boa Rainha Alysanne, que viveram até a idade adulta

Príncipe Aemon
Morto em batalha contra piratas de Myr que tinham tomado o lado oriental de Tarth.

Príncipe Baelon (*chamado de Príncipe da Primavera pela estação de seu nascimento, e de Baelon, o Bravo*)
Quando o Septão Barth faleceu enquanto dormia, em 99 d.C., o famoso cavaleiro da Guarda Real Sor Ryam Redwyne foi nomeado Mão. Mas sua coragem e proeza com a espada e a lança provaram não ser acompanhadas da capacidade de governar. Baelon o substituiu como Mão menos de um ano mais tarde, e serviu de modo admirável. Mas enquanto caçava, em 101 d.C., o príncipe Baelon reclamou de uma pontada do lado do corpo, e morreu em questão de dias de ventre estourado.

Arquimeistre Vaegon
Chamado de "Sem Dragão", Vaegon foi mandado para a Cidadela em tenra idade e conquistou o anel, o bastão e a máscara de ouro amarelo quando se tornou arquimeistre.

Princesa Daella
Casada com Lorde Rodrik Arryn em 80 d.C., Daella morreu no parto após dar à luz uma filha, Aemma.

Princesa Alyssa
Alyssa era esposa do irmão, Baelon, o Bravo; seus dois filhos usaram a coroa do reino.

Princesa Viserra
Viserra estava comprometida a Lorde Manderly de Porto Branco, só que morreu em um acidente pouco depois. Uma donzela selvagem e destemida, caiu de um cavalo enquanto corria bêbada pelas ruas de Porto Real.

Septã Maegelle
Dada para a Fé, Maegelle cresceu para ser uma septã conhecida por sua compaixão e por seu dom de cura. Foi a principal causa da reconciliação do Velho Rei e da Rainha Alysanne, em 94 d.C., após a Segunda Briga. Ela cuidava de crianças que sofriam de escamagris, mas acabou com a mesma doença e morreu em 96 d.C.

Princesa Saera
Embora dada para a Fé, como Maegelle, Saera não tinha o mesmo temperamento da irmã. Fugiu da Casa da Mãe, onde era noviça, e cruzou o mar estreito. Esteve em Lys por um tempo, depois seguiu para a Velha Volantis, onde terminou os dias como proprietária de uma famosa casa de prazer.

Princesa Gael (*chamada de Filha do Inverno*)
Simplória, mas doce, Gael foi a filha mais amada da rainha. Desapareceu da corte em 99 d.C., supostamente morrendo de febre de verão, mas, na verdade, ela se afogou na Água Negra depois de ter sido seduzida e abandonada por um cantor viajante, que a deixou sem nada além de uma barriga crescendo.†

† Em sua dor, a Rainha Alysanne seguiu a filha até o túmulo menos de um ano após sua morte.

O próprio Laenor recentemente adquirira um dragão, um animal esplêndido que chamou de Seasmoke. Mas, para muitos senhores do reino, o que mais importava era que a descendência masculina tinha precedência sobre a feminina – sem mencionar que Viserys era um príncipe de vinte e quatro anos, enquanto Laenor era apenas um garoto de sete.

Mas, contra tudo isso, Laenor tinha uma vantagem brilhante: era filho de Lorde Corlys Velaryon, a Serpente do Mar, o homem mais rico dos Sete Reinos. A Serpente do Mar recebera seu nome por causa de Sor Corlys Velaryon, primeiro Senhor Comandante da Guarda Real, mas sua fama não vinha de sua habilidade com a espada, lança e escudo, mas por suas viagens pelos mares do mundo, buscando novos horizontes. Era um herdeiro da Casa Velaryon: uma família de descendência antiga e reconhecidamente valiriana que viera para Westeros antes dos Targaryen, como as histórias concordam, e que com frequência fornecia os navios da frota real. Muitos Velaryon serviram como senhores almirantes e mestres dos navios – que era, na época, quase considerado um posto hereditário.

Lorde Corlys viajou muito, tanto para o sul quanto para o norte, e certa vez procurou uma passagem que supostamente existiria no extremo de Westeros – embora tenha dado meia volta no navio, o *Lobo do Gelo*, quando só encontrou icebergs marítimos gigantes. Mas suas maiores viagens foram no *Serpente do Mar*, nome pelo qual ficaria conhecido mais tarde. Muitos navios de Westeros tinham viajado até Qarth para comercializar especiarias e seda, mas ele ousou ir mais longe, alcançando as fabulosas terras de Yi Ti e Leng, cujas riquezas dobraram as da Casa Velaryon em uma única viagem.

Nove grandes viagens foram feitas com o *Serpente do Mar*, e na última Corlys encheu os porões do navio de ouro e comprou mais vinte embarcações em Qarth, carregando-as com especiarias, elefantes e com as sedas mais finas. Algumas embarcações se perderam, e os elefantes morreram no mar, segundo *As Nove Viagens*, do Meistre Mathis, mas a riqueza que restou fez da Casa Velaryon a mais rica do reino – mais rica até do que os Lannister e os Hightower durante um tempo.

Corlys Velaryon se tornou lorde após a morte do avô e usou sua riqueza para erguer uma nova sede, Maré Alta, para substituir o castelo úmido e apertado de Derivamarca e casa do antigo Trono de Madeira do Mar – o trono dos Velaryon, cujas lendas afirmavam que lhes fora dado pelo Rei Bacalhau para selar um pacto. Tanto comércio começou a fluir de e para Derivamarca que as cidades de Hull e Vila Condimento cresceram, tornando-se os principais portos comerciais da Baía da Água Negra por um tempo, ultrapassando até mesmo Porto Real.

A fama, a reputação e a riqueza de Corlys Velaryon foram importantes para apoiar a reivindicação de seu filho Laenor. Boremund Baratheon também apoiou Laenor, assim como Lorde Ellard Stark. E também Lorde Blackwood, Lorde Bar Emmon e Lorde Celtigar. Mas eram poucos. A maré estava contra eles, e embora os meistres que contaram o resultado nunca tinham divulgado os números, havia rumores de que o Grande Conselho votara vinte a um a favor do príncipe Viserys. O rei, ausente nas deliberações finais, nomeou Viserys príncipe de Pedra do Dragão.

Em seus últimos anos, o rei Jaehaerys nomeou Sor Otto Hightower sua Mão, e Sor Otto trouxe a família consigo para Porto Real. Entre eles estava a jovem Alicent – uma esperta garota de quinze anos, que se tornou acompanhante de Jaehaerys na velhice. Ela lia para ele, buscava suas refeições e até ajudava a banhá-lo e a vesti-lo. Dizem que, às vezes, o rei a confundia com uma de suas filhas. Rumores menos gentis afirmam que ela era sua amante.

O rei Jaehaerys, Primeiro de Seu Nome – conhecido como o Conciliador e o Velho Rei (sendo o único Targaryen que viveu até idade tão avançada) –, morreu pacificamente em seu leito em 103 d.C., enquanto a Senhora Alicent lia para ele *A História Antinatural*, de seu amigo Barth. Ele tinha sessenta e nove anos, e governara sabiamente e bem por cinquenta e cinco. Westeros ficou de luto, e afirma-se que até em Dorne homens choravam e mulheres rasgavam as roupas em lamento por um rei que fora tão justo e bom. Suas cinzas foram enterradas com as de sua amada, a Boa Rainha Alysanne, sob a Fortaleza Vermelha. E o reino nunca mais viu outros iguais a eles.

DA HISTÓRIA DO ARQUIMEISTRE GYLDAYN

Aos olhos de muitos, o Grande Conselho de 101 d.C. estabeleceu um precedente de ferro nos assuntos de sucessão: independentemente da antiguidade, o Trono de Ferro de Westeros não podia passar para uma mulher, nem por meio de uma mulher para seus descendentes masculinos.

PÁGINAS ANTERIORES | *O Grande Conselho de 101 d.C.*
À ESQUERDA | *O rei Jaehaerys e a Boa Rainha Alysanne com o filho, príncipe Aemon.*

VISERYS I

DEPOIS DO LONGO e pacífico reinado de Jaehaerys I, Viserys herdou um trono seguro, um tesouro cheio e um legado de afeição que seu avô cultivara por mais de cinquenta anos. A Casa Targaryen nunca mais seria tão poderosa quanto no reinado de Viserys. Existiam mais príncipes e princesas do sangue do dragão do que em qualquer outra época desde a Perdição, e nunca houve tantos dragões de uma única vez quanto entre os anos de 103 d.C. e 129 d.C.

espada valiriana Irmã Negra por suas proezas. Ele esteve entre os mais impetuosos apoiadores de Viserys diante do Grande Conselho, e reuniu um pequeno exército de espadas juramentadas e homens em armas quando rumores afirmavam que Corlys Velaryon preparava uma frota para defender os direitos de seu filho, Laenor. O rei Jaehaerys evitou o derramamento de sangue, mas muitos lembravam que Daemon estivera pronto para entrar em conflito pela questão.

Mas a grande revolta da Dança dos Dragões teve suas raízes no reinado de Viserys, e se deveu principalmente à realeza de sangue. No início de seu reinado, o principal aborrecimento de Viserys I era seu irmão, o príncipe Daemon Targaryen. Daemon era volátil e rápido em se ofender, mas era arrojado, ousado e perigoso. Foi ordenado cavaleiro aos dezesseis anos, como Maegor I, e o próprio Jaehaerys I deu a Daemon a

Daemon se casara com Rhea Royce em 97 d.C., quando ela era herdeira da antiga sede de Pedrarruna, no Vale. Era uma união boa e rica, mas Daemon achou o Vale pouco a seu gosto, e gostou ainda menos da esposa, e logo se afastaram.

A união também se provou estéril, e embora Viserys I recusasse as súplicas do irmão para anular o casamento, ele o chamou de volta à corte para assumir um cargo no governo.

DA HISTÓRIA DO ARQUIMEISTRE GYLDAYN

Embora o príncipe Daemon tenha se casado com a Senhora de Pedrarruna em 97 d.C., durante o reinado do Velho Rei, o casamento não foi um sucesso. O príncipe achou o Vale de Arryn entediante ("No Vale, os homens fodem ovelhas", escreveu. "Não se pode culpá-los. As ovelhas são mais bonitas do que as mulheres."), e logo desenvolveu um descontentamento por sua senhora esposa, a quem chamava "minha cadela de bronze", por causa da armadura rúnica de bronze usada pelos senhores da Casa Royce.

Daemon serviu primeiro como mestre da moeda, depois como mestre das leis, mas seu principal rival, a Mão, Sor Otto Hightower, finalmente convenceu Viserys a tirá-lo desses postos. Então, em 104 d.C., Viserys nomeou seu irmão comandante da Patrulha da Cidade.

O príncipe Daemon melhorou os armamentos e o treinamento da Patrulha, e deu aos soldados os mantos dourados que os levaram a ser conhecidos como "mantos dourados" até os dias de hoje. Com frequência se juntava aos seus homens para patrulhar a cidade, rapidamente se tornando conhecido tanto do garoto de rua mais malvado quanto do comerciante mais rico, e ganhou uma certa reputação sombria nas tavernas e bordéis onde costumava aproveitar as mercadorias em oferta. O crime caiu drasticamente, embora alguns digam que foi porque Daemon gostava de punições severas. Mesmo assim, aqueles que se beneficiaram de sua administração o amavam, e Daemon logo se tornou conhecido como o "Senhor da Baixada das Pulgas". Depois que Viserys lhe negou o título de príncipe de Pedra do Dragão, ele passou a ser chamado de "Príncipe da Cidade". Foi nos bordeis de Porto Real que ele encontrou uma favorita, uma amante – uma dançarina lisena muito pálida chamada Mysaria, cujas aparência e reputação fizeram que as prostitutas que a conheciam a chamassem de Miséria, o Verme Branco. Mais tarde, ela se tornou a mestre dos sussurros de Daemon.

Alguns dizem que o apoio de Daemon a Viserys no Grande Conselho foi motivado pela crença de que ele seria herdeiro do irmão. Mas em sua mente, Viserys já tinha um herdeiro: Rhaenyra, sua única filha com a prima, rainha Aemma da Casa Arryn. Rhaenyra nasceu em 97 d.C. e, ainda criança, o pai se apaixonou por ela. Levava-a para todos os lados consigo – até mesmo à câmara do conselho, onde a encorajava a observar e ouvir atentamente. Por esse motivo, a corte se apaixonou por ela também, e muitos lhe prestavam homenagens. Os cantores a apelidaram de Alegria do Reino, pois era brilhante e precoce – uma bela criança que já montava em dragões aos sete anos de idade, e voava no dorso de uma dragão-fêmea, Syrax, que recebeu este nome de um dos antigos deuses de Valíria.

Em 105 d.C., sua mãe finalmente deu à luz o filho que o rei e a rainha esperavam há tanto tempo, mas a rainha morreu no parto, e o menino – chamado Baelon – só sobreviveu por um dia. Nessa época, Viserys I estava farto de ser intimado por causa da sucessão e, desconsiderando os precedentes de 92 d.C. e do Grande Conselho de 101 d.C., declarou oficialmente que Rhaenyra era princesa de Pedra do Dragão e sua herdeira. Uma grande cerimônia foi organizada, na qual centenas de senhores ajoelharam para prestar homenagens à princesa que estava sentada aos pés do pai. O príncipe Daemon não estava entre eles.

O ano de 105 d.C. tem um acontecimento digno de nota: a chegada de Sor Criston Cole à Guarda Real. Nascido em 82 d.C., filho de um intendente a serviço dos Dondarrion de Portonegro, Criston chamara a atenção da corte no torneio de Lagoa da Donzela para celebrar a ascensão de Viserys ao trono, onde venceu um corpo a corpo e foi o penúltimo na justa.

De cabelos negros, olhos verdes e bonito, ele provou ser a alegria das senhoras da corte – e da princesa Rhaenyra mais do que todas. Ela tinha uma afeição infantil por ele, chamando-o de "meu cavaleiro branco" e implorou ao pai para torná-lo seu escudo juramentado, o que ele fez. Depois disso, Cole estava sempre ao seu lado e usava sua prenda nas listas. Diziam, anos mais tarde, que a princesa só tinha olhos para Sor Criston, mas há motivos para duvidar que isso fosse completamente verdade.

A questão se tornou mais complicada quando, com o encorajamento de Sor Otto Hightower, o rei Viserys anunciou sua intenção de se casar com a Senhora Alicent, filha de Sor Otto e antiga cuidadora do Velho Rei. Em grande parte, o reino celebrou essa união. Rhaenyra, segura no lugar de herdeira, acolheu a nova esposa do pai, pois já se conheciam há muito tempo na corte. Mas nem todos estavam tão felizes em Pedra do Dragão, onde dizem que o príncipe Daemon chicoteou o criado que lhe trouxe a notícia do casamento, nem em Derivamarca, onde Lorde Corlys e a princesa Rhaenys viam a filha Laena ser rejeitada pelo rei.

À ESQUERDA | *Rei Viserys I no Trono de Ferro* ACIMA | *Daemon Targaryen, o Príncipe da Cidade, com seus mantos dourados.*

Entre os frutos do casamento do rei Viserys com Alicent surgiu a aliança entre o príncipe Daemon e a Serpente do Mar. Cansado de esperar por uma coroa que parecia cada vez mais distante, Daemon estava determinado a conquistar seu próprio reino. Nisso, ele e Corlys Velaryon podiam fazer causa comum, graças às depredações do Reino das Três Filhas – ou Triarquia, como era chamado algumas vezes –, uma união entre Lys, Myr e Tyrosh que nascera de uma exitosa aliança contra Volantis. Primeiro essa aliança foi aplaudida nos Sete Reinos, mas logo as três cidades se tornaram piores do que os piratas e corsários que haviam derrotado.

A luta começou em 106 d.C., com a Serpente do Mar fornecendo a frota e Daemon fornecendo o dragão Caraxes. Com sua habilidade em comandar homens, Daemon liderou os segundos filhos e cavaleiros sem terras que se reuniram sob seu estandarte. O rei Viserys contribuiu para a guerra deles, mandando ouro para contratar homens e comprar suprimentos.

Eles tiveram várias vitórias nos dois anos seguintes, culminando com a morte do príncipe de Myr – o almirante Craghas Drahar, conhecido como Alimenta Caranguejo – em combate singular. (Quando soube que Daemon se declarara Rei do Mar Estreito, em 109 d.C., o rei Viserys teria respondido que o irmão podia ficar com a coroa se "isso o deixasse longe de encrencas".) Mas isso acabou sendo uma afirmação prematura de vitória. A Triarquia despachou uma nova frota e um novo exército no ano seguinte, e Dorne se juntou a ela na guerra contra o pequeno e incipiente reino de Daemon.

Em 107 d.C., Alicent deu a Viserys o menino Aegon, e o rei finalmente tinha um filho. Aegon foi seguido por uma irmã, Helaena, sua futura esposa, e por outro filho chamado Aemond. Mas o nascimento de um filho queria dizer que a sucessão estava mais uma vez em questão – e não só pela própria rainha, mas também por seu pai, a Mão, ambos ansiosos em ver o sangue Hightower vencer o de Aemma. Mas Sor Otto excedeu os limites e, em 109 d.C., foi substituído por Lorde Lyonel Strong, que servira habilmente como mestre das leis. Para o rei Viserys, o assunto estava há muito encerrado; Rhaenyra era sua herdeira, e ele não queria ouvir argumentos contrários – apesar dos decretos do Grande Conselho de 101 d.C., que sempre colocava um homem sobre uma mulher.

Os relatos e cartas preservados da época começam a retratar um "grupo da rainha" e o "grupo da princesa". Graças ao torneio de 111 d.C., eles logo ficaram conhecidos por nomes simples: os verdes e os negros. Nesse torneio, os documentos comprovam, a rainha Alicent estava belamente vestida com um vestido verde, enquanto Rhaenyra não deixou dúvida alguma de sua herança ao usar negro bordado de vermelho, cores do estandarte da Casa Targaryen. Esse mesmo torneio viu o retorno de Daemon Targaryen, Rei do Mar Estreito, de suas guerras. Ele usava uma coroa quando Caraxes pousou, mas se ajoelhou diante do irmão e a tirou da cabeça, oferecendo-a como símbolo de lealdade. Viserys ergueu Daemon, devolveu sua coroa e o beijou nas duas faces; apesar de toda a turbulência entre eles, Viserys amava o irmão de verdade. Aqueles que estavam no torneio aplaudiram – mais nenhum mais ruidosamente do que Rhaenyra, que também amava o tio arrojado. Mais do que devesse, talvez... embora nossas fontes sejam contraditórias.

Apenas algumas luas depois Daemon seria exilado. Por qual motivo? Nossas fontes diferem muito. Alguns, como Runciter e Munkun, sugerem que o rei Viserys e o rei Daemon discutiram (pois o amor fraternal raramente fica no caminho das divergências), e que foi por isso que Daemon partiu. Outros dizem que foi Alicent (incentivada por Sor Otto, possivelmente) que convenceu Viserys de que Daemon devia partir. Mas duas fontes descrevem o assunto mais detalhadamente.

O reinado do Rei Viserys, Primeiro de Seu Nome, e a Dança dos Dragões que veio depois, do Septão Eustace, foi escrito depois que a guerra terminou. Embora seco e pesado em sua escrita, Eustace claramente era confidente dos Targaryen, e fala com acurácia sobre muitas coisas. *O Testemunho de Cogumelo*, de Cogumelo, é outro caso, no entanto. Um anão com menos de um metro de altura, com uma cabeça enorme (e um membro enorme para combinar, se ele pode ser levado a sério), Cogumelo era o bobo da corte, e todos pensavam que era estúpido. Por isso, as pessoas ilustres falavam livremente perto dele. Seu *Testemunho* alega ser o relato dos acontecimentos dos anos em que viveu na corte, feitos por um escriba cujo nome não sabemos, e é cheio da versão de Cogumelo das conspirações, assassinatos, encontros, devassidões e mais – e tudo nos mais explícitos detalhes. Os relatos do Septão Eustace e de Cogumelo estão muitas vezes em conflito um com o outro, mas há momentos de surpreendente concordância entre eles.

Eustace afirma que Daemon e a princesa Rhaenyra foram pegos juntos na cama por Sor Arryk Cargyll, e que foi isso que fez que Viserys exilasse o irmão da corte. Cogumelo conta uma história diferente, no entanto: que Rhaenyra tinha olhos apenas para Sor Criston Cole, mas que o cavaleiro recusara suas aberturas. Foi quando seu tio se ofereceu para educá-la nas artes do amor, para que ela pudesse fazer que o virtuoso Sor Criston quebrasse seus votos. Mas quando ela finalmente achou que estava

DIREITA | *Daemon Targaryen oferece sua coroa a Viserys I.*

pronta para se aproximar dele, o cavaleiro – que Cogumelo jura ser casto e virtuoso como uma septã velha – reagiu com horror e nojo. Viserys logo soube disso. E qualquer que seja a versão verdadeira do relato, o que realmente sabemos é que Daemon pediu a mão de Rhaenyra, desde que Viserys anulasse seu casamento com a Senhora Rhea. Viserys recusou e, em vez disso, exilou Daemon dos Sete Reinos, para nunca mais voltar, sob pena de morte. Daemon partiu, voltando aos Degraus para prosseguir sua guerra.

Em 112 d.C., Sor Harrold Westerling morreu e Sor Criston Cole se tornou Senhor Comandante da Guarda Real em seu lugar. Em 113 d.C., a princesa Rhaenyra atingiu a maioridade. Em anos anteriores, muitos homens haviam cortejado a princesa (entre eles o herdeiro de Harrenhal, Sor Harwin Strong, que era chamado Quebraossos e considerado o cavaleiro mais forte do reino), cobrindo-a de presentes (como os gêmeos Sor Jason e Sor Tyland Lannister fizeram em Rochedo Casterly), compondo músicas sobre sua beleza e até lutando em duelos por sua prenda (como os filhos de Lorde Blackwood e Lorde Bracken também fizeram). Havia até a conversa de casá-la com o príncipe de Dorne, para finalmente unir os dois reinos. A rainha Alicent (e sor Otto, seu pai), naturalmente sugeriu seu filho, o príncipe Aegon, para marido dela, embora ele fosse muito mais jovem. Mas os dois irmãos nunca foram muito próximos, e Viserys sabia que o desejo de sua rainha pelo casamento era mais pela ambição pelo filho do que pelo amor de Aegon por Rhaenyra.

Ignorando todos esses pretendentes, Viserys se voltou para a Serpente do Mar e a princesa Rhaenys, cujo filho, Laenor, fora certa vez seu rival no Grande Conselho de 101 d.C. Laenor tinha o sangue do dragão por ambos os lados, e era até mesmo dono de um dragão – um esplêndido animal cinza e branco chamado Seasmoke. Melhor ainda, o casamento uniria as duas facções que certa vez se opuseram no Grande Conselho de 101 d.C. Mas havia um problema: com 19 anos, Laenor preferia a companhia dos escudeiros de sua idade, e diziam que nunca conhecera uma mulher intimamente, nem tinha qualquer bastardo. Sobre isso, dizem que o Grande Meistre Mellos comentou: "E daí? Não sou apaixonado por peixe, mas, se me servirem peixe, eu como."

Rhaenyra tinha uma opinião completamente diferente. Talvez nutrisse esperanças de se casar com o príncipe Daemon, como Eustace afirma, ou de atrair Criston Cole para sua cama, como Cogumelo sugere alegremente. Mas Viserys não queria saber de nada disso, e, contra todas as objeções dela, ele só tinha de observar que, se ela recusasse o casamento, ele reconsideraria a sucessão. E então veio a ruptura final entre Sor Criston Cole e Rhaenyra, embora até hoje não se saiba se foi instigada por Sor Criston ou por Rhaenyra. Ela tentou seduzi-lo mais uma vez? Ele finalmente admitiu seu amor, agora que parecia que ela ia se casar, e tentou persuadi-la a fugir com ele?

Não podemos dizer. Nem podemos dizer se há alguma verdade na afirmação de que, depois que Cole a deixou, ela desistiu de vez de sua virgindade (se, de fato, ainda a tinha) para Sor Harwin Strong – um tipo de cavaleiro muito menos escrupuloso. Cogumelo afirma que encontrou os dois na cama, mas metade do que ele diz não pode ser levado a sério – e na outra metade, algumas vezes, não se deseja acreditar. O que podemos dizer com certeza é que, em 114 d.C., a princesa Rhaenyra e o recém-ordenado cavaleiro Sor Laenor estavam casados e, como era costume, um torneio foi organizado em comemoração. Nesse torneio, Rhaenyra tinha um novo campeão, Quebraossos, enquanto Sor Criston, pela primeira vez, usava a prenda da rainha Alicent. Todos os relatos do torneio concordam que Cole lutou em fúria negra e derrotou todos os desafiantes. Ele quebrou a clavícula e o cotovelo de Quebraossos, levando Cogumelo a apelidá-lo de Ossosquebrados, mas os ferimentos piores foram infligidos no favorito de Laenor, o belo cavaleiro Sor Joffrey Lonmouth, chamado Cavaleiro dos Beijos. Sor Joffrey ficou largado no chão sangrando e sem sentidos, e permaneceu assim por seis dias antes de morrer, fazendo Laenor chorar lágrimas amargas de dor.

ACIMA | *Princesa Rhaenyra, a Alegria do Reino.*

Depois disso, Sor Laenor partiu para Derivamarca, e alguns se perguntaram se o casamento fora consumado. Rhaenyra e seu marido passavam grande parte do tempo separados, ela em Pedra do Dragão, e ele em Derivamarca. Mesmo assim, se o reino se preocupava com os seus herdeiros, não precisou esperar muito. Perto do fim de 114 d.C., Rhaenyra deu à luz um menino saudável a quem chamou Jacaerys (não Joffrey, como Sor Laenor esperava), conhecido como Jace por amigos e família. Mas... Rhaenyra era do sangue do dragão, e Sor Laenor também tinha nariz aquilino, feições delicadas, cabelo branco-prateado e olhos púrpura que denotavam sua herança valiriana. Por que, então, Jacaerys tinha cabelos e olhos castanhos e nariz achatado? Muitos olhavam para ele, e depois para o desmedido Sor Harwin Strong – agora líder dos negros, e companhia constante de Rhaenyra – e se questionavam.

Rhaenyra teve mais dois filhos – Lucerys (chamado Luke) e Joffrey – durante o casamento com Sor Laenor Velaryon, e cada um deles nasceu saudável e robusto, com cabelo castanho e nariz achatado que nem Rhaenyra nem Laenor possuíam. Entre os verdes, dizia-se que eles eram obviamente filhos de Quebraossos, e muitos duvidavam se podiam ser cavaleiros de dragões. Mas sob ordem de Viserys, cada um teve um ovo de dragão colocado no berço, e cada ovo eclodiu, produzindo os dragões Vermax, Arrax e Tyraxes. O rei, por sua vez, ignorou os rumores, pois claramente pretendia manter Rhaenyra como sua herdeira.

Quatro tragédias fizeram que o ano de 120 d.C. fosse lembrado como o Ano da Primavera Vermelha (não confundir com a Primavera Vermelha de 236 d.C.), e lançaram as bases para a Dança dos Dragões. A primeira dessas tragédias foi a morte de Laena Velaryon, irmã de Laenor. Certa vez cogitada para ser noiva de Viserys, ela se casara com o príncipe Daemon em 115 d.C., depois que a esposa dele, a Senhora Rhea, morreu enquanto caçava no Vale. (Daemon, nesse meio tempo, se cansara dos Degraus e desistira de sua coroa; cinco outros homens vieram depois dele como Reis do Mar Estreito, até que o "reinado" dos mercenários terminou de uma vez por todas.)

Laena deu a Daemon duas filhas gêmeas, Baela e Rhaena. Embora no início o rei Viserys tivesse se indignado com o casamento, que aconteceu sem sua permissão, ele permitiu que Daemon apresentasse as filhas à corte em 117 d.C., contra as objeções de seu pequeno conselho; ele ainda amava o irmão e talvez pensasse que a paternidade o acalmaria. Em 120 d.C., Laena entrou mais uma vez em trabalho de parto e deu à luz o filho que Daemon sempre desejara. Mas o que saiu de seu útero era retorcido e deformado, e morreu logo depois de nascer. Laena também faleceu logo depois.

Mas foram os pais dela, Lorde Corlys e a princesa Rhaenys, que tiveram o maior motivo para lamentar naquele ano. Ainda estavam de luto pela filha quando o filho deles foi levado. Todos os relatos concordam que Laenor estava participando de uma feira no mercado de Vila Condimento quando foi assassinado. Eustace culpa o amigo e companheiro de Laenor (e amante, como querem alguns), Sor Qarl Correy, dizendo que brigaram porque Laenor pretendia deixá-lo de lado por um novo favorito. Espadas foram desembainhadas, e Laenor foi morto. Sor Qarl fugiu e nunca mais foi visto. Cogumelo, no entanto, sugere uma história mais sombria: que o príncipe Daemon pagou Correy para matar Laenor, a fim de liberar Rhaenyra para si.

A terceira tragédia foi a briga feia entre os filhos de Alicent e os filhos de Rhaenyra, causada quando Aemond Targaryen, sem dragão, tentou reivindicar o dragão da falecida Laena, Vhagar, para si. Empurrões e puxões foram seguidos por punhos depois que Aemond zombou dos meninos de Rhaenyra, chamando-os de "Strong" – até que o jovem príncipe Lucerys pegou uma faca e a espetou no olho de Aemond. Depois disso, Aemond ficou conhecido como Aemond Um-Olho – embora tenha conseguido ficar com Vhagar. (Ele teve a oportunidade de vingar a perda do olho anos mais tarde, embora o reino sangrasse por isso.)

No fim, Viserys tentou promover a paz, e fez isso proclamando que qualquer homem ou mulher que questionasse a paternidade dos filhos de Rhaenyra teria a língua arrancada. Então ordenou que Alicent e os filhos voltassem para Porto Real, enquanto Rhaenyra permanecia com os filhos em Pedra do Dragão, para que não pudessem brigar novamente. Sor Erryk Cargyll ficou em Pedra do Dragão como escudo juramentado de Rhaenyra, tomando o lugar de Sor Harwin Strong, que voltou para Harrenhal.

A última tragédia – e alguns podem dizer a menor – foi o incêndio em Harrenhal que levou as vidas de Lorde Lyonel

---

Antes do casamento com Daemon, Laena fora prometida por quase uma década ao filho de um antigo Senhor do Mar de Bravos, mas o jovem desperdiçara a fortuna e a influência do pai e se tornara nada além de um parasita em Maré Alta e uma vergonha para Lorde Corlys. Não foi grande surpresa quando Daemon, fazendo uma visita após a morte de sua esposa, viu Laena (que dizem ter sido surpreendentemente adorável) e falou em privado com a Serpente do Mar sobre casamento. Logo depois, o príncipe Daemon provocou o prometido bravosi de modo tão inclemente que o jovem o desafiou para um combate singular.

Assim foi o fim do filho esbanjador do Senhor do Mar.

e de seu filho e herdeiro, Sor Harwin. Mas os que falam assim são ignorantes. Viserys, agora velho e fraco, e cada vez menos interessado no governo do reino, ficou sem Mão, enquanto Rhaenyra ficou sem marido e, como alguns afirmam, sem amante. Alguns relatos veem nisso um acidente, nada mais. Outros sugerem possibilidades mais malignas. Alguns acreditam que Larys Pé-Torto – um dos inquisidores do rei e filho mais jovem de Lorde Lyonel – tenha arranjado o incêndio para poder governar Harrenhal. Outras histórias até sugerem que o próprio príncipe Daemon estava por trás disso.

Em vez de arrumar uma nova Mão, o rei se lembrou de Sor Otto de Vilavelha, por insistência de Alicent, e o nomeou Mão novamente. E em vez de ficar de luto pelo falecido marido, Rhaenyra, por fim, se casou com o tio, o príncipe Daemon. Nos últimos dias de 120 d.C., ela deu à luz o primeiro filho dele, a quem chamou Aegon, por causa do Conquistador. (Dizem que, quando soube disso, a rainha Alicent se indignou, pois seu filho mais velho também tinha o nome do Conquistador. Os dois Aegon vieram a ser conhecidos como Aegon, o Velho, e Aegon, o Jovem). O ano de 122 d.C. viu Rhaenyra e Daemon ganharem um segundo filho, Viserys. Viserys não era tão robusto quanto Aegon, o Jovem, ou seus meio-irmãos Velaryon, mas provou ser precoce. Alguns tomaram como presságio, no entanto, quando o ovo de dragão colocado em seu berço não eclodiu.

E assim as coisas prosseguiram até o fatídico dia em 129 d.C., quando Viserys I finalmente morreu. Seu filho, Aegon, o Velho, se casara com a irmã, Helaena, e Helaena dera a Aegon os gêmeos Jaehaerys e Jaehaera (esta última era uma criança estranha, lenta em crescer, nunca chorava ou sorria como as crianças fazem), e outro filho chamado Maelor, em 127 d.C. Em Derivamarca, a Serpente do Mar começou a falhar e acabou na cama. Viserys, agora no inverno da vida, mas ainda saudável, se machucou no Trono de Ferro em 128 d.C., depois de presidir um julgamento. O ferimento tornou-se perigosamente infeccionado e, no fim, o Meistre Orwyle (que sucedera o Meistre Mellos no ano anterior) foi obrigado a amputar dois dedos do rei. Mas essa medida não foi rigorosa o bastante e, enquanto 128 d.C. acabava e 129 d.C. começava, Viserys ficava cada vez mais doente.

No terceiro dia da terceira lua de 129 d.C., enquanto entretinha Jaehaerys e Jaehaera de sua cama com uma história sobre seu bisavô e sua rainha lutando contra gigantes, mamutes e selvagens além da Muralha, o rei ficou cansado. Mandou os netos embora quando o conto acabou e caiu em um sono do qual nunca despertou. Ele governara por vinte e seis anos, reinando durante a era mais próspera da história dos Sete Reinos, mas semeando-a com o declínio desastroso de sua casa e com a morte do último dos dragões.

ACIMA, ESQUERDA | *Os filhos da princesa Rhaenyra (esq. para dir.): Jacaerys, Joffrey e Lucerys.*
ACIMA, DIREITA | *Os filhos do rei Viserys (esq. para dir.): Aegon, Daeron e Aemond.*

Aegon II

NENHUMA GUERRA FOI mais sangrenta ou cruel do que a Dança dos Dragões, como os cantores e Munkun resolveram chamá-la. Foi o pior tipo de guerra – uma guerra entre irmãos. Apesar da preferência inabalável de Viserys por Rhaenyra, o príncipe Aegon foi convencido a assumir o trono do pai pela mãe e pelo pequeno conselho antes que o cadáver de Viserys esfriasse. Quando Rhaenyra, princesa de Pedra do Dragão, soube disso, teve um acesso de raiva. Na época, ela estava em confinamento em Pedra do Dragão, esperando pelo nascimento de seu terceiro filho com o príncipe Daemon.

DA HISTÓRIA DO ARQUIMEISTRE GYLDAYN

Em Pedra do Dragão, nenhuma comemoração era ouvida. Em vez disso, gritos ecoavam pelos corredores e escadarias da Torre do Dragão do Mar, até os aposentos da rainha, onde Rhaenyra Targaryen se contraía e estremecia em seu terceiro dia de trabalho de parto. A criança não era esperada até a próxima volta da lua, mas as notícias de Porto Real levaram a princesa a uma fúria negra, e sua ira pareceu adiantar o parto, como se o bebê dentro dela estivesse zangado também, e lutando para sair. A princesa gritava maldições durante todo o trabalho de parto, invocando a ira dos deuses sobre seus meio-irmãos e a mãe deles, a rainha, e detalhando os tormentos que infligiria neles antes de deixá-los morrer. Ela amaldiçoava a criança dentro de si também, Cogumelo nos conta. "Saia", ela gritava, agarrando a barriga inchada enquanto o meistre e a parteira tentavam contê-la. "Monstro, monstro, saia, saia, SAIA!"

Quando o bebê finalmente nasceu, provou ser realmente um monstro: uma garota natimorta, retorcida e malformada, com um buraco no peito onde o coração devia estar e uma cauda atarracada coberta de escamas. Ou assim Cogumelo a descreve. O anão nos conta que foi ele quem levou a coisinha para o pátio, para queimá-la. A garota morta se chamara Visenya, a princesa Rhaenyra anunciou no dia seguinte, quando o leite de papoula reduziu sua dor. "Ela era minha única filha, e eles a mataram. Roubaram minha coroa e assassinaram minha filha, e responderão por isso."

Passado o parto, Rhaenyra se preparou para a guerra. Tanto ela quanto Alicent tinham apoiadores entre os parentes – e entre os grandes senhores do reino. E cada lado tinha dragões. Era uma receita para o desastre, e isso se confirmou. O reino sangrou como nunca antes, e seriam necessários anos até que as feridas fossem curadas.

A alegação de Cogumelo de que a rainha Alicent apressara a morte do marido com uma "pitada de veneno" no vinho pode ser, talvez, deixada de lado. Mas ninguém pode duvidar que o primeiro sangue a ser derramado na Dança foi o do velho mestre da moeda, Lorde Beesbury, quando ele insistiu que a verdadeira herdeira de Viserys era Rhaenyra, e que ela devia ser coroada. Os relatos diferem sobre como este discordante foi tirado do caminho. Alguns dizem que ele morreu de febre depois de ser jogado nas celas negras, enquanto alguns comentam que Sor Criston Cole – o Senhor Comandante que logo seria chamado de Fazedor de Reis – abriu sua garganta com uma adaga na mesa do conselho. Cogumelo discorda, sugerindo que Cole atirou Beesbury pela janela – embora seja necessário lembrar que Cogumelo estava em Pedra do Dragão nessa época, com Rhaenyra. Mas nem de longe esse seria o último assassinato nos primeiros dias da Dança. No entanto, as mais lamentáveis foram as mortes do jovem príncipe Lucerys Velaryon, filho de Rhaenyra, e de Jaehaerys, filho e herdeiro de Aegon.

A morte de Luke Velaryon foi testemunhada por muitos olhos na corte de Ponta Tempestade, e os relatos concordam em grande parte. Enviado pela mãe a Ponta Tempestade para conseguir o apoio de Lorde Borros, Luke chegou a descobrir que o príncipe Aemond Targaryen já estava ali antes dele. Aemond era mais velho, mais forte e mais cruel do que Lucerys – e odiava Lucerys com todo seu coração, pois fora Lucerys quem lhe custara um olho nove anos antes. Lorde Borros negou a Aemond seu desejo de vingança dentro de seu salão – mas deixou claro que não se importava com o que acontecesse fora. Então o príncipe Aemond, montado em Vhagar, perseguiu Lucerys e seu jovem dragão Arrax, que fugiram. O príncipe Luke e seu dragão – atrapalhados pela tempestade que caía fora das muralhas do castelo – morreram dentro do campo visual de Ponta Tempestade, despencando no mar.

Todos os relatos dizem que Rhaenyra desmaiou ao saber da notícia. Mas não o padrasto de Lucerys, o príncipe Daemon

No início da guerra, os principais apoiadores de Aegon II eram Lorde Hightower, Lorde Lannister e, depois de um tempo, Lorde Baratheon. Lorde Tully desejava lutar pelo rei, mas estava velho e acamado, e seu neto o desafiou. Os principais apoiadores de Rhaenyra eram seu sogro Lorde Velaryon, sua prima Senhora Jeyne Arryn, e Lorde Stark (embora sua ajuda demorasse a chegar, enquanto ele mantinha cada homem para colher o que pudesse antes que o inverno caísse sobre o Norte). Lorde Greyjoy atacou as terras ocidentais em nome da princesa também, para surpresa do rei Aegon, que cortejara seu apoio. Os Tully, depois de um tempo, se juntaram à causa de Rhaenyra, em desafio ao desejo do falecido Lorde Tully. Os Tyrell, no entanto, se mantiveram afastados da guerra, assim como os dorneses.

Targaryen. A mensagem que o príncipe Daemon mandou para Pedra do Dragão, depois de saber da morte de Lucerys, foi: "Olho por olho, um filho por outro. Lucerys será vingado." Ele era o Príncipe da Cidade, e ainda tinha muitos amigos nas tavernas e bordéis de Porto Real. A principal delas era sua antiga amante Mysaria, o Verme Branco. Ela garantiu vingança, contratando um caçador de ratos brutal que entrou para a história como Sangue e Queijo. Graças à sua profissão, o caça-ratos conhecia todos os segredos dos túneis de Maegor. Esgueirando-se até a Fortaleza Vermelha, Sangue e Queijo capturou a rainha Helaena e seus filhos... e então ofereceu à esposa de Aegon II uma escolha brutal: qual de seus filhos

ACIMA | *As mortes do príncipe Lucerys e seu dragão, Arrax.*

devia morrer? Ela chorou, implorou e ofereceu a própria vida em vão. No final, escolheu Maelor – o mais novo, e considerado jovem demais para entender. Em vez disso, Sangue e Queijo matou o príncipe Jaehaerys, enquanto a mãe berrava aterrorizada. Então Sangue e Queijo fugiu com a cabeça do príncipe, fiel à palavra de que iria atrás apenas de um dos filhos de Aegon.

Essas não foram as únicas mortes nessa guerra longa e violenta. Por mais triste que a morte de Jaehaerys tenha sido, a do pequeno príncipe Maelor, que não viveu muito mais do que o irmão, foi pior. Sor Rickard Thorne da Guarda Real foi enviado para levar Maelor em segredo para Vilavelha, onde ficaria seguro em Torralta, mas foi detido na Ponteamarga e derrubado por uma multidão. O próprio Maelor foi feito em pedaços em Ponteamarga, enquanto homens e mulheres lutavam para reivindicar a criança como prêmio. Quando Lorde Hightower destruiu Ponteamarga e foi exigir justiça da Senhora Caswell, ela implorou misericórdia por seus filhos antes de se enforcar nas muralhas do castelo.

Até a Guarda Real entrou na contenda. Sor Criston Cole enviou Sor Arryk Cargyll para Pedra do Dragão com a intenção de infiltrá-lo na cidadela disfarçado como seu irmão gêmeo, Sor Erryk. Lá, ele iria matar Rhaenyra (ou seus filhos; os relatos diferem). O acaso, no entanto, fez que Sor Erryk e Sor Arryk se encontrassem sem querer em um dos salões da Cidadela. Os cantores dizem que eles professaram o amor um pelo outro antes que as espadas se chocassem, e lutaram com amor e dever em seus corações por uma hora, antes de morrerem chorando um no braço do outro. O relato de Cogumelo, que afirma ter testemunhado o duelo, diz que a realidade foi muito mais brutal: cada um acusou o outro de traição, e em instantes tinham se ferido mortalmente.

Enquanto isso, Sor Criston Cole decidiu punir os "senhores negros" – aqueles vassalos das terras da coroa que permaneciam leais a Rhaenyra. Rosby, Stokeworth e Valdocaso caíram diante dele, mas, em Pouso de Gralha, Lorde Staunton já recebera a notícia da chegada de Cole. Em vez de lutar, ele se entrincheirou no castelo e mandou um corvo para Pedra do Dragão, implorando ajuda.

A ajuda chegou na forma da princesa Rhaenys – aos cinquenta e cinco anos, mas tão feroz e determinada quanto fora na juventude – e seu dragão Meleys, a Rainha Vermelha. Mas Cole levara dragões também – o próprio Aegon II pousou no campo com Sunfyre, e seu irmão Aemond Um-Olho montava Vhagar, o maior dragão vivo.

Conta-se que a princesa Rhaenys, a Rainha que Nunca Foi, não se esquivou dos inimigos. Com um grito de alegria e o estalo de seu chicote, ela fez Meleys voar para enfrentá-los. Só Vhagar e Aemond saíram ilesos da batalha; Sunfyre ficou aleijado, e o rei Aegon II quase não sobreviveu, com costelas quebradas, quadril quebrado e queimaduras que cobriam metade de seu corpo. O pior foi o braço esquerdo do rei, onde o fogo de dragão derreteu a armadura na sua carne. O corpo de Rhaenys foi encontrado vários dias depois, entre os restos do cadáver da Rainha Vermelha, mas tão queimado que era quase irreconhecível.

Aegon passou o ano seguinte de seu reinado no isolamento, curando-se dos terríveis ferimentos, mas a guerra continuou. E ainda que o rei Aegon tivesse muitas vantagens na batalha contra sua irmã mais velha, sua força em dragões não estava entre elas. No início da guerra, Aegon contava apenas com quatro dragões grandes o bastante para lutar, enquanto sua irmã tinha oito, e acesso a ainda mais. Primeiro havia três dragões mais velhos que ainda tinham de ser reivindicados por novos donos: Asaprata, antiga montaria da rainha Alysanne; Seasmoke, que fora o orgulho de Sor Laenor Velaryon; e Vermithor, que não era montado desde a morte do rei Jaehaerys. Então havia três dragões selvagens, que precisavam ser domados se fosse possível encontrar donos para eles: Canibal, que, segundo os plebeus, chegara a Pedra do Dragão antes mesmo dos Targaryen (embora Munkun e Barth tenham dúvidas desta afirmação); Fantasma Cinzento, tímido com pessoas, que se empanturrava de peixes que pegava no mar; e o Ladrão de Ovelhas, marrom e liso, que preferia se alimentar de cada ovelha que pudesse roubar dos currais. O príncipe Jacaerys anunciou (com o incentivo de Cogumelo, se seu *Testemunho* pode ser confiável) que qualquer homem ou mulher que pudesse montar em um desses dragões receberia título da nobreza.

Em Pedra do Dragão, onde os Targaryen governavam há muito tempo, os plebeus viam seus belos governantes estrangeiros quase como deuses. Muitas donzelas defloradas por senhores Targaryen se consideravam abençoadas se uma "semente de dragão" fosse plantada em seus úteros, e por isso havia muita gente em Pedra do Dragão que podia corretamente afirmar – ou pelo menos suspeitar – que algum sangue Targaryen corria em suas veias.

Muitos tentaram montar os dragões que ainda estavam disponíveis em Pedra do Dragão. Os mais perigosos eram os selvagens, então não foi de se admirar que os dragões que já tinham sido montados anteriormente fossem os primeiros a arranjar novos donos. Entre esses novos cavaleiros de dragões estava Addam de Hull – um jovem corajoso e nobre que fora levado pela mãe, Marilda de Hull, para experimentar um dragão juntamente com o irmão, Alyn. Ela revelou que os meninos eram filhos de Laenor Velaryon – fato que muitos acharam pouco provável, mas Lorde Corlys não questionou quando adotou ambos como parte da Casa Velaryon.

Cogumelo apresenta uma possibilidade mais plausível sobre a paternidade de Addam e Alyn: que o próprio Lorde Corlys gerou os dois rapazes, na época em que passava vários de seus dias nos estaleiros de Hull, onde o pai de Marilda era carpinteiro naval. Os meninos permaneceram não reconhecidos, afastados da corte, enquanto a Rainha Que Nunca Foi viveu. Mas depois de sua morte, Lorde Corlys aproveitou a oportunidade para reconhecê-los... de certo modo.

Addam reivindicou o dragão de Laenor, Seasmoke. Seu irmão, Alyn, teve menos sucesso com Ladrão de Ovelhas, e pelo resto da vida ostentou as marcas da chama do dragão nas costas e pernas.

Ladrão de Ovelhas foi mais tarde domado por Nettles – uma garota simples, ilegítima e de má reputação que alimentou o dragão com carne de carneiro dia após dia até que Ladrão de Ovelhas se acostumou com ela. O dragão e seu cavaleiro tomavam parte na guerra, mas a lealdade de Nettles não era tão clara quanto à do corajoso Sor Addam. Quando ela e o príncipe Daemon se tornaram amantes, foi a gota d'água entre Rhaenyra e o senhor seu marido. Nettles – a quem o príncipe chamava carinhosamente de Netty – sobreviveu ao príncipe, assim como à sua esposa. Nettles e Ladrão de Ovelhas desapareceram antes do final da guerra, e ninguém soube onde foram até anos mais tarde.

Mas de todos os novos cavaleiros de dragão, os piores eram o bêbado chamado Ulf, o Ébrio, que adotou o nome de Ulf Branco depois que foi ordenado cavaleiro, e o imenso e poderoso ferreiro bastardo Hugh, o Martelo, também chamado Duro Hugh, que se tornou conhecido como Hugh Martelo quando foi ordenado cavaleiro. Não satisfeitos com a honra de voar nos dragões Asaprata e Vermithor, eles desejavam propriedades e riquezas. Depois da primeira batalha por Rhaenyra, eles viraram a casaca na Primeira Batalha de Tumbleton em troca de propriedades, e ficaram conhecidos como Dois Traidores para sempre. Ambos tiveram mortes miseráveis, mortos por homens que pensavam estar em dívida com eles – um por vinho envenenado e outro assassinado pelo Ousado Jon Roxton com a Fazedora de Órfãos.

As batalhas durante a Dança não podem ser facilmente enumeradas, pois foram quase além de qualquer número, e grande parte do reino foi dilacerada no conflito. Homens erguiam o estandarte do rei, ostentando o dragão dourado de três cabeças que Aegon pegou como seu símbolo, só para descobrir que o vizinho estava com o dragão vermelho de Rhaenyra dividido com a lua e o falcão de sua mãe Arryn e o cavalo do mar do falecido marido. Irmão lutou contra irmão, pai lutou contra filho, e o reino inteiro sangrou.

ACIMA E À DIREITA | *A princesa Rhaenys sobre Meleys, atacando o rei Aegon II, em Sunfyre.*

Quando Rhaenyra soube da traição de Hugh Martelo e Ulf, o Branco, na Primeira Batalha de Tumbleton, onde voltaram seus dragões contra as forças dela, sua ira foi tamanha que ela tentou prender os outros sementes de dragão que tinham levado dragões a seu pedido. Entre eles estava Addam Velaryon, mas ele foi avisado pela Serpente do Mar e escapou.

O jovem Sor Addam morreu bravamente na Segunda Batalha de Tumbleton, provando sua lealdade com a vida depois dela ter sido posta em questão pelos malfeitos dos Dois Traidores. Quando seus ossos foram devolvidos a Derivamarca pelo Solar de Corvarbor, em 138 d.C., o epitáfio que Lorde Alyn colocou em sua tumba consistia em uma única palavra: "LEAL".

Muitas tropas foram reunidas por diversos senhores em nome do rei ou rainha que apoiavam, mas se alguém podia dizer ter o comando de todas as forças leais de cada lado, eram o príncipe Daemon Targaryen e o príncipe Aemond Targaryen, respectivamente. Aemond assumiu o manto de Protetor do Reino e Príncipe Regente depois que Aegon II e Sunfyre foram gravemente feridos em Pouso de Gralha, na batalha com Rhaenys e Meleys. Ele até usava a coroa do irmão – a coroa de rubis e aço valiriano de Aegon, o Conquistador –, embora não se autointitulasse rei.

Infelizmente para os verdes, isso provou ser uma infelicidade. Aemond era inexperiente demais e ousado demais para assumir o comando efetivo. O príncipe Daemon estava, na época, no controle de Harrenhal. Então Aemond planejou impetuosamente um assalto para tomar o castelo do rival, desnudando Porto Real de defesas no processo. Quando chegou a Harrenhal, encontrou o castelo vazio e ficou eufórico – até que soube o motivo real da deserção. Enquanto Aemond marchava para Harrenhal, Daemon liderara a rainha Rhaenyra e seus cavaleiros de dragões até Porto Real, os dragões dando voltas sobre a cidade. Os mantos dourados – muitos dos quais ainda se consideravam leais a Daemon – traíram os oficiais que Aegon colocara a cargo e renderam a cidade com pouco derramamento de sangue, ainda que sangue tenha escorrido nas execuções que se seguiram, enquanto Sor Otto Hightower, Lorde Jasper Wylde (mestre das leis, conhecido como Barra de Ferro por sua severidade), Lorde Rosby e Stokeworth (que certa vez fora do grupo de Rhaenyra antes de virar a casaca) eram decapitados. A rainha viúva Alicent foi aprisionada, mas Aegon II (ainda se recuperando dos ferimentos sofridos em Pouso de Gralha), sua rainha e seus filhos restantes – assim como Lorde Larys Strong – foram retirados do castelo por passagens secretas.

O reino realmente enlouqueceu durante a Dança dos Dragões, mas foi em Porto Real que a maior parte dos dragões perdeu a vida. Porto Real caíra sem derramamento de sangue para Rhaenyra, graças à esperteza do príncipe Daemon, mas, depois da Primeira Batalha de Tumbleton, a agitação se espalhou pela cidade. A pouco mais de trezentos quilômetros dali, Tumbleton fora saqueada do jeito mais selvagem: milhares queimados, outros milhares afogados na tentativa de atravessar o rio em busca de segurança, garotas e mulheres violadas até a morte e dragões se alimentando entre as ruínas. A vitória de Lorde Hightower com a ajuda do príncipe Daeron e dos Dois Traidores espalhou o terror pela cidade, enquanto os moradores de Porto Real tinham certeza de que seriam os próximos. A própria força de Rhaenyra estava espalhada e desgastada, de modo que só sobravam dragões para defender a cidade.

Foi o medo dos dragões e a presença deles que fez surgir o Pastor. Quem ele era não podemos dizer, pois seu nome se perdeu na história. Alguns supõem que fosse um mendigo, outros, que pode ter sido um dos Pobres Companheiros que, embora fora-da-lei, ainda assombrava teimosamente o reino. Independentemente de quem era, ele começou a pregar na Praça do Sapateiro, dizendo que os dragões eram demônios, a semente da ateia Valíria, e a perdição dos homens. Dezenas ouviam – depois centenas e, então, milhares. O medo gerou a ira, e a ira gerou sede de sangue. E quando o Pastor anunciou que a cidade só seria salva quando estivesse livre dos dragões, as pessoas ouviram.

No vigésimo segundo dia da quinta lua de 130 d.C., Aemond Um-Olho e Daemon Targaryen enfrentaram sua última batalha. No mesmo dia, caos e morte tomaram conta de Porto Real. A rainha Rhaenyra aprisionara Lorde Corlys por ajudar seu neto, Sor Addam Velaryon, a fugir da prisão

AS BATALHAS MAIS NOTÁVEIS DA DANÇA

BATALHAS DE 129 D.C.

Batalha do Moinho Ardente, na qual o príncipe Daemon e os Blackwood derrotaram os Bracken e tomaram Barreira de Pedra.

Batalha da Goela, na qual a frota de Corlys Velaryon foi derrotada pelos navios da Triarquia, aliados de Aegon. Esta batalha resultou na morte de Jacaerys, príncipe de Pedra do Dragão, e de Vermax, seu dragão – e na morte do dragão do príncipe Aegon, o Jovem, Stormcloud.

Batalha de Vinhomel, na qual o irmão caçula de Aegon, o Velho, o príncipe Daeron, ganhou suas esporas ao salvar o exército de Lorde Hightower dos Lordes Rowan, Tarly e Costayne.

BATALHAS DE 130 D.C.

Batalha do Ramo Vermelho, na qual os homens das terras ocidentais derrotaram os senhores do rio e invadiram as terras fluviais, mas não sem que Lorde Jason Lannister fosse mortalmente ferido pelo escudeiro Pate de Folha Comprida.

Batalha da Margem do Lago (conhecida como Comida de Peixe) – a mais sangrenta batalha terrestre da guerra foi nas margens do Olho de Deus –, na qual as tropas Lannister foram empurradas para o lago pelos senhores do rio e morreram aos milhares.

O Baile do Açougueiro, na qual a Mão de Aegon II, Sor Criston Cole, desafiou Sor Garibald Grey, Lorde Roderick Dustin (conhecido como a Ruína) e Sor Pate de Folha Comprida (conhecido como Matador de Leão) e foi recusado. Cole foi morto sem glória por flechas, em vez de pela espada, e sua tropa foi destruída depois disso.

Primeira Batalha de Tumbleton, na qual os Dois Traidores (os cavaleiros de dragões Ulf, o Branco, e Hugh Martelo) viraram as casacas e os Lobos do Inverno remanescentes (os nortenhos grisalhos que seguiram Lorde Dustin à guerra) os atacaram com uma força dez vezes maior em número. Os resultados foram as mortes de Lorde Ormund Hightower, que liderava a força dos verdes, e de seu primo famoso, Sor Brynden, pelas mãos de Lorde Roderick Dustin, que também foi assassinado. O saque selvagem de Tumbleton ocorreu logo depois.

Assalto ao Fosso dos Dragões, que não foi uma batalha verdadeira, mas na qual uma multidão incontrolável, sob a liderança de um homem conhecido como o Pastor, foi à loucura. Resultou na morte de cinco dragões; nas perdas tanto de Sor Willum Royce quanto da espada valiriana Lamentação, que ele empunhava; e nas mortes de Sor Glendon Goode, que foi Senhor Comandante da Guarda da Rainha por um dia, e de Joffrey, príncipe de Pedra do Dragão.

Batalha sobre o Olho de Deus, na qual ocorreu o infame duelo entre o príncipe Aemond Um-Olho e o príncipe Daemon Targaryen – e entre Vhagar e Caraxes. Dizem que Daemon saltou de Caraxes para Vhagar, e matou o príncipe Aemond com a Irmã Negra enquanto os dragões despencavam nas águas abaixo. Vhagar e Caraxes também morreram, assim como Daemon Targaryen, embora seus ossos nunca tenham sido recuperados.

Segunda Batalha de Tumbleton, na qual os dragões verdadeiramente dançaram. Resultou na morte misteriosa do príncipe Daeron, o Ousado, na corajosa morte de Sor Addam Velaryon e nas mortes de Seasmoke, Tessarion e Vermithor.

A BATALHA DE 131 D.C.

Batalha da Estrada do Rei, apelidada por aqueles que nela lutaram de "confusão de lama", e que foi a última batalha da guerra. Resultou na morte de Lorde Borros Baratheon pelas mãos do jovem Lorde Tully.

quando foi acusado de traição. Algumas das espadas juramentadas da Serpente do Mar se juntaram à multidão desenfreada na Praça do Sapateiro, e alguns escalaram as muralhas para tentar libertar a Serpente do Mar, só para serem enforcados quando foram capturados. A rainha Helaena despencou para a morte, empalada nas lanças que cercavam a Fortaleza de Maegor – um suicídio, dizem alguns, assassinato, afirmam outros. E, naquela noite, a cidade queimou enquanto a multidão do Pastor marchou até o Fosso dos Dragões, na tentativa de matar todos os dragões lá dentro.

O jovem Joffrey Velaryon, príncipe de Pedra do Dragão, despencou para a morte quando tentou voar no dragão de sua mãe, Syrax, até o Fosso dos Dragões, a fim de salvar seu próprio dragão, Tyraxes. Nenhum dragão sobreviveu. Relatos entusiasmados e rumores se seguiram sobre as mortes dos dragões: que alguns foram abatidos pelos homens, outros pelo Pastor e outros pelo próprio Guerreiro. Qualquer que seja a verdade, cinco dragões morreram naquela noite sangrenta, quando a turba invadiu o domo imenso e encontrou os dragões acorrentados, e pessoas pereceram em massa. Metade dos

Acima | *Irmã Negra.*

dragões que começara a Dança já estava morta, e a guerra não tinha acabado ainda. Rhaenyra fugiu da cidade pouco depois.

A guerra finalmente terminou, mas não foi a morte de dragões nem de príncipes que fez isso. Foi a morte da rainha e do rei por quem eles (e dezenas de milhares mais) tinham perecido. Rhaenyra morreu primeiro. Com seu marido, o príncipe Daemon, morto, a Casa Velaryon se voltou contra ela, e com seus inimigos mais uma vez em posse de Porto Real, ela fugiu praticamente sem dinheiro, e foi forçada a vender sua coroa para encontrar passagem para Pedra do Dragão. Mas, quando chegou lá, descobriu que um recém-ferido Aegon II chegara lá antes dela, com o dragão Sunfyre moribundo.

Uma História Verdadeira, de Munkun, baseada nos relatos de Orwyle, revela que, quando Porto Real caiu, Larys Strong garantiu que o rei fosse levado embora, para se esconder. Esperto, Strong o mandou para Pedra do Dragão, acreditando corretamente que Rhaenyra jamais pensaria em procurar o irmão em sua própria fortaleza. Por meio ano, Aegon II se

A loucura tomou conta da cidade depois que Rhaenyra fugiu, e se mostrou de muitas maneiras. A mais estranha de todas foi o surgimento de dois reis impostores que reinaram durante o período lembrado como a Lua dos Três Reis.

O primeiro foi Trystane Truefyre, escudeiro de um cavaleiro andante sem reputação chamado Sor Perkin, a Pulga, que Sor Perkin declarou ser filho ilegítimo de Viserys I. Depois do assalto do Fosso dos Dragões e da fuga de Rhaenyra, o Pastor e sua turba governaram grande parte da cidade, mas Sor Perkin instalou Trystane na Fortaleza Vermelha abandonada e começou a emitir decretos. Quando Aegon II, depois de um tempo, retomou a cidade, Trystane implorou o benefício da cavalaria antes de ser executado, e recebeu isso.

O outro rei foi ainda mais curioso – uma criança que ficou conhecida como Gaemon Cabelo-Claro. Filho de uma prostituta, o menino de quatro anos supostamente seria um bastardo de Aegon II (o que não era improvável, dado o jeito devasso do rei em sua juventude). De sua sede, na Casa dos Beijos, no alto da Colina de Visenya, ele reuniu seguidores aos milhares e emitiu uma série de decretos. Mais tarde, sua mãe foi enforcada, tendo confessado que o menino era filho de um remador de Lys, de cabelos prateados, mas Gaemon foi poupado e levado para viver entre a criadagem do rei. Com o tempo, fez amizade com Aegon III, tornando-se seu companheiro constante e provador de comida por alguns anos, antes de morrer do veneno que poderia ter sido destinado ao próprio rei.

ACIMA | *O ataque ao Fosso dos Dragões.*

recuperou dos ferimentos em uma remota vila pesqueira, enquanto Rhaenyra e grande parte de sua corte estavam em Porto Real. Nessa época, Sunfyre chegou de Ponta da Garra Rachada, apesar da asa aleijada, que o tornava deselegante no ar. Assim, escondidos, ambos puderam recuperar as forças. (Sunfyre chegou a matar o tímido e selvagem dragão chamado Fantasma Cinzento, levando a relatos confusos que afirmavam que Canibal fizera isso.)

O rei Aegon encontrou muitos em Pedra do Dragão que tinham queixas contra Rhaenyra – pela perda de filhos, maridos e irmãos na guerra, ou por deslizes que imaginavam – e, com a ajuda deles, conquistou Pedra do Dragão. Não levou mais do que uma hora, em grande parte sem oposição... exceto pela filha do príncipe Daemon, Baela Targaryen, de catorze anos, e seu jovem dragão Moondancer. Baela escapou quando os homens tentaram capturá-la e foi até onde estava seu dragão. E quando Aegon II tentou pousar no pátio do castelo em Sunfyre, imaginando-se triunfante, o dragão e a princesa surgiram para enfrentá-lo.

Moondancer era muito menor do que Sunfyre, mas também muito mais rápido e muito mais ágil, e nem ao dragão nem à princesa em suas costas faltava coragem. O dragão atacou violentamente Sunfyre, agarrando-o e virando-o, empurrando-o e rasgando-o, até que, por fim, uma explosão de chama cegou o animal. Emaranhados, os dois dragões caíram, e seus cavaleiros com eles. Aegon II saltou no último momento das costas de Sunfyre, as duas pernas em pedaços, enquanto Baela permaneceu com Moondancer até o amargo fim. Quando Alfred Broome desembainhou a espada para matá-la onde ela jazia machucada e inconsciente, Sor Marston Waters arrancou a espada de suas mãos e carregou a menina até o meistre, salvando a sua vida.

Dessa grande batalha, Rhaenyra nada soube, mas não importava. Aegon II, sempre rancoroso com sua irmã e enraivecido com a agonia das pernas destroçadas e a morte iminente de seu dragão, deu Rhaenyra como refeição para Sunfyre diante dos olhos do único filho sobrevivente dela (pelo menos que qualquer homem ou mulher nos Sete Reinos saiba), Aegon, o Jovem. Assim faleceu a Alegria do Reino, a Rainha de Meio Ano, no vigésimo segundo dia da décima lua de 130 d.C.

O irmão não viveu muito mais do que ela. Embora Rhaenyra estivesse morta e Aegon, o Jovem, estivesse em suas mãos, Aegon II ainda tinha muitos inimigos que continuavam a lutar contra ele. Lutavam tanto por medo de suas represálias quanto pelo que tinha feito com Rhaenyra, mas lutaram, e provaram serem grandes inimigos. Quando Lorde Borros Baratheon, por fim, partiu com suas forças, marchando contra os rebeldes, poderia ter existido uma chance de virar a maré. Mas Lorde Borros caiu na Batalha da Estrada do Rei, e seu exército se esfacelou. E os jovens senhores do rio conhecidos como Rapazes, cujos exércitos tinham derrotado Baratheon, estavam praticamente do lado da cidade, enquanto Lorde Stark descia pela estrada do rei com um exército próprio.

Foi nessa época que Lorde Corlys Velaryon – livre do calabouço, perdoado e agora servindo no pequeno conselho do rei – aconselhou Aegon a se render e vestir o negro. O rei

ACIMA | *Rhaenyra encara sua morte.*

se recusou, no entanto, e planejou ordenar que a orelha de seu jovem sobrinho fosse arrancada, como aviso aos apoiadores de Aegon, o Jovem. Ele subiu em sua liteira, para ser levado até seus aposentos, e recebeu uma taça de vinho no caminho.

Quando seus criados chegaram com a liteira e abriram as cortinas, encontraram o rei morto, com sangue nos lábios. E assim acabou o rei Aegon II, envenenado pelos homens que o serviam – pois tinham visto o fim, mesmo que ele não.

O reino quebrado e estilhaçado sofreu por um tempo ainda, mas a Dança dos Dragões estava encerrada. Agora o que esperava o reino era a Falsa Aurora, a Hora do Lobo, o governo dos regentes e o Rei Quebrado.

OS DRAGÕES NA DANÇA

DRAGÕES DO REI AEGON II

SUNFYRE (rei Aegon): esplêndido, mas jovem, aleijado principalmente pela luta em Pouso de Gralha, depois morto em batalha com o dragão Moondancer em Pedra do Dragão.

VHAGAR (príncipe Aemond Um-Olho): último dos três dragões de Aegon, o Conquistador, velho, mas imenso e poderoso, morto em batalha com Caraxes sobre o Olho de Deus.

DREAMFYRE (rainha Helaena): antes dragão da irmã de Jaehaerys I, Rhaena, foi esmagado sob o domo desmoronado no Assalto ao Fosso dos Dragões.

TESSARION (príncipe Daeron): a Rainha Azul, mais jovem dos dragões em tamanho de luta pertencente aos apoiadores de Aegon, morto na Segunda Batalha de Tumbleton.

MORGHUL (princesa Jaehaera): jovem demais para a guerra, morto no Assalto do Fosso dos Dragões pelo Cavaleiro Ardente.

SHRYKOS (príncipe Jaehaerys): jovem demais para a guerra, morto no Assalto do Fosso dos Dragões por Hobb, o Lenhador.

DRAGÕES DA RAINHA RHAENYRA

SYRAX (rainha Rhaenyra): imenso e formidável, morto no Assalto ao Fosso dos Dragões.

CARAXES (príncipe Daemon): o Sangue Antigo, imenso e formidável, morto em batalha com Vhagar sobre o Olho de Deus.

VERMAX (príncipe Jacaerys): jovem, mas forte, morto com seu cavaleiro na Batalha da Goela.

ARRAX (príncipe Lucerys): jovem, mas forte, morto com seu cavaleiro por Vhagar sobre a Baía dos Naufrágios.

TYRAXES (príncipe Joffrey): jovem, mas forte, morto no Assalto do Fosso dos Dragões.

STORMCLOUD (príncipe Aegon, o Jovem): morto por uma flecha e um dardo na Batalha da Goela.

MELEYS (princesa Rhaenys): a Rainha Vermelha, velha e astuta, preguiçosa, mas temível quando despertada, morta em Pouso de Gralha com sua ginete, a Rainha que Nunca Foi.

MOONDANCER (princesa Baela): magra e bonita, grande o bastante apenas para levar uma garota, morta por Sunfyre em Pedra do Dragão, mas não antes de feri-lo mortalmente.

SILVERWING (Sor Ulf, o Branco): dragão da Boa Rainha Alysanne, montada por uma semente de dragão e traidor, sobreviveu a ele e à Dança, mas se tornou selvagem e fez seu covil em uma ilha no Lago Vermelho.

SEASMOKE (Sor Addam de Hull): antigo dragao de Sor Laenor Velaryon, montado por uma semente de dragão, morto por Vermithor na Segunda Batalha de Tumbleton.

VERMITHOR (Sor Hugh Martelo): velho e respeitável, montaria do Velho Rei, montado por uma semente de dragão e traidor, morto em batalha com Seasmoke e Tessarion na Segunda Batalha de Tumbleton.

SHEEPSTEALER (Nettles): dragão selvagem domado por uma semente de dragão, desapareceu no final da guerra.

GREY GHOST: dragão selvagem, tímido com pessoas, jamais domado, morto por Sunfyre em Pedra do Dragão.

THE CANNIBAL: dragão selvagem, carniceiro e assassino de filhotes, nunca domado, desapareceu no final da guerra.

MORNING (princesa Rhaena): muito jovem para a guerra, sobreviveu à Dança.

Aegon III

QUANDO AEGON, O Jovem, assumiu o Trono de Ferro em 131 d.C., como Aegon III, depois da morte de seu tio Aegon II, o reino pode muito bem ter pensado que os problemas estavam acabados. Os apoiadores de Aegon III derrotaram o último exército de Aegon II na Batalha da Estrada do Rei, e tinham controle total de Porto Real. A frota Velaryon mais uma vez servia ao Trono de Ferro, e a Serpente do Mar certamente ajudaria a guiar o jovem rei. Mas essas esperanças foram construídas sobre areia, e esse período logo ficou conhecido como Falsa Aurora. Aegon II enviara homens para o outro lado do mar estreito em busca de mercenários, e ninguém sabia se eles retornariam para vingar seu rei nem quando. No oeste, o Rei Lula Gigante e seus saqueadores arrasaram a Ilha Bela e a costa ocidental. E um inverno terrível e duro – declarado pela primeira vez no Conclave de Vilavelha em 130 d.C., no Dia da Donzela – caíra com firmeza sobre o reino, e duraria seis anos cruéis.

Em nenhum lugar dos Sete Reinos, o inverno importava tanto quanto no Norte – e o medo de tal inverno fizera os Lobos do Inverno se reunirem sob o estandarte de Lorde Roderick Dustin e lutarem pela rainha Rhaenyra. Mas atrás deles vinha um exército ainda maior de homens sem filhos e sem teto, homens solteiros, homens velhos e filhos mais novos sob o estandarte de Lorde Cregan Stark. Tinham vindo para uma guerra, pela aventura e pela pilhagem e para poupar os parentes além do Gargalo de mais uma boca para alimentar.

O envenenamento do rei Aegon II lhes negara essa oportunidade. Então Lorde Stark marchou com seu exército para Porto Real, mas para um resultado muito diferente. Ele planejara punir Ponta Tempestade, Vilavelha e Rochedo Casterly por apoiar o rei. Mas Lorde Corlys já mandara enviados para o Rochedo, para Ponta Tempestade e para Vilavelha para negociar a paz. E, durante seis dias, enquanto a corte esperava notícias do sucesso ou do fracasso de Lorde Corlys e o reino tremia com a ideia de mais guerras, Lorde Cregan Stark dominou a corte. Isso ficou conhecido como a Hora do Lobo.

Em uma coisa Lorde Stark não seria dissuadido: os traidores e envenenadores do rei Aegon II deviam pagar o preço. Matar um rei cruel e injusto em batalha legítima era uma coisa, mas um assassinato abominável e o uso de veneno eram traições contra os próprios deuses que o ungiram. Cregan prendeu vinte e dois homens em nome de Aegon III – entre eles Larys Pé-Torto e Corlys Velaryon. Intimidado, o jovem Aegon III – que tinha onze anos na época – concordou em tornar Lorde Stark sua Mão.

Cregan Stark ocupou o cargo apenas um dia, presidindo julgamentos e execuções. A maior parte dos acusados vestiu o negro (liderados pelo esperto Sor Perkin, a Pulga). Apenas dois escolheram a morte – Sor Gyles Belgrave da Guarda Real, que não queria sobreviver ao seu rei, e Larys Pé-Torto, último da antiga linhagem da Casa Strong.

No dia seguinte às execuções, Lorde Stark resignou ao posto de Mão. Nenhum homem jamais ocupara o cargo por

Lorde Corlys foi poupado do julgamento pelas maquinações de Baela e Rhaena Targaryen, que convenceram Aegon a publicar um decreto restaurando seus cargos e honras, depois pela Negra Aly Blackwood, quando ela ofereceu a Lorde Stark sua mão em casamento, em troca do benefício de permitir que o decreto de Aegon fosse cumprido.

ACIMA | *O jovem rei Aegon III.*

tão pouco tempo, e poucos o deixaram tão alegremente. Ele retornou para o Norte, deixando muito de seus ferozes nortenhos para trás, no sul. Alguns se casaram com viúvas nas terras fluviais, outros venderam suas espadas ou juraram-nas em serviço, e alguns poucos se voltaram para a bandidagem. Mas a Hora do Lobo terminara, e chegou a época dos regentes.

O período da regência de Aegon – que durou de 131 d.C., quando ele herdou o trono, até 136 d.C., quando atingiu a maioridade – foi presidido por um conselho de sete. Só um dos regentes – o Grande Meistre Munkun – permaneceu o tempo todo; os outros morreram, pediram demissão ou foram substituídos quando necessário. Desses, o maior foi a Serpente do Mar, que ultrapassou esse véu de lágrimas em 132 d.C., com setenta e nove anos; por sete dias seu corpo foi velado aos pés do Trono de Ferro, e o reino lamentou.

Os anos da regência de Aegon foram marcados pela turbulência. Sor Tyland Lannister – um dos homens que voltaram

As coisas se deterioraram ainda mais quando Unwin Peake, Senhor de Pontestrelada, Dunstonbury e Bosque Branco, se tornou primeiro regente, depois Mão. Ele desempenhara um papel significativo na primeira e na segunda batalhas de Tumbleton, e se sentira desprezado quando não foi escolhido entre os primeiros regentes. Mas logo compensou isso, adquirindo cada vez mais poder. Colocou seus parentes em muitos postos-chaves, tentou casar sua filha com o rei Aegon III após o aparente suicídio da rainha Jaehaera, e esforçou-se para enfraquecer os rivais por todos os meios disponíveis.

Lorde Alyn Velaryon, neto da Serpente do Mar, era o principal rival da Mão. Havia recusado o lugar do pai como regente e, em seguida, partiu para navegar até os Degraus. Lá recebeu o nome de Punho de Carvalho, após uma grande vitória no mar, mas a fama recém-conquistada provou ser divisionista quando ele retornou a Porto Real. A Mão pretendia assumir o controle dos Degraus e pôr um fim ao reino pirata de

OS REGENTES DO REI AEGON III

PRIMEIRO CONSELHO DE SETE

Senhora Jeyne Arryn, a Donzela do Vale:
morta por enfermidade em Vila Gaivota em 134 d.C.

Lorde Corlys Velaryon, a Serpente do Mar:
morto de velhice em 132 d.C., com setenta e nove anos.

Lorde Roland Westerling do Despenhadeiro:
morto de Febre do Inverno, em 133 d.C.

Lorde Royce Caron de Nocticantiga:
desistiu do cargo em 132 d.C.

Lorde Manfryd Mooton de Lagoa da Donzela: morto de velhice e enfermidade em 134 d.C.

Sor Torrhen Manderly de Porto Branco:
desistiu do cargo em 132 d.C., depois que seu pai e irmão morreram de Febre do Inverno.

Grande Meistre Munkun:
único homem a permanecer no cargo, de 131 d.C. a 136 d.C.

OS DEMAIS

Lorde Unwin Peake:
recebeu o assento de Lorde Corlys em 132 d.C., demitido em 134 d.C.

Lorde Thaddeus Rowan:
recebeu o cargo em 133 d.C., após a morte de Lorde Westerling, e deixou o posto em 136 d.C.

Sor Corwyn Corbray:
marido de Rhaena Targaryen, substituiu Lorde Mooton em 134 d.C., e foi morto por um besteiro em Pedrarruna no mesmo ano.

Willam Stackspear:
escolhido por sorteio no Grande Conselho de 136 d.C.

Marq Merryweather:
escolhido por sorteio no Grande Conselho de 136 d.C.

Lorent Grandison:
escolhido por sorteio no Grande Conselho de 136 d.C.

das Cidades Livres de mãos vazias (pois as companhias livres eram ricamente pagas durante as guerras que se seguiram ao colapso do Reinado das Três Filhas) – serviu habilmente como Mão do Rei, apesar da cegueira e das mutilações que sofreu nas mãos dos torturadores da rainha Rhaenyra quando se recusou a divulgar onde escondera grande parte do tesouro de Aegon II. Mas a Febre do Inverno o levou em 133 d.C.

Racallio Ryndoon, mas a ação rápida de Velaryon significava que grande parte da frota não poderia reunir forças necessárias para realizar isso. A fama e a reputação de Punho de Carvalho só aumentaram após sua vitória, garantindo-lhe honras e recompensas dos regentes, apesar dos protestos de Lorde Peake. No fim, a Mão convenceu os regentes a despacharem Punho de Carvalho para as terras ocidentais para lidar com

A última filha viva de Aegon II, Jaehaera Targaryen, tinha oito anos quando se casou com o primo Aegon III, e dez quando se jogou da Fortaleza de Maegor nas estacas do fosso seco embaixo. Ela sobreviveu por meia hora, em agonia, antes de morrer.

Mesmo assim, alguns questionam sua morte. Foi realmente por suas próprias mãos? Alguns sussurram que ela foi assassinada, e muitos suspeitos foram apontados. Entre eles estava Sor Mervyn Flowers da Guarda Real, irmão bastardo de Lorde Unwin Peake, que estava na porta da garota quando ela morreu. Até mesmo Cogumelo acha improvável que Flowers fosse o tipo de homem capaz de empurrar uma criança para uma morte tão feia. Ele sugere uma possibilidade diferente: que Flowers não a matou, mas abriu caminho para que alguém mais fizesse a tarefa – alguém como o inescrupuloso mercenário das Cidades Livres, Tessario, o Tigre, que Lorde Unwin trouxera para seu serviço.

Ainda que nunca saibamos a verdade dos acontecimentos daquele dia, agora parece provável que a morte de Jaehaera de algum modo tenha sido instigada por Lorde Peake.

os dracares da Lula Gigante Vermelha, quando Lorde Dalton Greyjoy se recusou a abrir mão de seus prêmios e parar com as pilhagens. Era uma jornada perigosa, cujo objetivo era quase certamente resultar na derrota ou morte de Lorde Alyn. Em vez disso, Punho de Carvalho a transformou na primeira de suas seis grandes viagens.

Em tudo isso, Aegon III – jovem demais para governar – era apenas uma peça no tabuleiro. Era um jovem melancólico e mal-humorado, interessado em poucas coisas. Sempre usava negro e podia passar dias sem dirigir uma palavra para ninguém. Sua única companhia nesses primeiros anos era Gaemon Cabelo-Claro, o garoto pretendente, agora seu criado e amigo. Depois que Lorde Peake chegou ao poder, Gaemon recebeu a atribuição de bode expiatório, para sofrer as punições que não podiam ser infligidas contra uma pessoa real. Mais tarde, Gaemon Cabelo-Claro morreu em uma tentativa de envenenamento do rei e de sua jovem e bela rainha, Daenaera Velaryon.

A Senhora Daenaera era prima de Alyn Punho de Carvalho, filha do primo dele, Daeron, que morrera lutando ao seu lado nos Degraus. Uma criança infinitamente bela, Daenaera tinha apenas seis anos quando a princesa Rhaena e Baela a apresentaram ao rei – a última de mil donzelas que lhe foram apresentadas no grande baile de 133 d.C. O baile fora organizado pela Mão, Lorde Peake, depois que os regentes detiveram seus esforços para casar sua própria filha com o rei – embora ele não tenha desistido dessa aspiração e tenha ficado imensamente frustrado pela escolha final de Aegon III.

Seus esforços para que a escolha do rei não fosse considerada tiveram oposição de Aegon e dos outros regentes. Ultrajado, Lorde Unwin ameaçou largar seu posto para dobrar os regentes à sua vontade, só para descobrir que os demais ficaram encantados em aceitar a demissão. Os regentes indicaram um dos seus, Lorde Thaddeus Rowan, para assumir a posição de Mão.

Aegon teve apenas uma alegria verdadeira nesses anos: o retorno de seu irmão mais novo, príncipe Viserys. O reino pensava que Viserys tinha sido morto na Batalha da Goela, e o rei nunca se perdoou por abandonar o irmão quando fugiu nas costas de seu dragão, Stormcloud. Mas, depois de um tempo, Viserys foi encontrado em Lys por Punho de Carvalho, onde fora mantido em segredo por príncipes mercadores que pretendiam lucrar com seu resgate ou sua morte. O preço que Lorde Velaryon concordou pagar por sua liberdade era enorme, e logo se mostrou tema de controvérsia. Mas sua soltura – com sua nova esposa lisena, a bela Larra Rogare, sete anos mais velha do que ele – foi uma alegria apesar de tudo, e, pelo resto de suas vidas, Viserys era a única pessoa em quem Aegon confiava completamente.

No fim, foram Larra Rogare e sua rica e ambiciosa família quem ajudaram a romper com o poder dos regentes e, certamente, de Lorde Peake. Foi um papel inadvertido que desempenharam, no entanto, por estarem em plena Primavera Lisena. Era uma época em que o Banco Rogare crescia mais do que o Banco de Ferro, e a família acabou presa às tramas para controlar o rei; os Rogare foram responsabilizados por muitos mais atos do que realmente eram culpados. Lorde Rowan, então Mão e um dos últimos regentes, foi acusado de ser cúmplice de seus crimes e foi torturado por informação. Sor Marston Waters, de algum modo Mão do Rei no lugar de Rowan (Munkun, o único regente nessa época além de Rowan, é reticente em discutir isso em *História Verdadeira*), enviou homens para capturar a Senhora Larra, após prender seus irmãos. Mas o rei e seu irmão se recusaram a entregá-la, e foram cercados na Fortaleza de Maegor por Waters e seus apoiadores por dezoito dias. Depois de um tempo, a conspiração foi desvendada, quando Sor Marston – talvez recordando seu dever – tentou cumprir a ordem do rei de prender aqueles que falsamente comprometeram os Rogare e Lorde Rowan.

À DIREITA | *Aegon III dispensa seus regentes e a Mão, Lorde Manderly.*

O próprio Waters foi morto por seu irmão juramentado, Sor Mervyn Flowers, quando tentou prendê-lo.

A ordem se reestabeleceu, com Munkun servindo como Mão e regente pelo resto do ano, até que novos regentes foram indicados e uma nova Mão foi encontrada. O período da regência finalmente acabou no décimo sexto dia do nome do rei, quando ele entrou na câmara do pequeno conselho, dispensou seus regentes, e demitiu sua então Mão, Lorde Manderley, do cargo.

Foi um reinado débil que se seguiu, pois o próprio Aegon era débil. Foi melancólico até o fim de seus dias, encontrando prazer em quase nada, e trancado em seus aposentos para remoer por dias a fio. Ele tampouco gostava de ser tocado – nem pela mão de sua bela rainha. Mesmo depois que ela floresceu, ele demorou a chamá-la para sua cama... mas, por fim, o casamento deles foi abençoado com dois filhos e três filhas. O mais velho, Daeron, foi nomeado príncipe de Pedra do Dragão e herdeiro aparente.

Embora tenha se esforçado para dar paz e abundância ao reino, na sequência da Dança, Aegon III se mostrou indisposto a cortejar seu próprio povo ou seus senhores. Seu reinado poderia ter sido muito diferente se não fosse por essa sua falha – a frieza que tinha em relação àqueles que governava. Seu irmão, o príncipe Viserys – que, em seus últimos anos, serviu como Mão –, tinha o dom do encanto, mas acabou se tornando severo depois que sua esposa abandonou os filhos e ele para voltar à terra natal, Lys.

Apesar disso, juntos, Aegon e Viserys lidaram habilmente com as turbulências remanescentes do reino. Um desses incidentes foi a aparição incômoda de vários pretendentes afirmando ser o príncipe Daeron, o Ousado – irmão caçula de Aegon II, morto na Segunda Batalha de Tumbleton, cujo corpo jamais foi identificado, deixando a porta aberta para homens inescrupulosos fazerem reivindicações falsas. (Mas esses príncipes falsos foram desmascarados conclusivamente como impostores.) Até mesmo tentaram trazer de volta os dragões Targaryen, apesar do medo de Aegon – pelo qual ninguém podia culpá-lo, já que

DO RELATO DO GRANDE MEISTRE MUNKUN SOBRE AS PALAVRAS DO REI PARA LORDE MANDERLY AO ENCERRAR A REGÊNCIA

Pretendo dar aos plebeus paz, comida e justiça. Se isso não for o bastante para conquistar seu amor, deixemos Cogumelo fazer um progresso. Ou talvez possamos mandar um urso dançarino. Alguém certa vez me disse que não tem nada que o povo ame mais do que ursos dançarinos. Você pode dar um basta no banquete dessa noite também. Mande os senhores para casa, para suas próprias fortalezas, a fim de que deem comida aos famintos. Barrigas cheias e ursos dançarinos serão minha política.

havia testemunhado a mãe ser devorada viva. Ele temia a visão de dragões – e tinha ainda menos vontade de montar em um deles –, mas foi convencido de que eles intimidariam os que se opusessem a ele. Por sugestão de Viserys, ele mandou buscar nove magos de Essos, na tentativa de usar suas artes para eclodir uma ninhada de ovos. Isso provou ser ao mesmo tempo um desastre e um fracasso.

Havia quatro dragões ainda vivos no início de seu reinado – Asaprata, Manhã, Ladrão de Ovelhas e Canibal. Mesmo assim, Aegon III sempre seria lembrado como Desgraça dos Dragões, pois o último dragão Targaryen morreu em seu reinado, no ano de 153 d.C.

O reinado do Rei Quebrado – também conhecido como Aegon, o Desafortunado – acabou com a morte do rei aos trinta e seis anos, de tuberculose. Muitos de seus súditos pensavam que ele era bem mais velho, mas sua infância foi interrompida muito cedo. O rei melancólico não é lembrado com carinho, e seu legado seria pálido diante de seus filhos.

Daeron I

QUANDO AEGON III morreu no vigésimo sexto ano de seu reinado, 157 anos depois que o Conquistador foi coroado, deixou para trás dois filhos e três filhas. O mais velho dos meninos, Daeron, era um simples jovem de quatorze anos quando assumiu o trono. Talvez por causa do encanto e genialidade de menino, ou talvez por causa das lembranças do que acontecera durante a regência do pai de Daeron, o príncipe Viserys escolheu não insistir em uma regência enquanto o jovem rei fosse menor de idade. Em vez disso, Viserys continuou a servir como Mão, enquanto o rei Daeron governava com habilidade e capacidade.

Poucos previram que Daeron, Primeiro de Seu Nome, se cobriria de glórias como seu ancestral Aegon, o Conquistador, do qual usava a coroa. (Seu pai preferira um aro simples.) Mesmo assim, essa glória se transformou em cinzas quase com a mesma rapidez. Um jovem de raro brilho e força, Daeron, inicialmente, encontrou resistência de seu tio, seus conselheiros e de muitos grandes senhores quando propôs, pela primeira vez, "completar a Conquista", trazendo Dorne para o reino por fim. Seus senhores o recordaram de que, ao contrário do Conquistador e de suas irmãs, ele não tinha mais dragões para usar na guerra. Ao que Daeron deu uma resposta famosa: "Você tem um dragão. Ele está diante de você."

No fim, o rei não podia ser contrariado, e, quando revelou seus planos – formulados, dizem, com a ajuda e conselho de Alyn Velaryon, o Punho de Carvalho –, alguns começaram a pensar que talvez pudessem ser executados, pois a campanha proposta era muito melhor do que a do próprio Aegon.

Daeron I provou amplamente seu talento no campo de Dorne, que por centenas de anos desafiara a Campina, as terras da tempestade e até os dragões da Casa Targaryen. Daeron dividiu seu exército em três forças: uma liderada por Lorde Tyrell, que atravessou o Passo do Príncipe na extremidade ocidental das Montanhas Vermelhas de Dorne; uma liderada pelo primo do rei e mestre dos navios, Alyn Velaryon, viajando pelo mar; e outra liderada pelo próprio rei, marchando pela passagem traiçoeira chamada Caminho do Espinhaço, onde fez uso de trilhas de cabras e outros percursos considerados muito perigosos para desviar das torres de vigia de Dorne e evitar as mesmas armadilhas que haviam capturado Orys Baratheon. O jovem rei varreu cada exército que tentou detê-lo. O Passo do Príncipe foi conquistado e, mais importante, a frota real tomou Vila Tabueira e, em seguida, foi capaz de seguir rio acima.

Com Dorne efetivamente dividida na metade com o controle de Lorde Alyn sobre o Sangueverde, as forças dornesas no leste e no oeste não podiam mais se ajudar diretamente. A partir daí, originou-se uma série de batalhas ousadas que precisariam de um volume inteiro para serem completamente contadas. Muitas narrativas desta guerra podem ser encontradas, mas a melhor é *A Conquista de Dorne*, relato do próprio rei Daeron sobre sua campanha, que é corretamente considerada uma maravilha da simplicidade elegante, tanto na prosa quanto nas estratégias.

À ESQUERDA | *Tudo o que resta dos dragões Targaryen hoje: o crânio de Balerion, o Terror Negro.*
ACIMA | *Rei Daeron I, o Jovem Dragão.*

Em um ano, os invasores estavam nos portões de Lançassolar, abrindo caminho através da então chamada cidade das sombras. Em 158 d.C., o príncipe de Dorne e quarenta de seus mais poderosos senhores dorneses dobraram o joelho para Daeron na Submissão de Lançassolar. O Jovem Dragão realizara o que Aegon, o Conquistador, jamais conseguira. Ainda havia rebeldes nos desertos e nas montanhas – homens rapidamente marcados como foras-da-lei –, mas eram poucos no início.

O rei prontamente consolidou o controle de Dorne, lidando com os rebeldes conforme os encontrava... embora não sem dificuldade. Em um episódio infame, uma flecha envenenada endereçada ao rei atingiu, em vez disso, seu primo, o príncipe Aemon (filho caçula do príncipe Viserys), que teve de ser mandado para casa de navio para se recuperar. Mesmo assim, em 159 d.C., o interior estava pacificado, e o Jovem Dragão, livre para voltar em triunfo para Porto Real, deixando Lorde Tyrell em Dorne para manter a paz. Como garantia da futura lealdade e bom comportamento de Dorne, catorze reféns de nascimento nobre foram levados com o rei para Porto Real, filhos e filhas de quase todas as grandes casas de Dorne.

Mas essa tática se provou menos efetiva do que Daeron esperava. Ainda que os reféns ajudassem a garantir a lealdade contínua de seu próprio sangue, o rei não previra a tenacidade dos plebeus de Dorne, sobre os quais não tinha controle algum.

Dizem que dez mil homens morreram na batalha por Dorne; quarenta mil mais morreram no curso dos três anos seguintes, enquanto o povo dornês lutava com teimosia contra os homens do rei.

Lorde Tyrell, que Daeron deixara a cargo de Dorne, tentou corajosamente sufocar o fogo da rebelião, viajando de castelo em castelo a cada volta da lua – punindo qualquer apoiador dos rebeldes com a força, queimando vilas que abrigavam foras-da-lei, e assim por diante. Mas o povo revidava, e cada novo dia encontrava suprimentos roubados ou destruídos, campos queimados, cavalos mortos e, lentamente, a contagem dos soldados e homens de armas mortos crescia – mortos nos becos da cidade das sombras, emboscados entre as dunas, assassinados nos campos.

Mas a rebelião de verdade começou quando Lorde Tyrell e sua comitiva viajaram para Arenito, onde sua senhoria foi morta em uma cama cheia de escorpiões. Conforme a notícia de sua derrota se espalhou, a rebelião aberta varreu Dorne de um canto ao outro.

Em 160 d.C., o Jovem Dragão em pessoa foi obrigado a voltar a Dorne para acabar com os rebeldes. Teve várias vitórias pequenas conforme lutava pelo Caminho do Espinhaço, enquanto Lorde Alyn Punho de Carvalho descia novamente sobre Vila Tabueira e o Sangueverde. Aparentemente frágeis, os dorneses concordaram em se reunir para renovar sua fidelidade e discutir os termos... mas era perfídia e assassinato que planejavam, não paz. Em uma traição sangrenta, os dorneses atacaram o Jovem Dragão e sua comitiva sob o estandarte da paz. Três cavaleiros da Guarda Real foram assassinados na tentativa de proteger o rei (um quarto, para sua eterna vergonha, largou a espada e se rendeu). O príncipe Aemon, o Cavaleiro do Dragão, foi ferido e capturado, mas não antes de matar dois traidores. O Jovem Dragão foi morto com a Blackfyre nas mãos, cercado por uma dúzia de inimigos.

Assim, o reinado do rei Daeron I durou apenas quatro anos; sua ambição se provara grande demais. A glória pode ser eterna, mas também é fugaz – logo esquecida no rescaldo até mesmo da mais famosa das vitórias, se leva a desastres maiores.

Cartas dornesas registradas em *Areias Vermelhas*, do Meistre Gareth, sugerem que o próprio Lorde Qorgyle, Senhor de Arenito, organizou o assassinato de Lorde Tyrell. Contudo, seus motivos foram assunto de especulações nos anos posteriores. Alguns dizem que ele ficou bastante irritado que sua demonstração inicial de lealdade – ao colocar fim no agito de um dos mais notórios senhores rebeldes – tivesse recebido pouca consideração por parte de Lorde Tyrell. Outros afirmam que esta ajuda inicial era parte de um plano pérfido que Lorde Qorgyle tramou com seu castelão para fazer que o rei e Lorde Tyrell confiassem nele.

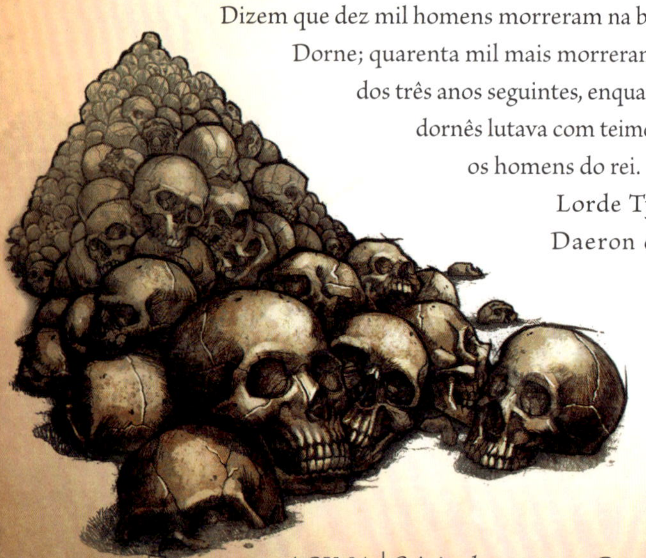

ACIMA | *Crânios dos mortos em Dorne.* À DIREITA | *A penitência do rei Baelor I pelos desertos de Dorne.*

BAELOR I

AS NOTÍCIAS DA morte do rei Daeron e da derrota das forças restantes logo alcançaram Porto Real. O ultraje que se seguiu foi rapidamente dirigido para os reféns dorneses. Sob ordem da Mão do Rei, príncipe Viserys, eles foram jogados nos calabouços para aguardar o enforcamento. O filho mais velho da Mão, o príncipe Aegon, até devolveu ao pai a garota dornesa que tornara sua amante, para esperar a execução.

O Jovem Dragão nunca se casara, nem tivera filhos. Assim, após sua morte, o Trono de Ferro passou para seu irmão Baelor, um jovem de dezessete anos. Baelor provou ser o rei mais piedoso da dinastia Targaryen e, para alguns, da história de todos os Sete Reinos. Seu primeiro ato como rei foi garantir o perdão aos reféns dorneses. Muitos atos similares de piedade e perdão se seguiram ao longo dos dez anos de reinado de Baelor. Ainda que seus senhores e seu conselho clamassem por vingança, Baelor perdoou publicamente os assassinos de seu irmão e declarou que pretendia "curar as feridas" da guerra de Daeron I e fazer a paz com Dorne. Como ato de piedade, declarou, iria a Dorne "sem espada ou exército" para devolver os reféns e pedir a paz. E assim fez, caminhando descalço de Porto Real a Lançassolar, vestido apenas em panos de saco, enquanto os reféns cavalgavam em belos cavalos atrás dele.

Muitas canções sobre a jornada de Baelor até Dorne conseguiram escapar dos septos e conventos para se espalhar pela língua dos cantores. Subindo o Caminho de Pedra, Baelor logo alcançou o lugar onde os Wyl aprisionaram seu primo, príncipe Aemon. Encontrou o Cavaleiro do Dragão nu em uma gaiola. Dizem que Baelor implorou, mas Lorde Wyl se recusou a libertar Aemon, obrigando Sua Graça a oferecer uma oração pelo primo e jurar que retornaria. Muitas gerações a partir daí se perguntaram o que o príncipe Aemon deve ter achado disso, ao ver seu parente magro e de voz esganiçada – abatido e com pés descalços e sangrando – fazer essa promessa. Mesmo assim, Baelor prosseguiu e sobreviveu ao Caminho do Espinhaço, que se provara a ruína de milhares antes dele.

A travessia do deserto entre o sopé das montanhas ao norte e o Flagelo, à pé, praticamente sozinho, quase acabou com Baelor. Mesmo assim, ele perseverou. Foi uma jornada árdua, mas ele sobreviveu para se encontrar com o príncipe de Dorne no que alguns consideram ser o primeiro milagre do reinado de Baelor, o Abençoado. E o segundo milagre pode muito bem ter sido ele conseguir forjar uma paz com Dorne que durou por todo o seu reinado. Como parte dos termos do acordo, Baelor concordou que seu jovem primo Daeron – neto de sua Mão, Viserys, e filho do filho mais velho de Viserys, príncipe Aegon – ficaria noivo da princesa Mariah, filha mais velha do príncipe de Dorne. Ambos eram crianças na época, então o casamento ocorreria quando tivessem idade.

Depois de uma estada no Antigo Palácio de Lançassolar, o príncipe de Dorne ofereceu a Baelor uma galé para levá-lo de volta a Porto Real. Mas o jovem rei insistiu que os Sete tinham ordenado que ele caminhasse. Algumas pessoas da

corte dornesa temiam que, quando (e não se) Baelor morresse na estrada, o príncipe Viserys pudesse usar isso como novo motivo para guerra, então o príncipe fez todo o esforço para ter certeza de que os senhores dorneses ao longo da rota seriam hospitaleiros. Quando chegou ao Caminho do Espinhaço, Baelor voltou sua atenção para resgatar o príncipe Aemon de sua prisão. Pediu ao príncipe dornês que explicitamente ordenasse a liberação do Cavaleiro do Dragão, e Lorde Wyl aceitou. Só que, em vez de libertar Aemon ele mesmo, Lorde Wyl deu a Baelor a chave da gaiola de Aemon, e um convite para usá-la. Mas agora, não só Aemon estava nu na gaiola, exposto ao sol quente durante o dia e aos ventos frios à noite, como também um fosso fora cavado sob a gaiola, e dentro dele estavam várias víboras. Dizem que o Cavaleiro do Dragão implorou para o rei deixá-lo ali, e que buscasse ajuda nas marcas dornesas, mas Baelor teria simplesmente sorrido e dito para ele que os deuses o protegeriam. E entrou no fosso.

Mais tarde, os cantores afirmaram que as víboras abaixaram as cabeças para Baelor enquanto ele passava, mas a verdade é distinta. Baelor foi picado meia dúzia de vezes enquanto cruzava o caminho até a gaiola, e embora tenha usado a chave, quase desmaiou antes que o Cavaleiro do Dragão pudesse abrir a porta e puxar o primo do fosso. Dizem que os Wyl faziam apostas enquanto o príncipe Aemon lutava para saltar o fosso com Baelor nas costas, e talvez tenha sido a crueldade deles que o estimulou a subir até o topo da gaiola e pular para a segurança.

O príncipe Aemon carregou Baelor até metade do Caminho do Espinhaço antes que um septão de uma aldeia nas montanhas dornesas lhe desse roupas e um jumento para levar o rei em estado de coma. Depois de um tempo, Aemon chegou às torres de vigia dos Dondarrion, e então foi conduzido para Portonegro, onde o meistre local cuidou do rei o melhor que pôde antes de mandá-los para Ponta Tempestade para um tratamento melhor. Dizem que, durante todo esse tempo, Baelor definhava, perdido para o mundo.

Ele só recobrou a consciência no caminho para Ponta Tempestade, e apenas murmurava orações. Foi preciso mais de meio ano para que Baelor ficasse bem o bastante para viajar para Porto Real; e em todo esse tempo, o príncipe Viserys administrou o reino como Mão do Rei, mantendo o tratado de paz de Baelor com os dorneses.

O reino celebrou quando Baelor finalmente retornou ao Trono de Ferro. Mesmo assim, os interesses do rei permaneceram firmes nos Sete, e seus primeiros decretos devem ter causado consternação entre aqueles que estavam acostumados com o governo sóbrio de Aegon III, com a negligência benigna de Daeron e com a administração astuta de Viserys. Tendo se casado em 160 d.C. com sua irmã, Daena, o rei conseguiu convencer o Alto Septão a dissolver o matrimônio. Fora contratado antes que ele fosse rei, Baelor argumentou, e nunca fora consumado.

Depois que a união foi dissolvida, Baelor foi além, colocando Daena e suas irmãs mais novas, Rhaena e Elaena, em sua própria "Corte da Beleza", dentro da Fortaleza Vermelha, no que veio a ser chamado de Arcada das Donzelas. O rei anunciou que desejava preservar a inocência delas da maldade do mundo e da luxúria de homens ímpios, mas alguns se perguntavam se ele mesmo não temia a tentação da beleza delas.

Embora Viserys, as próprias princesas e outros membros da corte protestassem, o ato foi concretizado, e as princesas foram encarceradas no coração da Fortaleza Vermelha, acompanhadas

ACIMA | *Baelor enfrenta as serpentes para resgatar o príncipe Aemon, o Cavaleiro do Dragão.*
À DIREITA | *As irmãs do rei Baelor (esq. para dir.): Elaena, Rhaena e Daena.*

As irmãs de Baelor I

Daena é a mais famosa das três irmãs, e foi a mais amada – tanto por sua beleza quanto por sua coragem feroz. Era conhecida por ser uma amazona experiente, uma arqueira temível com o arco dornês que seu irmão Daeron trouxera de suas conquistas, e tinha prática em cavalgar na arena (embora nunca tenha tido permissão de cavalgar em um torneio, apesar de seus esforços ao contrário). Daena rapidamente se tornou conhecida como a Desafiante, pois era a mais inquieta das três irmãs aprisionadas, e em três ocasiões distintas escapou disfarçada de criada ou de plebeia. Até conseguiu, no final do reinado de Baelor, ficar grávida – embora alguns digam que teria sido melhor se ela fosse menos desafiante, por causa de todos os problemas que seu filho trouxe ao reino.

Entre as outras irmãs de Baelor, Rhaena era quase tão piedosa quanto o irmão, e com o tempo se tornou septã. Elaena, a mais nova, era mais voluntariosa do que Rhaena, mas não tão bonita quanto as outras irmãs. Dizem que, enquanto estava na Arcada das Donzelas, ela cortou a "coroa gloriosa" – o cabelo comprido, prateado com mechas de ouro – e a mandou para o irmão, implorando por liberdade, com a promessa de que, despojada como estava, seria feia demais para tentar qualquer homem. Seus pedidos caíram em ouvidos surdos, no entanto.

Elaena sobreviveu aos irmãos e teve uma vida tumultuada depois que se viu livre da Arcada das Donzelas. Seguindo os passos de Daena, deu à luz os gêmeos bastardos Jon e Jeyne Waters de Alyn Velaryon, Lorde Punho de Carvalho. Esperava se casar com ele, está registrado, mas, depois de um ano do desaparecimento dele no mar, ela desistiu e concordou em se casar com outro.

Ela se casou três vezes. Seu primeiro casamento foi em 176 d.C., com o rico, mas idoso, Ossifer Plumm, que, segundo dizem, morreu consumando o casamento. Elaena engravidou, pois Lorde Plumm cumpriu seu dever antes de morrer. Mais tarde, rumores indecentes chegaram a sugerir que Lorde Plumm, de fato, morreu com a visão de sua nova noiva em sua nudez (este rumor era colocado em termos mais lascivos – termos que teriam divertido Cogumelo, mas que não precisamos repetir), e que a criança que ela concebeu naquela noite era do primo Aegon – que, mais tarde, se tornou o rei Aegon, o Indigno.

Seu segundo casamento foi a mando do sucessor de Aegon, o Indigno, o rei Daeron, o Bom. Daeron casou-a com seu mestre da moeda, e essa união originou mais quatro crianças – e Elaena se tornou conhecida como a verdadeira mestre da moeda, pois dizem que seu marido era um senhor bom e nobre, mas sem grande facilidade para números. Ela rapidamente se tornou influente, e tinha a confiança do rei Daeron de que, em todas as coisas, ela trabalhava em seu benefício e do reino.

O terceiro casamento foi o único de sua escolha, depois que ela se apaixonou por Sor Michael Manwoody, um dornês que assistia à princesa Mariah em sua corte. Manwoody, que no início da vida estudara na Cidadela, era um homem culto, de grande sabedoria e conhecimento, que se tornou um empregado de confiança do rei Daeron depois do casamento com a rainha Mariah. Ele foi mandado para Bravos para negociar com o Banco de Ferro em várias ocasiões, e há registro de uma correspondência entre eles e os chaveiros do Banco de Ferro (com seu selo e assinado com seu nome, mas aparentemente feito pelas mãos de Elaena) a respeito dessas negociações.

Elaena se casou com Sor Michael, aparentemente com as bênçãos de Daeron, não muito depois que seu segundo marido morreu. Anos mais tarde, Elaena diria que não foi a inteligência de Lorde Manwoody que a fez amá-lo, mas o amor dele pela música. Ele era conhecido por tocar harpa para ela, e, quando Manwoody morreu, Elaena ordenou que sua efígie fosse esculpida segurando uma harpa, e não a espada e esporas de cavaleiro como era comum.

apenas por donzelas que senhores e cavaleiros mandavam para a Arcada a fim de bajular Baelor.

Mais protestos vieram quando Baelor resolveu banir a prostituição de Porto Real, e ninguém conseguiu convencê-lo do problema que isso causaria. Dizem que mais de mil prostitutas e seus filhos foram caçados e expulsos da cidade. A agitação que se seguiu foi algo que o rei Baelor optou por não tomar conhecimento, enquanto se ocupava com seu mais novo projeto: um grande septo que seria construído no alto da Colina de Visenya – um septo que ele dizia ter vislumbrado em uma visão. Assim o Grande Septo foi concebido, embora não fosse terminado até muitos anos após sua morte.

Por fim, alguns se perguntaram se a quase-morte do rei em Dorne não afetara sua mente de algum modo, pois, conforme os anos de seu reinado prosseguiam, suas decisões ficavam cada vez mais fervorosas e extravagantes. Embora o povo o amasse – ele esvaziava o tesouro regularmente para pagar seus atos de caridade, incluindo o ano em que doou uma fornada de pão diariamente para cada homem e mulher da cidade –, os senhores do reino começavam a ficar inquietos. O rei não

apenas terminara seu casamento com Daena, mas garantira que nunca mais se casaria ao assumir os votos de septão, ajudado e encorajado por um Alto Septão que se tornava cada vez mais influente no reino. Os decretos do rei cada vez mais se preocupavam com questões espirituais às custas do material – incluindo seus esforços em exigir que a Cidadela usasse pombos, e não corvos, para levar suas mensagens (um desastre discutido à exaustão em *Asas Negras, Notícias Rápidas*, de Walgrave), e sua tentativa de proporcionar isenção de impostos para aqueles que garantissem a virtude de suas filhas por meio do uso criterioso de cintos de castidade.

Já no final do reinado, Baelor começou a passar mais e mais tempo jejuando e rezando, tentando compensar todos os pecados e ofensas que acreditava que ele e seus súditos cometiam diariamente contra os Sete. Quando o Alto Septão morreu, Baelor informou aos Mais Devotos que os deuses haviam lhe revelado a identidade do futuro Alto Septão, e eles imediatamente elegeram a escolha de Baelor para o cargo – um homem comum chamado Pate, artesão habilidoso em pedra, mas analfabeto, simplório e incapaz de lembrar-se da mais simples oração. Foi uma bênção, talvez, que esse Alto Septão sem juízo só tenha sobrevivido um ano, antes que uma febre o levasse.

Ou talvez não, pois Baelor ficou convencido de que os deuses haviam dado a um garoto de oito anos – um menino de rua, alguns afirmaram mais tarde, mas mais provavelmente o filho de um tecelão – o poder de realizar milagres. Baelor afirmava ter visto o garoto falar com pombos, que responderam para ele nas vozes de homens e mulheres – as vozes dos Sete, segundo Baelor. Esse menino, ele declarou, devia ser o próximo Alto Septão. Mais uma vez, os Mais Devotos fizeram a vontade do rei, e o mais jovem Alto Septão a usar a coroa de cristal foi escolhido.

O eventual nascimento de Daemon Waters, filho natural de Daena Targaryen e cujo pai ela se recusou a revelar (mas que o reino mais tarde soube ser ninguém menos do que seu primo, Aegon, enquanto ainda era um príncipe), levou a outro período de jejum do rei. Ele já quase se matara em anos anteriores, quando jejuara por uma volta da lua após as mortes dos filhos gêmeos de sua prima, princesa Naerys, logo após o parto. Dessa vez, Baelor foi ainda mais longe, recusando qualquer outra coisa além de água e só aceitando pão suficiente para acalmar o clamor de seu estômago. Durante quarenta dias, ele manteve esse regime. No quadragésimo primeiro dia, foi encontrado desmaiado diante do altar da Mãe.

O Grande Meistre Munkun fez o possível para curar o rei. O mesmo fez o menino Alto Septão, mas seus milagres estavam no fim. O rei se juntou aos Sete no décimo ano de seu reinado, em 171 d.C.

Um aspecto infeliz do fanatismo do rei Baelor era sua insistência em queimar livros. Embora alguns deles pudessem ter pouco que valesse a pena saber, e alguns pudessem até mesmo tratar de assuntos perigosos, destruir conhecimento é uma coisa dolorosa. Que Baelor tenha queimado o Testemunho de Cogumelo não é grande surpresa, dado o conteúdo irreverente e escandaloso. Mas a História Não Natural do Septão Barth, equivocada em algumas de suas propostas, era a obra de uma das mentes mais brilhantes dos Sete Reinos. Os estudos e a alegada prática das artes mais altas de Barth foram o bastante para ganhar a inimizade de Baelor e a destruição de seu trabalho, ainda que a História Não Natural contenha muita coisa que não é nem controversa nem perversa. É uma sorte que fragmentos tenham sobrevivido, de modo que o conhecimento não tenha sido completamente perdido.

Rumores maliciosos que seguiram na esteira da ascensão de Viserys – iniciados, segundo dizem, pela pena da Senhora Maia da Casa Stokeworth – sugeriam que Viserys envenenara o rei a fim de finalmente conquistar o trono depois de mais de uma década de espera. Outros sugerem que Viserys envenenou Baelor pelo bem do reino, uma vez que o septão-rei começara a acreditar que os Sete o chamaram para converter os descrentes do reino. Isso teria levado a uma guerra com o Norte e com as Ilhas de Ferro, causando grandes tumultos.

À ESQUERDA | *O Grande Septo de Baelor.*

VISERYS II

EMBORA OS DOIS filhos do rei Aegon III estivessem mortos, suas três filhas ainda viviam, e havia alguns entre o povo – e até entre os senhores – que achavam que o Trono de Ferro devia por direito passar agora para a princesa Daena. Eram poucos, no entanto; uma década de isolamento na Arcada das Donzelas deixaram Daena e suas irmãs sem aliados poderosos, e a lembrança das desgraças ocorridas no reino na última vez em que uma mulher sentara no Trono de Ferro ainda estavam frescas. Além disso, Daena, a Desafiante, era vista por muitos senhores como sendo inculta e intratável... e lasciva também, pois, no ano anterior, dera à luz um filho bastardo que recebeu o nome de Daemon e cujo pai ela se recusou a revelar.

Os precedentes do Grande Conselho de 101 d.C. e a Dança dos Dragões ainda eram citados, e as reivindicações das irmãs de Baelor foram deixadas de lado. Em vez disso, a coroa passou para o tio delas, a Mão do Rei, príncipe Viserys.

Está escrito que, enquanto Daeron guerreava e Baelor rezava, Viserys governava. Por catorze anos, ele serviu como Mão para seus sobrinhos, e, antes, servira seu irmão, o rei Aegon III. Dizem que era a Mão mais astuta desde o Septão Barth, embora seus esforços tenham se desvanecido no reinado do Rei Quebrado, que não tinha desejo algum de agradar seus súditos ou ganhar o amor deles. Em sua obra *Vidas de Quatro Reis*, o Grande Meistre Kaeth parece não ter opinião formada, boa ou má, sobre Viserys... mas há aqueles que dizem que, por direito, o livro devia ser sobre cinco reis, incluindo Viserys. Em vez disso, Viserys é preterido por uma discussão sobre seu filho, Aegon, o Indigno.

Depois de seus anos como refém em Lys, na época da Dança, Viserys voltou a Porto Real com uma bela esposa lisena, Larra Rogare, filha de uma casa nobre, rica e influente. Alta e esguia, com o cabelo louro prateado e os olhos púrpura de Valíria (pois o sangue ainda corria forte em Lys), ela era sete anos mais velha do que Viserys. Também era uma mulher que nunca participara da corte e nunca foi realmente feliz ali. Mesmo assim, deu-lhe três filhos antes de, por fim, voltar à sua terra natal.

O mais velho era Aegon, nascido na Fortaleza Vermelha em 135 d.C., depois que Viserys voltou de Lys. Era um menino robusto que cresceu para se tornar um rapaz bonito e charmoso, e também irresponsável e caprichoso, devotado aos seus prazeres. Trouxe muitos problemas e dores de cabeça para o pai, e muita dor para o reino.

Em 136 d.C., nasceu Aemon. Era tão robusto quanto Aegon quando criança, e tão bonito quanto ele, mas as falhas do irmão não estavam nele. Provou ser um grande combatente de justas e espadachim na sua época – um cavaleiro digno de usar a Irmã Negra. Ficou conhecido como o Cavaleiro do Dragão pela crista com um dragão de três cabeças feita em ouro branco sobre seu elmo. Até os dias de hoje, alguns o consideram o cavaleiro mais nobre que já viveu e um dos nomes mais célebres que já serviu na Guarda Real.

A última das herdeiras de Viserys foi sua única filha, Naerys, nascida em 138 d.C. Dizem que tinha uma pele tão pálida que parecia quase translúcida. Tinha constituição pequena (e tornava-se ainda menor por ter pouco apetite), com feições muito elegantes, e os cantores escreveram músicas em louvor aos seus olhos – um violeta de tom escuro e muito grandes, emoldurados por cílios claros.

Aemon era o irmão que ela mais amava, pois ele sabia como fazê-la rir – e ele tinha algo da mesma piedade que ela possuía, mas Aegon não. Ela amava os Sete com o mesmo carinho que amava o irmão, se não mais, e teria se tornado septã se o senhor seu pai tivesse permitido. Mas Viserys não permitiu e, em vez disso, casou-a com o filho Aegon, em 153 d.C., com a bênção do rei Aegon III. Os cantores dizem que tanto Aemon quanto Naerys choraram durante a cerimônia, embora as histórias nos contem que Aemon brigou com Aegon no banquete de casamento, e que Naerys chorou durante a noite de núpcias em vez de no casamento.

Há quem escreva que muitas das tolices do Jovem Dragão e de Baelor, o Abençoado, se originaram no príncipe Viserys, enquanto outros argumentam que Viserys moderou o pior das obsessões dos sobrinhos o melhor que pode. Embora seu reino tenha durado pouco mais de um ano, é instrutivo considerar suas reformas na criadagem real e em suas funções; o estabelecimento de uma nova casa da moeda real; seus esforços para aumentar o comércio através do mar estreito; e suas revisões do código de leis que Jaehaerys, o Conciliador, estabelecera durante seu longo reinado.

Viserys II tinha dentro de si a capacidade de ser um novo Conciliador, pois nenhum rei fora mais perspicaz ou mais capaz. Tragicamente, uma doença súbita o levou em 172 d.C.

Não é necessário dizer que alguns acham a doença e sua rapidez suspeitas, mas ninguém ousou falar sobre isso na época. Seria preciso mais de uma década antes que a primeira acusação fosse colocada no papel, afirmando que Viserys fora envenenado por ninguém menos do que seu sucessor, seu filho Aegon.

Há verdade nessa suspeita? Não podemos dizer com certeza. Mas dadas todas as realizações infames e pervertidas de Aegon, o Indigno, tanto antes quanto depois de assumir o trono, isso não pode ser desconsiderado.

Aegon IV

COM A MORTE do pai, em 172 d.C., Aegon, Quarto de Seu Nome, finalmente chegou ao trono que cobiçara desde menino. Ele fora formoso na juventude, habilidoso com a lança e a espada, um homem que amava a caça, a falcoaria e a dança. Era o mais brilhante príncipe na corte em sua geração e admirado pela inteligência. Mas tinha um grande defeito: não conseguia se controlar. Sua luxúria, sua gula, seus desejos – todos o dominavam completamente. Sentado sobre o Trono de Ferro, seu desgoverno começou com pequenos atos de prazer, mas com o tempo seus apetites não conheciam limites, e sua corrupção levou a ações que assombraram o reino por gerações. "Aenys era fraco, mas Maegor, cruel", Kaeth escreve, "e Aegon II era ganancioso, mas nenhum rei antes ou depois praticaria tanta má administração intencional".

Aegon logo encheu a corte com homens escolhidos não pela nobreza, pela honestidade ou pela sabedoria, mas pela habilidade em divertir e bajular. E as mulheres da corte eram em grande parte escolhidas da mesma maneira, deixando-o saciar sua luxúria sobre seus corpos. Por capricho, ele com frequência tirava de uma casa nobre para dar para outra, como fez quando, por acaso, se apropriou das grandes colinas dos Bracken, chamadas Tetas, e as deu de presente para os Blackwood. Por causa de seus desejos, distribuiu presentes de valor inestimável, como quando deu à sua Mão, Lorde Butterwell, um ovo de dragão em troca do acesso às suas três filhas. Privou homens de suas heranças legítimas quando desejava a riqueza deles, como rumores afirmam que fez após a morte de Lorde Plumm no dia de seu casamento.

Para o povo, seu reino era uma fonte de fofocas e divertimento. Para os senhores do reino que não ficavam na corte e que não desejavam que Aegon tomasse liberdades com suas filhas, ele pode ter parecido forte e decidido, frívolo, mas em grande parte inofensivo. Mas, para aqueles que ousavam entrar em seu círculo, ele era muito inconstante, muito ganancioso e muito cruel para ser qualquer outra coisa além de perigoso.

Dizem que Aegon nunca dormia sozinho e que não considerava uma noite completa até não ter ficado com uma mulher. Seus desejos carnais eram saciados por todos os tipos de mulheres, das princesas de nascimento mais elevado até a prostituta mais insignificante, e ele não parecia fazer distinção entre elas. Em seus últimos anos, Aegon afirmava ter dormido com pelo menos novecentas mulheres (o número exato lhe escapava), mas que só amara de verdade nove. (A rainha Naerys, sua irmã, não estava entre elas). As nove amantes vieram de perto e de longe, e algumas lhe deram filhos bastardos, mas cada uma e todas (exceto a última) foram mandadas embora quando ele se cansou delas. Mas um desses filhos bastardos veio de uma mulher que não é considerada sua amante: a princesa Daena, a Desafiante.

Daemon foi o nome que Daena deu a essa criança, por causa do príncipe Daemon, que fora a maravilha e o terror em sua época, e, tempos mais tarde, isso foi visto como um aviso do que o menino se tornaria. Daemon Waters era seu nome completo quando nasceu, em 170 d.C. No início, Daena se recusou a dizer quem era o pai, mas mesmo aí havia a suspeita do envolvimento de Aegon. Criado na Fortaleza Vermelha, esse belo jovem recebeu instrução dos meistres mais sábios e dos melhores homens de armas da corte, incluindo Sor Quentyn Ball, o feroz cavaleiro conhecido como Bola de Fogo. Ele não amava nada mais do que os feitos com armas, destacando-se neles, e muitos viam nele um guerreiro que um dia seria outro Cavaleiro do Dragão. O rei Aegon consagrou Daemon cavaleiro aos doze anos, quando o menino venceu um torneio de escudeiros (com isso, ele se tornou o cavaleiro mais jovem da época

ACIMA | *O jovem príncipe Aegon, com seus pais, o príncipe Viserys II e Larra Rogare.*

dos Targaryen, superando até Maegor I), e chocou a corte, os parentes e o conselho ao lhe conceder a espada de Aegon, o Conquistador, a Blackfyre, assim como terras e outras honrarias. Daemon assumiu o nome de Blackfyre depois disso.

A rainha Naerys – a única mulher com quem Aegon IV se deitou e de quem não tirou prazer algum – era piedosa, gentil e frágil, e o rei não gostava de nenhuma dessas coisas. Dar à luz também provou ser um desafio para Naerys, pois era pequena e delicada. Quando o príncipe Daeron nasceu, no último dia de 153 d.C., o Grande Meistre Alford avisou que outra gravidez poderia matá-la. Dizem que, então, Naerys enfrentou o irmão: "Cumpri meu dever com você e dei-lhe um herdeiro. Imploro que vivamos daqui para frente como irmão e irmã." E dizem que Aegon respondeu: "É o que estamos fazendo." Aegon continuou a insistir que a irmã cumprisse com as obrigações matrimoniais pelo resto da vida.

As coisas entre eles eram ainda mais inflamadas por causa do príncipe Aemon, irmão deles, que fora inseparável de Naerys quando jovens. O ressentimento de Aegon em relação ao nobre e celebrado irmão era claro para todos, pois o rei adorava menosprezar Aemon e Naerys a todo momento. Mesmo depois que o Cavaleiro do Dragão morreu em sua defesa e a rainha Naerys morreu durante o parto um ano depois, Aegon IV fez pouco para honrar a memória deles.

As brigas do rei com seus parentes próximos ficaram ainda piores depois que seu filho Daeron cresceu o suficiente para expressar suas opiniões. *Vidas de Quatro Reis*, de Kaeth, deixa claro que as falsas acusações de adultério da rainha, feitas por Sor Morgil Hastwyck, foram instigadas pelo próprio rei, embora, na época, Aegon negasse. Essas alegações foram refutadas pela morte de Sor Morgil em um julgamento por combate contra o Cavaleiro do Dragão. Que essas acusações tenham aparecido na mesma época em que Aegon e o príncipe Daeron estavam brigando por causa dos planos do rei de iniciar uma guerra não provocada contra Dorne certamente não foi coincidência. Também foi a primeira vez (mas não a última) que Aegon ameaçou nomear um de seus bastardos como herdeiro, em vez de Daeron.

Depois das mortes dos irmãos, o rei começou a fazer referências mal veladas à suposta ilegitimidade do filho – algo que ousava apenas porque o Cavaleiro do Dragão estava morto. Os cortesãos e bajuladores imitaram o rei, e a calúnia se espalhou.

Nos últimos anos do reinado de Aegon, o príncipe Daeron provou ser o principal obstáculo aos desgovernos do pai. Alguns senhores do reino claramente viam uma oportunidade no rei cada vez mais glutão e corpulento que podia ser convencido a intervir com honras, cargos e terras pela promessa de prazeres. Outros, que condenavam o comportamento do rei, começaram a se reunir com o príncipe Daeron. Pois, apesar de todas as ameaças, calúnias e brincadeiras de mau gosto, o rei nunca renegou formalmente o filho. Os relatos diferem sobre o motivo: alguns sugerem que alguma parte atrofiada de Aegon ainda sabia o que era honra, ou pelo menos vergonha. A causa mais provável, no entanto, era que ele sabia que tal ato traria guerra ao reino, pois os aliados de Daeron – o príncipe de Dorne, com cuja irmã Daeron se casara, era o principal deles – defenderiam seus direitos. Talvez tenha sido por esta razão que Aegon voltou sua atenção para Dorne, usando o ódio pelos dorneses que ainda ardia nas marcas, nas terras da tempestade e na Campina para subornar alguns dos aliados de Daeron e usá-los contra seus apoiadores mais poderosos.

Felizmente para o reino, os planos do rei de invadir Dorne em 174 d.C. provaram ser um completo fracasso. Embora Sua Graça tenha construído uma frota imensa, pensando em ter sucesso como Daeron, o Jovem Dragão, tivera, os navios foram destruídos e espalhados por tempestades no caminho para Dorne.

Mas isso estava longe de ser a maior tolice da invasão natimorta de Dorne de Aegon IV, pois Sua Graça também se voltou para os duvidosos piromantes da antiga Guilda dos Alquimistas, ordenando-lhes que "me construam dragões". Essas monstruosidades de madeira e ferro, equipadas com bombas que disparavam fogovivo, talvez pudessem ter sido usadas de algum modo em um cerco. Mas Aegon propôs arrastar esses dispositivos através do Caminho do Espinhaço, onde há lugares tão íngremes que os dorneses esculpiram degraus.

Eles não chegaram muito longe, no entanto, pois o primeiro dos dragões pegou fogo na mata de rei, bem longe do Caminho do Espinhaço. Logo, todos os sete estavam queimando. Centenas de

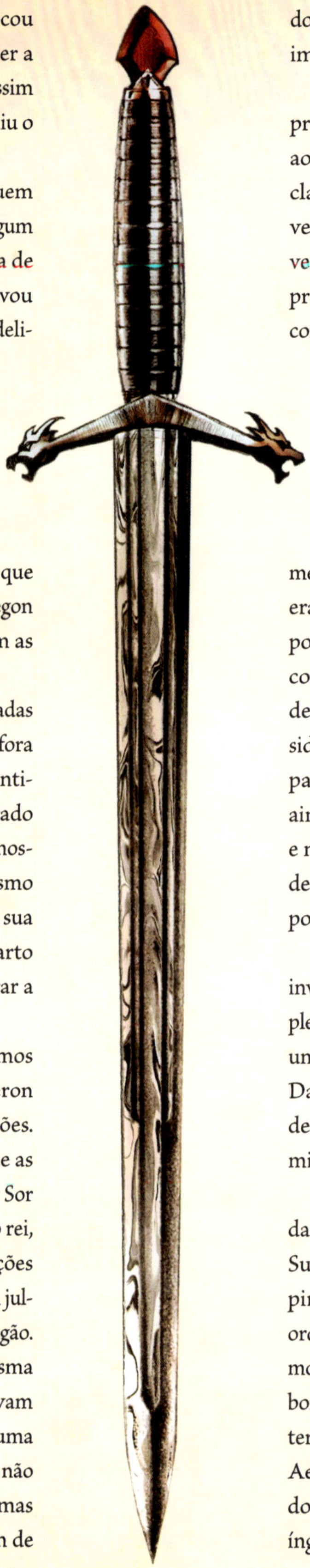

ACIMA | *Blackfyre, a espada dos reis Targaryen.*
DIREITA | *Daemon Blackfyre é sagrado cavaleiro por seu pai, o rei Aegon IV.*

homens pereceram naquelas chamas, juntamente com quase um quarto da mata de rei. Depois disso, o rei desistiu de suas ambições e nunca mais falou de Dorne.

O reinado desse monarca indigno chegou ao fim em 184 d.C., quando o rei Aegon tinha quarenta e nove anos de idade. Estava demasiado gordo, mal era capaz de andar, e alguns se perguntavam como sua última amante – Sereni de Lys, mãe de Shiera Seastar – podia suportar seus abraços. O rei teve uma morte horrível, o corpo tão inchado e obeso que não podia mais levantar da cama, os membros apodrecidos e cheios de vermes. Os meistres afirmaram nunca terem visto algo assim, enquanto os septões declararam que era um julgamento dos deuses. Aegon recebeu leite de papoula para aplacar a dor, mas fora isso pouco podia ser feito por ele.

Seu último ato antes de morrer, todos os relatos concordam, foi fazer seu testamento. E, nele, deixou o veneno mais amargo que o reino já conheceu: Aegon legitimou todos os seus filhos bastardos, desde o de nascimento mais baixo até os Grandes Bastardos – filhos e filhas nascidos de mulheres de nascimento nobre. Dezenas de seus filhos bastardos nunca tinham sido reconhecidos; a declaração no leito de morte de Aegon não significou nada para eles. Mas, para os bastardos conhecidos, significava um grande negócio. Para o reino, significou sangue e fogo por cinco gerações.

As nove amantes de Aegon IV, o Indigno

Senhora Falena Stokeworth

Dez anos mais velha do que o rei

A Senhora Falena "fez dele um homem", em 149 d.C., quando Aegon tinha catorze anos. Quando um membro da Guarda Real encontrou os dois juntos na cama, em 151 d.C., o pai de Falena a casou com o mestre de armas, Lucas Lothston, e persuadiu o rei a nomear Lothston Senhor de Harrenhal, a fim de afastar Falena da corte. No entanto, nos dois anos seguintes, Aegon fez visitas frequentes a Harrenhal.

Filhos com Falena Stokeworth: nenhum reconhecido.

Megette (Alegre Meg)

A esposa jovem e de seios grandes de um ferreiro

Enquanto Aegon cavalgava perto de Feirajusta, em 155 d.C., seu cavalo perdeu uma ferradura, e quando foi procurar o ferreiro local, notou a jovem esposa do homem. Conseguiu comprá-la por sete dragões de ouro (e a ameaça de Sor Joffrey Staunton da Guarda Real). Megette foi instalada em uma casa em Porto Real; ela e Aegon até mesmo se "casaram" em uma cerimônia secreta realizada por um ator interpretando um septão. Megette deu ao príncipe quatro filhas em muitos anos. O príncipe Viserys colocou um fim nisso, devolvendo Megette para o marido e mandando as filhas para a Fé, para serem treinadas como septãs. Megette foi espancada até a morte em menos de um ano pelo ferreiro.

Filhos com Alegre Meg: Alysanne, Lily, Willow e Rosey.

Senhora Cassella Vaith

Filha de um senhor dornês

Depois da Submissão de Lançassolar, Aegon escoltou os reféns que o rei reunira dos senhores de Dorne até Porto Real. Entre eles estava Cassella Vaith, uma donzela esbelta com olhos verdes e cabelos loiros claros, a quem Aegon terminou mantendo como "refém" em seus próprios aposentos. Quando os dorneses se revoltaram e assassinaram o rei Daeron, todos os reféns iam ser mortos e Aegon – já enjoado dela – devolveu Cassella para seu lugar junto com os outros prisioneiros. No entanto, o novo rei, Baelor, perdoou todos os reféns, e os levou pessoalmente de volta a Dorne. Cassella nunca se casou e, já na velhice, foi consumida pela ilusão de que fora o único amor verdadeiro de Aegon e que ele logo mandaria alguém buscá-la.

Filhos com Cassella Vaith: nenhum.

Bellegere Otherys (a Pérola Negra de Bravos)

Contrabandista, comerciante, algumas vezes pirata, capitã do Viúva do Vento, nascida da união entre a filha de um mercador bravosi e um enviado das Ilhas do Verão

Depois que Naerys ficou grávida e quase morreu em 161 d.C., o rei Baelor mandou Aegon para Bravos em missão diplomática. Relatos da época sugerem que foi uma desculpa para garantir que Aegon deixaria Naerys sozinha enquanto ela se recuperava de um parto fracassado. Lá ele conheceu Bellegere Otherys. Seu caso com a Pérola Negra continuou por dez anos, embora seja dito que Bellegere tinha um marido em cada porto e que Aegon foi apenas um de muitos. Ela deu à luz três crianças nessa década, duas meninas e um menino de paternidade duvidosa.

Filhos com a Pérola Negra: Bellenora, Narha, Balerion.

Senhora Barba Bracken

A vivaz filha de cabelos escuros de Lorde Bracken de Barreira de Pedra, e acompanhante das três princesas na Arcada das Donzelas

Com a morte de Baelor em 171 d.C. e a ascensão de Viserys II ao trono, as princesas, mais uma vez, tiveram permissão de ter companhia masculina. Aegon (agora príncipe de Pedra do Dragão e herdeiro aparente) ficou fascinado com Barba, então com dezesseis anos. Com sua própria ascensão em 172 d.C., ele nomeou o pai dela como Mão do Rei e a tomou abertamente como amante. Ela deu à luz um bastardo apenas uma quinzena antes que a rainha Naerys tivesse gêmeos – um garoto

natimorto e Daenerys, que sobreviveu. Com a rainha entre a vida e a morte, a Mão – pai de Barba – falava abertamente do casamento de sua filha com o rei. Após a recuperação da rainha, o escândalo provou ser a ruína de Barba, uma vez que o jovem príncipe Daeron e seu tio, o Cavaleiro do Dragão, obrigaram Aegon a mandá-la embora com o bastardo. O menino, criado em Barreira de Pedra pelos Bracken, foi chamado de Aegor Rivers, mas com o tempo se tornou conhecido como Açoamargo.

Filhos com Barba Bracken: Aegor Rivers (Açoamargo).

Senhora Melissa (Missy) Blackwood

A mais amada das amantes do rei

Tão jovem e bonita quanto a Senhora Barba (embora com seios muito menores), ainda que mais modesta, Missy tinha um coração gentil e uma natureza generosa que levaram a própria rainha Naerys – assim como o Cavaleiro do Dragão e o príncipe Daeron – a se tornar sua amiga. Durante os cinco anos de seu "reinado", Missy deu ao rei três bastardos, entre os quais o mais notável foi o menino chamado Brynden Rivers (nascido em 175 d.C.), mais tarde conhecido como Sangue de Corvo.

Filhos com Melissa Blackwood: Mya, Gwenys, Brynden (Sangue de Corvo).

Senhora Bethany Bracken

Irmã caçula da Senhora Barba

Bethany foi preparada pelo pai e pela irmã expressamente para ganhar o favor do rei e substituir Missy Blackwood. Em 177 d.C., ela chamou a atenção de Aegon durante uma visita dele a Barreira de Pedra, para ver seu filho bastardo, Aegor. Agora, o rei estava gordo e mal-humorado, mas Bethany o encantou, e ele a levou consigo para Porto Real. Mas Bethany achava os abraços reais angustiantes. Por conforto, ela se voltou para um cavaleiro da Guarda Real, Sor Terrence Toyne. O casal foi pego na cama pelo próprio Aegon em 178 d.C. Sor Terrence foi torturado até a morte e tanto a Senhora Bethany quanto seu pai foram executados. Quando os irmãos de Sor Terrence buscaram vingar sua morte, o príncipe Aemon, o Cavaleiro do Dragão, foi morto enquanto defendia o irmão, o rei Aegon.

Filhos com Bethany Bracken: nenhum.

Senhora Jeyne Lothston

Filha da Senhora Falena, primeira amante do rei, com Lorde Lucas Lothston ou com o próprio rei

Jeyne foi levada à corte pela mãe em 178 d.C., quando tinha catorze anos. Aegon tornou Lorde Lothston sua nova Mão, e dizem (mas nunca foi provado) que desfrutou da mãe e da filha juntas na mesma cama. Ele logo passou sífilis para Jeyne, doença que pegara das prostitutas que começou a ver após a execução da Senhora Bethany, e os Lothston foram mandados embora da corte de novo.

Filhos com Jeyne Lothston: nenhum.

Serenei de Lys (Doce Serenei)

Uma bela lisena de linhagem antiga, mas empobrecida, trazida até a corte por Lorde Jon Hightower, nova Mão

Serenei era a mais bonita das amantes de Aegon, mas também tinha a reputação de ser uma feiticeira. Morreu dando à luz a última das crianças bastardas do rei, uma garota chamada Shiera Seastar, que se tornou a maior beleza dos Sete Reinos, amada pelos dois meio-irmãos, Açoamargo e Sangue de Corvo, cuja rivalidade se transformaria em ódio.

Filhos com Serenei: Shiera.

À ESQUERDA | *(esq. para dir.) – Senhora Melissa Blackwood, Serenei de Lys, Senhora Falena Stokeworth, Bellegere Otherys*

ACIMA | *(esq. para dir.) – Senhora Bethany Bracken, Senhora Barba Bracken, Megette (Alegre Meg), Senhora Cassella Vaith, Senhora Jeyne Lothston*

DAERON II

NO 184º ANO após a Conquista de Aegon, Aegon IV, o Indigno, por fim deixou a vida.

Seu filho e herdeiro, o príncipe Daeron, partiu de Pedra do Dragão uma quinzena depois que soube do falecimento do pai, e foi imediatamente coroado pelo Alto Septão na Fortaleza Vermelha. Ele escolheu ser coroado com a coroa do pai – uma decisão que provavelmente pretendia reprimir qualquer dúvida remanescente sobre sua legitimidade. Daeron então agiu rápido para acertar as coisas que Aegon deixara erradas, começando por dispensar todos os membros do pequeno conselho do rei e substituí-os por homens de sua escolha – muitos dos quais provaram ser conselheiros sábios e capazes. Levou pouco mais de um ano para que a Patrulha da Cidade fosse reparada do mesmo jeito, pois o rei Aegon com frequência usava promoções na Patrulha como um jeito de esbanjar generosidade com aqueles que mais favorecia, e eles, em troca, garantiam que os bordéis – e mesmo as mulheres decentes da cidade – estivessem disponíveis para as luxúrias de Aegon.

Mas Daeron não parou aí no esforço de melhorar as coisas que o pai corrompera ou deixara apodrecer por negligência maligna. Era consciente de seus deveres com o reino e procurou estabilizar a situação política após o decreto de Aegon em seu leito de morte, que legitimava todos os bastardos meio-irmãos do novo rei. Embora não pudesse – e não quisesse – rescindir o último desejo do pai, Daeron fez o possível para manter os Grandes Bastardos por perto, tratando-os de forma honrada e garantindo os rendimentos com os quais o rei os agraciara. Pagou o dote que Aegon prometera ao Arconte de Tyrosh, vendo, assim, seu meio-irmão Daemon Blackfyre casado com Rohanne de Tyrosh, como Aegon desejara, ainda que Sor Daemon tivesse apenas catorze anos. No dia do casamento, ele presenteou Daemon com um pedaço de terra perto da Água Negra, com o direito de erguer um castelo. Alguns dizem que Daeron fez essas coisas para garantir seu poder e legitimidade sobre os Grandes Bastardos, enquanto outros acreditam que era porque ele era bom e justo. Mas, qualquer que fosse a verdade, infelizmente esses esforços provaram ser em vão.

Mas seu reinado não foi marcado somente pela questão dos Grandes Bastardos, ou mesmo pelo desgoverno de Aegon. Seu casamento com Mariah de Dorne – agora Rainha dos Sete Reinos – era feliz e frutífero, e um de seus primeiros atos significativos após assumir o trono foi começar negociações com seu cunhado, o príncipe Maron, para unificar Dorne sob o governo Targaryen. Após dois anos de negociação, um acordo foi selado, no qual o príncipe Maron concordava em ficar noivo da irmã de Daeron, Daenerys, uma vez que ela já tinha idade. Eles se casaram no ano seguinte, e com esse matrimônio o príncipe Maron se ajoelhou e jurou lealdade ao Trono de Ferro.

O rei Daeron ergueu o príncipe dornês com grande aclamação, e juntos partiram da Fortaleza Vermelha e cavalgaram até o Grande Septo para colocar uma coroa de flores douradas aos pés da estátua de Baelor, o Abençoado, enquanto proclamavam: "Baelor, seu trabalho está terminado". Foi um grande momento, por fim unificando o reino desde a Muralha até o Mar de Verão, como Aegon, o Conquistador, sonhara um dia – e isso foi feito sem o terrível custo em vidas que seu homônimo, Daeron II, o Jovem Dragão, pagara.

No ano seguinte, Daeron ergueu uma grande sede nas marcas dornesas, perto da fronteira entre a Campina, as terras da tempestade e Dorne. Chamado de Solarestival para marcar a paz que Daeron criara, era mais um palácio do que um castelo e, na melhor das hipóteses, levemente fortificado; nos anos que viriam, muitos filhos da Casa Targaryen receberiam o título de príncipe de Solarestival.

Mas o príncipe Maron conquistara algumas concessões no acordo, e os senhores de Dorne ficaram com direitos e privilégios significativos que outras casas não tinham – o direito de manter o título real entre o principal deles, mas também a autonomia de manter as próprias leis, o direito de avaliar e recolher os impostos devidos ao Trono de Ferro, apenas com

Dizia-se, nos anos depois que Daemon Blackfyre provou ser um traidor, que seu ódio por Daeron começou a crescer cedo. Era desejo de Aegon – não de Daemon – que ele se casasse com Rohanne de Tyrosh. Em vez disso, Daemon se apaixonara pela irmã de Daeron, a jovem princesa Daenerys. Só dois anos mais nova do que Daemon, a princesa supostamente correspondia ao amor do príncipe bastardo, se é possível acreditar nos cantores, mas nem Aegon IV nem Daeron II estavam dispostos a considerar esses sentimentos nos assuntos de estado. Aegon via mais lucro em uma união com Tyrosh, talvez porque a frota tyroshi pudesse ser usada em outra tentativa de conquistar Dorne.

Isso parece bastante plausível, mas um relato distinto afirma que Daemon não era tão contrário ao casamento com Rohanne de Tyrosh, pois estava convencido de que poderia seguir os passos de Aegon, o Conquistador, e Maegor, o Cruel, e ter mais de uma esposa. Aegon pode até ter prometido isso para ele (alguns dos partidários de Blackfyre mais tarde afirmaram que esse foi o caso), mas Daeron tinha uma ideia completamente diferente. Não só Daeron se recusou a permitir que o irmão tivesse mais de uma esposa, mas também deu a mão de Daenerys para Maron Martell, como parte da barganha para, por fim, unir os Sete Reinos com Dorne.

Se Daenerys amava Daemon, como aqueles que se ergueram pelo Dragão Negro mais tarde afirmavam, quem pode dizer? Nos anos que se seguiram, Daenerys não foi nada além de uma esposa leal ao príncipe Maron, e se ela lamentou a morte de Daemon Blackfyre, não deixou registro disso.

uma supervisão irregular do Trono de Ferro, e outras coisas do gênero. A insatisfação com essas concessões foi uma das sementes das quais brotou a primeira Rebelião Blackfyre, assim como a crença de que Dorne tinha influência demais sobre o rei – pois Daeron II trouxe muitos dorneses para sua corte, e alguns deles receberam cargos importantes.

Mesmo assim, o reinado de Daeron rapidamente estabilizou o reino, e logo ele começou a ser chamado de Daeron, o Bom, tanto pelos plebeus quanto pelos senhores nobres. Era amplamente visto como justo e de bom coração, mesmo se alguns questionassem a influência de sua esposa dornesa. E embora não fosse guerreiro – descrições da época observam que ele era pequeno de estatura, com braços finos, ombros redondos e inclinação para erudito –, dois de seus quatro filhos pareciam tudo o que podia ser desejado em um cavaleiro, senhor ou herdeiro. O mais velho, príncipe Baelor, recebeu o nome de Quebralanças aos dezessete anos, após sua famosa vitória no torneio de casamento da princesa Daenerys; ele derrotou Daemon Blackfyre na disputa final. E o filho mais novo de Daeron, o príncipe Mackar, parecia mostrar proeza semelhante.

Apesar disso, muitos homens olhavam para o cabelo e os olhos escuros de Baelor e murmuravam que ele era mais Martell do que Targaryen, mesmo tendo provado ser um homem que poderia conquistar respeito com facilidade e sendo generoso e justo como o pai. Cavaleiros e senhores das marcas dornesas começaram a desconfiar de Daeron, assim como de Baelor, e passaram a sentir cada vez mais falta dos "velhos tempos", quando os dorneses eram os inimigos a serem combatidos, não rivais pela atenção e pela generosidade do rei. Então olhavam para Daemon Blackfyre – que se tornara um homem alto e poderoso, um semideus entre mortais, e com a espada do Conquistador em sua posse – e se questionavam.

As sementes da rebelião tinham sido plantadas, mas levaria anos até que dessem frutos. Não houve um insulto final, nenhum grande mal, que levasse Daemon Blackfyre a se voltar contra o rei Daeron. Se tudo isso realmente foi pelo amor de Daenerys, como se passaram oito anos antes que a rebelião estourasse? É um tempo muito longo para abrigar um amor frustrado, em especial quando Rohanne já lhe dera sete filhos e filhas, e Daenerys também gerara vários herdeiros ao príncipe Maron.

Na verdade, as sementes encontraram solo fértil por causa de Aegon, o Indigno. Aegon odiava os dorneses e guerreara com eles, e os senhores que desejavam o retorno daqueles dias – apesar de todo o desgoverno associado – nunca estiveram satisfeitos com esse rei pacífico. Muitos guerreiros famosos que olhavam com desprezo para a paz no reino e para os dorneses na corte do rei começaram a ir atrás de Daemon.

Talvez no início, Daemon Blackfyre permitisse tais conversas meramente para satisfazer sua vaidade. Afinal, anos se passaram entre as primeiras aproximações com Daemon e a rebelião de verdade. O que, então, levou Daemon a reivindicar o trono? Parece provável que era outro dos Grandes Bastardos: Sor Aegor Rivers, chamado Açoamargo. Talvez fosse o sangue Bracken que tornasse Aegor tão colérico e tão rápido em se ofender. Talvez fosse a queda vergonhosa dos Bracken na estima do rei Aegon, levando a seu exílio da corte. Ou talvez fosse apenas a rivalidade com o meio-irmão e também bastardo Brynden Rivers, que fora capaz de manter relações estreitas na corte – pois a mãe de Sangue de Corvo fora muito amada em vida, e era lembrada com carinho, então os Blackwood não

À ESQUERDA | *Daeron II e o príncipe Maron Martell no monumento ao rei Baelor.*

sofreram como os Bracken quando o rei rejeitou as amantes das respectivas casas.

Qualquer que seja o motivo, Aegor Rivers logo começou a pressionar Daemon Blackfyre para se proclamar ao trono, e mais ainda depois que Daemon concordou em casar sua filha mais velha, Calla, com Aegor. Seu aço podia ser amargo, mas sua língua era pior. Ele derramou veneno no ouvido de Daemon, e com ele vinha o clamor de outros cavaleiros e senhores descontentes.

No fim, anos dessa conversa geraram frutos, e Daemon Blackfyre tomou sua decisão. Mesmo assim, foi uma decisão tomada precipitadamente, pois a notícia de que Blackfyre pretendia se declarar dentro de um turno da lua logo alcançou o rei Daeron. (Não sabemos como a notícia chegou a Daeron, embora a obra inacabada de Merion, *O Dragão Vermelho e o Negro*, sugere que outro dos Grandes Bastardos, Brynden Rivers, estivesse envolvido.) O rei mandou a Guarda Real prender Daemon antes que ele levasse seus planos de traição adiante. Daemon foi avisado e, com a ajuda do cavaleiro notoriamente exaltado, Sor Quentyn Ball, chamado Bola de Fogo, foi capaz de fugir da Fortaleza Vermelha em segurança. Os aliados de Daemon Blackfyre usaram essa tentativa de prisão como motivo para a guerra, afirmando que Daeron agira contra Daemon sem outro motivo além de medo infundado. Outros ainda começaram a chamá-lo de Daeron Nascido Falso, repetindo a calúnia que se dizia que Aegon, o Indigno, circulara em anos passados do seu reinado: que ele fora gerado não pelo rei, mas por seu irmão, o Cavaleiro do Dragão.

Assim começou a Primeira Rebelião Blackfyre, no ano de 196 d.C. Invertendo as cores do tradicional brasão de armas Targaryen para mostrar um dragão negro em um campo vermelho, os rebeldes se declararam a favor do filho bastardo da princesa Daena, Daemon Blackfyre, Primeiro de Seu Nome, proclamando-o o verdadeiro filho mais velho do rei Aegon IV, e seu meio-irmão Daeron o bastardo. Na sequência, houve muitas batalhas entre os dragões negro e vermelho no Vale, nas terras ocidentais, nas terras fluviais e em todos os lados.

A rebelião terminou no Campo do Capim Vermelho, quase um ano mais tarde. Alguns escreveram sobre a ousadia dos homens que lutaram com Daemon, e outros sobre a traição deles. Mas, apesar de todo seu valor em campo e de sua inimizade por Daeron, a causa de Daemon era perdida. Ele e seus filhos mais velhos, Aegon e Aemon, foram derrubados pela chuva fulminante de flechas enviada por Brynden Rivers e seus guardas particulares, os Dentes de Corvo. Seguiu-se um ataque louco de Açoamargo com a Blackfyre nas mãos, enquanto tentava reunir as forças de Daemon. Ao encontrar com Sangue de Corvo no meio do ataque, um duelo poderoso se seguiu, deixando Sangue de Corvo cego de um olho e terminando com a fuga de Açoamargo.

Mas a batalha acabou quando o príncipe Baelor Quebralanças apareceu com um exército de senhores da tempestade e dorneses, caindo sobre a retaguarda rebelde, enquanto o jovem príncipe Maekar reuniu o que sobrou da vanguarda de Lorde Arryn e formou uma bigorna formidável contra a qual os rebeldes eram esmagados e destruídos. Dez mil homens morreram pela vaidade de Daemon Blackfyre, e muitos mais ficaram feridos e mutilados. Os esforços de paz do rei Daeron foram esfacelados, embora não tivesse sido sua culpa, exceto o fato de ter sido misericordioso demais com o meio-irmão invejoso.

Com o fim da rebelião, o rei Daeron mostrou uma severidade que poucos esperavam. Muitos senhores e cavaleiros que apoiaram o Dragão Negro perderam terras, títulos e privilégios, e foram forçados a entregar reféns. Daeron confiara neles, fizera o possível para governar com justiça e mesmo assim se voltaram contra ele. Os filhos sobreviventes de Daemon Blackfyre fugiram para Tyrosh, terra natal de sua mãe, e com eles foi Açoamargo. O reino continuou a ser perturbado pelas reivindicações dos Pretendentes Blackfyre por mais quatro gerações, até que o último descendente de Daemon Blackfyre pela linhagem masculina foi mandado para o túmulo.

Tendo lidado com os meio-irmãos e com a força de seus filhos e herdeiros o apoiando, muitos pensavam que o rei Daeron agora garantira que o reino ficaria sob controle Targaryen pelos séculos seguintes. Poucos duvidavam que Baelor Quebralanças não seria um grande rei, pois ele era o coração da cavalaria e a alma da sabedoria, e veio a servir seu pai com muita habilidade como Mão. Mas ninguém conhece os desejos dos deuses. Baelor Quebralanças foi morto no auge pelo próprio irmão, Maekar, no torneio de Vaufreixo, no ano

de 209 d.C. Não foi em uma justa, ou em um corpo a corpo, mas em um julgamento de sete – o primeiro em séculos –, no qual Baelor lutou em nome de um cavaleiro andante humilde sem nenhuma origem importante. Provavelmente sua morte foi um acidente, e está escrito que o príncipe Maekar sempre lamentava amargamente a morte de Baelor e lembrava a data todos os anos. Mesmo assim, Baelor morreu, e sem dúvida Maekar e o reino se perguntaram se um cavaleiro andante valia a perda do príncipe de Pedra do Dragão e Mão do Rei. (Mas então eles não sabiam o quão alto esse cavaleiro andante subiria – mas isso é outra história.)

Baelor tinha filhos – os jovens príncipes Valarr e Matarys , assim como Maekar, e o rei tinha mais outros dois filhos (embora o reino tivesse menos certeza sobre Aerys, estudioso e obcecado com assuntos misteriosos, e Rhaegel, um garoto doce tocado pela loucura). Mas então a Grande Praga da Primavera varreu os Sete Reinos, afetando todos, exceto o Vale e Dorne, onde as fronteiras e passagens nas montanhas foram fechadas. O pior golpe de todos foi em Porto Real. O Alto Septão, a voz dos Sete na terra, morreu, assim como um terço dos Mais Devotos, e quase todas as irmãs silenciosas da cidade. Cadáveres eram empilhados nas ruínas do Fosso dos Dragões até atingirem três metros de altura, e, no fim, Sangue de Corvo pediu para os piromantes queimarem os corpos onde estavam. Um quarto da cidade pegou fogo com eles, mas não havia mais nada a ser feito.

Pior, ainda, os filhos de Baelor Quebralanças estavam entre os falecidos, assim como Daeron II, a quem muitos chamavam de Bom. Ele reinara por vinte e cinco anos, e a maior parte desse tempo foi de paz e abundância para o reino.

Em Essos, Açoamargo reuniu os senhores e cavaleiros exilados e seus descendentes. Formou a Companhia Dourada em 212 d.C., e logo a estabeleceu como a mais importante companhia livre das Terras Disputadas. "Embaixo do ouro, o aço mais amargo" era o grito de batalha deles, reconhecido em toda Essos. Depois de Açoamargo, a companhia foi liderada pelos descendentes de Daemon Blackfyre, até que o último deles, Maelys, o Monstruoso, foi morto nos Degraus.

À ESQUERDA | *Açoamargo lidera a Companhia Dourada.*
ACIMA | *Daemon Blackfyre lidera o ataque no Campo do Capim Vermelho.*

Aerys I

AO ASSUMIR O trono em 184 d.C., o segundo filho de Daeron, Aerys, nunca imaginara que seria rei, e era singularmente inadequado para sentar no Trono de Ferro. Aerys era instruído à sua maneira, embora seus interesses estivessem amplamente relacionados com livros empoeirados que tratavam de antigas profecias e altos mistérios. Casado com Aelinor Penrose, nunca mostrara interesse em engravidá-la, e havia rumores de que até falhara em consumar o casamento. Seu pequeno conselho, a ponto de desespero, esperava que fosse simplesmente algum desagrado em relação a Aelinor que atrapalhasse o rei, então o incentivava a deixá-la de lado e tomar outra esposa. Mas ele não queria saber disso.

Usando a coroa durante a Grande Praga da Primavera, Aerys I enfrentou um reino em crise desde o início. Mal a praga começara a declinar quando Dagon Greyjoy, Senhor das Ilhas de Ferro, mandou navios dos nascidos no ferro para saquear toda a costa do Mar de Verão, enquanto do outro lado do mar estreito Açoamargo tramava com os filhos de Daemon Blackfyre. Talvez por causa dessas dificuldades Aerys se voltou para Brynden Rivers para servir como sua Mão.

Dragão Negro devia retornar do outro lado do mar estreito e assumir seu lugar de direito.

Lorde Gormon Peake esteve no centro de uma tentativa de fazer um novo levante. Em razão de seu papel na Primeira Rebelião Blackfyre, Peake perdera dois dos três castelos que pertenciam à sua casa há séculos. Depois da seca e da Grande Praga da Primavera, Lorde Gormon convenceu o filho sobrevivente mais velho de Daemon Blackfyre, Daemon, o Jovem, a cruzar o mar estreito e fazer um jogo pelo trono.

A conspiração chegou ao auge em 211 d.C., no torneio de casamento em Alvasparedes, a grande sede que Lorde Butterwell erguera perto do Olho de Deus. Este era o mesmo Butterwell que certa vez fora Mão de Daeron, até que o rei o dispensara em favor de Lorde Hayford, por causa de seu fracasso suspeito em agir com êxito contra Daemon Blackfyre nos primeiros dias da rebelião. Em Alvasparedes, sob o pretexto de celebrar o casamento de Lorde Butterwell e competir em um torneio, muitos senhores e cavaleiros se reuniram; todos compartilhavam o desejo de colocar um Blackfyre no trono.

Algumas pessoas sugerem que a causa mais provável da ascensão de Sangue de Corvo ao poder foi o fato de o interesse de Aerys em conhecimentos misteriosos e em história antiga combinar com o de Rivers, cujos estudos sobre os mistérios mais altos eram um segredo conhecido por todos na época. Sangue de Corvo já conquistara proeminência na corte, mas poucos esperavam que Aerys o nomeasse Mão. Quando isso aconteceu, acendeu uma briga entre o rei e seu irmão, o príncipe Maekar, que esperava que o cargo fosse dele. Depois disso, o príncipe Maekar partiu de Porto Real, permanecendo em Solarestival nos anos seguintes.

Sangue de Corvo provou ser uma Mão capaz, mas também um mestre dos sussurros que rivalizava com a Senhora Miséria, e havia aqueles que pensavam que ele e sua meia-irmã e amante, Shiera Seastar, usavam feitiçaria para desentocar segredos. Tornou-se comum se referir aos seus "mil olhos e mais um", e homens tanto de nascimento nobre quanto comum começaram a desconfiar dos vizinhos, por medo que fossem espiões a serviço de Sangue de Corvo. Mas Aerys precisava de espiões, dados os problemas que se seguiram à Grande Praga da Primavera. O verão chegou, e com ele uma seca que durou mais de dois anos. Muitos culparam o rei, e muitos mais acusaram Sangue de Corvo. Havia irmãos pobres que pregavam traição, assim como cavaleiros e senhores. E entre eles havia quem sussurrasse uma traição específica: que o

Não fosse pelo fato de que Sangue de Corvo tinha informantes entre os conspiradores, Daemon, o Jovem, podia ter lançado uma rebelião preocupante bem no coração das terras fluviais, mas, mesmo antes que o torneio estivesse concluído, a Mão apareceu do

À DIREITA | *A prisão de Daemon II Blackfyre.*

O fato de que Daemon, o Jovem, sonhava em se tornar rei é bem conhecido, assim como o de que Açoamargo não o apoiou em seus esforços para reivindicar o trono. Mas por que Açoamargo apoiou o pai, mas se recusou a apoiar o filho continua a ser uma questão algumas vezes debatida nos salões da Cidadela. Muitos afirmaram que o Jovem Daemon e Lorde Gormon não puderam convencer Açoamargo de que o plano deles era sólido e, verdade seja dita, parece um argumento justo; Peake estava cego à razão por sua sede de vingança e pelo desejo de recuperar suas sedes, e Daemon estava convencido de que poderia ter êxito independentemente das adversidades. Mesmo assim, outros sugeriram que Açoamargo era um homem duro, com pouca utilidade para qualquer coisa além da guerra, e desconfiava dos sonhos de Daemon e de seu amor pela música e por coisas elegantes. E outros ainda desconfiaram da relação estreita de Daemon com o jovem Lorde Cockshaw, e sugeriram que isso podia ter perturbado Aegor Rivers o suficiente para que ele negasse ajuda ao rapaz.

lado de fora de Alvasparedes com um exército sob seu comando, e a Segunda Rebelião Blackfyre acabou antes mesmo que realmente pudesse ser dito que começara. Gormon Peake estava entre os conspiradores executados na esteira da rebelião frustrada, enquanto outros, como Lorde Butterwell, sofreram a perda de terras e títulos. Quanto a Daemon, ele viveu por vários anos mais, como refém na Fortaleza Vermelha. Alguns questionaram seu aprisionamento, mas o motivo era claro: seu irmão Haegon, o próximo na sucessão, não poderia clamar o trono se Daemon ainda estivesse vivo e fosse seu irmão mais velho.

A Segunda Rebelião Blackfyre provou ser um desastre, mas não foi sempre o caso. Em 219 d.C., Haegon Blackfyre e Açoamargo iniciaram a Terceira Rebelião Blackfyre. Os feitos que ocorreram então, tanto bons quanto maus – a liderança de Maekar, as ações de Aerion Chamaviva, a coragem do filho mais novo de Maekar, e o segundo duelo entre Sangue de Corvo e Açoamargo –, conhecemos bem. O pretendente Haegon I Blackfyre morreu no rescaldo da batalha, assassinado traiçoeiramente depois que largou a espada, mas Sor Aegor Rivers, Açoamargo, foi capturado vivo e levado à Fortaleza Vermelha em correntes. Muitos ainda insistem que, se ele tivesse sido passado pela espada ali mesmo, como o príncipe Aerion e Sangue de Corvo insistiram, isso poderia ter representado um final precoce das ambições Blackfyre.

Mas não era para ser assim. Embora Açoamargo tenha sido julgado e considerado culpado por alta traição, o rei Aerys poupou sua vida, ordenando, em vez disso, que fosse enviado para a Muralha para viver seus dias como homem da Patrulha da Noite. Isso provou ser uma misericórdia tola, pois os Blackfyre ainda tinham amigos na corte, alguns deles muito dispostos a bancar o informante. O navio que levava Açoamargo e uma dúzia e outros cativos foi tomado no mar estreito a caminho de Atalaialeste do Mar, e Aegor Rivers foi libertado e retornou para a Companhia Dourada. Antes que o ano terminasse, ele coroou o filho mais velho de Haegon como rei Daemon III Blackfyre, em Tyrosh, e retomou sua conspiração contra o rei que poupara sua vida.

O rei Aerys permaneceu no Trono de Ferro pela maior parte dos dois anos seguintes, antes de morrer em 121 d.C., de causas naturais.

No curso de seu reinado, Sua Graça reconheceu uma série de herdeiros, embora nenhum fosse filho seu, legítimo; Aerys morreu sem descendência, o casamento ainda não consumado. Seu irmão, Rhaegel, terceiro filho de Daeron, o Bom, morrera antes de Aerys, engasgado até a morte com uma torta de lampreia em 215 d.C., durante um banquete. Então, o filho de Rhaegel, Aelor, tornou-se o novo príncipe de Pedra do Dragão e herdeiro do trono, vindo a falecer dois anos depois, morto em um acidente grotesco pelas mãos de sua própria irmã gêmea e esposa, Aelora, sob circunstâncias que a deixaram louca de dor. (Infelizmente, depois de um tempo, Aelora tirou a própria vida após ser atacada em um baile de máscaras por três homens que entraram para a história como o Rato, o Falcão e o Porco).

O último dos herdeiros que Aerys reconheceu antes de sua morte foi quem o sucedeu no trono: o único irmão sobrevivente do rei, o príncipe Maekar.

Maekar I

MAEKAR FOI UM rei enérgico e um guerreiro notável, mas também um homem duro, rápido em julgar e condenar. Nunca teve os dons do irmão, Baelor, que fazia amigos e aliados com facilidade, e, após a morte de Baelor em suas mãos – ainda que inadvertidamente –, tornou-se ainda mais severo e implacável. Seu desejo de romper com o passado era tanto que mandou fazer uma nova coroa – uma coroa bélica, com pontas de ferro negro em um aro de ouro vermelho, já que a coroa de Aegon, o Conquistador, ficou perdida por muitos anos após a morte de Daeron I em Dorne. Apesar disso, Maekar governou em uma época de relativa paz entre duas Rebeliões Blackfyre, e o tumulto que houve em seu reinado foi em grande parte causado por seus próprios filhos.

A principal questão do reinado de Maekar era seu herdeiro. Ele tinha vários filhos e filhas, mas havia aqueles que tinham razão em duvidar da aptidão deles para governar. O mais velho, príncipe Daeron, era conhecido como o Bêbado, e preferiu ser nomeado príncipe de Solarestival, porque achava Pedra do Dragão uma morada sombria demais. Depois dele vinha o príncipe Aerion, conhecido como Chamaviva ou Fogovivo – um cavaleiro poderoso, mas cruel e caprichoso, e diletante das artes negras. Esses dois príncipes morreram antes do pai, e ambos tinham descendência. O príncipe Daeron gerou uma filha, Vaella, em 222 d.C., mas a garota, infelizmente, provou ser uma simplória. O filho de Aerion Chamaviva nasceu em 232 d.C., e recebeu do pai o nome sinistro de Maegor, mas o Príncipe Brilhante morreu no mesmo ano, quando bebeu uma taça de fogovivo, na crença de que isso o faria se transformar em um dragão.

O terceiro filho de Maekar, Aemon, era um garoto estudioso que fora mandado para a Cidadela na juventude e saíra como um meistre juramentado e com sua corrente. O mais jovem dos filhos do príncipe era o príncipe Aegon, que, na juventude, servira como escudeiro de um cavaleiro andante – o mesmo cavaleiro andante em cuja defesa Baelor Quebralanças morrera –, e ganhara o apelido de "Egg". "Daeron é uma piada, e Aerion é um susto, mas Aegon é quase um camponês", era a brincadeira que se ouvia na corte.

Quando o rei Maekar morreu em batalha em 233 d.C., enquanto liderava o exército contra um senhor rebelde nas marcas dornesas, uma considerável confusão se ergueu em torno da sucessão. Em vez de arriscar outra Dança dos Dragões, a Mão do Rei, Sangue de Corvo, resolveu convocar um Grande Conselho para decidir o assunto.

Em 233 d.C., centenas de grandes e pequenos senhores se reuniram em Porto Real para resolver a questão. Com os dois filhos mais velhos de Maekar já falecidos, havia quatro possíveis pretendentes. O Grande Conselho rejeitou a doce, mas simplória filha do príncipe Daeron, Vaella, imediatamente. Apenas alguns falaram a favor do filho de Aerion Chamaviva, Maegor; um rei criança significaria uma longa e controversa regência, e também havia o temor de que o menino tivesse herdado a crueldade e a loucura do pai. O príncipe Aegon era a escolha óbvia, mas alguns senhores desconfiavam dele também, pois suas perambulações com o cavaleiro andante o deixaram "meio camponês", segundo muitos. Na verdade, tantos o odiavam que um esforço foi feito para determinar se seu irmão mais velho, meistre Aemon, podia ser liberado de seus votos, mas Aemon recusou, e não se chegou a nada.

Enquanto o Grande Conselho debatia, outro pretendente apareceu em Porto Real: ninguém menos do que Aenys Blackfyre, o quinto dos sete filhos do Dragão Negro. Quando o Grande Conselho foi anunciado pela primeira vez, Aenys escrevera do exílio em Tyrosh apresentando seu caso, na esperança de que suas palavras o fizessem conquistar o Trono de Ferro que seu pai e irmãos falharam três vezes em conquistar com espadas. Sangue de Corvo, Mão do Rei, respondeu oferendo a ele um salvo conduto, para que o pretendente pudesse ir a Porto Real e apresentar sua reivindicação em pessoa.

Insensatamente, Aenys aceitou. Mal entrou na cidade quando os mantos dourados o prenderam e o arrastaram até a Fortaleza Vermelha, onde sua cabeça foi imediatamente cortada e apresentada aos senhores do Grande Conselho, como aviso a qualquer um que pudesse ter simpatias com os Blackfyre.

Logo depois, o "Príncipe que era um Ovo" foi escolhido pela maioria do Grande Conselho. O quarto filho de um quarto filho, Aegon V se tornaria amplamente conhecido como Aegon, o Improvável, por ter estado tão distante da sucessão na juventude.

ACIMA | *A coroa do rei Maekar I.* À DIREITA | *Rei Aegon, o Improvável (em pé, no fundo), e seus filhos (esquerda para direita): Duncan, Jaehaerys e Daeron.*

Aegon V

O PRIMEIRO ATO do reinado de Aegon foi a prisão de Brynden Rivers, a Mão do Rei, pelo assassinato de Aenys Blackfyre. Sangue de Corvo não negou que atraiu o pretendente ao seu alcance com a oferta de um salvo conduto, mas alegou que sacrificara sua honra pessoal pelo bem do reino.

Embora muitos concordassem e estivessem felizes em ver outro pretendente Blackfyre fora do caminho, o rei Aegon sentiu que não tinha outra escolha além de condenar a Mão, para que a palavra do Trono de Ferro não fosse vista como inútil. Mesmo assim, depois que a sentença de morte foi declarada, Aegon ofereceu a Sangue de Corvo a chance de vestir o negro e se juntar à Patrulha da Noite. E assim ele fez. Sor Brynden Rivers embarcou para a Muralha no final do ano de 233 d.C. (Ninguém interceptou seu navio.) Duzentos homens seguiam com ele, muitos deles arqueiros da guarda pessoal de Sangue de Corvo, os Dentes de Corvo. O irmão do rei, o Meistre Aemon, também estava entre eles.

no longo inverno que reinara de 130 a 135 d.C. O rei Aegon, sempre preocupado com o bem-estar dos pobres e fracos, fez o que pôde para aumentar o fluxo de grãos e outros alimentos para o Norte, mas alguns achavam que ele fazia demais a esse respeito.

Seu governo também foi rapidamente testado por aqueles em cujos negócios ele havia se intrometido várias vezes, ainda como príncipe, como uma tentativa de reduzir direitos e privilégios. Além disso, a ameaça Blackfyre não terminou com a morte de Aenys Blackfyre; a infame traição de Sangue de Corvo só endurecera o inimigo no exílio do outro lado do mar estreito. Em 236 d.C., enquanto um cruel inverno de seis anos se aproximava do fim, a Quarta Rebelião Blackfyre viu o autodenominado rei Daemon III Blackfyre, filho de Haegon e neto de Daemon I, cruzar o mar estreito com Açoamargo e a Companhia Dourada em sua retaguarda, em uma nova tentativa de tomar o Trono de Ferro.

Sangue de Corvo tornar-se-ia Senhor Comandante da Patrulha da Noite em 239 d.C., servindo até seu desaparecimento durante uma patrulha além da Muralha em 252 d.C.

O reinado de Aegon foi desafiador, antes de mais nada porque começou no meio de um inverno que já durava três anos e não mostrava sinais de diminuir. Havia fome e sofrimento no Norte, como já ocorrera há uma centena de anos,

Os invasores desembarcaram no Gancho de Massey, ao sul da Baía da Água Negra, mas poucos se reuniram com seus estandartes. O rei Aegon V em pessoa cavalgou até lá para se encontrar com eles, com os três filhos ao lado. Na Batalha da

Ponte do Guaquevai, os Blackfyre sofreram uma derrota acachapante, e Daemon III foi morto pelo cavaleiro da Guarda Real, Sor Duncan, o Alto, o cavaleiro andante a quem "Egg" servira como escudeiro. Açoamargo conseguiu não ser capturado e escapou mais uma vez, só para aparecer alguns anos mais tarde nas Terras Disputadas, lutando com seus mercenários em uma importante luta entre Tyrosh e Myr. Sor Aegor Rivers tinha sessenta e nove anos quando caiu, e dizem que morreu como viveu, com uma espada nas mãos e uma blasfêmia nos lábios. Mas seu legado sobreviveria na Companhia Dourada, e na linhagem Blackfyre, a quem ele servira e protegera.

Ocorreram outras batalhas na época de Aegon V, e o rei improvável foi obrigado a desperdiçar muito tempo de seu reinado em uma armadura, sufocando uma revolta ou outra. Embora amado pelo povo simples, o rei Aegon fez inimigos entre os senhores do reino, aqueles cujos poderes ele desejava reduzir. Promulgou várias reformas e garantiu direitos e proteção aos plebeus que jamais existiram antes, mas cada uma dessas medidas provocava oposição feroz e, algumas vezes, desafio aberto entre os senhores. O mais sincero de seus inimigos chegou ao ponto de denunciar Aegon V como o "tirano de mãos ensanguentadas que pretende nos privar dos nossos direitos e liberdades garantidos pelos deuses".

É bem sabido que a resistência contra Aegon testava os limites de sua paciência – em especial quando o compromisso que um rei precisa assumir para governar bem empurrava, com frequência, suas maiores esperanças cada vez mais para o futuro. Conforme um desafio seguia outro, Sua Graça se via obrigado a fazer concessões para senhores recalcitrantes mais vezes do que desejava. Estudante de História e amante dos livros, Aegon V sempre dizia que, se tivesse dragões, como o primeiro Aegon, poderia refazer o reino do zero, com paz, prosperidade e justiça para todos.

Até seus filhos provaram ser um teste para esse rei de bom coração, quando deviam ter sido sua força. Aegon V se casara por amor, tomando como esposa a senhora Betha Blackwood, a animada (alguns dizem obstinada) filha do Senhor de Solar de Corvarbor, que se tornou conhecida como Negra Betha, pelos olhos escuros e pelos cabelos negros. Quando se casaram, em 220 d.C., a noiva tinha dezenove anos, e Aegon, vinte. Ele estava tão distante na linha de sucessão que a união não provocou oposição. Nos anos que se seguiram, Negra Betha deu à luz três filhos (Duncan, Jaehaerys e Daeron) e duas filhas (Shaera e Rhaelle) a Aegon.

Era um costume antigo da Casa Targaryen casar irmão com irmã para manter puro o sangue do dragão, mas, por algum motivo, Aegon V se convenceu de que essas uniões incestuosas traziam mais danos do que vantagens. Em vez disso, resolveu casar seus filhos com filhos e filhas de alguns dos maiores senhores dos Sete Reinos, na esperança de ganhar seu apoio em reformas e no fortalecimento de seu governo.

Com a ajuda de Negra Betha, vários noivados vantajosos foram comemorados em 237 d.C., enquanto os filhos de Aegon ainda eram jovens. Se os casamentos acontecessem, muita coisa boa teria vindo deles... mas Sua Graça fracassou ao não contar com a obstinação de seu próprio sangue. Os filhos de Betha Blackwood provaram ser tão teimosos quanto a mãe e, como o pai, resolveram seguir o coração ao escolher seus parceiros.

O filho mais velho de Aegon, Duncan, príncipe de Pedra do Dragão e herdeiro do trono, foi o primeiro a desafiar o pai. Embora há muito comprometido com uma filha da Casa Baratheon de Ponta Tempestade, em 239 d.C., enquanto viajava pelas terras fluviais, Duncan se apaixonou por uma garota desconhecida, adorável e misteriosa, que chamava a si mesma de Jenny de Pedravelhas. Embora morasse entre ruínas quase desertas e afirmasse descender de reis dos Primeiros Homens há muito desaparecidos, o povo das vilas ao redor zombava dessas histórias, insistindo que ela era apenas uma camponesa meio maluca, e talvez até uma bruxa.

É verdade que Aegon era amigo do povo, e praticamente crescera entre eles, mas aprovar o casamento do herdeiro do trono com uma plebeia de nascimento incerto estava além de sua capacidade. Sua Graça fez o possível para desfazer o casamento, exigindo que Duncan deixasse Jenny. Mas o príncipe herdara a teimosia do pai, e recusou-se. Mesmo quando o Alto Septão, o Grande Meistre e o pequeno conselho se uniram para insistir que Aegon obrigasse o filho a escolher entre o Trono de Ferro e a mulher bárbara do bosque, Duncan não se abalou. Em vez de desistir de Jenny, ele abriu mão de sua pretensão à coroa em favor do irmão Jaehaerys, e abdicou do título de príncipe de Pedra do Dragão.

Mas isso não restaurou a paz, nem trouxe de volta a amizade de Ponta Tempestade. O pai da garota rejeitada, Lorde Lyonel Baratheon de Ponta Tempestade, conhecido como Tempestade Risonha e famoso por suas proezas em batalha, não era um homem que se satisfazia com facilidade quando seu orgulho era ferido. Uma rebelião curta e sangrenta teve início, terminando apenas quando Sor Duncan da Guarda Real derrotou Lorde Lyonel em combate singular, e o rei Aegon deu sua palavra solene de que sua filha caçula, Rhaelle, se casaria com o herdeiro de Lorde Lyonel. Para selar o acordo, a princesa Rhaelle foi mandada para Ponta Tempestade para servir como copeira de Lorde Lyonel e companhia de sua senhora esposa. Jenny de Pedravelhas – Senhora Jenny, como era chamada por cortesia – foi aceita na corte com o tempo, e por todos os Sete Reinos o povo tinha um carinho especial por ela. Jenny e o príncipe, depois disso conhecido para sempre como Príncipe das Libélulas, foram o tema favorito dos cantores por muitos anos.

Jenny de Pedravelhas era acompanhada na corte por uma anã, uma mulher albina que tinha a reputação de ser uma bruxa do bosque nas terras fluviais. A própria senhora Jenny afirmava, em sua ignorância, que a mulher era uma filha da floresta.

Depois veio o príncipe Jaehaerys, agora príncipe de Pedra do Dragão. Embora o rei Aegon tivesse adquirido um desgosto pelo costume valiriano do casamento incestuoso durante seus anos entre o povo, o príncipe Jaehaerys tinha uma tendência mais tradicional, pois, desde muito jovem, amara sua irmã Shaera e sonhava em se casar com ela à moda antiga Targaryen. Assim que souberam de seu desejo, o rei Aegon e a rainha Betha fizeram o possível para separar os dois, mas, de algum modo, a distância pareceu inflamar a paixão mútua do príncipe e da princesa.

O príncipe Jaehaerys não era tão assertivo quanto o irmão, mas, quando Duncan desafiou o pai e seguiu o coração, e o rei e a corte se renderam ao seu desejo, o príncipe mais jovem não deixou de notar. Em 240 d.C., um ano após o casamento do príncipe Duncan, o príncipe Jaehaerys e a princesa Shaera conseguiram escapulir dos respectivos guardas e se casaram em segredo. Jaehaerys tinha quinze anos, e Shaera, catorze, na época do matrimônio. Quando o rei e a rainha souberam o que aconteceu, o casamento já fora consumado. Aegon sentiu que não tinha outra escolha além de aceitar. Mais uma vez o rei teve de lidar com o orgulho ferido e a ira das casas nobres afrontadas, pois Jaehaerys estava comprometido com Celia Tully, filha do Senhor de Correrrio, e Shaera, com Luthor Tyrell, herdeiro de Jardim de Cima.

Corrompido pelo exemplo dos irmãos, até o filho mais jovem do rei Aegon, príncipe Daeron, afligiu o pai do mesmo modo. Embora comprometido com a Senhora Olenna Redwyne da Árvore desde que ambos tinham nove anos de idade, o príncipe Daeron repudiou o compromisso em 246 d.C., aos

Jaehaerys e Shaera tiveram dois filhos, Aerys e Rhaella. Seguindo a profecia da bruxa do bosque de Jenny de Pedravelhas, o príncipe Jaehaerys determinou que Aerys se casasse com Rhaella, ou assim os relatos das corte nos dizem. O rei Aegon lavou as mãos em frustração, deixando que o príncipe fizesse do seu jeito.

dezoito anos... embora, neste caso, aparentemente não houvesse outra mulher, pois Daeron permanecera solteiro pelo resto de sua curta vida. Soldado nato, que se alegrava com torneios e batalhas, ele preferia a companhia de Sor Jeremy Norridge, um jovem cavaleiro arrojado que estava com o príncipe desde que ambos eram escudeiros em Jardim de Cima. O príncipe Daeron trouxe ao pai, Aegon, um tipo mais profundo de pesar ao ser morto em batalha em 251 d.C., liderando um exército contra o Rato, o Falcão e o Porco. Sor Jeremy morreu ao seu lado, mas a rebelião foi debelada, e os rebeldes foram mortos ou enforcados.

Em 258 d.C., em Essos, surgiu outro desafio para o reinado de Aegon, quando nove foras da lei, exilados, piratas e capitães mercenários se encontraram nas Terras Disputadas, sob a "Árvore de Coroas", para formar uma aliança ímpia. O Bando dos Nove fez um juramento mútuo de ajuda e apoio na conquista de reinos para cada um de seus membros. Entre eles estava o último Blackfyre, Maelys, o Monstruoso, que comandava a Companhia Dourada, e o reino que prometeram para ele eram os Sete Reinos. O príncipe Duncan, quando soube do pacto, fez o comentário famoso de que coroas estavam sendo vendidas por nove moedas; depois disso, o Bando dos Nove ficou conhecido em Westeros como "Reis das Nove Moedas". No início, pensou-se que as Cidades Livres de Essos certamente lançariam seu poder contra eles e colocariam um fim às pretensões, mesmo assim preparativos foram feitos caso Maelys e seus aliados se voltassem para os Sete Reinos. Mas não havia grande urgência neles, e o rei Aegon permaneceu concentrado em seu reinado.

E concentrado em especial em uma coisa: dragões. Conforme envelhecia, Aegon V começara a sonhar com dragões voando mais uma vez sobre os Sete Reinos de Westeros. Nisso, ele não era diferente de seus antecessores, que traziam septões para rezar sobre os últimos ovos, bruxas para fazer feitiços e meistres para se debruçarem sobre eles. Embora amigos e conselheiros tentassem dissuadi-lo, o rei Aegon ficou cada vez mais convencido de que apenas com dragões poderia reunir poder suficiente para fazer as mudanças que desejava no reino e forçar os orgulhosos e teimosos senhores dos Sete Reinos a aceitarem seus decretos.

Os últimos anos do reinado de Aegon foram consumidos pela busca da antiga sabedoria sobre a procriação dos dragões em Valíria, e dizem que o rei encomendou viagens a lugares tão distantes quanto Asshai da Sombra, com a esperança de encontrar textos e conhecimento que não haviam sido preservados em Westeros.

O que começou com um sonho de dragões acabou em uma tragédia dolorosa nascida em um momento de alegria. No fatídico ano de 259 d.C., o rei convocou várias das pessoas mais próximas a ele em Solarestival, seu castelo favorito, para celebrar o nascimento iminente de seu primeiro bisneto, um menino, mais tarde, chamado Rhaegar, de seu neto Aerys e sua neta Rhaella, filhos do príncipe Jaehaerys.

É um azar que a tragédia ocorrida em Solarestival tenha deixado tão poucas testemunhas vivas, e aqueles que sobreviveram não falam do assunto. Uma página tentadora da história de Gyldayn – certamente uma das últimas escritas antes de sua morte – sugere alguma coisa, mas a tinta derramada nela em algum acidente borrou grande parte do texto.

DA HISTÓRIA DO ARQUIMEISTRE GYLDAYN

... o sangue do dragão reunido em um...

... sete ovos, para honrar os sete deuses, embora o septão do próprio rei tenha advertido...

... piromantes...

... fogovivo...

... chamas ficaram fora de controle... imponentes... ardendo tão quentes que...

... morreu, mas graças à coragem do Senhor Coman...

JAEHAERYS II

A TRAGÉDIA DE Solarestival levou Jaehaerys, Segundo de Seu Nome, ao Trono de Ferro, em 259 d.C. Mal colocara a coroa e os Sete Reinos se encontraram mergulhados em guerra, pois os Reis das Nove Moedas tomaram e saquearam a Cidade Livre de Tyrosh e conquistaram os Degraus; dali se aprontaram para atacar Westeros.

Jaehaerys sabia que o Bando dos Nove pretendia conquistar os Sete Reinos para Maelys, o Monstruoso, que se autoproclamara rei Maelys I Blackfyre, mas, como seu pai, Aegon, Jaehaerys tinha esperanças de que a aliança de bandidos atolasse em Essos, ou caísse nas mãos de alguma aliança entre as Cidades Livres. Agora o momento chegara, e o rei Aegon V se fora, assim como o príncipe das Libélulas. O príncipe Daeron, aquele cavaleiro esplêndido, morrera alguns anos antes, deixando apenas Jaehaerys, o menos marcial dos três filhos de Aegon.

O novo rei tinha trinta e quatro anos de idade quando ascendeu ao Trono de Ferro. Ninguém o chamaria de formidável. Ao contrário dos irmãos, Jaehaerys II Targaryen era franzino e magricela, e enfrentara várias doenças ao longo da vida. Mesmo assim, não lhe faltava coragem ou inteligência. Baseando-se nos planos do pai, Sua Graça deixou de lado a dor, convocou seus vassalos e resolveu enfrentar os Reis das Nove Moedas nos Degraus, encolhendo levar a guerra até eles em vez de esperar que desembarcassem nas praias dos Sete Reinos.

O rei Jaehaerys pretendia liderar o ataque aos Reis das Nove Moedas em pessoa, mas sua Mão, Lorde Ormund Baratheon, o persuadiu que seria imprudente. O rei não estava acostumado aos rigores da campanha e não era habilidoso com as armas, a Mão apontou, e seria um risco tolo perdê-lo em batalha logo após a tragédia em Solarestival. Jaehaerys, por fim, permitiu ser persuadido a permanecer em Porto Real com sua rainha. O comando do exército foi dado a Lorde Ormund, Mão do Rei.

Em 260 d.C., sua senhoria desembarcou os exércitos Targaryen em três dos Degraus, e a Guerra dos Reis das Nove Moedas se tornou sangrenta. A batalha se espalhou pelas ilhas e pelos canais entre elas durante a maior parte daquele ano. O *Relato da Guerra dos Reis das Nove Moedas*, de Meistre Eon, uma das melhores obras do tipo, é uma fonte excelente de detalhes da luta, com suas muitas batalhas em terra e no mar e notáveis feitos em armas. Lorde Ormund Baratheon, o comandante westerosi, foi um dos primeiros a perecer. Morto pelas mãos de Maelys, o Monstruoso, morreu nos braços de seu filho e herdeiro, Sor Steffon Baratheon.

O comando do exército Targaryen passou para o novo Senhor Comandante da Guarda Real, o jovem Sor Gerold

NOMES E ESTILOS DO BANDO DOS NOVE, QUE CAUSARAM GRANDE TUMULTO EM ESSOS E NOS DEGRAUS

A Velha Mãe: uma rainha pirata.

Samarro Saan, o Último Valiriano: um notório pirata de uma notória família de piratas de Lys, com o sangue de Valíria nas veias.

Xhobar Qhoqua, o Príncipe de Ébano: um príncipe exilado da Ilha do Verão, fez fortuna nas Terras Disputadas e liderava uma companhia de mercenários.

Liomond Lashare, o Senhor das Batalhas: um famoso capitão mercenário.

Manchado Tom, o Açougueiro: originário de Westeros, era capitão de uma companhia livre nas Terras Disputadas.

Sor Derrick Fossoway, a Maçã Ruim: um exilado de Westeros, era um cavaleiro de má reputação.

Nove Olhos: capitão dos Alegres Companheiros.

Alequo Adarys, o Língua de Prata: um príncipe mercador tyroshi, rico e ambicioso.

Maelys Blackfyre, o Monstruoso: capitão da Companhia Dourada, recebeu esse nome pelo dorso e braços grotescamente grandes, pela força temível e pela natureza selvagem. Uma segunda cabeça crescia de seu pescoço, não maior do que um punho. Conquistou o comando da Companhia Dourada ao lutar com seu primo, Daemon Blackfyre, por ela, matando o corcel do primo com um único soco e então torcendo a cabeça de Daemon até arrancá-la dos ombros.

À ESQUERDA | *A destruição de Solarestival.*

Hightower, o Touro Branco. Hightower e seus homens foram duramente pressionados por um tempo, mas, enquanto a guerra oscilava na balança, um jovem cavaleiro chamado Sor Barristan Selmy matou Maelys em combate singular, conquistando renome eterno e decidindo a questão com um golpe, pois o restante dos Reis das Nove Moedas tinha pouco ou nenhum interesse em Westeros, e logo todos voltaram para seus próprios domínios. Maelys, o Monstruoso, era o quinto e último dos Pretendentes Blackfyre; com sua morte, a maldição que Aegon, o Indigno, infligira nos Sete Reinos ao dar sua espada ao filho bastardo finalmente terminou.

Seria necessário mais meio ano de luta dura antes que os Degraus e as Terras Disputadas ficassem livres dos remanescentes do Bando dos Nove, e passariam seis anos até que Alequo Adarys, o Tirano de Tyrosh, fosse envenenado por sua rainha e o Arconte de Tyrosh fosse restaurado. Para os Sete Reinos, foi uma grande vitória, embora não sem o custo de vidas e sofrimento.

Depois disso, o reino retornou à paz. Embora nunca tenha sido forte, Jaehaerys II provou ser um rei capaz, restaurando a ordem aos Sete Reinos e reconciliando muitas das grandes casas que estavam infelizes com o Trono de Ferro por causa das tentativas de reformas do rei Aegon V. Mas seu reinado acabou sendo curto. Em 262 d.C., o rei Jaehaerys ficou enjoado e morreu na cama após um rápido mal-estar, reclamando de uma súbita falta de ar. Ele tinha apenas trinta e sete anos de idade ao falecer, e sentara-se no Trono de Ferro por escassos três anos.

Aerys II

AERYS TARGARYEN, SEGUNDO de Seu Nome, tinha apenas dezoito anos de idade quando ascendeu ao Trono de Ferro, em 262 d.C., por conta da morte de seu pai, Jaehaerys, depois de pouco mais de três anos de governo. Um belo jovem, Aerys lutara com bravura nos Degraus durante a Guerra dos Reis das Nove Moedas. Ainda que não fosse o mais aplicado dos príncipes, nem o mais inteligente, tinha um charme inegável que lhe garantia muitos amigos. Também era vaidoso, orgulhoso e instável, características que o tornavam presa fácil para bajuladores e aduladores, mas essas falhas não eram imediatamente aparentes para a maioria na época de sua ascensão.

Nem mesmo o mais sábio dos homens poderia saber que Aerys II com o tempo ficaria conhecido como o Rei Louco, nem que seu reinado colocaria fim a quase três séculos de governo Targaryen em Westeros. Mesmo assim, enquanto Aerys colocava a coroa, no fatídico ano de 262 d.C., um garoto de lustrosos cabelos negros chamado Robert acabara de nascer de seu primo Steffon Baratheon e sua senhora esposa em Ponta Tempestade, enquanto bem ao norte, em Winterfell, Lorde Rickard Stark celebrava o nascimento de seu filho, Brandon. Outro Stark, Eddard, nasceria em um ano. Essas três crianças, na plenitude do tempo, desempenhariam papéis cruciais na queda dos dragões.

O novo rei já providenciara um herdeiro para o reino, na pessoa de seu filho Rhaegar, nascido entre as chamas de Solarestival. Aerys e sua rainha, sua irmã Rhaella, eram jovens, e era previsto que teriam muitos outros filhos ainda. Essa era uma questão vital na época, pois as tragédias no reinado de Aegon, o Improvável, podaram os ramos da Casa Targaryen, deixando apenas um par de galhos solitários.

Não faltava ambição para Aerys II. Após a coroação, declarou que seu desejo era ser o maior rei da história dos Sete Reinos, um conceito que alguns de seus amigos incentivaram ao sugerir que, um dia, ele poderia ser lembrado como Aerys, o Sábio, ou mesmo Aerys, o Grande.

A corte de seu pai era em grande parte formada por homens mais velhos, experientes, muitos dos quais também serviram durante o reinado de Aegon V. Aerys II dispensou cada um deles, substituindo-os por senhores de sua própria geração. Mais do que isso, ele aposentou o idoso e excessivamente cauteloso Edgar Sloane, que servia como Mão do Rei desde a tragédia de Solarestival, e nomeou em seu lugar Sor Tywin Lannister, herdeiro de Rochedo Casterly. Aos vinte anos de idade, Sor Tywin se tornou, dessa forma, a mais jovem Mão na história dos Sete Reinos. Muitos meistres de hoje insistem que essa nomeação foi a coisa mais sábia que "Aerys, o Sábio", já fez.

Aerys e Tywin se conheciam desde a infância. Quando menino, Tywin Lannister servira como pajem real em Porto Real. Ele e o príncipe Aerys, juntamente com um pajem mais jovem, o primo do príncipe, Steffon Baratheon de Ponta Tempestade, se tornaram inseparáveis. Durante a Guerra dos Reis das Nove Moedas, os três amigos lutaram juntos, Tywin como cavaleiro recém-ordenado, Steffon e o príncipe Aerys como escudeiros. Quando o príncipe Aerys ganhou suas esporas, aos dezesseis anos, foi a Sor Tywin que garantiu a honra de arrumá-lo como cavaleiro. Em 261 d.C., Tywin Lannister provou sua capacidade como comandante quando acabou com um levante de dois dos vassalos mais poderosos de seu pai, os lordes Tarbeck e Reyne, extinguindo as duas antigas casas no processo. Embora a brutalidade de seus métodos tenha sido censurada por alguns, ninguém podia contestar que Sor Tywin restaurou a ordem nas terras ocidentais depois do caos e dos conflitos do governo de seu pai.

Aerys Targaryen e Tywin Lannister formavam uma parceria improvável, deve ser dito. O jovem rei era animado e ativo nos primeiros anos de seu reinado. Amava música, dança e bailes de máscara, e apreciava excessivamente jovens mulheres, enchendo sua corte com belas donzelas de cada canto do reino. Alguns dizem que ele tinha tantas amantes quanto seu ancestral, Aegon, o Indigno (uma afirmação bem improvável, dado o que conhecemos deste monarca). Ao contrário de Aegon IV, no entanto, Aerys II parecia perder o interesse em suas amantes rapidamente. Muitas não duravam mais do que uma quinzena, e algumas poucas duraram meio ano.

Sua Graça também era cheio de grandes projetos. Não muito depois de sua coroação, ele anunciou a intenção de conquistar os Degraus e torná-los parte de seu reino definitivamente. Em 264 d.C., uma visita de Lorde Rickard Stark a Porto Real despertou o interesse de Aerys pelo Norte, e ele arquitetou um plano para construir uma nova Muralha quinhentos quilômetros ao norte da existente, e reivindicar todas as terras entre as duas construções. Em 265 d.C., ofendido pelo "fedor de Porto Real", falou em construir uma "cidade branca", inteiramente de mármore na margem sul da Torrente da Água Negra. Em 267 d.C., depois de uma disputa com o Banco de Ferro de Bravos a respeito de certas quantias emprestadas por seu pai, o rei anunciou que construiria a maior frota de guerra da história do mundo "para deixar o Titã de joelhos". Em 270 d.C., durante uma visita a Lançassolar, disse à princesa de

À ESQUERDA | *Sor Barristan Selmy e Maelys, o Monstruoso, enfrentam-se em combate.*

Dorne que "faria os desertos dorneses florir" ao escavar um grande canal subterrâneo atravessando as montanhas para trazer água da chuva.

Nenhum desses planos grandiosos jamais chegou a ser concretizado; a maior parte deles, na verdade, era esquecida em um turno da lua, pois Aerys II parecia se entediar de seus entusiasmos reais com a mesma rapidez que fazia com suas amantes. Mesmo assim, os Sete Reinos prosperaram muito durante a primeira década de seu reinado, pois a Mão do Rei era tudo o que o rei não era – diligente, decisiva, incansável, ferozmente inteligente, justa e severa. "Os deuses fizeram e moldaram este homem para governar", o Grande Meistre Pycelle escreveu sobre Tywin Lannister em uma carta para a Cidadela depois de servir com ele no pequeno conselho por dois anos.

E ele governou. Enquanto o comportamento do rei ficava cada vez mais errático, mais e mais afazeres cotidianos do reino sobravam para sua Mão. O reino prosperou sob a administração de Tywin Lannister – tanto que os caprichos sem fim do rei Aerys não pareciam tão portentosos. Muitos Targaryen antes dele exibiam comportamento similar sem grandes motivos para preocupação. De Vilavelha à Muralha, os homens começaram a dizer que Aerys podia usar a coroa, mas era Tywin Lannister quem realmente governava o reino.

Foi Tywin Lannister que resolveu a disputa da coroa com os bravosi (ainda que sem "fazer o Titã ajoelhar", para desgosto do rei), ao reembolsar o dinheiro emprestado a Jaehaerys II com ouro de Rochedo Casterly, assumindo os débitos para si. Tywin conseguiu a aprovação de muitos grandes senhores ao revogar o que restava das leis que Aegon V promulgara para conter seus poderes. Tywin reduziu tarifas e taxas sobre o transporte de produtos que ia e vinha de cidades como Porto Real, Lannisporto e Vilavelha, ganhando o apoio de muitos comerciantes ricos. Tywin construiu novas estradas e reparou antigas, organizou torneios esplêndidos pelo reino, para deleite tanto de cavaleiros quanto de pessoas comuns, cultivou o comércio com as Cidades Livres e puniu com severidade os padeiros considerados culpados de acrescentar serragem ao pão e os açougueiros que vendiam carne de cavalo como bife. Em todos esses esforços, ele recebeu grande ajuda do Grande Meistre Pycelle, cujos relatos do reinado de Aerys II nos dão o melhor retrato desse período.

Apesar dessas realizações, Tywin Lannister era pouco amado. Seus rivais o acusavam de ser mal-humorado, implacável, inflexível, orgulhoso e cruel. Seus senhores vassalos o respeitavam e o seguiam com lealdade na guerra e na paz, mas nenhum deles realmente podia ser considerado seu amigo. Tywin desprezava o pai, o sem força de vontade, gordo e ineficaz

ACIMA | *Rei Aerys, Segundo de Seu Nome.*

Lorde Tytos Lannister, e suas relações com os irmãos Tygett e Gerion eram notoriamente tempestuosas. Ele mostrava mais consideração pelo irmão Kevan, um confidente próximo e companheiro constante desde a infância, e pela irmã Genna; mesmo assim, nos dois casos, Tywin Lannister parecia mais zeloso do que carinhoso.

Em 263 d.C., depois de um ano como Mão do Rei, Sor Tywin se casou com sua bela prima Joanna Lannister, que fora a Porto Real em 259 d.C. para a coroação do rei Jaehaerys II e permanecera como dama de companhia da princesa (mais tarde rainha) Rhaella. A noiva e o noivo se conheciam desde crianças, em Rochedo Casterly. Embora Tywin Lannister não fosse um homem dado a demonstrações públicas, dizem que seu amor pela senhora sua esposa era profundo e de longo tempo. "Só a Senhora Joanna realmente conhece o homem sob a armadura", o Grande Meistre Pycelle escreveu para a Cidadela, "e todos os seus sorrisos pertencem a ela, e apenas a ela. Declaro que até a observei fazê-lo gargalhar não em uma, mas em três situações distintas!"

Infelizmente, o casamento entre Aerys II Targaryen e sua irmã Rhaella não era tão feliz; embora se fizesse de cega para a maior parte das infidelidades do rei, a rainha não aprovava o fato de ele "transformar minhas senhoras em suas prostitutas" ao pequeno conselho; nenhum dos bebês natimortos, abortos ou príncipes mortos era dele, o rei proclamou. Depois disso, proibiu que a rainha deixasse o confinamento na Fortaleza de Maegor e decretou que duas septãs compartilhariam a cama dela dali em diante, "para garantir que ela permaneça fiel aos votos que fez".

O que Tywin Lannister fez a esse respeito não foi registrado, mas, em 266 d.C., em Rochedo Casterly, a Senhora Joanna deu à luz um par de gêmeos, uma garota e um garoto, "saudáveis e bonitos, como o cabelo como ouro batido". Esses nascimentos só exacerbaram a tensão entre Aerys II Targaryen e sua Mão. "Parece que me casei com a mulher errada", dizem que Sua Graça disse, quando informado do alegre acontecimento. Mesmo assim, mandou o peso de cada criança em ouro como presente pelo dia do nome e ordenou que Tywin os levasse à corte quando tivessem idade suficiente para viajar. "E traga a mãe deles também, pois faz muito tempo que olhei para o rosto dela", ele insistiu.

O ano seguinte, 267 d.C., viu a morte de Lorde Tytos Lannister aos quarenta e seis anos de idade. Dizem que o coração de sua senhoria explodiu enquanto ele subia uma escada íngreme até os aposentos de sua amante. Com seu falecimento, Sor Tywin Lannister se tornou Senhor de Rochedo Casterly

Os rumores indecentes de que Joanna Lannister deu sua virgindade ao príncipe Aerys na noite da coroação de seu pai e desfrutou de um breve reinado como sua amante depois que ele ascendeu ao Trono de Ferro podem ser descartados com segurança. Como Pycelle insiste em suas cartas, Tywin Lannister jamais aceitaria a prima como esposa se isso fosse verdade, "pois sempre foi um homem orgulhoso e não estava acostumado a se banquetear com os restos de outro homem".

Tem sido relatado de forma confiável, no entanto, que o rei Aerys tomou liberdades pouco comuns com a pessoa da Senhora Joanna durante a noite de núpcias dela, para desprazer de Tywin. Não muito depois, a rainha Rhaella dispensou Joanna Lannister de seu serviço. Nenhuma razão jamais foi dada, mas a Senhora Joanna partiu imediatamente para Rochedo Casterly e raramente visitou Porto Real depois disso.

(Joanna Lannister não foi a primeira senhora a ser abruptamente dispensada dos serviços da rainha Rhaella, nem a última). As relações entre o rei e a rainha ficaram ainda mais tensas quando Rhaella se provou incapaz de dar mais filhos a Aerys. Abortos em 263 e 264 d.C. foram seguidos por uma filha natimorta em 267 d.C. O príncipe Daeron, nascido em 269 d.C., sobreviveu apenas por meio ano. Então veio outro natimorto, em 270 d.C., outro aborto em 271 d.C., e o príncipe Aegon, nascido dois turnos da lua antes do tempo em 272 d.C. e morto em 273 d.C.

No início, Sua Graça confortava Rhaella em sua dor, mas, com o tempo, sua compaixão se transformou em suspeita. Em 270 d.C., decidira que a rainha era infiel a ele. "Os deuses não aceitariam que um bastardo sentasse no Trono de Ferro", disse e Protetor do Oeste. Quando voltou ao oeste, para participar do funeral do pai e deixar as terras ocidentais em ordem, o rei Aerys resolveu acompanhá-lo. Embora tenha deixado a rainha em Porto Real (a rainha Rhaella estava grávida de uma criança que acabou sendo a natimorta princesa Shaena), Sua Graça levou o filho de oito anos, Rhaegar, príncipe de Pedra do Dragão, e mais da metade da corte. Na maior parte do ano seguinte, os Sete Reinos foram governados de Lannisporto e Rochedo Casterly, onde tanto o rei quanto sua Mão estavam morando.

A corte voltou a Porto Real em 268 d.C., e a governança continuou como antes... mas era claro para todos que a amizade entre o rei e sua Mão estava se desfazendo. Se antes Aerys concordava com Tywin Lannister na maior parte dos assuntos importantes, agora os dois homens começavam a discordar. Durante uma guerra comercial entre as Cidades Livres de Myr e Tyrosh de um lado, e Volantis do outro, Lorde Tywin defendeu uma política de neutralidade; o rei Aerys via mais vantagem em proporcionar ouro e armas para os volantinos. Quando Lorde Tywin julgou uma disputa de fronteiras entre a Casa Blackwood e a Casa Bracken a favor dos Blackwood, Sua Graça anulou sua ordem e deu o moinho disputado para Lorde Bracken.

Apesar de árduas objeções de sua Mão, o rei dobrou as taxas portuárias em Porto Real e Vilavelha, e as triplicou em Lannisporto e nos outros portos e docas do reino. Mas, quando uma delegação de pequenos senhores e ricos mercadores se apresentou diante do Trono de Ferro para reclamar, Aerys culpou a Mão pelas extorsões, dizendo, "Lorde Tywin caga ouro, mas, ultimamente, anda constipado e teve de achar outro jeito de encher nossos cofres". E então Sua Graça restaurou as taxas e tarifas portuárias para os níveis anteriores, ficando com os elogios para si e deixando o vexame para Tywin Lannister.

A rixa crescente entre o rei e a Mão do Rei também era aparente em assuntos de indicações. Se previamente Sua Graça sempre aceitara os conselhos da Mão, cedendo cargos, honras e heranças conforme Lorde Tywin recomendava, depois de 270 d.C., Aerys começou a ignorar os homens apresentados por sua senhoria a favor de suas próprias escolhas. Muitos homens do oeste começaram a ser dispensados dos serviços do rei por nenhuma outra razão além da suspeita de que poderiam ser "homens da Mão". No lugar deles, o rei Aerys indicava seus próprios favoritos... mas o favor do rei se tornara uma coisa arriscada, pois sua desconfiança era facilmente despertada. Nem mesmo os parentes da própria Mão eram poupados do desprazer real. Quando Lorde Tywin quis nomear seu irmão Sor Tygett Lannister como mestre de armas da Fortaleza Vermelha, o rei Aerys deu o cargo para Sor Willem Darry.

Nessa época, o rei Aerys já estava ciente da crença generalizada de que ele não passava de uma marionete e que Tywin Lannister era o verdadeiro mestre dos Sete Reinos. Esses sentimentos irritaram profundamente o rei, e Sua Graça ficou determinado a contestá-los e a humilhar seu "servo superpoderoso" e "colocá-lo de volta no lugar".

No grande Torneio de Aniversário de 272 d.C., organizado para celebrar o décimo ano de Aerys no Trono de Ferro, Joanna Lannister levou seus gêmeos de seis anos de idade, Jaime e Cersei, de Rochedo Casterly, para apresentá-los à corte. O rei (já passado na bebida) perguntou para ela se amamentá-los tinha "arruinado seus seios, que eram tão empinados e orgulhosos". A pergunta divertiu imensamente os rivais de Lorde Tywin, que sempre gostavam de ver a Mão menosprezada ou sendo objeto de zombaria, mas a Senhora Joanna ficou humilhada. Tywin Lannister tentou entregar o cargo na manhã seguinte, mas o rei se recusou a aceitar sua demissão.

Aerys II podia, é claro, dispensar Tywin Lannister a qualquer momento, e nomear outra pessoa de sua confiança como Mão do Rei, mas, por algum motivo, o rei escolheu manter seu amigo de infância por perto, trabalhando em seu benefício, mesmo enquanto começava a miná-lo tanto nas pequenas quanto nas grandes coisas. Desprezos e zombarias se tornavam cada vez mais numerosos; os cortesãos que esperavam avançar na corte logo descobriam que a maneira mais rápida de chamar a atenção do rei era zombando de sua Mão solene e sem humor. E em tudo isso Tywin Lannister sofreu em silêncio.

Em 273 d.C., no entanto, a Senhora Joanna entrou em trabalho de parto novamente em Rochedo Casterly, e morreu dando à luz o segundo filho de Lorde Tywin. Tyrion, como o bebê foi chamado, era uma criança malformada, com nanismo e nascido com as pernas atrofiadas, a cabeça desproporcional e olhos de cores diferentes e demoníacos (alguns relatos também sugerem que ele tinha uma cauda, que foi cortada por ordem do pai). Os plebeus chamaram a criatura malformada de Perdição de Lorde Tywin e Ruína de Lorde Tywin. Ao ouvir sobre o nascimento, o rei Aerys vergonhosamente disse: "Os deuses não podem suportar tal arrogância. Eles arrancaram uma bela flor de sua mão e lhe deram um monstro no lugar dela, para finalmente ensinar-lhe alguma humildade."

Não demorou muito para que os relatos dos comentários do rei chegassem a Lorde Tywin, enquanto ele estava de luto em Rochedo Casterly. Depois disso, não restou vestígio algum da antiga afeição entre os dois homens. Sem ser um homem que demonstrava suas emoções, Lorde Tywin continuou como Mão do Rei, lidando com o tédio diário dos Sete Reinos, enquanto o rei ficava cada vez mais errático, violento e desconfiado. Aerys começou a cercar-se de informantes, pagando belas recompensas para homens de reputação duvidosa em troca de sussurros, mentiras e relatos de traição, reais e imaginários. Quando um desses homens contou que o capitão da guarda pessoal da Mão, um cavaleiro chamado Sor Ilyn Payne, fora ouvido alardeando que era Lorde Tywin quem realmente governava os Sete Reinos, Sua Graça mandou a Guarda Real prender o homem e arrancar sua língua com pinças quentes.

A marcha da loucura do rei pareceu diminuir por um tempo, em 274 d.C., quando a rainha Rhaella deu à luz um menino. Tão profunda era a alegria de Sua Graça que pareceu restaurar seu antigo ser mais uma vez... mas o príncipe Jaehaerys morreu algum tempo depois, naquele mesmo ano, mergulhando Aerys em desespero. Em sua fúria negra, ele decidiu que a culpa era da ama do bebê e mandou decapitar a mulher. Pouco depois, mudando de ideia, Aerys anunciou que Jaehaerys fora envenenado por sua amante, uma bela e jovem filha de um dos cavaleiros de sua casa. O rei mandou torturar a garota e toda sua família até a morte. Durante o curso do tormento, está registrado, todos confessaram o assassinato, embora os detalhes das confissões estivessem totalmente em desacordo.

Depois disso, o rei Aerys jejuou por quinze dias e fez uma "caminhada de arrependimento" pela cidade, até o Grande Septo, para rezar com o Alto Septão. Na volta, Sua Graça anunciou que dali em diante só dormiria com sua legítima esposa, a rainha Rhaella. Se podemos acreditar nas crônicas, Aerys permaneceu fiel ao seu voto, perdendo todo o interesse nos encantos femininos a partir daquele dia, em 275 d.C.

Dizem que a nova fidelidade de Sua Graça aparentemente agradou a Mãe no Céu, pois, no ano seguinte, a rainha Rhaella deu ao rei o segundo filho pelo qual ele rezara. O príncipe Viserys, nascido em 276 d.C., era pequeno, mas robusto, e era a criança mais bonita que Porto Real já vira. Embora o príncipe Rhaegar, aos dezessete anos, fosse tudo o que se poderia esperar em um herdeiro aparente, toda Westeros se alegrou em saber que, finalmente, ele tinha um irmão, outro Targaryen para garantir a sucessão.

Mas o nascimento do príncipe Viserys só pareceu deixar Aerys II mais temeroso e obcecado. Embora o novo príncipe parecesse bem saudável, o rei estava aterrorizado em pensar que ele pudesse sofrer o mesmo destino de seus irmãos. Cavaleiros da Guarda Real tinham ordens de ficar com ele dia e noite, e garantir que ninguém tocasse no menino sem a permissão do rei. Até a rainha estava proibida de ficar sozinha com a criança. Quando o leite dela secou, Aerys insistiu que seu provador de comida mamasse no seio da ama de leite do príncipe, para garantir que a mulher não espalhasse veneno nos mamilos. Conforme os presentes para o jovem príncipe chegavam de todos os senhores dos Sete Reinos, o rei os empilhava no pátio e os queimava, por medo de que algum deles pudesse estar enfeitiçado ou amaldiçoado.

Naquele mesmo ano, Lorde Tywin Lannister, talvez imprudentemente, organizou um grande torneio em Lannisporto em honra ao nascimento de Viserys. Possivelmente pretendesse ser um gesto de reconciliação. A riqueza e o poder da Casa Lannister estavam exibidos para que todo o reino pudesse ver. No início, o rei Aerys recusou o convite, então cedeu, mas a rainha e seu novo filho foram mantidos em confinamento em Porto Real.

Lá, sentado em seu trono entre centenas de notáveis, à sombra do Rochedo Casterly, o rei aplaudiu vigorosamente quando seu filho, o príncipe Rhaegar, recém-ordenado cavaleiro, desmontou tanto Tygett quanto Gerion Lannister, e até superou o galante Sor Barristan Selmy, antes de cair na justa final para o renomado cavaleiro da Guarda Real, Sor Arthur Dayne, o Espada da Manhã.

Talvez tentando se aproveitar do espírito animado de Sua Graça, Lorde Tywin escolheu aquela noite para sugerir que passara do tempo do herdeiro do rei se casar e gerar um herdeiro seu; e propôs que sua própria filha, Cersei, se tornasse esposa do príncipe. Aerys II rejeitou a proposta bruscamente, informando a Lorde Tywin que ele era um servo bom e valioso, mas não deixava de ser um servo. Sua Graça tampouco concordou em indicar o filho de Lorde Tywin, Jaime, como escudeiro do príncipe Rhaegar; essa graça ele garantiria para os filhos de vários de seus favoritos, homens conhecidos por não serem amigos da Casa Lannister ou da Mão.

Nessa época, era fácil ver que Aerys II Targaryem deslizava rapidamente na loucura, mas foi no ano de 277 d.C. que Sua Graça afundou irrevogavelmente no abismo, com o Desafio de Valdocaso.

A antiga cidade portuária de Valdocaso fora sede de reis no passado, na época dos Cem Reinos. Antigamente, o porto mais importante na Baía da Água Negra, a cidade vira seu comércio diminuir e sua riqueza encolher conforme Porto Real crescia e florescia, declínio esse que seu jovem senhor, Denys Darklyn, desejava deter. Muito já se debateu sobre por que Lorde Darklyn resolveu fazer o que fez, mas a maioria concorda que sua esposa de Myr, a Senhora Serala, teve participação nisso. Os detratores dela a culpam inteiramente pelo que aconteceu; a Serpente de Renda, como a chamam, envenenou Lorde Darklyn contra o rei com sua conversa de travesseiro. Seus defensores insistem que a loucura estava com o próprio Lorde Denys; sua esposa é odiada simplesmente porque era uma mulher de nascimento estrangeiro que rezava para deuses estranhos em Westeros.

À ESQUERDA | *Lorde Tywin Lannister, Mão do Rei.*

Foi o desejo de Lorde Denys de conseguir um alvará que desse a Valdocaso mais autonomia da coroa, assim como Dorne recebera há muitos anos, que deu início ao problema. Não parecia ser uma grande exigência para ele; tais alvarás eram comuns do outro lado do mar estreito, como a Senhora Serala certamente lhe contara. Mesmo assim, era compreensível que Lorde Tywin, como Mão do Rei, rejeitasse o pedido com firmeza, com medo que se tornasse um perigoso precedente. Furioso com a recusa, Lorde Darklyn concebeu um novo plano para conseguir o alvará (e, com isso, menos taxas e tarifas portuárias que permitissem a Valdocaso mais uma vez disputar o comércio com Porto Real) – um plano que era insensatez pura.

O Desafio de Valdocaso começou bem discretamente. Lorde Denys, vendo que o comportamento instável de Aerys começava a abalar suas relações com Lorde Tywin, recusou-se a pagar as taxas que eram esperadas dele e, em vez disso, convidou o rei a ir a Valdocaso e ouvir sua petição. Parece bastante improvável que o rei Aerys chegasse até mesmo a considerar aceitar tal convite... até que Lorde Tywin o aconselhou a recusar nos termos mais fortes possíveis, após o que o rei decidiu aceitar, informando ao Grande Meistre Pycelle e ao pequeno conselho que pretendia resolver o assunto pessoalmente e deixar o desafiante Darklyn de joelhos.

Ignorando o conselho de Lorde Tywin, o rei viajou a Valdocaso com uma pequena escolta liderada por Sor Gwayne Gaunt da Guarda Real. O convite provou ser uma armadilha, no entanto – uma na qual o rei Targaryen caiu sem perceber. Ele foi capturado com sua escolta, e alguns de seus homens – mais notavelmente Sor Gwayne – foram mortos na tentativa de defendê-lo.

A resposta imediata às notícias de Valdocaso foi a surpresa, depois o ultraje. Havia aqueles que queriam um ataque súbito à cidade para libertar o rei e punir os rebeldes por essa monstruosidade. Mas Valdocaso era cercada por fortes muralhas, e o Forte Pardo, a antiga sede da Casa Darklyn que dava para o porto, era ainda mais formidável. Tomá-la de assalto não seria uma tarefa fácil.

Então Lorde Tywin enviou cavaleiros e corvos, reunindo forças enquanto ordenou que os Darklyn entregassem o rei. Mas Lorde Denys enviou uma mensagem dizendo que, se fosse feita alguma tentativa de derrubar suas muralhas, Sua Graça seria morta. Alguns membros do pequeno conselho questionaram isso, declarando que nenhum filho de Westeros jamais cometeria crime tão hediondo, mas Lorde Tywin não arriscaria. Em vez disso, com um exército considerável, cercou Valdocaso, bloqueando-a por terra e pelo mar.

Com o exército real reunido do lado de fora de suas muralhas e sua cadeia de suprimento interrompida, a determinação de Lorde Darklyn começou a vacilar. Ele fez vários esforços para negociar, mas Lorde Tywin se recusou a ouvi-lo, repetindo, em vez disso, sua exigência de uma rendição completa e incondicional da cidade e do castelo e a libertação do rei.

O Desafio durou meio ano. Dentro das muralhas de Valdocaso, o clima logo começou a azedar enquanto os estoques e despensas secavam. Mesmo assim, encolhido dentro do antigo Forte Pardo, Lorde Denys estava convencido de que

era apenas questão de tempo antes que Lorde Tywin cedesse e oferecesse condições melhores.

Aqueles que conheciam a determinação de Tywin Lannister sabiam que isso não aconteceria. Em vez disso, o coração da Mão endureceu, e ele enviou ao senhor de Valdocaso uma exigência final de rendição. Se recusasse mais uma vez, Lorde Tywin prometeu, a cidade seria tomada e cada homem, mulher e criança seria passado pela espada. (O relato, frequentemente contado, que Lorde Tywin enviou seu bardo para entregar o ultimato, e ordenou que cantasse "Chuvas de Castamere" para Lorde Denys e a Serpente de Renda é um detalhe curioso que, diga-se, não é apoiado pelos registros.)

A maior parte dos membros do pequeno conselho estava com a Mão, do lado de fora de Valdocaso, neste momento, e vários deles argumentaram contra o plano de Lorde Tywin, alegando que tal ataque certamente incitaria Lorde Darklyn a matar o rei Aerys. "Pode ser que sim, pode ser que não", dizem que Tywin Lannister respondeu, "mas, se fizer, temos um rei melhor bem aqui". E ergueu a mão para indicar o príncipe Rhaegar.

Há tempos os eruditos discutem sobre as intenções de Lorde Tywin. Ele acreditava que Lord Darklyn recuaria? Ou, na verdade, desejava, e talvez até ansiava, ver Aerys morto para que o príncipe Rhaegar pudesse assumir o Trono de Ferro?

Ninguém jamais saberá com certeza graças à coragem de Sor Barristan Selmy da Guarda Real. Sor Barristan se ofereceu para entrar na cidade secretamente, achar o caminho até Forte Pardo, e trazer o rei em segurança. Selmy era conhecido como Barristan, o Ousado, desde a juventude, mas era uma ousadia que Tywin Lannister sentia que beirava à loucura. Mesmo assim, tal era seu respeito pela valentia e pela coragem de Sor Barristan, que a Mão lhe deu um dia para tentar seu plano antes de invadir Valdocaso.

As canções sobre o ousado resgate do rei, feito por Sor Barristan, são muitas e, em um caso raro, os cantores não tiveram que enfeitar a história. Sor Barristan realmente escalou as muralhas sem ser visto, na escuridão da noite, sem usar nada além das mãos nuas, e disfarçou-se de mendigo encapuzado enquanto seguia para o Forte Pardo. É verdade, também, que conseguiu escalar as muralhas do Forte Pardo, matando um guarda no adarve antes que ele pudesse dar o alarme. Com dissimulação e coragem, encontrou o caminho até o calabouço onde o rei era mantido. Assim que tirou Aerys Targaryen do calabouço, no entanto, a ausência do rei foi notada e a gritaria começou. Então a verdadeira amplitude do heroísmo de Sor Barristan foi revelada, pois ele ficou e lutou em vez de se render e entregar o rei.

E não apenas lutou, como atacou primeiro, atingindo o genro e mestre de armas de Lorde Darklyn, Sor Symon Hollard, e um par de guardas desavisados, matando todos eles – e então vingando a morte de seu irmão juramentado, Sor Gwayne Gaunt da Guarda Real, que fora morto pelas mãos de Hollard. Ele correu com o rei até os estábulos, lutando para abrir caminho com quem tentasse intervir, e os dois conseguiram escapar de Forte Pardo antes que os portões do castelo fossem fechados. Então veio uma cavalgada louca pelas ruas de Valdocaso, enquanto trombetas e trompetes soavam o alarme, e a corrida até o alto da muralha, enquanto os arqueiros de Lorde Tywin tentavam derrubar os defensores.

Com o rei a salvo, não havia mais nada para Lorde Darklyn exceto se render, mas é duvidoso que ele soubesse da terrível vingança que o rei planejara. Quando Darklyn e sua família foram apresentados diante dele, acorrentados, Aerys exigiu sua morte – e não apenas dos parentes imediatos de Darklyn, mas de seus tios e tias e até mesmo parentes distantes em Valdocaso. Até os parentes de seu genro, os Hollard, foram condenados e destruídos. Apenas o jovem sobrinho de Sor Symon, Sor Dontos Hollard, foi poupado – e só porque Sor Barristan implorou piedade como sua recompensa, e o rei a quem salvara não poderia recusar seu pedido. Quanto à Senhora Serala, sua morte foi a mais cruel. Aerys mandou arrancar a língua e as partes íntimas da Serpente de Renda antes de queimá-la viva (e seus inimigos dizem que ela devia ter sofrido mais e de modo pior pela ruína que trouxe à cidade).

O cativeiro em Valdocaso destroçou qualquer sanidade que restava a Aerys II Targaryen. Daquele dia em diante, a loucura do rei seguiu desgovernada, piorando a cada ano. Os Darklyn haviam ousado colocar as mãos em sua pessoa, empurrando-o com grosseria, tirando suas roupas reais, e até atrevendo-se a agredi-lo. Após sua libertação, o rei Aerys não mais se permitiu ser tocado, nem mesmo por seus criados. Sem ser cortado ou lavado, seu cabelo ficou cada vez mais comprido e mais embaraçado, enquanto suas unhas cresceram e engrossaram até formar grotescas garras amarelas. Ele proibiu qualquer lâmina em sua presença, exceto as espadas carregadas pelos cavaleiros da Guarda Real, que juraram protegê-lo. Seus julgamentos se tornaram ainda mais duros e cruéis.

Uma vez em segurança em Porto Real, Sua Graça se recusou a deixar a Fortaleza Vermelha por qualquer motivo, e permaneceu um prisioneiro virtual em seu próprio castelo pelos quatro anos seguintes, tempo durante o qual ficou cada vez mais cauteloso com aqueles que o rodeavam, com Tywin Lannister em particular. Sua desconfiança se estendeu até seu filho e herdeiro. O príncipe Rhaegar, Aerys estava convencido, conspirara com Tywin Lannister para que ele fosse morto em Valdocaso. Tinham planejado atacar as muralhas da cidade para que Lorde Darklyn o matasse, abrindo caminho para Rhaegar assumir o Trono de Ferro e se casar com a filha de Lorde Tywin.

À ESQUERDA | *O bloqueio de Valdocaso.*

Determinado a impedir que isso acontecesse, o rei Aerys se voltou para outro amigo de infância, convocando Steffon Baratheon de Ponta Tempestade e nomeando-o para o pequeno conselho. Em 278 d.C., o rei mandou Lorde Steffon para o outro lado do mar estreito em missão na Antiga Volantis, para buscar uma esposa adequada para o príncipe Rhaegar, "uma donzela de nascimento nobre, da antiga linhagem valiriana". Que Sua Graça tenha confiado essa tarefa ao Senhor de Ponta Tempestade, em vez de sua Mão ou ao próprio Rhaegar, já fala por si. Cresciam os rumores de que Aerys pretendia fazer de Lorde Steffon sua nova Mão após a conclusão exitosa de sua missão, que Tywin Lannister estava prestes a ser tirado do cargo, preso e julgado por alta traição. E havia muitos senhores que se deliciavam com essa perspectiva.

Mas os deuses tinham outras ideias em mente. A missão de Steffon Baratheon terminou em fracasso, e durante seu retorno de Volantis, seu navio naufragou e afundou na Baía dos Náufragos, às vistas de Ponta Tempestade. Lorde Steffon e a esposa morreram afogados, enquanto seus dois filhos mais velhos assistiam à tragédia das muralhas do castelo. Quando a notícia das mortes chegou a Porto Real, o rei Aerys ficou furioso e disse ao Grande Meistre Pycelle que, de algum modo, Tywin Lannister descobrira suas intenções reais e arranjara a morte de Lorde Baratheon. "Se eu dispensá-lo do cargo de Mão, ele me mata também", o rei disse ao grande meistre.

Nos anos que se seguiram, a loucura do rei aumentou. Embora Tywin Lannister continuasse a ser sua Mão, Aerys não se encontrava mais com ele, exceto na presença dos sete cavaleiros da Guarda Real. Convencido de que o povo e os senhores estavam tramando contra sua vida, e temendo que até a rainha Rhaella e o príncipe Rhaegar fossem parte dessas conspirações, ele olhou para o outro lado do mar estreito, em Pentos, e importou um eunuco sinistro chamado Varys para servir como seu espião, imaginando que apenas um homem sem amigos, família ou laços em Westeros seria confiável. A Aranha, como a criatura logo se tornou conhecida entre os plebeus do reino, usou o ouro da coroa para criar uma vasta teia de informantes. Durante o restante do reinado de Aerys, ele se encolheria ao lado do rei, sussurrando em seu ouvido.

No rescaldo de Valdocaso, o rei também começou a mostrar sinais de uma obsessão crescente com fogo de dragão, similar à que assombrara vários de seus antepassados. Lorde Darklyn jamais teria ousado desafiá-lo se ele fosse um cavaleiro de dragão, Aerys imaginou. Suas tentativas de fazer nascer dragões de ovos encontrados nas profundezas de Pedra do Dragão (alguns tão antigos que tinham se convertido em pedra), não resultaram em nada, no entanto.

Frustrado, Aerys se voltou para os Sábios da antiga Guilda dos Alquimistas, que conheciam o segredo da produção de uma volátil substância verde jade conhecida como fogovivo, que dizem ser um primo próximo do fogo de dragão. Os piromantes se tornaram presença regular na corte enquanto a fascinação do rei pelo fogo crescia. Em 280 d.C., Aerys II começou a queimar traidores, assassinos e conspiradores, em vez de enforcá-los ou decapitá-los. O rei parecia tirar grande prazer dessas execuções com fogo, que eram presididas pelo Sábio Rossart, o grande mestre da Guilda dos Alquimistas... tanto que garantiu a Rossart o título de lorde e lhe deu assento no pequeno conselho.

A loucura crescente de Sua Graça se tornou inconfundível com o tempo. De Dorne até a Muralha, os homens começaram a se referir a Aerys II como o Rei Louco. Em Porto Real, ele era chamado de Rei Ferida, pela quantidade de vezes que se cortara sobre o Trono de Ferro. Mas com Varys, a Aranha, e seus espiões escutando, era muito perigoso expressar esses sentimentos em voz alta.

Ao mesmo tempo, o rei Aerys se distanciava cada vez mais de seu filho e herdeiro. No início do ano de 279 d.C., Rhaegar Targaryen, príncipe de Pedra do Dragão, ficou formalmente noivo da princesa Elia Martell, a delicada irmã mais nova de Doran Martell, príncipe de Dorne. Eles se casaram no ano seguinte, em uma generosa cerimônia no Grande Septo de Baelor, em Porto Real, mas Aerys II não participou. Ele disse ao pequeno conselho que temia um atentado contra sua vida se deixasse o confinamento da Fortaleza Vermelha, mesmo que a Guarda Real o protegesse. Nem permitiria que seu filho mais novo, Viserys, participasse do casamento do irmão.

Quando o príncipe Rhaegar e sua nova esposa decidiram fixar residência em Pedra do Dragão em vez de em Porto Real, os rumores correram numerosos e rápidos pelos Sete Reinos. Alguns afirmavam que o príncipe herdeiro estava planejando depor o pai e tomar o Trono de Ferro, enquanto outros diziam que o rei Aerys pretendia deserdar Rhaegar e nomear Viserys herdeiro em seu lugar. Nem a chegada da primeira neta do rei Aerys, uma garota chamada Rhaenys, nascida em Pedra do Dragão em 280 d.C., fez alguma coisa para reconciliar pai e filho. Quando o príncipe Rhaegar retornou à Fortaleza Vermelha para apresentar sua filha à mãe e ao pai, a rainha Rhaella abraçou o bebê calorosamente, mas o rei Aerys se recusou a tocar ou segurar a criança e reclamou que ela tinha "cheiro de dornesa".

Em meio a tudo isso, Lorde Tywin Lannister continuou a servir como Mão do Rei. "Lorde Tywin se assoma tão amplo quanto Rochedo Casterly", escreveu o Grande Meistre Pycelle, "e nenhum rei já teve uma Mão tão diligente ou capaz". Aparentemente seguro no cargo após a morte de Steffon Baratheon, Lorde Tywin se atreveu a trazer sua bela e jovem filha, Cersei, à corte.

À DIREITA | *Rei Aerys II condena os Darklyn.*

Em 281 d.C., no entanto, o idoso cavaleiro da Guarda Real, Sor Harlan Grandison, morreu enquanto dormia, e o desconfortável acordo entre Aerys II e sua Mão finalmente se rompeu, quando Sua Graça decidiu oferecer o manto branco ao filho mais velho de Lorde Tywin.

Aos quinze anos, Sor Jaime Lannister já era um cavaleiro – uma honra que recebera da mão de Sor Arthur Dayne, o Espada da Manhã, que muitos consideravam ser o guerreiro mais cortês do reino. O título de cavaleiro de Jaime fora conquistado durante a campanha de Sor Arthur contra os fora da lei conhecidos como Irmandade da Mata de Rei, e ninguém podia duvidar de sua capacidade.

Mas Sor Jaime também era herdeiro de Lorde Tywin, e levava consigo todas as esperanças da perpetuação da Casa Lannister, já que o outro filho de sua senhoria era o anão malformado, Tyrion. Além isso, a Mão estava em meio à negociação de um pacto de casamento vantajoso para Sor Jaime quando o rei o informou de sua decisão. Em um golpe, o rei Aerys privara Lorde Tywin de seu herdeiro e o fizera parecer tolo e falso.

Mesmo assim, o Grande Meistre Pycelle nos relata que quando Aerys II, no Trono de Ferro, anunciou a indicação de Sor Jaime, sua senhoria se apoiou em um joelho e agradeceu ao rei pela grande honra concedida à sua casa. Então, alegando doença, Lorde Tywin pediu permissão do rei para deixar o cargo de Mão.

O rei Aerys estava encantado em constrangê-lo. Como acertado, Lorde Tywin entregou seu cargo e se retirou da corte, voltando a Rochedo Casterly com a filha. O rei o substituiu no posto de Mão por Lorde Owen Merryweather, um idoso e amável bajulador, famoso por rir o mais alto possível de qualquer piada e frase espirituosa dita pelo rei, não importando o quão fraca fosse.

Dali em diante, Sua Graça disse a Pycelle, o reino teria certeza de que o homem que usava a coroa também governava os Sete Reinos.

Aerys Targaryen e Tywin Lannister se conheciam desde meninos, e lutaram e sangraram juntos na Guerra dos Reis das Nove Moedas, e haviam governado os Sete Reinos juntos por quase vinte anos, mas, em 281 d.C., essa longa parceria, que se provara tão frutífera para o reino, chegou a um fim amargo.

Logo depois disso, Lorde Walter Whent anunciou planos para um grande torneio que aconteceria em sua sede, em Harrenhal, para celebrar o dia do nome de sua filha donzela. O rei Aerys II escolheu esse evento para empossar formalmente Sor Jaime Lannister como cavaleiro da Guarda Real... iniciando, assim, os acontecimentos que encerrariam o reinado do Rei Louco e colocariam um fim ao longo domínio da Casa Targaryen nos Sete Reinos.

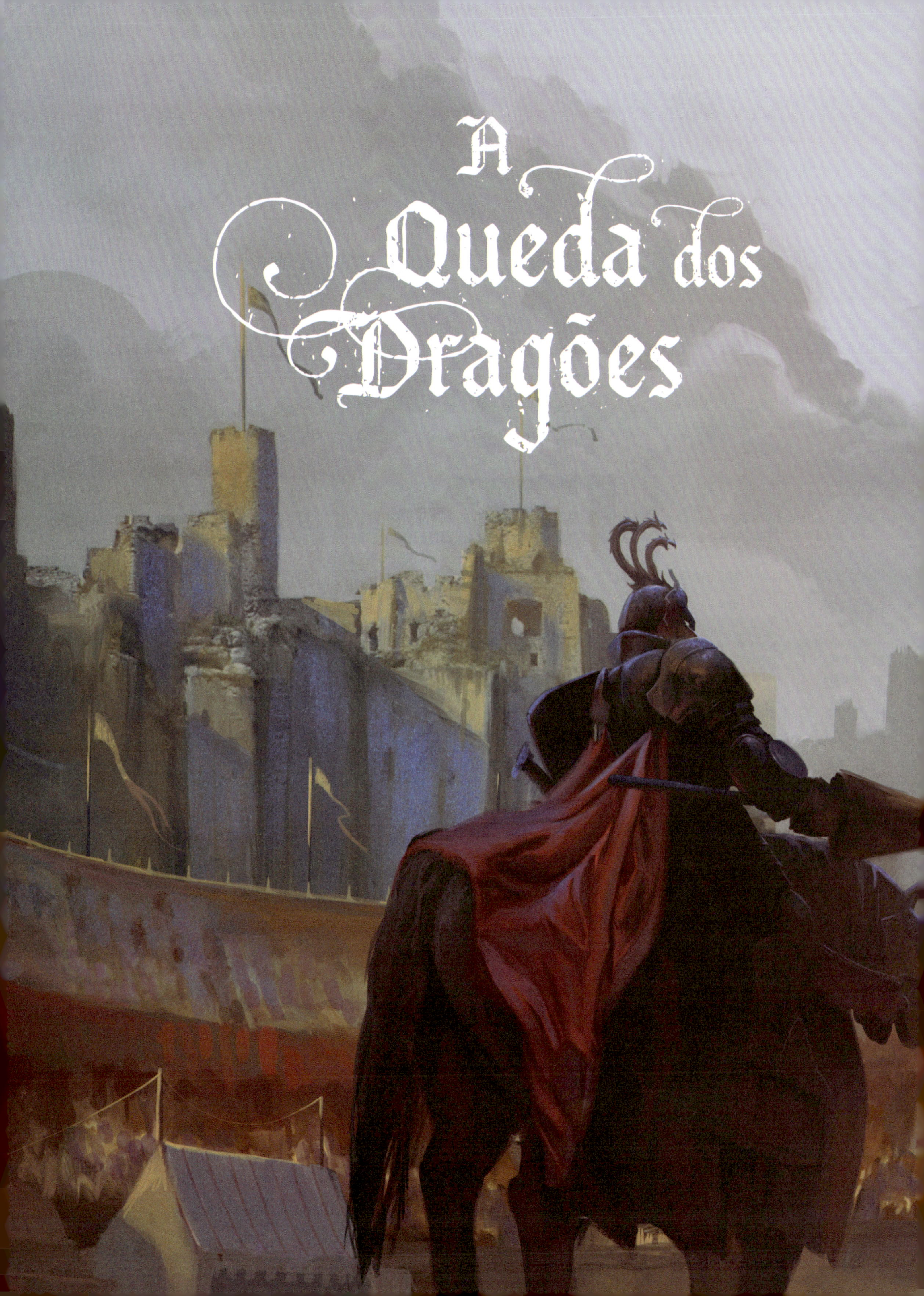
A
Queda dos
Dragões

O Ano da Falsa Primavera

NOS ANAIS DE Westeros, 281 d.C. é conhecido como o Ano da Falsa Primavera. O inverno dominara a terra com suas garras geladas por quase dois anos, mas, finalmente, a neve estava derretendo, os bosques estavam verdes, os dias ficavam mais longos. Embora os corvos brancos ainda não tivessem voado, havia muitos até mesmo na Cidadela que acreditavam que o final do inverno estava próximo.

Enquanto os ventos quentes sopravam do sul, senhores e cavaleiros de todos os Sete Reinos seguiam para Harrenhal para competir no grande torneio de Lorde Whent, nas margens do Olho de Deus, evento que prometia ser a maior e mais magnífica competição desde a época de Aegon, o Improvável.

Sabemos muito sobre este torneio, pois as coisas que ocorreram ao lado das muralhas de Harrenhal foram compiladas por uma dezena de cronistas e registradas em muitas cartas e testemunhos. Mesmo assim, há muito e ainda mais que nunca saberemos, pois, enquanto os maiores cavaleiros dos Sete Reinos disputavam as listas, outros jogos mais perigosos eram jogados nos salões do castelo amaldiçoado de Negro Harren e nas tendas e pavilhões dos senhores reunidos.

Muitos contos surgiram às margens do torneio de Lorde Whent: relatos de tramas e conspirações, traições e rebeliões, infidelidades e encontros amorosos, segredos e mistérios, quase tudo conjecturas. A verdade é conhecida apenas por poucos, alguns dos quais há muito passaram desse vale mortal e devem conter as línguas para sempre. Por isso, ao escrever sobre essa reunião fatídica, o estudioso consciente deve tomar cuidado em separar fato de fantasia, para desenhar uma linha nítida entre o que é conhecido e o que é simplesmente suspeita, crença ou rumor.

Isto é conhecido: o torneio foi anunciado pela primeira vez por Walter Whent, Senhor de Harrenhal, no final do ano de 280 d.C., não muito tempo depois de uma visita de seu irmão mais novo, Sor Oswell Whent, um cavaleiro da Guarda Real. Que esse seria um acontecimento de magnitude sem igual estava claro desde o início, pois Lorde Whent oferecia prêmios três vezes maiores do que aqueles ofertados no grande torneiro de Lannisporto, de 272 d.C., organizado por Lorde Tywin Lannister na celebração do décimo ano de Aerys II no Trono de Ferro.

Muitos tomam isso simplesmente como uma tentativa de Whent de superar a antiga Mão e demonstrar a riqueza e o esplendor de sua casa. Mas há aqueles que acreditam que isso não passava de um ardil, e que Lorde Whent não era mais do que uma fachada. Sua senhoria não tinha fundos para pagar prêmios tão magníficos, essas pessoas argumentam; certamente alguém estava por trás dele, alguém que não tinha falta de ouro, mas que preferia permanecer nas sombras enquanto permitia que o Senhor de Harrenhal reivindicasse a glória por hospedar esse evento tão maravilhoso. Não temos traço de evidência que tal "anfitrião-sombra" alguma vez tenha existido, mas a ideia foi amplamente aceita na época e assim permanece até hoje.

Mas, se, de fato, havia uma sombra, quem era ele, e por que escolheu manter seu papel em segredo? Uma dúzia de nomes foi levantada ao longo dos anos, mas apenas um parece realmente convincente: Rhaegar Targaryen, príncipe de Pedra do Dragão.

Se essa história pode ser levada a sério, foi o príncipe Rhaegar quem incentivou Lorde Walter a organizar o torneio, usando o irmão de sua senhoria, Sor Oswell, como intermediário. Rhaegar proporcionou a Whent ouro suficiente para prêmios esplêndidos, para atrair o máximo possível de senhores e cavaleiros a Harrenhal. Dizem que o príncipe não tinha interesse no torneio em si; sua intenção era reunir os grandes senhores do reino no que equivaleria a um Grande Conselho informal, a fim de discutir formas e meios de lidar com a loucura de seu pai, o rei Aerys II, possivelmente com a instituição de uma regência ou de uma abdicação forçada.

Se, de fato, esse era o propósito por trás do torneio, Rhaegar Targaryen estava fazendo um jogo perigoso. Embora poucos duvidassem de que Aerys tinha perdido o juízo, muitos ainda viam bons motivos para se opor à sua saída do Trono de Ferro, uma vez que certos cortesãos e conselheiros conquistaram grande riqueza e poder por meio dos caprichos do rei, e sabiam que perderiam tudo se o príncipe Rhaegar chegasse ao poder.

O Rei Louco podia ser selvagemente cruel, como era claramente visto quando queimava aqueles que percebia como inimigos, mas também podia ser extravagante, cobrindo homens que o agradavam com honras, cargos e terras. Os senhores bajuladores que cercavam Aerys II tinham muito e ainda mais a ganhar com as loucuras do rei, e aproveitavam avidamente todas as oportunidades que tinham para falar mal do príncipe Rhaegar e inflamar as suspeitas do pai em relação ao filho.

Os principais apoiadores do Rei Louco eram os três senhores de seu pequeno conselho: Qarlton Chelsted, mestre da moeda; Lucerys Velaryon, mestre dos navios; e Symond Staunton, mestre das leis. O eunuco Varys, mestre dos sussurros, e o Sábio Rossart, grande mestre da Guilda dos Alquimistas, também desfrutavam da confiança do rei. O apoio do príncipe Rhaegar vinha dos homens mais jovens da corte, incluindo Lorde Jon Connington, Sor Myles Mooton de Lagoa da Donzela e

PÁGINAS ANTERIORES | *Príncipe Rhaegar presenteia Lyanna Stark com a coroa de rosas de inverno.*
À DIREITA | *O Rei Louco, Aerys II.*

Sor Richard Lonmouth. Os dorneses que vieram para a corte com a princesa Elia também eram da confiança do príncipe, em particular o príncipe Lewyn Martell, tio de Elia e irmão juramentado da Guarda Real. Mas o mais formidável de todos os amigos e aliados de Rhaegar em Porto Real certamente era Sor Arthur Dayne, a Espada da Manhã.

Para o Grande Meistre Pycelle e para Lorde Owen Merryweather, a Mão do Rei, ficava a difícil tarefa de manter a paz entre essas facções, mesmo que a rivalidade ficasse cada vez pior. Em uma carta para a Cidadela, Pycelle escreveu que a divisão dentro da Fortaleza Vermelha lembrava-o com desconforto da situação antes da Dança dos Dragões, um século antes, quando a inimizade entre a rainha Alicent e a princesa Rhaenyra partira o reino ao meio, com custos lamentáveis. Um conflito do mesmo modo sangrento esperava os Sete Reinos mais uma vez, ele advertia, a menos que algum acordo pudesse ser feito para satisfazer tanto os apoiadores do príncipe Rhaegar quanto os do rei.

Se qualquer sinal de prova que mostrasse que o príncipe Rhaegar estava conspirando contra o pai chegasse às mãos dos legalistas do rei Aerys, isso certamente teria sido usado para causar a queda do príncipe. Na verdade, alguns dos homens do rei chegaram ao ponto de sugerir que Aerys devia desertar seu filho "desleal", e nomear seu irmão mais novo herdeiro do Trono de Ferro em seu lugar. O príncipe Viserys tinha apenas sete anos de idade, e sua eventual ascensão certamente significaria uma regência, na qual eles mesmos poderiam governar como regentes.

Nesse clima, não é de se estranhar que o grande torneio de Lorde Whent tenha gerado muita desconfiança. Lorde Chelsted insistiu que Sua Graça proibisse o evento, e Lorde Staunton foi ainda mais longe, sugerindo uma proibição de todos os torneios.

Mas tais eventos eram muito populares entre o povo comum, e quando Lorde Merrywheather advertiu Aerys de que proibir o torneio só serviria para torná-lo ainda mais impopular, o rei escolheu outra abordagem e anunciou sua intenção de participar. Seria a primeira vez que Aerys II deixava a segurança da Fortaleza Vermelha desde o Desafio de Valdocaso. Sem dúvida, Sua Graça imaginou que seus inimigos não ousariam conspirar contra ele embaixo de seu nariz. O Grande Meistre Pycelle nos conta que Aerys esperava que sua presença nesse grande evento o ajudasse a ser novamente amado por seu povo.

Se essa era realmente a intenção do rei, foi um lamentável erro de cálculo. Ainda que sua presença tornasse o torneio de Harrenhal ainda mais grandioso e mais prestigioso do que já era, atraindo senhores e cavaleiros de cada canto do reino, muitos dos que vieram ficaram surpresos e consternados quando viram no que se tornara seu monarca. As unhas das mãos compridas e amarelas, a barba emaranhada e mechas de cabelo não lavado e opaco que tornavam clara para todos a extensão da loucura do rei. Nem seu comportamento era o de um homem são, pois Aerys podia ir da alegria à melancolia em um piscar de olhos, e muitos dos relatos registram que Harrenhal falava de suas risadas histéricas, dos longos silêncios, das crises de choro e das raivas súbitas.

Acima de tudo, o rei Aerys II era desconfiado: suspeitava de seu próprio filho e herdeiro, príncipe Rhaegar, de seu anfitrião, Lorde Whent, e de cada senhor e cavaleiro que chegava a Harrenhal para competir... e ficava cada vez mais desconfiado daqueles que escolheram se ausentar, o mais notável entre eles era sua antiga Mão, Tywin Lannister, Senhor de Rochedo Casterly.

Na cerimônia de abertura do torneio, o rei Aerys fez uma grande apresentação pública da posse de Sor Jaime Lannister como Irmão Juramentado da Guarda Real. O jovem cavaleiro disse seus votos diante do pavilhão real, ajoelhando na grama verde em sua armadura branca enquanto metade dos senhores do reino o observava. Quando Sor Gerold Hightower o ergueu e colocou o manto branco sobre seus ombros, um rugido se ergueu da multidão, pois Sor Jaime era muito admirado por sua coragem, bravura e proeza com a espada, em especial nas terras ocidentais.

Embora Lorde Tywin Lannister não tivesse se dignado a participar do torneio em Harrenhal, dezenas de seus senhores vassalos e centenas de cavaleiros estavam ali, e aplaudiram com ânimo e vigor o mais novo e mais jovem Irmão Juramentado da Guarda Real. O rei ficou satisfeito. Em sua loucura, os relatos nos informam, Sua Graça acreditou que os aplausos eram para ele.

Mal a coisa fora feita, no entanto, e o rei Aerys II começou a nutrir graves dúvidas sobre seu novo protetor. O rei se agarrara à ideia de trazer Sor Jaime para a Guarda Real como modo de humilhar seu velho amigo, o Grande Meistre Pycelle nos conta. Só que agora, tardiamente, Sua Graça percebeu que dali em diante teria o filho de Lorde Tywin ao seu lado dia e noite... e com uma espada ao seu lado.

O pensamento o assustou tanto que ele mal conseguiu comer no banquete daquela noite, Pycelle confessa. Dessa forma, Aerys II chamou Sor Jaime à sua presença (enquanto estava agachado no urinol, alguns dizem, mas esse feio detalhe pode ter sido uma adição posterior à narrativa) e ordenou que ele retornasse a Porto Real para guardar e proteger a rainha Rhaella e o príncipe Viserys, que não acompanharam Sua Graça ao torneio. O senhor comandante, Sor Gerold Hightower, se ofereceu para ir no lugar de Sor Jaime, mas o rei recusou.

Para o jovem cavaleiro, que, sem dúvida, esperava se distinguir no torneio, o exílio abrupto veio como um desapontamento amargo. Mesmo assim, Sor Jaime permaneceu fiel aos seus votos. Partiu imediatamente para a Fortaleza Vermelha e não participou dos eventos posteriores em Harrenhal... exceto, talvez, na mente do Rei Louco.

Durante sete dias, os melhores cavaleiros e os senhores mais nobres dos Sete Reinos disputaram com lanças e espadas nos campos ao lado das imensas muralhas de Harrenhal. À noite, tanto vitoriosos quanto vencidos dirigiam-se ao cavernoso Salão das Cem Lareiras do castelo, para banquetear-se e celebrar. Muitas canções e histórias falam daqueles dias e noites ao lado do Olho de Deus. Algumas até são verdadeiras. Relembrar cada justa e brincadeira está distante dos propósitos desta obra. Esta tarefa deixamos alegremente para os cantores. Mas dois incidentes não devem ser deixados de lado, pois viriam a ter graves consequências.

O primeiro foi o aparecimento de um cavaleiro misterioso, um jovem franzino em uma armadura mal ajustada, cujo símbolo era um represeiro branco entalhado com feições retorcidas de alegria. O Cavaleiro da Árvore que Ri, como esse desafiante foi chamado, desmontou três homens em justas sucessivas, para deleite do povo.

O rei Aerys II não era um homem que gostasse de mistérios, no entanto. Sua Graça se convenceu de que a árvore no escudo do cavaleiro misterioso estava rindo dele e – sem nenhuma prova – decidiu que o cavaleiro misterioso era Sor Jaime Lannister. Seu mais novo cavaleiro da Guarda Real o desafiara e voltara ao torneio, ele disse a cada homem que pôde ouvir.

Furioso, ordenou que seus próprios cavaleiros derrotassem o Cavaleiro da Árvore que Ri quando as justas recomeçaram na manhã seguinte, para que ele pudesse ser desmascarado e sua perfídia exposta a todos. Mas o cavaleiro misterioso desapareceu durante a noite, e nunca mais foi visto. Isso também deixou o rei doente, certo de que alguém próximo a ele tinha avisado "este traidor que nunca mostrará o rosto".

O príncipe Rhaegar saiu vitorioso no final da competição. O príncipe herdeiro, que normalmente não competia em torneios, surpreendeu a todos ao vestir sua armadura e derrotar cada inimigo que encarou, incluindo quatro cavaleiros da Guarda Real. Na justa final, ele desmontou Sor Barristan Selmy, em geral considerado o melhor com a lança em todos os Sete Reinos, e ganhou as honras do campeão.

Dizem que os aplausos da multidão foram ensurdecedores, mas o rei Aerys não se juntou a eles. Longe de estar orgulhoso e satisfeito com a habilidade do filho nas armas, Sua Graça viu isso como uma ameaça. Os lordes Chelsted e Staunton inflamaram ainda mais suas suspeitas, declarando que o príncipe Rhaegar entrara nas listas para conseguir apoio do povo comum e lembrar aos senhores reunidos que ele era um guerreiro poderoso, um herdeiro verdadeiro de Aegon, o Conquistador.

E quando o triunfante príncipe de Pedra do Dragão nomeou Lyanna Stark, filha do Senhor de Winterfell, a rainha do amor e da beleza, colocando uma coroa de rosas azuis em seu colo com a ponta de sua lança, os senhores bajuladores reunidos ao redor do rei declararam que esta era mais uma prova de sua perfídia. Por que o príncipe cometeria tal insulto à sua própria esposa, a princesa Elia Martell de Dorne (que estava presente), a menos que isso fosse ajudá-lo a conquistar o Trono de Ferro? A coroação da garota Stark, que, segundo todos os relatos, era uma jovem coisinha bárbara e com jeito de menino, com nada da beleza delicada da princesa Elia, só podia significar a conquista da aliança de Winterfell com a causa do príncipe Rhaegar, sugeriu Symond Staunton ao rei.

Se isso era verdade, por que os irmãos da Senhora Lyanna pareceram tão perturbados com a honra que o príncipe concedeu a ela? Brandon Stark, herdeiro de Winterfell, teve que ser contido para não confrontar Rhaegar pelo que ele tomou como um desrespeito à honra de sua irmã, já que Lyanna Stark estava há muito comprometida com Robert Baratheon, Senhor de Ponta Tempestade. Eddard Stark, irmão mais novo de Brandon e amigo próximo de Lorde Robert, estava mais calmo, mas não mais satisfeito. Quanto ao próprio Robert Baratheon, alguns dizem que ele gargalhou com o gesto do príncipe, afirmando que Rhaegar não fizera mais do que pagar tributo a Lyanna... mas aqueles que o conheciam bem dizem que o jovem lorde guardou consigo o insulto, e que seu coração endureceu em relação ao príncipe de Pedra do Dragão daquele dia em diante.

E bem que pode ter sido, pois com aquela simples coroa de rosas azuis claras, Rhaegar Targaryen começou a dança que dilaceraria os Sete Reinos, trazendo sua própria morte e a de milhares outros, e colocando um novo rei bem-vindo ao Trono de Ferro.

A Falsa Primavera de 281 d.C. durou menos do que dois turnos da lua. Conforme o ano se aproximava do final, o inverno retornou a Westeros com força total. No último dia do ano, a neve começou a cair sobre Porto Real, e uma crosta de gelo se formou sobre a Torrente da Água Negra. A neve continuou a cair durante grande parte de uma quinzena, até que a Água Negra congelou e pingentes de gelo se penduravam dos telhados e calhas de cada torre da cidade.

Enquanto os ventos frios fustigavam a cidade, o rei Aerys II se voltou para seus piromantes, desafiando-os a espantar o inverno com suas mágicas. Imensas chamas verdes arderam ao longo das muralhas da Fortaleza Vermelha durante um turno da lua. O príncipe Rhaegar não estava na cidade para observá-las, no entanto. Nem podia ser encontrado em Pedra do Dragão com a princesa Elia e seu jovem filho, Aegon. Com a chegada do novo ano, o príncipe herdeiro pegara a estrada com meia dúzia de seus amigos e confidentes mais próximos, em uma jornada que acabaria por levá-los de volta às terras fluviais. A menos de sessenta quilômetros de Harrenhal, Rhaegar encontrou

Lyanna Stark de Winterfell e a levou consigo, acendendo um fogo que consumiria sua casa, seus parentes e todos aqueles que ele amava – além de metade do reino.

Mas essa história é conhecida demais para precisar ser repetida aqui.

A Rebelião de Robert

O QUE SE seguiu ao infame rapto de Lyanna Stark pelo príncipe Rhaegar foi a ruína da Casa Targaryen. A profundidade total da loucura do rei Aerys foi relevada na sequência, em suas ações doentias contra Lorde Stark, seu herdeiro e seus apoiadores depois que eles exigiram reparações pelos erros de Rhaegar. Em vez de garantir-lhes uma audiência justa, o rei Aerys os assassinou brutalmente, e depois dessas mortes exigiu que Lorde Jon Arryn executasse seus antigos pupilos, Robert Baratheon e Eddard Stark. Agora muitos concordam que o verdadeiro início da Rebelião de Robert veio com a recusa de Lorde Arryn e a corajosa convocação de seus vassalos na defesa da justiça. Mesmo assim, nem todos os senhores do Vale concordaram com a decisão de Lorde Jon, e logo os combates começaram, quando os legalistas à coroa tentaram derrubar Lorde Arryn.

Os combates se espalharam pelos Sete Reinos como fogo-vivo, enquanto senhores e cavaleiros tomavam partido. Muitos vivos atualmente lutaram naquelas batalhas e podem falar sobre elas com mais conhecimento do que eu, que não estava lá. Por isso, deixo para esses homens escreverem a história verdadeira e detalhada da Rebelião de Robert; longe de mim ofender aqueles que ainda vivem, apresentando um sumário imperfeito dos acontecimentos, ou elogiando equivocadamente aqueles que desde então se provaram indignos. Em vez disso, olharei apenas para o senhor e cavaleiro que ascendeu ao Trono de Ferro no fim, reparando um reino quase destruído pela loucura.

ACIMA | *Rhaegar Targaryen, o Príncipe de Pedra do Dragão.*

Robert Baratheon provou ser um guerreiro destemido e indomável enquanto mais e mais homens se reuniam sob seus estandartes. Robert foi o primeiro sobre as muralhas de Vila Gaivota, quando Lorde Grafton ergueu seu estandarte pelos Targaryen, e dali navegou até Ponta Tempestade – arriscando ser capturado pela frota real – para convocar seus vassalos. Nem todos vieram dispostos: a Mão de Aerys, Lorde Merryweather, encorajou certos senhores da tempestade a se erguer contra Lorde Robert. Mesmo assim, foi um esforço que se provou infrutífero após as vitórias de Lorde Robert em Solarestival, onde venceu três batalhas em um único dia. Suas forças rapidamente reunidas derrotaram lordes Grandison e Cafferen, e Robert acabou matando Lorde Fell em combate singular antes de tomar cativo seu famoso filho Machado de Prata.

Mais vitórias foram conquistadas por Lorde Robert e os senhores da tempestade enquanto marchavam para juntar forças com Lorde Arryn e os nortenhos que apoiavam sua causa. Corretamente famosa é a grande vitória de Robert no Septo de Pedra, também chamada de Batalha dos Sinos, onde ele matou o conhecido Sor Myles Mooton – antigo escudeiro do príncipe Rhaegar – e cinco homens além dele, e podia muito bem ter matado a nova Mão, Lorde Connington, se a batalha os tivesse colocado frente a frente. A vitória selou a entrada das terras fluviais no conflito, após o casamento das filhas de Lorde Tully com os lordes Arryn e Stark.

As forças reais foram enfraquecidas e espalhadas por essas vitórias, embora tenham feito o melhor possível para se reagrupar. A Guarda Real foi enviada para recuperar a força remanescente de Lorde Connington, e o príncipe Rhaegar retornou do sul para assumir o comando dos novos recrutamentos de soldados nas terras da coroa. Depois de uma vitória parcial em Vaufreixo, que levou à retirada de Robert, as terras da tempestade estavam abertas para Lorde Tyrell. Trazendo o poder da Campina em massa, os senhores da Campina varreram toda a resistência e se prepararam para sitiar Ponta Tempestade. Logo depois, o exército Tyrell se juntou à poderosa frota de Lorde Paxter Redwyne da Árvore, completando o cerco por terra e por mar. Aquele cerco durou até a conclusão da guerra.

De Dorne, em defesa da princesa Elia, dez mil lanças atravessaram o Caminho do Espinhaço e marcharam para Porto Real para reforçar o exército que Rhaegar reunia. Aqueles que estavam na corte na época contaram que o comportamento de Aerys era irregular. Ele desconfiava de qualquer um exceto sua Guarda Real – e nem todos, pois manteve Sor Jaime Lannister por perto o tempo todo para servir com refém contra seu pai.

Quando, afinal, o príncipe Rhaegar marchou pela estrada do rei até o Tridente, todos os cavaleiros da Guarda Real que permaneciam em Porto Real (exceto um) seguiram com ele: Sor Barristan, o Ousado, Sor Jonothor Darry e o príncipe Lewyn de Dorne. O príncipe Lewyn assumiu o comando da tropa dornesa enviada por seu sobrinho, o príncipe Doran, mas dizem que só fez isso depois das ameaças do Rei Louco, que temia que os dorneses tentassem traí-lo. Só o jovem Sor Jaime Lannister permaneceu em Porto Real.

Sobre a famosa batalha do Tridente, muito foi escrito e dito. Mas todos sabem que os dois exércitos se enfrentaram na confluência que, depois disso, seria para sempre chamada de Vau Rubi pelos rubis espalhados da armadura do príncipe Rhaegar. Os adversários estavam em condições parecidas. As forças de Rhaegar somavam quarenta mil soldados, uma décima parte disso formada por cavaleiros ungidos, enquanto os rebeldes tinham um pouco menos homens, mas a maioria era experiente em batalha, enquanto grande parte da força de Rhaegar era crua e nova.

A batalha no vau foi feroz, e muitas vidas foram perdidas na briga. Sor Jonothor Darry foi morto no meio do conflito, assim como o príncipe Lewyn de Dorne. Mas a morte mais importante ainda estava por vir.

A batalha rugia ao redor de Lorde Robert e do príncipe Rhaegar, mas, pelo desejo dos deuses ou por acaso – ou talvez por desígnio –, os dois se encontraram entre as águas rasas do vau. Os dois cavaleiros lutaram corajosamente sobre seus cavalos de guerra, segundo todos os relatos. Apesar de seus crimes, o príncipe Rhaegar não era covarde. Lorde Robert foi ferido pelo

ACIMA | *Rei Robert Baratheon, Primeiro de Seu Nome.*

príncipe dragão em combate, mesmo assim, no fim, a força feroz de Baratheon e sua sede de vingar a vergonha trazida para sua noiva roubada provaram ser maiores. Seu martelo de guerra encontrou o alvo, e Robert enfiou o espigão no peito de Rhaegar, estilhaçando os caros rubis que brilhavam sobre a placa peitoral do príncipe.

Alguns homens de ambos os lados pararam de lutar imediatamente, saltando no rio para recuperar as pedras preciosas. E um tumulto generalizado rapidamente começou, conforme os legalistas começavam a fugir da batalha.

Os ferimentos de Lorde Robert impediram que ele continuasse a perseguição, então ele deixou essa incumbência nas mãos de Lorde Eddard Stark. Mas Robert provou seu cavalheirismo quando se recusou a permitir que o gravemente ferido Sor Barristan fosse morto. Em vez disso, mandou seu próprio meistre cuidar do grande cavaleiro. Dessa forma, o futuro rei ganhou a fiel devoção de seus amigos e aliados – pois poucos homens já foram tão generosos e misericordiosos quanto Robert Baratheon.

O Fim

AVES VOARAM E mensageiros correram para levar a notícia da vitória no Vau Rubi. Quando as novidades chegaram à Fortaleza Vermelha, dizem que Aerys amaldiçoou os dorneses, certo de que Lewyn traíra Rhaegar. Ele mandou sua rainha grávida, Rhaella, e seu filho mais jovem e novo herdeiro, Viserys, para Pedra do Dragão, mas a princesa Elia foi obrigada a permanecer em Porto Real com os filhos de Rhaegar como reféns contra Dorne. Tendo queimado vivo sua Mão prévia, Lorde Chelsted, por maus conselhos durante a guerra, Aerys agora indicava outro para ao cargo: o alquimista Rossart – um homem de origem humilde, com pouco a recomendar além de suas chamas e trapaças.

Enquanto isso, Sor Jaime Lannister estava a cargo das defesas da Fortaleza Vermelha. As muralhas estavam ocupadas por cavaleiros e vigias, esperando o inimigo. Quando o primeiro exército que chegou tinha o Leão de Rochedo Casterly tremulando ao vento, com Lorde Tywin no comando, o rei Aerys ordenou ansiosamente que os portões fossem abertos, pensando que pelo menos seu velho amigo e antiga Mão viera ao seu resgate, como fizera no Desafio de Valdocaso. Mas Lorde Tywin não viera salvar o Rei Louco.

Dessa vez, a causa de Lorde Tywin era pelo reino, e ele estava determinado a trazer um fim ao reinado que a loucura tinha destruído. Uma vez dentro das muralhas da cidade, seus soldados atacaram as defesas de Porto Real, e sangue correu vermelho pelas ruas. Um grupo de homens escolhidos a dedo seguiu para a Fortaleza Vermelha para atacar as muralhas e procurar pelo rei Aerys, para que a justiça fosse feita.

A Fortaleza Vermelha logo foi invadida, mas no caos a infelicidade caiu sobre Elia de Dorne e seus filhos, Rhaenys e Aegon. É trágico que o sangue derramado na guerra possa ser tão facilmente do inocente quanto do culpado, e aqueles que estupraram e assassinaram a princesa Elia escaparam da justiça. Não se sabe quem matou a princesa Rhaenys em sua cama, ou esmagou a cabeça do príncipe Aegon, ainda bebê, contra uma parede. Alguns sussurram que isso foi feito por ordem de Aerys, quando ele descobriu que Lorde Lannister assumira a causa de Robert, enquanto outros sugerem que foi a própria Elia, por medo do que aconteceria com seus filhos nas mãos dos inimigos de seu marido morto.

A Mão de Aerys, Rossart, foi morto em um portão traseiro depois de tentar covardemente fugir do castelo. O último de todos a morrer foi o próprio rei Aerys, pelas mãos de seu cavaleiro da Guarda Real, Sor Jaime Lannister. Como o pai, Sor Jaime fez o que achou ser melhor para o reino, trazendo um fim ao Rei Louco.

E assim terminaram tanto o reinado da Casa Targaryen quanto a Rebelião de Robert – a guerra que colocou um fim em quase trezentos anos de governo Targaryen e marcou o início de uma nova era dourada sob os auspícios da Casa Baratheon.

O Reino Glorioso

DESDE A QUEDA da Casa Targaryen, o reino prosperou muito. Robert, Primeiro de Seu Nome, ficou a cargo de uma Westeros fraturada e rapidamente curou-a das muitas enfermidades infligidas pelo Rei Louco e seu filho. Como primeiro ato, o rei solteiro pegou para esposa a mais bela mulher do reino, Cersei da Casa Lannister – e a partir daí garantiu para a Casa Lannister todas as honras que Aerys negara. E embora todos saibam que Lorde Tywin poderia muito bem ter se tornado Mão novamente, o rei, em sua graça, deu o cargo ao seu antigo amigo e protetor, Lorde Jon Arryn. O sábio e justo Lorde Arryn de fato ajudou o rei a guiar o reino para a prosperidade.

Mas isso não quer dizer que o reinado de Robert tenha sido completamente sem problemas. Seis anos depois de sua coroação, Balon Greyjoy se levantou ilegalmente contra seu rei – não que algum dano tivesse sido cometido a ele ou ao seu povo, mas por simples ambição injustificada. Lorde Stannis Baratheon, irmão do meio de Robert, liderou a frota real contra Lorde Greyjoy, enquanto o próprio rei Robert cavalgava diante de um poderoso exército. Grandes feitos nas armas foram realizados pelo rei Robert até que, depois de um tempo, Pyke foi tomada e subjugada. O rei então fez Balon Greyjoy – o pretendente da coroa das Ilhas de Ferro – dobrar o joelho para o Trono de Ferro. E, como garantia de sua lealdade, seu único filho sobrevivente foi levado como refém.

Agora o reino está em paz, e tudo o que a ascensão de Robert ao trono prometeu no passado está sendo cumprido. Nosso nobre rei tem acompanhado um dos verões mais longos em muitos anos, repleto de prosperidade e boas colheitas. Mais do que isso, o rei e sua amada rainha deram ao reino três herdeiros dourados para garantir que a Casa Baratheon reine suprema por muito tempo. E, embora um falso Rei-para-lá-da-Muralha recentemente tenha se declarado, Mance Rayder é um perjuro fugido da Patrulha da Noite, e a Patrulha da Noite sempre leva rapidamente a justiça para aqueles que a traem. Esse rei não conseguirá nada, assim como aconteceu com outros reis selvagens antes dele.

Pode ser que não seja sempre assim. Como a história tem mostrado, o mundo viu muitas eras. Muitos milhares de anos se passaram desde a Era da Aurora até hoje. Castelos foram erguidos e destruídos, assim como reinos. Camponeses nasceram, cresceram para trabalhar nos campos e morreram de velhice, acidente ou doença, deixando para trás filhos para fazer o mesmo. Príncipes nasceram, cresceram para usar a coroa e morreram na guerra, na cama ou em torneios, deixando para trás reinos grandiosos, esquecíveis ou decompostos. O mundo conheceu o gelo na Longa Noite, e conheceu o fogo na Perdição. Da Costa Gelada até Asshai da Sombra, esse mundo de gelo e fogo revela uma história rica e gloriosa – embora exista muito a ser descoberto. Se mais fragmentos dos manuscritos do Meistre Gyldayn forem localizados – ou se outros tesouros tão incomparáveis (pelo menos aos olhos dos meistres) forem revelados –, mais da nossa ignorância pode ser resolvida. Mas uma coisa pode ser dita com certeza. Enquanto os próximos mil anos se desdobram – e milhares depois deles –, muitos mais nascerão, viverão e morrerão. E a história continuará a se desdobrar, tão estranha, complexa e convincente quanto a que minha humilde pena foi capaz de colocar diante de vocês aqui.

Nenhum homem pode dizer com certeza o que o futuro reserva. Mas, talvez, sabendo o que já ocorreu, possamos todos fazer nossa parte para evitar os erros dos nossos antepassados, imitar seus êxitos e criar um mundo mais harmonioso para nossos filhos e para os filhos deles, nas gerações que estão por vir.

Em nome do glorioso rei Robert, Primeiro de Seu Nome, eu humildemente concluo esta história dos reis dos Sete Reinos.

À ESQUERDA | *A Fortaleza Vermelha e Porto Real.*

Sete
Reinos

O NORTE
ALÉM DA MURALHA
MAR TREMENTE
MAR DO POENTE
A MURALHA
Torre Sombria
Castelo Negro
Atalaialeste-do-Mar
Skane
Skagos
DÁDIVA DE BRANDON
Coroadarrainha
NOVA DÁDIVA
BAÍA DE GELO
Ilha dos Ursos
BAÍA DAS FOCAS
Última Lareira
Mar da Ponta do Dragão
Winterfell
Lago Longo
Karhold
RIO ÚLTIMO
FALÉSIAS CINZENTAS
Bosque Profundo
Forte do Pavor
Cerwyn
ÁGUAS CHOROSAS
Praça de Torrhen
COSTA PEDREGOSA
TERRAS ACIDENTADAS
ESTRADA DO REI
FACA BRANCA
RAMO PARTIDO
OS REGATOS
Atalaia da Viúva
BAÍA DA ÁGUA ARDENTE
Vila Acidentada
Ramsgate
Porto Branco
Fosso Cailin
LANÇA DE SAL
RIO FEBRE
Castelo Velho
Dedos de Pederneira
Atalaia da Água Cinzenta
DENTADA
Vilimnã
Cabo da Lula Gigante
TRÊS IRMÃS
Seixos
Polpa
FALÉSIAS DE PEDERNEIRA
GARGALO
ILHAS DE FERRO
The Twins
Pyke
TERRAS OCIDENTAIS
TERRAS FLUVIAIS
VALE
LEGENDAS
PRINCIPAIS CASTELOS
CASTELOS
CIDADES
VILAS
RUÍNAS
BOSQUES
ESTRADAS

O Norte

O VASTO E gélido reino dos Reis do Inverno, os Stark de Winterfell, é, em geral, considerado o primeiro e mais antigo dos Sete Reinos, na medida em que tem resistido e permanecido inconquistado por mais tempo. Os caprichos da geografia e da história distinguem o Norte de seus vizinhos do sul.

Com frequência é dito que o Norte é tão grande quanto os outros seis reinos juntos, mas a verdade é um pouco menor: o Norte, como governado atualmente pela Casa Stark de Winterfell, compreende um pouco mais de um terço do reino. Começando na fronteira sul do Gargalo, os domínios dos Stark se estendem ao norte até a Nova Dádiva (que fazia parte do reino até que o rei Jaehaerys I convenceu Winterfell a ceder essas terras para a Patrulha da Noite). No Norte, há grandes florestas, planícies varridas por ventos, colinas e vales, costões rochosos e montanhas cobertas de neve. O Norte é uma terra fria – grande parte de suas charnecas e planaltos dão lugar a montanhas na extremidade norte – e isso o torna muito menos fértil do que as campinas do sul. A neve é conhecida por cair até durante o verão, e é mortal no inverno.

Porto Branco, a única cidade verdadeira do Norte, é a menor dos Sete Reinos. As cidades mais proeminentes no Norte são a "cidade de inverno", sob as muralhas de Winterfell, e Vila Acidentada, nas Terras Acidentadas. A primeira fica vazia durante grande parte da primavera e do verão, mas enche de gente até explodir no outono e no inverno, com aqueles que buscam proteção e amparo de Winterfell, para ajudá-los a sobreviver aos tempos magros. Não só os citadinos chegam das vilas e plantações periféricas, mas muitos filhos e filhas dos clãs das montanhas são conhecidos por se mudarem para a cidade de inverno quando a neve começa a cair de verdade.

Vila Acidentada é, de certo modo, uma curiosidade – um lugar de reunião construído ao lado do conhecido túmulo do Primeiro Rei, que antigamente governava supremo sobre todos os Primeiros Homens, se as lendas podem ser levadas a sério. Erguida no meio de um planalto amplo e vazio, a cidade prosperou graças à administração sagaz dos Dustin, vassalos leais aos Stark que governam as Terras Acidentadas em nome de seus senhores desde a queda do último Rei das Terras Acidentadas.

Os homens do Norte são descendentes dos Primeiros Homens, seu sangue se misturando lentamente com o dos ândalos que oprimiram os reinos do sul. O idioma original dos Primeiros Homens – conhecido como Idioma Antigo – agora é falado apenas pelos selvagens além da Muralha, e muitos outros aspectos de sua cultura desapareceram (como os aspectos mais sinistros de sua religião, quando criminosos e traidores eram mortos e seus corpos e entranhas pendurados nos galhos de represeiros).

Há séculos tem sido costume falar sobre os Sete Reinos de Westeros. O uso conhecido deriva dos sete grandes reinos que dominavam grande parte do continente ao sul da Muralha durante os anos que precederam imediatamente a Conquista de Aegon. Mas mesmo então o termo estava longe de ser exato, pois um desses "reinos" era governado por uma princesa, em vez de um rei (Dorne), e o reino do próprio Aegon Targaryen, Pedra do Dragão, nunca foi incluído na contagem.

Mesmo assim, o termo permanece. Assim como falamos sobre os Cem Reinos de outrora, embora nunca tenha existido uma época em que Westeros realmente esteve dividido em cem estados independentes, devemos nos curvar ao uso comum e falar em Sete Reinos, apesar da imprecisão.

A coroa enferrujada sobre o brasão de armas da Casa Dustin deriva da afirmação deles de que são descendentes do Primeiro Rei e do Rei das Terras Acidentadas que governou na sequência. As velhas histórias registradas em Passagens da Morte, de Kennet, afirmam que uma maldição foi lançada no Grande Monte que não permitia que homem algum rivalizasse com o Primeiro Reino. Essa maldição fazia que os pretendentes ao título ficassem com aparência cada vez mais cadavérica, como se lhes fossem sugadas a vitalidade e a vida. Isso não é mais do que lenda, certamente, mas que os Dustin partilham o sangue e a descendência dos Reis das Terras Acidentadas de antigamente parece correto.

PÁGINAS ANTERIORES | *Vale de Arryn.*

Como o título de cavaleiro é raro no Norte, um torneio de cavaleiros com sua pompa e nobreza é tão raro quanto dente de galinha ao norte do Gargalo. Os nortenhos lutam montados, com lanças de guerra, mas raramente disputam justas por esporte, preferindo corpo a corpo que estão bem próximos de batalhas. Há relatos de disputas que duraram meio dia e deixaram campos pisoteados e vilarejos meio destruídos. Ferimentos sérios são comuns em tais corpo a corpo, e mortes não são descartadas. Em um grande corpo a corpo na Última Lareira, em 170 d.C., dizem que não menos do que dezoito homens morreram e metade desse total estava seriamente mutilado quando o dia terminou.

Mas os nortenhos ainda mantêm um pouco do jeito antigo em seus costumes e modos de ser. A vida deles é mais difícil, e eles são endurecidos por ela, e os prazeres que, no sul, são considerados nobres são vistos como infantis e menos dignos do que a caça e as brigas que os nortenhos amam mais do que tudo.

Até seus nomes os distinguem, pois os Primeiros Homens usavam nomes curtos, contundentes e que iam direto ao ponto; nomes como Stark, Wull, Umber e Stout, todos derivam dos dias em que os ândalos não tinham influência no Norte.

Um costume notável que é mais caro para os nortenhos do que qualquer outro é o direito de hóspede, a tradição de hospitalidade pela qual um homem não pode causar dano a um hóspede sob seu teto, nem um convidado ao seu anfitrião. Os ândalos tinham algo parecido com isso também, mas é algo muito menos presente nas mentes sulistas. No texto *Justiça e Injustiça no Norte: Julgamentos dos Três Senhores Stark*, Meistre Egbert observa que crimes no Norte nos quais o direito de hóspede fora violado eram raros, mas eram invariavelmente tratados com a mesma dureza da mais terrível das traições. Só o assassinato de parentes é considerado tão pecaminoso quanto as violações das leis da hospitalidade.

No Norte, existe a história do Rato Cozinheiro, que serviu a um rei ândalo – identificado por alguns como rei Tywell II do Rochedo, e por outros como rei Oswell II do Vale e das Montanhas – a carne do filho do próprio rei, cozida em uma torta. Por isso, foi punido, transformando-se em um rato monstruoso que comia sua própria prole. Mesmos assim, a punição se deu não por matar o filho do rei, ou por alimentar o rei com ele, mas por desrespeitar os direitos de hóspedes.

OS REIS DO INVERNO

Canções e histórias nos contam que os Stark de Winterfell governam grandes porções das terras ao norte do Gargalo há oito mil anos, denominando-se "Reis do Inverno" (o termo mais antigo) e (em séculos mais recentes) "Reis do Norte". O governo deles não foi incontestado. Ocorreram muitas guerras nas quais os Stark expandiram seu domínio ou foram forçados a recuar de terras que rebeldes conquistaram. Os Reis do Inverno foram homens duros em tempos duros.

Antigas baladas, entre as mais antigas encontradas nos arquivos da Cidadela de Vilavelha, nos contam como um Rei do Inverno expulsou os gigantes do Norte, enquanto outro derrotou o troca-peles Gaven Greywolf e seus parentes na selvagem "Guerra dos Lobos". Mas só temos a palavra dos cantores de que tais reis e tais batalhas realmente existiram.

Provas mais históricas existem da guerra entre os Reis do Inverno e os Reis das Terras Acidentadas mais ao sul, que se denominavam "Reis dos Primeiros Homens", e reivindicavam a supremacia sobre os Primeiros Homens de todos os cantos, até sobre os Stark. Registros rúnicos sugerem que a disputa entre eles, chamada pelos cantores de Guerra dos Mil Anos, foi, na verdade, uma série de guerras que durou quase duzentos anos em vez de mil, terminando quando o último Rei das Terras Acidentadas dobrou o joelho para o Rei do Inverno e lhe deu a mão de sua filha em casamento.

Mesmo isso não garantiu a Winterfell domínio sobre todo o Norte. Vários outros pequenos reis permaneceram, governando reinos grandes e pequenos, e seriam necessários milhares de anos e muitas outras guerras antes que o último deles fosse conquistado. Mesmo assim, um a um, os Stark subjugaram todos eles, e, durante essas batalhas, muitas casas orgulhosas e linhagens antigas foram extintas para sempre.

Entre as casas que deixaram de ser reais para se tornarem vassalas estão os Flint da Montanha de Pedra Partida, os Slate de Lagoa Negra, os Umber da Última Lareira, os Locke de Castelo Velho, os Glover de Bosque Profundo, os Fisher da Costa Pedregosa, os Ryder do Regato... e talvez até os Blackwood de Corvarbor, cuja tradição familiar insiste que antigamente governavam grande parte da mata de lobos antes de serem expulsos de suas terras pelos Reis do Inverno (certos registros rúnicos apoiam esta afirmação, se podemos confiar nas traduções do Meistre Barneby).

Crônicas encontradas nos arquivos da Patrulha da Noite no Fortenoite (antes que fosse abandonado) falam da guerra pela Ponta do Mar do Dragão, na qual os Stark derrotaram o Rei Warg e seus aliados não humanos, os filhos da floresta. Quando o último reduto do Rei Warg caiu, seus filhos foram passados pela espada, juntamente com seus animais e videntes verdes, enquanto suas filhas foram tomadas como prêmios pelos conquistadores.

A Casa Greenwood, a Casa Towers, a Casa Amber e a Casa Frost tiveram fins similares, juntamente com uma dezena de casas menores e pequenos reis cujos nomes se perderam na história. Mesmo assim, os inimigos mais ferrenhos de Winterfell eram, sem dúvida, os Reis Vermelhos do Forte do Pavor, aqueles senhores sombrios da Casa Bolton cujos domínios antigamente se estendiam do Rio Último ao Faca Branca, e ao sul até as Colinas Cabeça de Ovelha.

Diz-se que a inimizade entre os Stark e os Bolton vem desde a época da Longa Noite. As guerras entre essas duas antigas famílias são muitas, e nem todas terminaram com vitória da Casa Stark. Dizem que o rei Royce Bolton, Segundo de Seu Nome, tomou e queimou Winterfell; seu homônimo e descendente Royce IV (lembrado pela história como Royce Braço Vermelho, pelo costume de enfiar o braço nas barrigas de inimigos cativos e arrancar suas entranhas com as mãos nuas) fez o mesmo três séculos mais tarde. Outros Reis Vermelhos ficaram conhecidos por usar mantos feitos com as peles de príncipes Stark capturados e esfolados.

Mesmo assim, no fim até o Forte do Pavor se dobrou ao poderio de Winterfell, e o último Rei Vermelho, conhecido como Rogar, o Caçador, jurou lealdade ao Rei do Inverno e enviou seus filhos para Winterfell como reféns, na mesma época em que os primeiros ândalos cruzavam o mar estreito em seus dracares.

À ESQUERDA | *Fosso Cailin.* ACIMA | *Brasão da Casa Stark (centro) e de alguns de seus vassalos (sentido horário, de cima): Glover, Ryswell, Manderly, Dustin, Bolton, Tallhart, Reed, Umber, Karstark, Hornwood e Mormont.*

Depois da derrota dos Bolton, o último dos rivais nortenhos, as maiores ameaças ao domínio da Casa Stark vieram do mar. O limite norte dos domínios Stark era protegido pela Muralha e pelos homens da Patrulha da Noite, enquanto pelo sul, o único caminho pelos pântanos do Gargalo passava por baixo das torres caídas e das muralhas afundadas da grande fortaleza chamada Fosso Cailin. Mesmo quando os Reis do Pântano dominavam o Fosso, os cranogmanos se colocavam contra quaisquer invasores do sul, aliados dos Reis das Terras Acidentadas, dos Reis Vermelhos e dos Reis do Inverno sempre que era necessário se voltar contra qualquer senhor sulista que quisesse atacar o Norte. E uma vez que o rei Rickard Stark adicionou o Gargalo ao seu domínio, o Fosso Cailin provou ser ainda mais imponente – um baluarte contra as forças do sul. Poucos tentaram passar por ele, e as histórias dizem que nenhum conseguiu.

Mas as costas compridas a irregulares do Norte, tanto a leste quanto a oeste, permaneciam vulneráveis; e seriam nesses lugares que o governo de Winterfell seria mais ameaçado... pelos nascidos no ferro no oeste e pelos ândalos no leste.

Atravessando o mar estreito às centenas e milhares, os dracares dos ândalos desembarcaram no Norte assim como fizeram no sul, mas, aonde quer que chegassem, os Stark e seus vassalos caíam sobre eles e os mandavam de volta ao mar. O rei Theon Stark, que entrou para a história como o Lobo Faminto, enfrentou a maior dessas ameaças, fazendo causa comum com os Bolton para esmagar o senhor da guerra ândalo Argos Setestrelas na Batalha das Águas Chorosas.

Na sequência da vitória, o rei Theon reuniu sua própria frota e cruzou o mar estreito até a costa dos ândalos, com o cadáver de Argos amarrado na proa do navio almirante. Lá, dizem, conseguiu uma vingança sangrenta, queimando uma dezena de vilas, capturando três casas-torres e um septo fortificado, e passando centenas pela espada. As cabeças dos mortos do Lobo Faminto foram reivindicadas como prêmios, levadas de volta a Westeros e colocadas em pontas de lanças ao longo da costa como aviso para outros pretensos conquistadores. (Mais tarde, em seu reinado encharcado de sangue, ele conquistou as Três Irmãs e desembarcou um exército nos Dedos, mas essas conquistas não duraram muito. O rei Theon também lutou contra os nascidos do ferro no oeste, expulsando-os do Cabo da Lula Gigante e da Ilha dos Ursos, acabou com uma rebelião nos Regatos e se juntou à Patrulha da Noite em uma incursão além da Muralha que destruiu as forças dos selvagens por uma geração).

Mesmo antes da chegada dos ândalos, a Toca do Lobo fora erguida pelo rei Jon Stark, construída para defender a foz do Faca Branca contra invasores e traficantes de escravos do outro lado do mar estreito (alguns eruditos sugerem que essas eram incursões iniciais dos ândalos, enquanto outros argumentam que eram antepassados dos homens de Ibben ou mesmo traficantes de escravos de Valíria e Volantis).

Mantida por séculos por uma sucessão de casas (incluindo os Greystark, um ramo da Casa Stark, assim como os Flint, Slate, Long, Holt, Locke e Ashwood), a antiga fortaleza seria foco de uma série de conflitos. Durante as guerras entre Winterfell e os reis ândalos da Montanha e do Vale, o Velho Falcão, Osgood Arryn, sitiou a Toca do Lobo. Seu filho, o rei Oswin, a Garra, capturou a fortaleza e a passou pela tocha. Mais tarde, o lugar caiu sob ataque dos senhores piratas das Três Irmãs e dos traficantes de escravos dos Degraus. Foi só alguns milhares de anos antes da Conquista, quando os Manderley fugitivos chegaram ao Norte e juraram fidelidade na Toca do Lobo, que o problema da defesa do Faca Branca – o rio que dá acesso ao coração do Norte – foi resolvido.

A costa oeste do Norte também tem sido assolada por saqueadores, e o Lobo Faminto foi obrigado a lutar por várias de suas guerras quando os dracares de Grande Wyk, Velha Wyk, Pyke e Orkmont desceram pela costa ocidental sob o estandarte de Harrag Hoare, Rei das Ilhas de Ferro. Pelo tempo que a Costa Pedregosa foi fiel a Harrag e seus homens de ferro, faixas da mata de lobos não passavam de cinzas e a Ilha dos Ursos era uma base para as pilhagens governada pelo filho de coração negro de Harrag, Ravos, o Estuprador. Embora Theon Stark tenha matado Ravos com as próprias mãos e expulsado os homens de ferro da costa, eles voltariam sob comando do neto de Harrag, Erich, a Águia, e mais uma vez com a Velha Lula Gigante, Loron Greyjoy, que, novamente, tomou a Ilha dos Ursos e o Cabo da Lula Gigante (o rei Rodrik Stark reivindicou a ilha após a morte da Velha Lula Gigante, enquanto seus filhos e netos lutaram para reconquistar o cabo). As guerras entre o Norte e os nascidos do ferro continuariam depois disso, mas de forma menos decisiva.

Até Porto Real ser erguida ao lado da Água Negra, Porto Branco era a cidade mais nova dos Sete Reinos. Construída com a riqueza que os Manderly trouxeram consigo da Campina, após serem exilados por Lorde Lorimar Peake a mando do rei Perceon III Gardener, que temia o poder cada vez maior da família na região, Porto Branco tem mais em comum com os elegantes castelos e torres da Campina do que com os castelos do Norte; dizem que o Castelo Novo foi feito para refletir o castelo de Dunstonbury, que os Manderly perderam em seu exílio.

OS CLÃS DAS MONTANHAS

Os clãs das montanhas do Norte são especialmente famosos pelo apego às leis da hospitalidade, e os pequenos senhores que governam esses clãs com frequência disputam entre si para ver quem é o anfitrião mais generoso. Esses clãs – localizados em geral nas regiões montanhosas além da mata de lobos, nos vales altos e prados e ao longo da Baía de Gelo e de certos rios do Norte – devem fidelidade aos Stark, mas suas disputas várias vezes criaram dificuldades para os Senhores de Winterfell e para os Reis do Inverno antes deles, forçando-os a enviar homens até as montanhas para acabar com o derramamento de sangue (celebrado em canções como "Pinheiros Negros" e "Lobos nas Montanhas"), ou a convocar os líderes em Winterfell para discutir os casos entre eles.

O mais poderoso entre os clãs nortenhos são os Wull, pescadores que habitam ao longo das margens da Baía de Gelo. Seu ódio pelos selvagens só é igualado ao seu ódio por todos os homens das Ilhas de Ferro, que, com frequência, pilhavam a costa da baía, queimando seus salões, roubando suas colheitas e pegando suas esposas e filhas como escravas e esposas de sal. Grandes extensões da Costa Pedregosa, da Ilha dos Ursos, da Ponta do Mar do Dragão e do Cabo da Lula Gigante foram controladas pelos homens de ferro de tempos em tempos. Na verdade, o Cabo da Lula Gigante, mais perto das Ilhas de Ferro, mudou de mão tantas vezes que muitos meistres acreditam que o sangue de sua população é mais próximo dos homens de ferro do que dos nortenhos.

As histórias do Norte afirmam que Rodrik Stark reconquistou a Ilha dos Ursos dos nascidos no ferro em uma luta corporal, e talvez haja verdade nesses relatos; os reis das Ilhas de Ferro com frequência tinham de provar seu talento e seu direito de usar a coroa de madeira trazida pelo mar em feitos de força. Eruditos mais moderados colocam isso em questão, sugerindo que, se havia uma "luta", era com palavras.

OS NASCIDOS NA PEDRA DE SKAGOS

Apesar de séculos de disputas, os clãs das montanhas tradicionalmente permaneceram leais aos Stark na guerra e na paz. O mesmo não pode ser dito dos habitantes selvagens de Skagos, a ilha montanhosa a leste da Baía das Focas.

Os skagosi que ali residem são pouco respeitados pelos demais nortenhos, que os consideram pouco melhores do que os selvagens e os chamam de skaggs. Os skagosi se autodenominam nascidos na pedra, referindo-se ao fato de que Skagos significa "pedra" no Idioma Antigo. Um povo imenso, cabeludo e malcheiroso (alguns meistres acreditam que os skagosi têm uma forte mistura de sangue ibenês, enquanto outros sugerem que eles podem descender dos gigantes), vestido de peles, pelos e couros não curtidos e, segundo dizem, que cavalga em unicórnios, os skagosi são tema de muitos rumores sombrios. Afirma-se que ainda oferecem sacrifício humano para seus represeiros, atraem navios de passagem para a destruição com luzes falsas, e alimentam-se de carne humana durante o inverno.

É muito provável que os skagosi tenham praticado canibalismo no passado, mas, se o costume persiste até os dias de hoje, é assunto de muita controvérsia. *O Limite do Mundo* – uma coleção de contos e lendas compilada pelo Meistre Balder, que serviu como comandante em Atalaialeste do Mar durante o governo de sessenta anos do Senhor Comandante Osric Stark – é nossa fonte principal para muito do que sabemos sobre os skagosi, incluindo o "Banquete de Skane", que relata a chegada de uma frota de guerra skagosi na ilha vizinha de Skane, com estupro e sequestro das mulheres skanitas enquanto os homens eram assassi-

ACIMA | *Um guerreiro de Skagos.*

Antigamente os "unicórnios" de Skagos eram motivo de zombaria entre os meistres da Cidadela. E um "chifre de unicórnio" ocasional oferecido por comerciantes de má reputação nunca foi mais do que o chifre de um tipo de baleia caçada pelos baleeiros de Ibben. Contudo, chifres de uma espécie muito distinta – com fama de serem de Skagos – foram vistos por meistres em Atalaialeste do Mar em mais de uma ocasião. Também dizem que os marinheiros com coragem bastante para negociar em Skagos vislumbraram os senhores nascidos na pedra cavalgando em grandes bestas desgrenhadas e com chifres, montarias monstruosas tão firmes que são conhecidas por escalar as encostas das montanhas. Um exemplo vivo de tal criatura – ou mesmo um esqueleto – há muito tem sido procurada para estudos, mas nenhuma jamais foi levada a Vilavelha.

nados e sua carne devorada em um banquete que durou uma quinzena. Se isso é verdade ou não, Skane permanece desabitada até os dias de hoje, embora pedras caídas e fundações cobertas de mato testemunhem que homens certa vez viveram entre as colinas varridas pelo vento e as costas pedregosas da ilha.

Embora raramente vistos fora de sua ilha, os nascidos na pedra antes eram acostumados a cruzar a Baía das Focas para comércio ou, mais frequentemente, para saquear – até que o rei Brandon Stark, Nono de seu Nome, acabou com o poderio deles de uma vez por todas, destruindo seus navios e proibindo a presença deles no mar. Durante a maior parte da história registrada, eles permaneceram um povo isolado, acanhado, selvagem, acostumados a matar aqueles que desembarcam em suas ilhas em busca de comércio. Quando concordam em barganhar, os skagosi oferecem peles, lâminas e pontas de flecha de obsidiana e "chifres de unicórnio" pelos bens que desejam.

Alguns skagosi serviram na Patrulha da Noite também. Há mais de mil anos, um Crowl (um membro de um clã que equivale à nobreza em Skagos) chegou a ser Senhor Comandante por um tempo, e os *Anais do Centauro Negro* falam de um Stane (um membro de outra família skagosi) que chegou a ser Primeiro Patrulheiro, mas morreu pouco tempo depois.

Skagos tem sido muitas vezes fonte de problemas para os Stark – tanto quando eram reis e queriam conquistar os nascidos na pedra como quando eram senhores e lutavam para manter a lealdade da ilha. De fato, em tempos tão recentes quanto o reinado do rei Daeron II Targaryen (Daeron, o Bom), a ilha se revoltou contra o Senhor de Winterfell – uma rebelião que durou anos e reivindicou milhares de vidas, incluindo a de Barthogan Stark, Senhor de Winterfell (chamado Barth Espadanegra), antes de, por fim, ser derrotada.

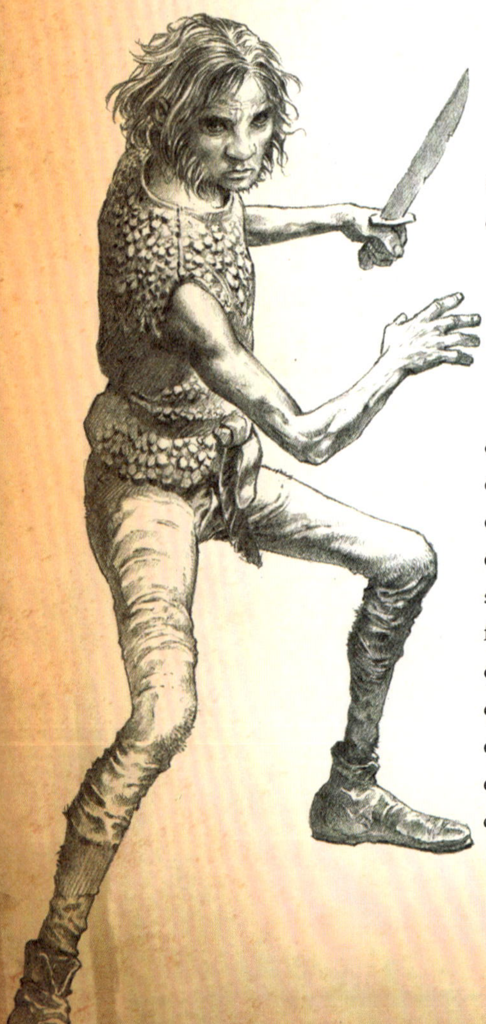

OS CRANOGMANOS DO GARGALO

Os últimos (e alguns podem dizer os menores) povos do Norte são os habitantes dos pântanos do Gargalo, conhecidos como cranogmanos por causa das ilhas flutuantes nas quais erguem seus salões e casebres. Um povo pequeno e astuto (alguns dizem que eles têm baixa estatura porque se casaram com os filhos da floresta, mas é mais provável que resulte de nutrição inadequada, pois grãos não nascem entre os pântanos, charcos e restingas do Gargalo, e os cranogmanos subsistem em grande parte com uma dieta de peixes, sapos e lagartos), são bastante reservados, preferindo a autossuficiência.

Ao sul do Gargalo, o povo das terras fluviais, cujas propriedades são adjacentes às dos cranogmanos, dizem que esse povo nortenho respira água, tem mãos e pés com membranas como sapos e usam venenos nos tridentes e nas flechas. Essa última parte, deve ser dito, é bem verdade; muitos comerciantes levaram ervas raras e plantas com propriedades estranhas para a Cidadela, pois os meistres buscam essas coisas para entender melhor suas características e valor. Mas, fora isso, não há verdade: os cranogmanos são homens, embora menores do que a maioria, mesmo que vivam de maneira única nos Sete Reinos.

Há muito tempo, as histórias afirmam, os cranogmanos eram governados pelos Reis do Pântano. Os cantores falam deles cavalgando em lagartos-leão e usando grandes tridentes como lanças, mas isso é claramente fantasia. Esses Reis do Pântano foram realmente reis como nós entendemos? O Arquimeistre Eyron escreve que os cranogmanos viam seus reis como o primeiro

À ESQUERDA | *Um cranogmano do Gargalo.*

entre iguais, aquele que muitas vezes era considerado tocado pelos antigos deuses – fato que, segundo dizem, se mostrava em olhos de cores estranhas ou mesmo no dom de falar com animais, como os filhos da floresta supostamente faziam.

Qualquer que seja a verdade, o último homem a ser chamado Rei do Pântano foi morto por Lorde Rickard Stark (algumas vezes chamado no Norte de Lobo Sorridente, por seu bom humor), que pegou a filha do homem como esposa. Depois disso, os cranogmanos dobraram os joelhos e aceitaram o domínio de Winterfell. Nos séculos seguintes, os cranogmanos se tornaram fortes aliados dos Stark, sob a liderança dos Reed de Atalaia da Água Cinzenta.

OS SENHORES DE WINTERFELL

Após a Conquista e a unificação dos Sete Reinos, os Stark se tornaram Protetores do Norte em vez de reis, jurando lealdade ao Trono de Ferro, mas permanecendo supremos em seus próprios domínios em tudo exceto no nome. Embora Torrhen Stark tenha desistido da antiga coroa dos Reis do Inverno, seus filhos ficaram menos felizes com o jugo Targaryen, e alguns deles gostavam de falar sobre se rebelar e erguer o estandarte Stark com ou sem consentimento de Lorde Torrhen.

Se os sentimentos anti-Targaryen foram agravados pelos esforços da rainha Rhaenys Targaryen de unificar o novo reino com casamentos entre as grandes casas é algo deixado para o leitor pensar a respeito. Que a filha de Torrhen Stark se casou com o jovem e inapropriado Senhor do Vale é bem conhecido; foi um dos muitos casamentos forjados por Rhaenys para garantir a paz. Mas há cartas preservadas na Cidadela que sugerem que Stark aceitou esses arranjos depois de muito protesto, e que os irmãos da noiva se recusaram a participar da cerimônia inteira.

Mais tarde ainda, dizem que os Stark ficaram desgostosos com o Velho Rei e a Rainha Alysanne por obrigá-los a abrir mão da Nova Dádiva e dá-la à Patrulha da Noite; esse pode ser um dos motivos pelos quais Lorde Ellard Stark se aliou a Corlys Velaryon e à princesa Rhaenys no Grande Conselho de 101 d.C.

Discutimos anteriormente o papel da Casa Stark na Dança dos Dragões. Deve-se acrescentar que Lorde Cregan Stark recolheu muitas recompensas por seu leal apoio ao rei Aegon III... mesmo que não tenha ocorrido um casamento com um príncipe real em sua família, como fora acordado no Pacto de Gelo e Fogo, feito quando o príncipe condenado Jacaerys Velaryon voou a Winterfell em seu dragão.

Após a Dança dos Dragões, os Stark foram ainda mais abertamente leais aos Targaryen do que antes. De fato, o filho e herdeiro de Lorde Cregan Stark lutou sob o estandarte Targaryen quando o Jovem Dragão tentou conquistar Dorne. Rickon Stark lutou bravamente, e seus feitos foram algumas vezes relatados pelo Rei Daeron em sua *Conquista de Dorne*. A morte de Rickon do lado de fora de Lançassolar em uma das batalhas finais foi lamentada pelo Norte nos anos seguintes por causa dos problemas que perseguiram os governos de seus meios-irmãos.

Nas décadas que se seguiram, o Norte viu os Stark lidando com a rebelião de Skagos, com uma investida renovada de destruição dos nascidos no ferro sob comando de Dagon Greyjoy, e com uma invasão selvagem liderada por Raymun Barba-vermelha, o Rei-para-Lá-da-Muralha, em 226 d.C. Em cada um desses acontecimentos, Starks morreram. Mesmo assim, a casa continuou com a sorte praticamente inabalada – prin-

Ainda que nos dias de hoje alguns digam que Lorde Ellard Stark ficou feliz em ajudar a Patrulha da Noite com a Dádiva e consigam convencer um pouco, a verdade é diferente. Cartas do irmão de Lorde Stark à Cidadela, pedindo aos meistres para fornecerem precedentes contra a doação forçada da propriedade, deixam claro que os Stark não estavam ansiosos em atender ao pedido do rei Jaehaerys. Pode ser que os Stark temessem que, sob controle do Castelo Negro, a Nova Dádiva entrasse em inevitável declínio – pois a Patrulha da Noite sempre olhou para o norte e nunca deu muita atenção aos novos arrendatários ao sul. Não demorou para que isso acontecesse, e dizem que agora a Nova Dádiva é em grande parte despovoada graças ao declínio da Patrulha e ao número crescente de saqueadores vindos do outro lado da Muralha.

cipalmente por causa da firme resolução da maior parte dos Senhores de Winterfell de não se envolver nas intrigas da corte sulista. Quando a linhagem Stark foi praticamente destruída pelo Rei Louco Aerys, após o sequestro de Lyanna por Rhaegar, alguns homens equivocados colocaram a culpa nas costas de Lorde Rickard, cujas alianças por sangue e amizade uniram as grandes casas e garantiram que todas agissem conjuntamente em resposta aos crimes do Rei Louco.

WINTERFELL

O MAIOR CASTELO no Norte é Winterfell, sede dos Stark desde a Era da Aurora. As lendas dizem que Brandon, o Construtor, ergueu Winterfell após o longo inverno que durou uma geração, conhecido como Longa Noite, para ser a fortaleza de seus descendentes, os Reis do Inverno. Como Brandon, o Construtor, está ligado a um número improvável de grandes obras (Ponta Tempestade e a Muralha, para citar dois exemplos proeminentes) ao longo de um período de inúmeras vidas, os contos provavelmente transformaram algum antigo rei, ou vários reis distintos da Casa Stark (pois existiram vários Brandons no longo reinado da família), em algo mais lendário.

O castelo em si é peculiar, pois os Stark não nivelaram o solo quando estabeleceram as fundações e muralhas do castelo. Muito provavelmente isso revela que o castelo foi construído em partes ao longo dos anos, em vez de ter sido planejado como uma estrutura única. Alguns eruditos suspeitam que, antigamente, o castelo era um complexo de fortes circulares interligados, apesar dos séculos terem erradicado quase toda evidência disso.

As muralhas externas de Winterfell foram erguidas durante as últimas duas décadas do reino do rei Edrick Barba de Neve. Embora Edrick seja famoso por um reinado que durou quase um século, seu governo na velhice foi ficando cada vez mais errático. Ao perceber isso, diferentes facções tentaram assumir o controle do reino titubeante. As ameaças mais óbvias vinham de seus próprios numerosos – e rebeldes – descendentes, mas outros se arriscaram também, incluindo homens de ferro, traficantes de escravos do outro lado do mar estreito, selvagens e rivais nortenhos, como os Bolton.

Estima-se que as muralhas internas, que antes eram apenas defensivas, tenham cerca de dois mil anos, e talvez algumas partes sejam ainda mais antigas. Em anos posteriores, um fosso defensivo foi cavado ao redor dela, e uma segunda muralha foi erguida depois do fosso, dando ao castelo uma defesa formidável. As muralhas internas têm mais de trinta metros de altura, as muralhas externas têm vinte e cinco; qualquer atacante que consiga tomar a muralha externa ainda encontra defensores nas muralhas internas disparando lanças, pedras e flechas nele. e fortalezas. Torres redondas surgiram em algum momento mais tarde.

Para o olho treinado, a arquitetura de Winterfell é um amálgama de muitas eras distintas. E sua vastidão abrange não só os edifícios, mas também as áreas abertas. Na verdade, três acres são destinados apenas para um antigo bosque sagrado, onde as lendas afirmam que Brandon, o Construtor, rezava para seus deuses. Se isso é verdade ou não, a antiguidade do bosque não pode ser contestada. E o bosque sagrado sem dúvida se beneficia das fontes termais contidas dentro dele, protegendo as árvores do pior do frio do inverno.

Podemos descartar a afirmação de Cogumelo em seu *Testemunho* que o dragão Vermax deixou uma ninhada de ovos em algum lugar nas profundezas das criptas de Winterfell, onde as águas das fontes termais correm perto das muralhas, enquanto seu cavaleiro tratava com Cregan Stark no início da Dança dos Dragões. Como o Arquimeistre Gyldayn observa em sua história fragmentada, não há registro de que Vermax tenha botado um único ovo, o que sugere que o dragão era macho. A crença de que os dragões podiam mudar de sexo se necessário é errônea, segundo a obra *Verdade*, do Meistre Anson, enraizada em uma má interpretação de uma metáfora esotérica que Barth proferiu enquanto discutia os mistérios mais elevados.

Dentro das muralhas, o castelo se espalha por vários acres de terra, abrangendo muitos edifícios independentes. O mais antigo deles – uma torre há muito abandonada, redonda e achatada e coberta de gárgulas – ficou conhecida como Primeira Fortaleza. Alguns acham que isso significa que ela foi construída pelos Primeiros Homens, mas Meistre Kennet provou definitivamente que ela não podia existir antes da chegada dos ândalos, uma vez que os Primeiros Homens e os primeiros ândalos erguiam torres quadradas

De fato, a presença das fontes termais – que salpicam a terra ao redor de Winterfell – pode ter sido a principal razão pela qual os Primeiros Homens se estabeleceram ali. É fácil imaginar o valor que uma fonte de água – e água quente, mais ainda – teria no auge do inverno nortenho. Em séculos recentes, os Stark ergueram estruturas que fazem uso direto dessas fontes com o propósito de aquecer suas habitações.

Fontes termais como as que estão sob Winterfell têm mostrado ser aquecidas pelas fornalhas do mundo – o mesmo fogo que forma as Catorze Chamas ou a montanha fumegante de Pedra do Dragão. De fato, os plebeus de Winterfell e da cidade de inverno são conhecidos por afirmar que as fontes são aquecidas pelo hálito de um dragão que dorme embaixo do castelo. Isso é uma tolice ainda maior do que as afirmações de Cogumelo e não deve ser levada em consideração.

À ESQUERDA | *Winterfell, com a cidade de inverno do lado de fora de suas muralhas.*

A MURALHA E ALÉM

A PATRULHA DA NOITE

A Patrulha da Noite é única nos Sete Reinos. A irmandade juramentada que tem defendido a Muralha ao longo dos séculos e milênios nasceu no rescaldo da Longa Noite, inverno que durou uma geração e trouxe os Outros até os reinos dos homens, quase colocando um fim neles.

A história da Patrulha da Noite é longa. Os contos ainda falam dos cavaleiros de negro da Muralha e de seu nobre chamado. Mas a Era dos Heróis acabou há muito, e os Outros não aparecem há milhares de anos, se é que de fato já existiram.

Além disso, ano após ano, a Patrulha diminui de tamanho. Seus registros provam que o declínio começou ainda antes da era de Aegon, o Conquistador, e suas irmãs. Embora os irmãos negros da Patrulha ainda protejam o reino dos homens com tanta nobreza quanto possível, as ameaças que encaram não vêm mais de Outros, zumbis, gigantes, videntes verdes, wargs, troca-peles e outros monstros das histórias infantis e lendas, mas de selvagens bárbaros armados com machados de pedra e clavas; bestiais, com certeza, mas apenas homens que não são páreos para guerreiros disciplinados.

Não foi sempre assim. Se as lendas são verdade ou não, é claro que os Primeiros Homens e os filhos da floresta (e até mesmo os gigantes, se aceitarmos a palavra dos cantores) temiam algo o suficiente para fazê-los erguer a Muralha. E esta grande construção, tão simples como é, pode ser considerada com justiça uma das maravilhas do mundo. Pode ser que suas fundações iniciais tenham sido de pedra – os meistres divergem sobre isso –, mas agora tudo o que pode ser visto a uma distância de quinhentos quilômetros é gelo. Lagos nas proximidades forneceram o material, que foi cortado em imensos blocos pelos Primeiros Homens, transportados em trenós pelas encostas da Muralha e colocados no lugar um a um. Agora, mil anos depois, a Muralha tem mais de duzentos metros em seu ponto mais alto (embora a altura varie consideravelmente ao longo das centenas de metros de seu comprimento, conforme ela segue os contornos da paisagem).

Sob a sombra dessa parede de gelo, a Patrulha da Noite ergueu dezenove fortalezas – embora sejam diferentes de qualquer outro castelo nos Sete Reinos, pois não são cercadas por muralhas nem possuem outras fortificações defensivas para protegê-las (a própria Muralha é mais do que suficiente contra qualquer ameaça que venha do norte, e a Patrulha insiste que não tem inimigos no sul).

A maior e mais antiga dessas fortalezas é Fortenoite, que está abandonada nos últimos duzentos anos; conforme a Patrulha encolheu, o tamanho fez de Fortenoite grande demais e custosa demais para ser mantida. Meistres que serviram na Patrulha da Noite enquanto a fortaleza ainda estava em uso deixaram claro que Fortenoite foi expandido ao longo dos séculos e que pouco restou da estrutura original, exceto algumas das caves mais profundas esculpidas na rocha sob os pés do castelo.

Mesmo assim, ao longo dos milhares de anos de sua existência como sede principal da Patrulha, o Fortenoite tem acumulado muitas lendas, algumas das quais foram recontadas em *Patrulheiros da Muralha*, do Arquimeistre Harmune. O mais antigo desses contos diz respeito ao legendário Rei da Noite, décimo terceiro Senhor Comandante da Patrulha da Noite, acusado de ir para a cama com uma feiticeira pálida como um cadáver e se autoproclamar rei. Por treze anos, o Rei da Noite e sua rainha cadáver governaram juntos, antes que o Rei do Inverno, Brandon, o Transgressor (em aliança com o Rei-para-lá-da-Muralha, Joramun, segundo contam), os derrotasse. Depois disso, ele apagou o nome do Rei da Noite da memória.

Na Cidadela, os arquimeistres em geral desprezam esses contos – embora alguns aceitem que tenha havido um Senhor Comandante que tentou forjar um reino para si nos primeiros dias da Patrulha. Alguns sugerem que talvez a "rainha cadáver" seja uma mulher das Terras Acidentadas, uma filha do Rei das Terras Acidentadas, que era então uma força a se considerar e com frequência associada às sepulturas. O Rei da Noite pode

Dizem as lendas que os gigantes ajudaram a erguer a Muralha usando sua força descomunal para arrastar os blocos de gelo até o lugar. Pode existir alguma verdade nisso, embora as histórias tornem os gigantes muito maiores e mais poderosos do que realmente eram. Essas mesmas lendas também dizem que os filhos da floresta – que não faziam paredes de gelo nem de pedra – teriam contribuído com sua mágica para a construção. Mas as lendas, como sempre, são de valor duvidoso.

À ESQUERDA | *Castelo Negro e a Muralha.*

CASTELOS DA PATRULHA DA NOITE

Ativos

Torre Sombria

Castelo Negro (*agora sede do Senhor Comandante da Patrulha*)

Atalaialeste do Mar

Abandonados

Atalaiaoeste da Ponta

Bosque das Sentinelas

Guardagris

Portapedra

Colina de Geadalva

Marcagelo

Fortenoite

Lago Profundo

Portão da Rainha (*que antigamente se chamava Portão da Neve, antes de ser renomeado em homenagem à Boa Rainha Alysanne*)

Escudo de Carvalho

Atalaiabosque da Lagoa

Solar das Trevas

Portão da Geada

Monte Longo

Archotes

Guardaverde

---

ter sido tanto um Bolton quanto um Woodfoot, um Umber, um Flint, um Norrey, ou mesmo um Stark, dependendo de onde a história é contada. Como todos os contos, o relato carrega os atributos que o tornam mais apelativo para quem narra.

A Patrulha da Noite, que bem pode ser chamada de primeira ordem militante dos Sete Reinos (pois o primeiro dever de todos os seus membros é defender a Muralha, e todos são treinados com armas para este fim), divide os irmãos juramentados em três grupos:

1) intendentes, que abastecem a Patrulha com comida, roupas e todas as outras coisas necessárias para que possam guerrear;
2) construtores, que cuidam da Muralha e dos castelos;
3) patrulheiros, que se aventuram nos confins além da Muralha para guerrear com os selvagens.

A liderança fica com os oficiais superiores da Patrulha, e o principal entre eles é o Senhor Comandante. O Senhor Comandante é escolhido em eleição: os homens da Patrulha, todos e cada um – desde os antigos caçadores iletrados até descendentes de grandes casas –, darão um voto para o homem que acreditam que deve liderá-los. Assim que um homem tiver a maior parte dos votos, ele comandará a Patrulha até sua morte. É um costume que tem funcionado muito bem para a Patrulha, e esforços para subvertê-lo (como quando o Senhor Comandante Runcel Hightower tentou deixar a Patrulha para seu filho bastardo há uns quinhentos anos) nunca duraram.

Infelizmente, a verdade mais importante sobre a Patrulha da Noite nos dias de hoje é seu declínio. Ela pode ter servido a um grande propósito antigamente. Mas se os Outros já existiram, não são vistos há mil anos e não são uma ameaça para os homens. Os selvagens além da Muralha são o perigo que a Patrulha da Noite enfrenta agora. Mesmo assim, só quando há um Rei-para-lá-da-Muralha que os selvagens realmente se apresentam como uma ameaça para os reinos dos homens.

A grande despesa para sustentar a Muralha e os homens que a guarnecem vem se tornando cada vez mais intolerável. Só três dos castelos da Patrulha da Noite são habitados agora, e a ordem é um décimo do tamanho de quando Aegon e suas irmãs desembarcaram em Westeros. Mesmo com esse tamanho, a Patrulha continua sendo um fardo.

Alguns argumentam que a Muralha serve como um meio útil de livrar o reino de assassinos, estupradores, ladrões e gente dessa laia, enquanto outros questionam a prudência de colocar armas nas mãos de tais tipos e de treiná-los nas artes da guerra. Ataques dos selvagens podem corretamente ser considerados mais um incômodo do que uma ameaça; muitos homens sábios sugerem que seria melhor lidar com eles permitindo que os senhores do Norte estendessem seus domínios para além da Muralha, para que pudessem expulsar os selvagens.

Só o fato de que os próprios nortenhos honram grandemente a Patrulha mantém a ordem em funcionamento, e grande parte da comida que impede que os irmãos negros no Castelo Negro, na Torre Sombria e em Atalaialeste do Mar morram de fome não vem da Dádiva, mas de presentes anuais que os senhores nortenhos entregam na Muralha em sinal de apoio.

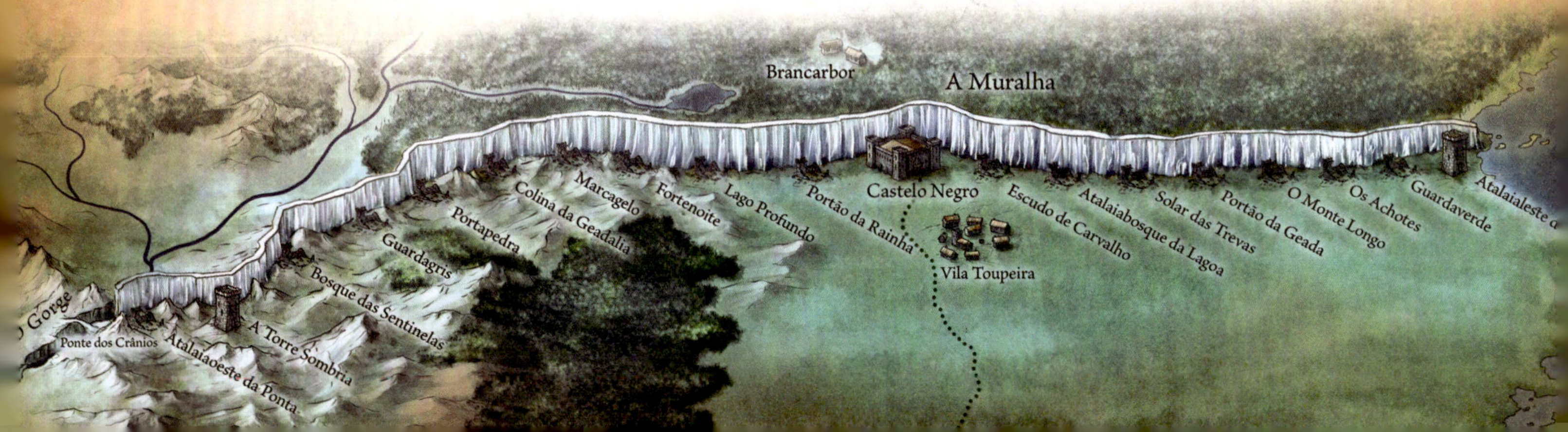

OS SELVAGENS

Nas terras além da Muralha vivem diversos povos – todos descendentes dos Primeiros Homens – que nós, do sul mais civilizado, chamamos selvagens.

Este não é um termo que eles mesmos usem. Os maiores e mais numerosos dos vários povos além da Muralha se autodenominam povo livre, pois acreditam que seus costumes bárbaros lhes garantem vidas com muito mais liberdade do que os ajoelhadores do sul. E é verdade que vivem sem senhores ou reis e que não precisam se curvar para homens ou sacerdotes, independentemente de seu nascimento, sangue ou posição social.

Mas eles também vivem de maneira miserável, e não estão livres da fome, dos extremos do frio, da guerra bárbara ou das depredações de seus conterrâneos. A vida sem lei além da Muralha não é nada invejável, como qualquer homem que já viu os selvagens pode atestar. (E muitos já atestaram, em várias obras baseadas nos relatos dos patrulheiros da Patrulha da Noite). O orgulho que têm de sua pobreza, de seus machados de pedra e de seus escudos de madeira entrelaçada, de suas peles infestadas de pulgas, é parte da razão pela quais eles se mantêm afastados das pessoas dos Sete Reinos.

As inúmeras tribos e clãs do povo livre continuam a venerar os antigos deuses dos Primeiros Homens e dos filhos da floresta, os deuses dos represeiros (alguns relatos dizem que há aqueles que veneram deuses diferentes: deuses sombrios embaixo do solo das Presas de Gelo, deuses de neve e gelo da Costa Gelada, ou deuses caranguejos na Ponta de Storrold, mas isso nunca foi confirmado de maneira confiável).

Patrulheiros da Patrulha da Noite falam de povos ainda mais estranhos que vivem nos recantos mais longínquos das terras além da Muralha, de guerreiros vestidos de bronze de um vale escondido no extremo norte, e de Cornopés que andam descalços sobre o gelo e a neve. Sabemos de selvagens nas Costa Gelada que vivem em cabanas de gelo e andam em trenós puxados por cães. Há meia dúzia de tribos que mora nas cavernas, e rumores dão conta de canibais nos trechos superiores dos rios congelados além da Muralha. Mas poucos patrulheiros penetraram mais de trezentos quilômetros na floresta assombrada, e sem dúvida há mais tipos de selvagens do que podemos imaginar.

A ameaça que esses povos bárbaros oferecem ao reino pode ser seguramente desconsiderada, exceto em alguns momentos, uma vez a cada muito tempo, em que eles se unem sob a liderança de um Rei-para-lá-da-Muralha. Embora muitos corsários selvagens e chefes de guerra tenham aspirado ao título, poucos já o obtiveram. Nenhum dos selvagens que tentou se tornar Rei-para-lá-da-Muralha tinha o dever de construir um reino verdadeiro ou de cuidar de seu povo; na verdade, esses homens eram senhores da guerra, não monarcas, e, ainda que fossem muito diferentes uns dos outros, cada um deles liderou seus povos contra a Muralha, na esperança de derrotar e conquistar os Sete Reinos no sul.

Segundo as lendas, o primeiro Rei-para-lá-da-Muralha foi Joramun, que afirmava ter um berrante que traria a Muralha abaixo quando

Os corsários selvagens perturbam muito o reino em busca de ferro e aço – coisas que eles não têm habilidade para fazer. Muitos corsários usam armas de madeira e pedra, mesmo de chifres em alguns casos. Alguns carregam machados e facas de bronze, e mesmo esses são considerados valiosos. Os líderes guerreiros famosos entre eles com frequência usam aço roubado, algumas vezes tirado de patrulheiros que mataram.

À ESQUERDA | *Os castelos da Patrulha da Noite.* ACIMA | *Um saqueador selvagem.*

Antigamente, Durolar era a única colônia que se aproximava de uma vila nas terras além da Muralha, abrigada na Ponta de Storrold e no comando de um porto de águas profundas. Mas há seiscentos anos, o local foi queimado e seu povo destruído, embora a Patrulha não possa dizer com certeza o que aconteceu. Alguns dizem que canibais de Skagos caíram sobre eles, outros que traficantes de escravos do outro lado do mar estreito tiveram a culpa. As histórias mais estranhas, de um navio da Patrulha enviado para investigar, falam de gritos horrendos ecoando pelas falésias sob Durolar, onde nenhum homem ou mulher vivo foi encontrado. O relato mais fascinante sobre Durolar pode ser encontrado em Durolar: Um Relato de Três Anos Passados Além-da-Muralha entre Selvagens, Corsários e Feiticeiras da Floresta, do Meistre Wyllis. Wyllis viajou para Durolar em um navio mercante pentoshi e se estabeleceu lá como curandeiro e conselheiro, para que pudesse escrever sobre os costumes deles. Recebeu proteção de Gorm, o Lobo – um chefe que partilhava o controle de Durolar com três outros chefes. Quando Gorm foi morto em uma briga de bêbados, no entanto, Wyllis se encontrou em perigo mortal e fez o caminho de volta a Vilavelha. Ali escreveu seu relato, apenas para desaparecer no ano seguinte que as iluminuras foram feitas. Dizem na Cidadela que ele foi visto pela última vez no cais, à procura de um navio que o levasse a Atalaialeste do Mar.

despertasse "os gigantes da terra". (Que a Muralha ainda esteja em pé diz alguma coisa sobre a alegação dele, e talvez até sobre sua existência.)

Os irmãos Gendel e Gorne foram reis conjuntos há três mil anos. Liderando seus exércitos por baixo da terra, em um labirinto de cavernas retorcidas subterrâneas, eles passaram por sob a Muralha sem serem vistos para atacar o Norte. Gorne matou o rei Stark em batalha, e depois foi morto pelo herdeiro do rei. Gendel e os selvagens restantes fugiram de volta para as cavernas e nunca mais foram vistos.

O Lorde Chifrudo veio depois deles, mil anos mais tarde (ou talvez dois mil). Seu nome se perdeu na história, mas dizem que usou feitiçaria para ultrapassar a Muralha. Depois dele, séculos mais tarde, veio Bael, o Bardo, cujas canções ainda são

Entre os selvagens, dizem que Gendel e seu povo se perderam e ficaram presos nas cavernas, e vagam por lá até hoje. As histórias dos patrulheiros, no entanto, dizem que Gendel também foi assassinado, e que só um punhado de seus seguidores sobreviveu para fugir para dentro do solo.

cantadas além da Muralha... mas há questionamentos, como se ele realmente existiu ou não. Os selvagens dizem que sim e creditam muitas músicas a ele, mas as antigas crônicas de Winterfell não falam nada a seu respeito. Se isso se deve às derrotas e humilhações que supostamente o Bardo infligiu sobre os Stark (incluindo, segundo uma história improvável, uma donzela Stark deflorada e deixada com filho) ou se é porque ele nunca existiu, não podemos dizer com certeza.

O último Rei-para-lá-da-Muralha a cruzar a Muralha foi Raymun Barba-Vermelha, que reuniu os selvagens em 212 ou 213 d.C. Mas foi só em 226 d.C. que ele e os selvagens conseguiram atravessar a Muralha, escalando-a às centenas e milhares pelo gelo escorregadio e descendo do outro lado.

O exército de Raymun reunia milhares de pessoas, segundo todos os relatos, e abriu caminho para o sul até o Lago Longo. Lá, Lorde Willam Stark e o Gigante Bêbado, Lorde Harmond da Casa Umber, lançaram seus exércitos contra eles. Com duas tropas o cercando, e o lago nas costas, Barba-Vermelha lutou e morreu, mas não antes de matar Lorde Willam.

Quando a Patrulha da Noite finalmente apareceu, liderada pelo Senhor Comandante Jack Musgood (chamado de Alegre Jack Musgood antes da invasão e Dorminhoco Jack Musgood depois), a batalha tinha acabado, e o irado Artos Stark (irmão do falecido Lorde Willam, conhecido por ser o guerreiro mais temível de sua época) encarregou os irmãos negros de enterrar os mortos. No fim, eles realizaram essa tarefa de forma admirável.

ABAIXO | *Exército selvagem reunido na Muralha.*

O NORTE
TERRAS FLUVIAIS
VALE
TERRAS OCIDENTAIS
TERRAS DA COROA
CAMPINA
Torre da Água Cinzenta
ILHAS DE FERRO
CABO DAS ÁGUIAS
Gêmeas
Guardamar
BAÍA DOS HOMENS DE FERRO
ESTRADA DO REI
RAMO VERDE
RAMO AZUL
Pedravelhas
Feirajusta
RAMO VERMELHO
Sangrento
ESTRADA DO RIO
Estalajem do Ajoelhado
Estalajem do Entroncamento
PEDREGOSO
Correrrio
Barreira de Pedras
Vila de Lorde Harroway
TRIDENTE
Salinas
Ilha Quieta
BAÍA DOS CARANGUEJOS
Coração Alto
Harrenhal
Lagoa da Donzela
OLHO DE DEUS
Ilha das Faces
Solar das Bolotas
Hastes
Valecorno
Donzelarosa
Septo de Pedra
TORRENTE DE ÁGUA NEGRA
Porto Real
LEGENDA
PRINCIPAIS CASTELOS
CASTELOS
CIDADES
ESTALAGENS
RUÍNAS
REBANHOS
ESTRADAS

AS TERRAS FLUVIAIS

MUITA HISTÓRIA – repleta de glória e tragédia – tem ocorrido nas terras banhadas pelo rio Tridente e seus três grandes afluentes.

Estendendo-se do Gargalo até as margens da Água Negra, e a leste até a fronteira do Vale, as terras fluviais são o coração pulsante de Westeros. Nenhuma outra terra nos Sete Reinos viu tantas batalhas nem tantos reis pequenos e casas reais se erguerem e caírem. As causas disso são claras. Ricas e férteis, as terras fluviais fazem fronteira com todos os reinos dos Sete Reinos, exceto Dorne, mas têm poucos limites naturais para deter invasões. As águas do Tridente tornam as terras propícias para colonização, plantações e conquistas, enquanto os três ramos do rio estimulam o comércio e as viagens na época de paz, e servem tanto de estradas quanto de barreiras nos períodos de guerra.

A história verdadeira das terras fluviais começa com a chegada dos ândalos. Depois de cruzar o mar estreito e dominar o Vale, esses conquistadores do leste seguiram em frente para tomar mais terras, navegando com seus dracares pelo Tridente e seus três grandes ramos. Naqueles dias, parece que os ândalos lutavam em grupos que seguiam líderes que, mais tarde, os septões chamariam de reis. Pedaço por pedaço, eles invadiram os vários reinos menores que eram regados pelos rios.

A importância do Tridente para a região nunca foi tão clara do que quando o rei Harwyn Hoare, avô de Harren, o Negro, lutou pelas terras fluviais com o Rei da Tempestade Arrec. Os saqueadores nascidos no ferro conseguiram dominar os rios e usá-los como meio para transportar exércitos rapidamente entre fortalezas e campos de batalhas distantes. O Rei da Tempestade sofreu sua pior derrota na travessia do Ramo Azul, perto de Feirajusta, onde os dracares provaram ser decisivos ao permitir que os nascidos no ferro dominassem a travessia mesmo diante de números superiores de Arrec.

Os três ramos do Tridente dão às terras fluviais seus nomes: o Ramo Vermelho, colorido pela lama e pelo lodo que descem das montanhas ocidentais; o Ramo Verde, cujas águas cheias de musgo emergem dos pântanos do Gargalo; e o Ramo Azul, chamado assim pela pureza de suas águas cintilantes, alimentadas pela nascente. Suas águas amplas são estradas pelas quais as mercadorias passam pelas terras fluviais, e não é incomum ver filas de barcaças que se estendem por mais de um quilômetro. Nunca existiu uma cidade nas terras fluviais, por mais estranho que isso seja (embora grandes vilas mercantis sejam comuns), provavelmente por causa da história turbulenta da região e uma tendência dos reis do passado de recusar os alvarás que dariam a Salinas, à Vila de Lorde Harroway e à Feirajusta licença para se expandirem.

Durante os longos séculos em que os Primeiros Homens reinaram supremos em Westeros, incontáveis reinos de pouca importância se ergueram e caíram nas terras fluviais. Suas histórias, entrelaçadas e embelezadas com mitos e canções, estão em grande parte esquecidas, exceto pelos nomes de alguns reis e heróis lendários cujos feitos estão registrados em pedras desgastadas, em runas cujos significados são até agora discutidos na Cidadela. Assim, enquanto cantores e contadores de histórias podem nos deliciar com contos pitorescos de Artos, o Forte, Florian, o Tolo, Nove-Dedos Jack, Sharra, a Rainha Bruxa, e o Rei Verde do Olho de Deus, a própria existência de tais personagens deve ser questionada pelo erudito sério.

As canções nos falam dos anos da Queda de Lagoa da Donzela e da morte de seu rei menino, Florian, o Bravo, Quinto de seu Nome; do Charco da Viúva, onde os três filhos de Lorde Darry detiveram o senhor da guerra ândalo, Vorian Vypren, e seus cavaleiros por um dia e uma noite, matando centenas antes de caírem; da noite no Bosque Branco, onde supostamente os filhos da floresta emergiram de um buraco na colina para mandar centenas de lobos contra o acampamento ândalo, destroçando centenas de homens sob a luz da lua crescente; da grande batalha do Rio Amargo, na qual os Bracken de Barreira de Pedra e os Blackwood de Solar de Corvarbor fizeram causa comum contra os invasores, só para serem destruídos pelo ataque de 777 cavaleiros ândalos e sete septões usando a estrela de sete pontas da Fé em seus escudos.

A estrela de sete pontas estava em todos os lugares em que os ândalos iam, colocada diante deles em escudos e estandartes, bordada em seus sobretudos, algumas vezes gravada na própria carne. Em seu ardor pelos Sete, os conquistadores olhavam para os antigos deuses dos Primeiros Homens e dos filhos da floresta como pouco mais do que demônios, e caíam sobre os bosques de represeiros sagrados com aço e fogo, destruindo as grandes árvores brancas onde quer que as encontrassem e destroçando os rostos esculpidos.

O grande monte chamado Coração Alto era especialmente sagrado para os Primeiros Homens, como fora para os filhos da floresta antes deles. Coroado por um bosque de represeiros gigantes, antigos como nenhum outro visto nos Sete Reinos, Coração Alto ainda era morada dos filhos da floresta e de seus videntes verdes. Quando o rei ândalo Erreg, o Assassino de Parentes, cercou o monte, os filhos saíram para defendê-lo, convocando nuvens de corvos e exércitos de lobos... pelo menos é o que as lendas dizem. Mas nem dentes nem garras foram páreo para os machados de aço dos ândalos, que massacraram os videntes verdes, os animais e os Primeiros Homens, e ergueram ao lado de Coração Alto uma pilha de cadáveres com quase metade da altura do monte... ou pelo menos é no que os cantores querem que acreditemos.

A *História Verdadeira* sugere outra coisa, insistindo que os filhos abandonaram as terras fluviais muito antes que os ândalos cruzassem o mar estreito. Mas o que quer que tenha acontecido, o bosque foi destruído. Hoje, apenas tocos apodrecidos permanecem onde antes estavam os represeiros.

O penúltimo e maior dos reis do rio a se opor aos ândalos foi Tristifer IV da Casa Mudd, o Martelo da Justiça, que governava de um grande castelo chamado Pedravelhas, em uma colina na margem do Ramo Azul. Os cantores nos contam que ele lutou uma centena de batalhas contra os invasores e venceu noventa e nove delas, só caindo na centésima, quando seguiu para a guerra contra uma aliança de sete reis ândalos. Parece conveniente que haja sete reis nas canções; provavelmente é outro conto inventado pelos septões como uma lição de devoção.

Antes dos Mudd, havia outros reis quase tão poderosos. Algumas crônicas dizem que os Fisher foram a primeira e mais antiga linhagem dos reis do rio (em outras, eles são relatados como sendo uma segunda dinastia, e os fragmentários *Anais dos Rios*, do antigo septo de Peasedale, sugerem que eram uma terceira). Tanto os Blackwood quanto os Bracken afirmam terem governado as terras fluviais em vários momentos durante a Era dos Heróis.

Os Mudd conseguiram unificar mais das terras fluviais do que qualquer outro de seus predecessores, mas seu reinado não durou muito. O Martelo da Justiça foi sucedido por seu filho, Tristifer V, ou Tristifer, o Último, que se provou incapaz de conter a maré ândala e também falhou em manter seu próprio povo unido.

Os reis ândalos que conquistaram Pedravelhas e mataram Tristifer, o Último, se casaram com o que restava da nobreza dos Primeiros Homens e massacraram aqueles que não dobraram o joelho. Povo guerreiro e briguento, os ândalos dividiram as terras fluviais entre si. O sangue dos últimos reis dos Primeiros Homens mal tinha secado antes que os conquistadores ândalos começassem a guerrear uns com os outros pelo domínio da região. Embora mais de um senhor tenha se autodenominado Rei dos Rios e das Colinas ou Rei do Tridente, séculos se passariam antes que algum desses monarcas insignificantes tivesse influência suficiente nas terras fluviais para ser digno do título.

O primeiro dos reis ândalos a colocar todas as terras fluviais sob seu domínio foi um bastardo nascido de um encontro entre dois antigos inimigos, os Blackwood e os Bracken. Enquanto menino, ele era Benedict Rivers, desprezado por todos, mas cresceu para se tornar o maior guerreiro de sua época, Sor Benedict, o Ousado. Suas proezas em batalha lhe garantiram o apoio tanto da casa de sua mãe quanto de seu pai, e logo outros senhores do rio dobraram os joelhos para ele também. Foram necessários mais de trinta anos para que Benedict expulsasse o último rei menor do Tridente. Só quando o último deles se rendeu, ele passou a usar a coroa.

Como rei, ele se tornou conhecido como Benedict, o Justo, um nome que o agradava tanto que ele deixou o nome bastardo de lado e passou a usar Justman como nome de sua casa. Tão sábio quanto severo, reinou por vinte e três anos, estendendo seus domínios até Lagoa da Donzela e o Gargalo. Seu filho, outro Benedict, reinou por sessenta anos e acrescentou Valdocaso, Rosby e a foz da Água Negra ao reino do rio.

A Casa Justman governou as terras fluviais por quase três séculos, as crônicas nos dizem. Sua linhagem foi encerrada quando Qhored Hoare, rei das Ilhas de Ferro, assassinou os filhos do rei Bernarr II enquanto os mantinha cativos em

---

Ainda que o nome de Erreg seja um dos mais negros nas histórias antigas, é possível se perguntar se ele chegou a existir de verdade. O Arquimeistre Perestan sugeriu que Erreg poderia, de fato, ser uma corruptela de um título ândalo e não um nome realmente. Perestan ainda vai além em sua *Uma Consideração sobre a História*, sugerindo que este líder anônimo ândalo cortou as árvores a mando de um rival do rei do rio, que usava ândalos como mercenários.

Pyke. O pai deles não sobreviveu muito tempo depois disso, incitado a uma guerra desesperada por vingança contra os nascidos no ferro.

Outro período de anarquia e derramamento de sangue se seguiu. O reino que Benedict, o Ousado, tecera foi dilacerado mais uma vez, e cem anos de conflitos viram reis de menor importância das casas Blackwood, Bracken, Vance, Mallister, e Charlton brigarem uns com os outros por supremacia.

O vencedor improvável dessas disputas foi Lorde Torrence Teague, um aventureiro de nascimento incerto que apreendeu uma fortuna em ouro em um ataque ousado nas terras ocidentais e usou a riqueza para trazer mercenários do outro lado do mar estreito em grandes quantidades. Todos guerreiros experientes, as lâminas dos mercenários fizeram a diferença, e Teague foi coroado rei do Tridente em Lagoa da Donzela depois de seis longos anos de guerra.

Dizem, no entanto, que nem o rei Torrence nem seus herdeiros alguma vez se sentaram com segurança em seus tronos. Os Teague eram tão pouco amados por aqueles a quem governavam que eram obrigados a manter filhos e filhas de todas as grandes casas do Tridente em sua corte como reféns, para o caso de traição. Mesmo assim, o quarto monarca Teague, rei Theo, Dor de Sela, passou todo o reinado a cavalo, levando seus cavaleiros de uma rebelião para a seguinte enquanto enforcava reféns em cada árvore.

Assim como os Primeiros Homens, as dinastias dos reis do rio ândalos com frequência tiveram vida curta, pois inimigos cercavam seus reinos por todos os lados. Homens de ferro das ilhas atacavam a costa a oeste, enquanto piratas dos Degraus e das Três Irmãs faziam o mesmo a leste. Homens das terras ocidentais desciam as colinas pelo Ramo Vermelho para pilhar e conquistar, e tribos selvagens emergiam das Montanhas da Lua para queimar, roubar e sequestrar as mulheres. Do sudoeste, os senhores da Campina mandavam colunas de cavaleiros de ferro atravessar a Água Negra sempre que tinham vontade; ao sudeste estavam os domínios dos Reis da Tempestade, sempre ávidos por ouro e glória.

Em toda a longa história do Tridente, sob centenas de governantes, dificilmente houve um tempo em que o povo do rio não estava em guerra com pelo menos um de seus vizinhos. Algumas vezes, eram obrigados a lutar em duas ou até mesmo três frentes ao mesmo tempo. Pior ainda, poucos reis do rio conseguiram desfrutar do apoio total de seus próprios senhores vassalos. Lembranças de antigos erros e traições passadas não eram deixadas de lado pelos senhores do Tridente, cujas inimizades corriam tão profundas quanto os rios que banhavam suas terras. De tempos em tempos, um ou mais desses senhores do rio se unia a algum invasor contra seu próprio rei; de fato, em alguns casos, eram os próprios senhores quem traziam pessoas de fora às terras fluviais, oferecendo propriedades, ouro ou filhas pela ajuda contra inimigos da família.

Muitos reis do rio foram derrubados por tais alianças, e cada nova batalha só servia para preparar o cenário para outra na sequência. Em retrospectiva, é claro ver que era só questão de tempo até que um dos invasores resolvesse ficar e reivindicar as terras fluviais para si.

O primeiro a fazer isso foi o Rei da Tempestade, Arlan III Durrandon.

Humfrey da Casa Teague era Rei dos Rios e das Colinas naqueles dias. Governante piedoso, fundou muitos septos e casas da Mãe pelas terras fluviais e tentou reprimir a adoração aos antigos deuses em seu reino.

Isso fez que Corvarbor se erguesse contra ele, pois os Blackwood nunca aceitaram os Sete. Os Vance de Atranta e os Tully de Correrrio se juntaram a eles em rebelião. O rei Humfrey e seus partidários, apoiados pelas Espadas e pelas Estrelas da Fé Militante, estavam a ponto de esmagá-los quando Lorde Roderick Blackwood pediu ajuda a Ponta Tempestade. Sua senhoria estava ligado à Casa Durrandon por casamento, pois o rei Arlan tomara uma das filhas de Lorde Roderick como esposa, casando-se com ela segundo os antigos rituais, sob o grande represeiro morto no bosque sagrado de Corvarbor.

Arlan III foi rápido em responder. Convocando seus vassalos, o Rei da Tempestade levou um grande exército através da Água Negra, derrotando o rei Humfrey e seus partidários

ACIMA | *Rei Benedict da Casa Justman.*

em uma série de batalhas sangrentas e erguendo o cerco em Corvarbor. Roderick Blackwood e Elston Tully morreram na batalha, juntamente com os lordes Bracken, Darry, Smallwood e os dois Lordes Vance. O rei Humfrey, seu irmão e campeão, Sor Damon, e seus filhos Humfrey, Hollis e Tyler pereceram na batalha final da campanha, um turbilhão sangrento lutado sob duas colinas chamadas Tetas da Mãe, uma terra reivindicada tanto pelos Blackwood quanto pelos Bracken.

Está escrito que o rei Humfrey foi o primeiro a morrer naquele dia. Seu herdeiro, o príncipe Humfrey, pegou sua coroa e espada, mas morreu pouco tempo depois, após o que o segundo filho, Hollis, fez o mesmo, só para ser morto também. Dessa forma, a coroa ensanguentada do último rei do rio passou de um filho para outro, e, finalmente, para o irmão do rei Humfrey, tudo no espaço de uma única batalha. Quando o sol se pôs, a Casa Teague fora complemente extinta, juntamente com o Reino dos Rios e das Colinas. A batalha na qual morreram ficou, mais tarde, conhecida como Batalha dos Seis Reis, em honra a Arlan III, Rei da Tempestade, e aos cinco reis do rio que os homens da tempestade mataram, alguns dos quais reinaram por minutos, nem mesmo horas.

Certas cartas encontradas por meistres a serviço em Ponta Tempestade e em Solar de Corvarbor, em séculos posteriores, sugerem que Arlan III não pretendia reivindicar as terras fluviais para si quando marchou para norte; em vez disso, planejara devolver a coroa à Casa Blackwood, na pessoa de seu sogro Lorde Roderick. A morte de sua senhoria em batalha mudou completamente os planos, pois o herdeiro de Corvarbor era um menino de oito anos, e o Rei da Tempestade não gostava nem confiava nos irmãos sobreviventes de Lorde Blackwood. Parece que, por um breve instante, o rei Arlan pensou em coroar sua cunhada Shiera, filha mais velha de Roderick Blackwood, com seu próprio filho comandando ao lado dela, mas os senhores do rio não aceitaram ser governados por uma mulher, e Sua Graça decidiu acrescentar as terras fluviais aos seus domínios.

E assim permaneceu mais de três séculos, embora os senhores do rio se erguessem contra Ponta Tempestade pelo menos uma vez em cada geração. Uma dúzia de pretendentes de muitas casas adotaria o título de Rei do Rio ou Rei do Tridente e juraria libertar a região do jugo dos homens da tempestade. Alguns até conseguiram... por uma quinzena, um turno da lua, até mesmo um ano. Mas seus tronos eram feitos de lama e areia, e, no fim, um novo exército marchava de Ponta Tempestade para derrubá-los e enforcar os homens que tentaram tomar o trono. Assim terminaram os breves e inglórios reinados de Lucifer Justman (Lucifer, o Mentiroso), de Marq Mudd (o Bardo Louco), de Lorde Robert Vance, de Lorde Petyr Mallister, da Senhora Jeyne Nutt, do rei bastardo Sor Addam Rivers, do rei camponês Pate de Feirajusta e de Sor Lymond Fisher, Cavaleiro de Pedravelhas, juntamente com mais uma dúzia deles.

Quando o domínio de Ponta Tempestade nas terras fluviais finalmente foi rompido, não foi um senhor do rio quem conseguiu isso, mas um conquistador rival de além das terras do Tridente: Harwyn Hoare, chamado Mãodura, rei das Ilhas de Ferro. Cruzando a Baía dos Homens de Ferro com uma centena de dracares, a força de Harwyn desembarcou duzentos quilômetros ao sul de Guardamar e marchou continente adentro até o Ramo Azul, levando os navios nos ombros em um feito que os cantores das ilhas ainda celebram.

Conforme os nascidos no ferro subiam e desciam os rios, destruindo e invadindo o que quisessem, os senhores do rio caíam diante deles ou buscavam abrigos em seus castelos, sem querer se arriscar em batalha em nome de um rei que muitos insultavam. Aqueles que pegaram em armas foram selvagemente punidos. Um jovem e ousado cavaleiro chamado Samwell Rivers, filho ilegítimo de Tommen Tully, Senhor de Correrrio, reuniu um pequeno exército e encontrou o rei Harwyn no Pedregoso, mas suas fileiras foram destroçadas quando o Mãodura atacou. Centenas se afogaram tentando fugir. O próprio Rivers foi cortado ao meio, para que metade de seu corpo pudesse ser entregue ao pai e metade, à mãe.

Lorde Tully abandonou Correrrio sem lutar, fugindo com todas as suas tropas para se juntar ao exército que estava sendo reunido em Solar de Corvarbor pela Senhora Agnes Blackwood e seus filhos. Mas, quando a Senhora Agnes avançou sobre os nascidos no ferro, seu vizinho beligerante, Lorde Lothar Bracken, caiu sobre sua retaguarda com toda a força e colocou os homens dela para correr. A Senhora Agnes e dois de seus filhos foram capturados e entregues ao rei Harwyn, que obrigou a mãe a assistir ao estrangulamento dos meninos com as próprias mãos. Mesmo assim, a Senhora Agnes não chorou, se os relatos são verdadeiros. "Tenho outros filhos", ela disse ao rei das Ilhas de Ferro. "Corvarbor continuará a existir muito depois que você e os seus forem abatidos e destruídos. Sua linhagem terminará em sangue e fogo."

Provavelmente, esse discurso profético é uma invenção tardia, acrescentada ao relato por algum cantor ou contador de histórias. O que sabemos é que Harwyn Mãodura ficou tão impressionado pelo desafio de sua cativa que ofereceu poupar sua vida e tomá-la como esposa de sal. "Prefiro sua espada dentro de mim do que seu pau", a Senhora Agnes respondeu. Harwyn Mãodura cumpriu o desejo dela.

A derrota do exército da Senhora Blackwood significou o fim da resistência dos senhores do rio aos nascidos no ferro, mas não o fim das lutas, pois notícias da invasão finalmente alcançaram o rei Arrec Durrandon na distante Ponta Tempestade.

À DIREITA | *O Rei da Tempestade Arrec inspeciona a batalha em Feirajusta.*

Reunindo um poderoso exército, o Rei da Tempestade correu para o norte ao encontro do inimigo.

O jovem rei estava tão ansioso em enfrentar os homens de ferro que logo ultrapassou as carroças de suprimentos – um erro grave, como Arrec descobriu quando cruzou a Água Negra e encontrou todos os castelos trancados e sem comida nem forragem disponíveis, só vilas queimadas e campos enegrecidos.

A essa altura, muitos dos senhores do rio tinham se juntado aos homens de ferro. Sob o comando dos lordes Goodbrook, Paege e Vypren, eles atravessaram a Água Negra e caíram sobre as lentas carroças de suprimentos antes que alcançassem o rio, fazendo a retaguarda do rei Arrec fugir e pegando suas provisões.

Assim um exército de homens da tempestade cambaleantes e famintos, por fim, enfrentou Harwyn Mãodura em Feirajusta, onde Lothar Bracken, Theo Charlton e vinte outros senhores do rio haviam se juntado a ele. O Rei Arrec tinha mais de metade do exército adversário de vantagem, mas seus homens estavam cansados de dias de marcha, perplexos e desanimados, e seu rei logo provou ser ao mesmo tempo teimoso e indeciso. Quando a batalha começou, o resultado foi uma derrota acachapante para os homens da tempestade. Arrec escapou da carnificina, mas dois de seus irmãos morreram na luta e o controle de Ponta Tempestade sobre as terras do Tridente chegou a um fim súbito e sangrento.

Dizem que, nas terras fluviais, muitos plebeus se alegraram ao ouvir a notícia, enquanto seus senhores, encorajados, ergueram-se contra as poucas e pequenas guarnições dos homens da tempestade que permaneciam espalhadas pela região, expulsando-as ou passando-as pela espada. Os sinos do Septo de Pedra tocaram um dia e uma noite, os cronistas nos dizem, e cantores e irmãos mendicantes foram de vila em vila proclamando que os homens do Tridente eram seus próprios mestres mais uma vez.

Mas essas celebrações provaram ter vida curta. Em especial em Barreira de Pedra, onde dizem que Lorde Lothar Bracken fez causa comum com os nascidos no ferro, na crença de que Mãodura o fizesse rei uma vez que os homens da tempestade fossem expulsos, mas não há evidência escrita que apoie tal afirmação. Parece improvável: Harwyn Hoare não era o tipo de homem que cedesse coroas. Assim como Arlan III Durrandon fizera três séculos antes, Harwyn reivindicou as terras fluviais para si. Os senhores do rio que lutaram ao seu lado não conseguiram nada a não ser trocar um mestre por outro... e o novo mestre era mais duro, mais cruel e mais exigente do que o antigo.

Lothar Bracken foi um dos primeiros a aprender essa lição quando tentou se levantar contra Mãodura meio ano mais tarde. Só alguns senhores insignificantes se uniram ao seu estandarte, e o rei Harwyn o esmagou completamente, saqueando e destruindo Barreira de Pedra e pendurando Lorde Bracken em uma gaiola de corvo durante grande parte de um ano, enquanto ele morria lentamente de fome.

Nos últimos anos de vida, por duas vezes o rei Arrec tentou atravessar a Água Negra e tomar de volta o que perdera, mas não obteve êxito. Seu filho mais velho e sucessor, rei Arlan V tentou também, e morreu no esforço.

Harwyn Mãodura governou as terras fluviais até sua morte (ele morreu na cama, aos sessenta e quatro ano, enquanto obtinha prazer carnal de uma de suas muitas esposas de sal), e seu filho e neto o sucederam um de cada vez, continuando o domínio brutal dos nascidos no ferro sobre os povos do Tridente. O neto de Harwyn, o rei Harren, o Negro, passou a maior parte de sua vida nas terras fluviais, construindo a gigantesca fortaleza que receberia seu nome, voltando para as Ilhas de Ferro apenas de vez em quando.

Esse era o estado das coisas quando Aegon, o Conquistador, desembarcou e pôs um fim a Harren e à Casa Hoare. A soberania dos nascidos no ferro sobre as terras fluviais terminou no holocausto que engoliu Harrenhal. Depois disso, Aegon nomeou Edmyn Tully, primeiro dos senhores do rio a se declarar pelos Targaryen, Senhor Protetor do Tridente, rebaixando os demais senhores do rio a vassalos. Manteve a realeza consigo; não haveria outros reis em Westeros além de Aegon.

CASA TULLY

Os Tully de Correrrio nunca foram reis, embora os livros de genealogia mostrem um grande número de conexões com dinastias do passado. Podem ter sido essas conexões que colocaram a Casa Tully no caminho para se tornarem Senhores Protetores do Tridente, no reinado de Aegon I.

Pessoas com nome Tully aparecem em muitas crônicas e anais do Tridente, ainda nos dias dos Primeiros Homens, quando o primeiro Edmure Tully e seus filhos lutaram ao lado do Martelo da Justiça, Tristifer IV Mudd, em várias de suas noventa e nove vitórias. Após a morte do rei, Sor Edmure foi até o mais poderoso dos conquistadores ândalos, Armistead Vance. Foi dele que o filho de Edmure Axel recebeu uma doação de terras na confluência do Ramo Vermelho com seu afluente de águas rápidas, o Pedregoso. Ali Lorde Axel estabeleceu sua sede, em um castelo vermelho que chamou de Correrrio.

Localizado onde estava, Correrrio logo provou ter grande valor estratégico, e os reis de pouca importância que lutavam durante a era da anarquia logo começaram a buscar o apoio da Casa Tully. Axel e seus descendentes ficaram cada vez mais ricos e poderosos, e, com o tempo, se tornaram o baluarte de muitos reis do rio, pois defendiam as marcas ocidentais do Tridente contra o Reinado do Rochedo.

Os Tully estavam entre os senhores mais importantes das terras fluviais na época em que os Reis da Tempestade venceram a batalha final contra o último Rei dos Rios e das Colinas. Algumas casas nobres foram destruídas nessas guerras, mas a maior parte dobrou o joelho para o Rei da Tempestade assim que os Teague foram depostos, e os Tully estavam entre eles. Logo os Tully começaram a aparecer em cargos proeminentes e em posições de confiança.

Correrrio resistiu aos reinados dos Reis da Tempestade e sobreviveu à subsequente conquista dos nascidos no ferro em grande parte intacto. Outras casas poderosas das terras fluviais não tiveram tanta sorte. Uma década antes da Conquista de Aegon, os Blackwood e os Bracken iniciaram outra guerra privada por sua antiga contenda. Antes, os dominadores nascidos no ferro haviam ignorado a maior parte dos conflitos entre seus vassalos – de fato, se podemos acreditar na *Crônica de Ferro*, Harwyn Mãodura com frequência parecia jogar seus vassalos uns contra os outros para mantê-los fracos.

Mas, dessa vez, a rixa interrompeu a construção de Harrenhal, e isso foi razão bastante para que Harren, o Negro, lidasse com eles com dureza. E foi assim que, quando Aegon, o Conquistador, marchou sobre Harrenhal, os Tully de Correrrio eram mais poderosos entre os senhores do rio que restavam.

Quarenta anos de governo do Negro Harren, que trouxeram penúria e mortes aos milhares, não conquistaram

ANEXO – UMA LISTA DAS CASAS QUE, EM UM MOMENTO OU OUTRO, GOVERNARAM AS TERRAS FLUVIAIS, COMO AFIRMAM AS HISTÓRIAS:

Casa Fisher, da Ilha Nebulosa

Casa Blackwood, de Corvarbor

Casa Bracken, de Barreira de Pedra

Casa Mudd, de Pedravelhas (última dinastia dos Primeiros Homens a governar as terras fluviais)

Casa Justman

Casa Teague (último dos Reis dos Rios e das Colinas nativo das terras fluviais)

Casa Durrandon, de Ponta Tempestade

Casa Hoare, das Ilhas de Ferro

ACIMA | *Brasão da Casa Tully (centro) e de algumas casas importantes, passadas e presentes (sentido horário, de cima): Mallister, Mooton, Darry, Mudd, Piper, Strong, Vance, Bracken, Blackwood, Whent, Lothston e Frey.* À DIREITA | *A morte do príncipe Aegon e de seu dragão, Quicksilver.*

A contenda dos Blackwood e dos Bracken é famosa, e com razão, pois remonta a milhares de anos antes da chegada dos ândalos. As origens são contestadas e envoltas em lendas. Os Blackwood dizem que eram reis e que os Bracken eram pouco mais do que senhores sem importância resolvidos a traí-los e depô-los, enquanto os Bracken dizem praticamente o mesmo sobre os Blackwood. Que ambas eram casas reais no Tridente parece ser verdade, e ninguém pode duvidar que sua inimizade surgiu por algum motivo, tão arraigada que se tornou lendária. Poderosas como eram, mantiveram a rixa apesar dos vários reis que tentaram fazer as pazes entre elas. Até o Velho Rei, Jaehareys, o Conciliador, falhou em sua tentativa de acabar com essa guerra incessante, pois a paz que ele forjou não sobreviveu ao fim de seu reinado.

nenhum amor do povo das terras fluviais. Consequentemente, a chegada de Aegon foi anunciada por senhores grandes e pequenos que se reuniram sob seu estandarte, interessados em derrubar o cruel rei estrangeiro – e o principal entre eles era Edmyn Tully. Quando Harrenhal queimou e a linhagem de Harren, o Negro, foi encerrada, Aegon deu o governo das terras fluviais para Lorde Edmyn. Alguns até propuseram que Lorde Tully também tivesse o controle sobre as Ilhas de Ferro, mas isso não se concretizou.

Lorde Edmyn fez muita coisa para reparar os danos que Harren deixara atrás de si. Novas alianças foram forjadas, como quando o recém nomeado Lorde Quenton Qoherys – antes mestre de armas em Pedra do Dragão, e depois Senhor das ruínas de Harrenhal e de suas terras consideráveis – tomou a filha de Lorde Tully como esposa. (Embora, em anos posteriores, isso tenha provado ser uma conexão problemática, aliviada apenas pelo fim rápido e triste da Casa Qoherys.) Além disso, em 7 d.C., Lorde Edmyn começou seus dois anos como Mão do Rei, que terminaram quando ele renunciou ao cargo e voltou para Correrrio e sua família.

Nos anos seguintes, homens da Casa Tully desempenhariam papel importante em vários dos principais acontecimentos dos governos dos primeiros reis Targaryen. Quando o rei Aenys I se hospedou em Correrrio, e Harren, o Vermelho, assassinou Gargon, o Convidado, foi para os Tully e seus vassalos que Sua Graça recorreu para tentar tirar Harrenhal do rei fora da lei. Em anos posteriores, os Tully – juntamente com os Harroway, que, na época, governavam Harrenhal – integraram o exército que

Os Senhores de Harrenhal

Lorde Gargon, segundo e último Qoherys senhor de Harrenhal, era neto de Lorde Quenton. Era notório por seu apetite pelas mulheres e tornou-se conhecido como o Convidado, pelo costume de participar de todos os casamentos em seus domínios, para que pudesse tirar proveito do direito do senhor à primeira noite. Não é surpresa que o pai de uma donzela que Lorde Gargon deflorou tenha aberto um portão para Harren, o Vermelho, e seu bando de foras da lei, ou que Gargon tenha sido castrado antes de morrer. Harrenhal mereceria a reputação de amaldiçoada nos anos que se seguiram, pois várias das casas que governaram o castelo tiveram finais infelizes:

Casa Harroway

Tornados senhores de Harrenhal no reinado de Aenys I, após a morte de Gargon Qoherys, Lorde Lucas Harroway viu sua filha Alys se casar com Maegor. Ela se tornou uma das rainhas de Maegor, e ele se tornou Mão, até que Maegor, o Cruel, o matou, assim como toda sua linhagem.

Casa Towers

Depois de destruir a Casa Harroway, o rei Maegor decretou que o mais forte de seus cavaleiros teria o castelo, embora não todas as suas terras. Vinte e três cavaleiros que serviam sua casa lutaram nas ruas encharcadas de sangue da Vila de Lorde Harroway pelo prêmio. Sor Walton Towers foi o vitorioso e garantiu o castelo, embora morresse logo depois por causa dos ferimentos. Sua linhagem desapareceu duas gerações mais tarde, quando o último Lorde Towers morreu sem deixar herdeiros.

Casa Strong

Lyonel Strong, famoso como guerreiro, mas também homem de grandes dotes naturais que ganhara seis elos de sua corrente na Cidadela, recebeu a senhoria no reinado de Jaehaerys I. Serviu como mestre das leis e, depois, como Mão de Viserys I, enquanto seus filhos ficaram profundamente envolvidos na corte. Ele e seu herdeiro, Sor Harwyn, foram mortos pelo incêndio que eclodiu em Harrenhal, deixando o filho mais jovem, Larys Strong, como Senhor de Harrenhal. Larys sobreviveu à Dança dos Dragões, mas não ao Julgamento do Lobo.

Casa Lothston

Sor Lucas Lothston – mestre de armas na Fortaleza Vermelha – recebeu o castelo como presente do rei Aegon III em 151 d.C. Recém-casado com Senhora Falena Stokeworth, após o escândalo do relacionamento dela com o príncipe Aegon, futuro Aegon, o Indigno, Lothston logo partiu da corte com a esposa. Voltou a Porto Real já no reinado de Aegon, servindo como Mão por menos de um ano, antes que o rei, mais uma vez, o banisse da corte juntamente com a esposa e filha. Sua linhagem foi encerrada na loucura e no caos, quando a Senhora Danelle Lothston se voltou para as artes negras, durante o reinado do rei Maekar I.

Casa Whent

Cavaleiros a serviço dos Lothston, os Whent receberam Harrenhal como recompensa por derrubarem os Lothston. Mantêm a sede até os dias de hoje, mas a tragédia marcou a história da Casa.

Foi durante os primeiros dias da Dança que o príncipe Daemon Targaryen liderou as forças da rainha Rhaenyra em uma vitória sangrenta em Harrenhal, tomando o castelo e tornando-o um ponto de encontro para os apoiadores dela. Havia muitos apoiadores nas terras fluviais, que se levantaram aos milhares e se juntaram ao exército do príncipe em nome de Rhaenyra. O mais notável entre eles era o influente cavaleiro Lorde Forrest Frey, que, no passado, fora pretendente à mão de Rhaenyra. Os Frey não eram uma casa antiga. Tinham se tornado proeminentes há seiscentos anos, e sua linhagem era originária de senhores de menor importância que ergueram uma frágil ponte de madeira na parte mais estreita do Ramo Verde. Mas, conforme sua riqueza e influência aumentavam, o mesmo acontecia com a Travessia. E logo o castelo passou de uma única torre na margem da ponte para duas torres que margeavam ambos os lados do rio entre elas. Essas duas fortalezas, agora chamada Gêmeas, estão estre as mais fortificadas do reino.

Lorde Forrest lutou bravamente pela rainha que amara até a Comida de Peixe, onde se tornou um dos vários senhores e cavaleiros mortos na batalha mais sangrenta da guerra. Sua viúva, a Senhora Sabitha da Casa Vypren, provou ser temível por sua coragem e notória por sua falta de misericórdia. Segundo Cogumelo, ela era uma "megera de feições acentuadas e língua afiada da Casa Vypren, que preferia cavalgar a dançar, usava cota de malha em vez de seda e gostava de matar homens e beijar mulheres".

cercou e derrotou o príncipe Aegon e seu dragão Quicksilver, na guerra contra o tio Maegor, o Cruel.

Mas não demorou muito para que Correrrio também começasse a se incomodar com o jugo do rei Maegor. Quando os inimigos do rei se levantaram, os Tully se reuniram ao estandarte do príncipe Jaehaerys Targaryen, irmão do falecido príncipe Aegon, no ano final do cruel reinado do tio.

Nos anos que se seguiram, os Tully continuaram a deixar sua marca na história. Lorde Grover Tully apoiou o príncipe Viserys Targaryen em vez de Laenor Velaryon como sucessor de Jaehaerys I no Grande Conselho de 101 d.C. Quando a Dança dos Dragões irrompeu em 129 d.C., o velho senhor provou ser leal aos seus princípios e ao rei Aegon II... mas estava idoso e acamado na época, e seu neto,

À ESQUERDA | *O grande castelo de Harrenhal.* ACIMA | *Lorde Forrest Frey cavalga para a guerra.*

Sor Elmo, o desafiou e fechou os portões e manteve os vassalos por perto.

Mais tarde, durante a Dança, Sor Elmo Tully liderou os senhores do rio na Segunda Batalha de Tumbleton, mas ao lado da rainha Rhaenyra, em vez do rei Aegon II, a quem seu avô favorecera. A batalha acabou em vitória – ao menos em parte –, e, logo depois, seu avô morreu e Sor Elmo se tornou Senhor de Correrrio. Mas não desfrutou muito da posição; morreu em marcha, quarenta e nove dias mais tarde, deixando seu jovem filho, Sor Kermit, para sucedê-lo.

Lorde Kermit levou os Tully ao auge do poder. Sábio e arrojado, lutou incansavelmente pela rainha Rhaenyra e seu filho, o príncipe Aegon, depois rei Aegon III. Lorde Kermit foi o comandante-chefe do exército que chegou a Porto Real nos últimos dias da guerra, e matou pessoalmente Lorde Borros Baratheon na batalha final da Dança dos Dragões.

Seus sucessores governaram o melhor que puderam depois dele, mas Correrrio nunca mais foi tão proeminente quanto naqueles anos. Leal à Casa Targaryen durante todas as Rebeliões Blackfyre, a Casa Tully, por fim, teve as relações deterioradas com os reis dragões durante a loucura do rei Aerys II Targaryen. Lorde Hoster Tully se juntou a Robert Baratheon e seus rebeldes e ajudou a formar a aliança que levou Robert ao Trono de Ferro ao dar as mãos de suas filhas para Lorde Jon Arryn do Ninho da Águia e Lorde Eddard Stark de Winterfell.

CORRERRIO

A sede da Casa Tully é pequena quando comparada aos grandes castelos fortificados de outras grandes casas. Não é nem mesmo o maior castelo nas terras fluviais, pois a imensidão arruinada de Harrenhal, de Harren, o Negro, poderia conter dez Correrrios.

Mesmo assim, Correrrio é robusto e bem construído, e sua posição na confluência de dois rios, cercado por águas profundas em ambos os lados, torna extremamente difícil atacá-lo. Embora assediado muitas vezes ao longo dos séculos, Correrrio raramente foi tomado, e nunca por invasão. A chave para a força do castelo é o fosso cavado entre suas muralhas ocidentais, onde estão os portões principais. Muitos castelos nos Sete Reinos têm fossos, mas poucos foram feitos com complicadas comportas que permitem que sejam alagados se necessário. Isso dá ao fosso de Correrrio uma profundidade e uma amplitude que poucos conseguem. Com o fosso completamente inundado, Correrrio se torna uma ilha completamente invulnerável ao ataque.

ACIMA | *Sor Elmo Tully.* À DIREITA | *Correrrio.*

O NORTE
O VALE
DENTADA
Castelo Velho
Irmã Doce
Irmã Longa
Irmã Pequena
TRÊS IRMÃS
Seixos
Polpa
DEDOS
MAR ESTREITO
Regato da Água Fria
Mata de Cobras
Cantoforte
Lar do Coração
Longoarco
Ninho da Águia
Ferrobles
Âncora Velha
Pedrarruna
Vila Gaivota
Portão Sangrento
ESTRADA DA ALTITUDE
Forte Vermelho
Gêmeas
Vila de Lord Harroway
Estalagem do Entroncamento
Ilha Quieta
Salinas
Tocalar
BAÍA DOS CARANGUEJOS
Lagoa da Donzela
TERRAS FLUVIAIS
LEGENDA
PRINCIPAIS CASTELOS
CASTELOS
CIDADES
VILAS
PLANTAÇÕES
MONUMENTOS
ESTRADAS
BAÍA DA ÁGUA NEGRA
TERRAS DA COROA

O VALE

O VALE DE Arryn – um vale comprido, largo, inteiramente cercado pelos grandes picos verde acinzentados das poderosas Montanhas da Lua – é tão rico quanto belo. Talvez seja por isso que os primeiros invasores ândalos escolheram desembarcar ali quando cruzaram o mar estreito sob os estandartes de seus deuses. A prova dessa afirmação está nas pedras entalhadas por todos os Dedos, com imagens de estrelas, espadas e machados (ou martelos, como alguns argumentam). O livro sagrado da Fé, a *Estrela de Sete Pontas*, fala de uma "terra dourada entre altas montanhas" quando Hugor da Colina recebeu sua visão das recompensas que um dia pertenceriam aos ândalos.

Isolado do restante de Westeros pelas montanhas íngremes, o Vale provou ser o solo ideal para os ândalos entalharem seus primeiros reinos na nova terra. Os Primeiros Homens, que estavam ali antes dos ândalos, lutaram contra esses invasores marítimos com teimosia, mas o Vale era pouco povoado naquela época, e logo se encontraram em número menor a cada luta. Mal um dracar era queimado ou afundava no mar – os cantores dizem –, e mais dez chegavam no alvorecer. Os Primeiros Homens tampouco eram páreo para o entusiasmo dos invasores, e seus machados de bronze e cotas de malha de escamas de bronze se provavam menos eficazes do que as espadas de aço e as cotas de malha de ferro dos ândalos.

Mais do que isso, o Vale e os picos ao seu redor eram divididos em duas dúzias de pequenos reinos quando os primeiros ândalos começaram a vagar pela terra com a estrela de sete ponta pintada (ou entalhada, em alguns casos) no peito. Divididos por antigas inimizades, os reis dos Primeiros Homens não se uniram contra os invasores quando os primeiros apareceram; em vez disso, fizeram pactos e alianças com eles, tentando usar os recém-chegados nas guerras que travavam uns contra os outros. (Uma tolice conhecida que se repetiu de tempos em tempos enquanto os ândalos se espalhavam por Westeros.)

Dywen Shell e Jon Brightstone, ambos reivindicando o título de Rei dos Dedos, chegaram a pagar senhores da guerra ândalos para cruzarem o mar, cada um pensando em usar sua espada contra o outro. Em vez disso, os senhores da guerra se voltaram contra seus anfitriões. Em um ano, Brightstone foi preso, torturado e decapitado, e Shell foi queimado vivo em seu salão de madeira. Um cavaleiro ândalo chamado Corwyn Corbray pegou a filha do primeiro como esposa e a esposa do segundo para aquecer sua cama, e reivindicou os Dedos para si (embora Corbray, ao contrário de muitos de seus companheiros, nunca tenha se autodenominado rei, preferindo o título mais modesto de "Senhor dos Cinco Dedos").

Mais ao sul, a rica vila portuária de Vila Gaivota, na Baía dos Caranguejos, era governada por Osgood Shett, Terceiro de Seu Nome, um velho cavaleiro grisalho que reivindicara o título antigo e vanglorioso de Rei dos Homens Verdadeiros, um título que supostamente vinha de dez mil anos atrás, da Era da Aurora. Embora Vila Gaivota estivesse aparentemente segura atrás das grossas muralhas de pedra, o rei Osgood e seus antepassados há muito travavam uma guerra intermitente contra os Reis de Bronze de Pedrarruna, um vizinho muito mais poderoso, com uma casa tão antiga e célebre quanto à deles. Yorwyck Royce, Sexto de Seu Nome, reivindicara a Coroa Rúnica quando seu pai morrera em batalha, três anos antes, e provara ser um inimigo mais temível, derrotando os Shett em várias batalhas e expulsando-os para dentro das muralhas da vila.

Imprudentemente, o rei Osgood se voltou para os ândalos, em busca de ajuda para recuperar o que havia perdido. Pensando em evitar o destino de Shell e Brightstone, tentou vincular os aliados com sangue, em vez de ouro; deu sua filha em casamento para o cavaleiro ândalo Gerold Grafton, tomou a filha mais velha de Sor Gerold como sua própria esposa, e casou uma filha mais nova com seu filho e herdeiro. Todos os casamentos foram realizados por septões, segundo os rituais dos Sete do Outro Lado do Mar. Shett até se converteu à Fé, jurando construir um grande septo em Vila Gaivota se os Sete lhe garantissem a vitória. Então navegou com seus aliados ândalos para encontrar o Rei do Bronze.

O rei Osgood teve sua vitória, mas acontece que não sobreviveu à batalha, e, depois, sussurrava-se entre os moradores de Vila Gaivota e entre outros Primeiros Homens que o próprio Sor Gerold o derrubou. Após o retorno para a vila, o senhor da guerra ândalo reivindicou a coroa do sogro para si, depondo o Shett mais jovem e confinando-o em seus aposentos até que ele engravidasse a filha de Sor Gerold (depois disso, o pai da criança desapareceu das páginas da história).

Quando Vila Gaivota se levantou conta ele, o rei Gerold acabou com os protestos brutalmente, e logo as sarjetas da vila corriam vermelhas com o sangue dos Primeiros Homens... incluindo mulheres e crianças. Os mortos foram jogados na baía para alimentar os caranguejos. Nos anos que se seguiram, o governo da Casa Grafton permaneceu incontestado, pois (surpreendentemente) Sor Gerold provou ser um soberano sábio e inteligente, e a vila prosperou muito com ele e seus sucessores, crescendo até se tornar a primeira e única cidade do Vale.

Nem todos os senhores e reis dos Primeiros Homens foram tão tolos de convidar os conquistadores para seus salões e lares. Muitos preferiram lutar. O principal entre eles foi o já mencionado Rei do Bronze, Yorwyck VI de Pedrarruna, que levou os Royce a várias vitórias notáveis contra os ândalos. Em certo ponto, esmagaram sete dracares que ousaram desembarcar em sua costa e decoraram as paredes de Pedrarruna com a cabeça dos capitães e da tripulação. Seus herdeiros seguiram com a luta depois dele, pois as guerras entre os Primeiros Homens e os ândalos duraram gerações.

O último dos Reis do Bronze foi o neto de Yorwyck, Robar II, que herdou Pedrarruna do pai menos de uma quinzena antes do décimo sexto dia de seu nome e, mesmo assim, provou ser um guerreiro de tal ferocidade, esperteza e charme que quase conseguiu barrar a maré ândala.

Nessa época, os ândalos controlavam três quartos do Vale, e começaram a lutar entre si mesmos, como os Primeiros Homens fizeram antes. Robar Royce viu uma oportunidade em sua desunião. Do outro lado do Vale, um punhado de Primeiros Homens ainda resistia aos ândalos; os Redfort de Forte Vermelho, os Hunter de Longarco, os Belmore de Cantoforte e os Coldwater de Regato de Água Fria estavam entre os principais deles. Um após o outro, Robar fez aliança com cada um deles e com muitos clãs e casas menores, trazendo todos para sua causa com casamentos, garantias de terras, ouro e (em um caso célebre) derrotando Lorde Hunter em uma disputa de arco e flecha (as lendas afirmam que o rei Robar trapaceou). Tão doce era sua língua que ele até conseguiu fazer aliança com Ursula Upcliff, uma conhecida feiticeira que se autodenominava esposa do Rei Bacalhau.

Muitos dos senhores que se reuniram sob seus estandartes haviam sido reis de menor importância, mas agora deixavam a coroa de lado, dobrando o joelho diante de Robar Royce e proclamando-o Rei Supremo do Vale, dos Dedos e das Montanhas da Lua.

Por fim, unidos como um único povo sob um único governante, os Primeiros Homens conseguiram uma série de vitórias acachapantes contra os divididos e briguentos conquistadores.

O Rei dos Dedos foi o primeiro a cair. As lendas nos dizem que o rei Robar matou Qyle Corbray com as próprias mãos, após arrancar dele a famosa espada Senhora Desespero. Vila Gaivota foi retomada de assalto quando Robar mandou a própria irmã para dentro das muralhas para persuadir os Shett a se levantarem contra os Grafton e abrir os portões da cidade. O Martelo das Colinas, o rei ândalo que controlava o extremo leste do Vale, foi o próximo a encarar os Primeiros Homens insurgentes e a cair diante do exército do rei Robar junto às muralhas de Ferrobles. Por um breve momento brilhante, pareceu que os Primeiros Homens poderiam retomar suas terras sob a liderança de seu bravo jovem rei.

Mas não era para ser. Robar conquistara sua última vitória, pois os senhores e cavaleiros de menor importância ândalos que restavam perceberam o perigo que corriam. E agora eram os ândalos quem deixavam as diferenças de lado e faziam causa comum e se uniam sob os estandartes de um único senhor da guerra. O homem que escolheram para liderá-lo não era rei ou príncipe, nem mesmo um senhor, mas um cavaleiro chamado Sor Artys Arryn. Jovem da idade do rei Robar, ele era estimado entre seus pares como o melhor guerreiro da época, um campeão com a espada, a lança e a maça, e um líder astuto e engenhoso, amado por todos aqueles que lutavam ao seu lado. Ainda que tivesse puro sangue ândalo, Sor Artys nascera no Vale, à sombra da Lança do Gigante, onde falcões voavam entre os picos irregulares da montanha. No escudo, usava a lua-e-falcão, enquanto um par de asas de falcão decorava seu elmo de guerra, de prata. O Cavaleiro Falcão, os homens o chamavam antes e agora.

Para falar sobre o que aconteceu na sequência, precisamos retornar ao reino das canções e das lendas. Os cantores dizem que os dois exércitos se encontraram aos pés da Lança do Gigante, a menos de cinco quilômetros da casa onde Sor Artys nascera. Embora os exércitos fossem mais ou menos iguais em número, Robar Royce tomou o terreno elevado, com as montanhas na retaguarda, uma forte posição defensiva.

Os Primeiros Homens chegaram dias antes dos ândalos, e cavaram trincheiras diante de suas tropas, enfileirando estacas afiadas (sujas de vísceras e excrementos, diz o relato da batalha do Septão Mallow). A maior parte dos Primeiros Homens estava a pé; os ândalos tinham uma vantagem de dez para um de cavaleiros montados, e também estavam mais bem armados e com melhores armaduras. Chegaram tarde para a batalha, se os relatos são verdadeiros; o rei Robar procurara por eles três dias antes e a cada dia a partir daí.

Já estava anoitecendo quando o exército ândalo por fim apareceu para levantar acampamento a menos de três quilômetros do inimigo. Mesmo com a luz desaparecendo, Robar Royce não deixou de localizar o líder deles. A armadura prateada e o elmo alado tornavam o Cavaleiro Falcão inconfundível, mesmo a distância.

Sem dúvida, a noite que se seguiu foi inquieta nos dois acampamentos, pois cada homem ali sabia que a batalha começaria ao raiar do dia, com o Vale pendendo na balança. Nuvens sopravam do leste, escondendo a lua e as estrelas, então a noite foi escura de fato. A única luz vinha das centenas de fogueiras ardendo nos acampamentos, com um rio de escuridão entre elas. De tempos em tempos, os cantores dizem, arqueiros de um lado ou de outro atiravam uma flecha no ar, na esperança de que pudessem encontrar um inimigo, mas, se um desses disparos às cegas tirou sangue, os relatos não dizem.

Quando o leste começou a clarear, os homens se levantaram de seus leitos pedregosos, vestiram as armaduras e se prepararam para a batalha. Então um grito ecoou pelo acampamento ândalo. A oeste, um sinal fora visto: sete estrelas brilhando no céu cinzento do amanhecer. "Os deuses estão conosco", foi o grito de milhares de gargantas. "A vitória é nossa." Enquanto as trombetas soavam, a vanguarda dos ândalos atacou encosta acima, estandartes balançando no ar. Mas os Primeiros Homens não mostraram desânimo com o sinal que apareceu no céu; mantiveram a posição e a batalha começou, uma luta tão selvagem e sangrenta quanto qualquer outra na longa história do Vale.

Sete vezes os ândalos atacaram, dizem os cantores; seis vezes os Primeiros Homens os repeliram. Mas o sétimo ataque, liderado por um homem de estatura imensa chamado Torgold Tollett, atravessou as linhas inimigas. Torgold, o Austero, o homem era chamado, mas mesmo esse nome era uma brincadeira, pois está escrito que ele foi para a batalha gargalhando, nu da cintura para cima, com uma estrela de sete pontas entalhada no peito e um machado em cada mão.

As canções dizem que Torgold não conhecia medo ou dor. Embora sangrasse de duas dúzias de ferimentos, ele abriu uma faixa vermelha através dos guerreiros mais leais de Lorde Redfort, depois arrancou o braço de sua senhoria na altura do ombro com um único golpe. Tampouco desanimou quando a feiticeira Ursula Upcliff apareceu em cima de um cavalo vermelho-sangue para amaldiçoá-lo. A essa altura, ele estava de mãos nuas, depois de deixar seus dois machados enterrados no peito de inimigos, mas os cantores dizem que ele saltou sobre o cavalo da bruxa, agarrou o rosto dela entre as duas mãos ensanguentadas e arrancou a cabeça dos ombros enquanto ela gritava por socorro.

Então veio o caos, enquanto os ândalos se espalhavam pelas fileiras dos Primeiros Homens. A vitória parecia ao alcance da mão, mas Robar Royce não seria derrotado tão facilmente. Outro homem teria recuado para reagrupar ou fugido do campo de batalha, mas o Rei Supremo comandou um contra-ataque. Ele liderou pessoalmente, com seus campeões ao seu lado, devastando tudo ao redor com a confusão. Em sua mão estava a Senhora Desespero, a temível lâmina que arrancara das mãos mortas do Rei dos Dedos. Matando homens à esquerda e à direita, o rei abriu caminho até Torgold, o Austero. Quando Robar golpeou sua cabeça, Tollett agarrou a lâmina, ainda gargalhando... mas a Senhora Desespero atravessou suas mãos e se enterrou no crânio de Torgold.

O gigante morreu engasgado com a última gargalhada, dizem os cantores. Diante disso, o Rei Supremo viu o Cavaleiro Falcão do outro lado do campo e disparou na direção dele; se seu líder caísse, os ândalos perderiam o ânimo e desistiriam, ele esperava.

Eles se encontraram enquanto a batalha rugia ao redor, o rei em uma armadura de bronze, o herói em aço prateado. Embora a armadura do Cavaleiro Falcão reluzisse brilhante ao sol da manhã, sua espada não era a Senhora Desespero. O duelo terminou quase antes de começar, com o aço valiriano partindo o elmo alado e atingindo o ândalo que o usava. Por um instante, enquanto o inimigo despencava na sela, Robar Royce certamente pensou ter vencido a batalha.

Então ele ouviu trombetas soando pelo ar da manhã, o som vindo por trás. Ao se virar em sua sela, o Rei Supremo viu, consternado, mais quinhentos ândalos descendo as encostas da Lança do Gigante para atacar seu exército pela retaguarda. Liderando o ataque estava um campeão em aço prateado, com a lua-e-falcão no escudo e asas sobre o elmo. Sor Artys Arryn vestira um de seus cavaleiros com uma armadura parecida com a sua, deixando-o no acampamento, enquanto ele comandava pessoalmente os melhores cavaleiros para subir a montanha e dar a volta por um caminho de cabra que conhecia da infância, para que pudesse reaparecer por trás dos Primeiros Homens e atacá-los vindo de cima.

O resto foi debandada. Atingidos pela frente e por trás, o último grande exército dos Primeiros Homens do Vale foi feito em pedaços. Trinta senhores lutavam com Robar Royce naquele dia. Nenhum sobreviveu. E embora os cantores digam que o Rei Supremo matou inimigos às dezenas, no fim ele também foi morto. Alguns dizem que Sor Artys o matou, enquanto outros afirmam que foi Lorde Ruthermont ou Luceon Templeton, o Cavaleiro das Novestrelas. Os Corbray de Lar do Coração sempre insistiram que foi Sor Jaime Corbray quem desferiu o golpe mortal, e como prova apontavam a Senhora Desespero, reivindicada pela Casa Corbray depois da batalha.

Este é o relato da Batalha das Sete Estelas, como contada pelos cantores e pelos septões. Uma história excitante, certamente, mas o erudito deve se perguntar o quanto disso é verdade. Nunca saberemos. Tudo o que é seguro é que o rei Robar II da Casa Royce enfrentou Sor Artys Arryn em uma grande batalha aos pés da Lança do Gigante, na qual o rei morreu e o Cavaleiro Falcão acertou um golpe nos Primeiros Homens do qual nunca se recuperaram.

PÁGINA ANTERIOR | *A Batalha das Sete Estrelas.*

Não menos do que catorze das mais antigas e nobres casas do Vale tiveram um fim naquele dia. Aqueles cuja linhagem perduraram – os Redfort, os Hunter, os Coldwater, os Belmore e os próprios Royce entre eles – só o fizeram às custas de ouro, terras e reféns para seus conquistadores e por dobrar os joelhos e jurar fidelidade a Artys Arryn, Primeiro de Seu Nome, recém-coroado Rei da Montanha e do Vale.

Com o tempo, algumas dessas casas caídas recuperariam muito do orgulho, riqueza e poder perdidos no campo de batalha naquele dia, mas isso exigiria a passagem de séculos. Quanto aos vitoriosos, os Arryn governariam o Vale como reis até a chegada de Aegon, o Conquistador, e suas irmãs, e depois disso serviriam como Senhores do Ninho da Águia, Protetores do Vale e Guardiões do Leste. E daquele dia em diante, o Vale ficou conhecido como Vale de Arryn.

O destino dos derrotados foi muito mais cruel. Conforme a notícia da vitória se espalhou através do mar estreito, mais e mais dracares saíram de Ândalos, e mais e mais ândalos desembarcavam no Vale e nas montanhas ao redor. Todos eles exigiam terras – terras que os senhores ândalos tinham prazer em lhes dar. Onde quer que os Primeiros Homens tentassem resistir, eram esmagados, reduzidos a escravos ou expulsos. Seus próprios senhores, derrotados, não tinham poder para protegê-los.

Alguns Primeiros Homens certamente sobreviveram para unir seu sangue aos dos ândalos, mas muitos mais fugiram para oeste, para os vales elevados e passagens pedregosas das Montanhas da Lua. Os descendentes desse povo outrora orgulhoso habitam a região até hoje, levando vidas curtas, selvagens e brutais entre os picos, como bandidos e foras da lei, rapinando qualquer homem tolo o bastante para entrar em suas montanhas sem uma forte escolta. Pouco melhores do que o povo livre além da Muralha, esses clãs da montanha também são chamados de selvagens pelos civilizados.

Embora o Vale seja protegido pelas montanhas, isso não impediu ataques externos. A estrada de altitude das terras fluviais através das Montanhas da Lua já viu muito sangue derramado, pois, apesar de íngreme e pedregosa como é, proporciona o caminho mais provável para um exército entrar no Vale. Sua extremidade oriental é protegida pelo Portão Sangrento, antigamente uma simples muralha tosca e sem acabamento, seguindo a arquitetura dos fortes circulares dos Primeiros Homens. Mas, no reinado do rei Osric V Arryn, a fortaleza foi reconstruída. Ao longo dos séculos, uma dúzia de exércitos invasores foi feito aos pedaços enquanto tentavam derrubar o Portão Sangrento.

O litoral do Vale – rochoso e cheio de baixios e recifes traiçoeiros – proporciona péssima ancoragem, o que mais uma vez aumenta a proteção, mas os reis Arryn, bem cientes de que seus próprios ancestrais chegaram a Westeros atravessando o mar, nunca negligenciaram as defesas costeiras. Castelos fortificados e fortes protegem as linhas litorâneas mais vulneráveis, e mesmo os Dedos, pedregosos e varridos pelo vento, são repletos de torres de vigia, cada um com seu farol para avisar sobre invasores do mar.

Aqui estão os nomes dos mais notáveis clãs das Montanhas da Lua, como reportado pelo Arquimeistre Arnel na obra *Montanha e Vale:*

CORVOS DE PEDRA	FILHOS DA ÁRVORE
SERPENTES DE LEITE	HOMENS QUEIMADOS
FILHOS DA NÉVOA	UIVADORES
IRMÃOS DA LUA	FERREIROS VERMELHOS
ORELHAS NEGRAS	CÃES PINTADOS

Clãs menores também existem, com frequência formados depois que alguma rixa rachou um clã, mas, em geral, eles duram pouco tempo antes de serem engolidos por rivais ou exterminados pelos cavaleiros do Vale.

Muitos dos nomes desses clãs têm algum significado, por mais obscuro que possam nos parecer. Sabemos que os Orelhas Negras pegam as orelhas dos homens que derrotam em batalha como troféus. Entre os Homens Queimados, um jovem deve dar parte de seu corpo para o fogo para provar sua coragem antes de ser considerado homem. Essa prática pode ter se originado nos anos depois da Dança dos Dragões, alguns meistres acreditam, quando dizem que um clã originário dos Cães Pintados passou a venerar uma bruxa do fogo nas montanhas. Eles enviavam os meninos em busca dos dons dela e se arriscavam nas chamas do dragão que ela comandava para provar sua masculinidade.

Os ândalos sempre foram um povo guerreiro, tanto que um dos Sete que adoram é o próprio Guerreiro. Embora seguros em seus domínios, alguns Reis do Vale tentaram, de tempos em tempos, conquistar além de suas fronteiras. Em tais guerras, eles tinham a vantagem de saber que, se a luta se voltasse contra eles, sempre podiam recuar para trás da grande muralha natural de suas montanhas.

Os Reis da Montanha e do Vale tampouco negligenciaram suas frotas. Em Vila Gaivota, eles possuíam um elegante e formidável porto natural, e sob o governo dos Arryn o local cresceu até se tornar uma das cidades mais importantes dos Sete Reinos. Embora o Vale em si seja notoriamente fértil, é pequeno se comparado aos domínios de outros reis (e mesmo de alguns grandes senhores), e as Montanhas da Lua são sombrias, pedregosas e inóspitas. Por isso, o comércio é de suma importância para os governantes do Vale, e os mais sábios dos reis Arryn sempre cuidaram de protegê-lo construindo seus próprios navios de guerra.

Nas águas ao longo do litoral leste e norte ficam três grupos de ilhas, algumas não mais do que rochas infestadas de caranguejos e poleiros para aves marinhas, outras muito grandes e, com frequência, inabitadas. Com suas frotas, os reis Arryn foram capazes de estender seu domínio a essas ilhas. Seixos foi tomada pelo rei Hugh Arryn (o Gordo) depois de uma disputa curta, e a Polpa, por seu neto, rei Hugo Arryn (o Esperançoso), depois de uma longa disputa. A Ilha da Bruxa, sede da Casa Upcliff com sua reputação sinistra, foi trazida ao reino por casamento, quando o rei Alester Arryn, Segundo de Seu Nome, tomou Arwen Upcliff como esposa.

As últimas ilhas a serem incorporadas ao Vale foram as Três Irmãs. Por milhares de anos, essas ilhas se vangloriaram de ter seus próprios reis cruéis, piratas e saqueadores cujos dracares navegavam pela Dentada, pelo mar estreito e até pelo Mar Tremente com impunidade, saqueando e pilhando o que podiam e então retornando para as Irmãs carregados de ouro e escravos.

Essas depredações acabaram levando os Reis do Inverno a mandar suas próprias frotas de guerra para tentar dominar as Irmãs – pois quem quer que controlasse as Irmãs controlava a Dentada.

O Estupro das Três Irmãs foi o nome pelo qual a conquista nortenha das ilhas ficou conhecida. *As Crônicas da Irmã Longa* atribuem muitos horrores a essa conquista: nortenhos brutais matando crianças para encher suas panelas, soldados tirando entranhas de homens vivos para enrolá-las em espetos, execuções de três mil guerreiros em um único dia no Monte do Capataz, o "Pavilhão Rosa" de Belthasar Bolton, feito de peles esfoladas de uma centena de homens das irmãs...

O quanto esses contos são verdadeiros é incerto, mas vale a pena notar que essas atrocidades, embora com frequência mencionadas nos relatos da guerra escritos pelos homens do Vale, em geral não são citadas nas crônicas do norte. Não se pode negar, no entanto, que o governo dos nortenhos foi oneroso o suficiente para os homens das irmãs, para que eles mandassem seus senhores sobreviventes correndo até o Ninho da Águia em busca de ajuda do Rei da Montanha e do Vale.

O rei Mathos Arryn, Segundo de Seu Nome, ficou feliz em proporcionar essa ajuda, sob a condição de que os homens das irmãs lhe jurassem fidelidade e a seus descendentes dali em diante, e reconhecessem o direito do Ninho da Águia de governá-los. Quando sua senhora esposa questionou a prudência de envolver o Vale nessa "guerra do outro lado da água", Sua Graça notoriamente respondeu que preferia ter um pirata a um lobo como vizinho. O rei navegou até Vilirmã com uma centena de navios de guerra.

Ele nunca voltou, mas seus filhos continuaram a guerra depois dele. Por mil anos, Winterfell e o Ninho da Águia disputaram o domínio das Três Irmãs. Alguns apelidaram o conflito como A Guerra Sem Valor. De tempos em tempos, a luta parecia chegar a um fim, só para reacender na geração seguinte. As ilhas mudaram de mãos mais do que uma dúzia de vezes. Três vezes, os nortenhos desembarcaram nos Dedos. Os Arryn mandaram uma frota pelo Faca Branca para queimar a Toca do Lobo, e os Stark responderam atacando Vila Gaivota e queimando centenas de navios de indignação quando as muralhas da cidade provaram ser fortes demais para eles.

No fim, os Arryn saíram vitoriosos, e as Três Irmãs permanecem parte do Vale desde essa época (exceto pelo breve reinado da Rainha Marla Sunderland, logo depois da Conquista de Aegon. Ela foi deposta com a visão da aproximação da frota bravosi contratada pelos nortenhos por ordem do rei Aegon. O irmão de Marla jurou fidelidade aos Targaryen, e ela terminou seus dias como irmã silenciosa).

"Não foi tanto o caso do Ninho da Águia vencer, mas de Winterfell perder o interesse", o Arquimeistre Perestan observa em *Uma Consideração da História*. "Durante dez longos séculos, o lobo-gigante e o falcão lutaram e sangraram por três rochas, até que, um dia, o lobo despertou como de um sonho e percebeu que só tinha pedra entre os dentes, então cuspiu e saiu andando."

CASA ARRYN

A Casa Arryn se origina nas mais antigas e puras estirpes da nobreza ândala. Os reis Arryn podem orgulhosamente traçar sua linhagem até os próprios ândalos, e alguns deles vão mais longe, afirmando descender de Hugor da Colina.

Mas, em qualquer discussão sobre as origens da Casa Arryn, é crucial distinguir entre história e lenda.

Há abundante evidência histórica da existência de Sor Artys Arryn, o Cavaleiro Falcão, primeiro rei Arryn a governar a Montanha e o Vale. Sua vitória sobre o rei Robar II na Batalha das Sete Estrelas também é bem atestada, mesmo que os detalhes de tal vitória tenham sido, de algum modo, enfeitados pelos séculos que se seguiram. O rei Artys foi, certamente, um homem real, ainda que um homem extraordinário.

No Vale, no entanto, os feitos desse personagem histórico real se confundiram totalmente com aquelas de seu lendário homônimo, outro Artys Arryn, que viveu milhares de anos antes, durante a Era dos Heróis, e é lembrado nas canções e na história como Cavaleiro Alado.

Supostamente, o primeiro Sor Artys Arryn cavalgou em um cavalo alado (possivelmente uma lembrança distorcida de cavaleiros de dragões vistos de longe, sugere o Arquimeistre Perestan). Exércitos de águias lutavam ao seu comando. Para conquistar o Vale, ele voou até o alto da Lança do Gigante e matou o Rei Grifo. Tinha gigantes e bacalhaus entre seus amigos e casou-se com uma mulher dos filhos da floresta, embora ela tenha morrido ao dar à luz o seu filho.

Uma centena de outras histórias são contadas sobre ele, a maior parte tão fantasiosas quanto essas. É altamente improvável que tal homem tenha existido; como Lann, o Esperto nas terras ocidentais, e Brandon, o Construtor no Norte, o Cavaleiro Alado é feito de lendas, não de carne e osso. Se tal herói alguma vez caminhou pelas Montanhas e pelo Vale, ainda nas brumas sombrias da Era da Aurora, seu nome certamente não foi Artys Arryn, pois os Arryn são de puro sangue ândalo, e esse Cavalero Alado viveu, voou e lutou milhares de anos antes que os primeiros ândalos chegassem a Westeros.

Provavelmente foram os cantores do Vale que fundiram essas duas figuras, atribuindo os feitos do legendário Cavaleiro Alado ao histórico Cavaleiro Falcão, talvez com o objetivo de agradar os sucessores do rei Artys Arryn ao colocar esse grande herói dos Primeiros Homens entre seus antepassados.

A história verdadeira da Casa Arryn não tem gigantes nem grifos, sequer cavalos alados, mesmo assim, do dia em que Sor Artys usou pela primeira vez a Coroa do Falcão até hoje, eles ocuparam com justiça um lugar célebre na história dos Sete Reinos. Desde os dias da Conquista de Aegon, os Senhores do Ninho da Águia serviram o Trono de Ferro como Guardiões do Leste, defendendo o litoral de Westeros contra inimigos de além mar. Antes disso, as crônicas nos falam de incontáveis batalhas com os clãs selvagens da montanha; da luta de mil anos com o Norte pelos Degraus; das batalhas sangrentas nas quais as frotas Arryn expulsaram traficantes de escravos de Volantis, salteadores nascidos no ferro e piratas dos Degraus e das Ilhas Basilisco. Os Stark podem ser mais antigos, mas suas lendas são de antes que os Primeiros Homens dominassem a escrita, enquanto os Arryn fomentaram o aprendizado entre septãs e septões, e suas boas obras e grandes feitos foram logo narrados em crônicas e registrados nas obras de devoção da Fé.

Com a unificação do reino e o estabelecimento do garoto Ronnel Arryn (o Rei que Voou) como primeiro Senhor do Ninho da Águia, surgiram novas oportunidades para a casa. Não foi nenhuma grande surpresa quando a rainha Rhaenys Targaryen arranjou o noivado do jovem Ronnel com a filha de Torrhen Stark, pois esse foi apenas um dos muitos casamentos que ela arranjou em nome da paz. Infelizmente, Lorde Ronnel logo teve uma morte violenta nas mãos de seu irmão Jonos, o Assassino de Parentes, mas a linhagem Arryn continuou por meio de um parente e continuou profundamente envolvida em muitos dos grandes assuntos dos Sete Reinos.

A Casa Arryn pode até mesmo se vangloriar da rara distinção de por duas vezes ter sido considerada digna de um casamento com o sangue do dragão. Rodrik Arryn, Senhor do Ninho da Águia, foi honrado pelo rei Jaehaerys I Targaryen e sua esposa, a Boa Rainha Alysanne, com a mão da filha deles, a princesa Daella, e uma neta dessa união, a Senhora Aemma Arryn, por sua vez, se tornou a primeira esposa do rei Viserys I

ACIMA | *Brasão da Casa Arryn (centro) e de alguns de seus vassalos (sentido horário, de cima): Waynwood, Royce, Corbray, Baelish, Belmore, Grafton, Hunter, Redfort e Templeton.*

Targaryen, e mãe de sua primeira filha nascida viva, a princesa Rhaenyra, que disputou o Trono de Ferro com o meio-irmão, Aegon II. Nessa luta, Jeyne Arryn, Senhora do Ninho da Águia e Donzela do Vale, provou ser amiga leal de Rhaenyra Targaryen e seus filhos, por fim servindo como uma das regentes do rei Aegon III. Daquela época em diante, cada Targaryen sentado no Trono de Ferro tinha um pouco de sangue Arryn.

Os Arryn desempenharam seus papéis nas guerras dos reis Targaryen e nas rebeliões Blackfyre, permanecendo fiéis ao Trono de Ferro contra os Pretendentes Blackfyre. Durante a Primeira Rebelião Blackfyre, Lorde Donnel Arryn liderou ousadamente a vanguarda do exército monarquista, embora suas linhas tenham sido esmagadas por Daemon Blackfyre, e sua senhoria tenha corrido perigo de vida até que Sor Gwayne Corbray da Guarda Real apareceu com reforços.

Lorde Arryn sobreviveu para lutar outro dia, e anos mais tarde fechou o Vale ao tráfego pela estrada de altitude e pelo mar quando a Grande Praga da Primavera assolou os Sete Reinos; dessa forma, o Vale e Dorne foram os únicos não afetados por esse flagelo horrível.

Em anos mais recentes, a importância do papel desempenhado por Lorde Jon Arryn na Rebelião de Robert não pode ser negada. De fato, foi a recusa de Lorde Jon em entregar a cabeça de seus protegidos, Eddard Stark e Robert Baratheon, que desencadeou a revolta. Se ele tivesse feito o que lhe fora ordenado, o Rei Louco ainda se sentaria no Trono de Ferro. Apesar de sua idade avançada, Lorde Arryn lutou bravamente ao lado de Robert no Tridente. Depois da guerra, o novo rei provou sua sabedoria quando fez de Lorde Jon Arryn sua primeira Mão. A sagacidade de sua senhoria ajudou o rei Robert a governar os Sete Reinos com sabedoria e justiça desde então. É uma alegria para o reino quando um grande homem serve como Mão para um grande rei, pois paz e abundância certamente virão disso.

Ao Grande Conselho de 101 d.C., os Arryn desempenharam um papel pequeno, pois a Senhora Jeyne ainda não chegara à maioridade. Para representá-la no Conselho, veio o Senhor Protetor do Vale, Yobert Royce de Pedrarruna. Uma das casas mais poderosas do Vale, os Royce ainda se vangloriam orgulhosamente de descenderem dos Primeiros Homens e de seu último grande rei, Robar II. Mesmo nos dias de hoje, os Senhores de Pedrarruna vão à batalha vestidos com a armadura de bronze de seus ancestrais, entalhada com runas que dizem proteger quem usa a armadura de qualquer ferimento. Infelizmente, o número de Royce que morreu usando a armadura rúnica é assustador. Além disso, Meistre Deneston em seu *Questões* especula que a armadura é muito menos antiga do que aparenta.

O NINHO DA ÁGUIA

Muitos já afirmaram que o Ninho da Águia dos Arryn é o castelo mais bonito em todos os Sete Reinos, e é difícil negar a verdade disso (embora os Tyrrel certamente o façam). Sete torres brancas esguias coroam o Ninho da Águia, que está assentado bem no alto de uma saliência da Lança do Gigante, e nenhum castelo em Westeros ostenta mais mármore em suas paredes ou sobre o chão.

Mesmo assim, os Arryn e os homens do Vale lhe dirão que o Ninho da Águia é inexpugnável também, pois sua localização no alto da encosta da montanha torna impossível de atacá-lo.

O menor dos castelos reais de Westeros, o Ninho da Águia não era originalmente a sede da Casa Arryn. Essa honra pertence aos Portões da Lua, um castelo muito maior que fica ao pé da Lança do Gigante, no mesmo lugar onde Sor Artys Arryn e seus ândalos acamparam na noite anterior à Batalha das Sete Estrelas. Ainda inseguro sobre seu trono nos primeiros anos de reinado, o rei Artys quis uma sede fortificada o bastante para suportar cercos e ataques se os Primeiros Homens se insurgissem novamente. Os Portões da Lua serviram bem o bastante para esse objetivo, mas eram mais um forte do que um palácio, e os que o viram pela primeira vez ficaram conhecidos por observar que era um bom castelo para um senhor de menor importância, mas não era moradia adequada para um rei.

Acontece que isso não incomodava muito o rei Artys, pois ele raramente estava ali. O primeiro rei Arryn passou a maior parte de seu reinado no lombo de um cavalo, cavalgando de um extremo de seus domínios ao outro, em um movimento real sem fim. "Meu trono é feito do couro da sela", ele teria dito. "E meu castelo é uma tenda."

O rei Artys foi sucedido por seus dois filhos mais velhos, que reinaram um de cada vez como segundo e terceiro Reis da

À DIREITA | *O Ninho da Águia.*

Montanha e do Vale. Ao contrário do pai, eles passaram porções consideráveis dos respectivos reinados nos Portões da Lua, e pareceram satisfeitos lá, embora cada um deles tenha ordenado certos acréscimos ao castelo. Foi o quarto rei Arryn, o neto de Artys I, que começou o processo que resultou na construção do Ninho da Águia. Roland Arryn fora mandado para viver com um rei ândalo nas terras fluviais ainda menino, e viajou muito depois que ganhou suas esporas, visitando Vilavelha e Lannisporto antes de voltar para o Vale, após a morte do pai, para vestir a Coroa do Falcão. Tendo visto as maravilhas de Torralta e Rochedo Casterly, e os grandes castelos dos Primeiros Homens que ainda salpicavam as terras do Tridente, ele sentiu que os Portões da Lua pareciam mesquinhos e feios na comparação. O primeiro impulso do rei Roland foi derrubar os Portões e construir sua sede no mesmo lugar, mas, naquele inverno, milhares de selvagens desceram das montanhas em busca de comida e abrigo, pois os vales de altitude estavam enterrados em profundas camadas de neve. Suas depredações mostraram ao rei o quão vulnerável era sua sede no lugar atual.

As lendas afirmam que foi a futura esposa do rei, a filha de Lorde Hunter, Teora, que o recordou de como seu avô derrotara Robar Royce, atacando-o do alto. Tocado pelas palavras da garota, e pela própria garota, o rei Roland resolveu ocupar o terreno mais alto de todos e decretou a construção do castelo que se tornaria o Ninho da Águia.

Ele não viveu para ver a obra terminada. A tarefa que Sua Graça delegara aos construtores era assustadora, pois as encostas mais baixas da Lança do Gigante eram escarpadas e muito grandes, e lá em cima a pedra nua da montanha se tornava íngreme e gelada. Foi preciso mais de uma década só para abrir uma estrada em ziguezague pela encosta da montanha. Além das árvores, um pequeno exército de pedreiros foi enviado para trabalhar com martelos e cinzel para escavar degraus que facilitassem a subida onde a encosta era ainda mais íngreme. Enquanto isso, Roland enviou seus construtores pelos Sete Reinos em busca de pedra, pois Sua Graça não gostava da aparência do mármore disponível no Vale.

Com o tempo veio outro inverno e outro ataque dos selvagens clãs da Montanha da Lua sobre o Vale. Pego desprevenido por um bando dos Cães Pintados, o rei Roland I Arryn foi empurrado do cavalo e morto, o crânio esmagado por uma clava de pedra enquanto tentava desembainhar a espada longa. Reinara por vinte e seis anos, só o suficiente para ver as primeiras pedras colocadas para o castelo que decretara.

A construção prosseguiu durante os reinados de seu filho e de seu neto, mas o progresso era dolorosamente lento, pois todo o mármore tinha de ser trazido de navio de Tarth, depois carregado pela encosta da Lança do Gigante em mulas. Dúzias de mulas morreram enquanto faziam a subida, juntamente com quatro trabalhadores e um mestre pedreiro. Lentamente, o castelo começou a ser erguido, metro por metro... até que a Coroa do Falcão passou para o bisneto do rei que, pela primeira vez, sonhara com um castelo no céu. Guerras e meretrizes eram as paixões do rei Roland II, não construção; o custo do Ninho da Águia se tornara proibitivo, e o novo rei precisava de ouro para pagar a campanha que estava planejando nas terras fluviais. Mal seu pai foi colocado para descansar e o rei Roland II ordenou a suspensão de todos os trabalhos no castelo.

E foi assim que o Ninho da Águia ficou abandonado para os céus pela maior parte dos quatro anos seguintes. Falcões faziam ninho entre as torres semiprontas enquanto o rei Roland II lutava com os Primeiros Homens em busca de ouro e glória.

Mas a conquista se provou mais difícil de alcançar do que ele previra. Depois de várias vitórias pequenas e sem importância sobre reis menores, Roland se encontrou diante de Tristifer IV, o Martelo da Justiça. O último rei verdadeiramente grande dos Primeiros Homens garantiu a Roland Arryn uma derrota acachapante e outra ainda pior no ano seguinte. Em perigo de vida, Sua Graça fugiu para o castelo de um de seus antigos aliados, um senhor ândalo, só para ser traído e entregue acorrentado a Tristifer. Quatro anos depois de deixar o Vale em esplendor, o rei Roland II foi decapitado em Pedravelhas pelo próprio Martelo da Justiça.

Poucos lamentaram sua morte no Vale, onde sua beligerância e vaidade não conquistaram amigos. Quando seu irmão, Robin Arryn, o sucedeu, o trabalho no Ninho da Águia foi retomado. Mesmo assim, foram necessários quarenta e três anos e quatro reis antes que o castelo finalmente estivesse pronto e apto para habitação. Meistre Quince, o primeiro homem de sua ordem a servir ali, declarou que o Ninho da Águia era "a mais esplêndida obra já construída pelas mãos do homem, um palácio digno dos próprios deuses. Certamente, o Pai de Cima não tem uma sede dessas".

Daquela época até hoje, o Ninho da Águia permaneceu como sede da Casa Arryn na primavera, no verão e no outono. No inverno, gelo, neve e ventos uivantes tornam a subida impossível, e o próprio castelo inabitável, mas, no verão, o castelo é banhado pelas frescas brisas da montanha, um refúgio bem-vindo do calor sufocante do vale abaixo. Não há outro castelo como esse em todo o mundo, ou pelo menos nenhum que se equipare a ele foi registrado.

O Ninho da Águia nunca caiu pela força. Para atacá-lo, primeiro o inimigo precisa tomar os Portões da Lua na base da montanha, um castelo formidável por si só. Na sequência, resta uma longa subida, e enquanto isso acontece, o inimigo

À DIREITA | *Os Portões da Lua.*

Vale a pena destacar a estátua localizada no bosque sagrado do Ninho da Águia, uma elegante representação do choro de Alyssa Arryn. As lendas dizem que, há seis mil anos, Alyssa viu seu marido, irmãos e filhos serem todos mortos, e que nunca derramou uma lágrima. Por isso, os deuses a puniram, não permitindo que descansasse até que suas lágrimas caíssem no Vale abaixo. A grande cachoeira que cai da Lança do Gigante é conhecida como Lágrimas de Alyssa, pois as águas vertem de tal altura que se transformam em névoa muito antes de alcançarem o chão.

Quão verdadeira é a história? Alyssa Arryn viveu, disso podemos ter razoável certeza, mas é improvável que tenha vivido há seis mil anos. A *História Verdadeira* sugere quatro mil anos, enquanto Denestan aposta na metade desse número em *Questões*.

precisa atacar não menos do que três castelos que protegem o caminho sinuoso na montanha: Pedra, Neve e Céu.

Essa série de defesas já torna a aproximação do Ninho da Águia bem difícil, mas, mesmo se o inimigo tomar cada um desses castelos, ele se encontrará na base de um penhasco, com o Ninho da Águia empoleirado quase duzentos metros acima, alcançável apenas por cesto ou escada.

Não é de se estranhar que poucos esforços sérios tenham sido feitos para sitiar o Ninho da Águia. Desde que o castelo ficou pronto, os reis Arryn sempre foram conhecidos por terem um reduto inexpugnável onde se refugiar quando pressionados. Os meistres que serviram a Casa Arryn, todos estudantes da arte da guerra, são unânimes na crença de que o castelo não pode ser tomado...

... exceto talvez por dragões, como Visenya Targaryen provou certa vez, quando pousou no pátio interno do Ninho da Águia em seu dragão Vhagar e persuadiu a mãe do último rei Arryn a se submeter à Casa Targaryen e entregar a Coroa do Falcão.

Mas quase três séculos se passaram desde esse dia, e o último dragão pereceu há muito em Porto Real, então os futuros Senhores do Ninho da Águia podem, mais uma vez, dormir em segurança, sabendo que sua esplêndida sede permanece para sempre invulnerável e impenetrável.

O NORTE
ÍLHAS DE FERRO
MAR DO POENTE
BAÍA DOS HOMENS DE FERRO
TERRAS FLUVIAIS
PRETAMARE
Pretamare
GRANDE WYK
Ponta de Pelafoca
VELHA WYK
MONTRASGO
Dez Torres
Berço de Nagga
Seixeira
Cornatelo
Bosque de Ferro
HARLAW
Fidalporto
Pyke
SALÉSIA
PYKE
Forte da Desgraça
MAR DO POENTE
LEGENDA
PRINCIPAIS CASTELOS
CASTELOS
CIDADES
FERRO E ESTANHO
ESTRADAS
TERRAS OCIDENTAIS

AS ILHAS DE FERRO

OS PRIMEIROS HOMENS foram realmente os primeiros?

A maior parte dos eruditos acredita que sim. Imagina-se que, antes da chegada deles, Westeros pertencia aos gigantes, aos filhos da floresta e aos animais do campo. Mas, nas Ilhas de Ferro, os sacerdotes do Deus Afogado contam uma história diferente.

Segundo a fé deles, os nascidos no ferro são uma raça à parte do comum da humanidade. "Nós não viemos para essas ilhas sagradas de terras sem deus do outro lado dos mares", o sacerdote Sauron Língua de Sal disse certa vez. "Viemos de baixo daqueles mares, dos salões molhados do Deus Afogado que nos fez à sua semelhança e nos deu domínio sobre todas as águas da terra."

Mesmo entre os nascidos no ferro há aqueles que duvidam disso e reconhecem a versão mais amplamente aceita de uma descendência antiga dos Primeiros Homens – ainda que os Primeiros Homens, ao contrário dos ândalos que vieram depois, nunca tenham sido um povo marítimo. Certamente, não podemos aceitar com seriedade as afirmações dos sacerdotes nascidos no ferro, que querem nos fazer crer que os homens de ferro são parentes mais próximos dos peixes e bacalhaus do que de outras raças da humanidade.

em algum momento, alcançado as ilhas, sua Fé nunca criou raízes ali tampouco, pois outro deus chegara antes dos Sete: o Deus Afogado, criador dos mares e pai dos nascidos no ferro.

O Deus Afogado não tem templos, livros sagrados ou ídolos esculpidos à sua semelhança, mas tem sacerdotes em grande quantidade. Desde muito antes que a história fosse registrada, esses sagrados homens itinerantes infestaram as Ilhas de Ferro, pregando sua palavra e condenando todos os outros deuses e aqueles que os seguiam. Malvestidos, despenteados, em geral descalços, os sacerdotes do Deus Afogado não têm morada permanente, mas vagam pelas ilhas de acordo com sua vontade, raramente se afastando do mar. A maioria é iletrada; sua tradição é oral, e sacerdotes mais jovens aprendem as orações e rituais dos mais velhos. Por onde quer que passem, senhores e camponeses são obrigados a lhes dar comida e abrigo em nome do Deus Afogado. Alguns sacerdotes só comem peixe. A maior parte deles não se banha, exceto no mar. Homens de outras terras com frequência os consideram loucos, e assim eles podem parecer, mas não pode ser negado que possuem grande poder.

Certa vez o Arquimeistre Haereg sugeriu a interessante ideia de que ancestrais dos nascidos no ferro vieram de alguma terra desconhecida a oeste do Mar do Poente, citando a lenda da Cadeira de Pedra do Mar. Dizem que o trono dos Greyjoy, esculpido na forma de uma lula gigante em uma pedra negra oleosa, foi encontrado pelos Primeiros Homens quando chegaram a Velha Wyk. Haereg argumenta que a cadeira era um produto dos primeiros habitantes das ilhas, e só histórias posteriores dos meistres e septões começaram a afirmar que os homens de ferro eram, de fato, descendentes dos Primeiros Homens. Mas isso é pura especulação e, no fim, o próprio Haereg desistiu da ideia, assim como devemos fazer.

Como quer que os nascidos no ferro tenham surgido, não pode ser negado que eles se mantêm afastados, com costumes, crenças e jeitos de governar bem diferentes daqueles comuns em outros lugares dos Sete Reinos.

Todas essas diferenças, o Arquimeistre Haereg afirma em sua *História dos Nascidos no Ferro*, estão enraizadas na religião. Essas ilhas frias, úmidas e varridas pelo vento nunca foram bem arborizadas, e sua fina camada de solo não suporta o crescimento de represeiros. Nenhum gigante fez seu lar ali, nem os filhos da floresta caminharam nos bosques de lá. Os antigos deuses venerados por essas raças mais ancestrais estavam ausentes da mesma forma. E embora os ândalos tenham,

Embora a maioria dos nascidos no ferro só tenha desprezo pelos Sete do sul e pelos antigos deuses do Norte, eles reconhecem uma segunda divindade. Em sua teologia, o Deus Afogado se opõe ao Deus da Tempestade, uma divindade maligna que mora no céu e odeia os homens e todas as suas obras. Ele envia ventos cruéis, chuvas que chicoteiam e o trovão e o relâmpago que evidenciam sua ira infinita.

Alguns dizem que as Ilhas de Ferro receberam esse nome pelo minério lá encontrado em abundância, mas os próprios nascidos no ferro insistem que o nome deriva de sua natureza, pois são um povo endurecido, tão inflexíveis quanto seu deus. Os cartógrafos nos dizem que há trinta e uma Ilhas de Ferro no

principal agrupamento da Baía dos Homens de Ferro, a oeste do Cabo das Águias, e mais treze reunidas ao redor da Luz Solitária, já quase na vastidão do Mar do Poente. As principais ilhas do arquipélago são sete: Velha Wyk, Grande Wyk, Pyke, Harlaw, Salésia, Pretamare e Montrasgo.

Harlaw é a mais populosa das ilhas, Grande Wyk é a maior e mais rica em minério, e Velha Wyk é a mais sagrada, o lugar onde os reis do sal e da rocha se reuniam no Palácio do Rei Cinzento antigamente para escolher quem devia reinar sobre eles. Acidentada e montanhosa, Montrasgo era lar dos Reis de Ferro da Casa Greyiron em séculos passados. Pyke ostenta Fidalporto, a maior vila das ilhas, e é sede da Casa Greyjoy, que governa as ilhas desde a Conquista de Aegon. Pretamare e Salésia são menos dignas de nota. As torres de vigia de senhores menores ficam em ilhotas, ao lado de minúsculas vilas de pescadores. Outras são usadas para pastoreio de ovelhas, enquanto muitas mais permanecem desabitadas.

Um grupo secundário de ilhas fica a oito dias de viagem a noroeste, no Mar do Poente. Lá, focas e leões do mar fazem seus viveiros em rochas varridas pelo vento pequenas demais para permitir até mesmo uma única família. Na rocha maior está a fortaleza da Casa Farwynd, chamada Luz Solitária por causa do farol que arde no alto do telhado dia e noite. Coisas estranhas são ditas dos Farwynd e dos camponeses que eles governam. Alguns dizem que se deitam com focas para gerar crianças meio-humanas, enquanto outros sussurram que são troca-peles que podem assumir as formas de leões do mar, morsas e até mesmo baleias manchadas, os lobos dos mares ocidentais.

Mas histórias estranhas como essas são comuns nos confins do mundo, e a Luz Solitária está no extremo oeste de todas as terras conhecidas por nós. Mais de um marinheiro ousado navegou além da luz de seu farol ao longo dos séculos, buscando o fabuloso paraíso que dizem ficar além do horizonte, mas os que retornaram (muitos não conseguiram) falam apenas de oceanos cinzentos que se estendem infinitamente.

As riquezas que as Ilhas de Ferro possuem estão sob as montanhas de Grande Wyk, Harlaw e Montrasgo, onde chumbo, estanho e ferro podem ser encontrados em abundância. Esses minerais são o principal produto de exportação das ilhas. Há muitos metalúrgicos bons entre os nascidos no ferro, como seria de se esperar; as forjas de Fidalporto produzem espadas, machados, cota de malha e armaduras melhores do que quaisquer outras.

A cobertura de solo das Ilhas de Ferro é fina e pedregosa, mais adequada para o pastoreio de cabras do que para o plantio. Os nascidos do ferro certamente passariam fome a cada inverno se não fosse a generosidade infinita do mar e os pescadores que o ceifam.

As águas da Baía dos Homens de Ferro são lar de grandes cardumes de bacalhau, bacalhau negro, tamboris, arraias, peixes-agulha, sardinhas e cavalinhas. Caranguejos e lagostas são encontrados ao longo do litoral de todas as ilhas, e a oeste de Grande Wyk, peixes-espada, focas e baleias percorrem o Mar do Poente. O Arquimeistre Hake, nascido e criado em Harlaw, estima que sete em cada dez famílias nas Ilhas de Ferro são de pescadores. Mas por mais mesquinhos e pobres que esses homens possam ser em terra, no mar são seus próprios mestres. "O homem que possui um barco nunca será um escravo", Hake escreve, "pois cada capitão é rei sobre o deque de seu barco". É a pesca que alimenta as ilhas.

Ainda mais do que seus pescadores, os nascidos do ferro estimam seus saqueadores. "Lobos do mar", os homens das terras ocidentais e das terras fluviais os chamavam em tempos de outrora, e corretamente. Como lobos, eles com frequência caçavam em grupo, cruzando mares tempestuosos em seus rápidos dracares e atacando vilas e cidades pacíficas nos litorais do Mar do Poente para invadir, roubar e estuprar. Marinheiros destemidos e guerreiros temíveis, eles saíam da bruma da manhã para fazer seu trabalho sangrento e voltar ao mar antes que o sol atingisse o zênite, seus dracares carregados com a pilhagem e lotados com crianças chorando e mulheres apavoradas.

O Arquimeistre Haereg argumenta que, no início, foi a necessidade de madeira que fez os nascidos do ferro seguirem

ACIMA | *O Rei Cinzento no trono feito das mandíbulas de Nagga.*

esse caminho sangrento. Na aurora dos dias, havia extensas florestas em Grande Wyk, Harlaw e Montrasgo, mas os construtores navais da ilha tinham uma necessidade tão voraz por madeira que, uma a uma, as árvores desapareceram. Então os nascidos no ferro não tiveram outra escolha a não ser voltar para as vastas florestas das "terras verdes", o continente de Westeros.

Tudo o que faltava nas ilhas, os saqueadores encontravam nas terras verdes. Pouco e ainda menos era conseguido com comércio; muito e ainda mais era comprado com sangue, com a ponta de uma espada ou com o fio de um machado. E quando os saqueadores voltavam para as ilhas com tais pilhagens, diziam que tinham "pago o preço de ferro" por aquilo; aqueles que ficaram para trás tinham "pago o preço de ouro" para adquirir aqueles tesouros, ou para ficarem sem eles. Dessa forma, Haereg nos diz, os saqueadores e seus feitos eram exaltados tanto por cantores quanto pelos plebeus e sacerdotes.

Através dos milênios, muitas lendas chegaram até nós sobre reis do sal e saqueadores que fizeram do Mar do Poente sua propriedade, homens mais selvagens, cruéis e destemidos do que qualquer outro que já vivera. Assim que ouvimos falar de gente como Torgon, o Terrível, Jorl, a Baleia, Dagon Drumm, o necromante, Hrothgar de Pyke e seu berrante que convocava a lula-gigante, e o Esfarrapado Ralf de Velha Wyk.

O mais infame de todos foi Balon Pelenegra, que lutava com um machado na mão esquerda e um martelo na direita. Dizia-se que nenhuma arma feita pelo homem podia feri-lo; as espadas resvalavam e não deixavam marca, e machados se espatifavam contra sua pele.

Tais homens alguma vez caminharam de verdade pela terra? É difícil dizer, já que a maior parte deles supostamente viveu e morreu milhares de anos antes que os homens de ferro aprendessem a escrever; o conhecimento da escrita permanece raro nas Ilhas de Ferro até os dias de hoje, e aqueles que têm essa habilidade em geral são ridicularizados como fracos ou temidos como feiticeiros. Então, grande parte do que sabemos sobre esses semideuses da aurora chegou até nós por meio de povos que os homens de ferro saquearam e espoliaram, escrito no Idioma Antigo e nas runas dos Primeiros Homens.

As terras que os saqueadores pilhavam eram densamente arborizadas, mas pouco povoadas naquela época. Assim como agora, os nascidos no ferro relutavam em se afastar demais das águas salgadas que os sustentavam, mas controlavam o Mar do Poente da Ilha dos Ursos e da Costa Gelada até a Árvore. Os frágeis barcos de pesca e navios mercantes dos Primeiros Homens, que raramente se aventuravam fora da vista da terra firme, não eram páreo para os velozes dracares dos homens de ferro com suas grandes velas e fileiras de remo. E quando a batalha chegava ao litoral, reis poderosos e guerreiros famosos caíam diante dos saqueadores como trigo diante da foice, em tal quantidade que os homens das terras verdes diziam uns aos outros que os nascidos no ferro eram demônios saídos de algum inferno molhado, protegido por feitiçarias e donos de armas negras e imundas que sugavam as almas daqueles com quem lutavam.

Sempre que o outono desvanecia e o inverno ameaçava, os dracares invadiam em busca de comida. E então as Ilhas de Ferro comiam, mesmo nas profundezas do inverno, enquanto, frequentemente, os homens que plantaram, cuidaram e colheram os alimentos morriam de fome. "Nós não semeamos", tornou-se o motivo de orgulho dos Greyjoy, cujos governantes começaram a se autointitular "Senhores Ceifeiros de Pyke".

Os saqueadores levavam mais do que ouro e grãos para as Ilhas de Ferro; também levavam prisioneiros que passavam a servir a seus captores como cativos. Entre os nascidos no ferro, apenas a pilhagem e a pesca eram consideradas trabalhos dignos para homens livres. O trabalho sem fim nas fazendas e campos era apropriado apenas para cativos. O mesmo valia para a mineração. Mesmo assim, os cativos enviados para o trabalho no campo consideravam-se afortunados, Haereg escreve, pois muitos e ainda mais viviam até envelhecer e tinham até mesmo permissão para casar e ter filhos. O mesmo não podia ser dito daqueles condenados ao trabalho nas minas – aqueles fossos escuros e perigosos sob as montanhas onde os mestres eram brutais, o ar era úmido e sujo e a vida era curta.

O cativeiro era uma prática comum entre os Primeiros Homens durante seu longo domínio em Westeros – mais um fato que apoia que os nascidos do ferro descendem dos Primeiros Homens.

Além disso, o cativeiro não deve ser confundido com a escravidão que existe em algumas das Cidades Livres e em terras mais a leste. Ao contrário dos escravos, cativos mantêm certos direitos importantes. Um cativo pertence ao seu captor e deve-lhe seu trabalho e obediência, mas ainda é um homem, não uma propriedade. Não pode ser comprado ou vendido. Pode ter suas próprias propriedades, casar quando quiser, ter filhos. Os filhos dos escravos nascem escravos, mas os filhos de cativos nascem livres; qualquer bebê nascido em uma das ilhas é considerado um nascido no ferro, mesmo se ambos os pais forem cativos. Essas crianças tampouco podem ser tiradas dos pais antes dos sete anos de idade, quando a maior parte delas se torna aprendiz ou se junta à tripulação de um navio.

Grande parte dos cativos do sexo masculino levados para as Ilhas de Ferro passava o resto das vidas no trabalho duro no campo ou nas minas. Alguns poucos, filhos de senhores, cavaleiros e comerciantes ricos, eram resgatados por ouro. Cativos que podiam ler, escrever e fazer contas serviam aos seus mestres como intendentes, tutores e escribas. Pedreiros, sapateiros, tanoeiros, merceeiros, carpinteiros e outros artesãos habilidosos eram ainda mais valiosos.

Mas eram as mulheres jovens que os saqueadores mais valorizavam. Mulheres mais velhas algumas vezes eram levadas por capitães que precisavam de ajudantes de cozinha, cozinheiras, costureiras, tecelãs, parteiras e similares, mas belas donzelas e garotas perto de florescer eram levadas a cada invasão. A maior parte delas terminava seus dias nas ilhas como criadas, prostitutas, empregadas domésticas ou esposas de outros cativos, mas as mais bonitas, mais fortes e mais núbeis eram mantidas como esposas de sal por seus captores.

Em seus costumes matrimoniais, assim como com seus deuses, os nascidos no ferro diferem do continente de Westeros. Onde quer que a Fé prevaleça nos Sete Reinos, um homem se une por toda a vida a uma única esposa, e uma mulher a um único marido. Nas Ilhas de Ferro, no entanto, um homem pode ter apenas uma "esposa da rocha" (a menos que ela morra, ao que ele poderia tomar outra), mas qualquer quantidade de "esposas de sal". Uma esposa da rocha devia ser uma mulher livre das Ilhas de Ferro. Seu lugar é ao lado do homem a bordo e na cama, e seus filhos vêm antes de quaisquer outros. Esposas de sal quase sempre são mulheres e garotas capturadas durante invasões. O número de esposas de sal que um homem podia manter estava relacionado ao seu poder, riqueza e virilidade.

Mesmo assim, não se deve pensar que as esposas de sal dos homens de ferro fossem apenas concubinas, prostitutas ou escravas de cama. Casamentos de sal, como casamentos da rocha, em geral eram realizados pelos sacerdotes do Deus Afogado (embora em cerimônias consideravelmente menos solenes do que aquelas que unem um homem à sua esposa da rocha), e os filhos de tais uniões são considerados legítimos. "Filhos do sal" podiam até mesmo ser herdeiros quando um homem não tinha filhos legítimos com sua esposa da rocha.

O casamento de sal vem declinando consideravelmente nas Ilhas de Ferro desde a Conquista, pois Aegon, o Dragão, tornou o roubo de mulheres um crime em todos os Sete Reinos (pela insistência da Rainha Rhaenys, dizem). O Conquistador também proibiu os saqueadores de atacar seus domínios. Mas essas proibições foram executadas apenas esporadicamente nos reinados de seus sucessores, e muitos nascidos no ferro ainda anseiam a volta do que chamam de Costume Antigo.

COROAS DE MADEIRA TRAZIDA PELO MAR

Na Era dos Heróis, dizem as lendas, os nascidos no ferro eram governados por um poderoso monarca conhecido simplesmente como Rei Cinzento. O Rei Cinzento governava o próprio mar e tomou uma sereia como esposa, então seus filhos e filhas podiam viver tanto sobre as ondas quanto sob elas quando quisessem. Seu cabelo, barba e olhos eram tão cinzentos quanto o mar de inverno, e daí veio seu nome. A coroa que usava era feita de madeira trazida pelo mar, então todos aqueles que se ajoelhavam diante dele sabiam que sua realeza vinha do mar e do Deus Afogado que habita no fundo dele.

Os feitos atribuídos ao Rei Cinzento por sacerdotes e cantores das Ilhas de Ferro são muitos e maravilhosos. Foi o Rei Cinzento

ACIMA | *Um saqueador nascido no ferro pega seu prêmio.*

que trouxe fogo para a terra ao insultar o Rei da Tempestade até que ele lançou um raio que deixou uma árvore em chamas. O Rei Cinzento também ensinou os homens a tecerem redes e velas e a esculpirem os primeiros dracares da dura madeira clara do Ygg, uma árvore demônio que se alimentava de carne humana.

A maior façanha do Rei Cinzento, no entanto, foi matar Nagga, o maior dragão do mar, uma besta tão colossal que, segundo dizem, se alimentava de leviatãs e de lulas-gigantes, e afogava ilhas inteiras com sua ira. O Rei Cinzento construiu um salão imenso com os ossos do animal, usando as costelas como vigas e pilares. Dali ele governou as Ilhas de Ferro por mil anos, até que sua própria pele ficou tão cinzenta quanto seu cabelo e barba. Só então ele deixou de lado sua coroa de madeira trazida pelo mar e caminhou para dentro do mar, descendo até os salões molhados do Deus Afogado para assumir seu legítimo lugar à direita da divindade.

O Rei Cinzento foi rei de todas as Ilhas de Ferro, mas deixou uma centena de filhos. Após sua morte, os herdeiros conhecidos em que o rei da rocha e o rei do sal eram de casas distintas, algumas vezes até de casas rivais conhecidas por serem adversárias uma da outra.

Em outras partes de Westeros, reis de menor importância reivindicavam coroas de ouro por nascimento e sangue, mas as coroas de madeira trazida pelo mar dos nascidos do ferro não eram tão fáceis de conquistar. Aqui, diferente de toda Westeros, os homens escolhiam seus próprios reis, reunindo grandes conselhos chamados assembleias de homens livres para escolher os reis da rocha e do sal que os governariam. Sempre que um rei morria, os sacerdotes do Deus Afogado convocavam uma assembleia de homens livres para escolher seu sucessor. Todo homem que possuía um barco e o capitaneava tinha permissão de falar nessas reuniões indisciplinadas, que, com frequência, levavam dias, e, em alguns casos, ainda mais tempo. Os nascidos no ferro também falam de ocasiões em que os sacerdotes convocavam "os capitães e os reis" para *destituir* um governante indigno.

Os ossos petrificados de alguma criatura marítima gigantesca de fato estão no monte de Nagga, em Velha Wyk, mas se realmente são ossos de um dragão do mar ainda é tema aberto a questionamentos. As costelas são imensas, mas não grandes o bastante para terem pertencido a um dragão capaz de se banquetear com leviatãs e lulas-gigantes. Na verdade, até a existência de dragões do mar tem sido colocada em discussão por alguns. Se tais monstros existem, certamente devem habitar os recantos mais sombrios e profundos do Mar do Poente, pois nenhum foi visto no mundo conhecido por milhares de anos.

---

começaram a brigar para ver quem o sucederia. Irmão matou irmão em uma orgia de assassinato de parentes até que apenas dezesseis restaram. Os últimos sobreviventes dividiram as ilhas entre si. Todas as grandes casas dos nascidos no ferro afirmam descender do Rei Cinzento e seus filhos, exceto, curiosamente, os Goodbrother da Velha Wyk e da Grande Wyk, que supostamente derivam do irmão mais velho leal ao Rei Cinzento.

Assim dizem as lendas e os sacerdotes do Deus Afogado. As histórias trazem um relato diferente. Os registros mais antigos que ainda existem na Cidadela revelam que cada uma das Ilhas de Ferro foi certa vez um reino separado, governada não por um, mas por dois reis, um "rei da rocha" e um "rei do sal". O primeiro governava a ilha em si, administrando a justiça, fazendo leis e acertando disputas. O segundo comandava no mar, sempre e para onde os dracares da ilha navegassem.

Registros sobreviventes sugerem que os reis da rocha eram quase sempre mais velhos do que os reis do sal; em alguns casos, os dois eram pai e filho, o que levou alguns a argumentarem que os reis do sal não eram mais do que herdeiros, príncipes herdeiros de seus pais. Mesmo assim, há outros exemplos

O poder exercido por esses profetas do Deus Afogado sobre os nascidos no ferro não deve ser subestimado. Só eles podem convocar assembleias de homens livres, e ai do homem, seja ele senhor ou rei, que ousasse desafiá-los. O maior dos sacerdotes foi o imponente profeta Galon Varabranca, chamado assim pelo alto bastão esculpido que levava para todos os lados para ferir os ímpios. (Em alguns relatos, o bastão era feito de represeiro; em outros, dos ossos de Nagga.)

Foi Galon quem decretou que um nascido no ferro não devia guerrear com outro nascido no ferro, quem proibiu que roubassem as mulheres uns dos outros ou que saqueassem os litorais uns dos outros, e quem forjou as Ilhas de Ferro em um único reino, convocando os capitães e os reis em Velha Wyk para escolher um rei supremo que reinasse soberano sobre todos os reis do sal e reis da rocha. Eles escolheram Urras Greyiron, chamado Pé de Ferro, o rei do sal de Montrasgo e salteador mais temível daquela época. O próprio Galon colocou uma coroa de madeira trazida pelo mar sobre a cabeça do rei supremo, e Urras Pé de Ferro se tonou o primeiro homem desde o Rei Cinzendo a governar todos os nascidos no ferro.

Muitos anos mais tarde, quando Urras Pé de Ferro morreu de ferimentos recebidos enquanto saqueava, seu filho mais velho tomou a coroa e se autoproclamou rei Erich I. Embora meio cego e frágil pela idade naquela época, Galon mesmo assim se ergueu em fúria com a notícia, declarando que só a assembleia de homens livres podia escolher um rei. Os "capitães e reis" se reuniram mais uma vez em Velha Wyk, e Erich, o Feio, foi deposto e condenado à morte, um destino que evitou ao quebrar a coroa do pai e jogá-la no mar, em sinal de submissão ao Deus Afogado. Em seu lugar, a assembleia de homens livres escolheu Regnar Drumm, chamado Alimentador de Corvos, rei da rocha de Velha Wyk.

derrotou os Senhores do Tridente em batalha, obrigando o rei do rio, Bernarr II, a dobrar os joelhos e entregar seus três jovens filhos como reféns. Três anos mais tarde, Qhored matou os meninos com as próprias mãos, arrancando seus corações quando o tributo anual do pai dos garotos demorou a chegar. Quando o pai em luto foi à guerra para vingá-los, o rei Qhored e seus homens de ferro destruíram as tropas de Bernarr e o afogaram como sacrifício ao Deus Afogado, colocando um fim à Casa Justman e atirando as terras fluviais em uma anarquia sangrenta.

Mas, depois de Qhored, um lento declínio começou. Os reis que seguiram Qhored desempenharam um papel nisso, mas os

Segundo a tradição, a coroa de madeira trazida pelo mar era quebrada e devolvida ao mar depois da morte daquele que a usava. Seu sucessor usaria uma nova coroa feita de nova madeira trazida pelo mar no litoral de sua ilha natal. Assim, cada coroa era diferente daquelas que vieram antes. Algumas eram pequenas e simples, outras imensas, pesadas e magníficas.

Os séculos que se seguiram foram a era dourada para as Ilhas de Ferro, e uma era sombria para os Primeiros Homens que viviam ao lado do mar. Antes, os saqueadores saíam em busca de comida para sustentá-los nos invernos difíceis, de madeira para construir dracares, de esposas de sal para lhes dar filhos, e de riquezas que as Ilhas de Ferro não tinham, mas sempre retornavam para casa com suas pilhagens. Com os reis de madeira trazida pelo mar, a prática deu lugar a algo muito mais difícil e perigoso: conquista, colonização e governo.

A exaustiva *História dos Nascidos no Ferro*, do Arquimeistre Haereg, lista 111 homens que usaram uma coroa de madeira trazida pelo mar como Reis Supremos das Ilhas de Ferro. A lista é admitidamente incompleta e repleta de contradições, mesmo assim ninguém pode duvidar que os reis de madeira trazida pelo mar alcançaram o auge do poder com Qhored I Hoare (dado como Greyiron em alguns relatos e como Blacktyde em outros), que escreveu seu nome com sangue nas histórias de Westeros como Qhored, o Cruel. O rei Qhored governou os nascidos no ferro por três quartos de século, chegando até a maturidade dos noventa anos. Em sua época, os Primeiros Homens das terras verdes já tinham em grande parte abandonado o litoral do Mar do Poente por medo dos saqueadores. E aqueles que permaneciam, principalmente senhores em castelos robustos, pagavam tributo aos nascidos no ferro.

Foi Qhored quem notoriamente se gabou de que seu governo ia "onde quer que os homens pudessem sentir o cheiro da água salgada ou ouvir o quebrar das ondas". Na juventude, capturou e saqueou Vilavelha, levando milhares de mulheres e garotas acorrentadas para as Ilhas de Ferro. Aos trinta anos,

homens das terras verdes também começaram a ficar mais fortes. Os Primeiros Homens começaram a construir seus próprios dracares, e suas cidades passaram a ser defendidas por muralhas de pedra em vez de paliçadas de madeira e fossos com estacas.

Os Gardener e os Hightower foram os primeiros a parar de pagar tributo. Quando o rei Theon III Greyjoy navegou contra eles, foi derrotado e morto por Lorde Lymond Hightower, o Leão do Mar, que reviveu a prática dos cativeiros em Vilavelha tempo suficiente apenas para colocar os homens de ferro capturados em batalhas em trabalhos forçados para fortalecer as muralhas da cidade.

A força crescente das terras ocidentais representava uma ameaça ainda maior ao domínio dos reis de madeira trazida pelo mar. A Ilha Bela foi a primeira a cair, quando os plebeus se levantaram sob liderança de Gylbert Farman para expulsar os senhores nascidos no ferro. Uma geração mais tarde, os Lannister capturaram a vila de Kayce quando Herrock, o Filho da Puta, tocou seu grande berrante enfeitado de ouro, e as putas da cidade abriram um portão traseiro para seus homens. Três reis nascidos do ferro sucessivos tentaram retomar o prêmio e falharam, dois deles morrendo na ponta da espada de Herrock.

A indignidade final veio como cortesia de Gerold Lannister, Rei do Rochedo. Gerold, o Grande, como é lembrado no oeste, navegou com sua frota até as Ilhas de Ferro em um ataque ousado, tomando uma centena de nascidos no ferro como reféns. Manteve-os em Rochedo Casterly depois disso, enforcando um deles cada vez que seu litoral era atacado.

No século que se seguiu, uma sucessão de reis fracos perdeu a Árvore, a Ilha dos Ursos, o Dedos de Pederneira, e grande

parte dos enclaves dos nascidos no ferro ao longo do Mar do Poente, até que só restou um punhado deles.

Isso não quer dizer que os nascidos no ferro não tiveram vitórias nesses anos. Balon V Greyjoy, chamado Ventofrio, destruiu as fracas frotas do Rei do Norte. Erich V Harlaw retomou a Ilha Bela na juventude, só para perdê-la novamente na velhice. Seu filho, Harron, matou Gareth, o Severo, de Jardim de Cima, ao lado das muralhas de Vilavelha. Meio século mais tarde, Joron I Blacktyde capturou Gyles II Gardener quando suas frotas encalharam nas Ilhas Nebulosas. Depois de torturá-lo até a morte, Joron cortou o cadáver em pedaços para que pudesse colocar "um pedaço do rei" como isca no anzol. Mais tarde, em seu reinado, Joron varreu a Árvore com aço e fogo e supostamente levou consigo toda mulher da ilha com menos de trinta anos, ganhando, dessa forma, o apelido de Desgraça das Donzelas, nome pelo qual é mais lembrado.

Mesmo assim, todos esses triunfos provaram ter vida curta, juntamente com muitos dos reis que os conquistaram. Conforme os séculos passavam, os reinos das terras verdes ficavam mais fortes, e as Ilhas de Ferro, mais fracas. E no fim da Era dos Heróis, outra crise enfraqueceu e dividiu os nascidos no ferro ainda mais.

Após a morte do rei Urragon III Greyiron (Urragon, o Calvo), seus filhos mais jovens se apressaram em convocar uma assembleia de homens livres, enquanto o irmão mais velho, Torgon, estava saqueando o Vago, imaginando que um deles podia ser escolhido para usar a coroa de madeira trazida pelo mar. Para decepção deles, os capitães e reis escolheram Urrathon Goodbrother de Grande Wyk. A primeira coisa que o novo rei fez foi ordenar que os filhos do antigo rei fossem mortos. Por isso, e pela crueldade selvagem que ele com frequência demonstrou em seus dois anos como rei, Urrathon IV Goodbrother é lembrado na história como Irmão Mau.

Quando, por fim, retornou às Ilhas de Ferro, Torgon Greyiron declarou que a assembleia de homens livres era inválida, pois ele não estava presente para fazer uma reivindicação. Os sacerdotes o apoiaram, pois estavam cansados da arrogância e impiedade do Irmão Mau. Tanto plebeus quanto grandes senhores

ACIMA | *Um dracar nascido no ferro no mar.*

responderam ao seu chamado, reunindo-se sob o estandarte de Torgon, até que os capitães do próprio rei Urrathon o fizeram em pedaços. Torgon, o Atrasado, se tornou rei no lugar dele, e governou por quarenta anos sem jamais ter sido escolhido e proclamado em uma assembleia de homens livres. Ele provou ser um rei forte, justo, sábio e imparcial... mas podia fazer pouco para deter o declínio das fortunas das Ilhas de Ferro, pois foi durante o reinado de Torgon que grande parte do Cabo das Águias foi perdido para os Mallister de Guardamar.

Torgon acertara um golpe contra a instituição da assembleia de homens livres na juventude, ao depor o rei escolhido. Na velhice, acertou outro, chamando seu próprio filho, Urragon, para ajudá-lo a governar. Na corte e no conselho, na guerra e na paz, o filho permaneceu ao lado do pai grande parte dos cinco anos seguintes, então, quando Torgon morreu, pareceu apenas natural para seu herdeiro escolhido sucedê-lo como Urragon IV Greyiron. Nenhuma assembleia de homens livres foi convocada, e, dessa vez, nenhum Galon Varabranca se ergueu em fúria para protestar contra a sucessão.

O golpe final e fatal contra o poder dos capitães e reis reunidos foi dado quando o próprio Urrathon V morreu, depois de um reinado longo, mas medíocre. Fora desejo do rei moribundo que seu reinado supremo passasse para seu sobrinho-neto Urron Greyiron, rei do sal de Montrasgo, conhecido como Urron Mão Vermelha. Os sacerdotes do Deus Afogados estavam determinados a não permitir que o poder de escolha do rei fosse subtraído deles pela terceira vez, então correu a notícia de que capitães e reis deviam se reunir em Velha Wyk para uma assembleia de homens livres.

Centenas vieram, entre eles reis do sal e da rocha das sete ilhas principais, e até da Luz Solitária. Mal haviam se reunido quando Urron Mão Vermelha soltou seus homens sobre eles, e as costelas de Nagga ficaram vermelhas de sangue. Treze reis morreram naquele dia, e meia centena de sacerdotes e profetas. Foi o fim das assembleias de homens livres, e Mão Vermelha governou como rei supremo por vinte e dois anos, e seus descendentes depois dele. Os homens sagrados nômades nunca mais fizeram e desfizeram reis como antigamente.

OS REIS DE FERRO

Os Greyiron estavam entre as mais antigas e renomadas grandes casas das Ilhas de Ferro. Durante a longa era das assembleias dos homens livres, os capitães e reis a quem foram concedidas coroas de madeira trazida pelo mar eram não menos do que trinta e oito Greyiron, segundo Haereg. Isso lhes garantiu duas vezes mais reis supremos do que qualquer outra casa.

Aquela era terminou com Urron Mão Vermelha e o massacre em Velha Wyk. Depois disso, a coroa das Ilhas de Ferro seria feita de ferro negro e passaria de pai para filho, por direito de primogenitura. Os Greyiron tampouco suportariam outros reis na ilha. Não haveria mais reis do sal, nem mais reis da rocha. Urron Mão Vermelha e seus herdeiros se autointitularam simplesmente Rei das Ilhas de Ferro. Os governantes de Grande Wyk, Velha Wyk, Pyke, Harlaw e das ilhas menores foram reduzidos a senhores, e várias linhagens antigas foram inteiramente extintas quando se recusaram a dobrar os joelhos.

Mas o domínio da Casa Greyiron sobre a coroa de ferro não permaneceu inconteste. Juntamente com as assembleias dos homens livres, a proibição de Galon Varabranca de um nascido no ferro guerrear contra outro nascido no ferro também desapareceu durante a matança em Velha Wyk. Nos séculos que se seguiram, Urron Mão Vermelha e seus sucessores tiveram de lidar com meia dúzia de rebeliões grandes, e pelo menos dois levantes importantes de cativos. Os senhores e reis do continente tampouco demoraram em tirar vantagem da desunião dos nascidos no ferro. Um a um, todos os pontos de apoio nas terras verdes foram perdidos. O golpe mais comentado foi dado pelo rei Garth VII, o Mãodourada, rei da Campina, quando expulsou os homens de ferro das Ilhas Nebulosas, mudando seu nome para Ilhas Escudo e instalando ali seus guerreiros mais ferozes e melhores marinheiros para defender a foz do Vago.

A chegada dos ândalos aos Sete Reinos só acelerou o declínio das Ilhas de Ferro, pois, ao contrário dos Primeiros Homens que estavam ali antes, os ândalos eram marinheiros destemidos, com seus próprios dracares tão rápidos e em condições de navegar quanto qualquer um que os nascidos no ferro pudessem construir. Enquanto os ândalos invadiam as terras fluviais, as terras ocidentais e a Campina, novas vilas se espalhavam pela costa, cidades muradas e castelos robustos de madeira e pedra se erguiam em cada enseada e porto, e grandes senhores e pequenos reis começavam a construir navios de guerra para defender o litoral e as frotas.

No devido tempo, os ândalos varreram as Ilhas de Ferro, assim como tinham feito com toda Westeros abaixo do Gargalo. Ondas sucessivas de aventureiros ândalos chegavam às ilhas, em geral aliados a uma ou outra facção dos próprios nascidos no ferro. Os ândalos se casaram com algumas das antigas famílias das ilhas e levaram outras a um fim sangrento com a espada e o machado.

A Casa Greyiron estava entre as que foram destruídas. O último Rei de Ferro, Rognar II, foi derrotado quando Orkwood,

Drumm, Hoare e Greyjoy fizeram causa comum contra ele, apoiados por um exército de ândalos piratas, mercenários e senhores da guerra.

Depois disso, os vitoriosos não chegaram a um acordo sobre quem sucederia Rognar como rei, então foi decidido que resolveriam o assunto com a "dança dos dedos", um jogo popular entre os nascidos no ferro, no qual jogadores atiram um no outro machados de cabo curto, e tentam pegá-lo no ar. Harras Hoare saiu vitorioso, com o custo de dois dedos. Como Harras Toco de Mão, ele governou as Ilhas de Ferro por trinta anos.

Muitos acreditam que a história da conquista da coroa de Harras pegando um machado seja apenas fantasia de cantores. Na verdade, o Arquimeistre Haereg sugere que Harras foi escolhido porque tomou uma donzela ândala como esposa e, com isso, ganhou o apoio do pai dela e de muitos outros senhores ândalos poderosos.

O SANGUE NEGRO

O Arquimeistre Hake nos conta que os reis da Casa Hoare tinham "cabelos negros, olhos negros e corações negros". Seus inimigos afirmavam que seu sangue era negro também, escurecido pela "mancha ândala", pois muitos dos primeiros reis Hoare tomaram donzelas ândalas como esposa. Nascidos no ferro verdadeiros tinham água salgada nas veias, os sacerdotes do Deus Afogado proclamavam; os Hoares de sangue enegrecido eram falsos reis, usurpadores ímpios que deviam ser derrubados.

Muitos tentaram fazer exatamente isso ao longo dos séculos, como Haereg relata com certo detalhe. Nenhum conseguiu. O que os Hoare não tinham de valor, eles compensavam com esperteza e crueldade. Poucos de seus súditos, alguma vez, os amaram, mas muitos tinham bons motivos para temer sua ira. Até seus nomes proclamam sua natureza para nós, mesmo depois de centenas de anos. Wulfgar, o Fazedor de Viúvas. Horgan Mata-sacerdote. Fergon, o Violento. Othgar, o Desalmado.

ACIMA | *Harras Toco de Mão vitorioso.*

Othgar Amante de demônio. Craghorn, o Sorriso Vermelho. Os sacerdotes do Deus Afogado condenaram todos eles.

Os reis da Casa Hoare eram verdadeiramente tão ímpios quanto esses homens sagrados proclamavam? Hake acredita que sim, mas o Arquimeistre Haereg tem uma visão diferente, sugerindo que o crime real dos reis de "sangue enegrecido" não era a impiedade ou a veneração a demônios, mas a tolerância. Pois foi sob o governo dos Hoare que a Fé dos ândalos chegou às Ilhas de Ferro pela primeira vez.

Incentivados por suas rainhas ândalas, esses reis garantiram proteção a septãs e septões e lhe deram permissão para se deslocarem entre as ilhas, pregando os Sete. O primeiro septo das Ilhas de Ferro foi construído em Grande Wyk durante o reinado de Wulfgar Fazedor de Viúvas. Quando seu bisneto Horgan permitiu a construção de outro em Velha Wyk, onde as assembleias de homens livres aconteciam no passado, toda a ilha se ergueu em uma rebelião sangrenta, incitada pelos sacerdotes. O septo foi queimado, o septão feito em pedaços, os adoradores arrastados até o mar para se afogarem, para que pudessem recuperar sua fé. Foi em resposta a isso, Haereg alega, que Horgan Hoare começou a massacrar sacerdotes.

Os reis Hoare também desencorajavam a prática da pilhagem. E conforme a pilhagem declinava, o comércio crescia. Ainda havia uma riqueza em minérios de ferro a ser encontrada sob as montanhas em Grande Wyk, Montrasgo, Harlaw e Pyke, assim como chumbo e estanho. A necessidade dos homens de ferro por madeira para construir seus dracares permanecia tão grande quanto sempre, mas eles não tinham mais força para tomá-la onde a encontrassem. Em vez disso, trocavam ferro por madeira. E quando o inverno chegava e os ventos frios sopravam, o ferro se tornava a moeda que os reis da Casa Hoare usavam para comprar cevada, trigo e nabo para manter os plebeus alimentados (e carne de boi e de porco para suas próprias mesas). "Pagar o preço do ferro" assumiu um significado totalmente novo... um que muitos nascidos no ferro achavam humilhante e que os sacerdotes condenavam como vergonhoso.

O ponto mais baixo do orgulho dos nascidos no ferro foi alcançado durante os reinados dos três Harmunds. Nas ilhas, eles são mais lembrados como Harmund, o Anfitrião; Harmund, o Regateador; e Harmund, o Belo. Harmund, o Anfitrião, foi o primeiro rei das Ilhas de Ferro conhecido por ser letrado. Recebia viajantes e comerciantes de cantos distantes do mundo em seu castelo, em Grande Wyk, gostava de livros e dava proteção para septões e septãs.

Seu filho, Harmund, o Regateador, partilhava o amor do pai pela leitura, e ficou famoso por ser um grande viajante. Foi o primeiro rei das Ilhas de Ferro a visitar as terras verdes sem uma espada nas mãos. Tendo passado a juventude como protegido da Casa Lannister, o segundo Harmund voltou a Rochedo Casterly como rei e tomou a Senhora Lelia Lannister, filha do Rei do Rochedo e "a mais bela flor do oeste" como sua rainha. Em uma viagem posterior, ele visitou Jardim de Cima e Vilavelha, para tratar com seus senhores e reis e fomentar o comércio.

Seus filhos foram criados na Fé, ou na versão peculiar que o rei Harmund tinha dela. Com sua morte, o mais velho deles ascendeu ao trono. Harmund, o Belo (influenciado, alguns dizem, por sua mãe Lannister, a Rainha Viúva Lelia), anunciou que dali em diante saqueadores seriam enforcados como piratas em vez de celebrados, e proibiu formalmente a tomada de esposas de sal, declarando que os filhos de tais uniões seriam bastardos, sem direito à herança. Estava considerando uma medida para acabar com a prática do cativeiro nas ilhas também quando um sacerdote conhecido como Picanço começou a pregar contra ele.

Outros sacerdotes ampliaram o grito, e os senhores das ilhas prestaram atenção. Só os septões e seus seguidores ficaram ao lado do rei Harmund, e ele foi derrubado em uma quinzena, quase sem derramamento de sangue. Mas o que se seguiu ficou longe de não ter derramamento de sangue. O próprio Picanço arrancou a língua do rei deposto, para que ele nunca mais pudesse dizer "mentiras e blasfêmias". Harmund foi cegado também, e seu nariz foi cortado, para que "todos os homens possam ver o monstro que ele é".

Em seu lugar, os senhores e sacerdotes coroaram seu irmão mais novo, Hagon. O novo rei condenou a Fé, rescindiu os decretos de Harmund e expulsou os septões e septãs de seu reino. Em uma quinzena, cada septo nas Ilhas de Ferro estava em chamas.

Embora tenha aceitado os Sete como deuses verdadeiros, Harmund II continuou a venerar o Deus Afogado também, e, em seu retorno a Grande Wyk, falava abertamente dos "Oito Deuses", e decretou que uma estátua do Deus Afogado devia ser erguida na porta de todo septo. Isso não agradou nem aos septões nem aos sacerdotes, sendo condenado por ambos. Em uma tentativa de aplacá-los, o rei rescindiu seu decreto e declarou que deus tinha apenas sete faces... mas que o Deus Afogado era uma delas, como uma expressão do Estranho.

O rei Hagon, logo conhecido como Hagon, o Sem Coração, até mesmo permitiu a mutilação de sua própria mãe, a rainha Lelia, a "puta Lannister" que foi acusada por Picanço de afastar o marido e os filhos do deus verdadeiro. Seus lábios, orelhas e pálpebras foram cortados, e sua língua arrancada com pinças quentes. Depois disso, ela foi embarcada em um dracar e devolvida a Lannisporto. O Rei do Rochedo, seu sobrinho, ficou tão irado com essas atrocidades que convocou seus vassalos.

A guerra que se seguiu deixou 10 mil mortos, três quartos deles nascidos no ferro. No sétimo ano, os homens das terras ocidentais desembarcaram em Grande Wyk, esmagaram o exército de Hagon em batalha e capturaram seu castelo. Hagon, o Sem Coração, foi mutilado do mesmo jeito que sua mãe antes de ser enforcado. Sor Aubrey Crakehall, comandando os exércitos Lannister, ordenou que o Castelo Hoare fosse destruído, mas, enquanto seus homens saqueavam, descobriram Harmund, o Belo, em um calabouço. Crakehall considerou por um tempo restaurar Harmund ao seu trono, Haereg afirma, mas o antigo rei estava cego, alquebrado e meio louco pelo longo confinamento. Em vez disso, Sor Aubrey lhe garantiu "a dádiva da morte", servindo a Harmund uma taça de vinho misturado com leite de papoula. Então, em um ato de louca tolice, o cavaleiro decidiu reivindicar a coroa das Ilhas de Ferro para si.

Isso não agradou nem os nascidos no ferro nem os Lannister. Quando a notícia chegou a Rochedo Casterly, o rei chamou seus navios de guerra de volta para casa, deixando Crakehall à própria sorte. Sem o poder e a riqueza da Casa Lannister para apoiá-lo, o "rei Aubrey" viu seu poder ruir rapidamente. Seu reinado durou menos de meio ano antes de ser capturado e sacrificado no mar pelo próprio Picanço.

A guerra entre os nascidos no ferro e os homens das terras ocidentais continuou de forma inconstante por mais cinco anos, terminando, por fim, em uma exausta paz que deixou as Ilhas de Ferro empobrecidas, queimadas e quebradas. O inverno que se seguiu foi longo e difícil, e é lembrado nas ilhas como o Inverno da Fome. Hake nos conta que três vezes mais homens de ferro morreram de fome naquele inverno do que nas batalhas que o precederam.

Seriam necessários séculos para que as Ilhas de Ferro se recuperassem, uma longa e lenta ascensão à prosperidade e ao poder. Dos reis que reinaram nessa era sombria, não precisamos tratar. Muitos eram marionetes de senhores ou sacerdotes. Alguns eram mais como os saqueadores da Era dos Heróis, homens como Harrag Hoare e seu filho Ravos, o Estuprador, que destroçaram o Norte nos anos do reinado sangrento do Lobo Faminto, mas esses foram raros e distantes entre si.

Tanto os saques quanto o comércio desempenharam papel importante na restauração do orgulho e da coragem das ilhas. Agora outras terras construíram navios de guerra maiores e mais formidáveis do que os homens de ferro, mas em lugar algum havia marinheiros mais audaciosos. Mercadores e comerciantes navegavam de Fidalporto, em Pyke, e dos portos de Grande Wyk, Harlaw e Montrasgo e se espalhavam pelos mares, chegando até Lannisporto, Vilavelha e as Cidades Livres, e retornando com tesouros com os quais seus antepassados nunca sonharam.

A pilhagem continuava também... mas os "lobos do mar" não caçavam mais perto de casa, pois os reis das terras verdes eram poderosos demais para serem provocados. Em vez disso, encontravam suas presas em mares mais distantes, nas Ilhas Basilisco, nos Degraus e ao longo da costa das Terras Disputadas. Alguns pegavam serviços como mercenários, lutando por uma ou outra Cidade Livre em suas guerras comerciais infinitas.

Um desses foi Harwyn Hoare, terceiro filho do rei Qhorwyn, o Esperto. Rei astuto e avarento, Qhorwyn passou todo seu reinado acumulando riquezas e evitando guerras. "A guerra é má para o comércio", ele dizia, infamemente, mesmo enquanto dobrava ou triplicava o tamanho de suas frotas e ordenava aos seus ferreiros que forjassem mais armaduras, espadas e machados. "A fraqueza é um convite ao ataque", Qhorwyn declarava. "Para ter paz, temos de ser fortes."

ACIMA | *Rei Harwyn Hoare.*

Seu filho, Harwyn, não via utilidade na paz, mas muita e ainda mais nas armas e armaduras que o pai forjava. Um garoto beligerante, segundo todos os relatos, e terceiro na sucessão, Harwyn Hoare foi mandado para o mar em idade precoce. Navegou com uma sucessão de saqueadores nos Degraus, visitou Volantis, Tyrosh e Bravos, tornou-se homem nos jardins de prazer de Lys, passou dois anos nas Ilhas Basilisco como cativo de um rei pirata, vendeu sua espada para uma companhia livre nas Terras Disputadas, e lutou em várias batalhas como Segundo Filho.

Quando Harwyn retornou às Ilhas de Ferro, encontrou o pai Qhorwyn moribundo, e o irmão mais velho morto de escamagris há dois anos. Um segundo irmão ainda permanecia entre Harwyn e a coroa, e sua súbita morte enquanto o rei dava os últimos suspiros permanece tema de discussão até os dias de hoje. Todos os presentes ao falecimento do príncipe Harlan declaram que sua morte foi acidental, resultado de uma queda do cavalo, mas é claro que valorizavam demais sua vida para sugerir o contrário. Fora das Ilhas de Ferro, é amplamente presumido que o príncipe Harwyn estava por trás da morte do irmão. Alguns afirmam que ele mesmo cometeu o ato, outros que o príncipe Harlan foi morto por um Homem sem Rosto de Bravos.

O rei Qhorwyn morreu seis dias depois do príncipe herdeiro, deixando o terceiro filho como seu sucessor. Como Harwyn Mãodura, ele logo escreveria seu nome em sangue nas histórias dos Sete Reinos.

Quando o novo rei visitou os estaleiros do pai, declarou que "dracares são feitos para navegar". Quando inspecionou os arsenais reais, anunciou que "espadas são feitas para sangrar". O rei Qhorwyn com frequência dizia que a fraqueza convida ao ataque. Quando seu filho olhou para o outro lado da Baía dos Homens de Ferro, viu apenas fraqueza e confusão nas terras fluviais, onde os senhores do Tridente se desgastavam incansavelmente sob o jugo do Rei da Tempestade, Arrec Durrandon, na distante Ponta Tempestade.

Harwyn reuniu um exército e liderou a travessia da baía com uma centena dos dracares do pai. Desembarcaram incontestes ao norte de Guardamar, e carregaram os navios pela terra até o Ramo Azul do Tridente. Então seguiram correnteza abaixo, varrendo com fogo e espadas. Alguns poucos senhores do rio pegaram em armas contra eles; a maioria não, pois tinha pouco amor e ainda menos fidelidade por seu senhor suserano das terras da tempestade. Naqueles dias, os nascidos no ferro eram conhecidos por serem lutadores selvagens no mar, mas facilmente derrotados em terra firme. Mas Harwyn Hoare não era como os outros nascidos no ferro. Preparado nas Terras Disputadas, ele provou ser tão feroz a pé quanto no mar, derrotando cada inimigo. Depois de garantir uma derrota acachapante aos Blackwood, muitos senhores do Tridente se declararam a seu favor.

Em Feirajusta, Harwyn se encontrou diante de Arrec Durrandon, o jovem Rei da Tempestade, liderando um exército com mais da metade do tamanho do seu... mas os homens da terra da tempestade estavam mal liderados, cansados e muito longe de casa, e os homens de ferro e senhores da tempestade os destroçaram. O rei Arrec perdeu dois irmãos e metade de seus homens, e teve sorte de escapar vivo. Enquanto ele fugia para o sul, os plebeus nas terras fluviais se erguiam e as guarnições de Arrec eram expulsas ou massacradas. As amplas e férteis terras fluviais e toda sua riqueza passaram das mãos de Ponta Tempestade para a dos homens de ferro.

Em um golpe ousado, Harwyn Mãodura aumentou seus domínios dez vezes e tornou as Ilhas de Ferro mais uma vez um poderio a ser temido. Aqueles senhores do Tridente que se juntaram a ele na esperança de se libertarem dos Durrandon logo descobriram que seus novos mestres eram ainda mais brutais e exigentes do que os antigos. Harwyn governaria sua conquista com mão de ferro até sua morte, passando mais tempo nas terras fluviais do que nas ilhas, cavalgando de um extremo do Tridente ao outro diante de um exército voraz, farejando qualquer sinal de rebelião enquanto recolhia impostos, tributos e esposas de sal. "Seu palácio era uma tenda, e seu trono uma sela", os homens diziam a seu respeito.

Seu filho Halleck, que o sucedeu no trono quando Mãodura morreu aos quarenta e seis anos, era um homem do mesmo tipo. Halleck visitou as Ilhas de Ferro apenas três vezes durante seu reinado, passando menos do que dois anos lá ao todo. Embora se autodenominasse nascido no ferro, sacrificado ao Deus Afogado e sempre tivesse três sacerdotes ao seu lado, havia mais do Tridente do que do mar salgado em Halleck Hoare, e ele parecia olhar para as ilhas apenas como fonte de armas, navios e homens. Seu reinado foi ainda mais sangrento do que o de seu pai, embora menos exitoso, marcado por guerras fracassadas contra os homens das terras ocidentais e das terras da tempestade, e por não menos do que três tentativas frustradas de conquistar o Vale, todas terminadas em desastre no Portão Sangrento.

Como seu pai, o rei Halleck passou grande parte do reinado em tendas de acampamentos, em campanha. Quando não estava em guerra, governava seus amplos domínios de uma torre modesta em Feirajusta, no coração das terras fluviais, perto do lugar da maior vitória do pai.

Seu filho desejava uma sede mais grandiosa do que aquela, e passaria a maior parte de seu próprio reinado a construindo. Mas a história de Harren, o Negro, e da construção de Harrenhal já foi relatada anteriormente.

O fogo de dragão que destruiu Harrenhall pôs um final feroz aos sonhos do rei Harren, ao domínio das terras fluviais pelos nascidos no ferro, e à "linhagem negra" da Casa Hoare.

OS GREYJOY DE PYKE

As mortes de Harren, o Negro, e de seus filhou deixaram as Ilhas de Ferro sem rei e no caos.

Muitos grandes senhores e famosos guerreiros serviram com o rei Harren nas terras fluviais. Alguns morreram com ele no incêndio de Harrenhal, outros quando as terras fluviais se ergueram contra eles. Só alguns alcançaram o litoral vivos, e menos ainda encontraram dracares esperando, não queimados, para levá-los para casa.

Aegon Targaryen e suas irmãs prestaram pouca atenção nas Ilhas de Ferro logo após Harrenhal. Eles tinham preocupações mais prementes, e inimigos poderosos para derrotar em todos os cantos. Deixados à própria sorte, os nascidos no ferro começaram a lutar entre si imediatamente.

Qhorin Volmark, um senhor menor em Harlaw, foi o primeiro a reivindicar o reino. Sua avó fora uma irmã mais nova de Harwyn Mãodura. A partir desse laço, Volmark se declarou herdeiro legítimo da "linhagem negra".

Na Velha Wyk, quarenta sacerdotes se reuniram sob os ossos de Nagga para colocar uma coroa de madeira trazida pelo mar em um deles, um homem sagrado e descalço chamado Lodos, que reivindicava ser o filho vivo do Deus Afogado.

Outros reclamantes logo surgiram em Grande Wyk, Pyke e Montrasgo, e, durante um ano inteiro e mais, seus seguidores lutaram uns contra os outros na terra e no mar. Aegon, o Conquistador, colocou um fim na luta em 2 d.C., quando ele e Balerion desceram em Grande Wyk, acompanhados por uma vasta frota de guerra. Os homens de ferro desabaram diante dele. Qhorin Volmark morreu pelas próprias mãos do Conquistador, com um golpe da lâmina de aço valiriano de Aegon, a Blackfyre. Na Velha Wyk, o rei-sacerdote Lodos se voltou para seu deus, convocando as lulas gigantes para afundarem os navios de guerra de Aegon. Quando as lulas gigantes não apareceram, Lodos encheu sua túnica de pedras e caminhou para dentro do mar para "aconselhar-se" com o pai. Milhares o seguiram. Seus cadáveres inchados apareceram no litoral das ilhas nos anos seguintes, embora o corpo do sacerdote não estivesse entre eles. Em Grande Wyk e Pyke, os candidatos sobreviventes (o rei em Montrasgo fora morto no ano anterior) foram rápidos em dobrar os joelhos e prestar homenagens à Casa Targaryen.

Mas quem os governaria? No continente, alguém argumentou que Aegon tornasse os nascidos no ferro vassalos de Lorde Tully de Correrrio, que fora nomeado Senhor Supremo do Tridente. Outros sugeriram que as ilhas fossem dadas a Rochedo Casterly. Uns poucos foram ainda mais longe ao implorar que ele limpasse as ilhas com fogo de dragão, colocando um fim ao flagelo dos nascidos no ferro de uma vez por todas.

Aegon escolheu um caminho distinto. Reunindo os senhores restantes das Ilhas de Ferro, ele anunciou que permitiria que escolhessem seu próprio senhor suserano. Como era de se esperar, eles escolheram um dos seus: Vickon Greyjoy, Senhor Ceifeiro de Pyke, um famoso capitão descendente do Rei Cinzento. Embora Pyke fosse menor e mais pobre do que Grande Wyk, Harlaw e Montrasgo, os Greyjoy ostentavam uma longa e distinta linhagem. Na época das assembleias dos homens livres, só os Greyiron e os Goodbrother produziram mais reis, e os Greyiron já não existiam. Exaustos e empobrecidos pelos anos de guerras, os homens de ferro aceitaram o novo senhor sem objeção.

As Ilhas de Ferro precisaram de grande parte de uma geração para se recuperarem dos ferimentos infligidos pela queda de Harren e pela guerra fratricida que se seguiu. Vickon Greyjoy, entronado em Pyke, na Cadeira de Pedra do Mar, provou ser um governante austero, mas cauteloso. Embora nao proibisse a pilhagem, ordenou que a prática fosse confinada a águas distantes, bem além do litoral de Westeros, para não provocar a ira do Trono de Ferro. E já que Aegon aceitara os Sete como seus deuses e fora ungido pelo Alto Septão em Vilavelha, Lorde Vickon permitiu que os septões retornassem às ilhas mais uma vez para pregar a Fé.

Isso irritou muitos nascidos no ferro piedosos, e provocou a ira dos sacerdotes do Deus Afogado, como sempre ocorrera antes. "Deixem que preguem", Lorde Vickon disse, quando lhe falaram da agitação. "Precisamos de ventos para encher nossas

ACIMA | *Brasão da Casa Greyjoy (centro) e de algumas casas importantes, passadas e presentes (sentido horário, de cima): Greyiron, Goodbrother, Wynch, Botley, Drumm, Harlaw, Hoare e Blacktyde.*

velas." Ele era homem de Aegon, lembrou ao filho Goren, e nenhum homem, exceto um tolo, ousaria se erguer contra Aegon Targaryen e seus dragões.

Essas foram palavras das quais Goren Greyjoy se lembraria. Quando Lorde Vickon morreu em 33 d.C., Goren o sucedeu como Senhor das Ilhas de Ferro, acabando com uma conspiração desajeitada para restaurar a linhagem negra ao coroar o filho de Qhorin Volmark em seu lugar. Encarou um teste ainda mais sério quatro anos mais tarde, quando Aegon, o Conquistador, morreu de derrame em Pedra do Dragão, e seu filho Aenys foi coroado rei em seu lugar. Embora amigável e bem intencionado, Aenys Targaryen eram amplamente percebido como fraco, incapaz de se sentar no Trono de Ferro. O novo rei ainda estava em progresso real quando rebeliões começaram a estourar por todo o reino.

Uma dessas revoltas convulsionou as Ilhas de Ferro, liderada por um homem que afirmava ser o rei-sacerdote Lodos retornado da última visita ao pai. Mas Goren Greyjoy lidou com isso de forma decidida, chegando a mandar a cabeça decepada do rei-sacerdote para Aenys Targaryen. Sua Graça ficou tão satisfeito com o presente que prometeu a Lorde Goren qualquer benefício que estivesse em seu poder garantir. Tão sábio quanto selvagem, Greyjoy pediu que o rei lhe desse permissão para expulsar os septões e septãs das Ilhas de Ferro. O rei Aenys foi obrigado a concordar. Um século se passaria antes que outro septão fosse aceito nas ilhas.

Por longos anos depois disso, os nascidos no ferro permaneceram quiescentes sob a sucessão dos senhores Greyjoy. Evitando novas ideias de conquistas, eles viviam da pesca, do comércio e da mineração. Todo o continente de Westeros ficava entre Porto Real e Pyke, e os nascidos no ferro tinham pouco e ainda menos interesse pelos assuntos da corte. A vida era difícil nas ilhas, em especial no inverno, mas sempre fora assim. Alguns homens ainda sonhavam com o retorno do Costume Antigo, quando os nascidos no ferro eram um povo a ser temido, mas os Degraus e o Mar de Verão estavam muito distantes, e os Greyjoy na Cadeira de Pedra do Mar não permitiriam pilhagens perto de casa.

A LULA GIGANTE VERMELHA

A maior parte de um século se passaria antes que a lula gigante acordasse. Mesmo assim, os sonhos nunca morreram, pois os sacerdotes ainda ficavam com água do mar até os joelhos pregando o Costume Antigo, enquanto, em uma centena de bordeis ao lado do cais e tavernas de marinheiros, velhos ainda contavam histórias de dias passados, quando os nascidos no ferro eram ricos e orgulhosos, e cada remador tinha uma dúzia de esposas do sal para aquecer sua cama à noite. Muitos garotos e jovens cresceram embriagados com tais histórias, sedentos pelas glórias da vida de saqueador.

Um deles foi Dalton Greyjoy, o jovem e feroz filho do herdeiro de Pyke e das Ilhas de Ferro. Sobre ele, Hake escreve: "Ele amava três coisas: o mar, sua espada e as mulheres". Criança destemida, teimosa e temperamental, dizem que começou a remar aos cinco anos de idade e a pilhar aos dez, navegando com o tio até as Ilhas Basilisco para atacar as vilas dos piratas em busca de saques.

Aos catorze anos de idade, Dalton Greyjoy navegara até a Velha Ghis, lutara em uma dezena de ataques e reivindicara quatro esposas de sal. Seus homens o amavam (mais do que pode ser dito de suas esposas, pois ele se cansava rapidamente das mulheres). Seu amor era sua lâmina, uma espada longa de aço valiriano que tomara de um corsário morto e chamara de Anoitecer. Aos quinze anos, enquanto lutava nos Degraus como mercenário, viu o tio ser morto e vingou sua morte, mas recebeu uma dúzia de ferimentos e emergiu da luta encharcado da cabeça aos pés de sangue. Daquele dia em diante, os homens o chamaram de Lula Gigante Vermelha.

Mais tarde, naquele mesmo ano, a notícia da morte de seu pai o alcançou nos Degraus, e a Lula Gigante Vermelha reivindicou a Cadeira de Pedra do Mar como Senhor das Ilhas de Ferro. Imediatamente começou a construir dracares, forjar espadas e treinar guerreiros. Quando perguntavam o motivo daquilo, o jovem senhor respondia: "A tempestade está chegando".

A tempestade que ele previra irrompeu no ano seguinte, quando o rei Viserys I Targaryen morreu enquanto dormia na Fortaleza Vermelha, em Porto Real. Sua filha Rhaenyra e o meio-irmão dela, Aegon, reivindicaram o Trono de Ferro, e a orgia de derramamento de sangue, batalhas, rapinas e assassinatos conhecida como Dança dos Dragões começou. Quando a notícia chegou a Pyke, dizem que a Lula Gigante Vermelha deu uma gargalhada estrondosa.

Durante a guerra, a princesa Rhaenyra e seus negros desfrutavam de grande vantagem no mar, pois entre seus apoiadores estava Corlys Velaryon, Senhor das Marés, a lendário Serpente do Mar, que comandava as frotas da Casa Velaryon de Derivamarca. Na esperança de combater isso, o conselho verde do rei Aegon II foi até Pyke, oferecendo a Lorde Dalton um lugar no pequeno conselho como senhor almirante de reino, se ele levasse seus dracares para o outro lado de Westeros, para combater a Serpente do Mar. Era uma bela oferta, e muitos garotos teriam saltado para agarrá-la, mas Lorde Dalton tinha uma astúcia rara para alguém tão jovem e preferiu esperar para ver o que a princesa Rhaenyra poderia oferecer.

Quando a carta dela chegou, estava muito mais ao seu gosto. Os negros não precisavam dele para navegar até o outro lado de Westeros e enfrentar batalha no mar estreito, uma proposta arriscada, na melhor das hipóteses. A princesa pedia apenas que ele atacasse seus inimigos. Entre eles estavam os Lannister de Rochedo Casterly, cujas terras eram perto de casa e vulneráveis. Lorde Jason Lannister levara consigo a maior parte de seus cavaleiros, arqueiros e guerreiros experientes para leste, para atacar os aliados de Rhaenyra nas terras fluviais, deixando as terras ocidentais mal defendidas. Lorde Dalton viu uma oportunidade.

Enquanto Lorde Jason caía em batalha nas terras fluviais e seu exército cambaleava de batalha em batalha sob uma sucessão de comandantes, a Lula Gigante Vermelha e seus nascidos no

ferro caíram sobre as terras ocidentais como lobos sobre um rebanho de ovelhas. Rochedo Casterly provou ser forte demais para eles, uma vez que a viúva de Lorde Jason, Johanna, trancou seus portões, mas os homens de ferro queimaram a frota Lannister e saquearam Lannisporto, levando vastas quantidades de ouro, grãos e bens de comércio, e capturando centenas de mulheres e garotas como esposas de sal, incluindo a amante favorita do falecido Lorde Jason e suas filhas bastardas.

Mais invasões e depredações se seguiram. Os dracares seguiam pelo litoral ocidental de um extremo ao outro, atacando como antigamente. A própria Lula Gigante Vermelha liderou o ataque que capturou Kayce. Castelobelo caiu, e com ele a Ilha Bela e toda sua riqueza. Lorde Dalton reivindicou quatro das filhas de Lorde Farman como esposas de sal e deu a quinta – "a mais rústica" – para seu irmão Veron.

Na maior parte dos dois anos seguintes, a Lula Gigante Vermelha governou o Mar do Poente como seus antepassados fizeram antigamente, enquanto por toda Westeros grandes exércitos marchavam e se destruíam, e dragões rodopiavam nos céus e se encontravam em batalhas sangrentas.

Mas todas as guerras precisam terminar, e assim foi com a Dança dos Dragões. A princesa Rhaenyra morreu, e depois o rei Aegon II. Nessa época, a maior parte dos dragões Targaryen estava morta também, juntamente com duas dezenas de senhores tanto grandes quanto pequenos, centenas de corajosos cavaleiros, e dezenas de milhares de homens comuns e plebeus. Os negros e os verdes remanescentes concordaram com os termos, e o jovem filho de Rhaenyra foi coroado como rei Aegon III e se casou com a filha de Aegon II, Jaehaera.

Paz em Porto Real não significava paz no oeste, no entanto. A Lula Gigante Vermelha não perdera seu apetite pela batalha. Quando o conselho de regentes governando em nome do novo rei menino ordenou que parasse os ataques, ele continuou como antes.

No fim, uma mulher provou ser a ruína da Lula Gigante Vermelha. Uma garota conhecida por nós apenas como Tess abriu a garganta de Lorde Dalton com a adaga dele enquanto ele dormia na cama de Lorde Farman, em Castelobelo, e depois se jogou no mar.

A Lula Gigante Vermelha nunca tomara uma esposa da rocha. Seus herdeiros mais próximos eram filhos do sal, jovens gerados com várias de suas esposas de sal. Horas após sua morte, uma disputa sangrenta por sucessão irrompeu. E mesmo antes que as batalhas começassem em Velha Wyk e Pyke, os plebeus da Ilha Bela se ergueram e massacraram os homens de ferro que permaneciam entre eles.

Em 134 d.C., a Senhora Johanna Lannister teve sua vingança por tudo o que a Lula Gigante Vermelha infligira a ela e aos seus entes queridos. Com sua frota destruída, ela persuadiu Sor Leo Costayne, o idoso senhor almirante da Campina, a desembarcar seus espadachins nas Ilhas de Ferro. Enredados em sua própria guerra de sucessão, os nascidos no ferro foram pegos desprevenidos. Milhares de homens, mulheres e crianças foram passados pela espada, duas dezenas de vilas e centenas de dracares passados pela tocha. No fim, Costayne foi morto em batalha, seu exército em grande parte disperso e destruído. Só uma parte de sua frota (carregada com espólios de guerra, incluindo muitas toneladas de grãos e peixe salgado) retornou a Lannisporto... mas entre os cativos de alto nascimento levados a Rochedo Casterly estava um dos filhos do sal da Lula Gigante Vermelha. A Senhora Johanna o castrou e o tornou o bobo da corte de seu filho. "Ele provou ser um belo bobo", o Arquimeistre Haereg observa, "e, mesmo assim, nem metade tão tolo quanto seu pai".

Em outras terras, um senhor que trouxesse tal destino para sua casa e povo seria justamente insultado, mas tal é a natureza dos nascidos no ferro das ilhas que a Lula Gigante Vermelha é reverenciada entre eles até os dias de hoje e considerada um de seus grandes heróis.

O COSTUME ANTIGO E O NOVO

Daquela época até hoje, os Senhores Ceifadores da Casa Greyjoy governam as Ilhas de Ferro da Cadeira de Pedra do Mar, em Pyke. Nenhum deles desde a Lula Gigante Vermelha representou ameaça real aos Sete Reinos ou ao Trono de Ferro, mas poucos podem ser verdadeiramente descritos como servos leais e fiéis da coroa. Foram reis em tempos passados, e nem a passagem de mil anos pode apagar a lembrança da coroa de madeira trazida pelo mar.

Um relato completo dos reinados deles pode ser encontrado em *História dos Nascidos no Ferro*, do Arquimeistre Haereg. Lá você pode ler sobre Dagon Greyjoy, o Último Ceifador, cujos dracares atormentavam a costa ocidental quando Aerys I Targaryen se sentou no Trono de Ferro; sobre Alton Greyjoy, o Tolo Sagrado, que buscou novas terras para conquistar além da Luz Solitária; sobre Torwyn Greyjoy, que fez um juramento de sangue com Açoamargo e, depois, o traiu com seus inimigos; sobre Loron Greyjoy, o Bardo, e sua grande e trágica amizade com o jovem Desmond Mallister, um cavaleiro das terras verdes.

Perto do fim da grande obra de Haereg, você chegará a Lorde Quellon Greyjoy, o mais sábio dos homens a se sentar na Cadeira de Pedra do Mar desde a Conquista de Aegon. Um homem imenso, de quase dois metros de altura, e tão

PÁGINAS ANTERIORES | *Os saqueadores da Lula Gigante Vermelha.*

forte quanto um touro e tão rápido quanto um gato. Em sua juventude, ganhou notoriedade como guerreiro, lutando contra corsários e traficantes de escravos no Mar de Verão. Servo leal do Trono de Ferro, ele liderou uma centena de dracares ao redor do extremo sul de Westeros durante a Guerra dos Reis de Nove Moedas e desempenhou um papel crucial na luta nos Degraus.

Como senhor, no entanto, Quellon preferiu trilhar o caminho da paz. Proibiu a pilhagem, exceto com sua permissão. Trouxe meistres para as Ilhas de Ferro às dezenas para servir como curandeiros para os enfermos e como tutores para os jovens; com eles vieram os corvos, cujas asas negras ligaram as ilhas ao continente mais do que jamais ocorrera antes.

Foi Lorde Quellon quem libertou os cativos restantes e proibiu a prática do cativeiro nas Ilhas de Ferro (nisso ele não foi inteiramente bem-sucedido). E embora não tivesse esposas de sal, permitiu que outros homens as tivessem, mas os taxou pesadamente pelo privilégio. Quellon Greyjoy gerou nove filhos com três esposas. Suas primeira e segunda esposas eram esposas da rocha, unidas a ele pelos antigos rituais por um sacerdote do Deus Afogado, mas sua última esposa era uma mulher das terras verdes, uma Piper do Castelo de Donzelarrosa, casada com ele no salão paterno por um septão.

Nisso, como em muitas outras coisas, Lorde Quellon se afastou das tradições antigas e insulares dos nascidos no ferro, na esperança de forjar laços mais fortes entre seus próprios domínios e o restante dos Sete Reinos. Quellon Greyjoy era um senhor tão forte que poucos ousavam falar abertamente contra ele, pois era conhecido por ser obstinado e temível em sua ira.

Quellon Greyjoy ainda se sentava na Cadeira de Pedra do Mar quando Robert Baratheon, Eddard Stark e Jon Arryn ergueram seus estandartes em rebelião. A idade só servira para aprofundar sua natureza cautelosa, e, enquanto a luta varria as terras verdes, sua senhoria resolveu não tomar partido na guerra. Mas seus filhos eram incansáveis na ansiedade por ganhos e glórias, e sua própria saúde e força estavam falhando. Nessa época, sua senhoria foi perturbado por dores de estômago, que se tornaram tão excruciantes que ele tomava um barril de leite de papoula toda noite para dormir. Mesmo assim, resistiu a todas as súplicas até que um corvo chegou a Pyke com a notícia da morte do príncipe Rhaegar no Tridente. Essas notícias uniram seus três filhos mais velhos: os Targaryen estavam acabados, eles lhe disseram, e a Casa Greyjoy precisa se juntar à rebelião imediatamente, ou perder qualquer esperança de partilhar os espólios da vitória.

Lorde Quellon cedeu. Ficou decidido que os nascidos no ferro demonstrariam sua aliança atacando os legalistas Targaryen mais próximos. Apesar da idade e da fraqueza crescente, sua senhoria insistiu em comandar a frota. Cinquenta dracares se reuniram em Pyke e apontaram os remos na direção da Campina. A maior parte da frota dos nascidos no ferro permaneceu em casa, de guarda contra um ataque Lannister, pois ainda não era sabido se Rochedo Casterly ficaria ao lado dos rebeldes ou dos monarquistas.

Pouco e ainda menos precisa ser dito sobre a última viagem de Quellon Greyjoy. Nas histórias da Rebelião de Robert, não é mais do que um acréscimo, um negócio triste e sangrento que não teve impacto no resultado final da guerra. Os nascidos no ferro afundaram alguns barcos pesqueiros e capturaram alguns mercadores gordos, queimaram algumas vilas e saquearam algumas cidades pequenas. Mas, na foz do Vago, encontraram resistência inesperada dos moradores das Ilhas Escudo, que navegaram de encontro a eles em seus dracares para dar batalha. Uma dúzia de navios foi capturada ou afundada na luta que se seguiu, e embora os nascidos no ferro batessem mais do que apanhassem, entre seus mortos estava Lorde Quellon Greyjoy.

Nessa época, a guerra estava quase terminada. Prudentemente, seu herdeiro, Balon Greyjoy, preferiu voltar para as águas de casa e reivindicar a Cadeira de Pedra do Mar.

O novo Senhor das Ilhas de Ferro era o filho sobrevivente mais velho de Lorde Quellon, um filho de seu segundo matrimônio (os filhos do primeiro matrimônio morreram todos na juventude). De muitas formas, era como o pai. Aos treze anos, podia manejar os remos de um dracar e fazer a dança dos dedos. Aos quinze, passou um verão nos Degraus, saqueando. Aos dezessete era capitão de seu próprio navio. Ainda que não tivesse o tamanho e a força bruta do pai, Balon Greyjoy tinha toda sua rapidez e habilidade com armas. E homem algum podia questionar sua coragem.

No entanto, mesmo quando era criança, Lorde Balon ansiava em libertar os nascidos no ferro do jugo do Trono de Ferro e devolver-lhes um lugar de orgulho e poder. Uma vez sentado na Cadeira de Pedra do Mar, jogou fora vários dos decretos do pai, abolindo as taxas sobre as esposas de sal e declarando que homens capturados no mar podiam ser mantidos como cativos. Embora não tenha expulsado os septões, aumentou as taxas sobre eles em dez vezes. Manteve os meistres, pois eles se provaram úteis demais para serem deixados de lado. Quando condenou o meistre de Pyke à morte por motivos que permanecem de certo modo obscuros, Lorde Balon imediatamente pediu outro para a Cidadela.

Lorde Quellon passou grande parte de seu longo reinado evitando a guerra; Lorde Balon começou imediatamente a se preparar para isso. Mais do que ouro e glória, Balon Greyjoy cobiçava uma coroa. Esse sonho de coroas parecia assombrar a Casa Greyjoy através de sua longa história. Com frequência, isso terminou em derrota, desespero e morte, como aconteceu com Balon Greyjoy. Durante cinco anos, ele se preparou, reunindo homens e dracares, e construindo uma grande frota de navios

de guerra imensos com cascos reforçados e frentes de ferro, os conveses recobertos de escorpiões e lanças de fogo. Os navios dessa Frota de Ferro eram mais galés do que dracares, maiores do que quaisquer outros que os homens de ferro já haviam construído.

Em 289 d.C., Lorde Balon atacou, declarando-se Rei das Ilhas de Ferro e despachando seus irmãos Euron e Victarion a Lannisporto para queimar a frota Lannister. "O mar será meu fosso", ele declarou, enquanto os navios de Lorde Tywin acabavam em chamas, "e ai de qualquer homem que ousar cruzá-lo".

O rei Robert ousou. Robert Baratheon, Primeiro de Seu Nome, já conquistara glória eterna no Tridente. Rápido em responder, o jovem rei convocou seus vassalos e enviou seu irmão, Stannis, Senhor de Pedra do Dragão, para contornar Dorne com a frota real. Navios de guerra de Vilavelha, da Árvore e da Campina juntaram forças a ele. Balon enviou seu irmão Victarion ao encontro deles, mas no Estreito da Ilha Bela, Lorde Stannis atraiu o nascido no ferro para uma armadilha e esmagou a Frota de Ferro.

Com o "fosso" de Balon agora sem defesas, o rei Robert não teve dificuldade para levar seu exército através da Baía dos Homens de Ferro, partindo de Guardamar e Lannisporto. Com os Guardiões do Oeste e do Norte ao seu lado, Robert forçou desembarques em Pyke, Grande Wyk, Harlaw e Montrasgo, e abriu caminho pela ilha com aço e fogo. Balon foi obrigado a recuar para sua fortaleza em Pyke, mas, quando Robert rompeu sua muralha e mandou seus cavaleiros atacarem pela fenda, toda a resistência desabou.

O renascido Reino das Ilhas de Ferro durou menos de um ano. Mesmo assim, quando Balon Greyjoy foi levado diante do rei Robert em correntes, o homem de ferro permaneceu desafiador. "Você pode tirar minha cabeça", disse ao rei, "mas não pode me chamar de traidor. Nenhum Greyjoy jurou fidelidade a um Baratheon". Dizem que Robert Baratheon, sempre misericordioso, deu uma gargalhada ao ouvir isso, pois gostava de homens de personalidade, mesmo quando eram seus inimigos. "Jure agora", ele respondeu, "ou perca essa sua cabeça teimosa". E então Balon Greyjoy dobrou o joelho e teve permissão para viver, depois de ceder seu último filho sobrevivente como refém como garantia de sua lealdade.

As Ilhas de Ferro perduram até hoje como sempre fizeram. Desde o reinado da Lula Gigante Vermelha até os dias atuais, a história dos nascidos no ferro é a história de um povo preso entre sonhos de um passado de glória e a pobreza do presente. Mantidos separados de Westeros pelas águas verde-acinzentadas do mar, as ilhas continuam a ser um reino em si mesmas. O mar está sempre se movendo, sempre mudando, os nascidos no ferro gostam de dizer, e mesmo assim permanece eterno, sem limites, nunca o mesmo e sempre o mesmo. Assim é com os próprios nascidos no ferro, o povo do mar.

"Você pode vestir um homem de ferro com sedas e veludos, ensiná-lo a ler e escrever, dar-lhe livros, instruí-lo na cavalaria, na cortesia e nos mistérios da Fé", escreve o Arquimeistre Haereg, "mas, quando você olha nos olhos dele, o mar ainda estará lá, frio, cinza e cruel".

PYKE

Pyke não é nem o maior nem o mais grandioso castelo nas Ilhas de Ferro, mas pode muito bem ser o mais antigo, e é de lá que os senhores da Casa Greyjoy governam os nascidos no ferro. Há muito tempo, os Greyjoy afirmam que a ilha de Pyke recebeu este nome por causa do castelo; os plebeus na ilha insistem que o oposto é a verdade.

Pyke é tão antigo que ninguém pode dizer com certeza quando foi construído, nem nomear o senhor que o construiu. Como a Cadeira de Pedra do Mar, suas origens estão envoltas em mistério.

Antigamente, há séculos, Pyke era como outros castelos: construído sobre rocha sólida em uma falésia com vista para o mar, com muralha, fortalezas e torres. Mas as falésias sobre as quais ele estava não eram tão sólidas quanto pareciam e, com o bater sem fim das ondas, começaram a desmoronar. As muralhas caíram, o chão cedeu, construções externas se perderam.

O que restou de Pyke nos dias de hoje é um complexo de torres e fortalezas espalhado por uma dúzia de ilhotas e pilhas de pedras acima das ondas crescentes. Um pedaço de muralha, com um grande portão e torres de defesa, se espalha pela terra firme, o único acesso ao castelo e tudo o que resta da fortaleza original. Uma ponte de pedra parte da terra firme e leva à primeira e maior das ilhotas e à Grande Fortaleza de Pyke.

Depois disso, pontes de corda conectam as torres umas às outras. Os Greyjoy gostam de dizer que qualquer homem que possa caminhar em uma dessas pontes com uma tempestade uivando pode facilmente dominar os remos. Sob as muralhas do castelo, as ondas ainda se chocam dia e noite contra as pilhas de rochas remanescentes, e um dia sem dúvida elas também desabarão no mar.

À ESQUERDA | *As torres remanescentes do castelo de Pyke.*

O NORTE
TERRAS OCIDENTAIS
ILHAS DF FERRO
BAÍA DOS HOMENS DE FERRO
MAR DO POENTE
TERRAS FLUVIAIS
Guradamar
Pedravelhas
Forte Desgraça
Despenhadeiro
Cinzamarca
Correrio
PEDREGOSO
Castelobelo
Dente Dourado
ESTRADA DO RIO
RAMO VERMELHO
Valecorno
Sarsfield
Kayce
Fogofestivo
Rochedo Casterly
Covafunda
ESTRADA DO OURO
Lannisporto
Colina de Prata
ESTRADA DO OCEANO
Paço da Codorniz
Campodemilho
Lago Vermelho
Carvalho Velho
CAMPINA
LEGENDA
PRINCIPAIS CASTELOS
CASTELOS
CIDADES
VILAS
RUÍNAS
OURO E PRATA
ESTRADAS

AS TERRAS OCIDENTAIS

AS TERRAS OCIDENTAIS são um lugar de colinas escarpadas e planícies onduladas, de vales enevoados e litorais rochosos, um lugar de lagos azuis, rios cintilantes e campos férteis, de florestas frondosas que fervilham com animais de todos os tipos, onde entradas semiocultas nas laterais das colinas arborizadas dão acesso a cavernas labirínticas que serpenteiam pela escuridão até revelar maravilhas inimagináveis e vastos tesouros nas profundezas da terra.

São terras ricas, de clima temperado e frutíferas, protegidas por altas montanhas a leste e ao sul, e pelas águas azuis infinitas do Mar do Poente a oeste. Antigamente, os filhos da floresta faziam seus lares nos bosques, e gigantes moravam entre as colinas, onde seus ossos ainda podem ser encontrados ocasionalmente. Mas então os Primeiros Homens chegaram com fogo e machados de bronze para derrubar as florestas, arar os campos e abrir estradas através da região montanhosa na qual os gigantes faziam suas moradas. Logo as fazendas e vilas dos Primeiros Homens se espalharam pelo oeste "do sal até a rocha", protegidas por fortes de mota e, mais tarde, por grandes castelos de pedra, até que os gigantes desapareceram e os filhos da floresta foram banidos para os bosques profundos, para as cavidades das montanhas e para o norte distante.

Muitas grandes casas remontam suas raízes até a era dourada dos Primeiros Homens. Entre elas estão os Hawthorne, os Foote, os Broom e os Plumm. Na Ilha Bela, os dracares dos Farman ajudaram a defender a costa ocidental dos saqueadores nascidos no ferro. Os Greenfield ergueram um imenso castelo de madeira chamado Caramanchão (agora simplesmente Campoverde), construído todo de represeiro. Os Reyne de Castamere criaram um incrível sistema de minas, cavernas e túneis como uma espécie de castelo subterrâneo, enquanto os Westerling construíam o Despenhadeiro sobre as águas. Outras casas surgiram a partir de heróis lendários, cujas histórias são contadas até os dias de hoje: os Crakehall de Crake, o Matador de Javalis, os Banefort do Homem Encapuzado, os Yew do Arqueiro Cego Alan do Carvalho, os Moreland de Pate, o Lavrador.

Cada uma dessas famílias se tornou poderosa e, em algum tempo, assumiu o título de senhor ou até de rei. Mesmo assim, de longe, os maiores senhores das terras ocidentais eram os Casterly do Rochedo, que tinham sua sede em uma rocha colossal que se erguia ao lado do Mar do Poente. As lendas dizem que o primeiro senhor Casterly era um caçador, Corlos, filho de Caster, que vivia em uma vila perto de onde está Lannisporto atualmente. Quando um leão começou a atacar as ovelhas da vila, Corlos o rastreou até a toca, uma caverna na base do Rochedo. Armado apenas com uma lança, ele matou o leão e sua parceira, mas poupou os filhotes recém-nascidos – um ato de misericórdia que agradou tanto os deuses antigos (pois isso foi muito antes que os Sete chegassem a Westeros) que eles mandaram um facho repentino de luz do sol até as profundezas da cavernas, e, nas paredes de pedra, Corlos viu o brilho amarelo do ouro, um veio tão grosso quanto a cintura de um homem.

A verdade desse conto está perdida nas brumas do tempo, mas não podemos duvidar que Corlos, ou algum progenitor do que se tornaria a Casa Casterly, encontrou ouro dentro do Rochedo e logo começou a minerar ali. Para defender seu tesouro contra aqueles que queriam roubá-lo, ele se mudou para dentro da caverna e fortificou a entrada. Conforme os anos e séculos passavam, seus descendentes mergulharam cada vez mais fundo na terra, seguindo o ouro, enquanto escavavam salões, galerias, escadarias e túneis no próprio Rochedo, transformando a pedra gigantesca em uma fortaleza poderosa que diminuía cada castelo em Westeros.

Embora nunca tenham sido reis, os Casterly se tornaram os senhores mais ricos em toda Westeros e os mais poderosos nas terras ocidentais, e permaneceram assim por centenas de anos. Nessa época, a Era da Aurora dera espaço para a Era dos Heróis.

Foi quando um malandro de cabelos dourados chamado Lann, o Esperto, apareceu vindo do leste. Alguns dizem que ele era um aventureiro ândalo do outro lado do mar estreito, embora isso tenha ocorrido um milênio antes da chegada dos ândalos a Westeros. Independentemente de suas origens, os relatos concordam que, de algum modo, Lann, o Esperto, tirou os Casterly de seu Rochedo e o tomou para si.

O método exato com o qual ele realizou isso permanece tema de conjecturas. Na versão mais comum da história, Lann descobriu uma passagem secreta para dentro do Rochedo, uma fenda tão estreita que teve de tirar as roupas e se besuntar com manteiga para se espremer nela. Uma vez lá dentro, no entanto, começou a fazer suas maldades, sussurrando ameaças nos ouvidos de Casterly adormecidos, uivando na escuridão como um demônio, roubando tesouros de um irmão para plantá-lo nos aposentos de outro, organizando ciladas e armadilhas. Com tais métodos, ele conseguiu colocar os Casterly uns contra os outros e os convenceu de que o Rochedo era assombrado por alguma criatura vil que nunca os deixaria viver em paz.

Outros narradores preferem outras versões do conto. Em uma, Lann usa a fenda para encher o Rochedo de camundongos, ratos e outros animais nocivos e, dessa maneira, expulsa os Casterly. Em outra, ele contrabandeia um bando de leões para dentro da fortaleza, e Lorde Casterly e seus filhos são todos devorados, e, depois disso, Lann reivindicou a esposa e as filhas de sua senhoria para si. A versão mais devassa da história é que Lann entrou no castelo noite após noite para ir ter com as donzelas Casterly enquanto elas dormiam. Em nove meses, todas as donzelas deram à luz crianças de cabelo dourado, enquanto insistiam que nunca tiveram encontro carnal com um homem.

O último conto, apesar de irreverente, tem certos aspectos intrigantes que podem dar uma pista da verdade do que ocorreu. O Arquimeistre Perestan acredita que Lann era algum tipo de partidário a serviço de Lorde Casterly (talvez um cavaleiro de sua casa), que engravidou a filha de sua senhoria (ou filhas, embora isso pareça menos provável), e persuadiu o pai a lhe dar a mão da garota em casamento. Se de fato isso ocorreu, presumindo (como devemos) que Lorde Casterly não tinha filhos homens legítimos, então, com o curso natural dos acontecimentos, o Rochedo passaria para a filha e, dessa forma, para Lann, após a morte do pai.

Com certeza não há mais evidência histórica para isso do que para qualquer uma das outras versões. Tudo o que se sabe com certeza é que, em algum momento durante a Era dos Heróis, os Casterly desapareceram das crônicas, e os até então desconhecidos Lannister aparecem em seu lugar, governando grandes partes das terras ocidentais a partir do Rochedo Casterly.

Supostamente, Lann, o Esperto, viveu até a idade de 312 anos, e gerou uma centena de filhos ousados e uma centena de filhas ágeis, todos belos de rosto, com corpo bem formado e abençoados com cabelos "tão dourados quanto o sol". Deixando tais contos de lado, as histórias sugerem que os primeiros Lannister eram férteis assim como belos, pois muitos nomes começam a aparecer nas crônicas, e, em poucas gerações, os descendentes de Lann se tornaram tão numerosos que nem o Rochedo Casterly poderia abrigar todos eles. Em vez de abrir novas passagens na rocha, alguns filhos e filhas de ramos menores da Casa partiram para fazer a própria morada em um vilarejo a poucos quilômetros de distância. A terra era fértil, o mar repleto de peixes e o lugar que escolheram tinha um excelente porto natural. Logo o vilarejo se transformou em uma vila, depois em uma cidade: Lannisporto.

Na época da chegada dos ândalos, Lannisporto se tornara a segunda maior cidade em Westeros. Só Vilavelha era maior e mais rica, e navios mercantes de todos os cantos do mundo navegavam até a costa ocidental para chegar na "cidade dourada do Mar do Poente". O ouro tornara a Casa Lannister rica; o comércio a fez mais rica ainda. Os Lannister de Lannisporto prosperaram, construíram grandes muralhas ao redor da cidade para se defender daqueles (principalmente nascidos no ferro) que queriam roubar suas riquezas e logo se tornaram reis.

Lann, o Esperto, nunca se intitulou rei, pelo que sabemos, embora algumas histórias contadas séculos mais tarde tenham lhe conferido o título postumamente. O primeiro rei Lannister de verdade que conhecemos é Loreon Lannister, também conhecido como Loreon, o Leão (vários Lannister ao longo dos séculos foram apelidados de "o Leão" ou "o Dourado", por motivos compreensíveis), que fez dos Reyne de Castamere seus vassalos ao se casar com uma filha daquela casa, e derrotou o Rei Encapuzado, Morgon Banefort, e seus cativos em uma guerra que durou vinte anos. Loreon pode ter sido o primeiro Lannister a se autointitular Rei do Rochedo, mas foi um título que seus filhos e netos e os sucessores deles continuaram a usar por milhares de anos. Contudo, os limites de seu reino só atingiram todo o alcance após a chegada dos invasores ândalos. Os ândalos chegaram tarde às terras ocidentais, muito depois de terem tomado o Vale e derrubado os reinos dos Primeiros Homens nas terras fluviais. O primeiro senhor da guerra ândalo a marchar com um exército pelas montanhas encontrou um final sangrento nas mãos do rei Tybolt Lannister (conhecido, sem surpresa, como o Trovão). O segundo e o terceiro ataques foram enfrentados da mesma maneira, mas, enquanto cada vez mais ândalos começavam a seguir para oeste em bandos grandes e pequenos, o rei Tyrion III e seu filho Gerold II viram a condenação adiante.

Em vez de tentarem expulsar os invasores, esses sábios reis arranjaram casamentos para os mais poderosos líderes guerreiros ândalos com filhas das grandes casas do oeste. Homens cautelosos e cientes do que ocorrera no Vale, eles tiveram o cuidado de exigir um preço por essa generosidade; os filhos e filhas dos senhores ândalos tão nobres quanto eles seriam entregues como protegidos e filhos adotivos, para servirem como escudeiros, pajens e copeiras em Rochedo Casterly... e como reféns, caso seus pais provassem serem traiçoeiros.

Com o tempo, os reis Lannister casaram seus filhos com os ândalos também; de fato, quando Gerold III morreu sem descendência masculina, um conselho coroou o marido de sua única filha, Sor Joffery Lydden, que assumiu o nome Lannister e se tornou o primeiro ândalo a governar o Rochedo. Outras casas nobres nasceram de tais uniões – entre elas os Jast, os Lefford, os Parren, os Droxe, os Marbrand, os Braxe, os Serrett, os Sarsfield e os Kyndall. E assim, revitalizados, os Reis do Rochedo expandiram o reino ainda mais.

Cerion Lannister estendeu seu governo tão a leste quanto o Dente Dourado e as colinas ao redor, derrotando três reis de menor importância quando fizeram aliança contra ele. Tommen Lannister, Primeiro de Seu Nome, construiu uma grande frota e trouxe a Ilha Bela para o reino, tomando a filha do último rei

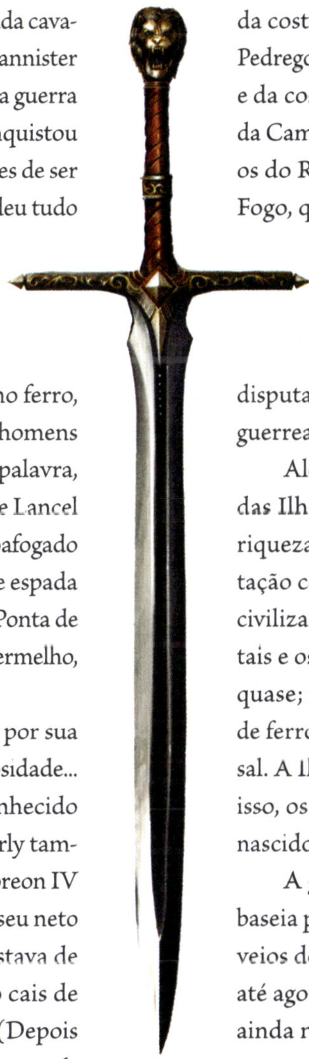

Farman como esposa. Loreon II organizou o primeiro torneio já visto nas terras ocidentais, derrotando cada cavaleiro que cavalgou contra ele. O primeiro Lancel Lannister (conhecido, é claro, como Lancel, o Leão) foi para a guerra contra os reis Gardener de Jardim de Cima e conquistou a Campina tão ao sul quanto Carvalho Velho, antes de ser derrubado em batalha. (Seu filho, Loreon III, perdeu tudo o que o pai conquistara e ganhou o apelido zombeteiro de Loreon, o Manco.) O rei Gerold Lannister, conhecido como Gerold, o Grande, navegou até as Ilhas de Ferro e retornou com uma centena de reféns nascidos no ferro, prometendo enforcar um deles cada vez que os homens de ferro ousassem atacar seu litoral. (Fiel à sua palavra, Gerold enforcou mais de vinte reféns.) Dizem que Lancel IV decapitou o rei nascido no ferro Harrald Meioafogado e seu herdeiro com um único golpe de sua grande espada de aço valiriano Rugido Brilhante, na Batalha da Ponta de Lann; ele morreu mais tarde, na batalha no Lago Vermelho, enquanto tentava invadir a Campina.

Alguns dos reis Lannister ficaram famosos por sua sabedoria, alguns por seu valor, todos pela generosidade... exceto, talvez, o rei Norwin Lannister, mais conhecido como Norwin, o Avarento. Mas Rochedo Casterly também abrigou muitos reis fracos, cruéis e débeis. Loreon IV era mais conhecido como Loreon, o Sem Juízo, e seu neto Loreon foi apelidado de Rainha Lorea, pois gostava de se vestir com as roupas da esposa e vagar pelo cais de Lannisporto disfarçado de prostituta comum. (Depois dos reinados deles, o nome Loreon se tornou notavelmente menos comum entre os príncipes Lannister.) Um monarca posterior, Tyrion II, era conhecido como o Atormentador. Embora fosse um rei forte, famoso pela proeza com o machado de batalha, seu prazer verdadeiro era torturar, e dizia-se dele que não desejava mulher alguma a menos que a fizesse sangrar primeiro.

No fim, os domínios dos Lannister se estenderam da costa oeste até as nascentes do Ramo Vermelho e do Pedregoso, marcadas pelas passagens sob o Dente Dourado, e da costa sul da Baía dos Homens de Ferro até a borda da Campina. Os limites das terras ocidentais hoje seguem os do Reino do Rochedo como era antes do Campo de Fogo, quando o rei Loren Lannister (Loren, o Último) ajoelhou como rei e se ergueu como senhor. Mas, em tempos passados, os limites eram mais fluidos, particularmente no sul, onde os Lannister com frequência entravam em disputas com os Gardener da Campina, e no leste, onde guerreavam contra os muitos reis do Tridente.

Além disso, a linha costeira Lannister fica mais perto das Ilhas de Ferro do que de qualquer outro reino, e a riqueza de Lannisporto e seu comércio eram uma tentação constante para os saqueadores daquelas ilhas não civilizadas. Guerras entre os homens das terras ocidentais e os nascidos no ferro irrompiam a cada geração ou quase; mesmo durante os períodos de paz, os homens de ferro atacavam em busca de riquezas e de esposas do sal. A Ilha Bela ajudava a proteger a costa mais a sul; por isso, os Farman se tornaram conhecidos pelo ódio aos nascidos no ferro.

A grande riqueza das terras ocidentais, é claro, se baseia primeiramente em suas minas de ouro e prata. Os veios de metal correm amplos e profundos, e há minas, até agora, que têm sido escavadas há mil anos e mais, e ainda não foram esvaziadas. Lomas Longstrider relata que, mesmo tão longe quanto Asshai da Sombra, há mercadores que lhe perguntaram se era verdade que o "Senhor Leão" vivia em um palácio de ouro sólido e que pequenos agricultores coletavam uma riqueza em ouro simplesmente arando os campos. O ouro do oeste viajou longe, e os meistres sabem que não há minas em todo o mundo mais ricas do que as de Rochedo Casterly.

A espada Rugido Brilhante foi empossada pelos reis Lannister no século anterior à Perdição, e dizem que o peso em ouro pago por ela era o suficiente para montar um exército. Mas ela se perdeu menos de um século depois, quando Tommen II a levou consigo ao navegar com uma grande frota até a arruinada Valíria, com a intenção de saquear a riqueza e a feitiçaria que ele tinha certeza de que ainda estavam lá. A frota nunca retornou, nem Tommen, nem Rugido Brilhante.

O último relato sobre eles é encontrado em uma crônica volantina chamada *A Glória de Volantis*. Lá é afirmado que uma "frota dourada" ostentando o "Rei Leão" estivera na cidade livre em busca de suprimentos, e que os triarcas os encheram de presentes. A crônica alega que o Rei Leão jurou que metade de tudo o que encontrasse seria dado para os triarcas em troca de sua generosidade – e da promessa que enviariam uma frota em seu auxílio quando requisitasse. Depois disso, foi embora. No ano seguinte, a crônica afirma que o Triarca Marqelo Tagaros enviou uma esquadra de navios na direção de Volantis para ver se algum sinal da frota dourada podia ser encontrado, mas voltaram de mãos vazias.

ACIMA | *Rugido Brilhante, a espada de aço valiriano dos Lannister.*

A riqueza das terras ocidentais combinava, em tempos antigos, com a fome da Cidade Franca de Valíria por metais preciosos. Mesmo assim, parece não haver evidências de que os senhores de dragões chegaram a fazer contato com os senhores do Rochedo, Casterly ou Lannister. O Septão Barth especulou o assunto, referindo-se a um texto valiriano já perdido, sugerindo que os feiticeiros da Cidade Franca haviam previsto que o ouro de Rochedo Casterly os destruiria. O Arquimeistre Perestan levantou uma especulação diferente, mais plausível, sugerindo que os valirianos, nos tempos antigos, haviam chegado tão distante quanto Vilavelha, mas sofreram algum grande revés ou tragédia que os fez fugir de toda Westeros depois disso.

CASA LANNISTER SOB OS DRAGÕES

Uma vez que Loren, o Último, desistiu de sua coroa, os Lannister foram reduzidos a senhores. Embora sua riqueza permanecesse intocada, eles não tinham laços próximos com a Casa Targaryen (ao contrário dos Baratheon) e, diferentemente dos Tully, eram orgulhosos demais para lutar imediatamente por um lugar de proeminência sob o Trono de Ferro.

Não durou sequer uma geração, quando o príncipe Aegon e a princesa Rhaena buscaram refúgio do rei Maegor, o Cruel, para que os Lannister, mais uma vez, começassem a deixar uma marca importante no reino. Lorde Lyman Lannister protegeu o príncipe e a princesa sob seu teto, estendendo-lhes os direitos de hóspedes e recusando todas as exigências do rei de devolvê-los. Mesmo assim, sua senhoria não comprometeu suas espadas com o príncipe e a princesa fugitivos, nem se apressou depois que o príncipe Aegon pereceu nas mãos de seu tio durante a Batalha sob o Olho de Deus. Mas, quando o irmão mais novo de Aegon, Jaehaerys, colocou sua reivindicação ao Trono de Ferro, os Lannister garantiram seu apoio.

A morte do rei Maegor e a coração do rei Jaehareys aproximaram a Casa Lannister do Trono de Ferro, embora os Velaryon, os Arryn, os Hightower, os Tully e os Baratheon ainda os eclipsassem em influência. Lorde Tymond Lannister esteve presente no Grande Conselho de 101 d.C. que decidiu a sucessão, e ficou famoso ao chegar com uma comitiva imensa de trezentos vassalos, homens de armas e criados... só para ser superado por Lorde Matthos Tyrell de Jardim de Cima, que contava com quinhentas pessoas em sua comitiva. Os Lannister escolheram ficar ao lado do príncipe Viserys nas deliberações – uma escolha lembrada e recompensada alguns anos mais tarde, quando Viserys ascendeu ao Trono de Ferro e fez do irmão gêmeo de Lorde Jason Lannister, Sor Tyland, seu mestre dos navios. Mais tarde, Sor Tyland se tornou mestre da moeda do rei Aegon II, e sua proximidade com o Trono de Ferro e posição favorecida na corte trouxeram seu irmão, Lorde Jason, para o lado de Aegon na Dança dos Dragões.

Mas, enquanto a luta pela sucessão continuava, Sor Tyland sofreu enormemente por esconder a maior parte do ouro da coroa onde Rhaenyra Targaryen não pudesse alcançá-la quando ela tomou Porto Real. E a associação dos Lannister com o Trono de Ferro provou ser malfadada quando a Lula Gigante Vermelha e seus saqueadores caíram sobre as terras ocidentais desprotegidas enquanto Lorde Jason marchava para leste sob ordens do rei Aegon II. Os apoiadores da rainha Rhaenyra encontraram seu exército na travessia do Ramo Vermelho, onde Lorde Jason caiu em batalha, mortalmente ferido pelo escudeiro Pate de Folhalonga (consagrado cavaleiro após a batalha, este guerreiro de origem humilde ficou conhecido como Matador de Leão pelo resto de seus dias). O exército Lannister continuou a marchar, conseguindo vitórias sob comando de Sor Adrian Tarbeck, e depois sob comando de Lorde Lefford, antes que este último perecesse na Comida de Peixe, onde os homens das terras ocidentais foram massacrados entre três exércitos.

Enquanto isso, Sor Tyland Lannister caiu prisioneiro da rainha Rhaenyra depois que ela tomou Porto Real. Cruelmente torturado para ser obrigado a revelar onde escondera a maior parte do ouro da coroa, Sor Tyland se recusou teimosamente a falar. Quando Aegon II e seus partidários conquistaram a cidade de volta, ele foi encontrado cego, mutilado e castrado. Mesmo assim, sua mente permaneceu intacta, e o rei Aegon o manteve como mestre da moeda. Nos últimos dias de seu governo, Aegon II chegou a mandar Sor Tyland para as Cidades Livres em busca de mercenários para apoiar sua causa contra a do filho de Rhaenyra, o futuro Aegon III, e seus apoiadores.

Uma regência se seguiu ao fim da luta, uma vez que o novo rei, Aegon III, tinha apenas onze anos de idade quando ascendeu ao Trono de Ferro. Na esperança de curar as profundas feridas deixadas pela Dança, Sor Tyland foi nomeado Mão do Rei. Talvez aqueles que tinham sido seus inimigos o consideravam cego e quebrado demais para ser uma ameaça a eles, mas Sor Tyland serviu com capacidade por quase dois anos, antes de morrer da Febre de Inverno, em 133 d.C.

Nos anos que se seguiram, os Lannister ficaram ao lado dos Targaryen contra Daemon Blackfyre, embora os rebeldes do Dragão Negro tenham conquistado vitórias dignas de nota nas terras ocidentais – em especial em Lannisporto e no Dente Dourado, onde Sor Quentyn Ball, o cavaleiro de temperamento esquentado conhecido como Bola de Fogo, matou Lorde Lefford e obrigou Lorde Damon Lannister (mais tarde conhecido como Leão Grisalho) a recuar.

Após a morte do Leão Grisalho, em 210 d.C., seu filho Tybolt o sucedeu como Senhor de Rochedo Casterly, só para perecer dois anos mais tarde sob circunstâncias suspeitas. Um jovem no auge da vida, Lorde Tybolt não deixou herdeiro de seu corpo, exceto uma filha, Cyrelle, de três anos de idade, cujo reinado como Senhora de Rochedo Casterly provou ser cruelmente curto. Em menos de um ano, ela também estava morta e, depois disso, o Rochedo, as terras ocidentais e toda a riqueza e poder da Casa Lannister passaram para seu tio Gerold, irmão mais novo do falecido Lorde Tybolt.

Um homem genial, conhecido por ser excessivamente esperto, Gerold servira como regente de sua jovem sobrinha, mas a rapidez da morte dela em idade tão tenra atiçou as más línguas, e foi amplamente sussurrado no oeste que tanto a Senhora Cerelle quanto Tybolt haviam morrido por suas mãos.

Nenhum homem vivo pode dizer com certeza se havia alguma verdade nesses sussurros, pois Gerold Lannister logo provou ser um senhor excepcionalmente astuto, capaz e imparcial, aumentando muito a riqueza da Casa Lannister, o poder de Rochedo Casterly e o comércio em Lannisporto. Governou as terras ocidentais por trinta e um anos, recebendo a alcunha de Gerold, o Dourado. Mesmo assim as tragédias que se abateram sobre a Casa Lannister nos anos que se seguiram foram provas suficientes para os inimigos de Lorde Gerold. Sua amada segunda esposa, a Senhora Rohanne, desapareceu em circunstâncias misteriosas em 230 d.C., menos de um ano depois de dar à luz o quarto e mais jovem filho de sua senhoria, Jason. Tywald, o mais velho de seus filhos gêmeos, morreu em batalha em 233 d.C., enquanto atuava como escudeiro de Lorde Robert Reyne de Castamere, durante o Levante Peake. Lorde Robert também morreu, deixando Sor Roger Reyne (o Leão Vermelho), seu filho mais velho, como herdeiro.

De longe, a morte mais significativa que resultou do Levante Peake foi a do próprio rei Maekar, mas o caos que isso causou foi narrado em abundância em outros lugares. Menos conhecidos, mas não menos sinistros, são os efeitos terríveis que a batalha teve na história do oeste. Tywald Lannister era, há muito tempo, comprometido com a vivaz jovem irmã do Leão Vermelho, Senhora Ellyn. Essa donzela de temperamento forte e esquentada, que, durante anos, esperara se tornar a Senhora de Rochedo Casterly, não estava disposta a abandonar esse sonho. Após a morte de seu prometido, ela persuadiu o irmão gêmeo dele, Tion, a abandonar o compromisso que tinha com uma filha de Lorde Rowan de Bosquedouro e se casar com ela.

Dizem que Lorde Gerold se opôs a esta união, mas a dor, a idade e a doença o transformaram em uma sombra pálida do que era antigamente, e, no fim, ele desistiu. Em 235 d.C., em um casamento duplo em Rochedo Casterly, Sor Tion Lannister tomou Ellyn Reyne como esposa, enquanto seu irmão mais jovem, Tytos, se casou com Jeyne Marbrand, filha de Lorde Alyn Marbrand de Cinzamarca.

Duas vezes viúvo e doente, Lorde Gerold não se casou novamente, então, depois do casamento, Ellyn da Casa Reyne se tornou Senhora de Rochedo Casterly em tudo menos no nome.

Enquanto seu sogro se retirava para seus livros e seus aposentos, a Senhora Ellyn mantinha uma corte esplêndida, realizando uma série de torneios e bailes e enchendo o Rochedo de artistas, pantomimeiros, músicos... e Reyne. Seus irmãos, Roger e Reynard, estavam sempre ao seu lado, e cargos, honras e terras eram repartidos entre eles, e entre seus tios, primos e sobrinhos também. Ouviram o velho bobo da corte de Lorde Gerold, um corcunda amargo chamado Lorde Sapo, dizer que "a Senhora Ellyn deve ser uma feiticeira, com certeza, pois fez chover dentro do Rochedo o ano todo".

Em 236 d.C., o pretendente Daemon Blackfyre, Terceiro de Seu Nome, cruzou o mar estreito e desembarcou no Gancho de Massey com Açoamargo e a Companhia Dourada, com a intenção de tomar o Trono de Ferro. O rei Aegon V convocou os senhores leais por todos os Sete Reinos para se opor a ele, e a Quarta Rebelião Blackfyre começou.

ACIMA | *Brasão da Casa Lannister (centro) e de algumas casas importantes, do passado e do presente (sentido horário, de cima): Crakehall, Brax, Clegane, Farman, Lefford, Reyne, Westerling, Payne, Marbrand, Lydden, Prester e Tarbeck.*

E terminou mais rápido do que o pretendente teria desejado, na Batalha da Ponte do Guaquevai. Depois, os cadáveres dos mortos do Dragão Negro entupiram o Guaquevai e fizeram suas margens transbordarem. Os monarquistas, por sua vez, perderam menos de cem homens... mas entre eles estava Sor Tion Lannister, herdeiro de Rochedo Casterly.

Seria de se esperar que a perda do segundo dos seus "gêmeos gloriosos" acabasse com o pai lamentoso, Lorde Gerold. Mas, curiosamente, pareceu acontecer o contrário. Enquanto o corpo de Sor Tion era colocado para descansar dentro do Rochedo Casterly, Gerold, o Dourado, se levantou e assumiu o controle das terras ocidentais mais uma vez, com a intenção de fazer tudo o que pudesse para preparar seu terceiro filho, o sem força de vontade e descompromissado garoto Tytos, para sucedê-lo.

O "Reinado dos Reyne" chegou ao fim. Os irmãos da Senhora Ellyn logo partiram de Rochedo Casterly para Castamere, acompanhados por muitos dos outros Reyne.

A Senhora Ellyn permaneceu, mas sua influência diminuiu, enquanto a da Senhora Jeyne cresceu. Logo a rivalidade entre a viúva de Sor Tion e a esposa de Tytos ficou realmente acirrada, se os rumores levantados por Meistre Beldon podem ser levados a sério. Beldon nos conta que, em 239 d.C., Ellyn Reyne foi acusada de ir à cama de Tytos Lannister, incentivando-o a deixar a esposa e se casar com ela. Contudo, o jovem Tytos (então com dezenove anos) achou a viúva do irmão tão intimidadora que foi incapaz de agir. Humilhado, correu de volta para a esposa para confessar e implorar seu perdão.

A Senhora Jeyne estava disposta a perdoar o jovem marido, mas menos disposta a perdoar a cunhada, e não hesitou em informar Lorde Gerold do incidente. Furioso, sua senhoria resolveu livrar Rochedo Casterly de Ellyn Reyne de uma vez por todas, encontrando um novo marido para ela. Corvos voaram, e um casamento apressado foi arranjado. Em quinze dias, Ellyn Reyne estava casada com Walderan Tarbeck, Senhor de Salão Tarbeck, um viúvo enfeitado de cinquenta e cinco anos, senhor de uma casa antiga, honrada, mas empobrecida.

Ellyn Reyne, agora a Senhora Tarbeck, partiu de Rochedo Casterly com o marido para nunca mais voltar, mas a rivalidade entre ela e a Senhora Jeyne não chegou ao fim. Pelo contrário, pareceu se intensificar no que Lorde Sapo veio a chamar de Guerra dos Úteros. Embora a Senhora Ellyn não tivesse sido capaz de dar a Sor Tion um herdeiro, provou ser mais fértil com Walderan Tarbeck (que, deve ser observado, tinha vários filhos mais velhos de seus dois primeiros casamentos), dando-lhe duas filhas e um filho. A Senhora Jeyne respondeu com seus próprios filhos, o primeiro dos quais foi um menino. Ele recebeu o nome de Tywin, e as lendas afirmam que quando seu avô, Lorde Gerold, bagunçou o cabelo dourado do bebê, o menino mordeu seu dedo.

Outras crianças vieram a seu tempo, mas Tywin, o mais velho, foi o único neto que sua senhoria conheceu. Em 244 d.C., Gerold, o Dourado, morreu de bexiga ruim, incapaz de passar água. Com vinte e quatro anos de idade, Tytos Lannister, seu filho sobrevivente mais velho, se tornou Senhor de Rochedo Casterly, Escudo de Lannisporto e Protetor do Oeste.

ACIMA | *Senhora Ellyn Reyne e Senhora Jeyne Marbrand na corte de Lorde Gerold Lannister.*

Todos eram cargos para os quais ele era claramente inadequado. Lorde Tytos Lannister tinha muitas virtudes. Lento em se irritar e rápido em perdoar, ele via o lado bom de cada homem, grande ou pequeno, e confiava muito nas pessoas. Foi apelidado de Leão Sorridente por seus modos joviais, e por um tempo o oeste sorriu com ele... mas logo outros estavam rindo no lugar dele.

No que dizia respeito às questões de estado, Lorde Tytos provou ser fraco e indeciso. Não tinha gosto pela guerra e ria de insultos que teriam feito a maior parte de seus antepassados gritarem por suas espadas. Muitos viam em sua fraqueza uma oportunidade para conseguir poder, riquezas e terras para si. Alguns pegavam pesados empréstimos de Rochedo Casterly e deixavam de pagar depois. Quando ficou claro que Lorde Tytos estava disposto a estender essas dívidas e até mesmo perdoá-las, mercadores comuns de Lannisporto e de Kayce começaram a implorar por empréstimos também.

Os decretos de Lorde Tytos eram largamente ignorados, e a corrupção se espalhou.

Em banquetes e bailes, os convidados se sentiam livres para zombar de sua senhoria, até em sua cara. Isso era chamado de torcer o rabo do leão, e jovens cavaleiros e até mesmo escudeiros competiam entre si para ver quem torcia o rabo de leão com mais força. Dizem que ninguém ria mais alto das piadas do que o próprio Lorde Tytos.

O Meistre Beldon, em uma de suas cartas para a Cidadela, escreveu: "Sua senhoria só quer ser amado. Então ele ri, não se ofende e perdoa, e dá honras, cargos e presentes generosos para aqueles que zombam dele e o desafiam, pensando que, dessa forma, ganhará a lealdade deles. Mas, quanto mais ele ri e dá, mais eles o desprezam."

Conforme o poder da Casa Lannister diminuía, outras casas ficavam mais fortes, mais desafiantes e mais desordenadas. E em 254 d.C., até mesmo senhores além das fronteiras das terras ocidentais estavam cientes de que o leão de Rochedo Casterly não era mais um animal a ser temido.

No final daquele ano, Lorde Tytos concordou em casar sua filha de sete anos, Genna, com um filho mais jovem de Walder Frey, Senhor da Travessia. Embora tivesse apenas dez anos de idade, Tywin condenou o noivado em termos contundentes. Lorde Tytos não cedeu, mas os homens puderam ver que essa criança com vontade de ferro e destemida era mais dura do que a idade e não tinha nada do pai amável.

Não muito depois, Lorde Tytos despachou seu herdeiro para Porto Real, para servir como copeiro na corte do rei Aegon. O segundo filho de sua senhoria, Kevan, foi mandado embora também, para servir como pajem e, depois, como escudeiro do Senhor de Castamere.

Antigos, ricos e poderosos, os Reyne prosperaram muito com o desgoverno de Lorde Tytos. Roger Reyne, o Leão Vermelho, era amplamente temido por suas habilidades com armas; muitos o consideravam a espada mais mortal das terras ocidentais. Seu irmão, Sor Reynard, era charmoso e esperto, enquanto Sor Roger era rápido e forte.

Conforme os Reyne se erguiam, o mesmo ocorria com seus aliados mais próximos, os Tarbeck de Salão Tarbeck. Depois de séculos de lento declínio, essa casa antiga, mas pobre, começara a florescer, graças, em grande parte, à nova Senhora Tarbeck, antiga Ellyn Reyne.

Embora ainda não fosse bem-vinda no Rochedo, a Senhora Ellyn planejara extrair grandes quantias de ouro da Casa Lannister por meio dos irmãos, pois Lorde Tytos achava muito difícil recusar algo para o Leão Vermelho. Ela usou esses fundos para restaurar a ruína caindo aos pedaços que era Salão Tarbeck, reconstruindo a muralha, fortalecendo as torres e mobiliando a fortaleza com um esplendor capaz de rivalizar com qualquer castelo do oeste.

Em 255 d.C., Lorde Tytos celebrou o nascimento de seu quarto filho em Rochedo Casterly, mas sua alegria logo se transformou em lamento. Sua amada esposa, a Senhora Jeyne, nunca se recuperou do trabalho de parto, e morreu em um turno da lua após o nascimento de Gerion Lannister. Sua perda foi um golpe devastador em sua senhoria. Daquele dia em diante, ninguém jamais o chamou de Leão Sorridente.

Os anos que se seguiram foram mais sombrios do que quaisquer outros na longa história das terras ocidentais. As condições no oeste estavam tão ruins que o Trono de Ferro se sentiu compelido a dar uma ajuda. Três vezes o rei Aegon V mandou seus cavaleiros para restaurar a ordem nas terras ocidentais, mas cada vez os conflitos se reacendiam assim que os homens do rei partiam. Quando Sua Graça pereceu na tragédia em Solarestival, em 259 d.C., os assuntos no oeste deterioraram ainda mais, pois o novo rei, Jaehaerys II Targaryen, não tinha a força de vontade do pai e, além disso, logo estava enredado na Guerra dos Reis de Nove Moedas.

Mil cavaleiros e dez mil homens de armas partiram das terras ocidentais para responder ao chamado do rei, mas Lorde Tytos não estava entre eles. O irmão de sua senhoria recebeu o comando em seu lugar, mas, em 260 d.C., Sor Jason Lannister morreu em Passossangrento. Após sua morte, Sor Roger assumiu o comando do que restava dos homens das terras ocidentais e os liderou em várias vitórias notáveis.

Os três filhos mais velhos de Lorde Tytos também se saíram bem nos Degraus. Consagrado cavaleiro na véspera do conflito, Sor Tywin Lannister lutou na comitiva do jovem herdeiro do rei, Aerys, Príncipe de Pedra do Dragão, e recebeu a honra de paramentá-lo como cavaleiro no fim da guerra. Kevan Lannister, escudeiro do Leão Vermelho, também ganhou suas esporas, e foi consagrado cavaleiro pelo próprio Roger Reyne. O irmão deles,

Tygett, era jovem demais para a cavalaria, mas sua coragem e habilidade em armas foram notadas por todos, pois ele matou um homem adulto em sua primeira batalha e mais três em lutas posteriores, um deles um cavaleiro da Companhia Dourada. Mesmo assim, enquanto suas crias lutavam nos Degraus, Tytos Lannister permaneceu em Rochedo Casterly, na companhia de uma certa jovem de origem humilde que capturou sua atenção enquanto servia como ama de leite para seu filho caçula.

O retorno dos filhos de Lorde Tytos da guerra finalmente anunciou mudanças. Endurecido pela batalha e inteiramente ciente da pouca consideração que os outros senhores do reino tinham por seu pai, Sor Tywin Lannister começou imediatamente a restaurar o orgulho e o poder de Rochedo Casterly. Dizem que seu pai protestou, mas fracamente, e então se retirou para os braços de sua ama de leite enquanto seu herdeiro assumia o comando.

Sor Tywin começou a exigir o reembolso de todo o ouro que Lorde Tytos emprestara. Aqueles que não pagavam deviam enviar reféns para Rochedo Casterly. Quinhentos cavaleiros, veteranos de sangue e experientes nos Degraus, formaram uma nova companhia sob comando do irmão de Sor Tywin, Sor Kevan, que partiu para livrar o oeste de cavaleiros ladrões e foras da lei.

Alguns foram rápidos em obedecer. "O leão despertou", disse Sor Harys Swyft, o Cavaleiro de Campodemilho, quando os coletores chegaram aos portões de seu castelo. Incapaz de pagar seu débito, entregou sua filha para Sor Kevan como refém. Mas, em todos os lugares, os coletores eram recebidos com resistência taciturna e desafio aberto. Os relatos dizem que Lorde Reyne gargalhou quando seu meistre leu para ele os decretos de Sor Tywin e aconselhou seus amigos e vassalos a não fazer nada.

Lorde Walderan Tarbeck imprudentemente escolheu um caminho diferente. Cavalgou até Rochedo Casterly para protestar, confiante em sua capacidade de acuar Lorde Tytos e obrigá-lo a rescindir os decretos do filho. Em vez disso, encontrou-se frente a frente com Sor Tywin, que o mandou para um calabouço.

Com Lorde Walderan em correntes, Tywin Lannister esperava, sem dúvida, que os Tarbeck se rendessem. Mas a Senhora Tarbeck foi rápida em dissuadi-los dessa ideia. Em vez disso, aquela mulher temível mandou seus próprios cavaleiros e capturou três Lannister. Dois dos cativos eram Lannister de Lannisporto, parentes distantes dos Lannister de Rochedo Casterly, mas o terceiro era um jovem escudeiro, Stafford Lannister, filho mais velho e herdeiro do falecido irmão de Lorde Tytos, Sor Jason.

A crise resultante tirou Lorde Tytos de perto de sua ama de leite tempo o bastante para anular as ordens de seu filho de temperamento forte. Sua senhoria não só ordenou que Lorde Tarbeck fosse solto, ileso, mas foi mais longe ainda ao se desculpar com ele e perdoar suas dívidas.

Para salvaguardar a troca de reféns, Lorde Tytos se voltou para o irmão mais jovem da Senhora Tarbeck, Sor Reynard Reyne. A formidável sede do Leão Vermelho em Castamere foi escolhida para o encontro. Sor Tywin se recusou a participar, então foi Sor Kevan quem devolveu Lorde Walderan, enquanto a própria Senhora Tarbeck entregava Stafford e seus primos. Lorde Reyne celebrou todas as partes e uma grande demonstração de amizade foi encenada, com Lannister e Tarbeck brindando um ao outro, trocando presentes e beijos, e jurando permanecerem amigos leais uns aos outros "por toda a eternidade".

Toda a eternidade não durou nem um ano, o Grande Meistre Pycelle observou mais tarde. Tywin Lannister, que não estivera presente no banquete do Leão Vermelho, nunca enfraqueceu em sua decisão de fazer esses vassalos altaneiros ficarem de joelhos. No final do ano de 261 d.C., ele enviou corvos para Castamere e para Salão Tarbeck, exigindo que Roger e Reynard Reyne e Lorde e a Senhora Tarbeck se apresentassem em Rochedo Casterly "para responder por seus crimes". Em vez disso, os Reyne e os Tarbeck escolheram o desafio, como Sor Tywin certamente sabia que fariam. As duas casas se levantaram em revolta aberta, renunciando à fidelidade a Rochedo Casterly.

Então, Tywin Lannister convocou seus vassalos. Não pediu permissão ao pai, nem mesmo o informou de sua intenção, mas cavalgou com quinhentos cavaleiros e três mil homens de armas e arqueiros atrás de si.

A Casa Tarbeck foi a primeira a cair diante da ira de Sor Tywin. O exército Lannister desceu tão rapidamente que os

ACIMA | *Lorde Tytos Lannister e seu herdeiro, Sor Tywin.*

vassalos e apoiadores de Lorde Walderan não tiveram tempo de se reunir. Tolamente, sua senhoria cavalgou de encontro ao exército de Sor Tywin apenas com os cavaleiros de sua casa ao seu lado. Em uma batalha curta e brutal, os Tarbeck foram derrotados e massacrados. Lorde Walderan Tarbeck e seus filhos foram decapitados, juntamente com seus sobrinhos e primos, os maridos de suas filhas e qualquer homem que tivesse uma estrela de sete pontas azul e prateada no escudo ou na túnica para ostentar o sangue Tarbeck. E, quando o exército Lannister retomou a marcha até Salão de Tarbeck, as cabeças de Lorde Walderan e de seus filhos iam à frente, empaladas em lanças.

Com a aproximação deles, a Senhora Ellyn Tarbeck fechou os portões e enviou corvos para Castamere, convocando seus irmãos. Confiando em suas muralhas, a Senhora Tarbeck sem dúvida esperava um longo cerco, mas armas de cerco foram preparadas em um dia, e as muralhas provaram ter pouca utilidade quando uma grande pedra voou sobre elas e arrebentou a antiga fortaleza do castelo. A Senhora Ellen e seu filho, Tion, o Vermelho, morreram no súbito desmoronamento da fortaleza. Toda a resistência do Salão Tarbeck acabou depois disso, e os portões foram abertos para o exército Lannister. Então Tywin Lannister ordenou que o Salão Tarbeck fosse passado pela tocha. O castelo ardeu por um dia e uma noite, até que nada restou além de uma casca enegrecida. O Leão Vermelho chegou a tempo de ver as chamas. Dois mil homens cavalgavam com ele – tudo o que foram capazes de reunir em tão pouco tempo disponível.

A maioria dos relatos concorda que Tywin Lannister tinha três vezes a força do inimigo; alguns insistem que os Lannister excediam os Reyne em cinco para um. Na esperança de que a surpresa pudesse ganhar o dia, Roger Rayne ordenou que suas trombetas soassem o ataque e avançou precipitadamente para o acampamento de Sor Tywin. Depois da surpresa inicial, os Lannister se recuperaram rapidamente e seus números logo começaram a falar mais alto. Lorde Reyne não teve escolha senão dar meia volta e fugir, deixando quase metade de seus homens mortos no campo de batalha. Uma chuva de dardos de besta perseguiu os cavaleiros que saíam do acampamento; um deles acertou Lorde Reyne entre os ombros, atravessando sua placa peitoral. O Leão Vermelho seguiu adiante, só para cair do cavalo menos de cinco quilômetros depois; ele precisou ser carregado de volta a Castamere.

O exército Lannister chegou em Castamere três dias mais tarde. Assim como Rochedo Casterly, a sede da Casa Reyne começara como uma mina. Ricos veios de ouro e prata tornaram os Reyne quase tão ricos quanto os Lannister durante a Era dos Heróis; para defender suas riquezas, eles tinham erguido muralhas na entrada da mina, fechado com um portão de carvalho e madeira, e flanqueado com um par de torres robustas. Fortalezas e salões se seguiram, tudo isso enquanto a mina ia cada vez mais fundo, e quando o resto de ouro acabou, o espaço foi ampliado para conter salões, galerias, aposentos aconchegantes, um labirinto de túneis e um salão de baile que fazia eco. Para olhos ignorantes, Castamere parecia uma fortaleza modesta, uma sede digna para um cavaleiro com terras ou um pequeno senhor, mas aqueles que conheciam seus segredos sabiam que nove décimos do castelo ficavam sob o solo.

Foram para essas câmaras profundas que os Reyne se retiraram. Febril e fraco com a perda de sangue, o Leão Vermelho não estava em condições de liderar. Sor Reynard, seu irmão, assumiu o comando. Menos teimoso e mais esperto do que o irmão, Reynard sabia que não precisava deixar homens para defender as muralhas do castelo, então abandonou totalmente a superfície para o inimigo e recuou para debaixo da terra. Uma vez que seu pessoal estava em segurança dentro dos túneis, Sor Reynard mandou uma mensagem para Sor Tywin em cima, oferecendo termos de negociação. Mas Tywin Lannister não honrou a oferta de Sor Reynard com uma resposta. Em vez disso, ordenou que as minas fossem seladas. Com picaretas, machados e tochas, seus próprios mineiros derrubaram toneladas de pedra e terra, enterrando os grandes portões das minas até que não havia jeito de entrar ou sair. Assim que isso foi feito, ele voltou sua atenção para o pequeno e rápido riacho que alimentava a piscina de águas cristalinas ao lado do castelo, da qual Castamere pegou o nome. Levou menos de um dia para represar o riacho e só dois para desviá-lo até a entrada mais próxima da mina.

A terra e a pedra que selavam a mina não deixavam espaço bastante para permitir a passagem de um esquilo, muito menos de um homem... mas a água encontrou seu caminho para baixo.

Dizem que Sor Reynard tinha mais de trezentos homens, mulheres e criança nas minas. Nenhum saiu de lá. Alguns guardas designados para as entradas menores e mais distantes da mina relataram ter ouvido gritos e choros fracos vindos debaixo da terra durante a noite, mas, quando o dia amanheceu, as pedras estavam em silêncio novamente.

Ninguém jamais reabriu as minas de Castamere. Os salões e fortes acima delas foram passados pela tocha por Tywin Lannister, permanecendo vazios até os dias de hoje, um testamento mudo do destino que aguarda aqueles que são tolos o bastante para pegar em armas contra os leões do Rochedo.

Em 262 d.C., o rei Jaehaerys II morreu em Porto Real, depois de permanecer apenas três anos no Trono de Ferro. Seu filho Aerys, Príncipe de Pedra do Dragão, sucedeu-o como rei Aerys II. Seu primeiro ato como rei – e o mais sábio, muitos dizem – foi convocar seu amigo de infância, Tywin Lannister, de Rochedo Casterly e nomeá-lo Mão do Rei.

Sor Tywin tinha apenas vinte anos; assim, foi o homem mais jovem a servir como Mão, mas a maneira como lidara com o levante dos Reyne e dos Tarbeck tinham-no tornado respeitado, até mesmo temido, nos Sete Reinos. Sua prima, Senhora Joanna, filha do irmão falecido de Lorde Tytos, Sor Jason, já estava em Porto Real; ela servia como dama de companhia de Rhaella desde 259 d.C. Ela e Sor Tywin se casaram um ano depois que ele se tornou Mão do Rei, em uma generosa cerimônia no Grande Septo de Baelor, com o próprio rei Aerys presidindo o banquete de casamento e a noite de núpcias. Em 266 d.C., a Senhora Joanna deu à luz gêmeos, um menino e uma menina. Enquanto isso, o irmão de Sor Tywin, Sor Kevan, também se casou, tomando como esposa a filha de Sor Harys Swyft de Campodemilho, que, no passado, lhe fora entregue como refém pelas dívidas do pai.

Em 267 d.C., o coração de Lorde Tytos Lannister explodiu enquanto ele subia um lance de degraus íngremes até os aposentos de sua amante (sua senhoria, por fim, deixara de lado a ama de leite, só para se deixar capturar pelos encantos da filha de um fabricante de velas). Então, aos vinte e cinco anos, Tywin Lannister se tornou Senhor de Rochedo Casterly, Escudo de Lannisporto e Protetor do Oeste. Com o Leão Sorridente finalmente descansando, a Casa Lannister nunca fora tão forte ou estivera mais segura. Os anos que se seguiram foram anos dourados, não só para as terras ocidentais, mas para todos os Sete Reinos.

Mas havia um verme dentro da maçã, pois a loucura crescente do rei Aerys II Targaryen logo colocou em perigo tudo o que Tywin Lannister procurou construir. Sua senhoria sofreu uma grande perda pessoal também, pois sua amada esposa Senhora Joanna morreu em 273 d.C., enquanto dava à luz um filho terrivelmente deformado. Com a sua morte, o Grande Meistre Pycelle observa, a alegria abandonou Tywin Lannister, mas ele ainda persistiu em seu dever.

Dia após dia e ano após ano, Aerys II se voltava cada vez mais contra sua própria Mão, seu amigo de infância, sujeitando-o a uma sucessão de reprovações, reveses e humilhações. Tudo isso Lorde Tywin suportou, mas, quando o rei fez de seu filho e herdeiro, Sor Jaime, um cavaleiro da Guarda Real, ele não pôde suportar mais. Lorde Tywin, por fim, renunciou ao cargo em 281 d.C.

Desprovido dos conselhos do homem em quem se apoiara por tanto tempo, cercado de bajuladores e parasitas, o rei Aerys II logo foi completamente engolido pela loucura, enquanto o reino desmoronava em pedaços ao seu redor.

Os acontecimentos da Rebelião de Robert são bem conhecidos para todos que os vivenciaram, então não contarei essa história novamente, exceto para observar que Lorde Tywin liderou um grande exército Lannister, a partir do oeste, para capturar Porto Real e a Fortaleza Vermelha para Robert Baratheon. Quase trezentos anos de governo Targaryen chegaram ao fim pela ponta das espadas de Lorde Tywin e seus homens das terras ocidentais. No ano seguinte, o rei Robert I Baratheon tomou a filha de Lorde Tywin, a Senhora Cersei, como esposa, unindo duas das maiores e mais nobres casas de toda Westeros.

ROCHEDO CASTERLY

Rochedo Casterly, a antiga sede da Casa Lannister, não é um castelo qualquer. Embora coroada com torres, campanários e torres de observação, com muralhas de pedra, portões de carvalho e pontes levadiças de ferro que protegem todos os meios de saída, essa antiga fortaleza é, na verdade, um rochedo colossal ao lado do Mar do Poente, uma rocha que alguns dizem parecer um leão em repouso quando sol se põe e as sombras caem.

O Rochedo tem sido habitação de homens há milhares de anos. Antes da chegada dos Primeiros Homens, parece provável que os filhos da floresta e os gigantes faziam morada nas grandes cavernas escavadas pelo mar em sua base. Ursos, leões, lobos e morcegos também são conhecidos por fazerem suas tocas ali dentro, juntamente com incontáveis criaturas menores.

Centenas de poços de minas penetram nas partes mais baixas do Rochedo, onde muitos veios de ouro vermelho e amarelo reluzem intocados na pedra mesmo depois de um milênio de mineração. Os Casterly foram os primeiros a começar a escavar salões e câmaras a partir dos poços de minas, e estabeleceram um forte circular no alto do Rochedo, de onde podiam supervisionar seus domínios.

O Rochedo foi medido como três vezes a altura da Muralha ou da Torralta de Vilavelha. Com quase onze quilômetros de leste a oeste, é repleto de túneis, calabouços, despensas, casernas, salões, estábulos, escadarias, pátios, varandas e jardins. Há até mesmo um tipo de bosque sagrado, embora o represeiro que cresce ali seja uma coisa estranha, torta, cujas raízes retorcidas preencheram toda a caverna na qual ele se encontra, impedindo que qualquer outra planta cresça.

O Rochedo tem até mesmo um porto dentro, completo com docas, cais e estaleiros, pois o mar escavou grandes cavernas no lado ocidental da rocha, portões naturais profundos e largos o bastante para que dracares e barcos de pesca entrem e descarreguem suas cargas.

A Boca do Leão – uma imensa caverna natural que forma a entrada principal para o Rochedo – forma um arco

À DIREITA | *Rochedo Casterly.*

de sessenta metros de altura do chão ao teto. Ao longo dos séculos, ele foi alargado e melhorado, e agora dizem que vinte cavaleiros podem andar lado a lado por seus amplos degraus.

Rochedo Casterly nunca foi tomado por ataque ou cerco. Nenhum castelo nos Sete Reinos é maior, mais rico ou melhor defendido. As lendas dizem que Visenya Targaryen, ao vê-lo, agradeceu aos deuses pelo rei Loren ter cavalgado para encontrar seu irmão Aegon no Campo de Fogo, pois, se tivesse permanecido dentro do Rochedo, nem mesmo o fogo de dragão o teria intimidado.

Os Senhores de Rochedo Castely reuniram muitos tesouros ao longo dos séculos, e as atrações do Rochedo – especialmente a Galeria de Ouro, com seus ornamentos e paredes dourados, e o Salão dos Heróis, onde a cara armadura usada por uma centena de cavaleiros, senhores e reis Lannister permanece em guarda eterna – são famosas, com justiça, por todos os Sete Reinos, e até mesmo em terras além do mar estreito.

TERRAS FLUVIAIS
A CAMPINA
TERRAS OCIDENTAIS
TERRAS DA COROA
TERRAS DA TEMPESTADE
MAR DO POENTE
MAR DO VERÃO
DORNE
ILHAS ESCUDO
ESTREITO REDWYNE
Lannisporto
Campodemilho
Lago Vermelho
Bosquedouro
Tumbleton
Vale da Erva
Ponteamarga
ESTRADA DA ROSA
ARROIO AZUL
MANDER
Mesalonga
Solar de Cidra
Vaufreixo
Carvalho Velho
ESTRADA DO OCEANO
Escudoverde
Escudogris
Escudorroble
Escudossul
Jardim de Cima
Fortaleza das Águas Claras
Monte Chifre
Portonegro
Bandallon
Bosquemel
Vilavelha
Terraltas
Monpreto
Alto Ermitério
Coroanegra
Três Torres
Tombastela
Casasolar
Arenito
The Arbor
LEGENDA
PRINCIPAIS CASTELOS
CASTELOS
CIDADES
VILAS
VINHO
GRÃOS
ESTRADAS

A CAMPINA

O MAIOR E mais populoso dos seis reinos do sul (o Norte, vasto em extensão embora pouco povoado, é uma terra a parte) é normalmente chamado de Campina, mas este nome é um tanto inapropriado. Os domínios da Casa Tyrell, os Senhores de Jardim de Cima, agora correspondem em grande parte àqueles do Reino da Campina como ele existiu por mil anos antes da Conquista de Aegon. Mas essa região rica e fértil era, de fato, composta, antigamente, por quatro reinos:

Vilavelha e seus arredores, limitados pelas Montanhas Vermelhas a leste e pela nascente do Vinhomel a norte.

A Árvore, a ilha dourada além do Estreito Redwyne, famosa pelo vinho e pelo sol.

As marcas ocidentais, de Monte Chifre até Nocticantiga.

A Campina propriamente dita, uma vasta extensão de campos e fazendas, lagos e rios, colinas, bosques e prados perfumados, moinhos e minas, pontilhada com pequenas vilas, prósperas cidades mercantis e antigos castelos, que se estende das Ilhas Escudo, no Mar do Poente, indo da foz do Vago, passando por Jardim de Cima, Lago Vermelho, Bosquedouro e Ponteamarga, chegando até Tumbleton e a nascente do Vago.

Este último era o reino governado pelos Gardener antigamente e, em dias mais recentes, pelos descendentes de seus intendentes, os Tyrell de Jardim de Cima. Foi nesses campos verdes que a cavalaria nasceu, a história nos diz; os galantes cavaleiros e as belas donzelas da Campina são celebrados por todos os Sete Reinos pelos cantores, cujas tradições também encontram suas primeiras raízes ali.

Antes e sempre um grande reino, a Campina é muitas coisas para seus habitantes: o mais populoso, fértil e poderoso domínio dos Sete Reinos, com sua riqueza só perdendo para o rico ouro do oeste; a sede do conhecimento; um centro de música, cultura e todas as artes, brilhantes ou negras; o celeiro de Westeros; um ponto de comércio; lar de grandes marinheiros, reis nobres e sábios, feiticeiros terríveis e das mais belas mulheres de toda Westeros. Em uma colina com vista para o Vago, ergue-se o Jardim de Cima, corretamente saudado como o mais belo castelo do reino. O próprio Vago, que corre sob suas muralhas, é o maior e mais largo rio dos Sete Reinos. A importante cidade de Vilavelha é igual a Porto Real em tamanho, e superior em todos os outros aspectos, sendo muito mais antiga e mais bonita, com ruas de paralelepípedos, salões de guildas ornamentados, casas de pedras e três grandes monumentos: o Septo Estrelado da Fé, a Cidadela dos Meistres e a poderosa Torralta, com seu imenso farol, a mais alta torre em todo o mundo conhecido. Realmente, a Campina é uma terra de superlativos.

GARTH GREENHAND

A história da Campina começa com Garth Greenhand, o lendário progenitor não só dos Tyrell de Jardim de Cima, mas também dos reis Gardener antes deles... e de todas as outras grandes casas e famílias nobres do Reino Verde também.

Milhares de histórias são contadas sobre Garth na Campina e além dela. A maior parte é implausível, e muitas são contraditórias. Em algumas, ele é contemporâneo de Brandon, o Construtor, de Lann, o Esperto, de Durran Desgosto-Divino e de outras figuras pitorescas da Era dos Heróis. Em outras, ele aparece como ancestral de todas elas.

Está escrito que Garth era o Rei Supremo dos Primeiros Homens; foi ele quem os liderou do leste e na travessia do istmo até Westeros. Mas outros relatos nos fazem acreditar que ele precedeu a chegada dos Primeiros Homens em milhares de anos, o que o torna não só o Primeiro Homem em Westeros, mas o *único* homem, vagando de um lado para o outro pelo continente, convivendo com gigantes e com filhos da floresta. Alguns até dizem que era um deus.

Há discordância até em relação ao seu nome. Garth Greenhand, nós o chamamos, mas, nos contos mais antigos, ele é chamado de Garth Greenhair, ou simplesmente Garth,

Algumas das histórias mais antigas sobre Garth Greenhand nos apresentam uma divindade consideravelmente mais sombria, que exigia sacrifícios de sangue de seus adoradores para garantir uma colheita abundante. Em algumas histórias, o deus verde morre todo outono, quando as árvores perdem as folhas, só para renascer com a chegada da primavera. Essa versão de Garth é amplamente esquecida.

o Verde. Algumas histórias dizem que ele tinha mãos verdes, cabelos verdes ou pele totalmente verde. (Algumas até lhe dão chifres, como um veado.) Outras nos contam que ele se vestia de verde da cabeça aos pés, e certamente assim é que ele é mais comumente retratado em pinturas, tapeçarias e esculturas. Mais provavelmente, seu nome deriva de seus dons como jardineiro e lavrador do solo – um traço com o qual todos os relatos concordam. "Garth fazia o milho amadurecer, as árvores frutificarem e as flores abrirem", os cantores nos contam.

Muitos dos povos mais primitivos da terra veneravam um deus ou deusa da fertilidade, e Garth Greenhand tinha muito e ainda mais em comum com essas divindades. Dizem que foi

Alguns filhos célebres de Garth Greenhand

JOHN, O CARVALHO, o Primeiro Cavaleiro, que trouxe a cavalaria para Westeros (um homem imenso, todos concordam, com dois metros e meio de altura em alguns relatos, três ou três e meio em outros, gerado por Garth Greenhand com uma gigante). Seus próprios descendentes se tornaram os Oakheart, de Carvalho Velho.

GILBERT DAS VINHAS, que ensinou os homens da Árvore a fazer o vinho mais doce das uvas que cresciam tão grandes e exuberantes em sua ilha, e que fundou a casa Redwyne.

FLORYS, A RAPOSA, a mais esperta entre os filhos de Garth, manteve três maridos, cada um deles ignorante da existência dos demais. (De seus filhos surgiram as Casas Florent, Ball e Peake).

MARIS, A DONZELA, a Mais Bela, cuja beleza era tão renomada que cinquenta senhores disputaram sua mão no primeiro torneiro já organizado em Westeros. (O vitorioso foi o Gigante Cinza, Argoth Pele de Pedra, mas Maris se casou com o rei Uthor da Torre Alta antes que Argoth pudesse reivindicá-la, e ele passou o resto de seus dias furioso do lado de fora das muralhas de Vilavelha, urrando por sua esposa.)

FOSS, O ARQUEIRO, renomado por acertar maçãs na cabeça de qualquer donzela que lhe chamasse a atenção, de quem tanto os Fossoway da maçã vermelha quanto da verde traçam sua descendência.

BRANDON DA LÂMINA SANGRENTA, que expulsou os gigantes da Campina e guerreou com os filhos da floresta, matando tantos no Lago Azul que o lugar ficou conhecido como Lago Vermelho desde então.

OWEN ESCUDO DE CARVALHO, que conquistou as Ilhas Escudo, mandando selchies e bacalhaus de volta para o mar.

HARLON, O CAÇADOR, e Herndon do Berrante, irmãos gêmeos que construíram seu castelo no alto de Monte Chifre e tomaram como esposa as belas bruxas do bosque que viviam ali, partilhando sua proteção por cem anos (pois os irmãos não envelheciam desde que as abraçassem sempre que a lua estivesse cheia).

BORS, O TRANSGRESSOR, que ganhou a força de vinte homens bebendo apenas sangue de touro, e fundou a Casa Bulwer de Coroanegra. (Algumas histórias afirmam que Bors bebeu tanto sangue de touro que um par de brilhantes chifres negros cresceu em sua cabeça.)

ROSE DO LAGO VERMELHO, uma troca-peles, capaz de se transformar em uma garça azul à sua vontade – um poder que, segundo alguns, ainda se manifesta de tempos em tempos nas mulheres da Casa Crane, suas descendentes.

ELLYN SEMPRE DOCE, uma garota que gostava tanto de mel que procurou o Rei das Abelhas em suas vastas montanhas e fez um pacto com ele de cuidar de seus filhos e dos filhos de seus filhos para sempre. Ela foi a primeira apicultora, e a mãe da Casa Beesbury.

ROWAN ÁRVORE-DOURADA, que ficou tão desprovida quando seu amante a deixou por uma rival mais rica que enrolou uma maçã no cabelo dourado e plantou-a no alto de uma colina. Lá cresceu uma árvore cujos frutos, folhas e casca eram de ouro amarelo brilhante. As filhas dos Rowan de Bosquedouro traçam suas raízes até ela.

Garth quem primeiro ensinou os homens a plantarem. Antes dele, todos os homens eram caçadores e coletores, andarilhos sem raízes, sempre em busca de sustento. Até que Garth lhes deu o presente das sementes, e lhes mostrou como plantar e semear, como criar as culturas e fazer as colheitas. (Em alguns relatos, ele tentou ensinar as raças mais antigas também, mas os gigantes urraram para ele e lhe atiraram pedras, enquanto os filhos riram e lhe disseram que os deuses da floresta providenciavam tudo de que precisavam.) Por onde ele andava, fazendas, vilarejos e pomares brotavam. Nos ombros, ele carregava uma bolsa de lona cheia de sementes, que espalhava por onde fosse. Como convém a um deus, sua bolsa era inesgotável; dentro dela havia sementes de todas as árvores, grãos, frutos e flores do mundo.

Garth Greenhand trouxe o dom da fertilidade consigo. Não era só a terra que ele tornava fecunda, pois as lendas nos dizem que podia fazer que mulheres estéreis se tornassem frutíferas com um toque – até mesmo anciãs, cujo sangue da lua não mais fluía. Donzelas amadureciam em sua presença, mães geravam gêmeos ou até trigêmeos quando ele as abençoava, jovens floresciam ao seu sorriso. Tanto senhores quanto plebeus lhe ofereciam a virgindade de suas filhas por onde quer que ele fosse, para que suas colheitas amadurecessem e suas árvores se enchessem de frutos. Não houve uma donzela que ele tenha deflorado que não deu à luz um filho forte ou uma bela filha nove luas depois, ou pelo menos é o que dizem as histórias.

Essas lendas, embora queridas pelos plebeus, são largamente desconsideradas tanto pelos meistres da Cidadela quanto pelos septões da Fé, que partilham a ideia de que Garth Greenhand era um homem, não um deus. Um caçador, um líder de guerra mais provavelmente, ou talvez um rei de menor importância, ele pode muito bem ter sido o primeiro senhor dos Primeiros Homens a liderar seus seguidores pelo Braço de Dorne (ainda intacto) e pela vastidão de Westeros, por onde só as raças mais antigas tinham trilhado.

Deus ou homem, Garth Greenhand gerou muitos filhos nessa nova terra; nisso todos os relatos concordam. Muitos de seus descendentes acabaram se tornando heróis, reis e grandes senhores por direito próprio, fundando poderosas casas que duraram milhares de anos.

Entre todos eles, o mais importante foi seu primogênito, Garth, o Jardineiro, que fez seu lar na colina sobre o Vago, que, com o tempo, ficou conhecido como Jardim de Cima, e usava uma coroa de flores e trepadeiras. Todos os outros filhos de Garth Greenhand prometeram obediência ao Jardineiro como legítimo rei de todos os homens, em todos os lugares. Dele saiu a Casa Gardener, cujos reis governaram a Campina sob o estandarte de uma mão verde por milhares de anos, até Aegon, o Dragão, e suas irmãs chegarem a Westeros.

A lista é longa, e muitas são as lendas, pois é rara a casa nobre em toda a Campina que não se gabe de descender de um dos incontáveis filhos de Garth Greenhand. Até heróis de outras terras e reinos são, algumas vezes, enumerados entre os descendentes de Greenhand. Essas histórias nos fazem acreditar que Brandon, o Construtor, era descendente de Garth pela linhagem de Brandon da Lâmina Sangrenta, enquanto Lann, o Esperto, era um bastardo de Florys, a Raposa, em alguns relatos, ou de Rowan Árvore-Dourada em outros. Mas a descendência de Lann de Garth Greenhand é uma história contada na Campina. Nas terras ocidentais, é dito com mais frequência que Lann enganou o próprio Garth Greenhand ao posar como um de seus filhos (Garth tinha tantos que, de vez em quando, ficava confuso), tornando-se, assim, parte da herança que por direito pertencia aos filhos verdadeiros de Garth.

Que Garth Greenhand teve muitos filhos não se pode negar, dado quantos na Campina afirmam descender dele. Mas que todas as outras casas nobres de Westeros também descendiam dele parece pouco provável.

OS REIS GARDENER

A história da Campina nos dias dos Primeiros Homens não é diferente de outros reinos de Westeros. A generosidade dessas terras verdes e férteis não tornou os homens mais pacíficos, nem menos ambiciosos. Aqui os Primeiros Homens também avançaram contra os filhos da floresta, arrancando-os de seus bosques sagrados e cavidades nas montanhas, derrubando seus represeiros com grandes machados de bronze. Aqui também reinos se ergueram, caíram e foram esquecidos, enquanto reis de menor importância e senhores orgulhosos brigavam uns com os outros por terra, ouro e glória, enquanto cidades ardiam, mulheres choravam e espada soava contra espada, século após século.

E, mesmo assim, havia uma diferença, em grau se não em espécie, pois quase todas as casas nobres da Campina partilhavam um ancestral comum, derivando de Garth Greenhand e seus muitos filhos. Foi esse parentesco, muitos estudiosos sugerem, que deu à Casa Gardener a primazia nos séculos que se seguiram; nenhum rei menor jamais esperaria rivalizar com o poder de Jardim de Cima, onde os descendentes de Garth, o Jardineiro, se sentavam sobre um trono vivo (o Trono de Carvalho), que crescia de um carvalho que o próprio Garth Greenhand plantara, e usavam coroas de trepadeiras e flores na época de paz, e coroas de espinhos de bronze (mais tarde de

À ESQUERDA | *Garth Greenhand.*

ferro) quando iam à guerra. Outros podiam se autointitular reis, mas os Gardener eram os inquestionáveis Reis Supremos, e monarcas menores os honravam, se não os reverenciavam.

Naqueles séculos de provação e tumulto, a Campina produziu muitos guerreiros destemidos. Daquele dia até hoje, os cantores celebram os feitos de cavaleiros como: Serwyn do Escudo Espelhado; Davos, o Matador de Dragões; Roland do Berrante; e o Cavaleiro sem Armadura – e os rei lendários que os lideravam, entre eles Garth V (Martelo de Dorne), Gwayne I (o Galante), Gyles I (o Infortúnio), Gareth II (o Cruel), Garth VI (a Estrela da Manhã) e Gordan I (Olhos-Cinzentos).

Muitos desses monarcas partilharam um inimigo comum, pois, durante esses séculos sombrios e sangrentos, marinheiros saqueadores das Ilhas de Ferro dominavam quase toda a costa ocidental, da Ilha dos Ursos até a Árvore. Com seus rápidos dracares, os nascidos no ferro eram capazes de atacar e partir antes que uma resposta chegasse. Os corsários, com frequência, desembarcavam em lugares inesperados, pegando o inimigo desprevenido. Ainda que os homens de ferro raramente se aventurassem continente adentro, eles controlavam o Mar do Poente e cobravam tributos cruéis dos pescadores ao longo da costa. Tendo se estabelecido nas Ilhas Escudo ao matar todos os homens que encontraram lá e reivindicando todas as mulheres para si, os nascidos no ferro atacavam até mesmo o Vago com impunidade.

O rei Qhored, o mais temível desses senhores nascidos no ferro, se gabava de que seus domínios iam "aonde quer que um homem possa sentir o cheiro da água salgada ou ouvir o quebrar das ondas". Na Campina, ele era conhecido como Qhored, o Cruel, e os reis que o sucederam receberam apelidos como Hagon, o Terrível, e Joron, Desgraça das Donzelas.

Foi contra esses homens e seus seguidores que os reis da Casa Gardener lutaram por três séculos, algumas vezes em aliança com os Reis do Rochedo e com os Senhores de Vilavelha, e algumas vezes sozinhos. Não menos do que seis reis Gardener morreram em batalha, entre eles Gareth, o Cruel, e Garth, o Estrela da Manhã, enquanto Gyles II foi levado cativo, torturado e cortado em pequenos pedaços para servir de isca no anzol de seu captor. Mesmo assim, no fim, eles venceram, e cada um deles empurrou os domínios da Casa Gardener mais longe e colocou mais terras e senhores sob o governo de Jardim de Cima.

Dito isso, muitos estudiosos ainda acreditam que os maiores reis Gardener foram os pacifistas, não os guerreiros. Poucas canções foram feitas para eles, é verdade, mas, nos anais da história, os nomes de Garth III (o Grande), Garland II (o Esposo), Gwayne III (o Gordo) e John II (o Alto) são muito citados. Garth, o Grande, estendeu os limites do reino para norte, ganhando Carvalho Velho, Lago Vermelho e Bosquedouro com pactos de amizade e defesa mútua. Garland conseguiu o mesmo no sul, trazendo Vilavelha para seu reino ao casar sua filha com Lymond (o Leão do Mar) da Casa Hightower, ao mesmo tempo em que deixava suas próprias esposas de lado para se casar com a filha de Lorde Lymond. Gwayne, o Gordo, persuadiu Lorde Peake e Lorde Manderly a aceitar seu julgamento em uma disputa entre eles, e conseguiu a fidelidade de suas terras sem lutar uma única batalha. John, o Alto, navegou em sua barca pelo Vago até a nascente do rio, fincando o estandarte da mão verde aonde quer que fosse e ganhando a obediência dos senhores e pequenos reis cujas terras ficavam às margens do poderoso rio.

O maior de todos os reis Gardener foi o rei Garth VII, o Mãodourada, um gigante tanto na guerra quanto na paz. Ainda menino, voltou-se para Dorne, quando o rei Ferris Fowler liderou dez mil homens pelo Passo Largo (como o Passo do Príncipe era chamado então), com intenção de conquista. Logo depois, voltou sua atenção para o mar e expulsou os últimos homens de ferro de suas fortalezas nas Ilhas Escudo. Depois disso, ocupou as ilhas com seus guerreiros mais ferozes, concedendo-lhes dispensas especiais com o propósito de torná-los uma primeira defesa contra os nascidos no ferro, se

ACIMA | *Rei Garth VII Gardener, o Mãodourada.*

eles retornassem. Isso provou ser um grande sucesso, e até os dias de hoje os homens dos Quatro Escudos se orgulham de defender a foz do Vago e o coração da Campina contra todo e qualquer inimigo marítimo.

Em sua última e maior guerra, Garth VII encarou uma aliança entre o Rei da Tempestade e o Rei do Rochedo, que tinham a intenção de dividir a Campina entre eles. Derrotou os dois e, então, com palavras espertas semeou a discórdia entre eles até que se voltaram um contra o outro em um grande massacre na Batalha dos Três Exércitos. Depois disso, Garth VII casou suas filhas com seus herdeiros e assinou um pacto com cada um, fixando os limites entre os três reinos.

Mas mesmo isso empalideceu diante de sua maior realização: três quartos de século de paz. Garth Mãodourada se tornou Rei da Campina aos doze anos de idade e morreu sobre o Trono de Carvalho quando tinha noventa e três, ainda de posse de seu juízo (ainda que frágil de corpo). Durante os oitenta e um anos de seu reinado, a Campina esteve em guerra menos de dez anos. Gerações de garotos nasceram e chegaram à idade adulta, tiveram seus próprios filhos e morreram sem saber o que era segurar uma lança e um escudo e marchar para a guerra.

E com essa longa paz veio uma prosperidade sem precedentes. O Reino Dourado, como essa época ficou conhecida, foi quando a Campina realmente floresceu.

Mas todas as eras de ouro acabam, e assim foi na Campina. Garth Mãodourada passou deste para outro mundo. Um bisneto o sucedeu no Trono de Carvalho, e depois o passou para seus filhos.

E então os ândalos chegaram.

OS ÂNDALOS NA CAMPINA

Os ândalos chegaram tarde à Campina.

Ao cruzar o mar estreito em dracares, eles desembarcaram, primeiro, nas costas do Vale, então, depois, em toda a costa oriental. As frotas de Vilavelha e da Árvore impediam sua passagem no Estreito de Redwyne e no Mar do Poente. Relatos da generosidade da Campina e da riqueza e poder de Jardim de Cima e seus reis, sem dúvida, chegaram aos ouvidos de mais de um senhor da guerra ândalo, mas outras terras e outros reis estavam entre eles.

Assim, muito antes que os ândalos alcançassem o Vago, os reis de Jardim de Cima sabiam de sua chegada. Observaram a luta no Vale, nas terras da tempestade e nas terras fluviais de longe, tomando nota de tudo o que aconteceu. Talvez mais sábios do que reis de outras regiões, não cometeram o erro de se aliar com os ândalos contra rivais locais. Gwayne IV (o Temente aos Deuses) mandou seus guerreiros procurarem os filhos da floresta, na esperança de que os videntes verdes e sua mágica pudessem deter os invasores. Mern II (o Pedreiro) construiu uma nova muralha em Jardim de Cima e ordenou que seus senhores vassalos cuidassem das próprias defesas. Mern III (o Simplório) banhou de ouro e glórias uma bruxa do bosque que afirmava poder levantar um exército de mortos para expulsar os ândalos. Lorde Redwyne construiu mais navios, e Lorde Hightower fortaleceu as muralhas de Vilavelha.

Mesmo assim, as grandes batalhas que a maioria previa nunca ocorreram. Na época em que os invasores terminaram de conquistar a costa oriental, gerações haviam se passado e os ândalos já tinham quase quarenta reis de menor importância, muitos deles em conflito uns com os outros. E em Jardim de Cima, Três Reis Prudentes se sucederam sobre o Trono de Carvalho.

Garth IX Gardener, seu filho Merle I (o Manso) e seu neto Gwayne V eram homens muito diferentes entre si, mas partilhavam uma política comum em relação aos ândalos, baseada em acordo e assimilação, em vez de resistência armada. Garth IX trouxe um septão para sua corte e o tornou parte de seu conselho, e construiu o primeiro septo em Jardim de Cima, embora ele mesmo continuasse a venerar o bosque sagrado do castelo. Seu filho, Merle I, adotou formalmente a Fé e ajudou a financiar a construção de septos, septerias e casas da mãe por toda a Campina. Gwayne V foi o primeiro Gardener a nascer na Fé, e o primeiro a consagrar um cavaleiro pelos ritos solenes e vigília. (Muitos de seus nobres antepassados foram postumamente tornados cavaleiros por cantores e contadores de histórias, mas a verdadeira cavalaria só chegou a Westeros com os ândalos.)

Tanto Merle I quanto Gwayne V tomaram donzelas ândalas como esposas, como meio de unir os pais delas ao reino. Todos os três reis aceitaram ândalos ao seu serviço como cavaleiros de sua casa e partidários. Entre esses tão honrados estava um cavaleiro ândalo chamado Sor Alester Tyrell, cuja proeza nas armas era tanta que se tornou campeão do rei e escudo juramentado de Gwayne V. Os descendentes de Sor Alester, com o tempo, se tornaram intendentes hereditários em Jardim de Cima, servindo aos Gardener.

Os Três Reis Prudentes deram terras e títulos para os reis ândalos mais poderosos que chegaram à Campina, em troca de promessas de lealdade. Os Gardener também foram atrás de artesãos ândalos e encorajaram seus senhores vassalos a fazer o mesmo. Ferreiros e pedreiros, em particular, eram generosamente recompensados. Os ferreiros ensinaram os

Primeiros Homens a usarem armas e armaduras de ferro no lugar de bronze, enquanto os pedreiros os ajudaram a fortalecer as defesas de seus castelos e fortalezas.

Embora alguns desses senhores recém-feitos tenham perjurado seus votos anos mais tarde, a maioria não fez. Em vez disso, eles se juntaram ao seu suserano para derrubar os rebeldes e defender a Campina contra reis ândalos e bandos de guerra que vieram depois. "Quando um lobo ataca seu rebanho, tudo o que você pode ganhar ao matá-lo é um curto respiro", foi a célebre frase do rei Garth IX. "Se, em vez disso, você alimenta o lobo e o domestica, e faz dos filhotes seus cães de guarda, eles protegerão o rebanho quando a matilha vier atacar." O rei Gwayne V disse de modo mais sucinto: "Eles nos deram sete deuses, demo-lhes terras e filhas, e nossos filhos e netos serão como irmãos."

Muitas casas nobres da Campina traçam sua descendência até aventureiros ândalos que receberam terras e esposas de Garth IX, Merle I e Gwayne V, entre eles os Orme, Parren, Graceford, Cuy, Roxton, Uffering, Leygood e Varner. Conforme os séculos passavam, os filhos e filhas dessas casas se casavam tão livremente com aqueles que eram descendentes dos Primeiros Homens que ficou impossível separá-los. Raramente uma conquista foi obtida com menos derramamento de sangue.

Os séculos que se seguiram à conquista ândala se provaram menos pacíficos. Os Gardener que se sucederam no Trono de Carvalho incluíram homens fortes e fracos, espertos e tolos e até mesmo uma mulher, mas poucos tiveram a sabedoria e a esperteza dos Três Reis Prudentes, então a paz de ouro de Garth Mãodourada não voltou a ocorrer. Nesse longo período entre a assimilação dos ândalos e a chegada dos dragões, os Reis da Campina guerrearam constantemente com seus vizinhos em uma disputa perpétua por terras, poder e glória. Os Reis do Rochedo, os Reis da Tempestade, muitos reis briguentos de Dorne e os Reis dos Rios e das Colinas podiam todos ser considerados seus inimigos (e, algumas vezes, seus aliados também).

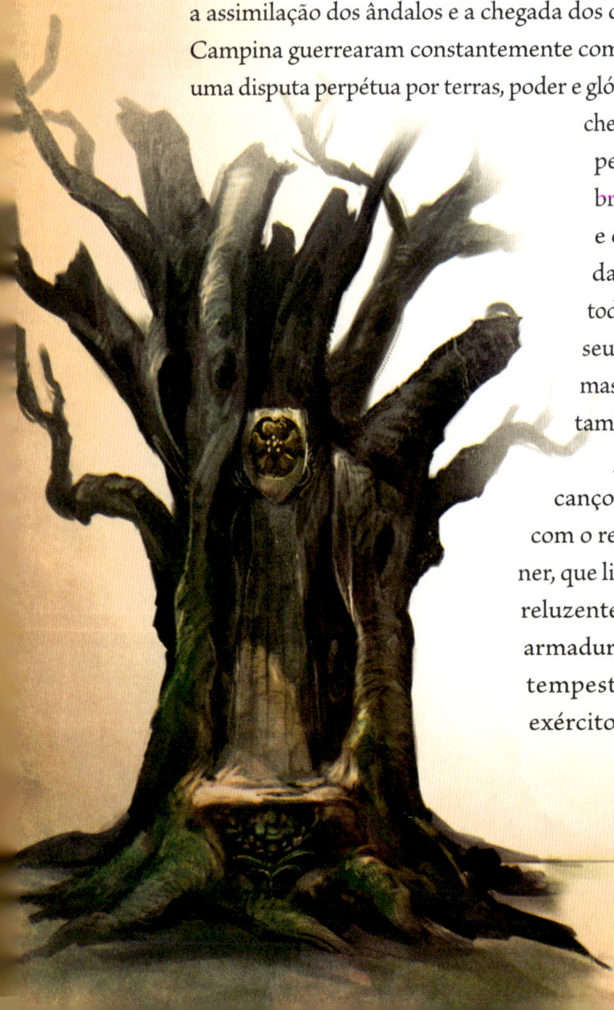

Jardim de Cima alcançou o auge do poder com o rei Gyles III Gardener, que liderou um exército reluzente de cavaleiros em armaduras até as terras da tempestade, esmagou os exércitos do idoso Rei da Tempestade e conquistou todas as terras ao norte da Mata de Chuva, exceto Ponta Tempestade, que manteve sob cerco sem resultado por dois anos. Gyles poderia muito bem ter completado sua conquista se o Rei do Rochedo não tivesse varrido a Campina em sua ausência, forçando-o a levantar o cerco e correr para casa para lidar com os homens das terras ocidentais. A guerra mais ampla que se seguiu envolveu três reis dorneses e dois das terras fluviais, e acabou com Gyles III morto de fluxo sangrento e os limites entre os reinos voltou a ser mais ou menos o que eram antes que a sangria começasse.

O ponto mais baixo do poder dos Gardener veio durante o longo reinado do rei Garth X, chamado Garth Barbagris, que recebeu a coroa aos sete anos de idade e morreu aos noventa e seis – um reinado ainda mais longo do que o de seu famoso antepassado, Garth Mãodourada. Embora vigoroso na juventude, Garth X era um rei vaidoso e frívolo que se cercou de tolos e bajuladores. Nem sábio nem esperto, seu juízo o abandonou completamente na velhice, e, durante seus longos anos de senilidade, ele se tornou instrumento de uma primeira facção depois de outra, enquanto aqueles que o cercavam disputavam riqueza e poder. Sua Graça não teve filhos homens, mas Lorde Peake se casara com uma de suas filhas, Lorde Manderly com outra e cada um deles sabia que sua esposa sucederia o pai. A rivalidade entre eles foi marcada por traições, conspirações e assassinato, e, por fim, terminou em guerra aberta. Outros senhores se juntaram a cada um dos lados.

Com os senhores da Campina na ponta da espada e o rei fraco demais para perceber o que ocorria, muito menos para impedir, o Rei da Tempestade e o Rei do Rochedo aproveitaram o momento e tomaram grandes faixas de território, enquanto os ataques de Dorne ficavam cada vez mais ousados e mais frequentes. Um rei dornês sitiou Vilavelha, enquanto outro atravessou o Vago e saqueou Jardim de Cima. O Trono de Carvalho, o trono vivo que fora o orgulho da Casa Gardener por anos além da conta, foi feito em pedaços e queimado, e o senil rei Garth X foi encontrado amarrado em sua cama, choramingando e coberto com os próprios excrementos. Os dorneses cortaram sua garganta ("um favor", um deles disse mais tarde), e passaram Jardim de Cima pela tocha depois de tirar toda sua riqueza.

Quase uma década de anarquia se seguiu, mas, no fim, quarenta das grandes casas da Campina, lideradas por Sor Osmund Tyrell, Senhor Intendente, uniram seus interesses e derrotaram tanto os Peake quanto os Manderly, reivindicaram as ruínas de Jardim de Cima e colocaram um primo de segundo grau do falecido e não lamentado rei sobre seu novo trono como rei Mern VI Gardener.

Embora fosse um homem de dons modestos, Mern VI teve os conselhos capazes de seus intendentes. Sor Osmund

Tyrell foi sucedido no cargo pelo filho, Sor Robert, e mais tarde por um neto, Lorent. Baseando-se na perspicácia deles, Mern VI governou bem, reconstruindo Jardim de Cima e fazendo muito e ainda mais para restaurar a Casa Gardener e a Campina. Seu filho, Garth XI, fez o restante, conseguindo uma vingança tão terrível contra os dorneses que Lorde Hightower diria mais tarde que as Montanhas Vermelhas tinham sido verdes até Garth pintá-las com sangue dornês. Pelo resto de seu longo reinado, o rei ficou conhecido como Garth, o Pintor.

E assim foi, rei após rei, na guerra e na paz. E durante todo esse tempo, a mão verde pairou orgulhosamente pela Campina, até o rei Mern IX cavalgar de encontro a Aegon Targaryen e suas irmãs no Campo de Fogo.

VILAVELHA

Nenhuma história da Campina é completa sem uma olhada em Vilavelha, a mais grandiosa e mais antiga das cidades, ainda a mais rica, maior e mais bela em toda Westeros, mesmo que Porto Real a tenha eclipsado como a mais populosa.

Quão antiga é Vilavelha, realmente? Mais de um meistre ponderou essa questão, mas simplesmente não sabemos. As origens da cidade estão perdidas nas brumas do tempo e enevoadas pela lenda. Alguns septões ignorantes afirmam que os próprios Sete definiram seus limites, e outros homens, que dragões certa vez pousaram na Ilha da Batalha até que o primeiro Hightower pôs fim neles. Muitos plebeus acreditam que a Torralta simplesmente apareceu um dia. A história completa e verdadeira da fundação de Vilavelha, nós provavelmente jamais saberemos.

Podemos ter uma certeza, no entanto. Que homens viviam na foz do Vinhomel desde a Era da Aurora. Os registros rúnicos mais antigos confirmam isso, assim como certos relatos fragmentários que chegaram até nós por meio de meistres que viveram entre os filhos da floresta. Um deles, Meistre Jellicoe, sugere que o assentamento no alto da Enseada dos Murmúrios começou como um posto comercial, onde navios de Valíria, Velha Ghis e Ilhas do Verão paravam para reabastecer provisões, fazer reparos e permutar com as raças mais antigas, o que parece uma ideia tão provável quanto qualquer outra.

Mesmo assim, mistérios permanecem. A ilha de pedra onde a Torralta está agora é conhecida como Ilha da Batalha mesmo em nossos registros mais antigos, mas por quê? Que batalha houve ali? Quando? Entre quais senhores, quais reis, quais raças? Mesmo os cantores são em grande parte silenciosos sobre esses assuntos.

À ESQUERDA | *Trono de Carvalho.* ACIMA | *Salteadores dorneses em Vilavelha.*

Ainda mais enigmática para estudiosos e historiadores é a grande fortaleza quadrada de pedra negra que domina a ilha. Na maioria dos registros históricos, esse edifício monumental serviu como fundação e nível inferior de Torralta, mas sabemos que, certamente, ele precede os níveis superiores da torre em milhares de anos.

Quem o construiu? Quando? Por quê? A maioria dos meistres aceita a hipótese comum que diz ser uma construção valiriana, pois suas muralhas maciças e interiores labirínticos são todos de rocha sólida, sem indício de juntas ou argamassa, sem marcas de cinzel de espécie alguma, um tipo de construção que é visto em outros lugares, mais notavelmente nas estradas de dragões da Cidade Franca de Valíria, e nas Muralhas Negras que protegem o coração da Antiga Volantis. Os senhores de dragões de Valíria, como é bem conhecido, possuíam a arte de transformar pedra em líquido com chama de dragão, modelando-a como queriam, então fundindo-a mais dura do que ferro, aço ou granito.

Se, de fato, essa primeira fortaleza é valiriana, isso sugere que os senhores de dragão vieram a Westeros milhares de anos antes de esculpirem seu posto avançado em Pedra do Dragão, muito antes da chegada dos ândalos ou mesmo dos Primeiros Homens. Se isso aconteceu, eles vieram em busca de comércio? Eram traficantes de escravos, talvez em busca de gigantes? Vieram aprender a magia dos filhos da floresta, com seus videntes verdes e seus represeiros? Ou estavam ali com um propósito mais sombrio?

Tais questões são abundantes até os dias de hoje. Antes da Perdição de Valíria, meistres e arquimeistres com frequência viajavam para a Cidade Franca em busca de respostas, mas nenhum jamais encontrou. A afirmação do Septão Barth, de que os valirianos vieram a Westeros por causa das profecias de seus sacerdotes de que a Perdição do Homem viria da terra além do mar estreito, pode ser deixada de lado com segurança, como muitas das estranhas crenças e suposições de Barth.

Mais perturbadores e mais dignos de consideração são os argumentos daqueles que afirmam que a primeira fortaleza não é valiriana.

A pedra negra fundida da qual a fortaleza é feita sugere Valíria, mas o estilo simples e sem adornos da arquitetura não, pois os senhores de dragões amavam mais do que pedras retorcidas em formatos estranhos, fantasiosos e ornamentados. Do lado de dentro, para muitos, as passagens sinuosas e sem janelas parecem ser túneis em vez de corredores; é muito fácil se perder em suas curvas. Talvez isso seja apenas uma medida defensiva desenhada para confundir atacantes, mas também é singularmente não valiriana. A natureza labiríntica de sua arquitetura interior levou o Arquimeistre Quillion a sugerir que a fortaleza poderia ter sido obra dos criadores de labirintos, um povo misterioso que deixou restos de sua civilização desaparecida em Lorath, no Mar Tremente. A ideia é intrigante, mas levanta mais questões do que oferece respostas.

Uma possibilidade ainda mais fantasiosa foi levantada há um século pelo Meistre Theron. Nascido bastardo nas Ilhas de Ferro, Theron notou uma certa similaridade entre a pedra negra da antiga fortaleza e aquela da Cadeira de Pedra trazida pelo Mar, o trono da Casa Greyjoy de Pyke, cujas origens são similarmente antigas e misteriosas. O manuscrito bastante incipiente de Theron, *Pedra Estranha,* postula que tanto a fortaleza quanto o trono podem ser obra de uma raça estranha e disforme de meio-homens gerados por criaturas dos mares salgados com mulheres humanas. Esses Profundos, como são chamados, são a semente a partir da qual nossas lendas sobre bacalhaus cresceram, ele argumenta, enquanto seus antepassados terríveis são a verdade por trás do Deus Afogado dos nascidos no ferro.

As ilustrações detalhadas, luxuosas e um tanto perturbadoras incluídas em *Pedra Estranha* tornam este raro volume fascinante de examinar, mas o texto é impenetrável em algumas partes; o Meistre Theron tinha o dom do desenho, mas pouca habilidade com as palavras. Em qualquer caso, sua tese não tem base factual e pode ser deixada de lado com segurança. Mas isso nos leva de volta onde começamos, forçados a admitir que os primórdios de Vilavelha, da Ilha da Batalha e sua fortaleza permanecerão para sempre um mistério para nós.

As razões para o abandono da fortaleza e o destino de seus construtores, quem quer que tenham sido, estão da mesma forma perdidos para nós, mas, em algum ponto, sabemos que a Ilha da Batalha e sua grande fortaleza ficaram sob posse dos ancestrais da Casa Hightower. Eles eram Primeiros Homens, como muitos estudiosos acreditam hoje? Ou talvez descendam dos marinheiros e comerciantes que se estabeleceram sobre a Enseada dos Murmúrios em épocas mais primitivas, os homens que vieram *antes* dos Primeiros Homens? Nunca saberemos.

Quando vislumbramos pela primeira vez as páginas da história, os Hightower já são reis, governando Vilavelha da Ilha da Batalha. A primeira "torre alta" que as crônicas citam era feita de madeira e erguida uns quinze metros acima da antiga fortaleza que lhe serviu de fundação. Nem ela nem as torres de madeira mais altas que a seguiram em séculos posteriores pretendiam ser moradias; eram simplesmente torres de farol, construídas para iluminar o caminho para navios mercantes nas águas envoltas em névoas na Enseada dos Murmúrios. Os primeiros Hightower viviam entre os salões sombrios, caves e câmaras de pedra estranha abaixo. Foi só com a construção da quinta torre, a primeira feita inteiramente de pedra, que Torralta se tornou uma sede digna de uma grande casa. Aquela torre, nos é dito, erguia-se sessenta metros sobre o porto.

À DIREITA | *Torralta, na Ilha da Batalha.*

Alguns dizem que foi desenhada por Brandon, o Construtor, enquanto outros acreditam que tenha sido seu filho, outro Brandon; o rei que a encomendou e pagou por ela é lembrado como Uthor da Torre Alta.

Pelos milhares de anos seguintes, seus descendentes governaram Vilavelha e as terras do Vinhomel como reis, e navios de todo o mundo vinham até sua cidade em crescimento, para comércio. Conforme Vilavelha ficava cada vez mais rica e poderosa, senhores e pequenos reis das vizinhanças voltavam olhos cobiçosos para suas riquezas, e piratas e saqueadores de além mares ouviam histórias de seu esplendor também. Três vezes em um único século a cidade foi tomada e saqueada, uma vez pelo rei dornês Samwell Dayne (o Fogo Estrelar), outra vez por Qhored, o Cruel, e seus homens de ferro, e também por Gyles I Gardener (o Infortúnio), que supostamente teria vendido três quartos dos habitantes da cidade como escravos, mas foi incapaz de quebrar as defesas de Torralta na Ilha da Batalha.

As paliçadas de madeira e o fosso que protegiam a cidade até então se provaram tão obviamente inadequados que o próximo Rei da Torre Alta, Otho II, passou a maior parte de seu reinado cercando Vilavelha com maciças muralhas de pedra, mais grossas e mais altas do que qualquer outra vista em Westeros até o momento. O esforço levou a cidade à miséria por três gerações, está escrito, mas tal era sua força que saqueadores posteriores e pretensos conquistadores foram persuadidos a procurar pilhagens em outro lugar, e aqueles que se atreveram a atacar Vilavelha não obtiveram sucesso.

Não foi por meio da guerra que os Hightower foram levados para o Reino da Campina, no entanto, mas por meio de longas negociações e casamento. Quando Lymond Hightower tomou como esposa a filha do rei Garland II Gardener, enquanto dava a mão de sua própria filha em casamento para o pai da nova esposa, os Hightower se tornaram vassalos de Jardim de Cima, um pouco menos ricos, mas relativamente reis menores para os maiores senhores da Campina. (Vilavelha foi o último dos antigos reinos a dobrar o joelho para Jardim de Cima. Não muito depois, o último Rei da Árvore se perdeu no mar, permitindo que seu primo, o rei Meryn III Gardener, tornasse a ilha parte de seus domínios).

Conforme os termos dos tratados de matrimônios, os Gardener também se comprometeram a defender a cidade contra qualquer ataque por terra, o que liberou Lorde Lymond para voltar sua atenção para seu "grande propósito" de construir navios e conquistar os mares. No fim de seu reinado, nenhum senhor ou rei em toda Westeros se comparava à força da Casa Hightower no mar. Uma grande estátua de Lymond Hightower está diante do porto de Vilavelha até os dias de hoje, olhando para a Enseada dos Murmúrios. O último rei Hightower ainda é lembrado como Leão do Mar.

Os descendentes de Lorde Lymond partilhavam sua visão. Com raras exceções, eles tendiam a permanecer nos próprios jardins e em sua própria cidade, evitando envolvimento nas guerras sem fim de reis menores e, mais tarde, nas dos Sete Reinos que emergiam. "Jardim de Cima defende nossa retaguarda", Lorde Jeremy Hightower disse certa vez, "então estamos livres para olhar adiante, para o mar e as terras além." Olhando para fora e construindo mais navios para proteger o comércio, Lorde Jeremy dobrou a riqueza da cidade. Seu filho Jason a dobrou mais uma vez, e reconstruiu Torralta trinta metros mais alta.

Quando os ândalos chegaram, os Hightower estavam entre os primeiros senhores de Westeros a lhes darem as boas-vindas. "Guerras são ruins para o comércio", disse Lorde Dorian Hightower, quando deixou de lado sua esposa de 20 anos, mãe de seus filhos, para tomar uma princesa ândala como esposa. Seu neto, Lorde Damon (o Devoto) foi o primeiro a aceitar a Fé. Para honrar os novos deuses, construiu o primeiro septo em Vilavelha, e mais seis em outros lugares de seus domínios. Quando morreu prematuramente,

As origens da Cidadela são quase tão misteriosas quanto as da própria Torralta. Muitos creditam sua fundação ao segundo filho de Uthor da Torre Alta, príncipe Peremore, o Retorcido. Um garoto doentio, nascido com um braço atrofiado e torcido para trás, Peremore esteve acamado durante grande parte de sua curta vida, mas tinha uma curiosidade insaciável sobre o mundo além de sua janela, então se voltou para os sábios, professores, sacerdotes, curandeiros e cantores, juntamente com um certo número de bruxos, alquimistas e feiticeiros. Dizem que o príncipe não tinha maior prazer na vida do que ouvir aqueles estudiosos discutirem uns com os outros. Quando Peremore morreu, seu irmão, o rei Urrigon, doou uma grande extensão de terra ao lado do Vinhomel para os "bichinhos de estimação de Peremore", para que pudessem se estabelecer e continuar a ensinar, aprender e questionar em busca da verdade. E assim eles fizeram.

de problemas intestinais, o septão Robeson se tornou regente de seu filho recém-nascido, governando Vilavelha em tudo, exceto no nome pelos vinte anos seguintes e, por fim, se tornou o primeiro Alto Septão. O menino que ele criou e treinou, Lorde Triston Hightower, ergueu o Septo Estrelado em sua homenagem depois que Robeson morreu.

Nos séculos que se seguiram, Vilavelha se tornou centro inquestionável da Fé em toda Westeros. Das paredes de mármore escuro do Septo Estrelado, uma sucessão de Altos Septões usou a coroa de cristal (a primeira das quais foi dada à Fé pelo filho de Lorde Triston, Lorde Barris) para se tornar a voz dos Sete na terra, comandando as espadas da Fé Militante e os corações de todos os fiéis de Dorne até o Gargalo. Vilavelha se tornou uma cidade sagrada, e muitos homens e mulheres devotos viajavam para lá para orar nos septos, santuários e outros locais sagrados. Sem dúvida, foi em parte graças aos laços com a Fé que os Hightower foram capazes de se manter separados das incontáveis guerras da Casa Gardener com tanta frequência.

A Fé não foi a única instituição a florescer por detrás das muralhas maciças de Vilavelha sob a proteção dos Hightower. Milhares de anos antes que o primeiro septo abrisse as portas, a cidade já era o lar da Cidadela, onde garotos e jovens de toda Westeros iam para estudar, aprender e forjar seus elos de meistre. Não há centro de conhecimento maior em qualquer outro lugar do mundo.

Na época de Aegon, o Conquistador, Vilavelha era a cidade mais grandiosa em toda Westeros – a maior, a mais rica e a mais populosa, e um centro tanto do conhecimento quanto da fé. Mesmo assim, ela teria sofrido o mesmo destino de Harrenhal se não fosse pelos laços próximos entre os Hightower e o Septo Estrelado, pois foi o Alto Septão quem persuadiu Lorde Mandred Hightower a não oferecer resistência a Aegon Targaryen e seus dragões e, em vez disso, abrir os portões para a chegada do conquistador e lhe render homenagens.

Mas o conflito evitado se reacendeu uma geração mais tarde, durante a sangrenta disputa entre a Fé e o segundo filho do Conquistador, o apropriadamente chamado rei Maegor, o Cruel. O Alto Septão, durante os primeiros anos do reinado de Maegor, era parente por casamento dos Hightower. Sua morte súbita, em 44 d.C. – logo depois de Maegor ameaçar incinerar o Septo Estrelado com fogo de dragão em sua fúria por Sua Alta Santidade ter condenado seus últimos casamentos –, é considerada bem fortuita, pois permitiu ao Lorde Martyn Hightower abrir seus portões antes que Balerion e Vhagar soltassem suas chamas.

A natureza inesperada da morte do Alto Septão em 44 d.C. levantou muita suspeita, e sussurros de assassinato persistem até os dias de hoje. Alguns acreditam que Sua Alta Santidade foi tirado do caminho por seu próprio irmão, Sor Morgan Hightower, comandante dos Filhos do Guerreiro em Vilavelha (e é verdade inegável que Sor Morgan foi o único Filho do Guerreiro perdoado pelo rei Maegor). Outros suspeitam da tia donzela de Lorde Martyn, a Senhora Patrice Hightower, embora o argumento deles pareça estar na crença de que veneno é uma arma feminina. Foi até sugerido que a Cidadela possa ter desempenhado um papel na remoção do Alto Septão, embora isso pareça exagero, na melhor das hipóteses.

CASA TYRELL

Os Tyrell nunca foram reis, embora sangue real corra em suas veias (como em meia centena de outras grandes casas da Campina). Sor Alester Tyrell, o fundador da linhagem, era um aventureiro ândalo que se tornou campeão e escudo juramentado do rei Gwayne V Gardener, um dos Três Reis Prudentes. Seu filho mais velho se tornou um cavaleiro notável também, só para morrer em um torneio. Seu segundo filho, Gareth, era de inclinação mais estudiosa e nunca obteve o título de cavaleiro, escolhendo servir como intendente real em vez disso. É dele que os Tyrell de hoje descendem.

Gareth Tyrell e seu filho Leo cumpriram com seus deveres com tanta habilidade que os Gardener tornaram o cargo de Senhor Intendente hereditário. Através dos séculos, muitas gerações de Tyrell serviram nesse posto. A maior parte deles se tornou confidente íntimo e conselheiro de seus reis; alguns também agiram como castelões em tempo de guerra. Pelo menos um deles governou a Campina como regente durante a minoridade do rei Garland VI. O rei Gyles III Gardener declarou que os Tyrell eram "os servos mais leais", e o rei Mern VI gostava tanto deles que deu a Sor Robert Tyrell a mão de sua filha caçula em casamento (permitindo, dessa maneira, que seus filhos, netos e todas as gerações que se seguiram afirmassem descendência de Garth Greenhand). Esse foi o primeiro casamento entre a Casa Gardener e a Casa Tyrell, mas mais nove uniões entre as duas casas se seguiriam nos séculos seguintes.

Não foi o sangue real deles que fez que Aegon, o Conquistador, escolhesse o nome dos Tyrell como Senhores de Jardim de Cima, Protetores do Sul e Senhores Supremos da Campina depois que o rei Mern IX, o último dos reis Gardener, morreu juntamente com seus filhos no Campo de Fogo. Essas honras foram conquistadas pela prudência de Harlan Tyrell, que abriu os portões de Jardim de Cima com a proximidade de Aegon e jurou fidelidade de sua família à Casa Targaryen.

Depois disso, uma série de outras grandes casas da Campina reclamou amargamente por ter sido feita vassala de um "intendente promovido" e insistia que seu próprio sangue era muito mais nobre do que o dos Tyrell. Não pode ser negado que os Oakheart de Carvalho Velho, os Florent da Fortaleza de Águas Claras, os Rowan de Bosquedouro, os Peake de Pontestrelada e os Redwyne da Árvore são todos de linhagens mais antigas e mais distintas do que os Tyrell, e com laços de sangue mais próximos com a Casa Gardener também. Seus protestos foram em vão, no entanto... talvez em parte porque todas essas casas haviam pegado em armas contra Aegon e suas irmãs no Campo de Fogo, enquanto os Tyrell não.

O julgamento de Aegon Targaryen nisso provou ser correto. Lorde Harlan provou ser um intendente capaz para a Campina, embora tenha governado até 5 d.C., quando desapareceu com seu exército nos desertos de Dorne durante a Primeira Guerra Dornesa de Aegon.

Seu filho, Theo Tyrell estava compreensivelmente relutante em se envolver em qualquer outra tentativa de conquistar Dorne, mas, depois de um tempo, foi enredado, quando o conflito resvalou para o outro lado das Montanhas Vermelhas. Quando os Targaryen, por fim, selaram a paz com Dorne, Lorde Theo voltou sua atenção para consolidar o poder dos Tyrell ao arranjar um conselho de septões e meistres para examinar e, finalmente, deixar de lado algumas das mais persistentes reivindicações de Jardim de Cima, daqueles que insistiam que o título era deles.

Como Senhores de Jardim de Cima e Protetores do Sul, os descendentes desses "intendentes promovidos" se colocaram entre os mais poderosos senhores do reino e foram convocados para lutar sob o estandarte Targaryen em muitas ocasiões. Na maior parte das ocasiões, compareceram sempre que chamados – embora, sabiamente, não tenham tomado partido na Dança dos Dragões, pois o jovem Lorde Tyrell era um bebê de fraldas na época, e sua mãe e o castelão escolheram manter Jardim de Cima fora daquele banho de sangue horrível e fratricida.

Mais tarde, quando o rei Daeron I Targaryen (o Jovem Dragão) marchou para Dorne, os Tyrell provaram seu valor liderando o principal ataque no Passo do Príncipe. Tendo servido fielmente, e talvez de maneira ousada demais, Lorde Lyonel

ACIMA | *Brasão da Casa Tyrell (centro) e de algumas casas importantes, passadas e presentes (sentido horário, de cima): Caswell, Florent, Fossoway, Gardener, Hightower, Merryweather, Mullendore, Oakheart, Redwyne, Rowan, Tarly e Ashford.*

Tyrell ficou a cargo de Dorne depois que o Jovem Dragão voltou em triunfo para Porto Real. Sua senhoria conseguiu manter os dorneses pacificados por um tempo, só para sofrer uma morte horrível na infame cama de escorpiões. Seu assassinato iniciou o levante que varreu Dorne e, depois de um tempo, causou a morte do Jovem Dragão aos dezoito anos de idade.

Entre os Tyrell que sucederam o malsucedido Lorde Lyonel em Jardim de Cima nos anos seguintes, o mais notável é Lorde Leo Tyrell, um campeão de torneios lembrado até os dias de hoje como Leo Longthorn. Muitos o consideram o melhor participante de justas a atacar com a lança. Lorde Leo também ganhou distinção durante a Primeira Rebelião Blackfyre, conseguindo notáveis vitórias contra os partidários de Daemon Blackfyre na Campina, embora suas forças não tenham sido capazes de se agrupar rápido o bastante para chegar a tempo à Batalha do Campo de Capim Vermelho.

O atual Senhor de Jardim de Cima, Mace Tyrell, lutou lealmente pela Casa Targaryen durante a Rebelião de Robert, derrotando o próprio Robert Baratheon na Batalha de Vaufreixo e, mais tarde, sitiando seu irmão Stannis em Ponta Tempestade pela maior parte de um ano. Mas, com a morte do Rei Louco Aerys II e seu filho, príncipe Rhaegar, Lorde Mace abaixou a espada, e hoje é novamente Protetor do Sul e um servo leal do rei Robert e do Trono de Ferro.

JARDIM DE CIMA

O grande castelo de Jardim de Cima, antiga sede dos senhores Tyrell e dos reis Gardener antes deles, fica no alto de uma colina verdejante com vista para as águas amplas e tranquilas do Vago. Visto de longe, o castelo "parece tanto uma parte da paisagem que seria possível pensar que cresceu ali, em vez de ter sido construído". Muitos consideram Jardim de Cima o mais belo castelo em todos os Sete Reinos, uma afirmação que só os homens do Vale acham justo contestar. (Eles preferem o Ninho da Águia.)

A colina na qual o Jardim de Cima se ergue não é íngreme ou pedregosa, mas larga em extensão, com declives gentis e uma simetria agradável. Das muralhas e torres do castelo, um homem pode ver a quilômetros de distância em todas as direções, através de pomares, prados e campos de flores, incluindo as rosas douradas da Campina, que há muito tempo é o símbolo da Casa Tyrell.

Jardim de Cima é cingido por três círculos concêntricos de muralhas com ameias, recobertas da mais fina pedra branca cortada, protegidas por torres esbeltas e graciosas como donzelas. Cada muralha é mais alta e mais grossa do que a que está abaixo dela. Entre a muralha externa que rodeia o pé da colina e a muralha do meio pode ser encontrado o famoso labirinto de sarça de Jardim de Cima, um vasto e intrincado complexo de corredores de espinhos e sebes mantidos há séculos para prazer e deleite dos ocupantes e convidados do castelo... e para propósitos defensivos, pois intrusos não familiarizados com o labirinto não conseguem achar o caminho com facilidade através das armadilhas e becos sem saída para os portões do castelo.

Dentro das muralhas do castelo, a vegetação é abundante, e as fortalezas são cercadas por jardins, árvores, piscinas, fontes, pátios e cascatas artificiais. A hera recobre as construções mais antigas, e parreiras e rosas trepadeiras serpenteiam pelas laterais da estatuaria, paredes e torres. Flores recobrem todos os lados. A fortaleza é um palácio como outros poucos, repleto de estátuas, pórticos e fontes. As torres mais altas de Jardim de Cima, redondas e esbeltas, olham de cima para as vizinhas muito mais velhas, quadradas e sombrias na aparência, as mais antigas delas datando da Era dos Heróis. O resto do castelo é, em geral, uma construção mais recente, muito dele feito pelo rei Mern VI depois da destruição das estruturas originais pelos dorneses durante o reinado de Garth Barbagris.

Os deuses, tanto os antigos quanto os novos, estão bem servidos em Jardim de Cima. O esplendor do septo do castelo, com suas fileiras de janelas com vitrais celebrando os Sete e o onipresente Garth Greenhand, é rivalizado apenas pelo do Grande Septo de Baelor em Porto Real e pelo do Septo Estrelado de Vilavelha. E o bosque sagrado exuberantemente verde de Jardim de Cima é muito renomado, pois, no lugar de uma única árvore-coração, ele ostenta três imponentes, graciosos e antigos represeiros cujos galhos cresceram tão enredados ao longo dos séculos que parecem ser uma única árvore com três troncos, buscando uma à outra sobre uma lagoa tranquila. As lendas dizem que essas três árvores, conhecidas como Três Cantores na Campina, foram plantadas pelo próprio Garth Greenhand.

Nenhum castelo nos Sete Reinos foi mais celebrado em canções do que Jardim de Cima, e não é de se admirar, pois os Tyrell e os Gardener antes deles fizeram de sua corte um lugar de cultura, música e artes eruditas. Nos dias antes da Conquista, os Reis da Campina e suas rainhas organizavam torneios de amor e beleza, onde os maiores cavaleiros da Campina disputavam o amor das mais belas donzelas, não só com feitos em armas, mas com canções, poesia e demonstrações de virtude, piedade e devoção casta. Os maiores campeões, homens tão puros, honrados e virtuosos quanto habilidosos nas armas, eram honrados com convites para se juntar à Ordem da Mão Verde.

À DIREITA | *Jardim de Cima.*

Embora os últimos membros dessa nobre ordem tenham morrido ao lado de seu rei no Campo de Fogo (exceto em Porto Branco, onde os cavaleiros da Casa Manderly ainda declaram ser participantes), suas tradições ainda são lembradas na Campina, onde os Tyrell continuam a defender tudo o que há de melhor na cavalaria. O Torneio do Campo das Rosas no reinado de Jaehaerys I, o Velho Rei, ficou famoso em todas as partes como o maior torneio daquela geração, e muitos outros grandes torneios foram organizados na Campina em épocas mais recentes.

TERRAS DA COROA
TERRAS DA TEMPESTADE
Porto Real
ESTRADA DA ROSA
ESTRADA DO REI
Bosque Cortado
Solar de Monteleno
Portabrônzea
Solar do Entardecer
Tarth
Ponta Tempestade
BAÍA DOS NAUFRÁGIOS
Vale da Erva
Ponteamarga
ARROIO AZUL
Mesalonga
Vaufreixo
CAMPINA
Solarestival
Poleiro do Grifo
Ninho do Corvo
Casa de Chuva
MONTANHAS VERMELHAS
CAMINHO DO ESPINHAÇO
Portonegro
Pedrelmo
Matabruma
ESTERMONT
Pedraverde
Nocticantiga
Poleiro do Abutre
Wyl
Vila Chorosa
CABO DA FÚRIA
MAR DE DORNE
MAR ESTREITO
PASSO DO PRÍNCIPE
Alcanceleste
Paloferro
LEGENDA
PRINCIPAIS CASTELOS
CASTELOS
CIDADES
VILAS
RUÍNAS
MADEIRA
ÂMBAR
ESTRADAS
DORNE

AS TERRAS DA TEMPESTADE

AS TEMPESTADES QUE irrompem no mar estreito são famosas por todos os Sete Reinos, assim como nas Nove Cidades Livres. Embora possam cair em qualquer estação, os marinheiros dizem que as piores são as que vêm em cada outono, formando-se nas águas quentes do Mar de Verão, ao sul dos Degraus, e rugindo para norte através daquelas ilhas desertas e pedregosas. Mais de metade dessas tempestades continua para norte, por noroeste, segundo os arquivos da Cidadela, varrendo o Cabo da Fúria e a Mata de Chuva, ganhando força (e umidade) enquanto cruza as águas da Baía dos Naufrágios antes de atingir a Ponta Tempestade pela Ponta de Durran.

São desses grandes temporais que as terras da tempestade tiram seu nome.

O coração desse antigo reino era Ponta Tempestade, o último e maior dos castelos erguidos pelo rei herói Durran Desgosto-Divino na Era dos Heróis, imenso e imóvel no alto das falésias íngremes da Ponta de Durran. Ao sul, além da Baía dos Naufrágios, com suas águas bravias e rochas traiçoeiras, está o Cabo da Fúria. O emaranhado verde úmido da Mata de Chuva domina dois terços do norte do cabo. Mais ao sul, uma ampla planície se abre, estendendo-se gentilmente até o Mar de Dorne, onde numerosas vilas pesqueiras pontilham a linha costeira. Um próspero porto e mercado, a Vila Chorosa (como veio a ser conhecida dessa maneira porque foi onde o corpo do herói assassinado, Rei Daeron I Targaryen, retornou ao reino, depois de ser morto em Dorne) fica ali, e muito do comércio da região passa por seu porto.

A grande ilha de Tarth, com suas cachoeiras, lagos e montanhas elevadas, é considerada parte das terras da tempestade também, assim como Estermont e a miríade de ilhas menores encontradas no Cabo da Fúria e perto da Vila Chorosa.

A oeste, as colinas se erguem duras e selvagens, subindo de encontro ao céu até abrirem caminho para as Montanhas Vermelhas, o limite entre as terras da tempestade e Dorne. Profundos vales secos e grandes falésias de arenito dominam a paisagem ali, e é verdade que algumas vezes, no pôr do sol, os picos brilham escarlate e carmesim contra as nuvens... mesmo assim, há aqueles que dizem que as montanhas receberam este nome não por causa da cor de sua rocha, mas por causa de todo o sangue que encharcou o solo.

Mais para dentro do continente, além das colinas, estão as Marcas – uma vasta extensão de savanas, pântanos e planícies varridas pelo vento que se estende para oeste e norte por centenas de quilômetros. Ali, com vista para as Montanhas Vermelhas, ficam os grandes castelos dos senhores da Marca, construídos para proteger as fronteiras das terras da tempestade contra incursões dornesas do sul e dos asseclas vestidos de aço dos Reis da Campina pelo oeste. Os maiores senhores das Marcas são os Swann de Pedrelmo, os Dondarrion de Portonegro, os Selmy de Solar de Colheitas e os Caron de Noctícantiga, cujas Torres Cantoras marcam o ponto mais oriental do reino dos Reis da Tempestade. Todos eles permanecem juramentados a Ponta Tempestade até hoje, como foram desde tempos imemoriais.

Ao norte de Ponta Tempestade, no entanto, as fronteiras do reino oscilaram enormemente ao longo dos séculos, conforme Reis da Tempestade fortes e fracos ganhavam e perdiam terras em uma sucessão de guerras tanto grandes quanto pequenas. Hoje, o domínio da Casa Baratheon vai até a margem sul do Guaquevai e a parte inferior da Mata de Rei, e ao longo das costas rochosas do mar estreito até a base do Gancho de Massey... mas, antes da Conquista de Aegon, antes até da chegada dos ândalos, os reis guerreiros da Casa Durrandon empurraram seus limites consideravelmente mais longe.

O Gancho de Massey era parte de seu reino, e toda a Mata de Rei até a Torrente da Água Negra. Em certas épocas, os Reis da Tempestade governaram além da Água Negra. Vilas tão distantes quanto Valdocaso e Lagoa da Donzela, antigamente, deviam obediência a Ponta Tempestade, e, sob o formidável rei guerreiro Arlan III Durrandon, os homens da tempestade dominaram todas as terras fluviais. E mantiveram o controle por mais de três séculos.

Mesmo quando alcançou sua maior extensão, os reinos dos Durrandon e seus sucessores sempre foram pouco povoados quando comparados à Campina, às terras fluviais e ao oeste, e assim o poder dos senhores de Ponta Tempestade era reduzido. Aqueles que escolhem fazer seus lares nas terras da tempestade – seja ao longo das costas rochosas do mar estreito, em meio às úmidas florestas verdes da Mata de Chuva ou nas Marcas varridas pelo vento – são um tipo especial, no entanto. Com frequência diz-se que os povos da terra da tempestade são como seu clima: turbulentos, violentos, implacáveis, imprevisíveis.

A CHEGADA DOS PRIMEIROS HOMENS

A história das terras da tempestade remonta à Era da Aurora. Muito antes da chegada dos Primeiros Homens, toda Westeros pertencia às raças mais antigas – os filhos da floresta e os gigantes (e, alguns dizem, os Outros, os aterrorizantes "caminhantes brancos" da Longa Noite).

Os filhos fizeram suas casas na vasta floresta primitiva que, antigamente, se estendia do Cabo da Fúria até o Cabo da Lula Gigante, ao norte das Ilhas de Ferro (hoje tudo o que resta dessa grande floresta são a Mata de Rei e a Mata de Chuva), e os gigantes, na base das Montanhas Vermelhas e ao longo do espinhaço de pedra acidentada do Gancho de Massey. Ao contrário dos ândalos que posteriormente vieram a Westeros pelo mar, os Primeiros Homens fizeram seu caminho de Essos através do grande istmo que agora chamamos Braço Partido de Dorne. Por isso Dorne e as terras da tempestade ao norte foram as primeiras partes de Westeros a conhecer os passos dos homens.

A umidade feroz da Mata de Chuva era o lugar preferido dos filhos da floresta, os contos nos dizem, e havia gigantes nas colinas que se erguiam desertas à sombra das Montanhas Vermelhas, e entre os desfiladeiros e cumes da península pedregosa que veio a ser chamada Gancho de Massey. Ainda que os gigantes fossem um povo tímido, e até hostis aos homens, está escrito que, no início, os filhos da floresta deram as boas-vindas aos recém-chegados a Westeros, na crença de que havia terras suficientes para todos.

A floresta moldou os Primeiros Homens, que estabeleceram seu lar sob os carvalhos antigos, altas sequoias, árvores-sentinelas e pinheiros-marciais. Nas margens de pequenos riachos, ergueram vilarejos rústicos, onde as pessoas caçavam

e montavam armadilhas conforme seus senhores permitiam. As peles das terras da tempestade eram bem vistas, mas as verdadeiras riquezas da Mata de Chuva foram encontradas em sua madeira para construção e nas raras madeiras de lei. Mas a retirada das árvores logo fez que os Primeiros Homens entrassem em conflito com os filhos da floresta, e por centenas e milhares de anos eles guerrearam uns com os outros, até que os Primeiros Homens assumiram os deuses antigos dos filhos como seus e dividiram as terras no Pacto selado na Ilha das Faces, no meio do grande lago chamado Olho de Deus.

Mas o Pacto chegou tarde na história dos homens em Westeros; na época em que foi assinado, os gigantes (que não fizeram parte dele) já tinham quase desaparecido das terras da tempestade, e até os filhos tinham diminuído muito.

CASA DURRANDON

Muito da história inicial de Westeros está perdida nas brumas do tempo, e, quanto mais se volta ao passado, mais fica difícil separar fatos de lendas. Isso é especialmente verdade nas terras da tempestade, onde os Primeiros Homens estavam comparativamente em menor número e as raças mais antigas eram fortes. Em todos os lugares nos Sete Reinos, as runas que contam as histórias deles sobreviveram até os dias de hoje, cinzeladas em paredes de cavernas, menires e nas ruínas de fortalezas, mas, nas terras da tempestade, os Primeiros Homens com frequência entalharam os relatos de suas vitórias e derrotas em troncos de árvores, há muito apodrecidos.

Mais do que isso, a tradição desenvolvida entre os Reis da Tempestade de antigamente de nomear o primogênito e herdeiro do rei em homenagem a Durran Desgosto-Divino,

fundador de sua linhagem, agrava ainda mais a dificuldade do historiador. O número desconcertante de reis Durran inevitavelmente causou muita confusão. Os meistres da Cidadela de Vilavelha deram números para muitos desses monarcas, a fim de distingui-los uns dos outros, mas isso não era prático para os cantores (não confiáveis na maior parte do tempo), que são nossa principal fonte para essa época.

As lendas que cercam o fundador da Casa Durrandon, Durran Desgosto-Divino, chegaram até nós através dos cantores. As canções nos dizem que Durran ganhou o coração de Elenei, filha do deus do mar e da deusa do vento. Ao ceder ao amor de um mortal, Elenei condenou a si mesma a uma vida mortal, e, por isso, os deuses que a deram à luz odiaram o homem que ela aceitou como seu senhor marido. Em fúria, mandaram ventos uivantes e chuvas torrenciais para derrubar cada castelo que Durran ousasse construir, até que um garoto o ajudou a erigir um tão forte e habilmente feito que poderia desafiar suas tempestades. O garoto cresceu para se tornar Brandon, o Construtor; Durran se tornou o primeiro Rei da Tempestade. Com Elenei ao seu lado, ele viveu e reinou em Ponta Tempestade por mil anos, ou assim afirmam as histórias.

(Uma vida tão longa parece muito improvável, mesmo para um herói casado com a filha de dois deuses. O Arquimeistre Glaive, ele mesmo nascido nas terras da tempestade, certa vez sugeriu que esse Rei de Mil Anos foi, na verdade, uma sucessão de monarcas que tiveram o mesmo nome, o que parece mais plausível, mas deve permanecer para sempre sem provas.)

Tenha sido ele um homem ou cinquenta, sabemos que, nessa época, o reino estendeu seus domínios até bem longe de Ponta Tempestade e arredores, absorvendo reinos da vizinhança um a um ao longo dos séculos. Alguns foram ganhos por tratados, outros por casamento, mais por conquista – um processo que continuou com os descendentes de Durran.

O próprio Desgosto-Divino foi o primeiro a reivindicar a Mata de Chuva, a imensidão úmida que até então pertencia apenas aos filhos da floresta. Seu filho, Durran, o Devoto, devolveu aos filhos a maior parte do que o pai tomara, mas, um século mais tarde, Durran Machado-de-Bronze pegou tudo de volta, dessa vez para sempre. As canções nos dizem que Durran, o Sisudo, matou Lun, o Último, Rei dos Gigantes, na Batalha da Águacurva, mas eruditos ainda discutem se foi Durran V ou Durran VI.

Maldon Massey construiu o castelo Bailepedra e estabeleceu sua senhoria sobre o Gancho de Massey durante o governo de outro rei Durran, chamado Amigo de Corvos, mas seu número e as datas de seu reinado permanecem sob disputa também. Foi Durran, o Jovem, também conhecido como Garoto Carniceiro, que entupiu o rio Slayne com cadáveres dorneses, depois de expulsar Yoren Yronwood e a donzela guerreira Wylla de Wyl na Batalha da Lagoa Sangrenta... mas ele era o mesmo rei que ficou obcecado pela própria sobrinha no final da vida e morreu pelas mãos do irmão Erich Matador-de-Parentes? Essas e muitas outras questões similares provavelmente nunca serão resolvidas.

Existem algumas fontes melhores nos séculos posteriores, no entanto. Podemos dizer com bastante certeza que o grande reino da ilha de Tarth caiu sob domínio da Casa Durrandon quando Durran, o Justo, tomou como esposa a filha do rei daquele lugar, Edwyn Estrela da Tarde. Seu neto, Erich, o Fazedor de Velas (mais provavelmente Erich III), foi o primeiro a reivindicar Estermont e as ilhas menores mais ao sul. Foi outro Durran (Durran X, a maior parte dos estudiosos concorda), que estendeu o reino para norte, até a Torrente da Água Negra, e seu filho, Monfryd I (o Poderoso), quem primeiro cruzou o grande rio, derrotou os reis menores da Casa Darklyn e da Casa Mooton em uma série de guerras, e tomou as prósperas vilas portuárias de Valdocaso e Lagoa da Donzela.

O filho de Monfryd, Durran XI (o Opaco), e seu próprio filho Barron (o Belo) perderam tudo o que ele tinha ganhado e ainda mais. Durante os longos anos em que Durwald I (o Gordo) governou Ponta Tempestade, os Massey se afastaram, Tarth se revoltou três vezes e até de Cabo da Fúria veio um desafio da bruxa do bosque conhecida apenas como Rainha Verde, que manteve Mata de Chuva contra Ponta Tempestade durante a maior parte de uma geração. Dizem que, por um tempo, o governo de Durwald não se estendia além do que um homem podia urinar de cima das muralhas de Ponta Tempestade.

A maré virou novamente quando Morden II nomeou seu meio-irmão ilegítimo, Ronard, como seu castelão. Guerreiro temível, Ronard se tornou governante das terras da tempestade em tudo menos no nome, e tomou a irmã do rei Morden como esposa. Em cinco anos, ele reivindicou a realeza também. Foi a própria rainha de Morden quem colocou a coroa do esposo na cabeça de Ronard. Se as canções podem ser levadas a sério, ela partilhou sua cama também. O próprio Morden, considerado inofensivo, foi confinado em uma cela na torre.

O usurpador governou por quase trinta anos como Ronard, o Bastardo, esmagando tanto vassalos rebeldes quanto reis de menor importância, batalha após batalha. Sem ser um homem que se contentava com uma única mulher, ele reivindicava uma filha de cada inimigo que dobrava os joelhos. Na época de sua morte, ele supostamente tinha gerado noventa e nove filhos. A maior parte deles era bastardo (embora Ronard tivesse vinte e três esposas, as canções dizem) e não teve parte na herança do pai, tendo que fazer seu próprio caminho no mundo. Por esse motivo, milhares de anos mais tarde, muitos e ainda mais plebeus das terras da tempestade, mesmo os mais insignificantes e humildes entre eles, ainda se gabam de ter sangue real.

PÁGINAS ANTERIORES | *Ponta Tempestade.* À DIREITA | *Ândalos desembarcam no litoral das terras da tempestade.*

OS ÂNDALOS NAS TERRAS DA TEMPESTADE

Erich VII Durrandon era rei nas terras da tempestade quando os primeiros dracares ândalos começaram a cruzar o mar estreito. A história se lembra dele como Erich, o Despreparado, pois prestou pouca atenção aos invasores, e é famosa sua declaração sobre não ter interesse em "brigas de estranhos em uma terra distante". O Rei da Tempestade estava enredado em suas próprias guerras nessa época, tentando reconquistar o Gancho de Massey do infame rei-pirata Justin Olho-de-Leite, ao mesmo tempo em que detinha incursões do rei dornês Olyvar Yronwood. Erich não viveu para ver o resultado de sua inação, pois os ândalos permaneceram ocupados com a conquista do Vale pelo resto de sua vida.

Seu neto, rei Qarlton II Durrandon, foi o primeiro a encarar os ândalos em batalha. Após quatro gerações de guerra, aquele monarca – que se autointitulava Qarlton, o Conquistador –, por fim, completou a reconquista do Gancho de Massey, tomando Bailepedra depois de um ano de cerco e matando o último rei da Casa Massey, Josua (conhecido como Lançassuave).

O Rei da Tempestade manteve sua conquista durante menos de dois anos. Um senhor da guerra ândalo chamado Togarion Bar Emmon (chamado Togarion, o Terrível) estabelecera seu próprio reino ao norte da Água Negra, mas estava sendo duramente pressionado pelo rei Darklyn de Valdocaso. Sentindo fraqueza no sul, Togarion tomou para esposa a filha de Josua Lançassuave e cruzou a Torrente da Água Negra com todo seu poder para estabelecer um novo reino no Gancho de Massey. Construiu seu castelo na Ponta Afiada, no extremo do Gancho, enquanto expulsava os homens das terras da tempestade de Bailepedra e colocava sua esposa para governar ali como uma marionete que se mexia enquanto ele controlava os fios.

Qarlton, o Conquistador, logo teve problemas mais sérios para preocupar-se do que a perda do Gancho de Massey. Os

olhos dos ândalos haviam se voltado para o sul, e dracares começavam a chegar ao litoral por toda a costa, cheios de homens famintos com a estrela de sete pontas pintada nos escudos, peitos e testas, todos empenhados em formar reinos para si. O restante de seu reinado e o reinado de seu filho e o de seu neto (Qarlton III e Monfryd V) foram épocas de guerras quase constantes.

Embora os Reis da Tempestade vencessem meia dúzia de batalhas principais – a maior delas foi a Batalha de Portabrônzea, na qual Monfryd V Durrandon derrotou a Irmandade Sagrada dos ândalos, uma aliança de sete reis menores e senhores de guerra, ao custo da própria vida –, os dracares continuavam a chegar. Dizem que, para cada ândalo caído em batalha, mais cinco desembarcavam no litoral. Tarth foi a primeira das terras da tempestade a ser dominada; Estermont foi em seguida.

Os ândalos se estabeleceram no Cabo da Fúria e poderiam muito bem ter tomado toda a Mata de Chuva se não provassem estar tão dispostos a guerrear uns com os outros quanto com os reinos dos Primeiros Homens. Mas o rei Baldric I Durrandon (o Esperto) provou ser perito em colocá-los uns contra os outros, e o rei Durran XXI deu o passo sem precedentes de procurar os filhos da floresta remanescentes nas cavernas e cavidades das montanhas nas quais tinham se refugiado e fazer causa comum com eles contra os homens de além mar. Nas batalhas lutadas no Pântano Negro, em Matabruma, e sob a Colina Uivante (cuja localização precisa infelizmente se perdeu), a Aliança do Represeiro garantiu uma série de derrotas pungentes para os ândalos e deteve o declínio dos Reis da Tempestade por um tempo. E uma aliança ainda mais improvável, entre o rei Cleoden I e três reis dorneses, conseguiu uma vitória ainda mais reveladora sobre Drox, o Fazedor-de-Cadáveres no rio Slayne, perto de Pedrelmo, uma geração depois.

Mesmo assim, é um erro assegurar que os Reis da Tempestade expulsaram os invasores. Apesar de todas essas vitórias, eles nunca detiveram a maré ândala; embora mais de um rei e senhor da guerra ândalo tenha terminado com a cabeça empalada em uma lança sobre os portões de Ponta Tempestade, os ândalos continuavam a chegar. O reverso também é verdade; os ândalos nunca conquistaram realmente a linhagem Durrandon. Sete vezes eles sitiaram Ponta Tempestade ou tentaram atacar suas poderosas muralhas, a história nos diz; sete vezes falharam. O sétimo fracasso foi visto como um sinal dos deuses; depois disso, não foram realizados mais ataques.

No fim, os dois lados simplesmente se uniram. O rei Maldon IV tomou uma donzela ândala como esposa, e o mesmo fez seu filho, Durran XXIV (Durran Mestiço). Líderes de guerra ândalos se tornaram senhores e reis menores, casaram-se com as filhas dos senhores da tempestade e deram-lhes suas próprias filhas em troca, prometeram lealdade por suas terras e juraram suas espadas aos Reis da Tempestade. Liderados pelo rei Ormund III e sua rainha, os homens da tempestade deixaram de lado seus antigos deuses e aceitaram os deuses do ândalos, a Fé dos Sete. Conforme os séculos passavam, as duas raças de homens se tornaram uma só... e os filhos da floresta, quase esquecidos, desapareceram completamente da Mata de Chuva e das terras da tempestade.

A Casa Durrandon atingiu o auge na época que se seguiu. Durante a era dos Cem Reinos, o rei Arlan I (o Vingador) varreu tudo à sua frente, estendendo os limites de seu reino até a Torrente da Água Negra e a cabeceira do Vago. Seu bisneto, rei Arlan III, cruzou tanto a Água Negra quanto o Tridente e reivindicou inteiramente as terras fluviais, até o ponto em que o estandarte do veado coroado estava fincado no litoral do Mar do Poente.

Com a morte de Arlan III, um declínio inevitável começou, pois os homens da tempestade tinham se espalhado muito para manter esse vasto reino unido. Uma rebelião se seguiu à outra, reis menores surgiam como erva daninha, castelos e fortalezas caíam... e, então, os nascidos no ferro chegaram, liderados por Harwyn Mãodura, Rei das Ilhas de Ferro, e tudo aconteceu como previamente relatado. Enquanto os homens da tempestade recuavam diante dos homens de ferro no norte, os dorneses vieram varrendo pelo Caminho do Espinhaço para pressioná-los ao sul, e os Reis da Campina enviaram seus cavaleiros de Jardim de Cima para reivindicar tudo o que haviam perdido no oeste.

O Reino da Tempestade encolheu, rei após rei, batalha após batalha, ano após ano. A queda foi interrompida brevemente quando um feroz príncipe guerreiro, Argilac (chamado o Arrogante), usou a coroa do veado, mas até um homem tão poderoso quanto ele só poderia deter a maré, não a mandar embora. O último dos Reis da Tempestade, o último dos Durrandon, Argilac fez isso por um tempo... mas, quase no fim de sua vida, quando estava envelhecido, o rei Argilac fez uma tentativa desajeitada de usar a Casa Targaryen de Pedra do Dragão como escudo contra o poder crescente dos homens de ferro e seu rei, Harren, o Negro. Nunca agarre um dragão pela cauda, diz o antigo provérbio. Argilac, o Arrogante, fez exatamente isso, e só conseguiu virar os olhos de Aegon Targaryen e suas irmãs para oeste.

Quando desembarcaram na foz da Torrente da Água Negra para começar a conquista dos Sete Reinos, com eles veio um bastardo de olhos negros e cabelos negros chamado Orys Baratheon.

CASA BARATHEON

A Casa Baratheon nasceu em meio à chuva e à lama da batalha conhecida na história como a Última Tempestade, quando Orys Baratheon repeliu três vezes o ataque dos cavaleiros de Ponta Tempestade e matou o rei Argilac, o Arrogante, em combate singular. Ponta Tempestade, por muito tempo considerada inexpugnável, se rendeu a Orys sem uma batalha (sabiamente, dado o destino de Harrenhal). Depois, Orys tomou a filha do rei Argilac como esposa e adotou o brasão e o lema dos Durrandon como seus, em honra ao valor de Argilac.

O favorecimento que Aegon, o Conquistador, derramou sobre Orys Baratheon fez que muitos acreditassem nos rumores de que ele era meio-irmão bastardo de Aegon. Ainda que nunca tenha sido provado, o relato é amplamente acreditado até nos dias de hoje. Outros sugerem que Orys chegou tão alto por causa de sua proeza nas armas e sua feroz lealdade para com a Casa Targaryen. Mesmo antes da Conquista, ele servia como campeão e escudo juramentado de Aegon, e derrotar o rei Argilac só acrescentou mais brilho ao seu nome. Quando o rei Aegon concedeu Ponta Tempestade para a Casa Baratheon perpetuamente, e nomeou Orys Senhor Protetor das Terras da Tempestade e Mão do Rei, ninguém ousou sugerir que ele fosse indigno dessas honras.

Mas, durante a invasão de Dorne de Aegon, em 4 d.C., Lorde Orys foi capturado enquanto tentava levar suas forças pelo Caminho do Espinhaço. Seu captor era Wyl de Wyl, conhecido como Amante de Viúvas, que cortou a mão da espada de Orys.

Depois disso, todos os relatos dizem que Lorde Orys se tornou rabugento e amargo. Renunciando ao cargo de Mão do Rei, voltou sua atenção para Dorne, obcecado com a ideia de vingança. Sua oportunidade veio durante o reinado do rei Aenys I, quando despedaçou parte do exército do Rei Abutre e Lorde Walter Wyl, o filho do Amante de Viúvas, que caiu em suas mãos.

Os Baratheon permaneceram intimamente ligados à Casa Targaryen e desempenharam papel significativo nos reinados atribulados dos sucessores de Aegon, o Conquistador. O neto de Lorde Orys Baratheon, Lorde Robar, foi o primeiro grande senhor a se proclamar abertamente a favor do príncipe Jaehaerys contra seu tio, Maegor, o Cruel. Por sua lealdade e coragem, foi nomeado Protetor do Reino e Mão do Rei após a estranha morte de Maegor sobre o Trono de Ferro. Durante o restante da minoridade do rei Jaehaerys, Lorde Robar partilhou o governo do reino com a mãe do rei, a Rainha Viúva Alyssa. Meio ano depois, os dois se casaram.

Da união deles nasceu a Senhora Jocely, que se casou com o mais velho dos filhos do Velho Rei e se tornou mãe da princesa Rhaenys – "A Rainha que Nunca Foi", como o loquaz bobo da corte Cogumelo a chamou –, e Boremund Baratheon, que sucedeu o pai como Senhor de Ponta Tempestade. No Grande Conselho de 101 d.C., convocado pelo rei Jaehaerys I para debater a questão da sucessão, Lorde Boremund foi franco em apoiar a reivindicação de sua sobrinha, a princesa

DO RELATO DO ARQUIMEISTRE GYLDAYN

Orys Baratheon, conhecido agora como Orys Uma-Mão, cavalgou de Ponta Tempestade uma última vez para esmagar os dorneses sob as muralhas de Pedrelmo. Quando Walter Wyl lhe foi entregue, ferido, mas vivo, Lorde Orys disse: "Seu pai tirou minha mão. Eu reivindico as suas como pagamento." Ao dizer isso, cortou a mão da espada de Lorde Walter. Então cortou a outra, e os dois pés também, chamando-os de sua "usura". É estranho dizer que Lorde Baratheon morreu na marcha de volta a Ponta Tempestade, dos ferimentos que recebera durante a batalha, mas seu filho Davos sempre disse que ele morreu contente, sorrindo ao olhar as mãos e pés apodrecidos que pendurara em sua tenda como uma réstia de cebolas.

À ESQUERDA | *Estrela de sete pontas entalhada em pedra.* ACIMA | *Brasão da Casa Baratheon (centro) e de alguns de seus vassalos (sentido horário, de cima): Buckler, Caron, Connington, Dondarrion, Estermont, Penrose, Seaworth, Selmy, Steadmon, Swann e Tarth.*

Rhaenys, e seu filho, o príncipe Laenor da Casa Velaryon, mas se encontrou no lado perdedor da disputa.

O poder de Ponta Tempestade e sua íntima proximidade com Porto Real e o Trono de Ferro fizeram dos Baratheon a primeira das grandes casas de Westeros cujo apoio foi procurado pela princesa Rhaenyra e pelo rei Aegon II depois da morte de seu pai, o rei Viserys I Targaryen. Naquela época, no entanto, Lorde Boremund estava morto e era seu filho Borros quem governava, e ele era um tipo de homem inteiramente diferente.

Se Lorde Boremund fora firme no apoio ao falecido marido de Rhaenyra, Laenor, Lorde Borros farejou uma oportunidade e se provou reticente quando cortejado por Lucerys Velaryon, segundo filho de Rhaenyra com o príncipe Laenor. Quando Lucerys voou em seu dragão até Ponta Tempestade, buscando apoio, descobriu que seu primo, o príncipe Aemond Targaryen, chegara antes dele e estava ocupado arranjando seu casamento com uma das filhas de Borros.

Lorde Borros ficara furioso com a mensagem que o príncipe Lucerys trouxe – na qual a princesa Rhaenyra cometia uma arrogância indecorosa ao presumir que Ponta Tempestade apoiaria sua causa – e com sua recusa de tomar uma de suas filhas como esposa (o príncipe estava já comprometido). Com raiva, expulsou o jovem Velaryon de seu salão e não fez nada para impedir que o príncipe Aemond o seguisse e se vingasse do olho que perdera para Lucerys anos antes, desde que tal vingança não fosse obtida dentro das muralhas de Ponta Tempestade.

O príncipe Lucerys tentou fugir em seu jovem dragão, Arrax, mas Aemond o perseguiu com seu grande dragão Vhagar. e uma tempestade não estivesse uivando sobre a Baía dos Naufrágios, Lucerys poderia ter escapado, mas não era para ser; o garoto e seu dragão morreram, despencando no mar na vista de Ponta Tempestade, enquanto Vhagar urrava triunfante. Foi o primeiro derramamento de sangue da realeza na Dança dos Dragões, embora muito mais ocorresse na sequência.

No início da guerra, Lorde Borros estava relutante em encarar os dragões pessoalmente. Mas, no fim da Dança, ele e seus homens da tempestade tomaram Porto Real durante a Lua dos Três Reis, restaurando a ordem da cidade e conquistando a promessa de que sua filha mais velha se tornaria rainha do viúvo rei Aegon II. Então, ele liderou ousadamente o último exército monarquista contra a aproximação dos homens das terras fluviais, que eram comandados pelo jovem Lorde Kermit Tully, pelo ainda mais jovem Benjicot Blackwood e pela irmã de Blackwood, Alysanne. Quando o Senhor de Ponta Tempestade soube que o exército era liderado por garotos e uma mulher, ficou mais confiante em sua vitória, mas o Sangrento Ben Blackwood, como ele ficou lembrado mais tarde, rompeu seu flanco, enquanto a Negra Aly Blackwood liderava os arqueiros que derrubaram seus cavaleiros. Lorde Borros foi provocador até o fim, e os relatos afirmam que massacrou uma dúzia de cavaleiros e matou os lordes Darry e Mallister antes de ser morto por Kermit Tully.

Com sua morte e a derrota dos homens da tempestade, a Dança dos Dragões estava acabada. A Casa Baratheon apostara muito alto ao apoiar o rei Aegon II, e foi uma escolha que não lhes trouxe nada, exceto prejuízo durante o reinado do rei Aegon III (a Desgraça dos Dragões) e a regência que o precedeu.

Conforme os anos se passaram, e rei após rei assumiu o Trono de Ferro, esses antigos desentendimentos foram esquecidos, e os Baratheon voltaram a servir à coroa fielmente mais uma vez... até que os próprios Targaryen colocaram essa lealdade em teste. Isso ocorreu durante o reinado do rei Aegon V Targaryen (conhecido na história como Aegon, o Improvável), quando o Senhor de Ponta Tempestade era Lyonel Baratheon, um homem gigante e arrogante conhecido como Tempestade Risonha, um dos maiores guerreiros de sua época.

Lorde Lyonel sempre estivera entre os mais leais apoiadores do rei Aegon; a amizade entre eles era tão firme que Sua Graça alegremente concordou em comprometer seu filho mais velho e herdeiro com a filha de Lorde Lyonel. Tudo estava bem até que o príncipe Duncan conheceu uma mulher misteriosa que atendia por Jenny de Pedravelhas (uma bruxa, alguns dizem), e se encantou por ela, tomando-a como esposa contra a vontade de seu pai, o rei.

O amor entre Jenny de Pedravelhas ("com flores nos cabelos") e Duncan, Príncipe das Libélulas, é adorado por cantores, contadores de histórias e jovens donzelas até os dias de hoje, mas causou grande dor à filha de Lorde Lyonel e trouxe vergonha e desonra à Casa Baratheon. Tão grande foi a ira de Tempestade Risonha que ele fez um juramento de sangue de vingança, renunciando à aliança com o Trono de Ferro, e se

SOBRE LORDE BORROS, O SEPTÃO EUSTACE ESCREVE

Lorde Boremond era uma rocha, duro, forte e implacável. Lorde Borros era o vento, que urra, uiva e sopra para um lado e para o outro.

À DIREITA | *Sor Duncan, o Alto, da Guarda Real, enfrenta Lorde Lyonel Baratheon em combate singular.*

coroou como o novo Rei da Tempestade. A paz só foi restaurada depois que o cavaleiro da Guarda Real, Sor Duncan, o Alto, encarou Lorde Lyonel em um julgamento por combate; o príncipe Duncan renunciou à sua reivindicação ao trono e o rei Aegon V concordou que sua filha caçula, a princesa Rhaelle, se casasse com o herdeiro de Lorde Lyonel.

Como só os Sete em sua sabedoria poderiam prever, foi o casamento com o qual o rei Aegon V concordou a fim de apaziguar a Tempestade Risonha que, no fim, levou ao término do governo Targaryen nos Sete Reinos. Em 245 d.C., a princesa Rhaelle cumpriu a promessa do pai e se casou com Ormund Baratheon, o jovem Senhor de Ponta Tempestade. No ano seguinte, ela lhe deu um filho, Steffon, que serviu como pajem e escudeiro em Porto Real e se tornou companheiro próximo do príncipe Aerys, filho mais velho do rei Jaehaerys II e herdeiro do Trono de Ferro.

Infelizmente, Lorde Steffon se afogou na Baía dos Naufrágios enquanto retornava de uma missão em Volantis, para onde o rei Aerys II o mandara buscar uma esposa para seu filho Rhaegar... mas o primogênito de Steffon, Robert, o sucedeu como Senhor de Ponta Tempestade e se tornou um dos melhores cavaleiros dos Sete Reinos – um guerreiro tão forte e temível que muitos o saudavam como a Tempestade Risonha renascida.

Quando a loucura do rei Aerys II se tornou demais para ser suportada, foi para Lorde Robert que os senhores do reino se voltaram. Em 282 d.C., no vau do Tridente, Robert Baratheon matou Rhaegar Targaryen, príncipe de Pedra do Dragão, e esfacelou seu exército, efetivamente encerrando três séculos de governo da Casa dos Dragões. Logo depois, ele ascendeu ao Trono de Ferro como Robert I Baratheon, progenitor de uma gloriosa nova dinastia.

Muitos outros Baratheon ganharam renome ao longo dos séculos, seguindo os passos de Orys Uma-Mão e dos Reis da Tempestade antes dele. Sor Raymond Baratheon, um filho mais novo de Lorde Baratheon, serviu na Guarda Real quando Aenys I foi obrigado a guerrear contra a Fé, e salvou a vida de seu rei quando os Pobres Companheiros tentaram assassiná-lo na cama. Cavaleiros, como o Rompe Tempestades e a Tempestade Risonha, trouxeram glória para sua casa, e Lorde Ormund Baratheon lutou e morreu sob o estandarte Targaryen nos Degraus durante a Guerra dos Reis de Nove Moedas.

OS HOMENS DA TERRA DA TEMPESTADE

Como o rei Robert provou no Tridente – e como os senhores e reis antes dele mostraram da mesma maneira –, os homens das terras da tempestade são tão duros, ferozes e habilidosos na guerra quanto qualquer outro nos Sete Reinos. Os arcos longos das Marcas são especialmente famosos, e dizem que muitos dos mais conhecidos arqueiros das canções e das histórias são oriundos das Marcas dornesas. Fletcher Dick, o notório fora da lei da Irmandade da Mata de Rei, nasceu em uma vila perto do castelo de Pedrelmo, nas Marcas, e é considerado por muitos o melhor arqueiro que já atirou com um arco.

Os homens da tempestade também produziram sua parte de grandes marinheiros e homens do mar. A própria Ponta Tempestade, assomando-se sobre os grandes precipícios da Ponta de Durran e as rochas traiçoeiras da Baía dos Naufrágios, não oferece ancoragem segura para navios de guerra ou para embarcações de comerciantes, mas, na época dos Reis da Tempestade, frotas de guerra com frequência eram mantidas no Gancho de Massey, em Estermont, e nas vilas e vilarejos pesqueiros ao longo do Mar de Dorne. Mais tarde, outros monarcas preferiram atracar suas frotas na costa ocidental de Tarth, onde as grandes montanhas da ilha ajudavam a abrigar os navios das tempestades que, com frequência, devastavam o mar estreito. A Ilha Safira, como alguns a chamam, é governada pela Casa Tarth de Solar do Entardecer – uma antiga família de descendência ândala que se orgulha de ter laços com os Durrandon, com os Baratheon e, mais recentemente, com a Casa Targaryen. Antigamente reis de próprio direito, os Senhores de Tarth ainda se autointitulam "Estrela da Tarde", – um título que afirmam vir da aurora dos tempos.

Grande parte do povo de Tarth, tanto nobres quanto plebeus, afirma descender de um herói lendário, Sor Galladon de Morne, que, segundo dizem, empunhava uma espada chamada Donzela Justa, dada-lhe pelos próprios Sete. Dado o papel que a Donzela Justa desempenha nas histórias de Sor Galladon, o Meistre Hubert, em seu *Parente do Veado*, sugeriu que Galladon de Morne não era um guerreiro rude da Era dos Heróis – transformado em cavaleiro pelos cantores milhares de anos depois –, mas uma figura histórica verdadeira de tempos mais recentes. Hubert também nota que Morne era a sede de reis menores na costa oriental de Tarth até que os Reis da Tempestade os submeteram, mas as ruínas indicam que o lugar foi feito por ândalos, não por Primeiros Homens.

Os mais ferozes guerreiros das terras da tempestade, e talvez de toda Westeros, são indubitavelmente os homens das Marcas, que, segundo dizem, nasceram com uma espada na mão, e com frequência se gabam de aprender a lutar antes mesmo de aprender a andar. Deles é a tarefa de proteger o reino dos Reis da Tempestade dos antigos inimigos do oeste e, em especial, do sul.

Os castelos das Marcas dornesas estão entre os mais fortes do reino, e por um bom motivo, pois raramente uma geração viveu sem que tivesse de encarar algum novo ataque. Eles foram construídos para formar uma barreira contra incursões dos dorneses e dos Reis da Campina. Os Senhores das Marcas são devidamente orgulhosos de sua história como defensores-chave do reino dos Reis da Tempestade, e muitas são as baladas e contos sobre sua coragem.

Entre os mais austeros castelos das Marcas estão: Pedrelmo, a antiga sede da Casa Swann, com suas torres de vigia de pedras negras e brancas, que se erguem sobre as águas do rio Slayne com suas corredeiras, lagoas e cachoeiras; Portonegro, lar da Casa Dondarrion, com sua muralha proibitiva de basalto negro e um fosso seco sem fundo; e Nocticantiga das Torres Cantoras, onde a Casa Caron domina há muitos séculos. Embora intitulados Senhores das Marcas, os Caron não têm domínio sobre os outros senhores da região; consideram-se entre as mais antigas casas das Marcas, contudo (uma afirmação que os Swann contestam), e sempre tiveram destaque em liderar as defesas das terras da tempestade.

Enquanto as Marcas são famosas pelos castelos fortificados e baladas, a Mata de Chuva é conhecida pela chuva, pelo silêncio e pela riqueza em pele, madeira e âmbar. Dizem que ali as árvores governam, e os castelos, com frequência, parecem crescer da terra, em vez de terem sido construídos. Mas os reis e senhores da Mata de Chuva têm raízes tão profundas quanto as árvores que os abrigam e provaram ser firmes em batalha, fortes, teimosos e impassíveis.

Famosa tanto por seus guerreiros quanto por seus cantores, a Casa Caron tem uma história que remonta à Era dos Heróis. Os Caron costumam dizer que os rouxinóis de sua casa foram vistos em mil campos de batalha, e as histórias mostram que Nocticantiga foi sitiada não menos do que trinta e sete vezes nos últimos mil anos.

PONTA TEMPESTADE

A história da construção de Ponta Tempestade só chegou até nós através de canções e relatos – os contos de Durran Desgraça-Divina e a bela Elenei, filha de dois deuses. Supostamente esse foi o sétimo castelo que Durran ergueu naquele lugar (embora este número possa muito bem ser uma interferência tardia da Fé).

Meistres que serviram no castelo testemunham a grande força e a engenhosidade da construção. Tenha sido desenhado por Brandon, o Construtor, ou não, suas grandes muralhas, com pedras tão astutamente encaixadas que o vento não consegue encontrar fresta entre elas, são famosas com justiça, assim como a grande fortaleza central que se ergue para o céu com vista para a Baía dos Naufrágios.

Ponta Tempestade nunca caiu diante de um ataque ou cerco, as histórias nos dizem. Isso bem pode ser acreditado.

Durante a Rebelião de Robert, Lorde Tyrell de Jardim de Cima armou cerco a Ponta Tempestade por um ano, sem resultado. Se os suprimentos da guarnição no início da batalha tivessem sido suficientes para a tarefa, o castelo teria aguentado indefinidamente, mas a guerra veio rapidamente e os estoques e celeiros estavam apenas meio cheios. No fim do ano, a guarnição comandada pelo irmão de Robert, Stannis, foi seriamente testada pela fome e pela miséria, só para ser salva por um contrabandista comum que se esgueirou pelo bloqueio Redwyne uma noite, carregando uma carga de cebolas e peixe salgado para Ponta Tempestade. Com isso, o castelo foi capaz de permanecer intacto até que Robert derrotasse Rhaegar no Tridente, e Lorde Eddard Stark chegasse para levantar o cerco.

Certamente Ponta Tempestade é um castelo antigo, mas, quando comparado às ruínas dos fortes circulares dos Primeiros Homens ou mesmo à Primeira Fortaleza de Winterfell (que um antigo meistre em serviço para os Stark examinou e descobriu que foi reconstruída tantas vezes que sua data precisa não poder ser encontrada), a grande torre e as pedras perfeitamente unidas das muralhas de Ponta Tempestade parecem estar muito além do que os Primeiros Homens foram capazes de construir durante milhares de anos. O grande esforço envolvido na construção da Muralha foi um feito, mas foi um esforço mais bruto do que a grande arte necessária para fazer uma muralha na qual o vento não encontrava passagem. O Arquimeistre Vyron, em seu *Triunfos e Derrotas*, especula que a afirmação do conto de que a forma final de Ponta Tempestade foi dada no sétimo castelo mostra uma clara influência ândala, e, se é verdade, isso sugere a possibilidade de que a forma final do castelo só foi alcançada em épocas ândalas. Talvez o castelo tenha sido reconstruído no lugar em que estava um castelo anterior, mas, se for isso, foi muito depois que Durran Desgraça-Divina e sua bela Elenei passaram por essa terra.

Dizem que a cada setenta e sete anos, uma tempestade maior do que todas as outras vem uivando até Ponta Tempestade, como se os antigos deuses do mar e do céu tentassem, mais uma vez, derrubar a sede de Durran no mar. É uma bela história... mas é apenas isso. Os registros dos meistres de Ponta Tempestade mostram que há tempestades ferozes quase todos os anos, em especial no outono, e ainda que algumas sejam maiores do que outras, não há registro que mostre tempestades incomumente poderosas a cada setenta e sete anos. A maior tempestade na memória viva foi em 221 d.C., no último ano do reinado de Aerys I, e a maior antes dessa foi a de 166 d.C., cinquenta e cinco anos antes.

PÁGINAS ANTERIORES | *Homens de armas Baratheon em Pedra do Dragão.* À ESQUERDA | *Solar do Entardecer, em Tarth.*

TERRAS DA TEMPESTADE
DORNE
CAMPINA
MAR ESTREITO
Solarestival
Pedrelmo
Portonegro
Matabruma
Vila Chorosa
MONTANHAS VERMELHAS
Nocticantiga
Wyl
Poleiro do Abutre
PASSO DO PRÍNCIPE
Torre da Alegria
Tumbareal
MAR DE DORNE
Ghaston Grey
Colina Fantasma
Manpreto
Alcanceleste
Paloferro
Alto Ermitério
Tor
BRAÇO PARTIDO
Tombastela
FLAGELO
Graça-dos-Deuses
Jardins de Água
Lançassolar
Toca do Inferno
VAITH
SANGUEVERDE
Vila Tabueira
Arenito
Vaith
Costa do Sal
Limoeiros
MAR DE VERÃO
LEGENDA
PRINCIPAIS CASTELOS
CASTELOS
VILAS
RUÍNAS
OLIVAIS
POÇOS
ESTRADAS

DORNE

DIZEM QUE APENAS um dornês pode realmente conhecer Dorne.

O mais meridional dos Sete Reinos é também o mais inóspito... o mais estanho aos olhos de qualquer homem crescido na Campina, nas terras ocidentais ou em Porto Real. Pois Dorne é diferente de mais maneiras do que podem ser ditas.

Vastos desertos e areias vermelhas e brancas, montanhas proibidas onde passagens traiçoeiras são protegidas por povos traiçoeiros, calor sufocante, tempestades de areia, escorpiões, comida picante, veneno, castelos feitos de barro, tâmaras, figos e laranjas sanguíneas – essas coisas compõem a maior parte do que os plebeus dos Sete Reinos sabem sobre Dorne. E todas essas coisas existem, certamente, mas há muito mais nesse antigo principado do que isso, pois sua história se estende até a Era da Aurora.

As Montanhas Vermelhas que formam suas fronteiras a oeste e norte mantiveram Dorne separado do resto do reino durante milhares de anos, embora os desertos também tenham desempenhado papel nisso. Atrás dessa parede de montanhas, mais de três quartos da terra é um deserto árido. Nem a costa sul de Dorne é mais hospitaleira, sendo em grande parte um emaranhado de recifes e rochas, com poucos ancoradouros protegidos. Os navios que desembarcam ali, seja por escolha, seja por acaso, encontram pouco sustento; não há floresta ao longo da costa para fornecer madeira para reparos, escassez de caça, poucos cultivos, sequer vilas em que seja possível obter provisões. Até água doce é difícil de obter, e os mares ao sul de Dorne são cheios de redemoinhos e infestados com tubarões e lulas-gigantes.

Não há cidades em Dorne, embora a chamada cidade sombria que se pendura nas muralhas de Lançassolar seja grande o bastante para ser considerada uma vila (construída com barro e palha, deve ser admitido). Maior e mais populosa, Vila Tabueira na foz do rio Sangueverde é talvez a coisa mais próxima que os dorneses têm de uma cidade de verdade, embora seja uma cidade com tábuas em vez de ruas, na qual as casas, salões e lojas são feitos de barcos, barcaças e navios mercantes, amarrados com cordas de cânhamo e flutuando na maré.

O Arquimeistre Brude, que nasceu e cresceu na cidade sombria que se encolhe sob as muralhas farelentas de Lançassolar, certa vez observou que Dorne tem mais em comum com o distante Norte do que com qualquer um dos reinos que está entre eles. "Um é quente, e o outro é frio, mesmo assim, esses antigos reinos de areia e neve estão separados do resto de Westeros pela história, pela cultura e pela tradição. Ambos são pouco povoados, se comparados com as terras entre eles. Ambos se prendem teimosamente às suas próprias leis e tradições. Nenhum jamais foi verdadeiramente conquistado pelos dragões. O Rei do Norte aceitou Aegon Targaryen como seu senhor pacificamente, enquanto Dorne resistiu ao poder dos Targaryen corajosamente por quase duzentos anos, antes de, finalmente, se submeter ao Trono de Ferro pelo casamento. Dorneses e nortenhos são igualmente ridicularizados como selvagens pelos ignorantes dos cinco reinos 'civilizados,' e celebrados por sua bravura por aqueles que cruzaram espadas com eles."

Os dorneses se gabam de que o seu reino é o mais antigo dos Sete Reinos de Westeros. Isso é verdade, de certa forma. Ao contrário dos ândalos, que vieram mais tarde, os Primeiros Homens não eram marinheiros. Não chegaram a Westeros em dracares, mas a pé, pelo istmo de Essos – seus remanescentes existem ainda hoje, só que como os Degraus e o Braço Partido de Dorne. Andando ou cavalgando, o litoral oriental de Dorne inevitavelmente seria o lugar em que primeiro colocaram os pés em solo westerosi.

Mas poucos escolheram permanecer ali, pois as terras que encontraram eram bem pouco acolhedoras. Os filhos da floresta chamavam Dorne de Terra Vazia, e por um bom motivo. A metade oriental de Dorne é árida e estéril, o solo seco e pedregoso rende pouco, mesmo quando irrigado. Uma vez que se chega além do Vaith, Dorne ocidental é nada mais do que um vasto mar de dunas inquietas, onde o sol bate incansavelmente, dando origem, de tempos em tempos, a selvagens tempestades de areia que podem arrancar a carne dos ossos de um homem em minutos. Nem mesmo Garth Greenhand conseguiu fazer as flores brotarem em um ambiente tão cruel e implacável, se podemos acreditar nas histórias contadas na Campina. (As lendas de Dorne não fazem menção a Garth.) Em vez disso, ele liderou seu povo através das montanhas, até a fértil Campina mais além. A maior parte dos Primeiros Homens que veio depois dele deu uma olhada em Dorne e seguiu em frente.

Mas não todos. Alguns viram beleza naquelas terras austeras, quentes e cruéis, e resolveram estabelecer seu lar ali. A maioria deles se estabeleceu nas margens do rio que chamaram de Sangueverde. Embora escassas se comparadas ao Vago, ao Tridente ou à Torrente da Água Negra, as águas do Sangueverde são realmente a alma de Dorne.

A maior parte dos Primeiros Homens que escolheu permanecer em Dorne, em vez de seguir para o norte em busca de terras melhores, se estabeleceu perto das margens do

A maior parte dos rios dorneses ficam completamente cheios só após um raro (e perigoso) temporal. No resto do ano, eles são ravinas secas. Em toda Dorne, só três rios correm dia e noite, inverno e verão, sem nunca secarem. O Torentine, que surge no alto das montanhas ocidentais e desce até o mar em uma série de correntezas e cachoeiras, uivando através de desfiladeiros e gretas com um som que parece o rugir de algum grande animal. Saindo de nascentes nas montanhas, suas águas são doces e puras, mas perigosas de se atravessar, exceto em pontes, e impossível de navegar. O Sulfuroso tem uma correnteza muito mais plácida, mas suas águas turvas amareladas fedem a enxofre, e as plantas que crescem em suas margens são estranhas e raquíticas. (Sobre os homens que vivem ao longo dessas mesmas margens não vamos falar.) Já as águas do Sangueverde, apesar de algumas vezes lamacentas, são saudáveis para plantas e animais, e fazendas e pomares lotam as margens do rio por centenas de quilômetros. Mais do que isso, o Sangueverde e seus afluentes, o Vaith e o Flagelo, são navegáveis por canoas em quase toda sua extensão (ainda que raso e cheio de bancos de areia em alguns lugares), e por isso servem como artéria principal para o comércio do principado.

Sangueverde, cavando canais e valas para trazer suas águas vivificantes até as árvores e cultivos que plantaram. Outros preferiram morar ao lado do mar estreito; a costa oriental de Dorne é mais tolerante do que a meridional, e logo muitos vilarejos se ergueram, sustentando-se com peixes e caranguejos. Os mais inquietos dos Primeiros Homens seguiram mais em frente e estabeleceram seu lar no sopé sul das Montanhas Vermelhas, onde tempestades que seguiam para o norte costumavam deixar cair sua umidade, criando um fértil cinturão verde. Aqueles que subiram mais buscaram refúgio entre os picos, em vales ocultos e nos altos prados de montanhas em que a grama era verde e doce. Só os mais corajosos e mais loucos ousaram seguir continente adentro e atravessar as areias profundas. Alguns deles encontraram água entre as dunas e ergueram fortalezas e castelos nesses oásis; seus descendentes, séculos mais tarde, se tornaram Senhores dos Poços. Mas, para cada homem que encontrou um poço, uma centena certamente morreu de sede sob o escaldante sol dornês.

De tais origens vieram os três tipos distintos de dorneses que conhecemos hoje. O Jovem Dragão, rei Daeron I Targaryen, lhes deu os nomes pelos quais os conhecemos em seu livro, *A Conquista de Dorne*. Dorneses pedregosos, dorneses arenosos e dorneses salgados, eles os chamou. Os dorneses pedregosos são o povo da montanha, belos de cabelo e pele, a maior parte descendente dos Primeiros Homens e dos ândalos; os dorneses arenosos vivem nos desertos e vales de rios, com a pele queimada marrom sob o sol escaldante dornês; os dorneses salgados da costa, de cabelos escuros, ágeis e de pele morena, têm os costumes mais estranhos, sendo a maioria de sangue roinar. (Quando a princesa Nymeria chegou à costa de Dorne, a maior parte de seus roinares preferiu permanecer perto do mar, que fora seu lar por tanto tempo, mesmo depois que Nymeria queimou seus navios.)

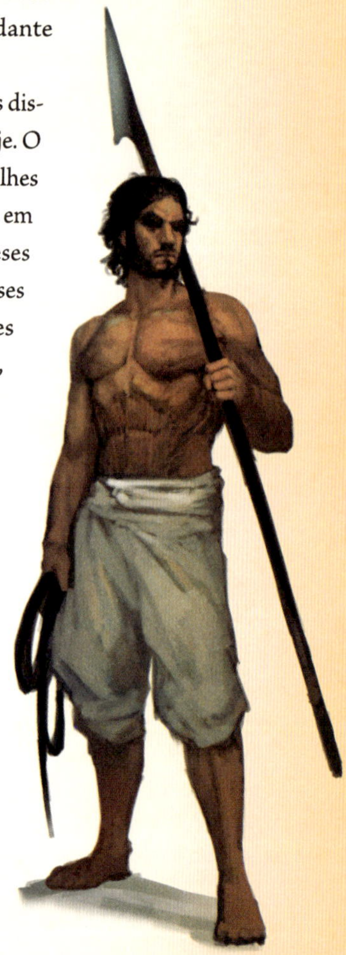

A RUPTURA

O evento único mais importante da história dornesa, e talvez da história de Westeros, é um acontecimento sobre o qual, para nossa frustração, sabemos muito pouco.

Muito do que sabemos da Ruptura chegou até nós através de canções e lendas. Os Primeiros Homens vieram de Essos até Westeros por terra, todos concordam, caminhando ou cavalgando através de colinas e florestas do grande istmo que conectava os dois continentes na Era da Aurora. Dorne foi a primeira terra na qual entraram, mas poucos permaneceram, como já relatamos; muitos outros seguiram para o norte, através de montanhas e, talvez, das salinas que antes existiam onde o Mar de Dorne está agora. Conforme os séculos passaram, eles vieram em números cada vez maiores, reivindicando as terras da tempestade, a Campina e as terras fluviais para si, e com o tempo alcançaram até o Vale e o Norte. Expulsaram as raças mais antigas que estavam lá antes deles, massacraram gigantes onde os encontravam, cortaram represeiros com seus machados de bronze e fizeram uma guerra sangrenta contra os filhos da floresta.

Os filhos revidaram o melhor que podiam, mas os Primeiros Homens eram maiores e mais fortes. Cavalgando em seus cavalos, vestidos e armados com bronze, os Primeiros Homens oprimiam a raça mais antiga onde quer que a encontrassem, pois as armas dos filhos eram feitas de ossos, madeira e vidro de dragão. Por fim, guiados pelo desespero, o pequeno povo se voltou para a feitiçaria e implorou que os videntes verdes detivessem a maré dos invasores.

E assim eles fizeram, reunindo-se às centenas (alguns dizem que na Ilha das Faces) e convocando os antigos deuses com canções, orações e sacrifícios macabros (mil homens cativos serviram de alimento para os represeiros, segundo uma versão do relato, enquanto outras afirmam que os filhos usaram o sangue de seus próprios jovens). E os antigos deuses se mexeram, e gigantes despertaram na terra, e toda Westeros sacudiu e tremeu. Grandes fendas apareceram na terra, colinas e montanhas desabaram e foram engolidas. E então o mar veio correndo, e o Braço de Dorne foi partido e esfacelado pela força das águas, até que só algumas ilhas rochosas nuas restaram sobre as ondas. O Mar de Verão se juntou ao mar estreito, e o istmo entre Essos e Westeros desapareceu para sempre.

Ou, pelo menos, é o que as lendas dizem.

Muitos eruditos concordam que Essos e Westeros estiveram unidos antigamente; mil contos e registros rúnicos falam da travessia dos Primeiros Homens. Hoje, os mares dividem os dois continentes, então claramente alguma versão do acontecimento que os dorneses chamam de Ruptura deve ter ocorrido. Mas aconteceu no espaço de um dia, como as canções dizem? Foi obra dos filhos da floresta e da feitiçaria de seus videntes verdes? Essas coisas são menos certas. O Arquimeistre Cassander sugere outra coisa em seu *Canção do Mar: Como as Terras Foram Separadas*, argumentando que não foi o canto dos videntes verdes que separou Westeros de Essos, mas o que ele chama de Canção do Mar – uma lenta elevação das águas que ocorreu ao longo dos séculos, não em um único dia, e foi causada por uma série de verões quentes e longos, e de invernos mornos e curtos que derreteram as geleiras das terras congeladas além do Mar Tremente, fazendo o nível dos oceanos subir.

Muitos meistres acham os argumentos de Cassander plausíveis e passaram a aceitar seu ponto de vista. Mas, independentemente se a Ruptura ocorreu em uma única noite ou ao longo do curso de séculos, não há dúvida de que ocorreu; os Degraus e o Braço Partido de Dorne dão um testemunho mudo, mas eloquente de seus efeitos. Também há muita coisa que sugere que o Mar de Dorne, antigamente, era um mar de água doce no interior do continente, alimentado por riachos da montanha e muito menor do que é hoje, até que o mar estreito irrompeu seus limites e afogou as salinas que estavam entre eles.

Mesmo se aceitamos que os antigos deuses quebraram o Braço de Dorne com o Martelo das Águas, como as lendas afirmam, os videntes verdes entoaram suas canções tarde demais.

Nenhum outro andarilho foi para Westeros depois da Ruptura, é verdade, pois os Primeiros Homens não eram marinheiros... mas tantos de seus antepassados já haviam feito a travessia que eles excediam as cada vez menores raças mais antigas em três para um na época em que as terras foram separadas, e a disparidade só cresceu nos séculos que se seguiram, pois as mulheres dos Primeiros Homens davam à luz filhos e filhas com muito mais frequência do que as fêmeas das raças mais antigas. E assim os filhos e os gigantes desapareceram, enquanto a raça dos homens se espalhou, se multiplicou e reivindicou campos e florestas para si, erguendo vilarejos, fortes e reinos.

À ESQUERDA | *Os três tipos de dorneses: pedregosos, arenosos e salgados.*

REINOS DOS PRIMEIROS HOMENS

A desunião dos dorneses é aparente até nas nossas fontes mais antigas. As grandes distâncias entre cada assentamento e as dificuldades de viajar através das areias escaldantes e das montanhas escarpadas ajudou a isolar cada pequena comunidade de todas as outras e levou ao surgimento de muitos senhores de menor importância, mais da metade dos quais com o tempo começou a se autointitular reis. Pequenos reis existiam por toda Westeros, é certo, mas raramente tantos (não tão pequenos) como os reis dorneses na época dos Primeiros Homens.

Não tentaremos falar deles. A maior parte governava domínios tão pequenos, ou teve conquistas com vida tão curta que são raros os dignos de nota. Alguns dos maiores precisam de menção, no entanto: aqueles cujas linhagens criaram raízes profundas e duraram por milhares de anos.

Na foz do Torentine, a Casa Dayne ergueu um castelo em uma ilha em que o rio ribombante e tumultuado se abre para encontrar o mar. As lendas dizem que o primeiro Dayne foi levado até o lugar quando seguia o rastro de uma estrela cadente e então encontrou uma pedra com poderes mágicos. Seus descendentes governaram as montanhas ocidentais por séculos depois disso como Reis do Torentine e Senhores de Tombastela.

A norte e a leste, além do grande vão nas montanhas que proporciona a passagem mais curta e rápida de Dorne até a Campina, a Casa Fowler entalhou sua sede nas encostas pedregosas com vista para a passagem. O castelo ficou conhecido como Alcanceleste por sua altiva posição elevada e enormes torres de pedra. Com o tempo, a passagem acima da qual o castelo pairava ficou comumente conhecida como Caminho Largo (hoje nós o chamamos de Passo do Príncipe), então os Fowler tomaram para si os grandiosos títulos de Senhores de Alcanceleste, Senhores do Caminho Largo e Reis da Pedra e do Céu.

De forma semelhante, mas mais para leste, onde as montanhas descem até o Mar de Dorne, a Casa Yronwood se estabeleceu nos altos vales e nos sopés verdes sob os picos e controlou o Caminho de Pedra, a segunda das duas grandes passagens para Dorne (esta muito mais íngreme, estreita e mais traiçoeira do que o Caminho Largo a oeste). Bem protegidas e incomparavelmente férteis, suas terras também eram bem arborizadas e possuíam valiosos depósitos de ferro, estanho e prata, fazendo dos Yronwood os mais ricos e mais poderosos entre os reis dorneses. Denominando-se Sangue-Real, Senhores do Caminho de Pedra, Mestres das Colinas Verdes e Reis Supremos de Dorne, os senhores da Casa Yronwood com o tempo governaram o norte de Dorne, das montanhas que eram domínio dos Wyl até a cabeceira do Sangueverde... embora seus esforços para dobrar os outros reis dorneses à sua vontade raramente tenham obtido sucesso.

Um segundo e rival Rei Supremo de Dorne também existiu durante a época dos Primeiros Homens, governando de um grande castelo de mota de madeira na margem sul do Sangueverde, perto de Limoeiro, onde o rio segue até o Mar de Verão. Era uma monarquia curiosa, pois, sempre que um rei morria, seu sucessor era escolhido por eleição entre uma dúzia de famílias nobres que se estabeleceram ao longo do rio ou na costa oriental. Os Wade, Shell, Holt, Brook, Hull, Lake, Brownhill e Briar, todos tiveram reis que governaram do salão entre os limoeiros, mas, no fim, esse curioso sistema falhou quando uma eleição polêmica levou as casas reais a guerrearam umas contra as outras. Depois de uma geração de conflito, três das antigas casas haviam sido extirpadas da terra, e o antes poderoso reino do rio tinha se esfacelado em uma dúzia de reinos menores e briguentos.

Outros reinos pequenos existiam em todos os lados em Dorne, nas areias profundas, entre os picos altos, ao longo da costa salgada, nas ilhas e no Braço Partido, mas poucos desses alguma vez se aproximaram do poder e do prestígio dos Dayne de Tombastela, dos Fowler de Alcanceleste e do Caminho Largo, e dos Yronwood de Paloferro.

A CHEGADA DOS ÂNDALOS

Os ândalos deixaram sua marca em Dorne, da mesma forma que fizeram em toda Westeros ao sul do Gargalo. Mesmo assim, muitos historiadores concordam que seu impacto foi menor aqui do que em qualquer outro dos reinos do sul. Ao contrário dos Primeiros Homens, os ândalos eram marinheiros, e os mais aventureiros de seus capitães conheciam bem as costas dornesas, e estavam acostumados a dizer que não havia nada a ser encontrado lá além de serpentes, escorpiões e areias. Não é de se estranhar, então, que comparativamente poucos invasores voltaram suas velas para sul, quando havia terras mais ricas e mais verdes muito mais à mão, do outro lado do mar estreito de Ândalos.

Mesmo assim, sempre há alguns que percorrem os caminhos que outros evitam, buscando fortunas nos cantos mais sombrios do mundo. E assim foi com os ândalos que fizeram seu caminho até Dorne. Alguns lutaram com os Primeiros

À DIREITA | *A Espada da Manhã leva a Alvorada.*

A Espada da Manhã

Os Dayne de Tombastela são uma das casas mais antigas dos Sete Reinos, embora sua fama repouse em grande medida em sua espada ancestral, chamada Alvorada, e nos homens que a empunharam. Sua origem está perdida na lenda, mas parece provável que os Dayne a possuíram por mil anos. Aqueles que tiveram a honra de examiná-la dizem que não se parece com nenhum aço valiriano conhecido, por ser clara como vidro leitoso, mas em todos os outros aspectos parece partilhar as propriedades das lâminas valirianas, sendo incrivelmente forte e afiada.

Embora muitas casas tenham espadas que são relíquias de família, a maioria passa a lâmina de um senhor para o outro. Alguns, como os Corbray fizeram, podiam emprestar a lâmina para um filho ou um irmão durante a vida, só para que ela fosse devolvida ao senhor. Mas esse não é o caso da Casa Dayne. O portador da Alvorada sempre recebe o título de Espada da Manhã, e só um cavaleiro da Casa Dayne é considerado digno de empunhá-la.

Por esse motivo, todas as Espadas da Manhã se tornaram famosas nos Sete Reinos. Há garotos que sonhavam secretamente em ser filhos de Tombastela para que pudessem reivindicar a lendária espada e seu título. O mais famoso de todos foi Sor Arthur Dayne, o mais mortal da Guarda Real do rei Aerys II, que derrotou a Irmandade da Mata de Rei, e ganhava renome em todo torneio corpo a corpo. Morreu nobremente com seus irmãos juramentados no fim da Rebelião de Robert, segundo dizem, depois que Lorde Eddard Stark o derrotou em combate singular. Lorde Stark então devolveu a Alvorada para Tombastela, e para os parentes de Sor Arthur, como sinal de respeito.

Homens que chegaram antes deles pela posse das terras ao longo do Sangueverde e do litoral, ou se aventuraram nas montanhas. Outros se estabeleceram em lugares onde nenhum homem fora antes.

Entre esses estavam os Uller e os Qorgyle; o primeiro ergueu um castelo sombrio e fedorento ao lado das águas sulfurosas amarelas do Sulfuroso, e o segundo se estabeleceu entre as dunas e areias profundas, fortificando o único poço em um raio de trezentos quilômetros. Mais a leste, os Vaith ergueram um castelo fino e claro nas colinas, na confluência de dois riachos que formavam o rio que logo levou o nome deles. Em outros lugares do reino, os Allyrion, os Jordayne e os Santagar conquistavam fortalezas para si.

E na costa ocidental, entre o Braço Partido e o Sangueverde, um aventureiro ândalo chamado Morgan Martell e seus parentes ocuparam terras mantidas frouxamente pela Casa Wade e pela Casa Shell, derrotando-os em batalha, tomando seus vilarejos, queimando seus castelos e estabelecendo seu domínio sobre uma faixa costeira pedregosa de trezentos quilômetros de comprimento e cinquenta quilômetros de largura.

Nos séculos que se seguiram, sua força cresceu... mas lentamente, pois, naquela época e agora, os senhores da Casa Martell eram renomados por sua cautela. Até a chegada de Nymeria, nenhum dornês jamais os considerou entre os grandes poderes locais. De fato, embora cercados por reis em todos os lados, os Martell nunca pretenderam reivindicar tal título, e, em certo ponto da história, eles dobraram os joelhos de bom grado para os reis Jordayne de Tor, para os piedosos Allyrion de Graçadivina, para muitos reis menores do Sangueverde e para os poderosos Yronwood de Paloferro.

A CHEGADA DOS ROINARES

Os Martell governaram seus modestos domínios por centenas de anos antes que a princesa Nymeria e seus dez mil navios desembarcassem no litoral de Dorne, perto do lugar em que o castelo de Lançassolar e sua cidade sombria estão agora.

A história de como Nymeria tomou Mors Martell como seu senhor marido, queimando seus navios e unindo os roinares à casa dele, com coração, mão e honra, foi contada em outra parte. Não precisamos contá-la novamente aqui. Nem repetiremos os velhos contos familiares de batalhas vencidas e perdidas, de alianças feitas e quebradas.

Basta dizer que a riqueza e o conhecimento que os roinares trouxeram consigo a Westeros, junto com a ambição de Lorde Mors e a vontade indomável de Nymeria de Roine, permitiram que os Martell expandissem enormemente seu poder, enquanto derrotavam um senhor e rei de menor importância após outro, até que, por fim, derrubaram até os Yronwood e uniram toda Dorne... não como um reino, mas como um principado, pois Mors e Nymeria nunca se intitularam rei e rainha, preferindo os títulos de príncipe e princesa, seguindo a moda das cidades-estado caídas do Roine. Seus descendentes continuaram essa tradição até os dias de hoje, mesmo enquanto derrotavam mais de um rival e demonstravam seu poder tanto contra os Reis da Tempestade quanto contra os Reis da Campina.

Nas canções, dizem que Nymeria era uma feiticeira e uma guerreira; nenhuma dessas afirmações é verdadeira. Embora não usasse armas, ela liderou seus soldados em muitos campos de batalha, comandando-os com esperteza e habilidade. Foi essa sabedoria que ela passou para seus herdeiros, que também comandariam os exércitos quando ela ficou muito idosa e enferma. E, embora nenhum deles tenha se igualado ao feito de Nymeria de mandar seis reis cativos em grilhões de ouro para a Muralha, seus herdeiros conseguiram manter Dorne independente contra os reis rivais do norte das montanhas e mantê-lo inteiro contra os rancorosos e esquentados senhores da montanha e do deserto que eles governavam.

A Casa Martell tem guiado Dorne por setecentos anos, erguendo suas grandes torres em Lançassolar, vendo a cidade sombria e a Vila Tabueira surgirem, e derrotando todos aqueles que ameaçaram seus domínios.

ACIMA | *Brasões da Casa Martell (centro) e de alguns de seus vassalos (sentido horário, de cima): Dayne, Fowler, Jordayne, Qorgyle, Toland, Uller, Vaith, Wyl, Yronwood, Allyrion e Blackmont.*

OS NOMES DOS SEIS REIS ENVIADOS POR NYMERIA PARA A MURALHA, COMO RELATADO NAS HISTÓRIAS

Yorick da Casa Yronwood, o Sangue-Real, o mais rico e mais poderoso dos reis dorneses depostos pela Casa Martell.

Vorian da Casa Dayne, Espada da Tarde, renomado como o maior cavaleiro de Dorne.

Garrison da Casa Fowler, o Rei Cego, idoso e sem visão, mesmo assim temido por sua esperteza.

Lucifer da Casa Dryland, Último de sua Espécie, Rei do Sulfuroso, Senhor de Salão de Portão do Inferno.

Benedict da Casa Blackmont, que venerava um deus sombrio e dizem que tinha o poder de se transformar em um abutre de tamanho imenso.

Albin da Casa Manwoody, um louco perturbado que reivindicou domínio sobre as Montanhas Vermelhas.

ESTRANHOS COSTUMES DO SUL

Separados como têm estado – e depois de terem se juntado aos roinares há mil anos –, os dorneses têm sua própria história orgulhosa e plena e seu próprio jeito de ser.

Os dorneses pedregosos têm mais em comum com aqueles ao norte das montanhas e são os menos tocados pelos costumes roinares. Isso não os torna aliados próximos dos senhores da Marca ou dos Senhores da Campina, no entanto; ao contrário, dizem que os senhores das montanhas têm uma história tão selvagem quanto os clãs das montanhas no Vale, guerreando por milhares de anos com a Campina e com as terras da tempestade, assim como uns contra os outros. Se as baladas falam de escaramuças corajosas com cruéis dorneses nas Marcas, isso em grande parte tem a ver com os senhores de Monpreto e Tumbarreal, de Wyl e de Alcanceleste. E de Paloferro também. Os Protetores do Caminho de Pedra continuam a ser os mais orgulhosos e poderosos dos vassalos da Casa Martell, e a relação com eles tem sido difícil na melhor das hipóteses.

Os dorneses arenosos são mais roinares e estão acostumados com o estilo de vida duro do deserto. Os rios de Dorne são insignificantes quando comparados com o Vago ou o Tridente, mas trazem água o bastante para irrigar campos e sustentar vilarejos e vilas. Longe deles, no entanto, os homens vivem de um jeito diferente: movendo-se de um oásis para outro no deserto, cruzando as areias com ajuda do que sabem sobre poços

ACIMA | *Princesa Nymeria e Mors Martell entronados em Lançassolar.*

Antes da chegada de Nymeria, os Reis de Paloferro compunham a casa mais poderosa em toda Dorne – muito maiores do que os Martell na época. Eles governavam metade de Dorne – um fato que, até os dias de hoje, os Yronwood não deixam ninguém esquecer. Nos séculos depois que a Casa Martell se ergueu para governar Dorne, os Yronwood têm sido a casa com mais probabilidade de se rebelar, e fizeram isso várias vezes. Mesmo depois que o príncipe Maron Martell uniu Dorne ao Trono de Ferro, esse hábito permaneceu. Senhores de Yronwood cavalgaram ao lado do dragão negro em não menos do que três vezes nas Rebeliões Blackfyre.

no meio da vastidão, criando seus filhos juntamente com suas cabras e seus cavalos. Os dorneses arenosos são os principais criadores dos famosos corcéis de areia, considerados os mais belos cavalos dos Sete Reinos. Embora tenham ossos leves e sejam incapazes de carregar com facilidade o peso de um cavaleiro em armadura, eles são rápidos e incansáveis, capazes de correr dia e noite com não mais do que alguns goles de água. Os dorneses amam seus corcéis de areia quase tanto quanto amam seus filhos, e o rei Daeron comentaria em *Conquista de Dorne* que o Cavaleiro de Matamalhada guardava seus corcéis de areia em seu próprio salão.

Os dorneses salgados, descendente dos roinares, perderam sua língua materna ao longo dos séculos, embora o idioma ainda marque o jeito como os dorneses falam o Idioma Comum – esticando alguns sons, enrolando outros, e cadenciando outros em lugares estranhos. O jeito de falar dornês é descrito por alguns como charmoso e, por outros (os homens da Marca, principal e injustamente), como incompreensível. Mas, mais do que isso, os roinares trouxeram consigo seus costumes e suas leis, que os Martell espalharam através de Dorne. Então em Dorne, diferente dos outros Sete Reinos, o herdeiro é sempre o primogênito – homem ou mulher –, não apenas o filho homem mais velho. Grandes senhoras e famosas princesas são abundantes, e são tema de canções e relatos tanto quanto grandes cavaleiros e príncipes.

Também há outros costumes que marcam os dorneses como diferentes. Eles não têm grandes preocupações se um filho é nascido dentro do matrimônio ou fora dele, especialmente se o filho é nascido de uma amante. Muitos senhores – e até algumas senhoras – têm amantes, escolhidos por amor e luxúria em vez de para reprodução ou aliança. E quando se trata de assuntos de amor, que um homem possa se deitar com outro homem, ou uma mulher com outra mulher, não é motivo de preocupação; ainda que os septões tenham desejado guiar os dorneses no caminho certo, tiveram pouco êxito. Mesmo a moda é diferente em Dorne, onde o clima favorece túnicas soltas e em camadas, e a comida é ricamente temperada, pronta para queimar a boca com pimentas de dragão misturadas com gotas de veneno de serpente.

À parte do resto dos dorneses – salgados, arenosos ou pedregosos – estão os órfãos do Sangueverde, que choraram quando Nymeria queimou seus navios. Das ruínas das embarcações fizeram seus barcos, para povoar o Sangueverde e sonhar com o dia em que retornariam para a Mãe Roine. De puro sangue roinar, dizem que ainda falam seu idioma entre si – ainda que em segredo, depois que três sucessores do neto de Nymeria, o príncipe Mors II, tentou proibi-los.

Esses sucessores também são conhecidos como Príncipes Vermelhos (embora dois deles sejam princesas), e seu reinado foi marcado por guerras dentro e fora de Dorne. Eles criaram a Vila Tabueira, como um ponto de encontro, amarrando barcos e balsas uns aos outros. A vila cresceu a partir daquilo, e, com o tempo, os príncipes ergueram uma cidadela nas proximidades, para protegê-la, conforme mais e mais navios das Cidades Livres achavam ali um porto conveniente.

Um exemplo das diferenças nas leis e nas atitudes dos dorneses devido à influência dos roinares pode ser encontrado, curiosamente, nos últimos dias da Dança dos Dragões. Da história do Arquimeistre Gyldayn a respeito do breve reinado de Gaemon Cabelo-Claro:

Um decreto após o outro veio da Casa dos Beijos, onde o rei criança tinha sua sede, cada um mais ultrajante do que o último. Gaemon decretou que garotas deveriam, dali em diante, ser igual aos garotos em questões de herança, que o pobre deveria receber pão e cerveja em épocas de escassez, e que homens que perdessem membros em guerras deviam, depois disso, serem alimentados e abrigados pelo senhor pelos quais lutavam quando a perda ocorreu. Gaemon decretou que maridos que espancassem as esposas deviam ser espancados também, independentemente do que a mulher tivesse feito para merecer tal punição. Esses decretos eram quase certamente obra de uma prostituta dornesa chamada Sylvenna Sand, supostamente a amante da mãe do rei, Essie, se podemos acreditar em Cogumelo.

À DIREITA | *Aegon I liberta as chamas de Balerion durante a época da Ira do Dragão.*

DORNE CONTRA OS DRAGÕES

De todos os desafios que os dorneses encararam, nenhum pareceu tão grande quanto o colocado por Aegon, o Conquistador, e suas irmãs. Grandes foram a bravura que os dorneses demonstraram em batalha e a dor das perdas que sofreram, pois o preço da liberdade foi alto. Mesmo sozinho em todos os Sete Reinos, Dorne permaneceu independente da Casa Targaryen, resistindo às tentativas de Aegon, suas irmãs e seus sucessores de fazerem os dorneses dobrarem os joelhos diante do Trono de Ferro.

Os dorneses não lutaram grandes batalhas contra os Targaryen, nem tentaram defender seus castelos contra os dragões quando eles vieram, pois Meria Martell, princesa de Dorne na época da Conquista de Aegon, aprendera muito com a Última Tempestade e o Campo de Fogo, e com o destino de Harrenhal. Em vez disso, quando Aegon voltou seus olhos para Dorne em 4 d.C., os dorneses simplesmente desapareceram diante dos dragões.

A rainha Rhaenys liderou o primeiro ataque a Dorne, movendo-se rapidamente para tomar os castelos dorneses conforme se aproximava de Lançassolar e queimando Vila Tabueira com Meraxes. Enquanto isso, Aegon e Lorde Tyrell guerreavam no Passo do Príncipe contra os senhores das montanhas. Os defensores dorneses afligiam e emboscavam as forças Targaryen, então fugiam para baixo de suas rochas assim que viam os dragões levantarem voo. Muitos dos homens de Lorde Tyrell morreram de insolação e sede enquanto marchavam para Toca do Inferno. Aqueles que sobreviveram para alcançar o castelo o encontraram vazio, pois todos os Uller haviam fugido.

Aegon obteve mais sucesso, mas além de um breve cerco em Paloferro, onde foi enfrentado por um punhado de velhos, meninos e mulheres, encontrou pouca oposição. Até Alcanceleste, a grande sede dos Fowler, estava abandonada. Em Colina Fantasma, a sede da Casa Toland no alto de uma colina de cal branco com vista para o Mar de Dorne, Aegon viu o estandarte ostentando o fantasma Toland sobre as muralhas e recebeu a notícia de que Lorde Toland enviara seu campeão para enfrentá-lo. Aegon matou o homem com sua espada, Blackfyre, só para descobrir que era o bobo da corte maluco de Lorde Toland, e que o próprio Lorde Toland se fora do castelo com o pessoal de sua casa. Posteriormente, os Toland fizeram um novo estandarte, mostrando um dragão mordendo a própria cauda, verde e dourado, em memória à roupa quadriculada do corajoso bobo da corte.

DA HISTÓRIA DO ARQUIMEISTRE GYLDAYN, SOBRE A DEFENESTRAÇÃO DE LANÇASSOLAR

Lorde Rosby, Castelão de Lançassolar e Protetor das Areias, teve um final mais gentil do que a maioria. Depois que os dorneses invadiram a cidade sombria para retomar o castelo, ele foi amarrado pelos pés e pelas mãos, arrastado até o alto da Torre da Lança, e atirado de uma janela por ninguém menos que a idosa princesa Meria.

Em outra parte, o ataque de Lorde Orys Baratheon no Caminho do Espinhaço provou ser um desastre. Os sagazes dorneses despejaram pedras, flechas e lanças das alturas, matando homens à noite, e, no fim, bloquearam o Caminho do Espinhaço nas duas extremidades. Lorde Orys foi capturado por Lorde Wyl, juntamente com muitos de seus vassalos e cavaleiros. Eles permaneceram cativos por anos, antes de finalmente serem resgatados por seu peso em ouro, em 7 d.C. Contudo, cada um deles voltou sem a mão da espada, para que nunca mais pegassem em armas contra Dorne.

Exceto pelo ataque no Caminho do Espinhaço, os dorneses simplesmente renderam suas sedes, com os senhores se recusando a defendê-las ou a dobrar os joelhos. O mesmo aconteceu quando os Targaryen, por fim, chegaram a Lançassolar, e a princesa Meria (zombada pelos inimigos como o Sapo Amarelo de Dorne, mas, até os dias de hoje, uma heroína entre os dorneses) tinha desaparecido nas areias. Lá a rainha Rhaenys e o rei Aegon reuniram os cortesãos e funcionários que sobraram e se declararam vitoriosos, colocando Dorne sob o governo do Trono de Ferro. Deixando Lorde Rosby para comandar Lançassolar e Lorde Tyrell a cargo de um exército para acabar com qualquer revolta, os Targaryen retornaram para Porto Real nas costas de seus dragões. Mal tinham colocado os pés em sua cidade real quando Dorne se rebelou contra eles, e fizeram isso com rapidez assombrosa. As guarnições foram passadas pela espada, e os cavaleiros que as lideravam foram torturados. Na verdade, tornou-se um jogo entre os senhores dorneses ver qual cavaleiro vivia mais enquanto pedaço após pedaço dele era removido.

Estabelecido com sua guarnição na Toca do Inferno para conquistar Vaith e retomar Lançassolar, Lorde Harlan Tyrell e todo o seu exército desapareceram nas areias e nunca mais se ouviu falar neles. Os relatos dos viajantes naquela área afirmam que de tempos em tempos os ventos revolvem as areias e revelam ossos e peças de armaduras, mas os dorneses arenosos que vagueiam pelos desertos profundos dizem que as areias são cemitérios de milhares de anos de batalhas, e que os ossos podem ser de qualquer época.

A guerra contra os dorneses entrou em uma fase diferente depois da libertação de Orys Uma-Mão e dos outros senhores manetas, pois o rei Aegon tinha, naquela época, intenções de vingança. Os Targaryen soltaram seus dragões, queimando os castelos desafiantes uma vez e mais outra. Em troca, os dorneses responderam com seu próprio fogo, mandando uma força para Cabo da Fúria em 8 d.C. que deixou metade da Mata de Chuva em chamas e saqueou meia dúzia de vilas e aldeias. A disputa se intensificou, e mais castelos dorneses caíram por causa do fogo do dragão em 9 d.C. Os dorneses responderam um ano mais tarde, mandando uma tropa, sob o comando de Lorde Fowler, que tomou e queimou o grande castelo de Nocticantiga, nas Marcas, e levou todos os senhores e defensores como reféns, enquanto outro exército liderado por Sor Joffrey Dayne marchava até as muralhas de Vilavelha, arrasando campos e aldeias fora da cidade.

Então, mais uma vez, os Targaryen se voltaram para seus dragões, liberando sua fúria sobre Tombastela, Alcanceleste e Toca do Inferno. Foi em Toca do Inferno que os dorneses tiveram seu maior sucesso contra os Targaryen. Uma seta de um escorpião furou o olho de Meraxes, e o grande dragão e a rainha que cavalgava nele despencaram do céu. Em seus estertores, o dragão destruiu as torres mais altas do castelo e

DA HISTÓRIA DO ARQUIMEISTRE GYLDAYN

Se Rhaenys Targaryen sobreviveu ao seu dragão permanece uma questão de disputa. Alguns dizem que ela perdeu o equilíbrio e caiu para a morte, e outros, que foi esmagada sob Meraxes no pátio do castelo. Alguns relatos afirmam que a rainha sobreviveu à queda do dragão, só para ter uma morte lenta por tortura nos calabouços dos Uller. As circunstâncias reais de seu falecimento provavelmente nunca serão conhecidas, mas as histórias registram que Rhaenys Targaryen, irmã e esposa do rei Aegon I, morreu na Toca do Inferno de Dorne no décimo ano depois da Conquista.

À DIREITA | *Morte de Meraxes.*

parte da muralha. O corpo da rainha Rhaenys nunca retornou a Porto Real.

Os dois anos que se seguiram foram chamados, mais tarde, de anos da Ira do Dragão. Mortificados pela morte da amada irmã, o rei Aegon e a rainha Visenya incendiaram cada castelo, fortaleza e forte em Dorne pelo menos uma vez... exceto Lançassolar e a cidade sombria. Por que fizeram isso ainda permanece aberto a conjecturas. Em Dorne, dizem que os Targaryen temiam que a princesa Meria tivesse algum meio ardiloso de matar dragões, algo que trouxera de Lys. Mais provável, no entanto, é a sugestão do Arquimeistre Timotty em suas *Conjecturas*, que os Targaryen esperavam virar o restante dos dorneses, que sofreu tanta destruição, contra os Martell, que tinham sido poupados. Se isso é verdade, pode explicar as cartas enviadas das Marcas para casas dornesas, instando-os a se renderem e afirmando que os Martell tinham traído todos eles ao comprar sua segurança dos Targaryen, à custa do restante de Dorne.

Independentemente disso, a última e menos gloriosa fase da Primeira Guerra Dornesa começou. Os Targaryen ofereceram prêmios pelas cabeças dos senhores dorneses, e meia dúzia e mais foram mortos por assassinos – embora apenas dois dos matadores viveram para receber sua recompensa. Os dorneses responderam na mesma moeda, e muitas foram as mortes impiedosas que se seguiram. Mesmo no coração de Porto Real, ninguém estava a salvo. Lorde Fell foi asfixiado em um bordel, e o próprio rei Aegon foi atacado em três ocasiões distintas. Quando a rainha Visenya e uma escolta foram atacados, dois de seus guardas foram mortos antes que ela cortasse o último vilão com a Irmã Negra. O pior ocorreu pelas mãos de Wyl de Wyl, cujos feitos não precisamos relatar; são infames o suficiente e ainda lembrados, especialmente em Fawnton e em Carvalho Velho.

Dorne era uma ruína em chamas nessa época, e ainda os dorneses se escondiam e lutavam nas sombras, recusando-se a se render. Mesmo os plebeus se recusavam a ceder, e o preço em vidas era incalculável. Quando a princesa Meria, por fim, morreu em 13 d.C., seu trono passou para seu filho, o idoso e fraco príncipe Nymor. Ele tivera guerras suficientes, e enviou uma delegação liderada por sua filha, princesa Deria, para Porto Real. Essa delegação levava o crânio de Meraxes como presente para o rei. O grupo foi mal recebido por muitos – a rainha Visenya e Orys Baratheon entre eles –, e Lorde Oakheart insistiu que Deria fosse enviada para o pior dos bordéis para servir todos os homens que a quisessem. Mas o rei Aegon Targaryen não toleraria um ato desses e, em vez disso, ouviu suas palavras.

Dorne queria paz, segundo Deria – mas paz de dois reinos não mais em guerra, não a paz entre um vassalo e um senhor. Muitos insistiram com Sua Graça contra isso, e a frase "nenhuma paz sem submissão" foi ouvida com frequência nos salões do Forte de Aegon. Afirmava-se que o rei pareceria fraco se concordasse com tal exigência, e que os senhores da Campina e das terras da tempestade que tanto sofreram por sua causa ficariam zangados.

Dizem que, seduzido por tais considerações, o rei Aegon estava determinado a recusar a oferta, até que a princesa Deria colocou em suas mãos uma carta privada de seu pai, o príncipe Nymor. Aegon a leu sobre o Trono de Ferro, e os homens dizem que, quando ele se levantou, sua mão sangrava, de tão forte que apertara os braços do trono. Ele queimou a carta e partiu imediatamente nas costas de Balerion para Pedra do Dragão. Quando voltou na manhã seguinte, concordou com a paz e assinou um tratado com tal efeito.

O que a carta continha, ninguém sabe até os dias de hoje, embora muito tenha sido especulado. Nymor teria revelado que Rhaenys ainda vivia, quebrada e mutilada, e que ele acabaria com o sofrimento dela se Aegon encerrasse as hostilidades? Seria a carta enfeitiçada? Ele teria ameaçado usar toda a riqueza de Dorne para contratar os Homens Sem Rosto para matar o jovem filho e herdeiro de Aegon, Aenys? Parece que essas questões nunca serão respondidas.

O resultado, no entanto, foi uma paz que durou durante os problemas com o Rei Abutre e além. Ocorreram outras Guerras Dornesas, é certo, e até durante tempos de paz, saqueadores de Dorne continuaram a descer das Montanhas Vermelhas em busca de pilhagens nas terras mais ricas e mais verdes ao norte e a oeste.

O príncipe Qoren Martell liderou os dorneses para lutar em apoio à Triarquia durante a guerra contra o príncipe Daemon Targaryen e a Serpente do Mar nos Degraus. Durante a Dança dos Dragões, os dois lados cortejaram os dorneses, mas o príncipe Qoren se recusou a tomar partido: "Dorne já dançou com dragões antes", dizem que ele respondeu à carta de Sor Otto Hightower. "Eu preferia dormir com escorpiões."

Não foi até a ascensão do rei Daeron I que o tratado de paz eterna provou ser menos do que eterno, e conhecemos o custo disso. A conquista de Dorne do Jovem Dragão foi um feito glorioso, corretamente celebrado em canções e em relatos, mas durou menos de um verão e custou milhares de vidas, incluindo a do jovem e ousado rei. Foi deixado para o irmão e sucessor de Daeron, o rei Baelor I, o Abençoado, selar a paz, e o custo disso foi tão lamentável quanto.

A última tentativa do rei Aegon IV, o Indigno, de invadir Dorne com "dragões" projetados por ele, mesmo dificilmente, é digna de discussão; foi uma tolice louca do início ao fim e terminou em humilhação. Foi o filho de Aegon, o rei Daeron II, o Bom, que finalmente trouxe Dorne para o reino... não com ferro

e fogo, mas com palavras suaves, sorrisos e dois casamentos bem planejados, e um tratado solene que garantiu aos príncipes de Dorne seus títulos e seus privilégios, e que as leis e os costumes dorneses sempre prevaleceriam em Dorne.

Dorne continuou a ser um aliado próximo da Casa Targaryen nos anos que se seguiram, como os Martell apoiando os Targaryen contra os Pretendentes Blackfyre e mandando lanças para lutar contra os Reis de Nove Moedas nos Degraus. Seu serviço leal foi recompensado quando Rhaegar Targaryen, príncipe de Pedra do Dragão e herdeiro do Trono de Ferro, tomou como esposa a princesa Elia Martell de Lançassolar, e gerou dois filhos com ela. Apesar da loucura do pai de Rhaegar, Aerys II, um príncipe de sangue dornês poderia muito bem ter governado o reino um dia, mas os levantes da Rebelião de Robert trouxeram o fim para o príncipe Rhaegar, sua esposa e seus filhos.

A filha do príncipe Qoren era um tipo diferente. A princesa Aliandra chegou jovem ao trono e pensava em si mesma como uma nova Nymeria. Jovem feroz, encorajava seus senhores e cavaleiros a se provarem dignos de seus favores atacando as Marcas, mas também mostrou grande preferência por Lorde Alyn Velaryon quando a primeira grande viagem o levou a Lançassolar, e novamente quando ele retornou do Mar do Poente.

ACIMA | *Aegon, o Conquistador, lê a carta do príncipe de Dorne.*

LANÇASSOLAR

A história de Lançassolar é curiosa. Tendo sido pouco mais do que uma fortaleza feia e quadrada chamada Navio de Areia nos primeiros tempos do domínio Martell, belas torres com todas as características roinares surgiram com o tempo ao redor da construção. Ficou conhecida como Lançassolar quando o sol do Roine foi acrescentado à lança dos Martell. Com o tempo, a Torre do Sol e a Torre da Lança foram construídas – o grande domo dourado da primeira e o alto espigão da segunda se tornaram as primeiras coisas que os visitantes admiram por terra ou por mar.

O castelo está localizado em um contraforte de terra, cercado de água por três lados... e no quarto lado pela cidade sombria. Embora os dorneses possam chamar de cidade, não é mais do que uma vila, e uma bem estranha, empoeirada e feia. Os dorneses a construíram apoiada na muralha de Lançassolar, e depois apoiada nas paredes das casas dos vizinhos, e assim por diante, até que a cidade sombria assumiu a forma atual. Hoje, é um labirinto de vielas estreitas, bazares cheios de especiarias de Dorne e do leste, e casas dos dorneses construídas de tijolos de barro que permanecem frescas até no auge do verão escaldante.

As Muralhas Sinuosas foram erguidas há setecentos anos, envolvendo Lançassolar e serpenteando pela cidade sombria como uma cortina defensiva e tortuosa que forçaria até o inimigo mais ousado a errar o caminho. Só o Portão Triplo oferece um acesso direto até o castelo, cortando as Muralhas Sinuosas, e esse portão é fortemente defendido quando necessário.

ACIMA | *Uma senhora da Casa Martell no deserto dornês.* À DIREITA | *Lançassolar.*

Além do Reino do
Pôr do Sol

OUTRAS TERRAS

WESTEROS FORMA APENAS uma pequena parte do nosso mundo; os confins dele ainda permanecem desconhecidos até mesmo para o mais sábio dos homens. Embora nosso propósito aqui seja relatar a história dos Sete Reinos, seria negligente de nossa parte ignorar as terras de além-mar – pelo menos brevemente –, pois cada uma tem seu próprio caráter e contribui com suas cores e padrões para a vasta tapeçaria que podemos chamar de mundo conhecido.

Infelizmente, o conhecimento da Cidadela fica cada vez menor quanto mais longe viajamos das terras que os homens do leste chamam de Reinos do Pôr do Sol, pois encontros com reinos mais distantes de Essos sempre foram esparsos. Sabemos ainda menos sobre os limites sul de Sothoros e sobre a distante Ulthos, e absolutamente nada sobre as terras que podem estar além da Luz Solitária e do outro lado do Mar do Poente.

As mesmas restrições, é claro, se aplicam tanto ao tempo quanto à distância. Como já mostramos com Westeros, quanto mais antiga a civilização, menos é possível saber realmente sobre ela. Assim, eu negligenciarei completamente as civilizações desaparecidas de Valíria e Velha Ghis, e quaisquer remanescentes dessas culturas – cujos elementos conhecidos já tratei em outros lugares desta obra. Sobre a misteriosa Qarth, não posso apontar fonte melhor do que *Compêndio de Jade*, de Colloquo Votar, o trabalho mais importante sobre as terras ao redor do Mar de Jade.

Mesmo assim, ainda há grãos de conhecimento para transmitir, mesmo dos locais mais exóticos... embora muito e ainda mais do que sabemos desses lugares distantes venha dos relatos dos viajantes e lendas, e deve ser visto como tal.

Por enquanto, vamos começar com nossos vizinhos mais próximos e mais bem conhecidos, as Cidades Livres. Suas histórias são conhecidas por nós pelos registros que seus próprios eruditos e magísteres fizeram ao longo dos séculos, alcançando os tempos mais remotos do estabelecimento delas como cidades francas. É graças a esses mesmos registros que temos conhecimento de alguma coisa da história dos povos que precederam os valirianos.

Uma questão que aflige todos os estudos sobre os antigos registros é o quão diferente as variadas culturas registram os dias, as estações do ano e os anos. A grande obra do Arquimeistre Walgram, *A Contagem do Tempo*, investiga profundamente esse problema, mas há pouco consenso sobre o que as datas que temos realmente significam na nossa própria contagem.

PÁGINAS ANTERIORES | *As ruínas encobertas por brumas de Chroyane, a cidade do festival dos roinares.* ACIMA | *As moedas das Cidades Livres (acima, da esquerda para a direita): Bravos, Pentos, Lys, Myr, Tyrosh; (abaixo, da esquerda para a direita) Volantis (frente e trás), Norvos, Qohor e Lorath.*

AS CIDADES LIVRES

ESSOS, O VASTO continente do outro lado do mar estreito, é repleto de estranhas, exóticas e antigas civilizações, algumas ainda existem e se empenham, outras há muito caíram e se perderam nas lendas. A maior parte delas está distante demais para representar qualquer preocupação para o povo dos Sete Reinos, talvez com exceção dos marinheiros ousados o bastante para navegar por águas desconhecidas em busca de ouro e glória.

As Nove Cidades Livres, no entanto, são nossas vizinhas mais próximas e principais parceiras de comércio, e suas histórias estão muito embrenhadas com as nossas. Por séculos, galés mercantes navegaram de norte a sul no mar estreito, entregando tapeçarias finas, lentes polidas, frutas exóticas, especiarias estranhas e uma miríade de outros bens, em troca de ouro, lã e outros produtos. Em Vilavelha, Porto Real, Lannisporto, e em cada porto desde Atalaialeste até Vila Tabueira, marinheiros, banqueiros e comerciantes das Cidades Livres podem ser encontrados, comprando, vendendo e contando suas histórias.

Cada uma das Cidades Livres tem sua própria história e características, e cada uma passou a ter o próprio idioma. São todos corruptelas do original, a forma pura do Alto Valiriano, dialetos que se afastam mais da origem a cada novo século, desde que a Perdição se abateu sobre a Cidade Franca.

Oito das Nove Cidades Livres são filhas orgulhosas de Valíria, ainda governadas por descendentes dos colonos originais que se estabeleceram ali há centenas de milhares de anos. Nessas cidades, o sangue valiriano ainda é muito valorizado. A nona é uma exceção, pois Bravos das Cem Ilhas foi fundada por escravos fugitivos que escapavam de seus mestres valirianos. Dizem que aqueles primeiros bravosi vieram de cada terra sob o sol, mas, conforme os séculos passavam, eles reproduziam uns com os outros, independentemente da raça, credo ou idioma, para formar um novo povo híbrido.

Falamos de Nove Cidades Livres, embora na extensão de Essos seja possível encontrar muitas outras cidades valirianas, assentamentos e postos avançados, alguns maiores e mais populosos do que Vila Gaivota, Porto Branco ou mesmo Lannisporto. A diferença que define as Nove não é seu tamanho, mas sua origem. Antes da Perdição, outras cidades, como Mantarys, Volon Therys, Oros, Tyria, Draconys, Elyria, Mhysa Faer, Rhyos e Aquos Dhaen, foram grandiosas, gloriosas e ricas em seu auge, mas, apesar de todo orgulho e poder, nenhuma jamais governou a si mesma. Eram controladas por homens e mulheres enviados de Valíria para governar em nome da Cidade Franca.

Isso nunca foi verdade em Volantis e no resto das Nove. Embora nascidas de Valíria, cada uma foi independente de sua mãe desde o nascimento. Exceto Bravos, todas eram filhas obedientes e nunca guerrearam contra Valíria ou desafiaram os senhores dos dragões em qualquer assunto significativo; permaneceram aliadas dispostas e parceiras comerciais da mãe e olhavam para as Terras do Longo Verão em busca de liderança em épocas de crises. Em questões menores, no entanto, as Nove Cidades Livres seguiam seus próprios caminhos, sob o governo de seus sacerdotes, príncipes, arcontes e triarcas.

LORATH

A Cidade Livre de Lorath fica no extremo ocidente da maior ilha de um grupo de ilhas baixas e pedregosas no Mar Tremente, ao norte de Essos, perto da foz da Baía de Lorath. Os domínios da cidade incluem as três principais ilhas do arquipélago, umas vinte ilhas e afloramentos menores (quase todas desabitadas exceto por focas e aves marinhas), e uma península densamente arborizada ao sul das ilhas. Os lorathianos também reivindicam o controle sobre as águas da Baía de Lorath, mas frotas pesqueiras de Bravos e baleeiros e marinheiros de Ibben com frequência se aventuram na baía, pois Lorath não tem força suficiente para fazer valer seu controle.

Em tempos antigos, o governo de Lorath se estendia até o extremo leste do Machado, mas o poder da cidade diminuiu ao longo dos séculos, e hoje os lorathi exercem controle efetivo apenas sobre as costas meridional e oriental da Baía de Lorath; a costa ocidental da baía é parte dos domínios de Bravos.

Lorath é a menor, mais pobre e menos populosa das Nove Cidades Livres. Exceto por Bravos, é também a mais setentrional. Sua localização, distante das rotas comerciais, ajudou a torná-la a mais isolada das "filhas de Valíria". Embora as ilhas lorathi sejam sombrias e pedregosas, as águas ao redor são repletas de cardumes de bacalhau, baleias e leviatãs cinzentos que se reúnem e reproduzem na baía, e as rochas periféricas e rocas marinhas são lares de grandes colônias de morsas e focas. Bacalhau salgado, presas de morsa, pele de foca e óleo de baleia formam grande parte do comércio da cidade.

Em tempos antigos, as ilhas eram lar da misteriosa raça de homens conhecida como criadores de labirintos, que desapareceram muito antes da aurora da história verdadeira, sem deixar outros traços de sua existência além de ossos e dos labirintos que construíram.

Outros seguiram os criadores de labirintos em Lorath nos séculos posteriores. Por um tempo, as ilhas foram lar de um povo pequeno, escuro e peludo, parente dos homens de Ibben. Pescadores, eles viviam ao longo da costa e evitavam os grandes labirintos de seus predecessores. Foram expulsos, por sua vez, pelos ândalos, que seguiam para norte de Ândalos, até o litoral da Baía de Lorath e através da baía em dracares. Vestidos em

Obras extensas de complexidade desconcertante, feitas de blocos de pedra talhada, as construções dos criadores de labirinto estão espalhadas por todas as ilhas – e uma, mal coberta e afundada nas profundezas da terra, foi encontrada no continente de Essos, na península sul de Lorath. Lorassyon, a segunda maior ilha de Lorath, é lar de um vasto labirinto que enche mais de três quartos da superfície da ilha e inclui quatro níveis sob o solo, com algumas passagens que descem cento e cinquenta metros.

Eruditos ainda debatem o propósito desses labirintos. Eram fortificações, templos, vilas? Ou serviam para algum outro propósito estranho? Os criadores de labirintos não deixaram registros escritos, então nunca saberemos. Seus ossos nos dizem que tinham constituição maciça e eram maiores do que homens, embora não tão grandes quanto gigantes. Alguns sugeriram que talvez os criadores de labirinto tivessem nascido de cruzamentos entre homens humanos e mulheres gigantes. Não sabemos por que desapareceram, embora lendas lorathi sugiram que foram destruídos por um inimigo do mar: bacalhaus, em algumas versões do conto, selchies e homens-morsa em outras.

cota de malha e empunhando espadas e machados de ferro, os ândalos varreram as ilhas, massacrando os homens peludos em nome do deus de sete faces e levando suas mulheres e crianças como escravos.

Logo cada ilha tinha seu próprio rei, enquanto as maiores ostentavam quatro. Sempre um povo briguento, os ândalos passaram os mil anos seguintes guerreando uns contra os outros, mas, no fim, um guerreiro autointitulado Qarlon, o Grande, manteve todas as ilhas sob seu controle. As histórias, tais como elas são, afirmam que ele ergueu uma grande fortaleza de madeira no centro do labirinto imenso e assombrado de Lorassyon e decorou seus salões com as cabeças de inimigos mortos.

Era sonho de Qarlon se tornar Rei de Todos os Ândalos, e, para isso, ele avançava de tempos em tempos contra reis ândalos de menor importância. Depois de vinte anos e quase a mesma quantidade de guerras, o domínio de Qarlon, o Grande, se estendeu desde a laguna onde Bravos um dia seria erguida, seguindo para leste até o Machado e para sul até as cabeceiras do Alto Roine e do Noine.

Mas essa expansão meridional o colocou em conflito não apenas com outros reis ândalos, mas também com a Cidade Livre de Norvos, no Noine. Quando os norvoshi fecharam o rio, Darlon deixou seu salão no labirinto e liderou o ataque contra eles, derrotando-os em duas batalhas campais nas colinas. Imprudentemente, levou essas vitórias muito a sério e marchou contra Norvos. Os norvoshi pediram ajuda de Valíria, e a Cidade Franca se levantou para defender sua filha distante, embora todas as terras dos ândalos e dos roinares estivessem entre eles.

Mas distâncias significavam pouco e ainda menos para os senhores dos dragões no auge de seu poder. Está escrito em *Os Fogos da Cidade Franca* que uma centena de dragões tomou os céus, seguindo o grande rio para norte até descer sobre os ândalos enquanto eles sitiavam Norvos. Qarlon, o Grande, queimou com seu exército, e, depois disso, os senhores de dragões seguiram adiante, levando sangue e fogo para as ilhas de Lorath. A grande fortaleza de Qarlon ficou em chamas, assim como as vilas e aldeias pesqueiras ao longo da costa. Mesmo as grandes pedras dos labirintos foram queimadas e enegreceram com as tempestades de fogo que varreram as ilhas. Dizem que nenhum homem, mulher ou criança sobreviveu ao Expurgo de Lorath, tão quente aquelas chamas arderam.

Depois disso, as ilhas lorathi permaneceram desabitadas por mais de um século. Focas e morsas retornaram em grandes quantidades, e caranguejos corriam através dos labirintos queimados e silenciosos. Baleeiros do Porto de Ibben desembarcavam para consertar seus cascos ou buscar água doce, mas nunca se aventuraram ilhas adentro, pois diziam que o local era assombrado, e os ibeneses acreditavam que qualquer homem que fosse além do som do mar seria amaldiçoado.

Quando homens, por fim, retornaram às ilhas para viver, eram homens da própria Valíria. Mil trezentos e vinte e dois anos antes da Perdição, uma seita de religiosos dissidentes deixou a Cidade Franca para estabelecer um templo na ilha principal de Lorath.

Esses novos lorathi eram adoradores de Boash, o Deus Cego. Rejeitando todas as outras deidades, os seguidores de Boash não comiam carne, não bebiam vinho e andavam descalços pelo mundo, vestidos apenas de tecidos grosseiros e peles. Seus sacerdotes eunucos usavam capuzes sem olhos em honra ao seu deus; apenas na escuridão, eles acreditavam, seu terceiro olho seria aberto, permitindo que vissem as "verdades superiores" da criação que estavam ocultas atrás das ilusões do

mundo. Os adoradores de Boash acreditavam que toda vida era sagrada e eterna; que homens e mulheres eram iguais; que senhores e plebeus, ricos e pobres, escravos e mestres, homens e animais eram todos iguais, todos igualmente dignos, todas criaturas de deus.

Uma parte essencial de sua doutrina era uma extrema autoabnegação; só ao se libertar das vaidades humanas, o homem poderia esperar se tornar um com a divindade. Por conseguinte, os boashinos deixavam de lado seus próprios nomes e referiam-se a si mesmos como "um homem" ou "uma mulher", em vez de dizer "eu", "me" ou "meu". Embora o culto ao Deus Cego tenha diminuído e morrido há mais de mil anos, alguns desses hábitos de discurso perduram até agora em Lorath, onde homens e mulheres de classes nobres consideram indescritivelmente vulgar falar de si mesmos de forma direta.

O Deus Cego e seus seguidores fizeram dos antigos labirintos dos primeiros lorathi suas vilas, templos e tumbas, e dominaram as ilhas por três quartos de século. Mas, conforme os anos passavam, outros homens, que não partilhavam de sua fé, começaram a cruzar a baía para caçar focas e morsas ou pescar bacalhaus. Alguns resolveram ficar. Cabanas e casebres surgiram mais uma vez ao longo da costa e se transformaram em vilas. Homens vieram de Ibben, de Ândalos e de outras terras estranhas, e as ilhas se tornaram refúgio de escravos libertos e fugidos de Valíria e de suas orgulhosas filhas, pois os sacerdotes do Deus Cego ensinavam que todos os homens eram iguais uns aos outros. Três aldeias pesqueiras no extremo leste da ilha maior ficaram tão populosas e prósperas que se uniram em uma única vila, e, com a passagem dos anos, casas de pedra cresceram onde ficavam cabanas de pau a pique, e a vila se tornou uma cidade.

Esses novos lorathi eram, inicialmente, subservientes aos seguidores de Boash, que estavam ali antes deles, e por muitos anos os sacerdotes do Deus Cego continuaram a governar as ilhas. Com o tempo, no entanto, o número de recém-chegados cresceu, enquanto as fileiras dos fiéis diminuíam. A adoração a Boash caiu por terra, conforme os sacerdotes que restavam se tornavam mais mundanos e corruptos, abandonando suas roupas ásperas, capuzes e piedade e se tornando gordos e ricos com as taxas que cobravam daqueles que governavam. Por fim, os pescadores, fazendeiros e outros plebeus se levantaram em rebelião, jogando fora os grilhões de Boash. Todos os acólitos remanescentes do Deus Cego foram massacrados – exceto um pequeno punhado que fugiu para o grande templo no labirinto em Lorassyon, onde permaneceu pela maior parte de um século, até que o último deles morreu.

Depois da queda dos sacerdotes cegos, Lorath se tornou uma cidade franca do mesmo jeito que Valíria, governada por um conselho de três príncipes. O Príncipe da Colheita era escolhido pelo voto de todos aqueles que possuíam terras nas ilhas; o Príncipe dos Peixes, por todos aqueles que possuíam navios; e o Príncipe das Ruas, por aclamação dos homens livres da cidade. Uma vez escolhidos, cada príncipe servia por toda a vida.

Esses três príncipes continuam a existir ainda hoje, embora os títulos tenham se tornado puramente cerimoniais. A real autoridade reside em um conselho de magísteres formado por nobres, sacerdotes e mercadores. O isolamento fez que Lorath tivesse pouco envolvimento nos acontecimentos do Século de Sangue, exceto por aqueles poucos que venderam suas espadas para Bravos ou Norvos.

Hoje, Lorath é, em geral, considerada a menos importante das Nove Cidades Livres; a mais pobre, mais isolada, mais atrasada. Embora possua uma grande frota de embarcações de pesca, os lorathi construíram poucos navios de guerra e têm pouco poderio militar. Poucos lorathi deixam as ilhas alguma vez, e menos ainda já foram até Westeros. Preferem fazer comércio com os vizinhos mais próximos, Norvos, Bravos e Ibben.

NORVOS

A Cidade Livre de Norvos fica na margem oriental do rio Noine, um dos maiores afluentes do Roine. A cidade alta, cercada por poderosas muralhas de pedra, paira sobre penhascos altos e pedregosos. Noventa metros abaixo, a cidade baixa se espalha por costas lamacentas, defendida por fossos, valas e uma paliçada de madeira coberta com musgo. A antiga nobreza de Norvos vive na cidade alta, dominada pelos grandes templos-fortaleza dos sacerdotes barbudos; os pobres se amontoam embaixo, entre embarcadouros, bordéis e tavernas que se alinham na ribeirinha. As duas partes da cidade são unidas apenas por uma imensa escada de pedra, chamada Passo do Pecador.

Grande Norvos, como os norvoshi chamam sua cidade, é cercada por morros de pedra calcária escarpados e densos, florestas escuras de carvalhos, pinheiros e faias, lar de ursos, javalis, ursos e caças de todo o tipo. Os domínios da cidade se estendem até a margem ocidental do Aguanegra no leste e o Alto Roine no oeste. As galés fluviais dos norvoshi governam o Noine ao sul até as ruínas de Ny Sar, onde o rio se junta ao Roine. A Grande Norvos até reivindica domínio sobre o Machado, no Mar Tremente, embora essa reivindicação seja questionada, com frequência de modo sangrento, pelos ibeneses.

PÁGINAS ANTERIORES | *Os sacerdotes do Deus Cego entre os labirintos de Lorath.*

Perto das muralhas da cidade, os norvoshi trabalham a terra com plantio em terraços. Mais adiante, homens se reúnem atrás de robustas paliçadas de madeira em fortalezas e aldeias muradas. Os riachos ali são rápidos e pedregosos, as cavernas são abundantes, e as colinas, sem fim. Muitas das cavernas são lar de ursos castanhos, comuns naquelas terras do norte, outras de matilhas de lobos vermelhos ou cinzentos. Em algumas, é possível encontrar ossos de gigantes e paredes pintadas que mostram que homens moraram ali em eras passadas. Um sistema de cavernas, a algumas centenas de quilômetros a noroeste de Norvos, é tão vasto e profundo que as lendas afirmam que é a entrada para o mundo inferior; Lomas Longstrider visitou o

Cidade Franca era lar de centenas de templos; alguns tinham dezenas de milhares de adoradores, e outros, apenas uns poucos preciosos, mas nenhuma fé era proibida em Valíria nem exaltada sobre as demais.

Muitos valirianos adoravam mais de um deus, voltando-se para distintas deidades de acordo com suas necessidades; a maioria, dizem, não adorava nenhum deles. A maioria considerava a liberdade da fé uma característica de qualquer civilização realmente avançada. Mesmo assim, para alguns, essa infinidade de deuses era fonte de contínua lamentação. "O homem que honra todos os deuses não honra deus algum", um profeta do Senhor da Luz, R'hllor, o Vermelho, declarou certa vez. E mesmo no auge de sua glória, a

Alguns eruditos sugerem que os senhores dos dragões consideravam todas as fés igualmente falsas, acreditando que eram mais poderosos do que qualquer deus ou deusa. Olhavam para sacerdotes e templos como relíquias de tempos mais primitivos, embora fossem úteis para aplacar "escravos, selvagens e pobres" com promessas de uma vida melhor por vir. Mais do que isso, a multiplicidade de deuses ajudava a manter seus súditos divididos e diminuíam a chance de que se unissem sob o estandarte de uma única fé para derrubar seus senhores. A tolerância religiosa era, para eles, um meio de manter a paz nas Terras do Longo Verão.

lugar uma vez e o considerou uma das sete maravilhas naturais do mundo em seu livro *Maravilhas*.

Embora a Grande Norvos domine as cabeceiras do Roine nos dias de hoje, os norvoshi não são descendentes dos roinares que governavam o poderoso rio antigamente. Como as outras Cidades Livres, Norvos é filha de Valíria, ainda que, antes dos valirianos, outro povo tenha vivido ao longo do Noine, onde Norvos está hoje, erguendo suas próprias aldeias rústicas.

Quem eram esses predecessores? Alguns acreditam que eram parentes dos criadores de labirintos de Lorath, mas isso parece improvável, pois construíam com madeira, não pedra, e não deixaram labirintos para nos confundir. Outros sugerem que eram primos dos homens de Ibben. A maioria, no entanto, acredita que eram ândalos.

Independentemente de quem esses primeiros norvoshi possam ter sido, suas vilas não sobreviveram. As lendas nos contam que foram expulsos do Noine por um ataque de homens peludos do oriente, certamente algum parente próximo dos ibeneses. Esses invasores, por sua vez, foram expulsos pelo fabuloso príncipe de Ny Sar, Garris, o Cinzento, mas os roinares não ficaram muito tempo, preferindo os climas mais temperados do baixo rio aos céus escuros e ventos frios das montanhas.

Como suas cidades irmãs, Lorath e Qohor, a Cidade Livre de Norvos, como a conhecemos hoje, foi fundada originalmente por dissidentes religiosos de Valíria. No auge de seu poder, a

Cidade Franca era lar de muitos que acreditavam ferozmente em seu deus ou deusa em particular, e consideravam todos os demais falsos ídolos, fraudes ou demônios, empenhados em enganar a humanidade.

Dúzias de tais seitas floresceram em Valíria, algumas vezes brigando violentamente umas com as outras. Inevitavelmente, algumas acharam a tolerância da Cidade Livre insuportável e partiram para a vastidão para fundar suas próprias cidades, cidades divinas onde só a "verdadeira fé" fosse praticada. Já falamos sobre os seguidores do Deus Cego Boash que fundaram Lorath e o que se abateu sobre eles lá. Qohor foi colonizada por adoradores daquela deidade sombria conhecida apenas como Cabra Negra, como será relatado em breve. Mas a seita que colonizou Norvos é tão estranha, ou mais estanha que qualquer uma dessas, e muito mais secreta. Até mesmo o nome de seu deus é revelado apenas para iniciados. Que ele é uma deidade austera não pode ser negado, pois seus sacerdotes usam tecidos ásperos e couros não curtidos, e praticam rituais de flagelação como parte de sua adoração. Uma vez iniciados, são proibidos de se barbearem ou de cortar os cabelos.

Desde sua fundação até o presente, a Grande Norvos tem sido uma teocracia, governada pelos sacerdotes barbudos, que são eles próprios governados por seu deus, que dá suas ordens nas profundezas de seus templos-fortaleza, nos quais apenas crentes verdadeiros podem entrar e viver. Embora a cidade tenha um conselho de magísteres, seus membros são selecio-

Só sacerdotes norvoshi podem usar barbas; nascidos livres norvoshi, tanto de nascimento nobre quanto humilde, usam bigodes compridos e besuntados, enquanto escravos e mulheres usam o rosto raspado nu. As mulheres norvoshi, de fato, raspam todo o pelo do corpo, embora as senhoras da nobreza usem perucas, em especial quando estão na companhia de homens de outras terras e cidades.

nados pelo deus que fala por meio dos sacerdotes. Para impor obediência e manter a paz, os sacerdotes barbudos mantêm uma guarda sagrada de soldados escravos, guerreiros ferozes que usam a marca do machado de lâmina dupla no peito e se casam ritualmente com os machados longos com os quais lutam.

Viajantes pintam a Alta Norvos como um lugar sombrio e cinza, de verões escaldantes, amargos invernos frios, ventos fortes e orações sem fim. Dizem que a cidade baixa, com seus redutos de pescadores, bordéis e tavernas, é muito mais animada. Lá, fora da vista de sacerdotes e nobres, os norvoshi de origem humilde se banqueteiam com carne vermelha e lúcios do rio, empurrados para baixo com cerveja preta forte e leite de cabra fermentado, enquanto ursos dançam para sua diversão e (é sussurrado) mulheres escravas se acasalam com lobos em caves iluminadas por tochas.

Nenhum relato sobre a Grande Norvos está completo sem uma menção aos três sinos da cidade, cujos repiques governam cada aspecto da vida da cidade, dizendo aos nor-

Arquimeistre Perestan observa a importância que os norvoshi dão para o machado como símbolo de poder e força, e sugere que essa é a prova de que os ândalos foram os primeiros a se estabelecer em Norvos, sugerindo que os sacerdotes barbudos pegaram o emblema nas ruínas que encontraram quando fundaram a Grande Norvos. Conforme ele argumenta, depois dos entalhes da estrela de sete pontas, entalhes de um machado de lâmina dupla parecem ter sido o segundo símbolo preferido pelos guerreiros sagrados que conquistaram os antigos Sete Reinos.

Entalhado em Pedra, do Arquimeistre Harmune, contém um catálogo de tais entalhes encontrados por todo o Vale. Estrelas e machados são encontrados desde os Dedos até as Montanhas da Lua, e até mesmo em locais distantes no Vale de Arryn, como na base da Lança do Gigante. Harmune supõe que, com o tempo, os ândalos se tornaram mais devotos ao símbolo da estrela de sete pontas e o machado foi deixado de lado como emblema da Fé.

Deve ser dito, no entanto, que nem todos concordam que esses entalhes representam machados. Em sua refutação, o Meistre Evlyn argumenta que o que Harmune chama de machado são, na verdade, martelos, o símbolo do Ferreiro. Ele explica que a irregularidade da representação desses martelos é resultado dos ândalos serem guerreiros, não artesãos.

voshi quando levantar, dormir, trabalhar, descansar, pegar em armas, rezar (frequentemente), e até quando têm permissão para ter relações carnais (muito menos frequente, se os relatos são verdadeiros). Cada um dos sinos tem uma "voz" diferente, cujo som é conhecido por todos os verdadeiros norvoshi. Os sinos têm nomes: Noom, Narrah e Nyel; Loras Longstrider ficou tão tocado por eles que os considerou uma das nove *Maravilhas Feitas pelo Homem.*

QOHOR

Ainda mais misteriosa do que Norvos e Lorath é sua irmã sinistra, a Cidade Livre de Qohor, a mais oriental de todas as filhas de Valíria. Qohor fica no rio Qhoyne, no limite ocidental da mata vasta, sombria e primordial da qual recebe o nome, a maior floresta em toda Essos.

Na sabedoria popular, mesmo tão longe quanto em Westeros, Qohor é, algumas vezes, conhecida como a Cidade dos Feiticeiros, pois é crença generalizada que as artes das trevas são praticadas ali até os dias de hoje. Fala-se em adivinhação, magia de sangue e necromancia, embora tais relatos raramente sejam comprovados. Uma verdade permanece indiscutível: o deus sombrio de Qohor, a deidade conhecida como Cabra Negra, exige sacrifícios de sangue. Bezerros, bois e cavalos são os animais mais frequentemente levados diante dos altares da Cabra Negra, mas, em dias sagrados, criminosos condenados são passados pelas facas dos sacerdotes encapuzados, e em tempos de perigo e crise está escrito que os altos nobres da cidade ofereciam seus próprios filhos para aplacar o deus, para que ele pudesse defender a cidade.

Um exemplar preservado de um lêmure da Floresta de Qohor pode ser encontrado empalhado na Cidadela, embora tantas mãos o tenham afagado para dar sorte em seus exames que seu pelo há muito caiu.

As florestas que cercam Qohor são a principal fonte de riqueza da cidade. Os primeiros assentamentos eram acampamentos de madeireiros, as histórias da cidade revelam. Mesmo nos dias de hoje, é como caçadores e madeireiros que os qohorick são mais famosos. As cidades brilhantes e vilas que se alastram até o baixo Roine são famintas por madeira, e suas próprias florestas há muito se esgotaram, cortadas e usadas nos campos e nas fazendas. Imensas barcaças carregadas de madeira partem do cais de Qohor todos os dias para a longa viagem pelo Qhoyne até o Lago Adaga e os mercados de Selhorys, Valysar, Volon Therys e Antiga Volantis.

A Floresta de Qohor também fornece peles e couros de todos os tipos, muitos deles raros, elegantes e muito valiosos, assim como prata, estanho e âmbar. A vasta floresta nunca foi completamente explorada, segundo os mapas e pergaminhos da Cidadela, e provavelmente esconde muitos mistérios e maravilhas em seu âmago. Como muitas florestas setentrionais, contém alces e veados em grande quantidade, juntamente com lobos, gatos das árvores, javalis de tamanhos monstruosos, ursos malhados e até uma espécie de lêmure – uma criatura conhecida nas Ilhas do Verão e em Sothoros, mas raramente vista mais ao norte. Dizem que esses lêmures têm o pelo branco-prateado e olhos púrpura, e algumas vezes são chamados de Pequenos Valirianos.

Os artesãos de Qohor são muito famosos. A tapeçaria qohorik, feita principalmente pelas mulheres e pelas crianças da cidade, são tão finas quanto as tecidas em Myr, embora menos caras. Estranhas (e de algum modo perturbadoras) esculturas em madeira podem ser compradas no mercado de Qohor, e as forjas da cidade não têm par. Espadas, facas e armaduras qohorik são superiores até às dos melhores aços forjados nos castelos de Westeros, e os ferreiros da cidade aperfeiçoaram a arte de infundir cores profundas nos metais com os quais trabalham, produzindo armaduras e armamentos de beleza duradoura. Só ali, em todo o mundo, a arte de retrabalhar o aço valiriano foi preservada, seus segredos zelosamente guardados.

Qohor também é conhecida como a porta de entrada do leste, onde caravanas mercantes com destino a Vaes Dothrak e as fabulosas terras além dos Ossos são equipadas e provisionadas antes de partir para a escuridão da floresta, a desolação que já foi Sarnor, e a vastidão do mar dothraki. Por outro lado, caravanas voltando do leste chegam primeiro em Qohor, para se refrescarem depois da travessia e vender e trocar os tesouros que adquiriram. Esse comércio tem ajudado a fazer de Qohor uma das mais ricas Cidades Livres e certamente a mais exótica (embora seja dito que a cidade era dez vezes mais rica antes da destruição de Sarnor).

À ESQUERDA | *Procissão em honra ao deus sagrado de Norvos.*

O tratado do Meistre Pol sobre a metalurgia qohorik, escrito durante vários anos de residência na Cidade Livre, revela o quão cuidadosamente os segredos são guardados: ele foi três vezes chicoteado publicamente e expulso da cidade por fazer muitas perguntas. Na última vez, sua mão também foi removida depois da alegação de que ele roubara uma lâmina de aço valiriano. Segundo Pol, o motivo verdadeiro para seu exílio final foi sua descoberta dos sacrifícios de sangue – incluindo a morte de escravos tão jovens quanto bebês – que os ferreiros qohorik usavam em seus esforços para produzir um aço igual ao da Cidade Franca.

Fortes muralhas de pedra protegem Qohor, mas as pessoas da cidade não têm inclinação marcial. Os qohorik são comerciantes, não guerreiros. Fora a pequena patrulha da cidade, a defesa da cidade é confiada aos escravos – a infantaria de eunucos conhecia como Imaculados, criados e treinados na antiga cidade ghiscari de Astapor, na costa da Baía dos Escravos.

Durante o Século de Sangue que se seguiu à Perdição de Valíria, Qohor e Norvos fizeram causa comum contra a Antiga Volantis, quando os volantinos tentaram colocar todas as Cidades Livres sob seu jugo. Desde essa época, as duas Cidades Livres têm sido com frequência mais aliadas do que inimigas, embora seja sabido que os sacerdotes barbudos de Norvos consideram a Cabra Negra de Qohor um demônio de natureza especialmente vil e traiçoeira.

Há quatrocentos anos, quando um khal dothraki chamado Temmo cavalgou para leste com cinquenta mil homens selvagens a cavalo atrás de si, três mil Imaculados os expulsaram dos portões de Qohor, suportando nada menos do que dezoito ataques antes que Khal Temmo morresse e seu sucessor ordenasse aos seus homens que cortassem suas tranças e as jogassem aos pés dos eunucos sobreviventes. Daquela época até hoje, os qohorik confiaram nos Imaculados para proteger sua cidade (embora sejam conhecidos por contratar companhias livres também em tempos de perigo e por oferecer presentes caros para dos khals dothraki para persuadi-los a seguir em frente).

ACIMA | *Altar de sacrifício dedicado à Cabra Negra.*

AS FILHAS BRIGUENTAS: MYR, LYS E TYROSH

As Cidades Livres mais orientais – Lorath, Norvos e Qohor – têm pouco comércio com Westeros. Com as outras, o assunto é diferente. Bravos, Pentos e Volantis são todas cidades costeiras abençoadas com grandes portos. O comércio é seu sangue vital, e seus navios viajam até os extremos da terra, de Yi Ti, Leng e Asshai da Sombra, até Lannisporto e Vilavelha em Westeros. Cada cidade tem seus costumes e histórias. Cada uma tem seus deuses também – embora o sacerdócio vermelho de R'hollor tenha influência em todos eles e com frequência detém considerável poder. Ao longo dos séculos, as rivalidades entre elas foram muitas, e as disputas e guerras entre elas poderiam encher muitos livros – e assim fizeram.

Tudo isso também é verdade sobre Myr, Lys e Tyrosh, as três filhas briguentas cujas rixas e disputas sem fim por domínio com frequência conseguiram envolver reis e cavaleiros de Westeros. Essas três cidades cercam o largo e fértil "calcanhar" de Essos, o promontório que separa o Mar do Verão do mar estreito e que, antigamente, era parte de um istmo que unia aquele continente a Westeros. A cidade fortificada de Tyrosh fica na parte mais setentrional e oriental dos Degraus, a corrente de ilhas que permaneceu quando o Braço de Dorne foi engolido pelo mar. Myr se ergue no continente, onde a antiga estrada do dragão valiriana encontra as águas tranquilas do vasto golfo conhecido como Mar de Myrth. Lys está no sul, em um pequeno arquipélago no Mar do Verão. Todas as três cidades reivindicaram parte (ou a totalidade) das terras entre elas, que conhecemos hoje em dia como Terras Disputadas, pois todas as tentativas de fixar os limites entre os domínios de Tyrosh, Myr e Lys falharam, e guerras incontáveis foram lutadas pela posse da região.

Acerca de história, cultura, costumes, idioma e religião, essas três cidades têm mais em comum umas com as outras do que com qualquer outra das Cidades Livres. São cidades mercantis, protegidas por altas muralhas e mercenários contratados, dominadas pela riqueza em vez de pelo nascimento, cidades onde o comércio é considerado uma profissão mais honrada do que as armas. Lys e Myr são governadas por conclaves de magísteres escolhidos entre os homens mais ricos e mais nobres da cidade; Tyrosh é governada por um arconte, selecionado entre os membros de um conclave similar. Todas as três são cidades escravagistas, onde os cativos superam os homens livres em três para um. Todas são portuárias, e o mar salgado é sua força vital. Como Valíria, sua mãe, essas três filhas não têm fé definida. Templos e santuários de vários deuses se alinham em suas ruas e lotam sua orla.

Mesmo assim, as rivalidades entre elas estão há muito enraizadas, dando origem a inimizades profundas que as mantêm divididas, e frequentemente em guerra umas com as outras, durante séculos – para benefício indubitável dos senhores e reis de Westeros, pois essas três ricas e poderosas cidades, se unidas, seriam um vizinho formidável e perigoso.

Lys, a mais bonita das Cidades Livres, desfruta do que talvez seja o clima mais saudável em todo o mundo conhecido. Banhada por brisas frescas, aquecida pelo sol, em uma terra fértil onde palmeiras e árvores frutíferas crescem em profusão, cercada por águas azul-esverdeadas repletas de peixes, "Lys, a Adorável", foi fundada como um refúgio para os senhores de dragões da Antiga Valíria, um paraíso onde podiam se refrescar com vinhos finos, doces donzelas e músicas relaxantes antes de retornar para os fogos da Cidade Franca. Até os dias de hoje, Lys continua a ser "um banquete para os sentidos, um bálsamo para a alma". Suas casas de prazer são famosas em todo o mundo, e dizem que o pôr do sol aqui é mais bonito do que em qualquer lugar na terra. Os lisenos são belos também, pois

ACIMA | *Uma comerciante de Myr.*

A verdade da força combinada de Myr, Lys e Tyrosh foi provada quando essas três cidades, de fato, se uniram, ainda que brevemente, depois de sua vitória sobre Volantis, na Batalha da Fronteira. Prometendo amizade eterna umas para as outras, elas se uniram em 96 d.C. como uma Triarquia, embora, em Westeros, essa união tenha ficado conhecida como Reino das Três Filhas. A Triarquia começou com o objetivo declarado de limpar os Degraus dos piratas e corsários, o que, no início, foi bem-vindo nos Sete Reios e em outros lugares, pois os piratas atrapalhavam muito o comércio. As Três Filhas tiveram uma rápida vitória sobre os piratas, só para começar a exigir pedágios cada vez mais exorbitantes dos navios que passavam depois de obter o controle das ilhas e dos canais entre elas. Logo a ganância da Triarquia superou a dos piratas que ela substituiu – especialmente quando os lisenos começaram a exigir jovens bonitos e belas donzelas como pedágio.

Por um tempo, a Triarquia foi superada pelo poder de Corlys Velaryon e Daemon Targaryen e perdeu muito dos Degraus. Mas os homens de Westeros logo ficaram distraídos com as próprias brigas, e as Três Filhas reafirmaram seu poder – só para serem colocadas abaixo por conflitos internos que se seguiram ao assassinato de um almirante liseno por um rival pela afeição de uma famosa cortesã chamada Cisne Negro (sobrinha de Lorde Swann, ela com o tempo governou Lys em tudo menos no nome). A aliança de Bravos, Pentos e Lorath ajudou a acabar com o Reino das Três Filhas.

aqui, mais do que em qualquer lugar no mundo conhecido, as linhagens valirianas ainda são fortes.

Tyrosh, uma cidade bem mais dura, começou como um posto avançado militar, como suas muralhas de pedra de dragão negra e fundida atestam. Registros valirianos nos contam que o forte foi erguido inicialmente para controlar a passagem dos navios pelos Degraus. Mas, não muito depois da fundação da cidade, uma variedade única de caracol marítimo foi descoberta nas águas do litoral da ilha pedregosa e erma onde estava a fortaleza. Esses caracóis secretavam uma

substância que, quando devidamente tratada, rendia um corante vermelho escuro que logo se tornou freneticamente na moda entre a nobreza de Valíria. Como os caracóis não eram encontrados em outro lugar, mercadores foram para Tyrosh aos milhares, e o posto avançado cresceu até se tornar uma cidade importante no espaço de uma geração. Os tintureiros tyroshi logo aprenderam a produzir tinturas escarlates, carmesins e índigo escuro ao variar a dieta dos caracóis. Séculos posteriores viram-nos conceber tinturas de uma centena de outras tonalidades e nuances, algumas naturalmente, outras através de alquimia. Roupas de cores vivas eram as preferidas dos senhores e príncipes por todo o mundo, e as tinturas que as produziam vinham todas de Tyrosh. A cidade ficou rica, e com a riqueza veio a ostentação. Tyroshi gostam de exibição extravagante, e homens e mulheres gostam de tingir os cabelos de cores berrantes e não naturais.

As origens de Myr são mais sombrias. Certos meistres acreditam que os homens de Myr são parentes dos roinares, pois muitos deles possuem a mesma pele morena e o cabelo escuro do povo do rio, mas essa suposta ligação é provavelmente espúria. Há certos sinais que uma cidade esteve onde Myr fica agora, ainda durante a Era da Aurora e a Longa Noite, erguida por algum povo antigo e desaparecido, mas a Myr que conhecemos foi fundada por um grupo de mercadores valirianos aventureiros no lugar de uma cidade ândala murada cujos habitantes eles massacraram ou escravizaram. O comércio tem sido a vida de Myr desde então, e navios de Myr navegam pelas águas do mar estreito há séculos. Os artesãos de Myr, muitos de nascimento escravo, também são muito renomados; dizem que as rendas e as tapeçarias de Myr valem seu peso em ouro e especiarias e lentes de Myr não têm iguais em todo o mundo.

Se Lorath, Norvos e Qohor foram fundadas por motivos religiosos, os interesses de Lys, Tyrosh e Myr sempre foram mercantis. Todas as três cidades têm grandes frotas mercantes, e seus comerciantes navegam por todos os mares do mundo. Todas as três cidades estão profundamente envolvidas no comércio de escravos também. Traficantes de escravos tyroshi são especialmente agressivos, chegando ao ponto de navegar até o norte além da Muralha em busca de escravos selvagens, enquanto os lysenos são conhecidamente vorazes na busca de jovens graciosos e belas donzelas para as famosas casas de prazer da cidade.

A esposa do rei Viserys II Targaryen, que deu à luz tanto o rei Aegon IV, o Indigno, quanto o príncipe Aegon, o Cavaleiro do Dragão, era a Senhora Larra Rogare de Lys. Ela era uma grande beleza de descendência valiriana, e sete anos mais velha do que o príncipe ao se casar com ele aos dezenove anos. Seu pai, Lysandro Rogare, era o chefe de uma rica família banqueira, cujo poder ficou ainda maior após a aliança com os Targaryen. Lysandro adotou o título de Primeiro Magíster por toda a Vida, e os homens falavam dele como Lysandro, o Magnífico. Mas ele e seu irmão Drazenko, Príncipe Consorte de Dorne, morreram de um dia para o outro, começando a queda vertiginosa dos Rogare tanto em Lys quanto nos Sete Reinos.

O herdeiro de Lysandro, Lysaro, gastou vastas somas em busca de poder e entrou em conflito com outros magísteres, e, assim como seus irmãos, acabou envolvido nas tramas para controlar o Trono de Ferro. Depois de sua queda, Lysaro Rogare foi açoitado até a morte no Tempo do Comércio por aqueles que ofendera. Seus irmãos receberam punições menos fatais, e um entre eles – Moredo Rogare, o soldado que carregava a espada valiriana Verdade –, depois de um tempo, liderou um exército contra Lys.

Os lysenos também são grandes criadores de escravos, cruzando beleza com beleza, na esperança de produzir cortesãs e escravos de cama cada vez mais refinados e adoráveis. O sangue de Valíria ainda corre forte em Lys, onde até os plebeus possuem pele clara, cabelo louro-prateado e olhos púrpura, lilás e azul-claro dos senhores de dragões de antigamente. A nobreza lysena valoriza a pureza de sangue acima de tudo e produziu muitas belezas famosas (e infames). Até reis e príncipes Targaryen de antigamente, algumas vezes, se voltavam para Lys em busca de esposas e amantes, tanto pelo sangue quanto pela beleza. Apropriadamente, muitos lysenos veneram uma deusa do amor cuja figura nua e devassa embeleza suas moedas.

As guerras, tréguas, alianças e traições entre Lys, Myr e Tyrosh são muito mais numerosas do que as relatadas aqui. Muitos de seus conflitos são chamados de guerras comerciais, lutados inteiramente no mar, onde os navios dos combatentes têm licenças para depredar os inimigos – uma prática que o Grande Meistre Merion certa vez chamou de "pirataria com selo". Durante as guerras comerciais, só as tripulações dos navios de guerra enfrentam a morte ou a pirataria; as cidades em si nunca são ameaçadas, e nenhuma batalha é lutada em terra.

Mais sangrentas, embora menos frequentes, são as guerras terrestres travadas pelas Terras Disputadas – uma região antigamente rica, que foi tão devastada durante o Século de Sangue e depois disso, que hoje é basicamente um deserto de ossos, cinzas e campos salgados. Mesmo nesses conflitos, Tyrosh, Myr e Lys raramente arriscam as vidas de seus cidadãos, preferindo, em vez disso, contratar mercenários para lutar por eles.

As Terras Disputadas são o local de nascimento das chamadas companhias livres, mais do que qualquer outro lugar no mundo conhecido, começando durante o Século de Sangue. Mesmo hoje, há quarenta companhias livres na região; quando não são empregados pelas três filhas briguentas, os mercenários

PÁGINAS ANTERIORES | *Um conselho da Triarquia.* ACIMA | *Uma nobre lisena.*

Entre as mais antigas companhias livres estão os Segundos Filhos, fundada por quarenta jovens filhos de casas nobres que se encontravam sem posses e sem perspectivas. Desde então, tem sido um lugar onde senhores sem terras, cavaleiros exilados e aventureiros podem encontrar um lar. Muitos nomes famosos dos Sete Reinos serviram nos Segundos Filhos em um momento ou outro. O príncipe Oberyn Martell cavalgou com eles antes de fundar sua própria companhia; Rodrik Stark, o Lobo Andarilho, foi um deles também. O mais famoso Segundo Filho foi Sor Aegor Rivers, o filho bastardo do rei Aegon IV conhecido na história como Açoamargo, que lutou com eles nos primeiros anos de seu exílio antes de formar a Companhia Dourada, que permanece até os dias de hoje o mais poderoso e celebrado grupo mercenário, assim como (alguns afirmam) o mais honrado.

Outras companhias dignas de nota incluem os Estandartes Brilhantes, os Corvos Tormentosos, as Longas Lanças e a Companhia do Gato. Outras companhias além da Companhia Dourada foram formadas por homens dos Sete Reinos, tais como os Rompe Tormentas, que foi fundada após a Dança dos Dragões, ou a Companhia da Rosa, formada por selvagens (e, segundo alguns relatos, por mulheres) do Norte que se recusaram a dobrar o joelho depois que Torrhen Stark desistiu de sua coroa e, em vez disso, escolheram o exílio do outro lado do mar estreito.

vão atrás de conquistas por conta própria frequentemente. Algumas são conhecidas por buscar trabalho para suas espadas nos Sete Reinos, tanto antes da Conquista quanto depois.

As guerras entre Tyrosh, Lys e Myr não só incentivaram os nascimentos das companhias livres nas Terras Disputadas, mas também provocaram a formação de frotas de piratas e de marinheiros mercenários, velas prontas para lutar por quem pagar. A maioria é baseada nos Degraus, as ilhas que pontilham o mar estreito entre o Braço Partido e a costa ocidental.

Essas frotas piratas fazem qualquer viagem pelos traiçoeiros Degraus. Dizem que os navios cisnes das Ilhas do Verão às vezes evitam os Degraus inteiramente, aventurando-se no mar profundo em vez de arriscar um ataque de corsários. Outros com menos habilidades no mar, e embarcações menos adequadas para o oceano profundo, não têm escolha. Esses covis de piratas, quando se tornam muito voláteis e numerosos, algumas vezes são arrasados pelas frotas dos arcontes de Tyrosh, dos triarcas de Volantis ou mesmo dos Senhores do Mar de Bravos. Mas eles sempre conseguem retornar.

Em épocas passadas, os piratas causavam tumulto suficiente para que frotas reais fossem mandadas de Porto Real e Pedra do Dragão para lidar com eles. O próprio Lorde Punho de Carvalho passou mais de uma estação caçando piratas, com grande sucesso, e o Jovem Dragão pretendia se casar com uma irmã de um Senhor do Mar de Bravos para selar uma aliança com ele, a fim de remover os piratas que estavam impedindo o comércio com a recém-conquistada Dorne. O Grande Meistre Kaeth discute isso à exaustão em *Vidas de Quatro Reis*, argumentando que, nesse ponto, o rei Daeron errou: ao falar de uma aliança por casamento com Bravos, que naquela época estava em guerra com Pentos e Lys, encorajou as outras Cidades Livres a fornecerem ajuda crucial aos rebeldes dorneses.

ACIMA | *Um mercador tyroshi.*

PENTOS

Pentos é a Cidade Livre mais próxima de Porto Real, e navios mercantes vão de um lado para outro entre as duas cidades quase que diariamente. Fundada por valirianos como um posto avançado comercial, Pentos logo absorveu o interior que a rodeia, das Colinas de Veludo e do Pequeno Roine até o mar, incluindo quase todo o antigo reino de Ândalos, a terra natal original dos ândalos. Os primeiros pentoshi eram mercadores, comerciantes, marinheiros e fazendeiros, com poucos de nascimento nobre entre eles; talvez por esse motivo fossem menos zelosos com o sangue valiriano e mais dispostos a cruzarem com os habitantes originais das terras que governavam. Como consequência disso, há considerável sangue ândalo entre os homens de Pentos, tornando-os, talvez, nossos primos mais próximos.

Apesar disso, os pentoshi têm costumes muito diferentes daqueles dos Sete Reinos. Pentos se considera uma filha de Valíria – e o sangue antigo pode realmente ser encontrado ali. Em tempos passados, a cidade era governada por um príncipe de nascimento nobre e alto, escolhido entre os homens adultos das então chamadas quarenta famílias. Uma vez escolhido, o Príncipe de Pentos governava a vida toda; quando um príncipe morria, outro era escolhido, quase sempre de uma família diferente.

Ao longo dos séculos, no entanto, o poder do príncipe foi corroído progressivamente, enquanto o dos magísteres da cidade que o escolhiam crescia. Hoje é o conselho de magísteres que governa Pentos, para todos os efeitos práticos; o poder do príncipe é em grande parte nominal, seus deveres quase todos cerimoniais. Em geral, ele preside banquetes e bailes, carregado de um palácio a outro em um rico palanquim com um belo guarda. A cada novo ano, o príncipe deve deflorar duas donzelas, a donzela do mar e a donzela dos campos. Esse ritual antigo – talvez decorrente das misteriosas origens pré-valirianas de Pentos – pretende garantir a continuidade da prosperidade da Cidade Livre na terra e no mar. Mas, se houver

Dados os riscos inerentes ao cargo, nem todos os nobres de Pentos estão ansiosos para usar a coroa da cidade. Na verdade, alguns são conhecidos por recusarem essa antiga, mas perigosa, honraria. O mais recente e famosos deles é o notório capitão mercenário conhecido como Príncipe Esfarrapado. Quando jovem, ele foi eleito pelos magísteres de Pentos depois de uma longa seca e da execução do príncipe anterior, no ano de 262 d.C. Em vez de aceitar a honra, fugiu da cidade e nunca voltou. Vendeu sua espada, participando de batalhas nas Terras Disputadas, e fundou uma das mais novas companhias livres do Leste, os Soprados pelo Vento.

fome ou se uma guerra for perdida, o príncipe se torna não um governante, mas um sacrifício; sua garganta é cortada para que os deuses possam ser apaziguados. E, então, um novo príncipe é escolhido para trazer mais sorte para a cidade.

Durante a maior parte de sua história, a escravidão foi amplamente praticada em Pentos, e os navios pentoshi desempenharam um papel ativo no comércio de escravos. Há vários séculos, no entanto, essa prática levou a cidade a um conflito com sua vizinha do norte, Bravos, a "filha bastarda de Valíria", fundada por uma frota de escravos fugidos. Ao longo do curso dos últimos duzentos anos, não menos do que seis guerras foram travadas entre as duas cidades por causa desse assunto (e, deve ser apontado, pelo controle das ricas terras e águas que estão entre elas).

Quatro dessas guerras terminaram com vitória bravosi e submissão pentoshi. A última delas, concluída há noventa e um anos, acabou tão mal para Pentos que não menos do que quatro príncipes foram escolhidos e sacrificados no espaço de um único ano. O quinto homem nessa sucessão sangrenta, o príncipe Nevio Narratys, convenceu os magísteres a pedir a paz depois de uma rara vitória – uma, segundo os rumores, que Nevio comprou com subornos. No acordo de paz, Pentos foi obrigada a fazer certas concessões – mais notavelmente a abolição da escravidão e a retirada do comércio de escravos.

Essas disposições continuam na lei de Pentos até os dias de hoje, embora certos observadores tenham notado que muitos navios pentoshi escapam da proibição do comércio de escravos usando estandartes lisenos ou de Myr em seus mastros quando desafiados, e que, na cidade, há dez mil "servos livres" que parecem ser escravos em tudo exceto no nome, pois usam colares e são marcados como seus contrapartes em Lys, Myr e Tyrosh, e sujeitos à mesma disciplina selvagem. De acordo com a lei, esses servos são homens e mulheres livres, com direito de recusar trabalhos segundo suas vontades... desde que não estejam em débito com seus mestres. Quase todos eles estão, no entanto, já que o valor de seu trabalho é muito menor do que os custos de alimentação, roupas e abrigo proporcionados por aqueles a quem servem, então suas dívidas só aumentam em vez de diminuir com o tempo.

Uma outra disposição do acordo de paz entre Bravos e Pentos limita os pentoshi a não mais do que vinte navios de guerra e os proíbe de contratar mercenários, celebrar contratos com as companhias livres ou manter qualquer exército além da patrulha da cidade. Sem dúvida, essas estão entre as razões pelas quais os pentoshi são agora notavelmente menos beligerantes do que o povo de Tyrosh, Myr e Lys. Apesar das muralhas maciças, Pentos, com frequência, é vista como a mais vulnerável das Cidades Livres.

Por esse motivo, seus magísteres adotaram uma atitude conciliatória não só em relação às outras Cidades Livres, mas também com os senhores dos cavalos dothraki, cultivando uma amizade precária com uma série de poderosos *khals* ao longo dos anos, e banhando de pródigos presentes e baús de ouro qualquer *khal* que traga seu *khalasar* a leste do Roine.

VOLANTIS

As maiores, mais ricas e mais poderosas das Nove Cidades Livres são Bravos e Volantis. E há uma conexão curiosa entre as duas, pois de muitas formas elas são opostas uma à outra. Bravos fica no extremo norte de Essos, e Volantis, no extremo sul; Volantis é a mais antiga das Cidades Livres, e Bravos, a mais jovem; Bravos foi fundada por escravos, enquanto Volantis é construída sobre seus ossos; o maior poderio de Bravos está no mar, enquanto o de Volantis está na terra. Mesmo assim, ambas têm poderes formidáveis, suas histórias profundamente marcadas pela Cidade Franca de Valíria.

Antiga e gloriosa, a Antiga Volantis – como a cidade é chamada com frequência – se espalha através de uma das quatro fozes do Roine, onde o poderoso rio deságua no Mar do Verão. Os distritos mais antigos da cidade ficam na margem oriental, enquanto os mais novos, na ocidental, mas mesmo

À ESQUERDA | *Cidade Livre de Pentos.*

as áreas mais novas de Volantis têm muitos séculos. As duas metades da cidade são ligadas pela Grande Ponte.

O coração da Antiga Volantis é a cidade-dentro-da--cidade – um imenso labirinto de antigos palácios, pátios, torres, templos, mosteiros, pontes e caves, todos dentro das grandes e ovais Muralhas Negras, erguida pela Cidade Franca de Valíria no primeiro ímpeto de sua expansão juvenil. Com mais de sessenta metros de altura, e tão grossas que seis carruagens de quatro cavalos podem correr lado a lado em suas ameias (como fazem todo ano para comemorar a fundação da cidade), essas muralhas sem emendas de pedra de dragão negra fundida, mais dura do que aço ou diamante, são um testemunho mudo das origens de Volantis como posto avançado militar.

Só aqueles que podem traçar sua ancestralidade até a Antiga Valíria têm permissão de morar dentro das Muralhas Negras; nenhum escravo, liberto ou estrangeiro, pode colocar os pés lá dentro sem o convite expresso de um descendente do Sangue Antigo.

Durante o primeiro século de sua existência, Volantis foi pouco mais do que um posto militar avançado, estabelecido para proteger os limites do império valiriano, sem outros habitantes que não os soldados da guarnição. De tempos em tempos, os senhores de dragões desciam para se refrescar ou para se encontrar com enviados das cidades roinares rio acima. Com o tempo, no entanto, tavernas, bordéis e estábulos começaram a aparecer do lado de fora das Muralhas Negras, e navios mercantes começaram a vir também.

Abençoada com um magnífico porto natural e uma localização ideal na foz do Roine, Volantis começou a crescer rapidamente. Casas, lojas e estalagens surgiram na margem oriental do rio e nas colinas além das Muralhas Negras, enquanto do outro lado do Roine, na margem ocidental, os estrangeiros, libertos, mercenários, criminosos e outros elementos menos desejados criavam sua própria cidade sombria, onde a fornicação, as bebedeiras e as mortes corriam soltas, e eunucos, piratas, ladrões e necromantes se misturavam livremente.

Com o tempo, a cidade sem lei na margem ocidental se tornou um fosso tão grande de crimes e depravações que os triarcas não tinham escolha senão mandar seus soldados escravos através do Roine para restaurar a ordem e alguma aparência de decência. Mas marés fortes e correntezas traiçoeiras tornavam a travessia difícil, então, depois de alguns anos, o Triarca Vhalaso, o Magnânimo, ordenou que uma ponte fosse construída através do Roine.

Essas mesmas marés e correntezas e a largura do rio tornaram a construção uma tarefa épica, exigindo mais de quarenta anos e muitos milhões de honras. O Triarca Vhalaso não viveu para ver o que fizera... mas uma vez terminada, a Grande Ponte não tinha rivais, exceto na Ponte dos Sonhos na cidade do festival roinar de Chroyane. Forte o bastante para suportar o peso de mil elefantes (ou assim é afirmado), a Grande Ponte de Volantis é, hoje, uma das pontes mais compridas em todo o mundo conhecido. Lomas Longstrider a considerou uma das nove maravilhas feitas pelo homem no livro que tem esse título.

Durante grande parte de sua história inicial, Volantis se beneficiou do comércio entre Valíria e os roinares, tornando-se cada vez mais próspera e poderosa... enquanto Sarhoy, a antiga e bela cidade roinar que antes dominava o comércio, sofria um declínio correspondente. Inevitavelmente, isso levou as duas cidades ao conflito. A longa série de guerras que se seguiu culminou com a destruição completa das cidades do Roine e com a fuga de Nymeria e seus dez mil navios. Embora os senhores de dragões de Valíria tenham garantido a vitória, é corretamente dito que Volantis foi a principal beneficiária. Sarhoy permanece em ruínas até o dia de hoje, um local desolado e assombrado, enquanto Volantis, com sua Grande Ponte, suas Muralhas Negras e seu imenso porto, está entre as maiores cidades do mundo.

Grande parte do Sangue Antigo de Volantis ainda mantém os antigos deuses de Valíria, mas sua fé é encontrada principalmente dentro das Muralhas Negras. Fora, o deus vermelho R'hllor é preferido por muitos, especialmente pelos escravos e pelos libertos da cidade. Dizem que o Templo do Senhor da Luz em Volantis é o maior em todo o mundo; em *Remanescentes dos Senhores dos Dragões*, o Arquimeistre Gramyon afirma que ele é três vezes maior do que o Grande Septo de Baelor. Todos que servem dentro desse poderoso templo são escravos, comprados quando crianças e treinados para se tornarem sacerdotes, prostitutas do templo ou guerreiros, que usam as chamas de seu deus ardente no rosto. Sobre os guerreiros, pouco é dito, embora sejam chamados Mão Ardente, e nunca possuem mais ou menos de mil membros.

Dentro das Muralhas Negras, volantinos do Sangue Antigo ainda mantêm cortes em antigos palácios servidos por exércitos de escravos. Do lado de fora, estrangeiros, libertos e pessoas de origem humilde de uma centena de nações podem ser encontrados. Marinheiros e comerciantes enchem os mercados e portos da cidade, juntamente com escravos quase além da conta. Dizem que, em Volantis, há cinco escravos para cada homem livre – uma desproporção em números que é páreo apenas para as antigas cidades ghiscari da Baía dos Escravos.

O costume em Volantis é que os rostos de todos os escravos sejam tatuados – marcados por toda a vida para mostrar sua posição social, e carregando o fardo do passado mesmo quando são libertos. São muitos os estilos das tatuagens, e algumas vezes desfigurantes. Os soldados escravos de Volantis usam listras verdes de tigre nos rostos, o que denota sua posição; prostitutas são marcadas com uma única lágrima sob o olho direito; os escravos que coletam estercos de cavalos e elefantes são marcados com moscas; bobos da corte usam tatuagens quadriculadas; os motoristas de *hathays*, as carroças puxadas pelos pequenos elefantes de Volantis, são marcados com rodas; e assim por diante.

Volantis é uma cidade franca, e todos os proprietários de terras nascidos livres têm voz no governo da cidade. Três triarcas são eleitos anualmente para administrar as leis, comandar as frotas e exércitos, e partilhar o governo cotidiano da cidade. A eleição dos triarcas ocorre durante dez dias, em um processo que é, ao mesmo tempo, festivo e tumultuado. Em séculos recentes, o cargo tem sido dominado por duas facções concorrentes, conhecidas extraoficialmente como tigres e elefantes.

Partidários de vários candidatos – e das duas facções – se reúnem em nome de seus líderes escolhidos, distribuindo favores entre a população. Todos os senhores de terras nascidos livres – até mulheres – têm direito ao voto. Embora o processo assuste muitos estrangeiros por ser caótico ao ponto da loucura, o poder é passado de forma bastante pacífica na maior parte das vezes.

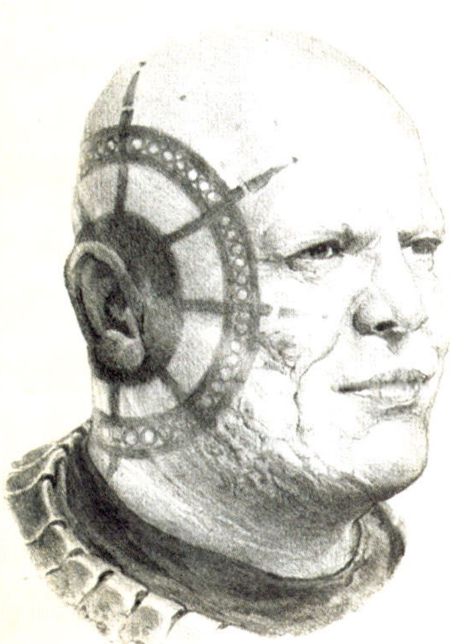

Depois que a Perdição engoliu Valíria e as Terras do Longo Verão, Volantis afirmou seu direito de governar todas as outras colônias valirianas mundo afora. Tal era o poder da "Primeira Filha" que, por um tempo, ela conseguiu estabelecer hegemonia sobre várias das outras Cidades Livres durante o Século de Sangue. Com o tempo, o império volantino desabou sob o

---

Muitos volantinos se consideram sucessores naturais e legítimos dos senhores de dragões da antiga Valíria e desejam conquistar o domínio sobre as outras Cidades Livres e, com o tempo, sobre o mundo. Os tigres pretendem conseguir esse domínio através da guerra e da conquista, enquanto os elefantes preferem uma política de comércio e riqueza crescente.

ACIMA | *Escravos marcados em Volantis.*

próprio peso, derrotado por uma aliança das outras cidades irmãs que ainda permaneciam livres e pela rebelião daquelas que foram subjugadas.

Desde aquela época, os elefantes – a mais pacífica das facções volantinas – dominaram a escolha anual e os cargos de triarca. Mas anos de expansão sob comando dos tigres deram a Volantis controle sobre várias cidades menores, sendo a mais notável entre elas as grandes "vilas" do rio, Volon Therys, Valysar e Selhorys (cada uma delas maior e mais populosa do que Porto Real ou Vilavelha). Os volantinos também controlam o Roine até o afluente Selhoru, e mantêm o controle sobre a Costa Laranja no oeste. Essas terras são protegidas por soldados escravos contra os senhores dos cavalos dothraki, que, algumas vezes, testam as defesas volantinas, e contra as outras Cidades Livres, que tentam ficar maiores às custas da cidade irmã.

Embora as eleições volantinas sejam, em geral, pacíficas, há algumas exceções significativas. Os *Diários*, de Nysseos Qoheros, contêm um relato do Triarca Horonno, que fora reeleito por quarenta anos seguidos, pois foi um grande herói durante o Século de Sangue. Depois de sua quadragésima eleição, ele se declarou triarca por toda a vida, e embora os volantinos o amassem, não o amavam tanto para ver seus antigos costumes e leis usurpados por sua vontade. Não muito tempo depois, ele foi capturado por amotinados, tirado de sua posição e título e feito em pedaços por elefantes de guerra.

BRAVOS

No canto mais a noroeste de Essos, onde o Mar Tremente e o mar estreito se encontram, está a Cidade Livre de Bravos, em suas famosas "cem ilhas" no meio das águas salobras e rasas de uma laguna envolta em neblina.

A mais jovem das Nove Cidades Livres, Bravos também é a mais rica, e muito provavelmente a mais poderosa. Fundada originalmente por escravos fugidos, seu início humilde está enraizado em nada mais do que em um desejo de ser livre. Durante grande parte de sua história inicial, sua existência secreta a tornou de pouca importância para o mundo em geral. Mas, com o tempo, ela cresceu, emergindo em certo ponto como um poder quase sem rival.

Nenhum príncipe ou rei comanda Bravos, onde o governo pertence ao Senhor do Mar escolhido pelos magísteres e chaveiros entre os cidadãos por um processo tão complicado quanto misterioso. De seu imenso palácio junto ao mar, o Senhor do Mar comanda uma frota de navios de guerra inigualável e um frota mercantil cujos cascos e velas púrpuras se tornaram uma visão comum por todo o mundo conhecido.

Bravos foi fundada por fugitivos de um grande comboio de navios de escravos que saiu de Valíria para uma colônia recém-estabelecida em Sothoros, que se levantaram em uma rebelião sangrenta, tomaram o controle dos navios nos quais eram transportados e fugiram "para os extremos da terra", para escapar de seus mestres de outrora. Sabendo que seriam caçados, os escravos se afastaram do pretenso destino e navegaram para norte em vez de para sul, buscando um refúgio o mais longe possível de Valíria e sua vingança. Histórias bravosi afirmam que um grupo de mulheres escravas das distantes terras de Jogos Nhai profetizou onde encontrariam abrigo: em uma laguna distante, atrás de uma parede de montanhas cobertas de pinheiros e pedras marítimas, onde as névoas frequentes ajudariam a esconder os refugiados dos olhos dos cavaleiros de dragões que passavam por cima. E assim foi. Essas mulheres eram sacerdotisas, chamadas cantoras da lua, e até os dias de hoje o Templo dos Cantores da Lua é o maior de Bravos.

Uma vez que os escravos fugidos vinham de muitas terras e tinham muitas fés, os fundadores de Bravos criaram um lugar em que todos os deuses tinham o que lhes era devido, e decretaram que nenhum devia se sobrepor a outro. Eram um povo diversificado, que incluíam ândalos, ilhéus de Verão, ghiscari, naathi, roinares, ibeneses, sarnori, e até devedores e criminosos de puro sangue valiriano. Alguns haviam sido treinados em armas para servirem como guardas e soldados escravos; outros eram escravos de cama, cujas artes eram dar prazer. Havia muitos tipos de escravos domésticos entre eles: tutores, amas, cozinheiros, tratadores e intendentes. Outros eram artesãos habilidosos: carpinteiros, armeiros, pedreiros e tecelões. Alguns eram pescadores; alguns trabalhadores de campo; alguns, escravos de galés; muitos eram trabalhadores comuns. Os novos libertos falavam vários idiomas, então o idioma de seus antigos mestres – o valiriano – se tornou a língua comum.

E porque tinham arriscado sua vida em nome da liberdade, as mães e pais da nova cidade juraram que nenhum homem, mulher ou criança em Bravos jamais seria um escravo, um cativo ou um servo. Esta é a Primeira Lei de Bravos, entalhada em pedra no arco que atravessa o Longo Canal. Daquele dia em diante, os Senhores do Mar de Bravos se opuseram à escravidão em todas as suas formas e travaram muitas guerras contra traficantes de escravos e seus aliados.

A laguna onde os fugitivos encontraram refúgio parecia, à primeira vista, um lugar sombrio e pouco convidativo de lodaçais, baixios de marés e salinas, mas era bem escondido atrás de ilhas periféricas e rocas, e com frequência camuflada até do alto pelo nevoeiro. Além disso, suas águas salobras eram ricas em peixes e mariscos de todos os tipos, as ilhas que os abrigavam eram densamente arborizadas, e ferro, estanho, chumbo, ardósia e outros materiais úteis podiam ser encontrados nas proximidades ou no continente de Essos. Mais crucial ainda, a laguna era remota e pouco visitada; embora os escravos fugitivos estivessem cansados da fuga, a maior parte deles temia ser recapturada.

Não descoberta, Bravos cresceu e prosperou. Fazendas, casas e templos brotaram pelas ilhas baixas, enquanto pescadores aproveitavam da generosidade da grande laguna e dos mares além. Entre outros mariscos que os bravosi descobriram estava um certo caracol do mar, parente daquele que tornara Tyrosh e suas tinturas ricas e famosas. O caracol tinha uma tintura púrpura escura. Para mudar a aparência dos navios roubados, os capitães bravosi tingiam as velas desta cor sempre que navegavam além da laguna. Tomando cuidado para evitar navios valirianos e cidade sempre que possível, os bravosi começaram a comercializar com Ibben e, mais tarde, com os Sete Reinos. Por muito tempo, no entanto, os navios mercantes bravosi carregavam cartas de navegação falsas e criavam mentiras astutas quando questionados sobre seu porto de origem. Assim, por mais de um século, Bravos ficou conhecida como a Cidade Secreta.

O Senhor do Mar Uthero Zalyne pôs um fim a esse segredo, mandando seus navios para cada canto do mundo para proclamar a existência e a localização de Bravos, e para convidar homens de todas as nações para comemorar o

À ESQUERDA | *Execução do triarca Horonno.*

111º festival de fundação da cidade. Nessa época, todos os escravos fugidos originais estavam mortos, juntamente com todos os seus antigos mestres. Mesmo assim, Uthero mandou enviados do Banco de Ferro para Valíria vários anos antes, para abrir caminho para o que ficou conhecido como o Desvelamento ou o Desmascaramento de Uthero. Os senhores dos dragões provaram ter pouco interesse em descendentes de escravos que escaparam um século antes, e o Banco de Ferro pagou belas compensações para os netos dos homens cujos navios os fundadores haviam tomado e levado embora (mas se recusou a pagar o valor dos escravos em si).

Assim um acordo foi alcançado. O aniversário do Desvelamento é celebrado todos os anos em Bravos com dez dias de festejos e uma folia mascarada – um festival como nenhum outro no mundo conhecido, culminando na meia-noite do décimo dia, quando o Tita ruge e dezenas de milhares de foliões e celebrantes tiram suas máscaras ao mesmo tempo.

Apesar de suas origens humildes, os bravosi não só se tornaram a mais rica das Cidades Livres, mas também uma das mais inexpugnáveis. Volantis pode ter suas Muralhas Negras, mas Bravos tem uma muralha de navios como nenhuma outra cidade no mundo possui. Lomas Longstrider se maravilhou com o Titã de Bravos – a grande fortaleza de pedra e bronze na forma de um guerreiro que guarda a entrada principal da laguna –, mas a verdadeira maravilha é o Arsenal. Ali, uma galé de guerra de casco púrpura pode ser construída em um dia. Todos os navios são construídos a partir do mesmo desenho, para que todas as várias partes possam ser preparadas com antecedência, e construtores navais especializados atuam em diferentes seções do navio simultaneamente para acelerar o trabalho. Organizar tal feito de engenharia não tem precedentes; só é preciso olhar para a construção barulhenta e confusa nos estaleiros de Vilavelha para ver a verdade disso.

Seria tolice, no entanto, não dar ao Titã o que lhe é devido. Com a cabeça orgulhosa e olhos ardentes assomando a quase cento e vinte metros sobre o mar, o Titã é uma fortaleza de um tipo nunca visto antes ou depois, feita na forma de um imenso gigante sobre duas montanhas marinhas. As pernas e o baixo torso do Titã são de granito negro, originalmente um arco de pedra natural, entalhado e modelado por três gerações de escultores e pedreiros, e envoltos em uma saia plissada de bronze; acima da cintura, o colosso é de bronze, com cânhamo tingido de verde no lugar dos cabelos. Quando visto do mar pela primeira vez, o Titã é uma visão aterrorizante. Seus olhos são imensas fogueiras de farol, iluminando o caminho dos navios de volta para a laguna. Dentro do corpo de bronze existem salões e câmaras, buracos assassinos e seteiras, de modo que qualquer navio que ousasse forçar passagem certamente seria destruído. Navios inimigos podem facilmente ser guiados até as rochas pelos sentinelas dentro do Titã, e pedras e recipientes de piche ardente podem ser jogados no convés de qualquer um que tentar passar entre as pernas do Titã sem permissão. Mas isso raramente foi necessário; desde o Século de Sangue que um inimigo não comete a imprudência de provocar a ira do Titã.

Hoje, Bravos é um dos maiores portos do mundo e acolhe navios mercantes de todas as nações (exceto traficantes de escravos). Dentro da vasta laguna, navios bravosi atracam no esplêndido Porto Púrpura, localizado perto do Palácio do Senhor do Mar. Outros navios devem usar o chamado Porto de Ragman, mais pobre e rústico em todos os aspectos. Mesmo assim, há tanta riqueza a ser apreciada em Bravos que navios vêm de tão longe quanto Qarth e as Ilhas do Verão para comercializar ali.

Bravos também é lar de um dos mais poderosos bancos do mundo, cujas raízes remontam aos primórdios da cidade, quando alguns dos fugitivos esconderam alguns bens de valor que tinham em uma mina de ferro abandonada para mantê-los a salvo de ladrões e piratas. Conforme a cidade crescia e prosperava, os corredores e câmaras da mina começaram a encher. Em vez de deixar seus tesouros ociosos na terra, os bravosi mais ricos começaram a emprestá-lo para os irmãos menos afortunados.

Assim nasceu o Banco de Ferro de Bravos, cujo renome (ou infâmia, segundo alguns relatos) agora se estende por todos os cantos do mundo conhecido. Reis, príncipes, arcontes, triarcas e mercadores além da conta viajam dos confins da terra em busca de empréstimos dos cofres fortemente vigiados do Banco de Ferro.

O Banco de Ferro terá o que lhe é devido, dizem. Aqueles que emprestam dos bravosi e não pagam suas dívidas com frequência têm motivos para lamentar tal tolice, pois o Banco é conhecido por derrubar senhores e príncipes, e também há rumores que mandam assassinos contra aqueles que não conseguem remover (embora isso nunca tenha sido provado de modo conclusivo).

Bravos é uma cidade construída de lama e areia, onde um homem nunca está a mais de poucos metros de distância da água. Alguns dizem que a cidade tem mais canais do que ruas. Isso é um exagero, mesmo assim não se pode negar que o meio mais rápido para se locomover na cidade é pela água, em um dos vários barcos serpentinos que lotam os canais, em vez de a pé pelo labirinto de ruas, vielas e pontes em arco. Lagos e fontes são vistas em todos os lugares em Bravos, celebrando os laços da cidade com o mar e a "muralha de madeira" que a defende. As águas salobras da laguna que cercam as "cem ilhas" eram a fonte de grande parte da riqueza inicial da cidade, oferecendo ostras, enguias, caranguejos, lagostas, mariscos, arraias e muitos tipos de peixes.

Mesmo assim, as águas que alimentam e protegem Bravos também a colocam em perigo, pois, durante os últimos dois séculos, ficou aparente que algumas das ilhas da cidade estão afundando sob o peso dos edifícios que agora as cobrem.

PÁGINAS ANTERIORES | *Titã de Bravos.* ACIMA | *Banco de Ferro de Bravos.*

As Origens do Banco de Ferro de Bravos, do Arquimeistre Matthar, oferece um dos relatos mais detalhados sobre a história do banco e seus negócios, até onde podem ser descobertos; o banco é famoso por sua descrição e seus segredos. Matthar conta que os fundadores do Banco de Ferro eram vinte e três; dezesseis homens e sete mulheres, cada um dos quais possuía uma chave para os grandes cofres subterrâneos do banco. Seus descendentes, que agora são mais de mil pessoas, são conhecidos como chaveiros até os dias de hoje, embora as chaves que mostram orgulhosamente em ocasiões formais sejam agora inteiramente cerimoniais. Algumas das famílias fundadoras de Bravos vêm declinando ao longo dos séculos, e algumas poucas perderam suas riquezas completamente. Mesmo assim, até a mais insignificante delas ainda se apega às suas chaves e às honras que vêm com elas.

O Banco de Ferro não é governado apenas pelos chaveiros, no entanto. Algumas das mais ricas e poderosas famílias em Bravos são hoje de épocas mais recentes, e os chefes dessas casas possuem suas partes no banco, assento em seus conselhos secretos, e voz na escolha dos homens que liderarão a instituição. Em Bravos, como muitas pessoas de fora observaram, moedas de ouro valem mais do que chaves de ferro. Os enviados do banco cruzam o mundo, com frequência em navios do próprio banco, e mercadores, senhores e até reis tratam com eles quase como iguais.

De fato, a parte mais antiga da cidade, ao norte do Porto de Ragman, já afundou, e agora é conhecida como Cidade Afogada. Mesmo assim, ainda existem alguns bravosi, do tipo mais pobre, que vivem nas torres e andares superiores dos edifícios meio submersos.

Bravos é uma cidade renomada por sua arquitetura: o imenso Palácio do Senhor do Mar, com sua magnífica mistura de animais estranhos e pássaros de todo o mundo; o imponente Palácio de Justiça; o grande Templo dos Cantores da Lua; o aqueduto que os bravosi chamaram de rio de água doce, que leva a tão necessária água potável do continente de Essos (pois a água dos canais é salobra, lamacenta e muito suja para beber, por causa do lixo jogado nela pelos habitantes da cidade); as torres dos chaveiros e das famílias nobres; e a Casa das Mãos Vermelhas, um grande hospital e centro de cura. Entre essas nobres estruturas estão incontáveis lojas, bordéis, estalagens, cervejarias, salões de guildas, e intercâmbios de comerciantes. Ao longo das ruas e pontes estão estátuas de antigos Senhores do Mar, legisladores, marinheiros, guerreiros e até poetas, cantores e cortesãs.

Os templos de Bravos são muito famosos também, e alguns são verdadeiras maravilhas para se ver. O Templo dos Cantores da Lua é o principal deles, pois os bravosi têm uma reverência especial por tal divindade, como previamente relatado. O Pai das Águas é quase tão venerado quanto; seu templo aquoso é reconstruído novamente a cada ano para seus dias de festa. O Senhor da Luz, o vermelho R'hllor, tem um grande templo em Bravos também, pois seus adoradores ficaram ainda mais numerosos nos últimos cem anos.

Descendentes de uma centena de povos distintos, os bravosi honram uma centena de deuses diferentes. Os maiores deles têm templos, mas no meio do coração da cidade está a Ilha dos Deuses, onde até o menor dos deuses tem seu templo. O Septo-Além-do-Mar e seus septões e septãs oferecem adoração aos Sete todos os dias para marinheiros desembarcados dos Sete Reinos que vieram a Bravos fazer comércio.

Em Bravos, homens e mulheres de cantos distantes do mundo podem se sentar juntos, assim como têm feito há centenas de anos, comendo, bebendo e contando histórias. Dizem que todos são bem-vindos na Cidade Secreta.

ACIMA | *O distrito dos templos de Bravos.*

Muitas das cortesãs de Bravos são celebradas em canções e histórias, e algumas foram até imortalizadas em bronze ou mármore. Nos Sete Reios, as mais célebres e infames entre elas são as Pérolas Negras. A primeira mulher a usar este nome era a capitã e rainha pirata Bellegere Otherys, que reinou brevemente como uma das nove amantes do rei Aegon IV Targaryen. Ela deu à luz uma filha bastarda, Bellenora, a segunda Pérola Negra, uma famosa cortesã aclamada pelos cantores de sua época como a mais bela mulher do mundo. Suas descendentes se tornaram cortesãs também, cada uma delas conhecida como Pérola Negra, e cada uma tendo nas veias alguma medida do sangue do dragão até os dias de hoje.

Também deve ser dito que as cortesãs de Bravos são conhecidas no mundo todo, mas são todas mulheres livres, ao contrário das mais famosas belezas dos jardins de prazer de Lys ou dos bordéis de Volantis. Sua arte não é apenas no quarto; sua inteligência e influência as tornam muito procuradas pelos mercadores mais ricos, pelos capitães mais ousados, pelos visitantes mais distintos. Chaveiros, senhores e príncipes buscam seus favores. As mais famosas cortesãs adotam nomes poéticos para aumentar seu fascínio e mistério. Cantores disputam seu patrocínio, enquanto bravos com espadas finas com frequência duelam até a morte em nome de uma cortesã.

A esgrima dos bravos da Cidade Secreta é tão famosa quanto a beleza das cortesãs. Em geral sem armaduras, e empunhando lâminas pontiagudas muito mais leves do que as espadas longas dos Sete Reinos, esses guerreiros das ruas praticam seu estilo de luta rápido e mortal. Os maiores bravos se autointitulam dançarinos das águas, por causa do costume de duelar na Lagoa da Lua perto do Palácio do Senhor do Mar; afirma-se que dançarinos das águas de verdade podem lutar e matar sobre a superfície de uma lagoa sem perturbar a água.

Embora muitos espadachins mortais possam ser encontrados entre os bravos e os dançarinos das águas, pela tradição o

Pilman de Lannisporto, um capitão de navio, fez um relato de um duelo de dançarinos das águas para a Cidadela. Os dançarinos das águas, ele nos conta, parecem mal tocar a superfície, mas é uma ilusão causada pela escuridão, pois sempre duelam à noite. Mesmo assim, o capitão insistia que nunca vira nada igual, pela graça e pela habilidade.

maior de todos eles é a Primeira Espada, que comanda a guarda pessoal do Senhor do Mar e o protege em todos os eventos públicos. Uma vez escolhido, os Senhores do Mar servem por toda a vida. Inevitavelmente há aqueles que desejam encurtar essa vida para efetuar alguma mudança na política. Através dos séculos, as Primeiras Espadas lutaram muitos duelos famosos, fizeram parte de uma dúzia de guerras, e salvaram as vidas de duas dezenas de Senhores do Mar, para o bem e para o mal.

Nenhuma discussão sobre Bravos pode ser completa sem uma menção aos Homens sem Rosto. Envolta em mistério e rumores, dizem que essa sociedade secreta de assassinos é mais antiga que a própria Bravos, com raízes que remontam a Valíria no auge de sua glória. Pouco é conhecido com certeza sobre esses assassinos, no entanto.

ACIMA | *Moedas dos Homens sem Rosto de Bravos (frente e trás).* À DIREITA | *Ilhas do Verão.*

ALÉM DAS CIDADES LIVRES

CONHECEMOS TODAS AS terras e povos que existem no mundo? Certamente não. Nossos mapas têm limites, e mesmo o melhor deles levanta tantas questões quanto as que respondem sobre terras distantes do leste, mostrando espaços em branco muito frequentes em lugares sobre os quais não temos conhecimento. Mesmo assim, podemos nos beneficiar muito em discutir alguma coisa dos pontos que conhecemos, mesmo que o comércio desses lugares com os Sete Reinos seja pequeno se comparado com o das Cidades Livres.

AS ILHAS DO VERÃO

Ao sul de Westeros, embaladas nas águas azuis profundas do Mar do Verão, as Ilhas do Verão se aquecem sob o sol quente meridional. Mais de cinquenta ilhas formam esse verdejante arquipélago. Muitas são tão pequenas que um homem poderia atravessá-las caminhando em uma hora, mas Jhala, a maior das ilhas, se estende por mais de mil quilômetros de ponta a ponta. Sob suas imponentes montanhas verdes estão vastas florestas, selvas fumegantes, praias de areia verde e negra, poderosos rios repletos de monstruosos crocodilos, e vales férteis. Walano e Omboru, embora com menos da metade do tamanho de Jhala, são maiores do que todos os Degraus combinados. Essas três ilhas são lar de mais de nove décimos dos povos das ilhas.

Plantas de mil tipos distintos florescem em profusão nas Ilhas do Verão, enchendo o ar com seus perfumes. As árvores são cheias de frutas exóticas, e uma miríade de pássaros de cores vivas se move rapidamente nos céus. De sua plumagem, os ilhéus do Verão fazem seus fabulosos mantos de pena. Sob as copas verdes das florestas tropicais, espreitam onças pintadas maiores do que qualquer leão e matilhas de esbeltos lobos vermelhos. Grupos de macacos se balançam nos galhos das árvores

acima. Outros primatas são abundantes também: os "velhos vermelhos" de Omboru, os peles prateadas nas montanhas de Jhala e os caminhantes noturnos de Walano.

Os ilhéus do Verão são um povo escuro, de cabelo e olhos negros, com peles tão castanhas quanto teca ou negras como azeviche polido. Durante grande parte da história registrada, eles viveram isolados do resto da humanidade. Seus primeiros mapas, entalhados nas famosas Árvores Falantes da Vila das Árvores Altas, não mostram outras terras além das ilhas em si, cercadas por um vasto oceano. Como ilhéus, ocuparam os mares desde a aurora dos dias, primeiro em barquinhos a remo, depois em navios maiores e mais rápidos com velas de mais fortes, capazes de levar provisões suficientes para cruzar longos trechos de oceano enquanto enfrentavam até mesmo as mais ferozes das tempestades marítimas. Malthar Xaq, um príncipe da pequena ilha de Koj, foi o maior desses construtores de navios, e é lembrado hoje como Malthar, o Cavalgador dos Ventos, e Malthar, o Mapeador.

Uma nova era de exploração e comércio começou quando os grandes navios foram lançados no mar, despachados por Malthar e os outros príncipes. Muitos não retornaram. A maioria, sim. Naath, as Ilhas Basilisco, a costa setentrional de Sothoros e as costas meridionais de Westeros e de Essos foram todas visitadas, e, em menos de meio século, um próspero comércio crescera

Lomas Longstrider, que visitou as Ilhas do Verão na sua busca por maravilhas, relatou que os sábios das ilhas afirmaram que seus ancestrais chegaram uma vez ao litoral ocidental de Sothoros e fundaram três cidades ali, só para serem derrotados e destruídos pelas mesmas forças que expulsaram, mais tarde, assentamentos ghiscari e valirianos daquele perigoso continente. Os arquivos da Cidadela guardam algumas crônicas antigas de Valíria, mas nenhuma delas fala dessas supostas cidades, e há meistres que lançam dúvidas sobre a verdade dessas afirmações.

cânhamo tecido. Mesmo assim, poucos já se aventuravam além da vista do próprio litoral... e aqueles que navegavam além do horizonte nem sempre retornavam.

O primeiro contato registrado entre as Ilhas do Verão e o mundo exterior ocorreu no auge do Antigo Império de Ghis. Um navio mercante ghiscari desembarcou em Walano depois de ser tirado do curso por uma tempestade, só para fugir aterrorizado à primeira vista dos habitantes locais, a quem os ghiscari tomaram por demônios com peles negras queimadas pelos fogos do inferno. Depois disso, marinheiros ghiscari tomaram cuidado de se manter longe da Ilha do Demônio, como chamaram Walano em seus mapas; eles não tinham ideia da existência de Omboru, Jhala ou das ilhas menores.

Esse contato também teve um profundo efeito nos ilhéus do Verão, pois ficou provado que outros povos viviam em terras além das ondas. Sua curiosidade (e avareza) foi despertada, e príncipes das ilhas começaram a construir navios maiores e entre as Ilhas do Verão e a Cidade Franca de Valíria. As ilhas precisavam de ferro, estanho e outros metais, mas eram ricas em pedras preciosas (esmeraldas, rubis e safiras, além de pérolas de muitos tipos), especiarias (noz-moscada, canela, pimenta), e madeiras de lei. Uma moda se desenvolveu entre os senhores de dragões, que queriam macacos, primatas, filhotes de onça e papagaios. Teca, ébano, mogno, pau roxo, mahoe azul, cardos, aratanhas, amagodouros, marfim rosa e outras madeiras raras e preciosas também tinham muita demanda, juntamente com vinho de palma, frutas e penas.

Os valirianos ofereciam ouro por escravos também. Naquela época, como agora, os ilhéus do Verão eram um povo bonito, alto, forte, gracioso e rápido em aprender. Essas qualidades atraíam piratas e traficantes de escravos de Valíria, das Ilhas Basilisco e da Velha Ghis. Muita aflição se seguiu quando esses saqueadores chegaram às aldeias pacíficas para levar seus habitantes para a escravidão. Por um tempo, os príncipes das

Filhos do Verão, do Meistre Gallard, ainda é a principal fonte da história das Ilhas do Verão. Muito dessa história – que, antes, era obscura pelo fato de que muitos dos relatos das Ilhas eram registrados em versos complicados e formais – ficou clara pelos seus esforços exaustivos. Embora certas controvérsias permaneçam – o questionamento de Mollo sobre a cronologia de Gallard dos primeiros príncipes de Walano é um exemplo –, nenhuma obra melhor sobre o assunto já apareceu.

ilhas auxiliaram esse comércio, vendendo inimigos capturados e rivais para os traficantes.

As histórias entalhadas nas Árvores Falantes nos contam que esses "Anos da Vergonha" duraram grande parte de dois séculos, até que uma guerreira chamada Xanda Qo, princesa do Vale da Lótus Doce (que fora escravizada por um tempo), uniu todas as ilhas sob seu governo e colocou um fim nisso.

Como o ferro era escasso e caro nas ilhas, as armaduras eram pouco conhecidas, e as lanças longas de arremesso e as curtas de apunhalar tradicionais entre os ilhéus do Verão provaram ter pouco valor contra as espadas e machados de aço dos traficantes de escravos. Então Xanda Qo armou seus marinheiros com arcos compridos de amagodouro, uma madeira encontrada apenas em Jhala e em Omboru. Esses grandes arcos eram muito superiores aos arcos recurvados de chifres e tendões que os traficantes usavam, e podiam atirar uma flecha de um metro, com força suficiente para perfurar a cota de malha, o couro cozido, e até mesmo uma boa placa de aço.

Para dar a seus arqueiros uma plataforma sólida da qual pudessem atirar, Xanda Qo construiu navios maiores do que qualquer outro visto previamente no Mar do Verão – navios altos e graciosos, espertamente montados com um único prego, muitos deles recobertos com as raras madeiras de lei das ilhas tornadas ainda mais duras com mágicas, para que os aríetes dos navios dos traficantes de escravos rachassem e estilhaçassem contra suas laterais. Tão rápidos quanto fortes, seus navios com frequência ostentavam proas altas e curvadas no formato de pássaros e animais. Esses "pescoços de cisne" ganharam o apelido de "navios cisnes".

Ainda que isso tenha tomado grande parte de uma geração, os ilhéus do Verão, os liderados pela filha da princesa Xanda (e eventual sucessora), Chatana Qo, a Flecha de Jhahar, por fim prevaleceram no que ficou conhecido como Guerras dos Traficantes de Escravos. Embora a unidade das ilhas não tenha sobrevivido ao seu reinado (pois a Flecha se casara tolamente e não governava tão bem quanto lutava), os traficantes de escravos até agora fogem ao ver um navio cisne, pois cada uma dessas orgulhosas embarcações é conhecida por levar um complemento de arqueiros mortais armados com arcos de amagodouro. Até os dias de hoje, os arqueiros (e arqueiras) das Ilhas do Verão

ACIMA | *Navio cisne das Ilhas do Verão.*

são considerados os melhores do mundo. Nem seus arcos podem ser comparados aos arcos comuns, pois os príncipes das ilhas proibiram a exportação de amagodouro desde a Guerra dos Traficantes de Escravos; só arcos de ossos de dragão são conhecidos por ultrapassá-los, e esses são extremamente raros.

Certos ilhéus do Verão, com desejo de ver o resto do mundo, ficaram conhecidos por aceitar serviço no exterior como arqueiros mercenários ou marinheiros. Outros se juntaram aos piratas das Ilhas Basilisco; alguns se tornaram capitães de renome sombrio, cujos feitos são relatados com terror em portos tão distantes quanto Qarth e Vilavelha. Ilhéus do Verão subiram muito de posto entre as companhias livres das Terras Disputadas, como guardas nas rotinas de príncipes mercadores das Cidades Livres ou como lutadores de arenas nas cidades escravagistas de Astapor, Yunkai e Meereen... mas, apesar da indubitável proeza e habilidade nas armas que mostram individualmente, os ilhéus não são um povo guerreiro.

Os ilhéus do Verão nunca invadiram terra alguma além do seu litoral nem tentaram conquistar povos estrangeiros. Seus grandes navios cisne navegam mais longe e mais rápido do que as embarcações de qualquer outra nação, até os confins da terra. Mesmo assim, os príncipes das Ilhas do Verão não têm navios de guerra e parecem preferir comercializar e explorar a conquistar.

Apesar de sua longa história, as Ilhas do Verão se uniram sob um único governo não mais do que meia dúzia de vezes, e nunca por muito tempo. Hoje, cada uma das ilhas menores tem seu próprio governante, com o título de príncipe ou princesa no Idioma Comum; as ilhas maiores (Jhala, Omboru e Walano), com frequência, têm vários príncipes rivais.

Apesar disso, as ilhas são de modo geral um lugar pacífico. As guerras como são travadas lá são altamente ritualizadas, com batalhas que lembram o corpo a corpo dos torneios, onde grupos de guerreiros se encontram em um campo de batalha escolhido e consagrado com antecedência, em épocas consideradas auspiciosas pelos sacerdotes. Eles lutam com lanças, fundas e escudos de madeira, assim como seus antepassados faziam há cinco mil anos; os arcos de amagodouro e as flechas de um metro usadas pelos arqueiros em batalhas contra inimigos do outro lado do mar nunca são usados contra o próprio povo, pois seus deuses proibiram.

As guerras nas Ilhas do Verão raramente duram mais que um dia, e não causam danos senão nos próprios guerreiros. Nenhuma plantação é destruída, nenhuma casa é passada pela tocha, nenhuma cidade é saqueada, nenhuma criança é ferida, nenhuma mulher é estuprada (ainda que guerreiras mulheres lutem ao lado de seus homens na linha de batalha). Mesmo os príncipes derrotados não sofrem morte ou desfiguração, embora muitos tenham de deixar suas casas e palácios e passar o resto de seus dias no exílio.

Embora Jhala seja a maior das Ilhas do Verão, Walano é a mais populosa. Lá estão o Último Lamento, com seu grande

OUTRAS ILHAS DO VERÃO

Embora Jhala, Walano e Omboru dominem o arquipélago, várias ilhas menores são dignas de menção:

As Pedras Cantantes, a oeste das ilhas principais, têm picos irregulares tão cheios de buracos e galerias que fazem uma estranha música quando o vento sopra. O povo das Pedras consegue dizer qual a direção do vento a partir do som de sua canção. Se deuses ou homens ensinaram as pedras a cantar, ninguém pode dizer.

Cabeça de Pedra, a ilha mais a norte do arquipélago, é claramente obra humana; a face norte dessa rocha erodida foi entalhada com a firme semelhança de algum deus esquecido, carrancudo sobre o mar. É a última coisa que os ilhéus do Verão veem quando navegam para norte até Westeros.

Koj, antigamente lar de Malthar, o Mapeador, ainda ostenta os melhores estaleiros do arquipélago. Três quartos dos famosos navios cisne dos ilhéus são construídos em Koj, e o Palácio de Pérola, sede dos príncipes de Koj, é renomado por sua coleção de cartas de navegação e mapas.

Abulu, uma pequena e desolada ilha a nordeste de Walano, serviu por mais de dois anos como lar de Nymeria e seus seguidores. Os príncipes das ilhas se recusaram a permitir que ela se estabelecesse nas ilhas maiores, com medo de atrair a ira de Valíria. Como a maior parte do povo de Nymeria era de mulheres, Abulu ficou conhecida como Ilha das Mulheres, nome que ainda usa hoje em dia. Doenças, fome e ataques de traficantes de escravos foram o preço constante que os roinares pagaram lá, até que, por fim, Nymeria liderou seus dez mil navios de volta para o mar, em busca de um novo refúgio. Alguns milhares de seus seguidores preferiram ficar para trás, no entanto, e seus descendentes permanecem na Ilha das Mulheres até hoje.

À DIREITA | *Adoração em um templo do amor em uma Ilha do Verão.*

porto, o sonolento Porto de Lótus e Vila das Árvores Altas, banhada pelo sol, onde sacerdotes em túnicas de penas entalham canções e histórias nos troncos das enormes e imponentes árvores que dão tom à vila. Nessas Árvores Falantes, pode ser lida toda a história das Ilhas do Verão, juntamente com as ordens de seus muitos deuses e as leis pelas quais eles vivem suas vidas.

Embora duas dezenas de deuses tanto grandes quanto pequenos sejam honrados nas Ilhas do Verão, a reverência especial é mostrada aos deuses do amor, da beleza e da fertilidade. A união do masculino e do feminino é sagrada para essas deidades; ao se juntarem nesse ato de adoração, os ilhéus acreditam, homens e mulheres honram os deuses que os fizeram. Sejam ricos ou pobres, homem ou mulher, de nascimento nobre ou humilde, todos os ilhéus do Verão devem viver um tempo nos templos do amor que pontilham as ilhas, e partilhar seus corpos com qualquer um que possa desejá-los.

A maioria serve aos deuses por não mais do que um ano, mas aqueles considerados mais bonitos, mais compassivos e mais habilidosos permanecem. Em Bravos, seriam chamados de cortesãos, enquanto, em Porto Real, não seriam mais do que prostitutos, mas, em Jhala, Walano, Omboru e nas outras ilhas, esses sacerdotes e sacerdotisas são muito estimados, pois aqui dar prazer carnal é considerado uma arte tão digna de respeito quanto a música, a escultura ou a dança.

Hoje, os ilhéus do Verão são uma visão comum em Vilavelha e Porto Real, e seus navios cisne com suas velas ondulantes percorrem todos os mares da terra. Marinheiros ousados, seus capitães desprezam o abraço dos litorais como outros marinheiros e, em vez disso, saem destemidamente pelos oceanos profundos, muito distantes da vista da terra. Há certos indícios que exploradores de Koj possam ter mapeado a costa ocidental de Sothoros até o fim do mundo, e descoberto estranhas terras e estranhos povos muito distantes ao sul, ou do outro lado das águas sem fim do Mar do Poente... mas a verdade dessas histórias é conhecida apenas pelos príncipes das ilhas e pelos capitães que os servem.

NAATH

A noroeste de Sothoros, no Mar do Verão, fica a misteriosa ilha de Naath, conhecida pelos antigos como Ilha das Borboletas. O povo nativo da ilha é uma raça bonita e gentil, com rostos redondos, pele escura e grandes olhos suaves cor de âmbar, em geral salpicados de dourado. O Povo Pacífico, os naathi são chamados de marinheiros, pois não lutam nem na defesa de seus lares e pessoas. Os naathi não matam, nem mesmo os animais dos campos e das florestas; comem frutas, não carne, e fazem músicas, não guerra.

O deus de Naath é chamado de Senhor da Harmonia, com frequência representado como um gigante risonho, barbudo e nu, sempre cercado por um enxame de esbeltas donzelas com asas de borboletas. Uma centena de variedade de borboletas vive na ilha; os naathi as reverenciam como mensageiras do Senhor, encarregadas da proteção do povo. Talvez haja alguma verdade nessas lendas, pois, apesar da natureza dócil parecer tornar a ilha pronta para ser conquistada, estranhos de além-mar não vivem muito na Ilha das Borboletas.

Os ghiscari tomaram a ilha três vezes nos dias do Antigo Império; os valirianos erigiram um forte ali, cujas muralhas de pedra de dragão fundida ainda podem ser vistas; uma companhia de aventureiros volantinos certa vez construiu uma vila comercial, com paliçadas de madeira e gaiolas de escravos; corsários das Ilhas Basilisco desembarcaram em Naath incontáveis vezes. Mesmo assim, nenhum desses invasores sobreviveu, e os naathi afirmam que nenhum durou mais de um ano, pois alguma substância maléfica espreita o ar da bela ilha, e aqueles que ficam muito tempo em Naath logo sucumbem. A febre é o primeiro sinal dessa praga, seguido por espasmos dolorosos que fazem a vítima parecer que está dançando louca e incontrolavelmente. No último estágio, o doente transpira sangue e a carne se solta dos ossos.

Os naathi parecem ser imunes à doença.

O Arquimeistre Ebrose, que fez um estudo de todos os relatos conhecidos da aflição, acredita que ela é transmitida pelas borboletas que o Povo Pacífico reverencia. Por esse motivo, a doença é com frequência chamada de febre da borboleta. Alguns acreditam que a febre é transmitida por um único tipo específico de borboleta (uma variedade branca e preta, com asas tão grandes quanto as mãos de um homem é a escolhida por Ebrose), mas isso permanece como conjectura.

Se as borboletas de Naath são realmente servas do Senhor da Harmonia ou não mais do que insetos comuns como suas primas dos Sete Reinos, pode muito bem ser que os naathi não estejam errados em considerá-las suas guardiãs.

Triste dizer que os corsários que espreitam os mares ao redor de Nath há muito descobriram que as chances de morrer de febre da borboleta são baixas desde que não permaneçam nas ilhas por mais do que poucas horas... e menos ainda se desembarcarem à noite, pois borboletas são criaturas diurnas e amam o orvalho da manhã e o sol da tarde. Por isso que os traficantes das Ilhas Basilisco com frequência invadem Naath na escuridão da noite, para levar aldeias inteiras como escravos. O Povo Pacífico sempre teve um bom preço, dizem, pois são tão inteligentes quanto gentis, belos de se olhar e rápidos em aprender a obediência. É relatado que uma casa de prazer em Lys é famosa por suas garotas naathi, que usam diáfanos vestidos de seda e são adornadas com asas de borboletas alegremente pintadas.

Tais ataques se tornaram mais frequentes desde o Século de Sangue, tanto que o Povo Pacífico abandonou em grande parte o litoral, mudando-se para o interior, nas montanhas e florestas, onde é mais difícil para os traficantes encontrá-los. Dessa maneira, as belas e coloridas sedas feitas a mão, e os delicados vinhos temperados da Ilha das Borboletas são cada vez menos vistos nos mercados dos Sete Reinos e nas Nove Cidades Livres.

AS ILHAS BASILISCO

A leste de Naath, a longa cadeia de ilhas conhecida como Ilhas Basilisco não poderiam ser mais diferentes. Nomeada por causa dos ferozes animais que as infestavam antigamente, as Basilisco têm sido, durante longos séculos, a ferida purulenta do Mar do Verão, habitadas apenas por corsários, piratas, traficantes de escravos, mercenários, assassinos e monstros, o pior da humanidade. Dizem que vieram de cada terra sob o sol, pois só aqui tais homens podem esperar encontrar outros da sua laia.

A vida nas Basilisco é desagradável, brutal e, com frequência, curta. Quentes, úmidas e repletas de pernilongos, moscas da areia e sanguessugas, essas ilhas sempre provaram ser singularmente insalubres para homens e animais. Ruínas encontradas na Ilha das Lágrimas, na Ilha dos Sapos e na Ilha Machado dão sinais de alguma antiga civilização, mas pouco se sabe agora sobre esses homens desaparecidos da Era da Aurora. Se alguns ainda sobreviviam quando os primeiros corsários se

ACIMA | *Borboletas de Naath.*

estabeleceram nas ilhas, logo foram passados pela espada, então nenhum traço deles existe agora... exceto, talvez, na Ilha dos Sapos, como discutiremos brevemente.

A maior das Basilisco é a Ilha das Lágrimas, onde escarpas abruptas e pântanos negros se escondem entre colinas de pedras acidentadas e retorcidas. Na costa sul estão as ruínas de uma cidade. Fundada pelo Antigo Império de Ghis, foi conhecida como Gorgai por quase dois séculos (talvez quatro; há certa disputa), até que os senhores de dragões de Valíria a capturaram durante a Terceira Guerra Ghiscari e a renomearam como Gogossos.

Qualquer que fosse o nome, era um lugar perverso. Os senhores dos dragões mandaram seus piores criminosos para a Ilha das Lágrimas para uma vida de trabalhos forçados. Nos calabouços de Gogossos, torturadores concebiam novos tormentos. Nas arenas de carne, feitiçaria de sangue do tipo mais negro era praticada, enquanto animais eram cruzados com escravas para dar à luz crianças deformadas meio-humanas.

A infâmia de Gogossos sobreviveu até à Perdição. Durante o Século de Sangue, essa cidade negra ficou rica e poderosa. Alguns a chamavam de Décima Cidade Livre, mas sua riqueza era construída com escravos e feitiçaria. Seus mercados de escravos se tornaram tão notórios quanto os das antigas cidades ghiscari na Baía dos Escravos. Dizem que setenta e sete anos depois da Perdição de Valíria, no entanto, seu fedor alcançou as narinas dos deuses, e uma terrível praga emergiu dos poços de escravos em Gogossos. A Morte Vermelha varreu a Ilha das Lágrimas, e depois, o resto das Ilhas Basilisco. Nove em cada dez homens morriam gritando, sangrando copiosamente de cada orifício, a pele se rasgando como pergaminho molhado.

Durante um século depois disso, as Basilisco foram evitadas. Não foi até a chegada dos corsários que os homens voltaram para a ilha novamente. O pirata qarteno Xandarro Xhore foi o primeiro a erguer seu estandarte ali, usando as pedras que encontrou na Ilha Machado para erigir um sombrio forte negro em cima. Os homens da Irmandade dos Ossos vieram logo depois, estabelecendo-se no extremo oeste do arquipélago, na Ilha das Moscas. A partir dessa base, Xandarro e a Irmandade estavam perfeitamente localizados para atacar mercadores que rondavam os remanescentes destruídos e fumegantes da península valiriana. Em meio século, quase todas as Basilisco eram lares para grupos de corsários.

Nos dias de hoje, a Irmandade dos Ossos está há muito esquecida, e tudo o que resta de Xandarro Xhore é o forte que ele deixou na Ilha Machado, mas os corsários ainda assombram as Basilisco. Parece que uma vez em cada geração, frotas são enviadas para as ilhas para limpá-las desses vermes do mar. Os volantinos são especialmente assíduos nesse quesito, com frequência aliados a uma ou mais das outras Cidades Livres. Alguns desses ataques terminaram em fracasso quando os corsários fugiram, prevenidos. Outros, liderados com mais habilidade, viram centenas enforcados e dúzias de navios capturados, afundados ou passados pela tocha. Um deles terminou em infâmia, quando o capitão liseno Saathos Saan, comandando a frota enviada para destruir ar fortalezas dos corsários, tornou-se pirata e reinou como rei das Ilhas Basilisco por trinta anos.

Não importa o resultado de tais esforços, os corsários parecem sempre retomar suas depredações depois de um tempo. Suas vilas se espalham como cogumelos, apenas para serem abandonadas no ano seguinte, deixadas para apodrecer e afundar na lama e no limo sobre as quais foram erguidas. O Porto da Pilhagem, a mais famosa delas, é celebrada em

Algumas das Ilhas Basilisco têm certos aspectos únicos que merecem maior destaque:

A Garra, uma grande ilha no formato de garra ao norte da Ilha das Lágrimas, é repleta de profundas cavernas, a maior delas desabitada e fortificada. Essa ilha serve como mercado de escravos para corsários, onde cativos são mantidos até que possam ser vendidos ou (menos frequente) resgatados. Também é o lar da Praia do Escambo, onde piratas fazem permutas uns com os outros.

Na Ilha dos Sapos, pode ser encontrado um ídolo antigo, uma pedra negra oleosa rudemente entalhada na semelhança de um sapo gigante de aspecto maligno, com doze metros de altura. Alguns acreditam que o povo dessa ilha era descendente daqueles que entalharam a Pedra do Sapo, pois há um aspecto desagradável de peixe em seus rostos, e muitos têm membranas entre os dedos das mãos e dos pés. Se assim for, eles são os únicos descendentes dessa raça esquecida.

Muitos corsários se apegam ao horrível costume de enfeitar os cascos e mastros de seus navios com cabeças decepadas, para colocar medo nos inimigos. As cabeças balançam em cordas de cânhamo até que toda a carne apodrece, e aí são substituídas por outras. Em vez de jogar as caveiras no mar, no entanto, os corsários as deixam na Ilha dos Crânios, como oferenda a algum deus sombrio. Por isso, grandes pilhas de crânios amarelados podem ser vistas ao longo do litoral dessa pequena ilha desabitada e varrida pelo vento.

muitas canções e histórias e, mesmo assim, não pode ser encontrada em nenhum mapa... pela boa e suficiente razão que existiram pelo menos uma dúzia de Portos da Pilhagem, em muitas ilhas. Sempre que um é destruído, outro é fundado, só para ser abandonado por sua vez. O mesmo é verdade para o Chiqueiro, o Talho da Puta, a Morcela e outros covis de piratas, cada um mais vil e mais infame do que o último.

Em resumo, é melhor evitar as Ilhas Basilisco, pois nada de bom já aconteceu para aqueles que viajaram até lá.

SOTHOROS

Os homens têm conhecimento da existência da terra vasta e selvagem do sul desde que o primeiro deles percorreu o mar em navios, pois só a largura do Mar do Verão separa Sothoros das antigas civilizações e das grandes cidades de Essos e Westeros. Os ghiscari estabeleceram postos avançados em seu litoral norte nos dias do Antigo Império. Ergueram a cidade murada de Zamettar na foz do rio Zamoyos, e construíram a sombria colônia penal Gorosh na Ponta do Serpe. Aventureiros qartenos famintos por lucros buscavam ouro, pedras preciosas e marfim ao longo das costas orientais de Sothoros. Ilhéus do Verão faziam o mesmo no oeste. A Cidade Franca de Valíria estabeleceu colônias três vezes na Ponta Basilisco: a primeira foi destruída pelos Homens Tigrados, a segunda foi perdida para a praga, e a terceira foi abandonada quando os senhores de dragões capturaram Zamettar na Quarta Guerra Ghiscari.

Mesmo assim, não podemos afirmar conhecer Sothoros bem. Seu interior permanece um mistério para nós, coberto por uma selva impenetrável, onde antigas cidades cheias de fantasmas estão em ruínas ao lado de grandes rios lentos. A poucos dias de viagem de barco para sul da Ponta Basilisco, até o formato da costa permanece desconhecido (pode ser que os ilhéus de Verão tenham explorado e mapeado esses litorais, mas guardam suas cartas marítimas zelosamente e não dividem tal conhecimento).

Colônias estabelecidas aqui murcham e morrem; só Zamettar perdurou por mais que uma geração, e hoje até

ACIMA | *Corsários: a praga das Ilhas Basilisco.*

aquela anteriormente grande cidade é uma ruína assombrada, lentamente sendo reivindicada pela selva. Traficantes de escravos, mercadores e caçadores de tesouros visitaram Sothoros ao longo dos séculos, mas só o mais ousado deles já se aventurou além de suas guarnições costeiras e enclaves para explorar os mistérios do vasto interior do continente. Aqueles que ousaram se aventurar dentro do verde nunca mais foram vistos.

Sequer sabemos o tamanho verdadeiro de Sothoros. Mapas qartenos já a mostraram como uma ilha, duas vezes o tamanho de Grande Moraq, mas seus navios mercantes, aventurando-se cada vez mais pelas costas orientais, nunca foram capazes de encontrar o fim. Os ghiscari que fundaram Zamettar e Gorosh acreditavam que Sothoros era tão grande quanto Westeros. Jaenara Belaerys voou em seu dragão, Terrax, mais ao sul do que qualquer homem ou mulher jamais fora antes, buscando os mares ferventes e os rios fumegantes da lenda, mas só encontrou selva sem fim, desertos e montanhas. Voltou para a Cidade Franca depois de três anos para declarar que Sothoros era tão grande quanto Essos, "uma terra sem fim".

Qualquer que seja sua real extensão, o continente meridional é um lugar insalubre, seu ar cheio de vapores sujos e miasmas. Já vimos o que Nymeria passou em suas praias, quando tentou estabelecer seu povo ali. Sangue fervido, febre verde, podridão doce, pastabronze, Morte Vermelha, escamagris, perna castanha, vermes do osso, desgraça dos marinheiros, olhos de pus e gengivamarela são apenas algumas doenças encontradas aqui, muitas tão virulentas que são conhecidas por acabar com assentamentos inteiros. O estudo do Arquimeistre Ebrose sobre séculos de relatos de viajantes sugere que nove em cada dez homens de Westeros que visitavam Sothoros sofriam uma ou mais dessas aflições, e quase metade morria.

Mas a doença não é o único perigo que aqueles que buscam conhecer essa terra verde e úmida devem enfrentar. Imensos crocodilos espreitam sob a superfície do Zamoyos e são conhecidos por virar barcos, nadando por baixo para poderem devorar seus ocupantes enquanto eles se debatem na água. Outros riachos são infestados por cardumes de peixes carnívoros capazes de arrancar a carne dos ossos de um homem em minutos. Há pernilongos, serpentes venenosas, vespas e vermes que colocam seus ovos sob a pele de cavalos, porcos e homens. Basiliscos, tanto grandes quanto pequenos, são encontrados em grandes quantidades na Ponta Basilisco, alguns com duas vezes o tamanho de leões. Nas florestas ao sul de Yeen, dizem que há primatas que fazem os maiores gigantes parecerem anões, tão poderosos que podem matar elefantes com um único golpe.

Mais ao sul estão as regiões conhecidas como Inferno Verde, onde dizem que vivem os animais mais temíveis. Lá, se os contos são verdadeiros, há cavernas cheias de morcegos vampiros brancos que podem drenar o sangue de um homem em minutos. Lagartos tatuados percorrem as selvas, perseguindo suas presas e destroçando-as com longas garras curvadas e poderosas patas traseiras. Serpentes de quinze metros de comprimento deslizam pela vegetação rasteira, e aranhas pintadas tecem suas teias entre as grandes árvores.

Os mais terríveis de todos são os serpes, aqueles tiranos dos céus do sul, com grandes asas de couro, bicos cruéis e apetite insaciável. Parentes próximos dos dragões, os serpes não exalam fogo, mas excedem seus primos em ferocidade e são páreo para eles em todos os outros aspectos, exceto no tamanho.

Serpes malhados, com suas inconfundíveis escamas jade e branco, chegam a nove metros de comprimento. Serpes do pântano são conhecidos por alcançar tamanhos ainda maiores, embora sejam lentos por natureza e raramente voem para longe de seu covil. Barrigas marrom, não maiores do que macacos, são ainda mais perigosos do que seus parentes maiores, pois caçam em bando de uma centena ou mais. Mas o mais temido de todos é o asassombra, um monstro noturno cujas escamas e asas negras o tornam quase invisível... até ele descer na escuridão para destroçar sua presa.

Não é surpresa que Sothoros seja pouco povoado quando comparado com Westeros ou Essos. Duas dezenas de pequenas vilas de comércio se amontoam na costa norte – vilas de lama e sangue, alguns dizem: molhadas, úmidas e cheias de miséria, onde aventureiros, trapaceiros, exilados e prostitutas das Cidades Livres e dos Sete Reinos vêm fazer fortuna.

Há riquezas escondidas entre as selvas, pântanos e taciturnos rios banhados pelo sol do sul, sem dúvida, mas, para cada homem que encontra ouro, pérolas ou especiarias preciosas, há uma centena que encontra apenas a morte. Os corsários das Ilhas Basilisco atacam esses assentamentos, levando cativos que

---

Em *Dragões, Wyrms e Serpes*, o Septão Barth especula que magos de sangue de Valíria costumavam usar caldo de serpes para criar dragões. Embora seja alegado que os magos de sangue experimentavam fortemente suas artes não naturais, essa afirmação é considerada absurda pela maioria dos meistres. Entre eles, o Meistre Vanyon, em *Contra o não Natural*, apresenta certas provas de que dragões existiam em Westeros até mesmo nos dias mais distantes, antes que Valíria ascendesse ao poder.

---

serão mantidos confinados em Garra ou na Ilha das Lágrimas antes de serem vendidos para os mercados de carne da Baía dos Escravos, ou para as casas de prazer e jardins de prazer de Lys. E as raças nativas ficam ainda mais selvagens e primitivas quanto mais nos afastamos da costa.

Os sothori são criaturas de ossos grandes, músculos maciços, braços compridos, testas inclinadas, imensos incisivos, mandíbulas pesadas e cabelo negro grosso. Seus narizes largos e achatados parecem focinhos, e sua pele grossa e tigrada em padrões de marrom e branco parece mais com a dos sapos do que com as humanas. As mulheres sothori não conseguem reproduzir com ninguém exceto os homens sothori; quando cruzam com homens de Essos ou Westeros, dão à luz apenas natimortos, muitos horrivelmente deformados.

Os sothori que vivem mais perto do mar aprenderam a falar a língua do comércio. Os ghiscari os consideram muito pobres de inteligência para serem bons escravos, mas são guerreiros ferozes. Mais ao sul, as armadilhas da civilização caem por terra, e os Homens Tigrados se tornam mais e mais selvagens e bárbaros. Esses sothori veneram deuses sombrios com ritos obscenos. Muitos são canibais, e mais ainda são vampiros; quando não podem se banquetear da carne dos inimigos e estranhos, comem sua própria morte.

Alguns dizem que havia outras raças aqui antigamente – pessoas esquecidas destruídas, devoradas ou expulsas pelos Homens Tigrados. Contos de homens lagartos, cidades perdidas e habitantes sem olhos de cavernas são lugar comum. Não existem provas de nada disso.

Meistres e outros eruditos se intrigaram com o maior enigma de Sothoros, a antiga cidade de Yeen. Uma ruína mais antiga do que o tempo, construída de pedra negra oleosa, em blocos maciços tão pesados que seria necessário uma dúzia de elefantes para movê-los, Yeen permanece desolada por muitos milhares de anos. Mesmo assim, a selva que a cerca por todos os lados mal a tocou. ("Uma cidade tão má que até a selva não entrará", supostamente Nymeria disse quando colocou os olhos na cidade, se os relatos são verdadeiros). Cada tentativa de reconstruir ou de recolonizar Yeen terminou em horror.

AS PRADARIAS

Além da Floresta de Qohor, Essos se abre em uma vasta extensão de planícies varridas pelo vento, suaves colinas, vales férteis, grandes lagos azuis e estepes infinitas onde a relva cresce tão alta quanto a cabeça de um cavalo. Do oeste da Floresta de Qohor até as montanhas imponentes conhecidas como Ossos, as pradarias se estendem por mais de quatro mil quilômetros.

Foi entre essas relvas que a civilização nasceu na Era da Aurora. Há dez mil anos ou mais, quando Westeros ainda era uma imensa vastidão habitada apenas pelos gigantes e pelos filhos da floresta, as primeiras vilas de verdade se ergueram nas margens do rio Sarne e ao lado da miríade de riachos afluentes que alimentavam o rio principal em seu curso para norte, até o Mar Tremente.

As histórias daqueles dias estão perdidas para nós, é triste dizer, pois os reinos da relva vieram e se foram em grande medida antes da raça dos homens se tornar letrada. Só as lendas persistem. Por elas sabemos das Rainhas Pescadoras, que governavam as terras adjacentes ao Mar de Prata – o grande mar interior no coração das pradarias –, de um palácio flutuante que fazia seu caminho sem fim pela costa.

As Rainhas Pescadoras eram sábias, benevolentes e favorecidas pelos deuses, nos dizem, e reis, senhores e sábios buscavam o palácio flutuante atrás de seus conselhos. Além de seus domínios, no entanto, outros povos se erguiam, caíam e lutavam, disputando um lugar ao sol. Alguns meistres acreditam que os Primeiros Homens se originaram ali, antes de começarem a longa migração para oeste que os levou através do Braço de Dorne para Westeros. Os ândalos também podem ter surgido nas terras de campos férteis ao sul do Mar de Prata. Histórias são contadas sobre os Homens Peludos, uma raça de selvagens guerreiros descabelados, que seguiam para batalhas em unicórnios. Embora maiores do que os ibeneses do presente, eles bem que podem ter sido seus ancestrais. Ouvimos também sobre a cidade perdida de Lyber, onde acólitos de uma deusa aranha e de um deus serpente lutavam uma guerra sangrenta e sem fim. A leste deles estava o reino dos centauros, meio-homens, meio-cavalos.

A sudeste erguiam-se as orgulhosas cidades-estado dos qaathi; as florestas do norte, ao longo da costa do Mar Tremente, eram os domínios dos caminhantes das florestas, um povo diminuto que muitos meistres acreditam ter sido parente dos filhos da floresta; entre elas podia ser encontrado o reino da montanha de Cymmeri, os Gipp de longas pernas, com escudos de vime e cabelos endurecidos com visgo, e os Zoqora, de pele castanha e cabelo claro, que iam para a guerra em carruagens.

A maior parte desses povos se foi agora, suas cidades queimadas e enterradas, seus deuses e heróis totalmente esquecidos. Das cidades qaathi, só Qarth permanece, sonhando com as glórias passadas ao lado dos zelosamente protegidos Portões de Jade, que ligam os mares do Verão e de Jade. As outras foram extintas, levadas ao exílio ou conquistadas e assimiladas pelos povos que as sucederam.

Westeros se lembra desses conquistadores como os sarnori, pois, no auge, seu grande reino incluía todas as terras banhadas pelo Sarne e seus afluentes, e os três grandes lagos, que eram tudo o que restava do reduzido Mar de Prata. Eles chamavam a si mesmos de Homens Altos (no idioma deles, *Tagaez Fen*). Tinham membros longos e cabelos e olhos castanhos, como os zoqora, embora os cabelos e olhos desses últimos fossem negros como a noite. Guerreiros, feiticeiros e eruditos, eles traçavam

---

Histórias suficientes sobrevivem para convencer a maioria dos meistres da existência passada do Mar de Prata, embora por causa da diminuição da chuva ao longo dos séculos, ele tenha encolhido tão severamente que hoje só três grandes lagos permanecem onde antigamente suas águas brilhavam sob o sol.

O Arquimeistre Hagedorn defende a teoria de que os centauros não são mais do que guerreiros montados, do modo como são percebidos por tribos vizinhas que ainda não aprenderam a domar ou montar a cavalo. Seu ponto de vista se tornou amplamente aceito na Cidadela, apesar dos supostos "esqueletos de centauros" que aparecem em espetáculos grotescos de tempos em tempos.

À ESQUERDA | *Ruínas em Sothoros.*

sua descendência até o rei herói que chamavam de Huzhor Amai (o Incrível), nascido da última das Rainhas Pescadoras, que tomou como esposas as filhas dos maiores senhores e reis dos Gipp, dos Cymmeri e dos Zoqora, unindo os três povos sob seu comando. Dizem que sua esposa zoqora dirigia sua carroça, sua esposa cymeriana fazia sua armadura (pois seu povo foi o primeiro a trabalhar com ferro), e ele usava sobre os ombros um grande manto feito da pele de um rei dos Homens Peludos.

Tal homem pode ter existido ou não, mas ninguém pode duvidar da glória dos Homens Altos em seu auge. Um povo orgulhoso e briguento, raramente estava unido sob um único governante, mas seus reinos dominavam a pradaria ocidental, da Floresta de Qohor até a costa oriental do desaparecido Mar de Prata e trezentos quilômetros além. Suas cidades reluzentes se espalhavam pela pradaria como joias em um manto de veludo verde, brilhando sob as luzes do sol e das estrelas.

A maior dessas cidades era Sarnath das Torres Altas, onde o Rei Supremo vivia em seu fabuloso Palácio dos Mil Aposentos.

A leste erguia-se Kasath, a Cidade das Caravanas; Sathar, a Cidade das Cachoeiras, na conjunção de dois ramos do Sarne; Gornath do Lago, com seus canais; Sallosh da Costa de Prata, Cidade dos Eruditos, com sua vasta livraria e murais. Rio abaixo, onde o Sarne virava para norte, as prósperas cidades fluviais de Rathylar, Hornoth e Kyth serviam os navios que navegavam em suas águas azuis profundas. Aqui, também, estava Mardosh, a Cidade dos Soldados, renomada como Mardosh, a Inconquistável. No delta, onde o Sarne se abre e desagua no Mar Tremente, podiam ser encontradas as cidades portuárias de Saath (a oeste) e Sarys (a leste).

O Reino de Sarnor (chamado assim, embora ostentasse quarenta reis rivais) ficou entre as maiores civilizações do mundo conhecido por mais de dois mil anos. Mesmo assim, muito do que sabemos deles vem apenas de fragmentos de sua história de outra forma perdida, mais notavelmente os *Anais de Verão e Inverno*, e de registros sobre eles em Qarth, na Baía dos Escravos e nas Cidades Livres. Comerciantes sarnori viajaram para Valíria, Yi Ti, Leng e Assai. Navios sarnori navegavam pelo Mar Tremente para Ibben, para as Mil Ilhas e para Far Mossovy. Reis sarnori guerrearam contra os qaathi e o Antigo Império de Ghis, e lideraram muitas incursões contra os bandos de guerreiros nômades que percorriam as estepes a leste.

Seus homens usavam aço e seda de aranha, e cavalgavam em éguas negras como carvão, enquanto os maiores entre seus guerreiros seguiam para batalha em bigas puxadas por grupos de cavalos vermelho sangue (com frequência guiadas por suas esposas ou filhas, pois era costume entre os sarnori que homens e mulheres fossem juntos à guerra).

Mesmo nos Sete Reinos, a glória de Sarnath das Altas Torres era celebrada, e Lomas Longstrider incluiu o Palácio dos Mil Aposentos entre as nove *Maravilhas Feitas pelo Homem*.

Hoje, no entanto, o Reino de Sarnor é amplamente esquecido, e há muitos e ainda mais em Westeros, mesmo estudantes na Cidadela, que sabem pouco e ainda menos sobre sua longa e orgulhosa história. Todas as suas torres caíram, suas cidades estão em ruínas e abandonadas, e ervas daninhas e relvas altas crescem onde, antes, suas fazendas, campos e vilas eram encontrados. As terras que antes eles governaram são pouco povoadas e percorridas apenas pelos *khalasares* errantes dos senhores de cavalos dothraki, e caravanas que os *khals* permitem fazer a longa e lenta travessia entre as Cidades Livres e Vaes Dothraki e a Mãe das Montanhas.

Viajantes chamam essa região de Terras Assombradas por causa das muitas cidades arruinadas que as pontilham, ou a Grande Desolação, por seu vazio, mas é como Mar Dothraki que essas pradarias são mais conhecidas hoje. Esse uso é relativamente recente, no entanto, pois os dothraki são uma raça jovem, e foi só desde que a Perdição destruiu Valíria que os *khalasares* dominaram essas terras, avançando para leste com fogo e aço para conquistar e destruir as cidades antigas que prosperavam aqui e levar as pessoas como escravas.

A queda dos grandes reinos sarnori levou menos de um século. Ainda que as Cidades Livres do oeste tenham ficado presas em uma disputa selvagem por domínio durante o que ficou conhecido como Século de Sangue, as pradarias também explodiram em guerra. Durante os anos que seguiram a Perdição, os guerreiros das estepes orientais, até então divididos em mais de meia centena de tribos briguentas, em guerra perpétua umas com as outras, finalmente se uniram sob um único líder, um *khal* dothraki chamado Mengo. Aconselhado por sua mãe, a suposta rainha bruxa Doshi, Khal Mengo obrigou os outros nômades a aceitar seu governo, extinguindo ou escravizando os que se recusaram.

Por lei e costume, todos os reis sarnori de menor importância eram vassalos do Rei Supremo, mas, na verdade, poucos Reis Supremos exerceram algum poder real.

A história nos diz que o Antigo Império de Ghis lutou cinco guerras contra a ascensão da Cidade Franca de Valíria. Nas Segunda e Terceira Guerras Ghiscari, os Homens Altos tomaram em armas como aliados de Valíria. Na Quarta Guerra, reis rivais tomaram lados opostos, alguns se juntando aos ghiscari, e outros, aos valirianos. Lomas Longstrider escreveu sobre um obelisco caído esculpido com as figuras dos aliados de Ghis naquela quarta guerra e notou que os guerreiros mais altos retratados – ainda mais altos por causa dos elmos – eram os sarnori. O obelisco foi erguido por Ghis, mas os entalhes eram valirianos, pois todos os guerreiros foram capturados e escravizados.

Então, já com idade avançada, voltou os olhos para oeste.

Desprezando os senhores dos cavalos, que haviam sido não mais do que um incômodo para eles por séculos, os Homens Altos ignoraram a ameaça do leste por tempo demais, mesmo quando os *khalasares* começaram a atacar suas fronteiras orientais. Alguns de seus reis até tentaram usar os dothraki em suas próprias guerras, oferecendo-lhes ouro, escravos e outros presentes para lutar contra seus rivais. Khal Mengo aceitou os presentes alegremente... então pegou as terras conquistadas também, queimando campos, fazendas e vilas para que a pradaria lhes devolvessem ao estado selvagem (pois os dothraki consideram a terra como sua mãe e pensam que é pecado cortar sua carne com arados, enxadas e machados).

Só quando o filho de Mengo, Khal Moro, trouxe seu *khalasar* até os portões de Sathar, a fabulosa Cidade das Cachoeiras, que os Homens Altos pareceram perceber o perigo que eles representavam. Derrotados em batalha, os homens de Sathar foram passados pela espada, suas mulheres e crianças capturadas como escravas; três quartos delas morreram na cansativa marcha para sul, até os mercados de escravos na colina da cidade ghiscari de Hazdahn Mo. Sathar, a mais adorável das cidades da pradaria, foi queimada até virar cinzas e escombros. Está escrito que foi o próprio Khal Moro quem deu às ruínas seu novo nome: Yalli Qamayi, o lugar das Crianças Chorosas.

Mesmo então, os reis de Sarnor provaram ser incapazes de se unir. Enquanto Sathar ardia, os reis de Kasath a oeste e Gornath ao norte despacharam seus exércitos, não para ajudar os vizinhos, mas para reivindicar uma parte da pilhagem. Em sua ambição por terras, Kasath e Gornath entraram em conflito uma com a outra e travaram uma batalha acirrada a três dias de cavalgada de Sathar; as colunas de fumaça negra se erguendo no céu oriental.

Esse não é o lugar para narrar os acontecimentos dos anos e guerras que se seguiram, enquanto as grandes cidades dos Reinos de Sarnor caíam um pedaço após outro para os dothraki. Aqueles que desejam um relato mais detalhados podem recorrer a *O Fim dos Homens Altos*, de Bello, *Tribos dos Cavalos, um estudo dos nômades nas planícies orientais de Essos*, do Meistre Illister, os capítulos finais e apêndices de *Batalhas e cercos do Século de Sangue*, do Meistre Joseth, e a obra definitiva *Cidades Arruinadas, Deuses Roubados*, de Vaggoro.

É suficiente dizer que de todas as orgulhosas cidades sarnori, só Saath permanece inteira até os dias de hoje, e que a cidade portuária é um lugar triste, muito menor do que era antigamente, sobrevivendo em grande parte por causa do apoio de Ibben e Lorath (cuja colônia, Morosh, fica nas proximidades). Só em Saath os homens ainda se denominam *Tagaez Fen*; restam menos de vinte mil, quando antigamente os Homens Altos somavam milhões. Só há cem deuses do Reino de Sarnor que ainda são adorados. Os retratos de bronze e mármore que antes adornavam as ruas e templos dos Homens Altos agora estão tortos, cheios de ervas daninhas, ao longo das ruas de capim de Vaes Dothrak, a cidade sagrada dos senhores de cavalos.

Sathar foi a primeira das cidades da pradaria a cair para os dothraki, mas não significa que foi a última. Seis anos mais tarde, Khal Moro arrasou Kasath também. Nesse ataque, seus guerreiros foram ajudados, incrivelmente, por Gornath, cujo rei fizera causa comum com os dothraki e tomara uma das filhas de Moro como esposa. Mesmo assim, a própria Gornath caiu em seguida, uma dúzia de anos mais tarde. Nessa época, Khal Horro matara Khal Moro, acabando com a linhagem do poderoso Khal Mengo. O Rei de Gornath morreu pelas mãos de sua própria esposa dothraki, que, segundo dizem, o desprezava por sua fraqueza. Depois disso, Khal Horro a tomou para si, enquanto ratos devoravam o cadáver de seu falecido marido.

Horro foi o último dos grandes *khal* a comandar uma aliança de todos os dothraki. Quando ele foi morto por um rival, apenas três anos depois da destruição de Gornath, seu grande *khalasar* se dividiu em uma dúzia de hordas menores, e os guerreiros, mais uma vez, retomaram seu jeito briguento de ser. Mas a trégua que isso proporcionou ao Reino de Sarnor provou ter vida curta, pois os Homens Altos haviam mostrado sua fraqueza, e os *khals* que vieram depois de Horro partilhavam seu gosto pela conquista. Nos anos que se seguiram, eles se esforçaram para superar uns aos outros pela tomada de territórios cada vez maiores, destruindo as cidades da pradaria, escravizando seus povos e levando seus deuses quebrados para Vaes Dothraki para testemunhar suas vitórias.

Uma a uma, as cidades remanescentes dos Homens Altos foram derrotadas e destruídas, sobrando apenas ruínas e cinzas para marcar onde suas orgulhosas torres um dia estiveram. Para eruditos e estudantes de história, a queda de Sallosh da Costa de Prata foi especialmente trágica, pois, quando a Cidade dos Eruditos ardeu, sua grande biblioteca não foi poupada, e a maior parte da história dos Homens Altos e dos povos que vieram antes deles foi perdida para sempre.

Kyth e Hornoth logo se seguiram, destruídas por *khals* rivais, cada um disposto a superar o outro na selvageria. A cidade fortificada de Mardosh, o Inconquistável, desafiou os senhores de cavalos por mais tempo. A cidade resistiu por quase seis anos, separada do interior, cercada por uma sucessão de *khalasares*. Obrigados a passar fome, os mardoshi devoraram seus cães e cavalos, depois ratos, camundongos e outros vermes, e finalmente começaram a comer os próprios mortos. Quando não conseguiram aguentar mais, os guerreiros sobreviventes da guarnição da cidade mataram as próprias esposas e filhos, para mantê-los longe dos *khals*, então abriram os portões da cidade e partiram para o ataque final. Foram mortos um a um. Depois, os dothraki chamaram as ruínas de Mardosh Vaes Gorqoyi, a Cidade do Ataque Sangrento.

A queda de Mardosh, por fim, despertou os reis sarnori restantes para o tamanho do perigo que corriam. Finalmente deixando de lado as próprias disputas e rivalidades, os Homens Altos se reuniram de norte a sul do Sarne, armando um grande exército sob as muralhas de Sarnath, com a intenção de acabar com o poder dos *khals* de uma vez para todas. Liderados por Mazor Alexi, o último dos Reis Supremos, eles partiram corajosamente para leste. Nas relvas altas no meio do caminho entre Sarnath e as ruínas de Kasath, encontraram as forças reunidas de quatro *khalasares* no que, para sempre depois disso ficou conhecido como Campo dos Corvos.

Khal Haro, Khal Qano, Khal Loso (o Coxo) e Khal Zhako comandavam quase oitenta mil homens a cavalo, nos é dito. O grande exército do Rei Supremo de Sarnor era liderado por seis mil

bigas, com dez mil soldados com armadura e a cavalo atrás delas, e outros dez mil homens a cavalo (muitos dos quais mulheres) nos flancos. Atrás deles marchavam os sarnori a pé, perto de cem mil lanceiros e fundeiros, dando aos Homens Altos uma grande vantagem em números. Nisso todas as crônicas concordam.

Quando a batalha começou, as bigas sarnori ameaçaram levar tudo diante delas. Seu avanço de abalar a terra esmagou o centro da horda dothraki, as lâminas girando nas rodas das bigas cortando as pernas dos cavalos dothraki. Quando o próprio Khal Haro caiu diante delas, cortado em pedaços e pisoteado, seu *khalasar* desistiu e fugiu. Conforme as bigas atacavam os guerreiros em fuga, o Rei Supremo e seus homens em armaduras e cavalos partiram atrás deles, seguidos pelos sarnori a pé, agitando suas lanças e gritando vitória.

A alegria teve vida curta. A derrota era fingida. Quando atraíram os Homens Altos para o meio de sua armadilha, os dothraki em fuga se viraram de repente e dispararam uma chuva de flechas de seus grandes arcos. Os *khalasares* de Khal Qano e Khal Zhako vieram pelo norte e pelo sul, enquanto Loso, o Coxo, e seus homens de frente deram a volta e atacaram os sarnori pela retaguarda, impedindo sua retirada. Completamente cercados, o Rei Supremo e seu poderoso exército foram feitos em pedaços. Alguns dizem que cem mil homens morreram naquele dia, entre eles Mazor Alexi, seis reis menores e mais de sessenta senhores e heróis. Enquanto os corvos se banqueteavam em seus cadáveres, os guerreiros dos *khalasares* andavam entre os mortos e brigavam pelos objetos de valor.

Desprovida de defensores, Sarnath das Torres Altas caiu para Loso, o Coxo, menos de uma quinzena depois. Nem o Palácio dos Mil Aposentos foi poupado quando Khal Loso passou a cidade pela tocha.

As cidades restantes da pradaria seguiram uma após a outra, conforme o Século de Sangue chegava ao fim. Sarys, na foz do Sarne, foi a última a cair, mas rendeu poucos escravos ou pilhagem, pois o povo da cidade fugira há muito tempo, na época em que Khal Zeggo atacou o lugar.

Não deve ser pensado que o Reino de Sarnor foi a única vítima dos senhores dos cavalos. A colônia valiriana de Essaria, algumas vezes lembrada como a Cidade Livre Perdida, foi derrotada da mesma maneira. Hoje suas ruínas são conhecidas entre os dothraki como Vaes Khadokh, a Cidade dos Cadáveres. No norte, Khal Dhako saqueou e queimou Ibbish, reivindicando a maior parte do pequeno posto avançado que os homens de Ibben haviam construído na costa setentrional de Essos (uma colônia ibenesa muito menor sobrevive nas densas florestas ao lado do Mar Tremente, reunida em torno da vila que chamaram Nova Ibbish). No sul, outros *khals* lideraram suas hordas até o deserto vermelho, destruindo vilas e cidades qaathi que antes pontilhavam o deserto, até que restou só a grande cidade de Qarth, protegida por sua imponente muralha tripla.

Muitos nas Cidades Livres acreditam que grande parte do avanço para oeste dos senhores dos cavalos foi abandonado em Qohor, quando a tentativa de Khal Temmo de tomar a cidade foi derrotada pela coragem de três mil soldados escravos Imaculados, que foram rápidos em repelir dezoito ataques de seus guerreiros. Acreditar que a resistência dos Três Mil de Qohor colocou um fim nos sonhos dothraki de conquista, no entanto, sugere uma complacência semelhante à do Rei Supremo de Sarnor, quando os senhores dos cavalos vieram pela primeira vez do leste. Homens sábios compreendem que é só questão de tempo até que os *khalasares* se unam mais uma vez sob um grande *khal* e se voltem novamente para oeste em busca de conquistas.

Com frequência os dothraki tentaram expandir seu poder para leste também, mas lá descobriram que as Montanhas Ossos são um obstáculo quase intransponível. Aqueles picos sombrios e inóspitos formam uma imensa muralha de pedra entre os senhores dos cavalos e as riquezas do Mais a Leste. Só existem três passagens largas o bastante para atravessar um exército, e lá estão as poderosas cidades fortificadas de Bayasabhad, Samyriana e Kayakayanaya, defendidas por dezenas de milhares de temíveis guerreiras, as últimas remanescentes do grande reino de Hyrkoon, que, certa vez, floresceu além dos Ossos no que agora é conhecido como o Grande Mar de Areia. Mais de um *khal* morreu sob as muralhas das cidades, que ainda permanecem invioladas.

A oeste dos Ossos, no entanto, do Mar Tremente no norte até as Montanhas Pintadas e o Skahazadhan no sul, a vasta extensão de relva onde a civilização floresceu primeiro permanece uma desolação varrida pelo vento onde nenhum homem ousa arar um terreno, plantar uma semente ou erguer uma casa por medo dos *khalasares* que vagam livremente por ali até os dias de hoje, exigindo presentes de qualquer homem que queira cruzar suas terras ou guerreando uns contra os outros.

Os dothraki ainda continuam nômades, um povo selvagem e bárbaro que prefere tendas a palácios. Raramente ainda, os *khals* lideram seus grandes rebanhos de cavalos e cabras infinitamente pelo seu "mar", lutando uns com os outros quando se encontram e, de vez em quando, atravessando os limites de suas próprias terras em busca de escravos e pilhagens, ou para reivindicar "presentes" que os magísteres e triarcas das Cidades Livres lhes oferecem sempre que se arriscam a vagar tão longe a oeste.

Os senhores dos cavalos têm apenas um assentamento permanente: a "cidade" que chamam de Vaes Dothrak, que está sob a sombra do pico solitário que chamam de Mãe das Montanhas, ao lado de um lago sem fundo que chamam de

---

Apesar de sua longa história, pouco pode ser dito com alguma certeza sobre os qaathi – um povo que há muito se foi do mundo, exceto por alguns remanescentes em Qarth.

O que pode ser dito é que os qaathi chegaram à pradaria e estabeleceram vila ali, entrando em contato com os sarnori, com conflitos ocasionais. Eles, com frequência, levavam a pior nessas guerras, então começaram a ir mais para o sul, criando novas cidades-estado. Uma delas, Qarth, foi fundada na costa do Mar do Verão. Mas as terras ao sul de Essos provaram ser mais inóspitas do que aquelas que os qaathi desocuparam, voltando para o deserto mesmo enquanto estabeleciam seu posto avançado ali. O povo qaathi já estava no caminho do colapso quando a Perdição chegou, e qualquer esperança de usar o caos no Mar do Verão para levar vantagem desapareceu quando os dothraki atacaram, destruindo todas as cidades qaathi, exceto Qarth.

De certa forma, no entanto, a destruição dothraki levou a um ressurgimento de Qarth. Obrigados a olhar para o mar, os Puronatos que governavam Qarth rapidamente construíram uma frota e tomaram o controle dos Portões de Jade – o estreito entre Qarth e a Grande Moraq, que une o Mar do Verão ao Mar de Jade. Com a frota valiriana destruída e a atenção de Volantis voltada para oeste, não havia quem se opusesse a eles quando estabeleceram o controle sobre a rota mais direta entre o leste e o oeste, e assim ganharam imensamente tanto no comércio quanto na cobrança de pedágio pela travessia segura.

PÁGINAS ANTERIORES | *Batalha diante dos portões de Sathar.* À DIREITA | *Vaes Dothrak.*

Dizem que as cidades fortificadas de Bayasabhad, Samyriana e Kayakayanaya são defendidas por mulheres pela crença de que aquelas que dão à luz são as únicas que têm permissão para tirar a vida à vontade. O *Relato Verdadeiro das Jornadas de Addam de Valdocaso*, uma narrativa de um mercador de suas alegadas viagens por Essos oriental, oferece pouca luz sobre esses assuntos ou em quaisquer outros nos quais os eruditos estejam interessados. Em vez disso, passa a maior parte do tempo descobrindo meios de lembrar aos leitores que as guerreiras caminham com os seios nus e decoram as bochechas e mamilos com pregos de rubi e anéis de ferro.

Ventre do Mundo. É ali que os dothraki acreditam que sua raça nasceu. Sem ser uma cidade de verdade, Vaes Dothrak não tem muralhas ou ruas. Suas vias gramadas são repletas de deuses roubados, e seus palácios feitos de grama tecida.

Essa casca vazia de cidade é governada por mulheres: as anciãs do *dosh khaleen*, todas viúvas de *khals* mortos. Nenhum sangue deve ser derramado ali, pois os dothraki acreditam que é um lugar de paz e poder, onde um dia os *khalasares* se juntarão mais uma vez sob o estandarte de um grande *khal* que conquistará tudo, o "garanhão que monta o mundo".

Para nós, no entanto, a única importância real de Vaes Dothraki é o comércio que acontece ali. Os próprios dothraki não compram ou vendem, considerando isso pouco viril, mas em sua cidade sagrada, com a permissão do *dosh khaleen*, mercadores e comerciantes de além dos Ossos e das Cidades Livres se encontram para barganhar e trocar bens e ouro. As caravanas que alimentam os grandes Mercados Ocidental e Oriental de Vaes Dothraki dão belos presentes aos *khals* que encontram na travessia do mar dothraki, e em troca recebem proteção.

Então, estranho dizer, essa cidade "vazia" dos nômades se tornou uma porta de entrada entre o leste e o oeste (para aqueles que viajam por terra). Muitos povos distantes que de outra maneira não se encontrariam, nem mesmo saberiam uns dos outros, se reúnem nesse estranho bazar sob a Mãe das Montanhas, e trocam seus produtos em segurança.

MAR TREMENTE

O Mar Tremente é delimitado a oeste por Westeros ao sul por Essos, ao norte pela vasta imensidão congelada de gelo e neve que os marinheiros chamam de Deserto Branco, e a leste por ilhas e mares desconhecidos.

A real extensão desse oceano imenso, frio e inóspito nunca foi conhecida, pois nenhum homem dos Sete Reinos já navegou mais a leste do que a Mil Ilhas, enquanto os que se aventuram muito ao norte encontram ventos uivantes, mares congelados e montanhas de gelo que podem esmagar até o navio mais forte. Além delas, os marinheiros nos dizem, as nevascas violentas são eternas e as próprias montanhas gritam como loucos à noite.

Há muito é aceito entre os sábios que nosso mundo é redondo. Se isso é verdade, deveria ser possível navegar pelo topo do mundo, chegando até o outro lado, e descobrir terras e mares jamais sonhados. Ao longo dos séculos, mais de um marinheiro ousado tentou encontrar um caminho pelo gelo para o que quer que exista além. A maioria, no entanto, pereceu na tentativa, ou retornou novamente para o sul meio congelada e muito castigada. Embora seja verdade que o Deserto Branco retrocede durante o verão e se expande novamente no inverno, sua linha costeira está sempre mudando, e nenhum marinheiro conseguiu encontrar essa fabulosa passagem norte, nem o quente mar de verão que o Meistre Heriston de Porto Branco certa vez sugeriu que poderia estar escondido e enterrado atrás das falésias do extremo norte.

Marinheiros, por natureza muito crédulos e supersticiosos e que gostam de suas fantasias tanto quanto os cantores, contam muitas histórias sobre esses frígidos desertos do norte. Falam de estranhas luzes brilhando no céu, onde a mão demônio dos gigantes de gelo dança eternamente à noite, tentando atrair homens para o norte, até sua perdição. Sussurram sobre a Baía do Canibal, onde navios entram por conta e risco, só para se encontrarem presos para sempre quando os mares congelam atrás deles.

Falam de brumas azul-claras que se movem pelas águas tão frias que qualquer navio que passa sobre elas é congelado instantaneamente; de espíritos afogados que se erguem à noite para arrastar os vivos para as profundezas verde-acinzentadas; de sereias de pele clara com caudas com escamas negras, muito mais malignas que suas irmãs do sul.

De todos os estranhos e fabulosos habitantes do Mar Tremente, no entanto, os maiores são os dragões de gelo. Dizem que essas bestas colossais, muitas vezes maiores do que os dragões de Valíria, são feitos de gelo vivo, com olhos claros como cristal azul, e imensas asas translúcidas através das quais a lua e as estrelas podem ser vislumbradas enquanto eles rodopiam no céu. Enquanto dragões comuns (se é que algum dragão pode ser realmente considerado comum) exalam fogo, os dragões do gelo supostamente exalam frio, um frio tão terrível que pode congelar um homem em meio segundo.

Marinheiros de meia centena de nações vislumbraram esses grandes animais ao longo dos séculos, então talvez haja alguma verdade por trás das histórias. O Arquimeistre Margate sugeriu que muitas lendas do norte – brumas congelantes, navios de gelo, Baía do Canibal e outras – podem ser explicadas como relatos distorcidos de atividade dos dragões do gelo. Embora seja uma ideia divertida, e não sem certa elegância, isso permanece como pura conjectura. Como supostamente os dragões do gelo derretem quando mortos, nenhuma prova real de sua existência jamais foi encontrada.

Deixemos de lado tais fantasias e voltemos aos fatos. Apesar das lendas sinitras que cresceram ao redor dos seus confins no norte, as águas do Mar Tremente são cheias de vida. Centenas de variedades de peixes nadam em suas profundezas, incluindo salmões, peixes-lobo, agulhões, arraias cinzentas, lampreias e outras enguias, pescadas, trutas, tubarões, arenques, cavalinhas e bacalhaus. Caranguejos e lagostas (algumas de tamanho realmente monstruoso) são encontrados por todos os lados ao longo da costa, enquanto focas, narvais, morsas e leões-marinhos fazem seus viveiros e áreas de reprodução em torno das inúmeras ilhas rochosas e rocas.

Dragões do gelo à parte, os verdadeiros reis dessas águas do norte são as baleias. Meia dúzia de tipos desses grandes animais fazem seus lares no Mar Tremente, entre eles baleias cinzas, baleias brancas, jubartes, baleias malhadas selvagens com seus grupos de caça (a quem muitos chamam de lobos do mar selvagem), e os poderosos leviatãs, as mais antigas e maiores criaturas vivas da terra.

Os limites mais a oeste do Mar Tremente, de Skagos e as Falésias Cinzentas até o delta do Sarne, são os locais de

As lendas afirmam que mil navios estão sepultados na Baía do Canibal, alguns ainda habitados pelos filhos e netos das tripulações originais, que sobrevivem se banqueteando da carne de navegantes recém-capturados pelo gelo.

pesca mais ricos do mundo conhecido. Bacalhaus e arenques são especialmente abundantes ali. Pescadores de terras tão distantes quanto as Três Irmãs (no oeste) e Morosh (no leste) são conhecidos por trabalharem nessas águas... mas fazem isso com a tolerância da Cidade Livre de Bravos, cuja frota domina os mares a norte de Essos, protegidos pelos navios de guerra do Senhor do Mar. Junto com os negócios bancários e o comércio, a pesca é um dos "três pilares" sobre os quais a riqueza e prosperidade de Bravos são fundadas.

Navegando para leste, um intrépido marinheiro acabará passando das águas bravosi para aquelas controladas pela Cidade Livre de Lorath, embora com um controle muito mais fraco, e então passando para o Machado, onde muitos povos distintos viveram, morreram e pereceram ao longo dos milênios em guerras além da conta. A leste do Machado estão as profundas águas azuis da Baía da Ambrosia, onde navios de Ibben e Lorath brigaram tantas vezes pela supremacia que a última grande frota de guerra do Reino de Sarnor foi mandada para o fundo das águas pelo Senhor do Mar de Bravos. Em Ibben, essas águas são conhecidas como Baía da Batalha, enquanto os lorathi as chamam de Baía Sangrenta. Qualquer que seja o nome, dizem que mil navios afundados e ossos de cinquenta mil marinheiros afogados se espalham pelo fundo da baía, lar para os caranguejos pelos quais Ambrosia é famosa.

Além da Baía da Ambrosia fica o delta do Sarne, o grande rio que corre para o norte cujos vários riachos afluentes drenam muito de Essos central. Aqui fica Saath com suas grandes muralhas brancas, a última (e menor, muitos dizem) das grandes cidades do caído Reino de Sarnor. As ruínas da cidade irmã de Saath, Sarys, saqueada e destruída por um *khal* dothraki há séculos, podem ser encontradas por todo o delta. Entre elas, em outra foz do grande rio, ergue-se a colônia de pesca e mineração lorathi, Morosh.

Os que são ousados o bastante para continuar ainda mais a leste passarão pelo litoral do pequeno e pastoril Reino de Omber, cujos reis covardes e príncipes fracos são conhecidos pelos grãos, pelas pedras preciosas e pelas garotas com os quais pagam os senhores de cavalos dothraki todos os anos para não serem molestados. A leste do Omber, nosso marinheiro chegará à Baía das Presas, famoso como local de reprodução de morsas. E logo depois, o intrépido viajante se encontrará cruzando o coração do Mar Tremente, onde cada rocha e onda são governadas pelos homens peludos da grande ilha de Ibben

IBBEN

Através dos séculos, muitos povos distintos fizeram seus lares nos litorais e nas ilhas do Mar Tremente e enviaram seus marinheiros pelas suas águas verde-acinzentadas geladas. Os mais resistentes e significativos desses povos são os ibeneses, uma raça antiga e taciturna de ilhéus que pescam nos mares do norte desde a aurora dos dias de suas casas nas Ilhas Ibanesas.

Os ibaneses estão à parte de outras raças da humanidade. São um povo robusto, largos de peito e ombros, mas raramente têm mais de um metro e setenta de altura, com pernas grossas e curtas e braços compridos. Embora baixos e atarracados, são ferozmente fortes; na luta corpo a corpo, seu esporte favorito, nenhum homem dos Sete Reinos pode esperar se igualar a eles.

Seus rostos, caracterizados por sobrancelhas inclinadas e pronunciadas, olhos pequenos e fundos, grandes incisivos e mandíbulas maciças, parecendo brutos e feios aos olhos westerosi, uma impressão aumentada pelo idioma gutural e grunhido; mas, na verdade, os homens de Ibben são um povo esperto — artesãos habilidosos, caçadores e rastreadores capazes e guerreiros valentes. São as pessoas mais hirsutas do mundo conhecido. Embora sua pele seja clara, com veias azul-escuras visíveis, seu cabelo é escuro e duro. Homens ibeneses são muito barbudos; o pelo duro de seus corpos recobre braços, pernas, peitos e costas. O cabelo escuro e grosso é comum entre as mulheres, mesmo no buço. (O mito persistente que as fêmeas ibenesas têm seis mamas não é verdade, no entanto.)

Embora os homens de Ibben possam gerar filhos com mulheres de Westeros e outras terras, os frutos de tais uniões, em geral, são malformados e inevitavelmente estéreis, do

ACIMA | *O gelo do Deserto Branco.*

mesmo jeito que as mulas. Fêmeas ibenesas, quando cruzadas com homens de outras raças, dão à luz pouca coisa além de natimortos e monstruosidades.

Tais cruzamentos são incomuns; embora navios do Porto de Ibben sejam uma visão comum em portos de norte a sul no mar estreito, e até mesmo em lugares tão distantes quanto as Ilhas do Verão e a Antiga Volantis, os marinheiros que os tripulam permanecem entre a própria espécie, e, mesmo quando em terra firme, mostram uma profunda desconfiança de todos os estranhos. Na própria Ibben, homens de outras terras e raças são restritos por lei e costumes aos recintos portuários do Porto de Ibben e proibidos de se aventurar pela cidade, exceto na companhia de um anfitrião ibenês. Tais convites são extremamente raros.

Ibben é a segunda maior ilha do mundo conhecido; só a Grande Moraq, entre os mares de Jade e do Verão, é maior. Pedregosa e montanhosa, Ibben é uma terra de montanhas cinzentas, florestas antigas e rios caudalosos, e seu interior sombrio é assombrado por ursos e lobos. Antigamente, gigantes viviam em Ibben, nos é dito, mas nenhum restou – embora mamutes ainda vaguem pelas planícies e pelas colinas, e alguns afirmam que, nas montanhas mais altas, unicórnios podem ser encontrados.

Os ibeneses das florestas e montanhas têm ainda menos amor pelos estranhos do que seus primos do mar, e raramente falam qualquer idioma além do seu. Silvicultores, pastores de cabras e mineiros, eles fazem suas lares em cavernas ou em casas de pedra cinzenta escavada na terra e coberta com ardósia ou palha. Vilas e aldeias são raras; os ibeneses do interior preferem viver separados dos demais, em complexos solitários, reunindo-se apenas para casamentos, enterros e adoração. Ouro, ferro e estanho podem ser encontrados em abundância nas montanhas de Ibben, assim como madeira, âmbar e uma centena de tipos de peles nas florestas da ilha.

Os ibeneses da costa são um povo mais aventureiro que os primos das florestas e montanhas. Ousados pescadores, viajam muito pelos mares do norte em busca de bacalhaus, arenques, pescadas e enguias, mas é como baleeiros que são mais conhecidos no mundo em geral. Seus grandes navios baleeiros são uma visão comum nos portos de norte a sul do mar estreito e além. Embora raramente agradáveis para a vista (ou para o nariz), os navios ibeneses são renomados por sua força, pois são construídos para aguentar qualquer tempestade e resistir aos ataques até dos maiores leviatãs. Os ossos, gordura e óleo das baleias que caçam são o carro-chefe do comércio de Ibben, e fizeram de Porto de Ibben a maior e mais rica cidade do Mar Tremente.

Cinzento e sombrio, o Porto de Ibben governa sobre Ibben e as ilhas menores desde a aurora dos dias. Uma cidade de vielas de paralelepípedos, morros íngremes e repleta de docas e estaleiros, iluminada por centenas de lamparinas de óleo de baleia suspendida em suas ruas com correntes de ferro, o Porto é dominado pelas ruínas do castelo do Deus-Rei, uma colossal estrutura de pedra talhada áspera que foi lar de uma centena de reis ibeneses. O último desses reis foi derrubado depois da Perdição de Valíria, no entanto. Hoje, Ibben e as ilhas menores são governadas pelo Conselho da Sombra, cujos membros são escolhidos pelos Mil, uma assembleia de ricos membros de guildas, antigos nobres, sacerdotes e sacerdotisas não muito diferente dos conselhos de magísteres das Cidades Livres.

Far Ibben, a segunda maior das ilhas ibenesas, fica a mais de quinhentos quilômetros a sudeste de Ibben e é um lugar inteiramente mais sombrio e mais pobre. Ib Sar, sua única vila, era originalmente um lugar de exílio e punição onde os ibeneses do passado enviavam seus mais notórios criminosos, depois de mutilá-los para que nunca pudessem retornar a Ibben. Embora essa prática tenha terminado com a queda do Deus-Rei, Ib Sar detém uma reputação repugnante até os dias de hoje.

Os homens de Ibben não estiveram sempre limitados às ilhas. Há evidências abundantes de assentamentos ibeneses no Machado, nas ilhas lorathi e ao longo das costas da Baía de Ambrosia e da Baía das Presas (a oeste) e de Som do Leviatã e das Mil Ilhas (a leste), e as histórias falam de várias tentativas ibenesas de assumir o controle da forz do Sarne, tentativas que fizeram os homens peludos entrarem em conflitos sangrentos com as cidades-irmãs sarnori de Saath e Sarys.

Os Deuses-Reis de Ibben, antes de sua queda, conseguiram conquistar e colonizar uma imensa faixa a norte de Essos, imediatamente ao sul da própria Ibben, uma região densamente arborizada que, antigamente, era lar de um povo pequeno e tímido da floresta. Alguns dizem que os ibeneses extinguiram essa raça gentil, enquanto outros acreditam que eles se esconderam em florestas ainda mais profundas ou fugiram para outras terras. Os dothraki ainda chamam a grande floresta ao longo da costa norte de Reino dos Ifequevron, o nome pelo qual eles conheciam os desaparecidos moradores da floresta.

A fabulosa Serpente do Mar, Corlys Velaryon, Senhor das Marés, foi o primeiro westerosi a visitar essas florestas. Depois de seu retorno das Mil Ilhas, ele escreveu sobre árvores entalhadas, grutas assombradas e estranhos silêncios. Um viajante posterior, o mercador-aventureiro Bryan de Vilavelha, capitão do barco de pesca *Balançalança*, fez um relato de sua própria jornada pelo Mar Tremente. Ele narrou que o nome dothraki para o povo perdido significa "aqueles que andam nas florestas". Nenhum dos ibeneses que Bryan de Vilavelha encontrou disse ter visto um caminhante da floresta, mas afirmava que

A história das arenas de luta de Meereen, conhecida como *Livro Vermelho*, escrito por uma mão yunkaíta desconhecida e traduzida séculos mais tarde pelo Meistre Elkin, faz referência ao fato de que muitas das mulheres ibenesas vendidas como escravas terminaram seus dias nas arenas de luta de Meereen, Yunkai e Astapor, pois os traficantes de escravos do sul as consideravam feias demais para servirem como escravas de cama e selvagens demais para serem usadas como camponesas.

o pequeno povo abençoava uma família que deixasse folhas, pedras e água como oferenda durante a noite.

Em sua grande extensão, a base ibenesa em Essos era tão grande quanto a própria Ibben e mais rica. Mais e mais homens peludos saíam das ilhas para fazer suas fortunas ali, cortando árvores para abrir terras para o arado, represando rios e riachos, minerando as montanhas. Governando sobre esses domínios estava Ibbish, uma aldeia pesqueira que cresceu até se tornar um porto próspero e a segunda cidade dos ibeneses, com um ancoradouro profundo e altas muralhas brancas.

Tudo terminou há dois séculos, com a chegada dos dothraki. Os senhores dos cavalos evitavam até então as florestas da costa norte; alguns dizem que isso era por causa da reverência pelos caminhantes das florestas desaparecidos, outros dizem que é porque temiam seus poderes. Qualquer que seja a verdade, os dothraki não temiam os homens de Ibben. *Khal* após *khal* começou a fazer incursões no território ibenês, devastando fazendas, campos e fortes dos homens peludos com fogo e aço, passando os homens pela espada enquanto capturava as esposas como escravas.

Os ibeneses, um povo notoriamente ganancioso e, sim, até mesmo mesquinho, se recusaram a pagar o tributo que os *khal* exigiam, preferindo lutar em vez disso. Embora os homens de Ibben tenham conquistado notáveis vitórias, chegando a destruir o imenso *khalasar* do temível Khal Onqo em uma batalha épica, os dothraki só vieram em quantidades cada vez maiores, enquanto cada novo *khal* tentava eclipsar as conquistas do último. Os *khalasares* empurraram os ibeneses cada vez mais, até que o último deles derrotou até a grande cidade de Ibbish. Khal Scoro foi o primeiro a tomar a cidade, arrebentando os Portões de Ossos de Baleia para saquear templos e tesouros, e levar os deuses da cidade para Vaes Dothraki. Os ibeneses reconstruíram a cidade, mas uma geração mais tarde, Ibbish foi saqueada novamente pelo Khal Rogo, que passou metade da cidade pela tocha e levou dez mil mulheres para a escravidão.

Hoje apenas ruínas permanecem onde Ibbish ficava antigamente, um lugar que os dothraki chamam de Vaes Aresak, ou Cidade dos Covardes... pois, quando o *khalasar* do neto de Onqo, Khal Dhako, se aproximou para saquear a cidade mais uma vez, os habitantes que restavam pegaram seus navios e fugiram pelo mar até Ibben. Em sua ira, Dhako não só passou a cidade abandonada pela tocha, mas queimou tanto do entorno que, depois disso, ficou conhecido como Dragão do Norte.

Ibben mantém um modesto posto avançado em Essos até os dias de hoje, em uma pequena península cercada pelo mar e defendida por uma muralha de madeira quase tão comprida quanto a Muralha de gelo da Patrulha da Noite. Ainda que não seja nem um terço tão alta, é uma paliçada imponente de terra e madeira repleta de torres defensivas e protegida por um fosso profundo. Atrás das obras de terraplanagem, os homens de Ibben construíram a vila de Nova Ibbish para governar seus domínios muito reduzidos, mas marinheiros dizem que a nova vila é um lugar triste e esquálido, mais parecida com Ib Sar do que com a próspera cidade que os senhores dos cavalos reduziram a ruínas.

Terrio Erastes, o grande aventureiro bravosi, manteve um registro de seu tempo entre os dothraki e testemunhou a queda de Ibbish enquanto era hóspede de Khal Dhako. Em sua narrativa, *Fogo sobre a Relva*, ele observa que diziam que Khal Dhako tinha grande orgulho em ser chamado de Dragão do Norte. Mas, no fim, Dhako veio a se arrepender, pois quando seu *khalasar* foi derrotado em batalha pelo de Khal Temmo, o khal mais jovem tomou o mais velho cativo e o fez alimentar as chamas, cortando suas mãos, pés e genitálias e assando-os diante de seus olhos, depois de primeiro queimar suas esposas e filhos da mesma maneira.

LESTE DE IBBEN

Além das costas de Ibbish e das florestas dos Ifequevron, os sopés dos Ossos se erguem da pradaria e, mais a leste, as montanhas marcham de encontro ao mar. A quilômetros do Mar Tremente, os grandes picos do norte, com suas coroas geladas e espigões pontiagudos, parecem dividir o céu. Krazaaj Zasqa, os dothraki chamam o extremo setentrional dos Ossos: as Montanhas Brancas.

Além delas existe outro mundo, um que poucos westerosi já visitaram. Aqueles que chegaram tão longe, como Lomas Longstrider, foram por terra através das passagens nas montanhas ou pelo caminho das águas mais quentes do sul e pelos Portões de Jade.

Embora as águas orientais do Mar Tremente sejam tão ricas quanto as do oeste, poucos vêm pescar aqui, exceto os próprios ibeneses, pois, além dos Ossos, são encontradas as terras dos nômades Jogos Nhai, uma raça selvagem de guerreiros montados sem navios ou interesse pelo mar. Baleeiros do Porto de Ibben caçam regularmente no Som do Leviatã, onde aqueles grandes animais vêm procriar e dar à luz seus filhotes, e pescadores ibeneses falam de vastos cardumes de bacalhau nas águas mais profundas, focas e morsas nas ilhas rochosas do norte e caranguejos-aranha e caranguejos-imperador por todos os lados, mas fora isso esses mares orientais são vazios.

Ainda mais a leste ficam as chamadas Mil Ilhas (cartógrafos ibeneses nos dizem que há, na verdade, menos de trezentas), uma dispersão de rochas sombrias, cercadas pela água e varridas pelo vento, que alguns acreditam serem os remanescentes de um reino afogado cujas vilas e torres estão submersas sob os mares que subiram há muitos milhares de anos. Só os marinheiros mais ousados ou mais desesperados já desembarcaram ali, pois as pessoas dessas ilhas, embora poucas em quantidade, são um povo excêntrico, hostil com estranhos, um povo sem cabelos com pele tingida de verde que afia os dentes de suas fêmeas até deixá-los pontudos e que corta o prepúcio dos machos. Não falam nenhum idioma conhecido e dizem que sacrificam marinheiros aos seus deuses escamosos e com cabeça de peixe, cujas imagens erguem-se em suas costas pedregosas, visíveis apenas quando a maré retrocede. Embora cercados por água por todos os lados, esses ilhéus temem tanto o mar que não colocarão os pés na água nem sob ameaça de morte.

Nem mesmo Corlys Velaryon ousou navegar mais a leste do que as Mil Ilhas; foi ali que a Serpente do Mar deu meia-volta em sua grande viagem para norte. Na verdade, não havia razão para ele continuar, exceto pela sede de descobrir o que estava além do próximo horizonte. Dizem que mesmo os peixes tirados desses mares orientais são estranhamente disformes, com um gosto amargo e desagradável.

Apenas um porto digno de nota pode ser encontrado no Mar Tremente a leste dos Ossos: Nefer, a principal cidade do reino de N'ghai, cercada por imponentes falésias de cal e perpetuamente envolta em neblina. Quando vista do ancoradouro, Nefer parece ser não mais do que uma pequena vila, mas dizem que nove décimos da cidade estão sob o solo. Por esse motivo, viajantes chamam Nefer de Cidade Secreta. Qualquer que seja o nome, a cidade desfruta de uma sinistra reputação como refúgio de necromantes e torturadores.

Além de N'ghai estão as florestas de Mossovy, uma terra fria e sombria de metamorfose e caçadores de demônios. Além de Mossovy...

Nenhum homem de Westeros pode dizer com certeza. Certos septões afirmaram que o mundo termina em Mossovy, abrindo caminho para um reino de brumas, depois um reino de escuridão e, por fim, um reino de tempestades e caos, onde o mar e o céu se tornam um só. Marinheiros, cantores e outros sonhadores preferem acreditar que o Mar Tremente continua infinitamente, passando pelas costas mais orientais de Essos, passando ilhas e continentes desconhecidos, inexplorados e inimagináveis, onde povos estranhos veneram deuses sob estrelas mais estranhas ainda. Homens mais sábios sugerem que, em algum lugar além das águas que conhecemos, o leste se torna oeste, e o Mar Tremente certamente se junta ao Mar do Poente, se de fato o mundo é redondo.

Pode ser assim. Ou não. Até que uma nova Serpente do Mar surja para navegar além do nascente, nenhum homem pode saber com certeza.

OS OSSOS E ALÉM

A LESTE, ALÉM de Vaes Dothrak e da Mãe das Montanhas, a pradaria dá lugar a planícies e florestas, e a terra sob os pés do viajante se torna dura e pedregosa e começa a se inclinar para cima, sempre subindo. As colinas ficam mais selvagens e íngremes e logo montanhas aparecem na distância, seus grandes picos parecendo flutuar contra o céu oriental, gigantes azul-acinzentadas tão imensas, irregulares e ameaçadoras que até Lomas Longstrider, aquele andarilho destemido (se suas histórias são verdadeiras), perdeu o fôlego ao vê-las, acreditando que, por fim, chegara aos confins do mundo.

Os ancestrais dos dothraki e os outros povos dos cavalos da campina sabiam que não era assim, pois alguns lembravam terem cruzado essas montanhas, vindos das terras que estão além. Eles vieram para oeste na esperança de campos mais belos e abundantes, em busca de conquistas ou estavam fugindo de algum inimigo selvagem? Seus relatos não coincidem, então nunca saberemos, mas de suas viagens podemos ter certeza, pois deixaram seus ossos para trás, para marcar sua passagem. Ossos de homens, ossos de cavalos, ossos de gigantes, camelos e bois, de todos os tipos de animais, pássaros e monstros, todos podem ser encontrados entre esses picos selvagens.

Deles que a montanha tira seu nome: os Ossos. A mais alta de todas as cadeias de montanhas no mundo conhecido, desde o Mar do Poente até Asshai da Sombra, os Ossos se estendem do Mar Tremente até o Mar de Jade, uma muralha de rochas retorcidas e pedras afiadas que se estende por quase três mil quilômetros de norte a sul e por mais de quinhentos quilômetros de leste a oeste.

Neves profundas coroam os Ossos no norte, enquanto tempestades de areia com frequência vasculham os picos e vales de seus irmãos no sul, esculpindo-os em estranhos formatos. Nos longos quilômetros entre eles, rios trovejantes correm por profundos desfiladeiros, pequenas cavernas que se abrem em cavernas imensas e mares que nunca veem o sol. Mas por mais hostis que os Ossos possam parecer para aqueles que não o conhecem, eles têm sido o lar de homens e de coisas estranhas ao longo dos séculos. Mesmo os picos cobertos de neve mais ao norte (conhecidos como Krazaak Zasqa ou Montanhas Brancas, no idioma dothraki), onde ventos frios chegam uivando do Mar Tremente no inverno e no verão, foram certa vez o lar dos Jhogwin, os gigantes de pedra, criaturas maciças que, segundo dizem, eram duas vezes maiores do que os gigantes de Westeros. Infelizmente, o último dos Jhogwin desapareceu há mil anos; só seus imensos ossos restaram para marcar o lugar onde vagaram.

"Mil estradas levam para os Ossos", dizem os sábios de Qarth e Qohor, "mas só três saem de lá". Ainda que os Ossos pareçam intransponíveis de longe, há, de fato, centenas de caminhos, trilhas de cabras, trilhas de caça, leitos e encostas pelos quais viajantes, comerciantes e aventureiros podem encontrar seu caminho até o coração das montanhas. Em certos lugares, antigas encostas entalhadas, túneis e passagens escondidos existem para aqueles que sabem como encontrá-los. Mesmo assim, muitos desses caminhos são traiçoeiros, e outros são becos sem saída ou armadilhas para os incautos.

Pequenos grupos, bem armados e bem provisionados, podem fazer seu caminho pelos Ossos por uma miríade de percursos quando liderados por um guia que conhece os perigos. Exércitos, caravanas de mercadores e homens sozinhos, no entanto, são advertidos a permanecer nas rotas principais, as três grandes passagens das montanhas que ligam os mundos do leste e do oeste: a Estrada do Aço, a Estrada de Pedra e a Estrada de Areia.

A Estrada de Aço (que recebeu este nome por todas as batalhas que lá ocorreram) e a Estrada de Ferro se originam em Vaes Dothrak. A primeira segue quase para leste por sob os picos mais altos, e a última faz uma curva para sudeste para se juntar à antiga Estrada de Seda nas ruínas de Yinishar (chamada Vaes Jini pelos senhores dos cavalos), antes de começar a subida. Mais ao sul de ambas, a Estrada de Areia atravessa os Ossos do sul (algumas vezes chamados de Ossos Secos, pois a água é escassa aqui) e desertos das redondezas, conectando a grande cidade portuária de Qarth com a cidade mercantil de Tiqui, o portão de entrada para o leste.

Mesmo por essas rotas bem conhecidas, cruzar os Ossos continua sendo cansativo e perigoso... e a travessia segura vem com um preço, pois, no outro lado das montanhas, estão três cidades poderosamente fortificadas, os últimos remanescentes do antes grande Patrimônio de Hyrkoon. Bayasabhad, a Cidade das Serpentes, guarda o extremo oriental da Estrada de Areia e cobra tributos de todos aqueles que buscam passagem. A Estrada de Pedra, com seus desfiladeiros profundos e intermináveis e estreitos caminhos em ziguezague, passa por baixo das muralhas de Samyriana, a cidade de pedra cinza escavada nas próprias rochas da montanha que defende. No norte, guerreiras vestidas de peles percorrem a Estrada do Aço sobre pontes oscilantes e através de passagens subterrâneas, escoltando caravanas de e para Kayakayanaya, cujas muralhas são de basalto negro, ferro negro e ossos amarelos.

À ESQUERDA | *Uma mulher das Mil Ilhas.*

Muitos relatos nos informam que as guerreiras das montanhas de Kayakayanaya, Samyriana e Bayasabhad são todas mulheres, filhas dos Grandes Pais que governavam essas cidades, onde as garotas aprendem a montar e a escalar antes de aprender a andar, e são educadas nas artes do arco, da lança, da faca e da funda desde a mais terna infância. O próprio Lomas Longstrider nos conta que não há lutadoras mais ferozes em toda a terra. Quanto aos seus irmãos, os filhos dos Grandes Pais, noventa e nove em cada cem são castrados quando atingem a idade adulta e vivem suas vidas como eunucos, servindo as cidades como escribas, sacerdotes, eruditos, servos, cozinheiros, fazendeiros e artesãos. Só os machos mais promissores, os maiores, mais fortes e mais graciosos, têm permissão para amadurecer, reproduzir e se tornarem Grandes Pais por sua vez. *Rubis e Ferro*, do Meistre Naylin – nomeado pela tendência de as mulheres guerreiras usarem anéis de ferro nos mamilos e rubis nas bochechas –, especula quais foram as circunstâncias que levaram a costumes tão estranhos.

As três cidades fortificadas começaram como fortes de verdade, postos avançados e guarnições erguidos pelos Patriarcas de Hyrkoon para guardar os limites ocidentais de seu reino contra bandidos, foras da lei e selvagens que viviam além dele. Ao longo dos séculos, no entanto, as cidadelas cresceram até se tornarem cidades, enquanto Hyrkoon secava até virar pó, conforme seus lagos e rios secavam e seus campos antes férteis se transformavam em deserto. Hoje o coração de Hyrkoon é o Grande Mar de Areia, um deserto imenso de dunas inquietas, leitos de rios secos, e vilas e fortes em ruínas cozinhando sob o sol. Dizem que a água ferve, de tão quentes e profundas que são as partes sul do mar.

Além do Grande Mar de Areia, outro mundo aguarda: o Mais a Leste, uma vastidão de planícies, colinas e vales que parece não ter fim, onde deuses estranhos governam povos ainda mais estranhos. Muitas grandes cidades e orgulhosos reinos se ergueram, floresceram e caíram ali desde a aurora dos dias; a maior parte deles é pouco conhecida no oeste, e até seus nomes a muito estão esquecidos. Só os contornos mais amplos das histórias do Mais a Leste são conhecidos na Cidadela, e mesmo nesses relatos que vieram para oeste e até nós há muitas omissões, lacunas e contradições, tornando impossível dizer com qualquer certeza que parte é verdade e que parte nasceu das imaginações febris de cantores, contadores de histórias e amas.

Mas a mais antiga e maior das civilizações ocidentais existe até os dias de hoje: o Antigo, Glorioso, Dourado Império de Yi Ti.

YI TI

Terra lendária até nos Sete Reinos, Yi Ti é uma nação grande e diversa, um reino de planícies varridas pelo vento e pelas colinas ondulantes, selvas e florestas tropicais, lagos profundos, rios caudalosos e mares interiores cada vez menores. Sua riqueza lendária é tal, a ponto de príncipes viverem em casas de ouro sólido e comerem doces polvilhados com pérolas e jade. Lomas Longstrider, impressionado com suas maravilhas, chamou Yi Ti de "terra de mil deuses e uma centena de príncipes, governado por um deus-imperador".

Aqueles que visitaram Yi Ti como ela está hoje nos dizem que os mil deuses e cem príncipes ainda permanecem... mas que há três deuses-imperadores, cada um reivindicando o direito de usar as roupas de samito dourado, pérolas verdes e jade que a tradição permitem apenas para o imperador. Nenhum deles tem poder real; embora milhões possam venerar o imperador celeste em Yin e se prostrarem diante dele sempre que aparece, seu poder imperial não se estende mais longe do que as muralhas de sua cidade. Os cem príncipes sobre os quais Lomas Longstrider escreveu governam os próprios reinos como lhes agradam, assim como fazem bandidos, sacerdotes-reis, feiticeiros, senhores da guerra e generais imperiais e coletores de impostos fora de seus domínios.

Isso não foi sempre assim, nós sabemos. Em dias passados, os deuses-imperadores de Yi Ti eram tão poderosos quanto qualquer governante na terra, com uma riqueza que excedia até a de Valíria em seu auge e exércitos de tamanhos quase inimagináveis.

No começo, os escribas sacerdotais de Yin declaram, toda a terra entre os Ossos e o deserto congelado chamado de Deserto Cinzento, do Mar Tremente ao Mar de Jade (incluindo até a grande e sagrada ilha de Leng), formava um único reino governado pelo Deus-na-Terra, o único filho gerado pelo Leão da Noite e a Donzela-feita-de-Luz. Ele viajava por seus domínios em um palanquim entalhado em uma única pérola e carregado por cem rainhas, suas esposas. Por dez mil anos, o Grande Império da Aurora floresceu em paz e plenitude sob o comando do Deus-na-Terra, até que então ele ascendeu para as estrelas para se juntar a seus antepassados.

À DIREITA | *Hyrkoon, o Herói, com a Luminífera na mão, lidera os virtuosos em batalha.*

Então o domínio sobre a humanidade passou para seu filho mais velho, que era conhecido como Imperador de Pérola e governou por muitos anos. O Imperador de Jade, o Imperador de Turmalina, o Imperador de Ônix, o Imperador de Topázio e o Imperador de Opala se seguiram por sua vez, cada um reinando por séculos... mas cada reinado era mais curto e mais turbulento do que aquele que o precedera, pois homens selvagens e animais funestos pressionavam as fronteiras do Grande Império, reis menores ficavam cada vez mais orgulhosos e rebeldes, e o povo comum se deixou levar pela avareza, pela inveja, pela luxúria, por assassinatos, pelo incesto, pela gula e pela preguiça.

Quando a filha do Imperador de Opala o sucedeu como Imperatriz de Ametista, seu invejoso irmão mais novo a atacou e matou, proclamando-se Imperador da Pedra de Sangue e começando um reinado de terror. Ele praticava artes negras, tortura e necromancia, e escravizou seu povo, tomou uma mulher-tigre como esposa, banqueteava-se de carne humana e humilhou os deuses verdadeiros para adorar uma pedra negra que caíra do céu. (Muitos eruditos consideram o Imperador da Pedra de Sangue o primeiro Sumo Sacerdote da sinistra Igreja da Sabedoria Estrelada, que persiste até os dias de hoje em várias cidades portuárias.)

Nos anais de Mais a Leste, foi a Traição de Sangue, como sua usurpação foi chamada, que inaugurou a era de escuridão chamada Longa Noite. Desesperada com o mal que fora solto na terra, a Donzela-feita-de-Luz deu as costas para o mundo, e o Leão da Noite chegou com toda sua ira para punir as fraquezas dos homens.

Quanto tempo a escuridão durou nenhum homem pode dizer, mas todos concordam que foi só quando um grande guerreiro – conhecido como Hyrkoon, o Herói, Azor Ahai, Yin Tar, Neferion e Eldric Caçador de Sombras – surgiu para dar coragem à raça dos homens e liderar os virtuosos em batalha com sua espada brilhante Luminífera que a escuridão foi condenada à derrota, e a luz e o amor retornaram mais uma vez ao mundo.

Mesmo assim, o Grande Império da Aurora não renasceu, pois o mundo restaurado era um lugar destruído onde cada tribo seguia seu caminho, com medo de todas as outras, e a guerra, a luxúria e os assassinatos perduraram até os dias de hoje. Ou assim os homens e mulheres do Mais a Leste acreditam.

Na Cidadela de Vilavelha e em outros centros de aprendizado no oeste, meistres consideram essas narrativas do Grande Império e sua queda como lenda, não história. Mesmo assim, ninguém duvida de que a civilização YiTish é antiga, talvez até contemporânea dos reinos das Rainhas Pescadoras ao lado do Mar de Prata. Em Yi Ti, os sacerdotes insistem que as primeiras vilas e cidades da humanidade surgiram ao longo das costas do Mar de Jade e menosprezam as afirmações contrárias de Sarnor e Ghis como ostentações de selvagens e crianças.

Qualquer que seja a verdade, Yi Ti foi, sem sombra de dúvida, um dos lugares onde os homens saíram do poço da selvageria para a civilização... e para a escrita, pois os sábios do leste leem e escrevem há muitos milhares de anos. Seus registros mais antigos são estimados, quase venerados, mas também zelosamente guardados por seus eruditos. Os relatos que temos são os que juntamos de boatos de viajantes e textos espalhados que escaparam de Yi Ti para encontrar caminho pelos mares até a Cidadela.

Contar a história de Yi Ti está muito longe do nosso escopo aqui, pois compreende uma centena de imperadores e uma miríade de guerras, conquistas e rebeliões. É suficiente dizer que o Império Dourado conheceu eras de ouro e eras sombrias, e que cresceu e diminuiu e cresceu novamente através dos séculos, que resistiu a inundações, secas, tempestades de areia e tremores de terra tão violentos que engoliram cidades inteiras, que milhares de heróis, covardes, concubinas, magos e eruditos passaram pelas páginas de suas histórias.

Desde que o Mais a Leste emergiu da Longa Noite e os séculos de caos se seguiram, onze dinastias tiveram o controle das terras que agora chamamos Yi Ti. Algumas duraram não mais do que meio século; a mais longa durou setecentos anos. Algumas dinastias deram lugar a outras pacificamente, outras com sangue e aço. Em quatro ocasiões, o fim de uma dinastia foi seguido por um período de anarquia e ilegalidade, quando senhores da guerra e pequenos reis guerreavam uns com os outros por supremacia; o mais longo desses interregnos durou mais de um século.

OS DEUSES-IMPERADORES DE YI TI

Para contar até mesmo os acontecimentos mais importantes dessa longa história, seriam necessárias mais palavras do que temos. Mesmo assim, seríamos negligentes se não mencionássemos ao menos alguns dos mais fabulosos deuses-imperadores de Yi Ti:

Har Loi, o primeiro dos imperadores cinza, cujo trono, segundo dizem, era uma sela, pois ele passou todo seu reinado em guerra, cavalgando de uma batalha para outra.

Choq Choq, o corcunda, décimo quinto e último dos imperadores índigo, que manteve cem esposas e mil concubinas, e gerou filhas além da conta, mas nunca foi capaz de gerar um filho.

Mengo Quen, o Deus Brilhante, terceiro dos imperadores verde-jade, que governou de um palácio onde os pisos, as paredes e as colunas eram recobertos de folhas de ouro, e todos os móveis eram feitos de ouro, até os penicos.

Lo Tho, chamado Lo Colherlonga e Lo, o Terrível, vigésimo segundo rei escarlate, um feiticeiro renomado e canibal, que, segundo dizem, jantava os cérebros vivos de seus inimigos com uma colher com um longo cabo de pérola, depois que os altos de seus crânios eram removidos.

Lo Doq, chamado Lo Sem Juízo, o trigésimo quarto imperador escarlate, um simplório aparentemente amaldiçoado com uma aflição que o fazia estremecer e cambalear quando caminhava, e babar quando tentava falar, mas que, mesmo assim, governou sabiamente por mais de trinta anos (embora alguns sugiram que a verdadeira governante era sua esposa, a formidável Imperatriz Bathi Ma Lo).

Os Nove Eunucos, os imperadores branco-pérola que deram a Yi Ti cento e trinta anos de paz e prosperidade. Enquanto eram jovens e príncipes, viviam como outros homens, tomando esposas e concubinas e gerando herdeiros, mas, após a ascensão, cada um deles cedeu a raiz e o caule de sua masculinidade, para que pudesse se devotar inteiramente ao império.

Jar Har, e seus filhos Jar Joq e Jar Han, sexto, sétimo e oitavo imperadores verde-mar, sob cujos governos o império alcançou o ápice de seu poder. Jar Har conquistou Leng, Jar Joq tomou Grande Morag, Jar Han exigiu tributos de Qarth, Velha Ghis, Asshai e outras terras distantes, e fez comércio com Valíria.

Chai Duq, o quarto imperador amarelo, que tomou como esposa uma nobre de Valíria e mantinha um dragão em sua corte.

Embora Yi Ti seja um vasto território, muito dele coberto por densas florestas e selvas fumegantes, viajar de um extremo ao outro do império é rápido e seguro, pois à grande teia de estradas de pedra construída pelos Imperadores Eunucos de antigamente não há igual em todo o mundo, exceto as estradas de dragão dos valirianos.

As cidades de Yi Ti são famosas também, pois nenhuma outra terra pode se gabar de ter tantas. Se Lomas Longstrider pode ser levado a sério, nenhuma das cidades do oeste pode se comparar às de Yi Ti em tamanho e esplendor. "Até as ruínas deles fazem as nossas se envergonhar", Longstrider disse... e as ruínas estão por todas as partes em Yi Ti. Em seu *Compêndio de Jade*, Colloquo Votar – a melhor fonte disponível em Westeros sobre os territórios do Mar de Jade – escreveu que, sob cada cidade YiTish, existem outras três cidades mais antigas enterradas.

Ao longo dos séculos, a capital do Império Dourado se moveu daqui para lá e de volta novamente duas dezenas de vezes, conforme senhores da guerra rivais brigavam e dinastias surgiam e caíam. Os imperadores cinza, imperadores índigo, e imperadores branco-pérola governaram em Yin, no litoral do Mar de Jade, a primeira e mais gloriosa das cidades YiTish, mas os imperadores escarlate ergueram uma nova cidade no coração da selva e a nomearam Si Qo, a Gloriosa (há muito caída e derrotada, suas glórias vivem apenas nas lendas agora), enquanto os imperadores púrpura preferiam Tiqui, a cidade de muitas torres nas colinas ocidentais, e os imperadores marrom mantinham sua corte marcial em Jinqui, a melhor para proteger as fronteiras do império contra saqueadores das Terras da Sombra.

Hoje, Yin é, mais uma vez, a capital de Yi Ti. Lá, o décimo sétimo imperador azul-celeste, Bu Gai, senta em esplendor em um palácio maior do que tudo em Porto Real. Ainda que bem mais a leste, bem além das fronteiras do Império Dourado, passando as lendárias Montanhas da Manhã, na cidade de Carcosa, no Mar Oculto, vive um senhor feiticeiro exilado que afirma ser o sexagésimo nono imperador amarelo, de uma dinastia caída há mil anos. E, mais recentemente, um general chamado Pol Qo, Martelo de Jogos Nhai, concedeu honras imperiais a si mesmo, nomeando-se o primeiro dos imperadores amarelos, com a rústica e imensa cidade-guarnição chamada Vila do Comerciante como sua capital. Qual desses três imperadores vai prevalecer é uma questão que deve ser deixada para historiadores dos anos que virão.

Nenhuma discussão sobre Yi Ti estaria completa sem uma menção aos Cinco Fortes, uma linha de gigantescas cidadelas antigas que fica ao longo das fronteiras do extremo nordeste do Império Dourado, entre o Mar do Sangramento (que recebeu este nome em virtude do tom característico de suas águas profundas, supostamente o resultado de uma planta que cresce apenas lá) e as Montanhas da Manhã. Os Cinco Fortes são muito antigos, mais antigos que o Império Dourado; alguns afirmam que foram erguidos pelo Rei da Pérola durante a manhã do Grande Império para manter o Leão da Noite e seus demônios fora do reino dos homens... e, de fato, há algo divino ou demoníaco no tamanho monstruoso dos fortes, pois cada um dos cinco é grande o bastante para abrigar dez mil homens, e suas maciças muralhas tem quase trezentos metros de altura.

Certos estudiosos do oeste sugeriram envolvimento valiriano na construção dos Cinco Fortes, pois as grandes muralhas são placas únicas de pedra negra fundida que lembra certas cidadelas valirianas no oeste... mas isso parece improvável, pois os Fortes são anteriores à ascensão da Cidade Franca, e não há registros de nenhum senhor do dragão que tenha ido tão a leste.

Com isso, os Cinco Fortes devem permanecer um mistério. Ainda estão em pé hoje, intocados pelo tempo, protegendo os limites do Império Dourado contra saqueadores do Deserto Cinzento.

Das terras que ficam além dos Cinco Fortes, sabemos menos ainda. Lendas, mentiras e histórias de viajantes são tudo o que alguma vez chegou até nós sobre esses lugares distantes. Ouvimos falar de cidades onde os homens planam como águias em asas de couro, de vilas feitas de ossos, de uma raça de homens sem sangue que habita entre o profundo vale chamado Profundeza Seca e as montanhas. Sussurros chegaram até nós sobre o Deserto Cinzento e suas areias canibais, e sobre os Shrykes que vivem ali, criaturas meio-humanas com a pele recoberta de escamas verdes e mordida venenosa. São realmente homens-lagartos ou (mais provável) homens vestidos em peles de lagartos? Ou não são mais do que fábulas, os gramequins e snarks dos desertos do leste? E, supostamente, mesmo os Shrykes vivem com medo de K'dath, no Deserto Cinzento, uma cidade que, segundo dizem, é mais velha do que o tempo, onde ritos indescritíveis são realizados para aplacar a fome dos deuses maus. Uma cidade dessas realmente existe? Se sim, qual é sua natureza?

Nessas questões, até Lomas Longstrider permanece em silêncio. Talvez os sacerdotes de Yi Ti saibam, mas, se sabem, essas não são verdades que querem dividir conosco.

AS PLANÍCIES DE JOGOS NHAI

Ao norte de Yi Ti, as planícies varridas pelo vento e pelas colinas ondulantes que se estendem das fronteiras do Império Dourado até as costas desoladas do Mar Tremente são dominadas por uma raça de guerreiros montados chamados Jogos Nhai. Como os dothraki das pradarias ocidentais, eles são um povo nômade que vive sua vida em iurtas, tendas e selas, uma raça bélica orgulhosa e incansável que preza sua liberdade acima de tudo e nunca está satisfeita em permanecer em um lugar por muito tempo.

Mas de muitas maneiras, esses cavaleiros do Mais a Leste são muito distintos dos senhores dos cavalos a oeste. Os Jogos Nhai são, em geral, uma cabeça mais baixos do que seus correspondentes e menos agradáveis aos olhos ocidentais – atarracados, pernas arqueadas, morenos, com cabeças grandes, rostos pequenos e a pele amarelada. Homens e mulheres têm crânios pontudos, resultado do curioso costume de amarrar as cabeças dos recém-nascidos até os primeiros dois anos de vida. Se os guerreiros dothraki se orgulham do comprimento de suas tranças, os homens de Jogos Nhai raspam as cabeças exceto por uma única faixa de cabelo no centro do crânio, enquanto as mulheres ficam completamente carecas, e dizem que tiram todos os pelos de suas partes femininas também.

As montarias dos Jogos Nhai são menores do que os impetuosos corcéis dos dothraki, pois as planícies a leste dos Ossos são mais secas e menos férteis que o mar dothraki, suas relvas mais esparsas, oferecendo sustento escasso para os cavalos. E assim esses cavaleiros orientais montam zebralos, animais resistentes originalmente criados a partir da cruza de cavalos com certas criaturas estranhas, parecidas com cavalos, das regiões ao sul de Yi Ti e das ilhas de Leng. Animais de mau temperamento, suas costas marcadas com faixas brancas e pretas, os zebralos dos Jogos Nhai são renomados por sua tenacidade e supostamente podem sobreviver com ervas daninhas e erva-do-diabo por muitos turnos da lua e viajar longas distâncias sem água ou forragem.

Ao contrário dos dothraki, cujos *khals* lideram imensos *khalasares* pelas pradarias, os Jogos Nhai viajam em bandos menores, intimamente ligados por sangue. Cada bando é comandado por um *jhat*, ou chefe de guerra, ou uma cantora da lua, que combina os papéis de sacerdotisa, curandeira e juíza. O *jhat* lidera na guerra, nas batalhas e nas incursões, enquanto outros assuntos eram governados por bandos de cantoras da lua.

Os *khals* dothraki fazem guerras sem fim uns com os outros uma vez que estão além dos recintos sagrados de Vaes Dothrak, sua cidade sagrada, mas os deuses dos Jogos Nhai os proíbem de derramar sangue de seu próprio povo (jovens cavalgam para roubar cabras, cães e zebralos de outros bandos, enquanto suas irmãs saem para sequestrar maridos, mas esses são rituais permitidos pelos deuses das planícies, durante os quais nenhum sangue é derramado).

A face que os cavaleiros de zebralos mostram para os de fora é muito diferente, no entanto, pois vivem em estado de guerra perpétua com todos os povos das redondezas. Seus ataques em N'ghai, a antiga terra a nordeste de seus domínios, reduziu o antes orgulhoso reino a uma única cidade (Nefer) e seus interiores. As lendas afirmam que foram os Jogos Nhai, liderados pelo *jhattar* – o *jhat* dos *jhats* e líder de guerra de todo o povo – Gharak Olho-Torto, que matou o último dos gigantes de pedra Jhogwin na Batalha dos Morros Uivantes.

Antes da Era Seca e da chegada do Grande Mar de Areia, os Jogos Nhai travaram uma sangrenta guerra de fronteira contra o Patrimônio de Hyrkoon também, envenenando rios e poços, queimando vilas e cidades e arrastando milhares para a escravidão nas planícies, enquanto os Hyrkoon por sua vez sacrificaram dezenas de milhares de cavaleiros de zebralos para seus deuses sombrios e famintos. A inimizade entre os nômades e as mulheres guerreiras dos Ossos corre profunda e amarga até os dias de hoje, e, ao longo dos séculos, uma dúzia de *jhattars* lideraram exércitos pela Estrada de Aço. Até agora todos esses ataques foram barrados pelas muralhas de Kayakayanaya, mas as cantoras da lua ainda cantam a respeito dos dias gloriosos que virão quando os Jogos Nhai prevalecerão e se derramarão por sobre as montanhas para reivindicar as terras férteis do outro lado.

Nem mesmo o poderoso Império Dourado dos Yi Ti ficou livre das depredações dos Jogos Nhai, como muitos senhores YiTish e príncipes aprenderam para seu pesar. Ataques e incursões ao império são um meio de vida entre os nômades, a fonte de ouro e pedras preciosas que pendem de suas armas e

Entre os Jogos Nhai, *jhats* são, em geral, homens, e cantoras da lua, mulheres, mas *jhats* mulheres e cantores da lua homens não são desconhecidos. Isso nem sempre é óbvio para estranhos, no entanto, pois uma garota que escolhe a vida de guerreiro deve se vestir e viver como homem, enquanto um garoto que deseja ser um cantor da lua deve se vestir e viver como mulher.

À DIREITA | *Jogos Nhai cavalgam em zebralos.*

dos pescoços das cantoras da lua e dos *jhats*, e de escravos que servem a eles e a seus rebanhos. Ao longo dos últimos dois mil anos, os cavaleiros de zebralos das planícies do norte reduziram a ruínas uma dúzia de cidades YiTish, uma centena de vilas e fazendas e campos além da conta.

Durante esse tempo, mais de um general imperial e três deuses-imperadores lideraram exércitos pelas planícies, por sua vez, para deixar os nômades de joelho. A história nos conta que tais tentativas raramente acabaram bem. Os invasores podiam massacrar os rebanhos dos nômades, queimar suas tendas e iurtas, exigir tributos em forma de ouro, bens e escravos dos bandos que tinham a oportunidade de encontrar, e até mesmo obrigar um punhado de *jhats* a prometer lealdade eterna ao deus-imperador e renunciar aos ataques para sempre... mas a maior parte dos Jogos Nhai fugia diante dos exércitos imperiais, recusando-se a dar batalha, e cedo ou tarde o general ou imperador perdia a paciência e dava meia-volta, enquanto a vida prosseguia como antes.

Durante o longo reinado de Lo Han, o quadragésimo segundo imperador escarlate, três dessas invasões às planícies terminaram como descrito, e, no fim de seus dias, os Jogos Nhai estavam mais ousados e mais vorazes do que quando ele vestiu pela primeira vez as insígnias imperiais. Por isso, após sua morte, seu jovem e corajoso filho Lo Bu estava determinado a acabar com a ameaça representada pelos nômades de uma vez por todas. Reunindo um exército poderoso, com trezentos mil soldados, segundo dizem, esse jovem e ousado imperador cruzou as fronteiras com o único propósito do massacre. Tributos não o convenceriam, nem reféns, juramentos de lealdade ou ofertas de paz; seu vasto exército percorreu as planícies como uma foice, destruindo tudo, deixando apenas um deserto queimado atrás de si.

Quando os Jogos Nhai recorreram às táticas tradicionais, desaparecendo à sua aproximação, Lo Bu dividiu seu imenso exército em treze tropas menores e as enviou em todas as direções para caçar os nômades aonde quer que pudessem ir. Está escrito que um milhão de Jogos Nhai morreu em suas mãos.

Por fim, os nômades, encarando a extinção de sua raça, fizeram o que jamais haviam feito antes. Mil clãs rivais se uniram e escolheram um *jhattar*, uma mulher em cota de malha de homem chamada Zhea. Conhecida como Zhea, a Estéril, Zhea Cara de Zebralo, e Zhea, a Cruel, e famosa ainda assim por sua esperteza, ela é lembrada até os dias de hoje no Império Dourado de Yi Ti, onde mães sussurram seu nome para assustar crianças desobedientes.

Em coragem, valor e habilidade nas armas, Lo Bu não tinha par, mas em astúcia ele provou não ser páreo para Zhea. A guerra entre o jovem imperador e a encarquilhada *jhattar* durou menos de dois anos. Zhea isolou cada um dos treze exércitos de Lo Bu, matou seus batedores e forrageiros, fez que passassem fome, negou-lhes água, levou-os até desertos e armadilhas, e destruiu um por vez. Por fim, seus rápidos cavaleiros desceram sobre a tropa do próprio Lo Bu, em uma noite de carnificina e massacre tão terrível que cada riacho a uma distância de cem quilômetros ao redor ficou entupido de sangue.

Entre os mortos estava o próprio Lo Bu, o quadragésimo terceiro e último imperador escarlate. Quando sua cabeça cortada foi apresentada a Zhea, ela ordenou que a carne fosse arrancada dos ossos, para que o crânio pudesse ser mergulhado em ouro e servir como seu cálice. Daquela época em diante, cada *jhattar* dos Jogos Nhai bebeu leite fermentado de zebralo no crânio dourado do Garoto Ousado Demais pela Metade, como Lo Bu é relembrado.

LENG

A sudeste de Yin, cercada pelas águas verdes mornas do Mar de Jade, a verdejante ilha de Leng é lar de "dez mil tigres e dez milhões de macacos", ou foi o que Lomas Longstrider certa vez afirmou. Os grandes primatas de Leng também são famosos; entre estes estão primatas corcundas pintados que, segundo dizem, são quase tão astutos quanto homens, e primatas encapuzados tão grandes quanto gigantes, tão fortes que podem arrancar os braços e as pernas de um homem com a mesma facilidade que um garoto arrancaria as asas de uma mosca.

A história de Leng remonta a quase tanto quanto a da própria Yi Ti, mas pouco e ainda menos dela é conhecida a oeste do Estreito de Jade. Há estranhas ruínas nas profundezas da selva da ilha: construções imensas, há muito caídas, e tão encobertas que apenas entulhos restam sobre a superfície... mas, no subsolo, nos é dito, labirintos infinitos de túneis levam a vastas câmaras, e escadas entalhadas descem trinta metros na terra. Nenhum homem sabe dizer quem poderia ter construído essas cidades, ou quando. As ruínas permanecem, talvez, como os únicos remanescentes de algum povo desaparecido.

Os atuais habitantes de Leng são de dois tipos, tão distintos um do outro que podemos considerá-los povos inteiramente separados.

Durante grande parte de sua história recente, Leng tem sido parte do Império Dourado de Yi Ti, governado de Yin ou Jinqi. Durante essas épocas, dezenas de milhares de soldados, mercadores, aventureiros e mercenários migraram do império para a ilha, em busca de fortuna. Embora Leng tenha se libertado de Yi Ti há quatrocentos anos, os dois terços setentrionais da ilha ainda são dominados pelos descendentes desses invasores YiTish.

OUTRAS ILHAS DIGNAS DE NOTA NO MAR DE JADE, COMO REGISTRADO POR CORLYS VELARYON EM SUAS CARTAS

Ilha dos Elefantes, cujo *shan* governa de um palácio feito de marfim.

Marahai, a ilha paraíso, um crescente verdejante acompanhado por ilhas de fogo gêmeas, onde montanhas ardentes soltam jatos de pedra derretida dia e noite.

Ilha dos Açoites, um ponto de parada frio e estéril onde traficantes de meia dúzia de ilhas compram, vendem, cruzam, espancam e marcam seus bens antes de vendê-los adiante.

Para o viajante, eles permanecem indistinguíveis do povo do Império Dourado; falam um dialeto do mesmo idioma, oram para os mesmos deuses, comem as mesmas comidas, seguem os mesmos costumes e até reverenciam o imperador azul-celeste em Yin... embora venerem apenas sua própria deusa-imperatriz. Suas vilas principais, Leng Yi e Leng Ma, se parecem muito mais com Yin e Jinqi do que com Turrani, a cidade do sul.

O terço sul de Leng é habitado pelos descendentes daqueles deslocados pelos invasores do Império Dourado. Os lengii nativos são talvez os mais altos de todas as raças da humanidade, com muitos homens entre eles chegando a mais de dois metros de altura, e alguns até com dois metros e meio. De pernas longas e esguios, pele cor de teca oleada, eles têm grandes olhos dourados e supostamente podem ver mais longe e melhor do que outros homens, especialmente à noite. Embora formidavelmente altas, as mulheres lengii são notoriamente ágeis e encantadoras, de beleza insuperável.

Durante grande parte de sua história, Leng foi uma ilha de mistérios, pois os lengii nativos raramente navegavam além da vista de seu próprio litoral, e os marinheiros que vislumbraram suas costas enquanto cruzavam o Mar de Jade encontravam uma recepção fria quando se atreviam a ir para terra firme. Os lengii não tinham interesse em deuses estrangeiros, bens estrangeiros, comida estrangeiras, roupas ou costumes; nem permitiam que forasteiros minerassem seu ouro, colhessem suas árvores, recolhessem seus frutos ou pescassem em seus mares. Aqueles que tentavam fazer isso encontravam um rápido e sangrento fim. Leng se tornou conhecida como um antro de demônios e feiticeiros, um lugar para ser evitado, uma ilha fechada. E assim permaneceu por muitos séculos.

Foram navegantes do Império Dourado que abriram Leng para o comércio, e mesmo então a ilha continuava a ser um lugar perigoso para forasteiros, pois a Imperatriz de Leng era conhecida por se congraçar com os Antigos, deuses que viviam nas profundezas das cidades subterrâneas em ruínas, e, de tempos em tempos, os Antigos lhe diziam para condenar todos os estrangeiros da ilha à morte. Sabe-se que isso aconteceu pelo menos quatro vezes na história da ilha, se podemos acreditar no *Compêndio Jade*, de Colloquo Votar.

Foi só com Jar Har, sexto dos imperadores verde-mar, que conquistou Leng com fogo e aço e incorporou a ilha ao seu império, que esses massacres acabaram de uma vez por todas.

Nos quatro séculos desde que Leng se livrou do jugo de Yi Ti, as ilhas floresceram sob o governo de uma longa linhagem de deusas-imperatrizes. A primeira da atual dinastia, ainda reverenciada no leste como Khiara, a Grande, era de pura descendência lengii; para agradar seus súditos, ela tomou dois maridos, um lengii e um YiTish. Esse costume foi seguido por suas filhas e pelas filhas delas. Pela tradição, o primeiro dos consortes imperiais comanda os exércitos da imperatriz, e o segundo, suas frotas.

As lendas insistem que os Antigos ainda vivem sob a floresta de Leng. Tantos foram os guerreiros que Jar Har mandou para baixo das ruínas, e que voltaram loucos ou não voltaram, que o deus-imperador finalmente decretou que as vastas ruínas da cidade subterrânea deviam ser seladas e esquecidas. Mesmo hoje, é proibido entrar em tais lugares, sob pena de tortura e morte.

À ESQUERDA | *Um homem YiTish e uma mulher lengii.*

ASSHAI DA SOMBRA

E assim chegamos, praticamente, ao fim do mundo.

Ou, pelo menos, ao fim do nosso conhecimento.

No extremo leste e extremo sul das grandes cidades do mundo conhecido, o antigo porto de Asshai fica no fim de uma longa fatia de terra, no ponto em que o Mar de Jade encontra o Estreito da Açafrão. Suas origens estão perdidas nas brumas do tempo. Nem mesmo os asshai'i afirmam saber quem construiu sua cidade; eles só dirão que uma cidade existiu ali desde que o mundo começou e que permanecerá ali até que acabe.

Poucos lugares no mundo conhecido são tão remotos quanto Asshai, e poucos são tão proibitivos. Viajantes nos dizem que a cidade é inteiramente construída de pedra negra: salões, casebres, templos, palácios, ruas, muralhas, bazares, tudo. Alguns dizem também que a pedra de Asshai tem um toque gorduroso e desagradável, que parece beber a luz, escurecendo círios, tochas e fogueiras igualmente. As noites são muito escuras em Asshai, todos concordam, e até o mais brilhante dos dias de verão são de algum modo cinzentos e sombrios.

Asshai é uma cidade grande, que se espalha por quilômetros em ambas as margens do rio negro Cinzas. Atrás de suas enormes muralhas é possível colocar Volantis, Qarth e Porto Real lado a lado e ainda sobra espaço para Vilavelha.

Mesmo assim, a população de Asshai não é maior do que a de uma vila mercante de bom tamanho. À noite, as ruas são desertas, e só um edifício entre dez mostra alguma luz. Mesmo no auge do dia, não há multidões para serem vistas, nem comerciantes gritando suas mercadorias em mercados barulhentos, tampouco mulheres fofocando em volta do poço. Os que andam nas ruas de Asshai são mascarados e cobertos com véus e têm um ar furtivo. Frequentemente andam sozinhos, ou seguem em palanquins de ébano e ferro, escondidos atrás de cortinas escuras e carregados pelas ruas escuras nas costas de escravos.

E não há crianças em Asshai.

Apesar de seus aspectos proibitivos, Asshai da Sombra é, há muitos séculos, um porto próspero, onde navios de todo o mundo conhecido vão para fazer comércio, cruzando mares imensos e tempestuosos. A maioria chega carregada de alimentos e vinho, pois, além das muralhas de Asshai, pouca coisa cresce, exceto erva-fantasma, cujos talos vítreos e reluzentes não são comestíveis. Se não fosse a comida trazida do outro lado do mar, os asshai'i morreriam de fome.

Os navios trazem barris de água doce também. As águas do rio Cinzas reluzem negras sob o sol de meio-dia e brilham com uma fosforescência verde clara à noite, e os peixes que nadam no rio são cegos e retorcidos, tão deformados e horríveis de olhar que só tolos e umbromantes comeriam sua carne.

Cada terra sob o sol tem necessidade de frutos, grãos e vegetais, então alguém poderia perguntar por que algum navegante iria até os confins da terra quando poderia vender sua carga muito mais facilmente em mercados mais perto de casa. A resposta é ouro. Além das muralhas de Asshai, a comida é escassa, mas ouro e pedras preciosas são comuns... embora alguns dirão que o ouro das Terras da Sombra é tão insalubre ao seu modo quanto as frutas que crescem ali.

Os navios vão mesmo assim. Por ouro, por pedras preciosas e por outros tesouros, por certas coisas faladas apenas em sussurros, coisas que não podem ser encontradas em nenhum outro lugar sob a terra, exceto nos bazares negros de Asshai.

A escura cidade da Sombra é uma cidade rica em feitiçaria. Feiticeiros, bruxos, alquimistas, cantores da lua, sacerdotes vermelhos, alquimistas negros, necromantes, aeromantes, piromantes, magos de sangue, torturadores, inquisidores, envenenadores, esposas do deus, caminhantes da noite, metamorfose, adoradores da Cabra Negra, da Criança Pálida e do Leão da Noite, todos são bem-vindos em Asshai da Sombra, onde nada é proibido. Aqui são livres para praticarem seus feitiços sem restrição ou censura, conduzir seus ritos obscenos e fornicar com demônios se for seu desejo.

Uma narrativa do Arquimeistre Marwyn confirma relatos de que nenhum homem cavalga em Asshai, seja guerreiro, mercador ou príncipe. Não há cavalos em Asshai, nem elefantes, mulas, burros, zebrais, camelos ou cachorros. Tais animais, quando levados para lá por navios, logo morrem. A influência maligna do Cinzas e suas águas poluídas têm sido implicadas nisso, já que é bem compreendido em *Sobre Miasmas*, de Harmon, que animais são mais sensíveis à impureza que emana dessas águas, mesmo sem bebê-las. Os escritos do Septão Barth especulam de maneira mais descontrolada, referindo-se a mistérios superiores com poucas evidências.

À DIREITA | *Asshai da Sombra.*

Os mais sinistros de todos os feiticeiros de Asshai são os umbromantes, cujas máscaras de laca escondem seus rostos dos olhos dos deuses e dos homens. Só eles ousam ir rio acima, passando as muralhas de Asshai, no coração da escuridão.

Em seu caminho das Montanhas da Manhã até o mar, o Cinzas passa uivando por uma fenda estreita nas montanhas, entre precipícios tão íngremes e próximos que o rio é perpetuamente uma sombra, exceto por alguns poucos momentos no meio-dia, quando o sol está no zênite. Nas cavernas que pontilham os precipícios, demônios, dragões e coisas piores fazem seus covis. Quanto mais longe da cidade alguém vai, mais hediondas e retorcidas essas criaturas se tornam... até que, por fim, se chega nos portões de Stygai, a cidade cadáver do coração da Sombra, onde mesmo os umbromantes temem pisar. Ou, pelo menos, é o que as histórias dizem.

Se há alguma verdade nessas fábulas sombrias trazidas dos confins da terra por cantores, marinheiros e curiosos em feitiçaria? Quem pode dizer? Lomas Longstrider nunca viu Asshai da Sombra. Nem mesmo a Serpente do Mar foi tão longe. Aqueles que foram não retornaram para fazer seus relatos.

Até que isso aconteça, Asshai e as Terras da Sombra, e quaisquer que sejam as terras e mares que possam estar além delas, devem permanecer um livro fechado tanto para sábios quanto para reis. Sempre há mais para saber, mais para ver, mais para aprender. O mundo é vasto e maravilhosamente estranho, e há mais coisas sob as estrelas do que até os arquimeistres da Cidadela podem sonhar.

Posfácio

Desde a primeira vez que coloquei a pena sobre o pergaminho, muita coisa mudou, tanto em Westeros quanto além. Os leitores devem entender que uma obra como essa não é um trabalho de poucas semanas... ou mesmo anos. Eu defini o primeiro esquema para esta história durante os anos pacíficos do auge do reinado do bom rei Robert, e pretendia dedicar o volume a Robert e seus descendentes como a história da terra e do mundo que herdaram.

Mas isso não era para ser, e a morte da nobre Mão, Jon Arryn, desencadeou a loucura na terra – uma loucura de traição, orgulho e violência. A loucura roubou o reino de Robert e de seu belo filho e herdeiro, Joffrey. Pretendentes se esforçam em roubar o Trono de Ferro, e rumores perturbadores de dragões renascem como fios de água no leste.

Em tempos de perturbação, devemos todos orar para que o bom rei Tommen tenha um longo e justo reinado, para nos tirar novamente da escuridão e para dentro da luz.

À ESQUERDA | *Dragões renascidos.*

Árvore Genealógica dos Targaryen

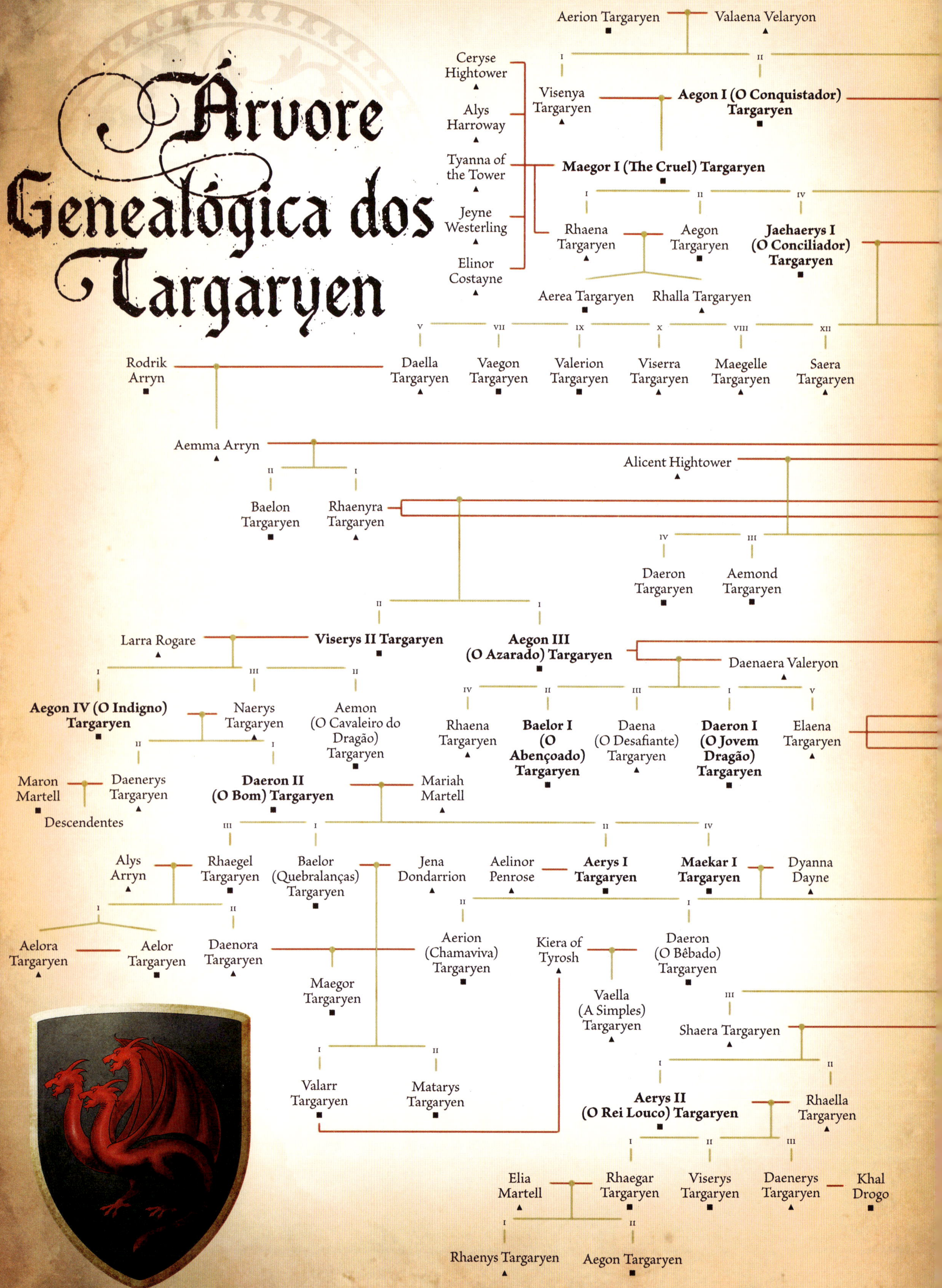

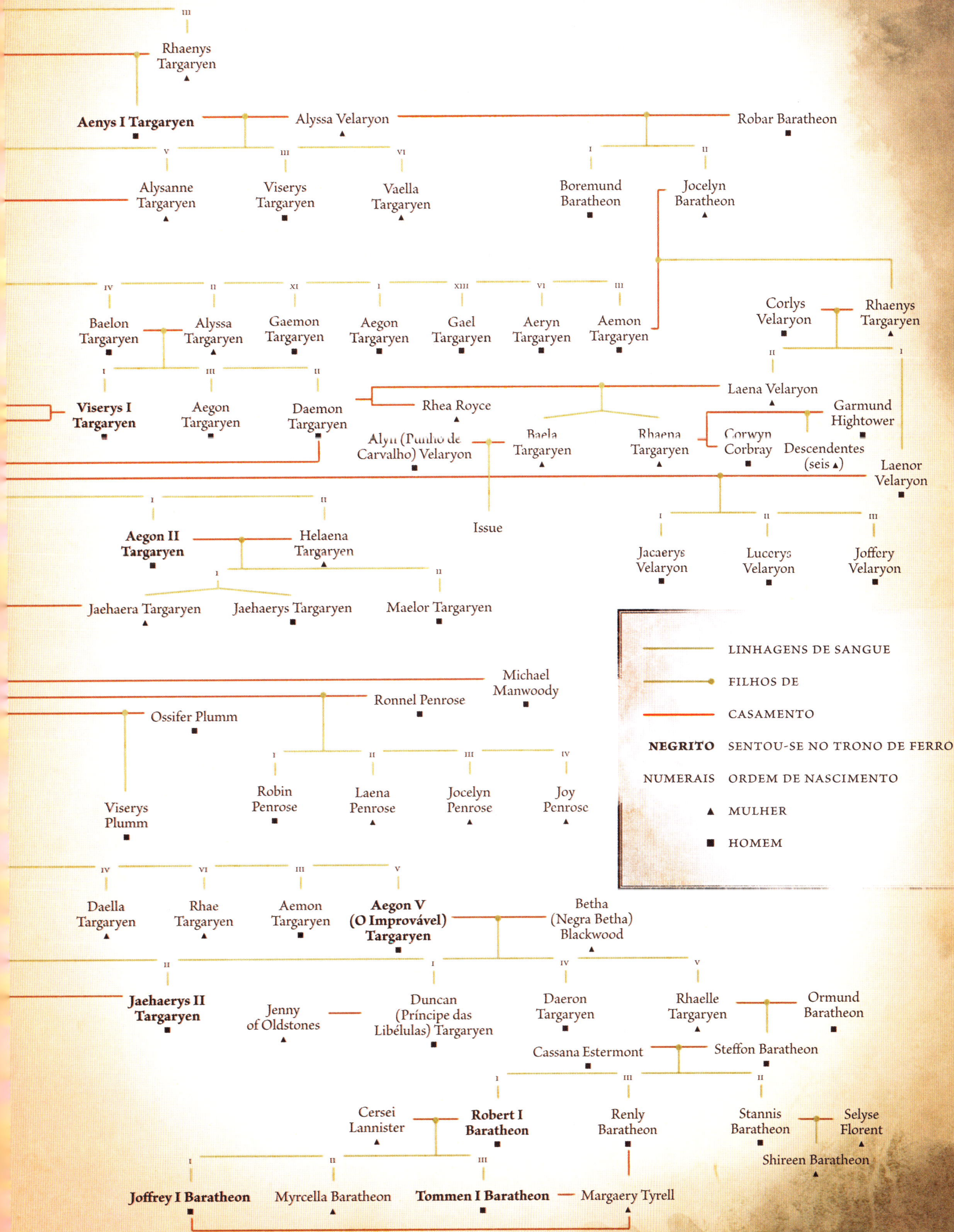
Rhaenys Targaryen
Aenys I Targaryen
Alyssa Velaryon
Robar Baratheon
Alysanne Targaryen
Viserys Targaryen
Vaella Targaryen
Boremund Baratheon
Jocelyn Baratheon
Baelon Targaryen
Alyssa Targaryen
Gaemon Targaryen
Aegon Targaryen
Gael Targaryen
Aeryn Targaryen
Aemon Targaryen
Corlys Velaryon
Rhaenys Targaryen
Viserys I Targaryen
Aegon Targaryen
Daemon Targaryen
Rhea Royce
Laena Velaryon
Garmund Hightower
Alyn (Punho de Carvalho) Velaryon
Baela Targaryen
Rhaena Targaryen
Corwyn Corbray
Descendentes (seis ▲)
Laenor Velaryon
Aegon II Targaryen
Helaena Targaryen
Issue
Jacaerys Velaryon
Lucerys Velaryon
Joffery Velaryon
Jaehaera Targaryen
Jaehaerys Targaryen
Maelor Targaryen
LINHAGENS DE SANGUE
FILHOS DE
CASAMENTO
NEGRITO SENTOU-SE NO TRONO DE FERRO
NUMERAIS ORDEM DE NASCIMENTO
▲ MULHER
■ HOMEM
Michael Manwoody
Ronnel Penrose
Ossifer Plumm
Robin Penrose
Laena Penrose
Jocelyn Penrose
Joy Penrose
Viserys Plumm
Daella Targaryen
Rhae Targaryen
Aemon Targaryen
Aegon V (O Improvável) Targaryen
Betha (Negra Betha) Blackwood
Jaehaerys II Targaryen
Jenny of Oldstones
Duncan (Príncipe das Libélulas) Targaryen
Daeron Targaryen
Rhaelle Targaryen
Ormund Baratheon
Cassana Estermont
Steffon Baratheon
Cersei Lannister
Robert I Baratheon
Renly Baratheon
Stannis Baratheon
Selyse Florent
Shireen Baratheon
Joffrey I Baratheon
Myrcella Baratheon
Tommen I Baratheon
Margaery Tyrell

Árvore Genealógica dos Stark

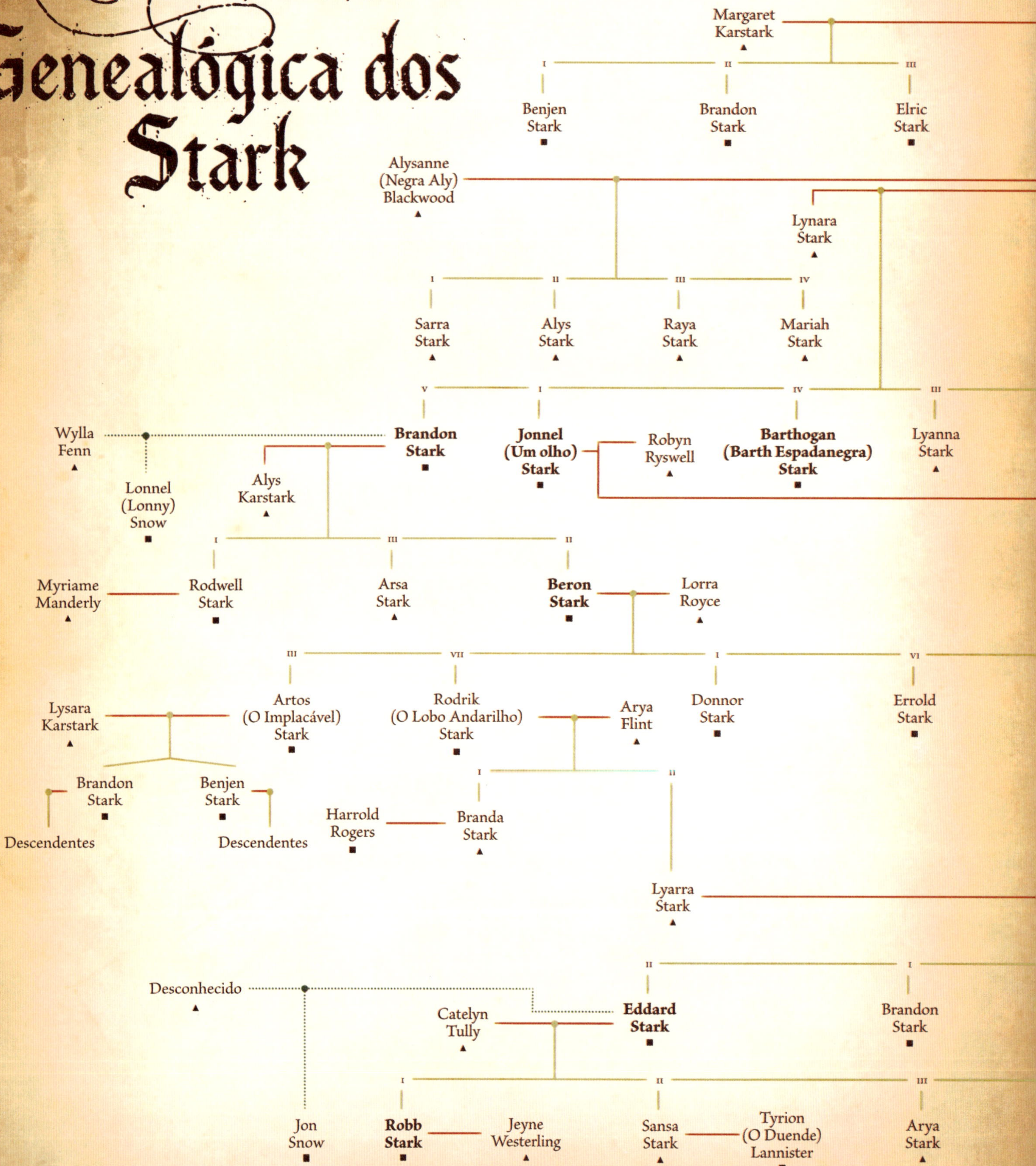

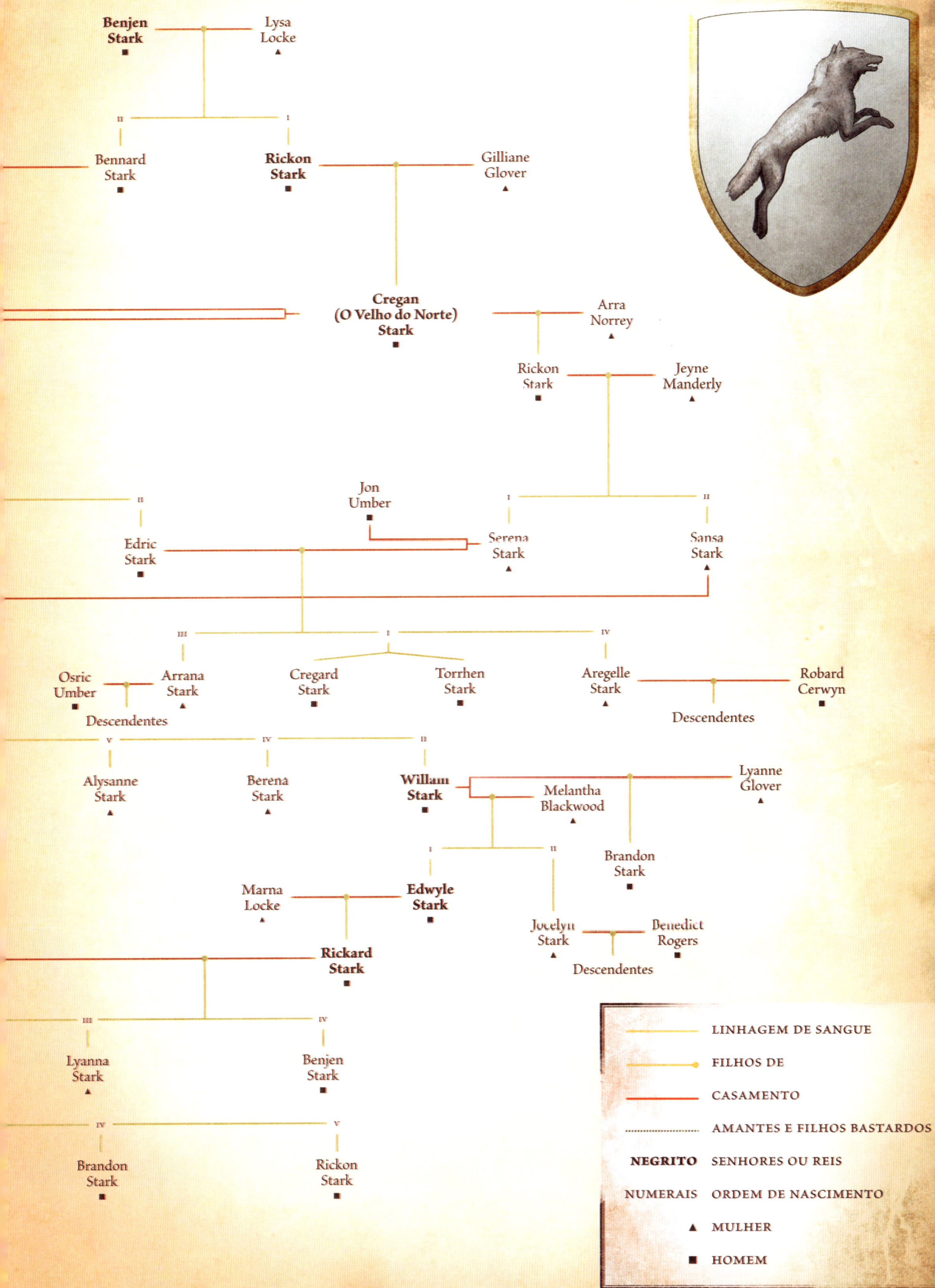

Benjen Stark
Lysa Locke
II
I
Bennard Stark
Rickon Stark
Gilliane Glover
Cregan (O Velho do Norte) Stark
Arra Norrey
Rickon Stark
Jeyne Manderly
Jon Umber
II
I
II
Edric Stark
Serena Stark
Sansa Stark
III
I
IV
Osric Umber
Arrana Stark
Descendentes
Cregard Stark
Torrhen Stark
Aregelle Stark
Robard Cerwyn
Descendentes
V
IV
II
Alysanne Stark
Berena Stark
William Stark
Lyanne Glover
Melantha Blackwood
I
II
Brandon Stark
Marna Locke
Edwyle Stark
Jocelyn Stark
Benedict Rogers
Descendentes
Rickard Stark
III
IV
Lyanna Stark
Benjen Stark
IV
V
Brandon Stark
Rickon Stark
LINHAGEM DE SANGUE
FILHOS DE
CASAMENTO
AMANTES E FILHOS BASTARDOS
NEGRITO SENHORES OU REIS
NUMERAIS ORDEM DE NASCIMENTO
▲ MULHER
■ HOMEM

Árvore Genealógica dos Lannister

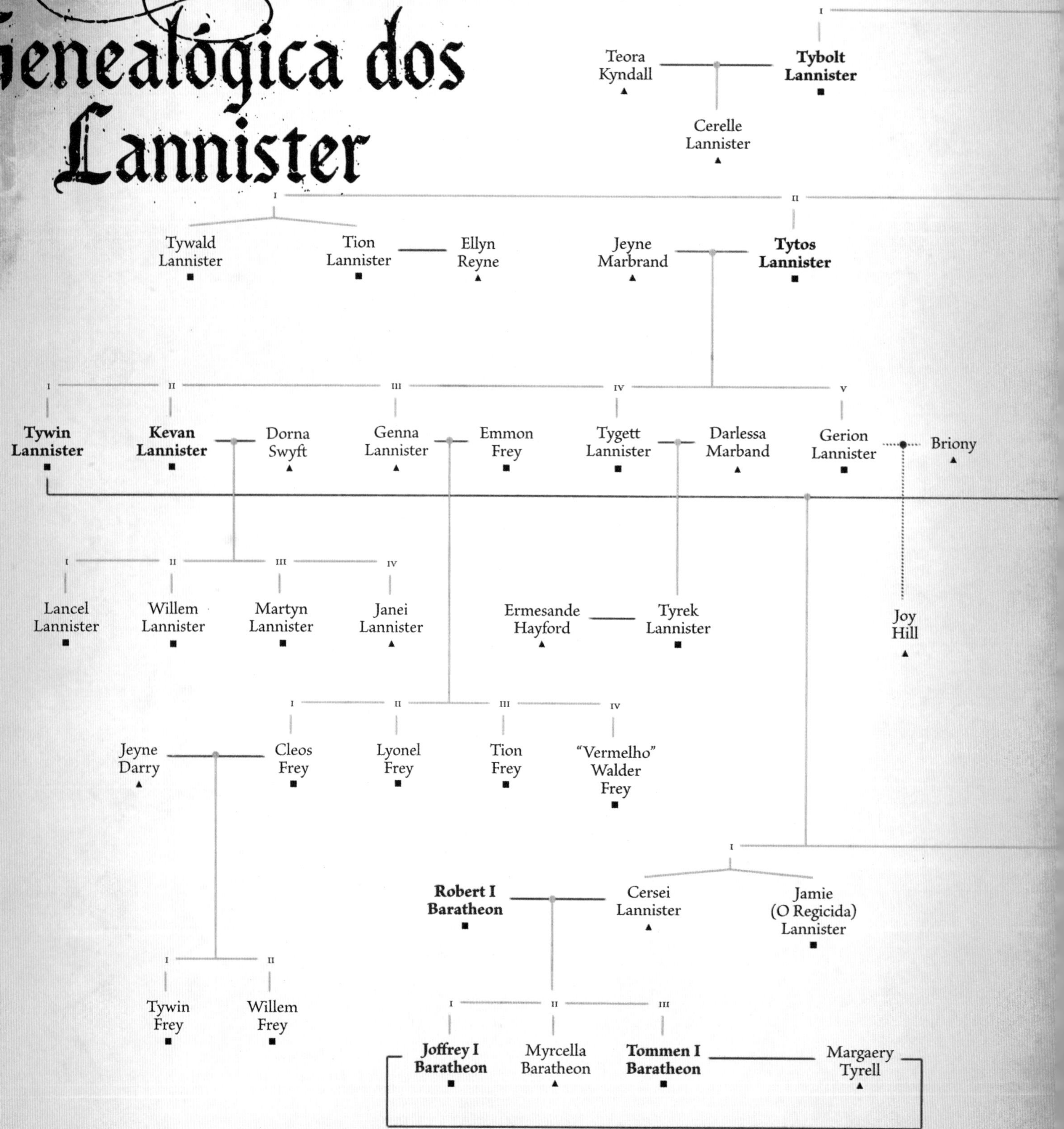

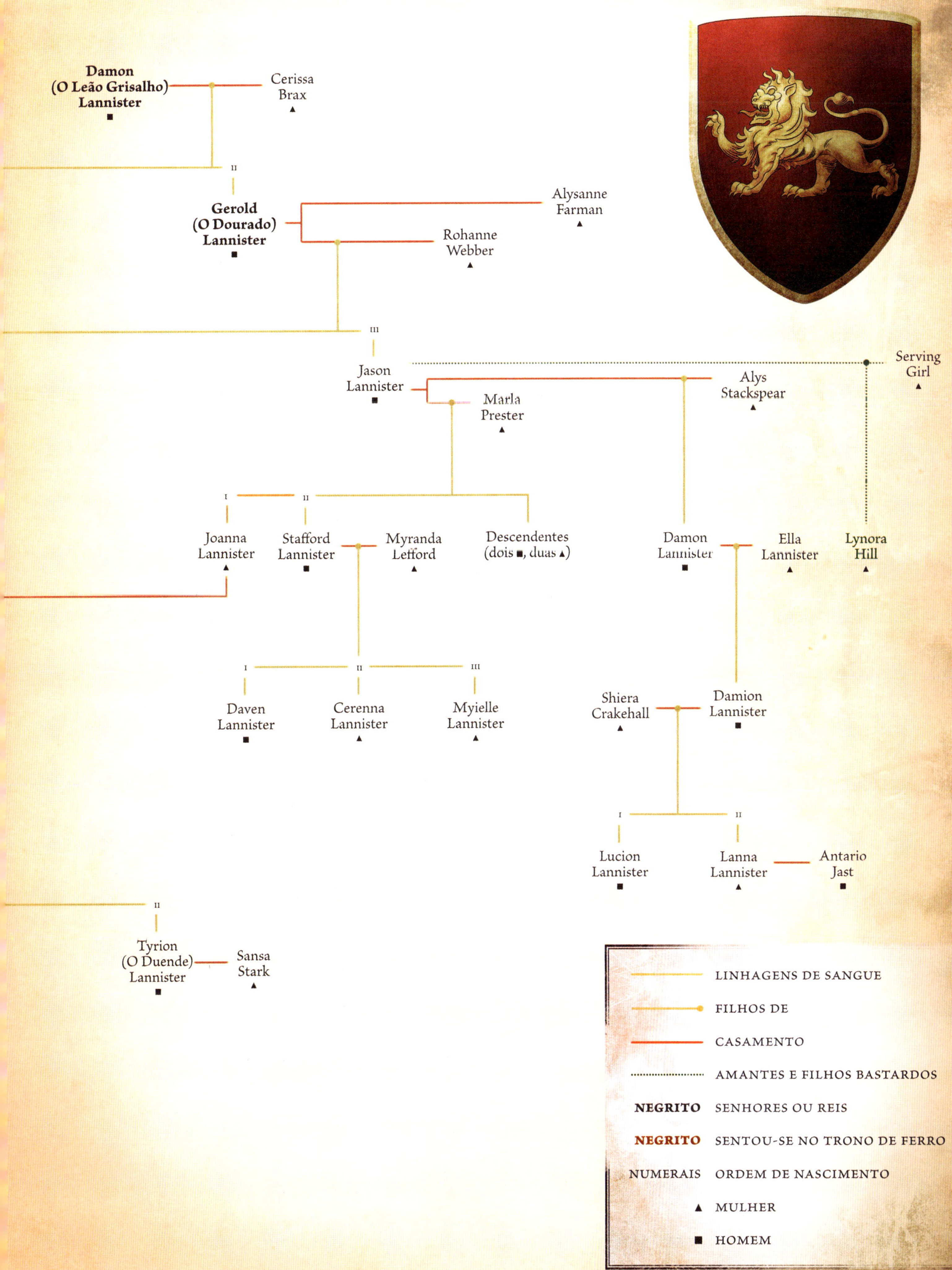

Damon (O Leão Grisalho) Lannister ■
Cerissa Brax ▲
II
Gerold (O Dourado) Lannister ■
Alysanne Farman ▲
Rohanne Webber ▲
III
Jason Lannister ■
Serving Girl ▲
Alys Stackspear ▲
Marla Prester ▲
I
II
Joanna Lannister ▲
Stafford Lannister ■
Myranda Lefford ▲
Descendentes (dois ■, duas ▲)
Damon Lannister ■
Ella Lannister ▲
Lynora Hill ▲
I
II
III
Daven Lannister ■
Cerenna Lannister ▲
Myielle Lannister ▲
Shiera Crakehall ▲
Damion Lannister ■
I
II
Lucion Lannister ■
Lanna Lannister ▲
Antario Jast ■
II
Tyrion (O Duende) Lannister ■
Sansa Stark ▲
LINHAGENS DE SANGUE
FILHOS DE
CASAMENTO
AMANTES E FILHOS BASTARDOS
NEGRITO SENHORES OU REIS
NEGRITO SENTOU-SE NO TRONO DE FERRO
NUMERAIS ORDEM DE NASCIMENTO
▲ MULHER
■ HOMEM

VALE
TERRAS DA COROA
TERRAS FLUVIAIS
MAR ESTREITO
CAMPINA
TERRAS DA TEMPESTADE
Harrenhal
Wickenden
BAÍA DOS CARANGUEJOS
Ilha da Garra
PONTA DA GARRA RACHADA
Lagoa da Donzela
Pouso de Gralhas
Pedra do Dragão
Derivamarca
GOELA
Ponta Aguda
Antlers
ESTRADA DO REI
Duskendale
Rosby
ROSBY ROAD
PORTO REAL
BAÍA DA ÁGUA NEGRA
Pedradança
ESTRADA DO OURO
Fortaleza Vermelha
TORRENTE DE ÁGUA NEGRA
GANCHO DE MASSEY
GUAQUEVAI
Tumbleton
ESTRADA DA ROSA
Solar de Montefeno
Felwood
Portabrônze
ESTRADA DO REI
Solar do Entardecer
Ponta Tempestade
LEGENDA
PRINCIPAIS CASTELOS
CASTELOS
CIDADES
VILAS
GRÃOS
ESTRADAS

Reinado Targaryen
D.C.
1 D.C.
Aegon I (O Conquistador)
37 D.C.
Aenys I
42 D.C.
Maegor I (O Cruel)
48 D.C.
Jaehaerys I (O Conciliador)
103 D.C.
Viserys I
129 D.C.
Aegon II
131 D.C.
Aegon III
157 D.C.
Baelor I (O Abençoado)
161 D.C.
Daeron I (O Jovem Dragão)
171 D.C.
Viserys II
172 D.C.
Aegon IV (O Indigno)
184 D.C.
Daeron II (O Bom)
209 D.C.
Aerys I
221 D.C.
Maekar I
233 D.C.
Aegon V (O Improvável)
259 D.C.
Jaehaerys II
262 D.C.
Aerys II (O Rei Louco)
283 D.C.
Reinado Baratheon
283 D.C.
Robert I
298 D.C.
Joffrey I
299 D.C.
Tommen I
Dias Atuais

ÍNDICE REMISSIVO

À DIREITA | *As Gêmeas.*

À DIREITA | *Jon Snow e Fantasma.*